徐志摩翰墨辑珍

第一卷　府中日记

潘倩　编

CCTP
中央编译出版社
Central Compilation & Translation Press

图书在版编目 (CIP) 数据

徐志摩翰墨辑珍 ：府中日记、留美日记 ／ 徐志摩著；潘倩编．—北京 ：中央编译出版社，2014.5

ISBN 978-7-5117-2060-3

I. ①徐… II. ①徐… ②潘… III. ①日记－作品集－中国－现代 IV. ① I266.5

中国版本图书馆 CIP 数据核字 (2014) 第 023273 号

徐志摩翰墨辑珍——府中日记·留美日记

出 版 人： 刘明清
出版统筹： 董 巍
责任编辑： 韩慧强 王媛媛
责任印制： 尹 珺
出版发行： 中央编译出版社
地 址： 北京西城区车公庄大街乙 5 号鸿儒大厦 B 座 (100044)
电 话： (010) 52612345 (总编室) (010) 52612363 (编辑室)
(010) 52612316 (发行部) (010) 52612315 (网络销售)
(010) 52612346 (馆配部) (010) 66509618 (读者服务部)
传 真： (010) 66515838
经 销： 全国新华书店
印 刷： 北京中印联印刷有限公司
开 本： 889 毫米 ×1240 毫米 1/16
字 数： 380 千字
印 张： 26 插页 32
版 次： 2014 年 5 月第 1 版第 1 次印刷
定 价： 598.00 元（全二卷）

网 址： www.cctphome.com **邮 箱：** cctp@cctphome.com
新浪微博： @中央编译出版社 **微 信：** 中央编译出版社（ID：cctphome）

本社常年法律顾问：北京市吴栾赵阎律师事务所律师 闫军 梁勤

01．徐志摩少年像

徐志摩遺像之一

02. 徐志摩像（在杭州府中读书时期）

□省立一中大方伯旧址

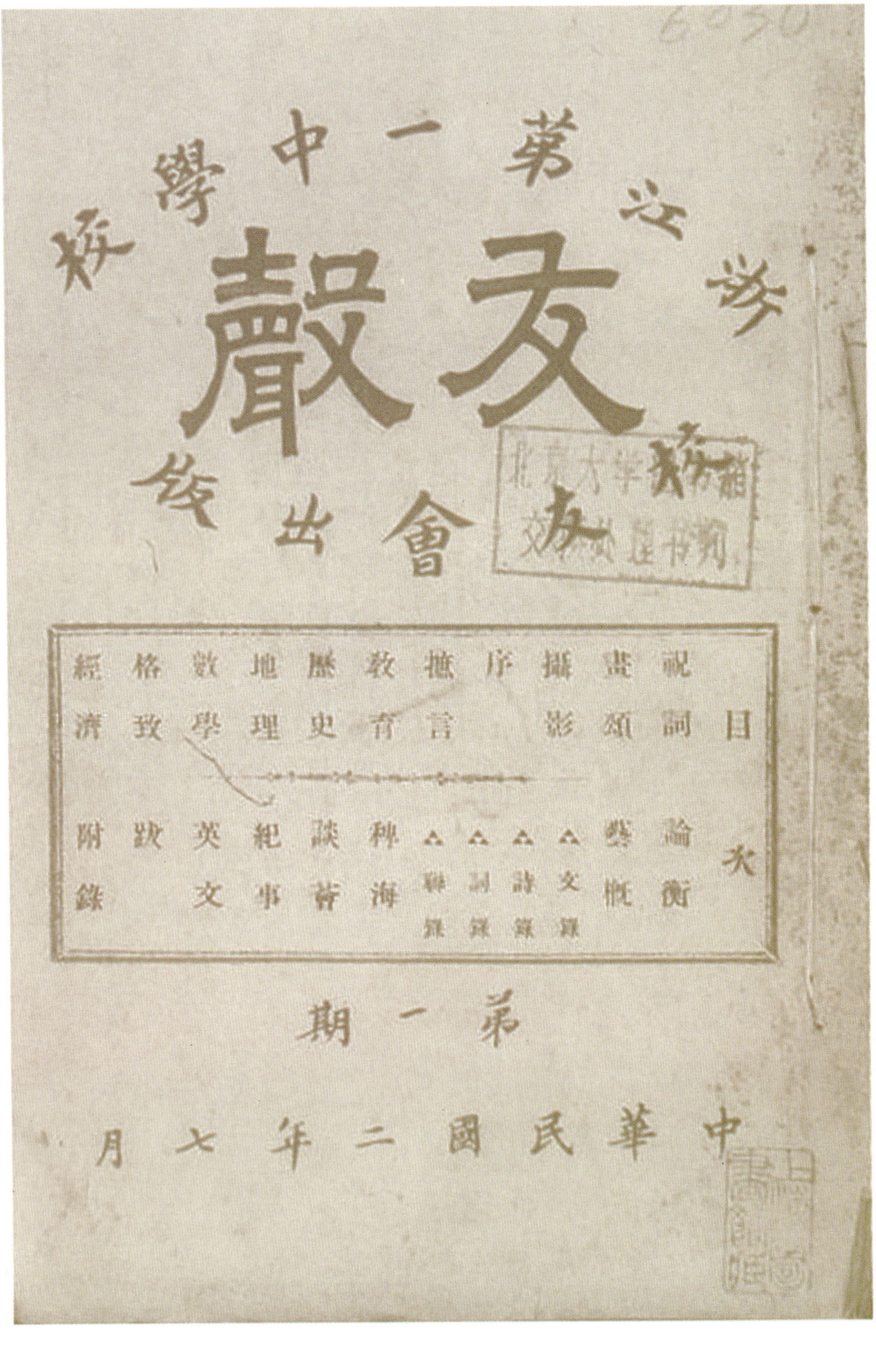
浙江第一中學校

友聲

校友會出版

目次

祝詞　畫頌　攝影　序　撫言　教育　歷史　地理　數學　格致　經濟

論衡　藝概　△文錄　△詩錄　△詞錄　△雜錄　稗海　談薈　紀事　英文　跋　附錄

第一期

中華民國二年七月

04. 杭州府中校刊《友声》

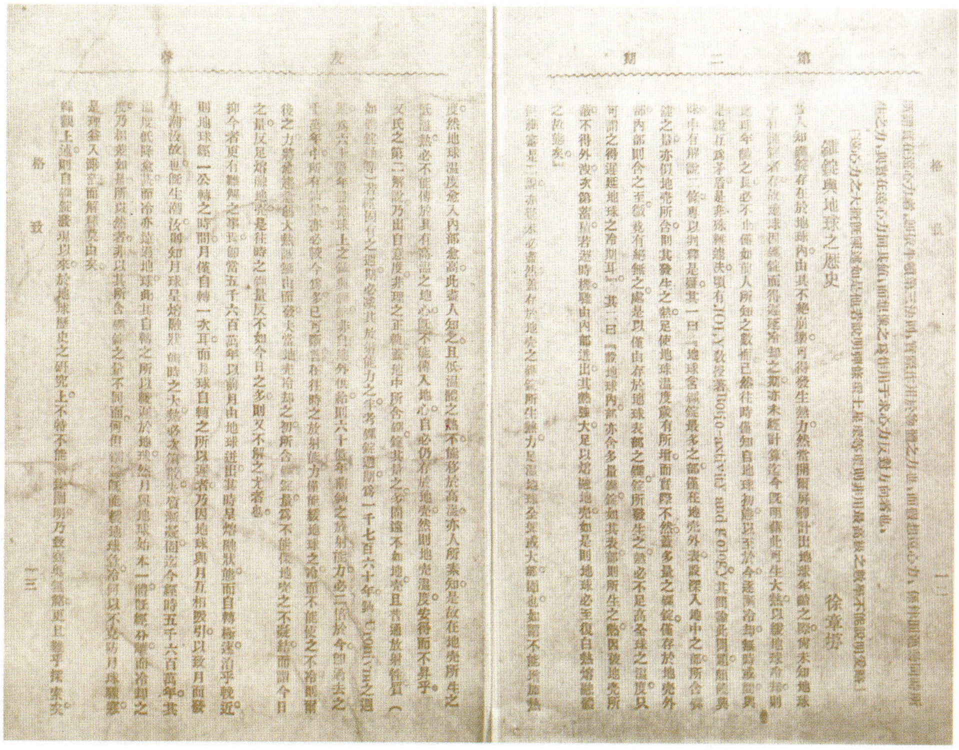
第二期　友聲

鐳錠與地球之歷史

徐章垿

05. 徐志摩在杭州府中读书期间发表的文章《镭锭与地球之历史》

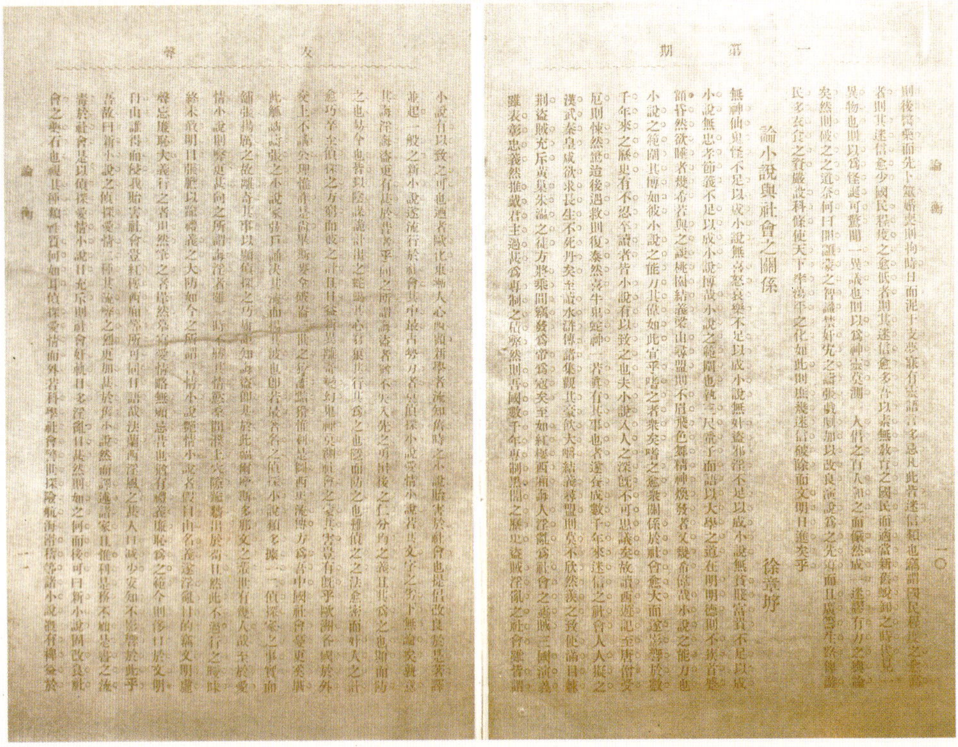

06. 徐志摩在杭州府中读书期间发表的文章《论小说与社会之关系》

07. 徐志摩恩师梁启超像

08. 徐志摩之父徐申如先生像

09. 徐志摩之母钱慕英像

10. 徐志摩前妻张幼仪像（青年）

11. 张幼仪与其长子徐积锴合影

12. 徐志摩祖母与徐长子积锴合影

13. 徐志摩之母与徐长子积锴合影

14. 徐志摩父母与徐长子积锴合影

序言

新年伊始，潘倩女士来电话告知，她整理的《徐志摩翰墨辑珍——府中日记、留美日记》手迹影印稿本已经完成，在稿本新增添的一批照片里，有些还是首次问世。这将为徐志摩研究的拓展和深入，提供新的资源，功德无量。

徐志摩一生短暂，从一九二二到一九三一年期间是他创作的鼎盛期，这一段时间的作品收集较为齐全；但是，有关他早期作品的资料相对匮乏，不乏流失散佚在外的情况，需要我们去发现和挖掘，这次徐志摩早年日记手迹影印稿本的出版，就是这样一种努力的结果。

日记是一个人真性情的自然呈现和展示，此外，徐志摩早年日记的研究价值还在于，我们可以从中接触到徐志摩成长的人文环境，领略青少年徐志摩眼里的人情世态，探索徐志摩艺术风格和思想发展的轨迹。

十年前，由国家图书馆出版社，出版了徐志摩早期日记的注释本，如果说，这是让更多的现代人去了解熟悉徐志摩，起着普及的作用，那么，原汁原味的影印版本对照注释本的出版，让我们零距离地观照青少年徐志摩的成长足迹，具有很大的研究价值。

近年来，徐志摩的相关史料和作品不断有新的发现，填补了徐志摩研究的不少空白点，我们期待着更多的史料，有其像徐志摩的留英日记这样的重要文本，能被学者专家和有心人挖掘出来，使之重见天日，那是学界莫大的喜事。

二零一四年一月二日

虞坤林识于三省斋

目录

府中日记

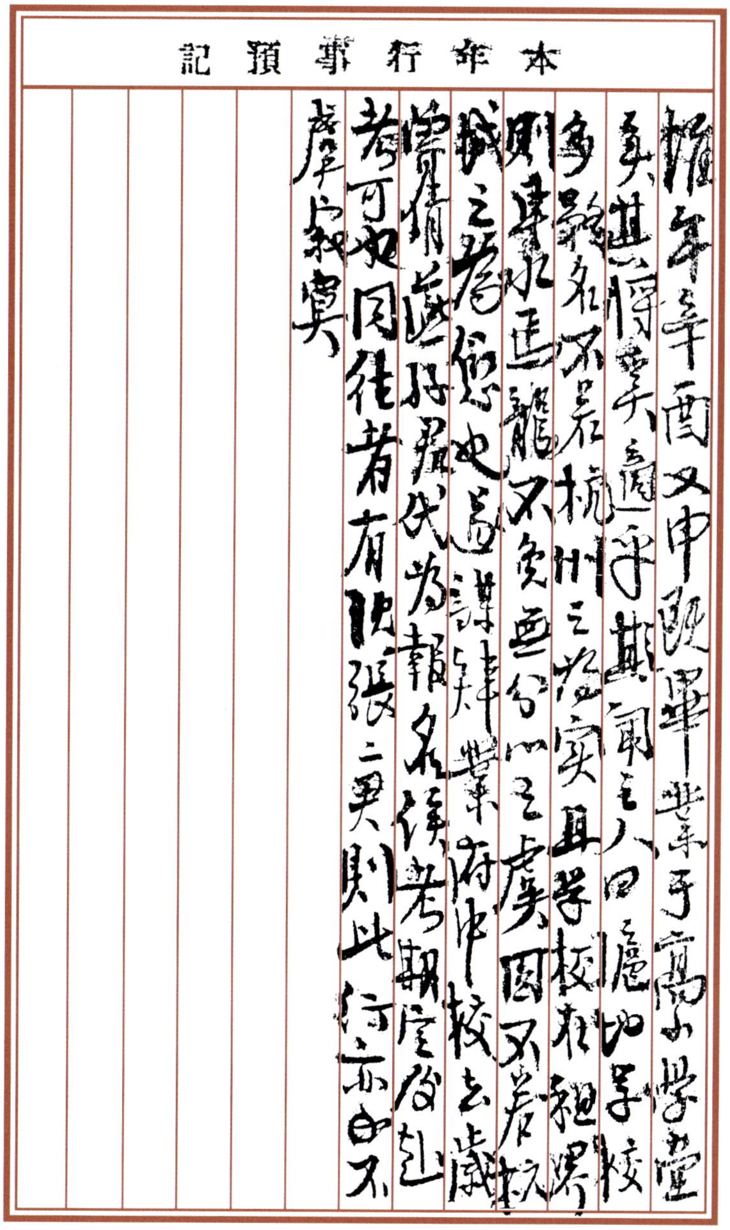
本年行事預記

惟年辛酉又申既畢業于高小學堂矣其將奚適乎期聞之人曰沪地學校多務名不若杭州之為實且學校在租界則車水馬龍不免無分心之虞固不若杭城之為愈也遂謀肄業府中校去歲曾倩燕孫君代為報名俟考期定後赴考可也同往者有沈張二君則此行亦不虞寂寞

惟年辛酉，又申既毕业于高小学堂矣，其将奚适乎期？闻之人曰，沪地学校多务名，不若杭州之为实。且学校在租界，则车水马龙不免无〔有〕分心之虞，固不若杭城之为愈也。遂谋肄业府中校。去岁曾倩燕孙君代为报名，俟考期定后赴考可也。同往者有沈、张二君，则此行亦不虞寂寞。

三百六旬初一日 四時嘉序太平年 宋晏殊

正月初一日

庚子

月曜

元旦行事

西歷一千九百十一年正月三十日

氣候

子于父母負最重大最永久之責任常思所以償之父母生我鞠我其恩惠無物可比凡子之財產身體精神苟可以報父母無不惟力是視

布列滔

親朋問候

自修課程

遊覽地方

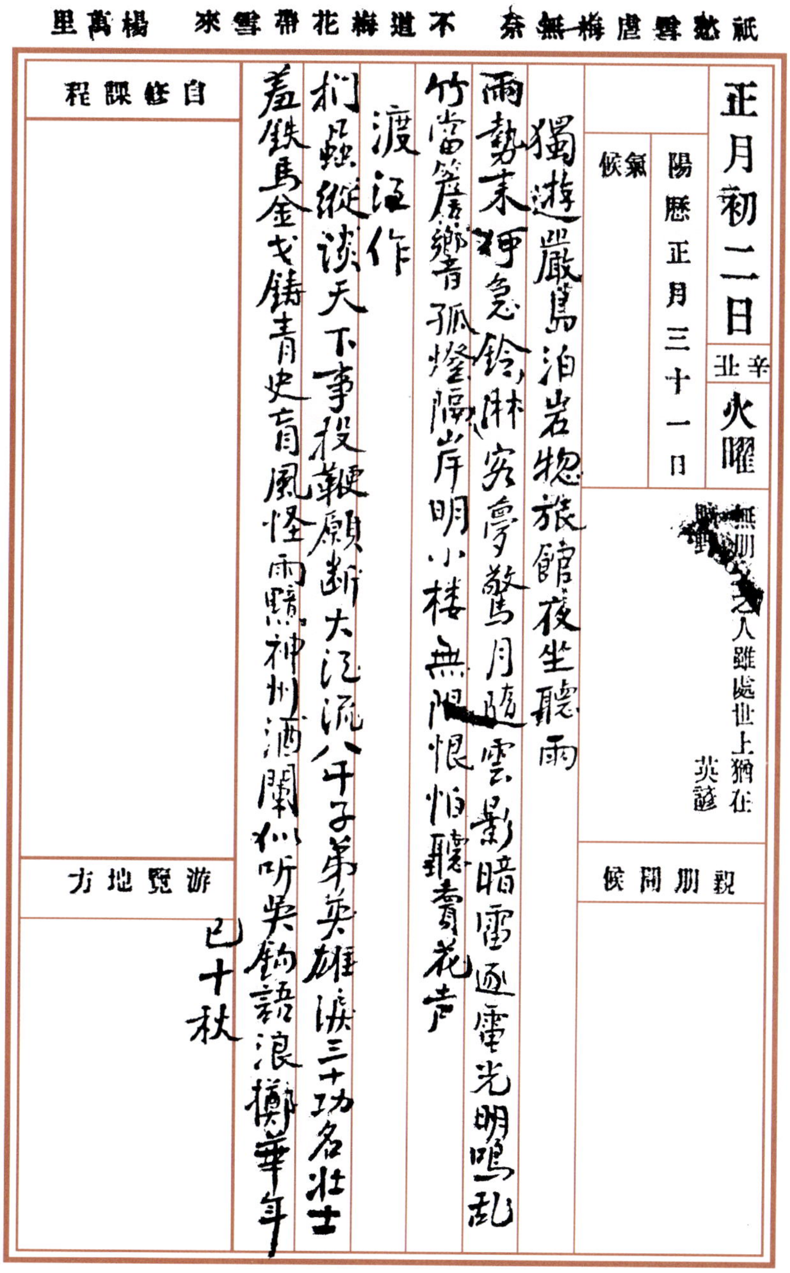
祇愁雪虐梅無奈 不道梅花帶雪來 楊萬里

正月初二日 辛丑 火曜

陽歷正月三十一日

氣候

無朋之人雖處世上猶在 英諺

親朋開候

自修課程

遊覽地方

獨遊嚴島泊岩惣旅館夜坐聽雨

雨勢來何急，鈴淋客夢驚。月隨雲影暗，雷逐電光明。亂竹當簷響，孤燈隔岸明。小樓無限恨，怕聽賣花声。

渡江作

扪虱縱談天下事，投鞭願斷大江流。八千子弟英雄淚，三十功名壯士羞。鐵馬金戈鑄青史，盲風怪雨黯神州。酒闌似听吳鈎語，浪擲華年已十秋。

正月初二日（阳历正月三十一日）

独游严岛泊岩窗旅馆夜坐听雨

雨势来何急，铃淋客梦惊。月随云影暗，雷逐电光鸣。乱竹当檐响，孤灯隔岸明。小楼无限恨，怕听卖花声。

渡江作

扪虱纵谈天下事，投鞭愿断大江流。八千子弟英雄泪，三十功名壮士羞。铁马金戈铸青史，盲风怪雨黯神州。酒阑似听吴钩语，浪掷华年已十秋。

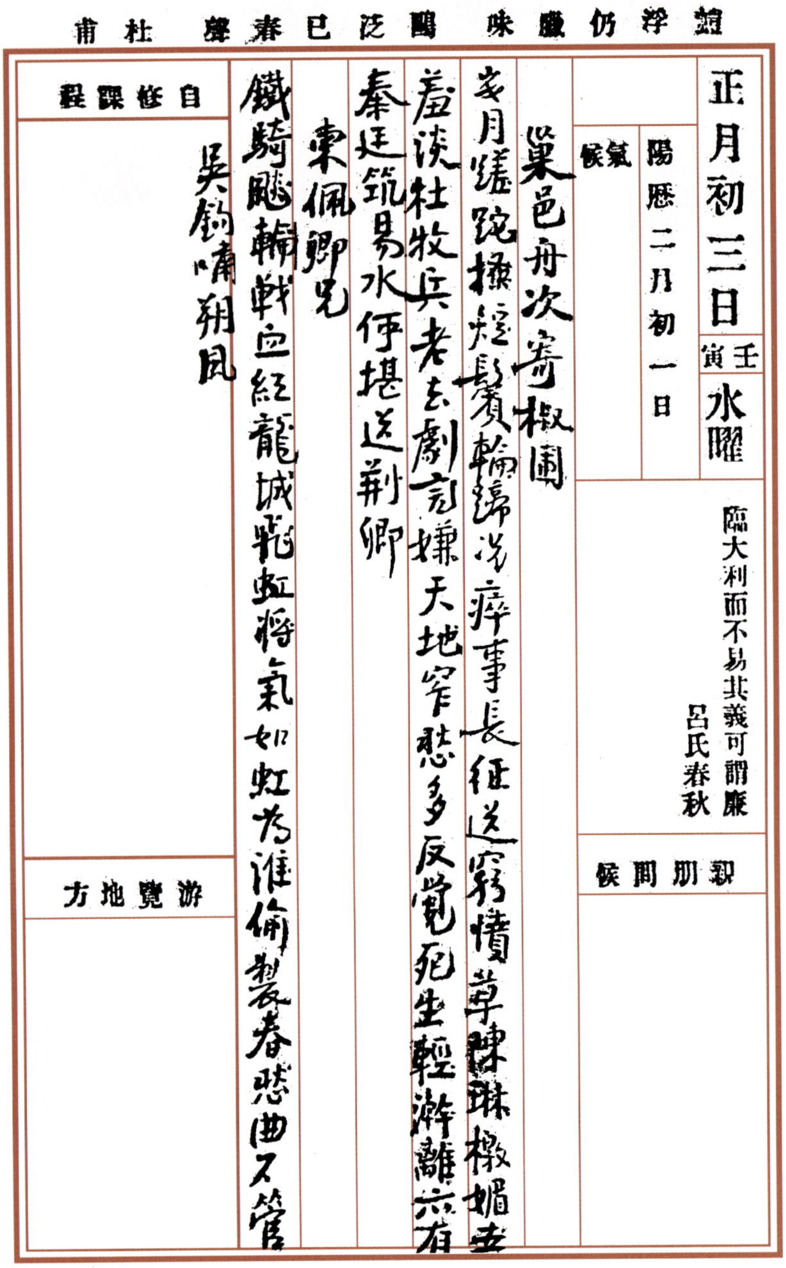

正月初三日（阳历二月一日）

巢邑舟次寄椒圃

岁月蹉跎搔短鬓，轮蹄况瘁事长征。送穷愤草陈琳檄，媚世羞谈杜牧兵。老去剧嫌天地窄，愁多反觉死生轻。浣离亦有秦廷筑，易水何堪送荆卿。

柬佩卿兄

铁骑飚轮战血红，龙城飞将气如虹。为谁偷制春愁曲，不管吴钩啸朔风。

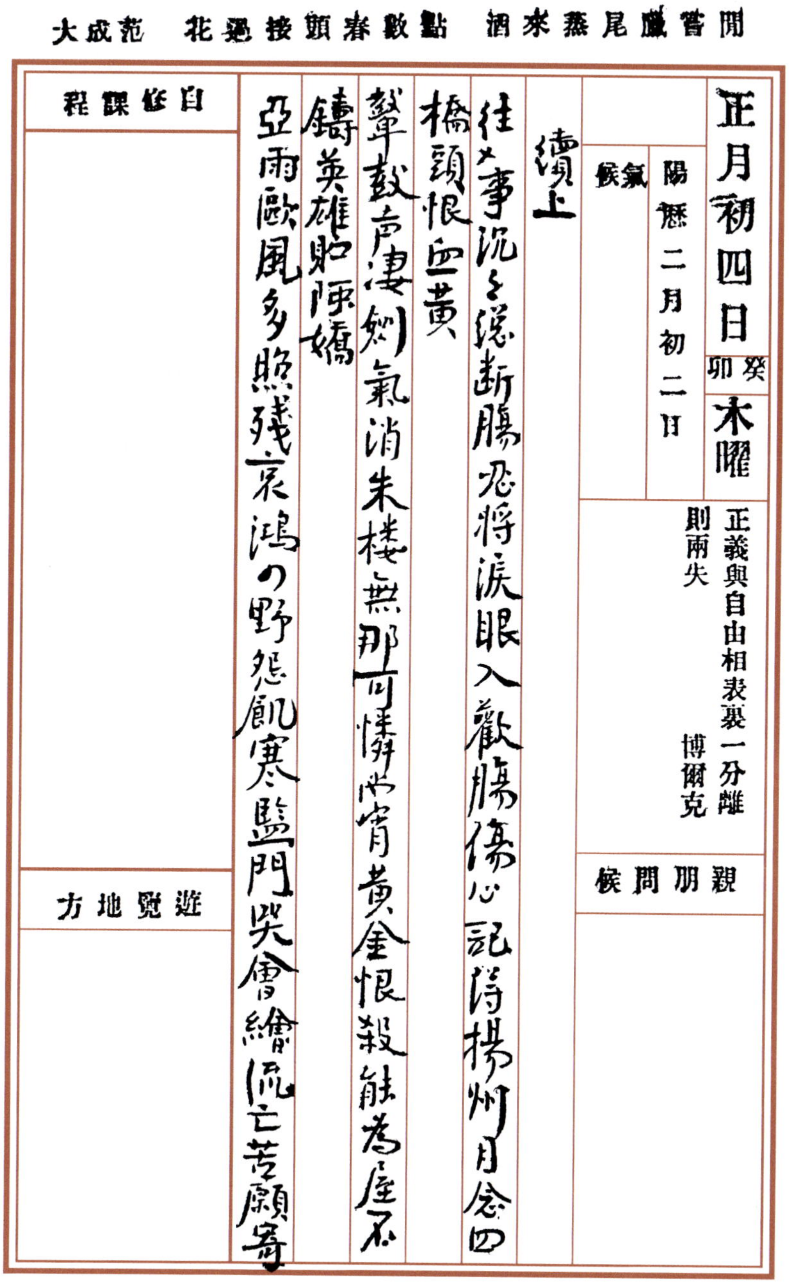
閒嘗臘尾燕來酒　點數春頭接過花　范成大

正月初四日　癸卯　木曜

陽歷二月初二日

氣候

續上

往事沉沉總斷腸，忍將淚眼入歡腸。傷心記得揚州月，念四橋頭恨血黃。鼙鼓声凄劍氣消，朱楼無那可憐宵。黄金恨殺能為屋，不鑄英雄貯阿嬌。亞雨歐風多照殘，哀鴻四野怨飢寒。監門哭會繪流亡苦，願寄

正義與自由相表裏，一分離則兩失　博爾克

親朋問候

自修課程

遊覽地方

正月初四日（阳历二月初二日）

续上

往事沉沉总断肠，忍将泪眼入欢肠。伤心记得扬州月，念四桥头恨血黄。

鼙鼓声凄剑气消，朱楼无那可怜宵。黄金恨杀能为屋，不铸英雄贮阿娇。

亚雨欧风多照残，哀鸿四野怨饥寒。监门哭绘流亡苦，愿寄

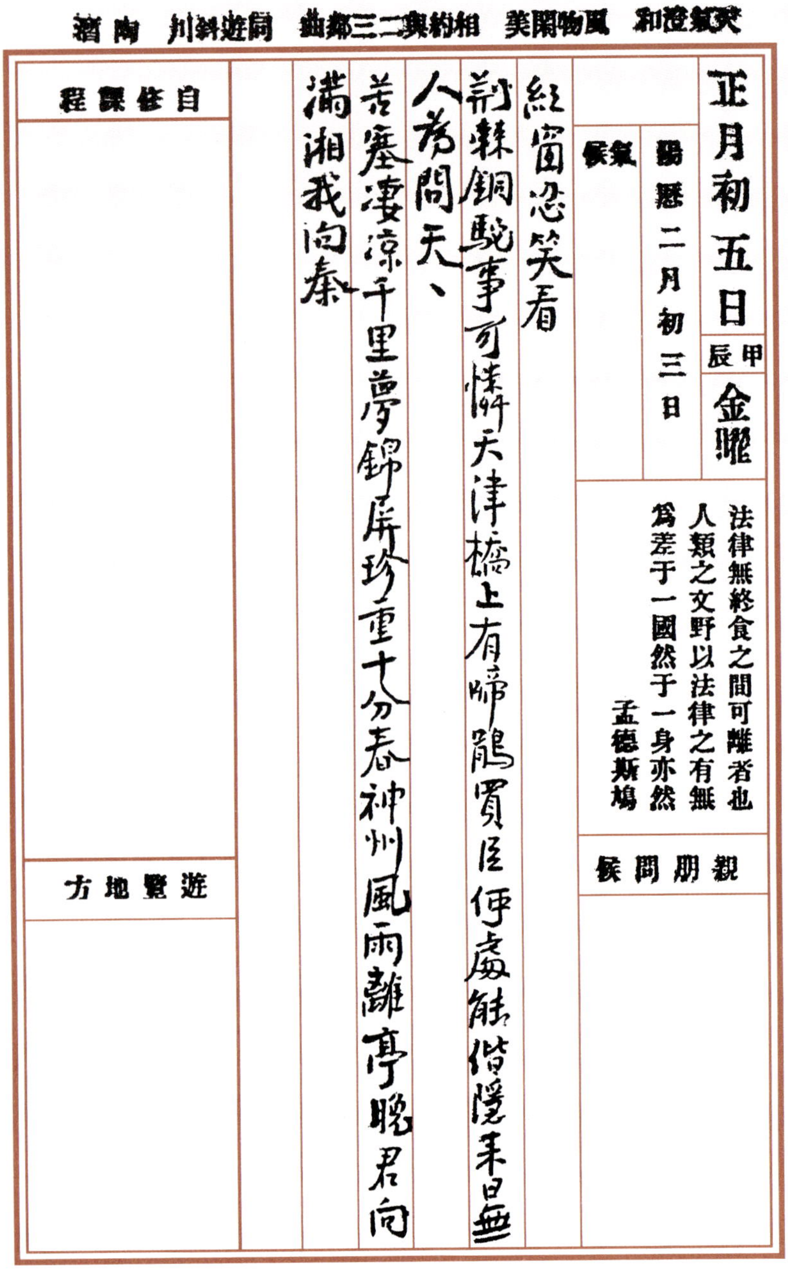

天氣澄和 風物閑美 相約與二三鄉曲 同遊斜川 陶潛
正月初五日
甲辰
金曜
陽曆二月初三日
氣候
法律無終食之間可離者也人類之文野以法律之有無為差于一國然于一身亦然
孟德斯鳩
親朋問候
紅窗忍笑看
荆棘銅駝事可憐天津橋上有啼鵑買臣何處能偕隱來日無
人為問天、
苦塞淒凉千里夢錦屏珍重十分春神州風雨離亭晚君向
瀟湘我向秦
自修課程
遊覽地方

正月初五日（阳历二月初三日）

（注：续上一页）红窗忍笑看。

荆棘铜驼事可怜，天津桥上有啼鹃。买臣何处能偕隐，来日无人为问天。

苦塞凄凉千里梦，锦屏珍重十分春。神州风雨离亭晚，君向潇湘我向秦。

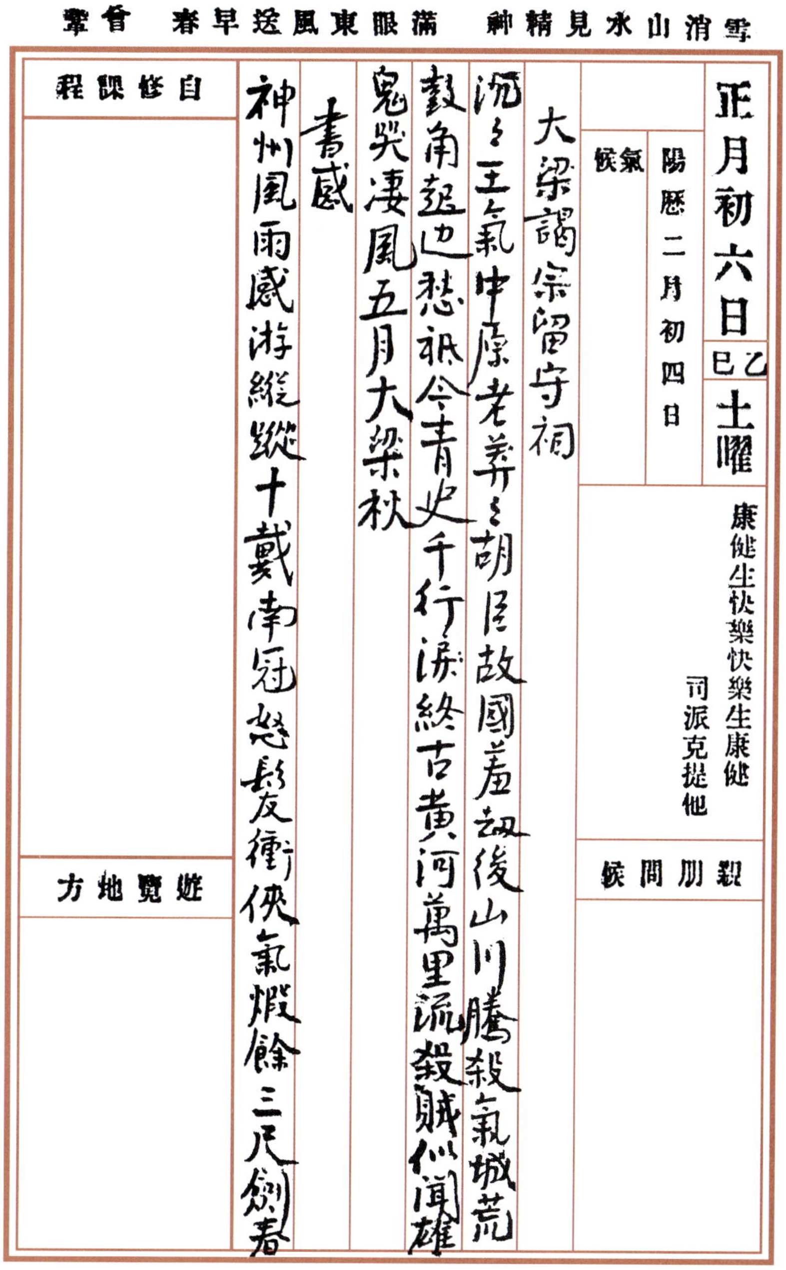
雪消山水見精神 滿眼東風送早春 晉臺

正月初六日 乙巳 土曜
陽曆二月初四日
氣候
康健生快樂快樂生康健 司派克提他
親朋間候
自修課程
遊覽地方

大梁謁宗留守祠
沉〻王氣中原老莽〻胡臣故國羞劫後山川騰殺氣城荒鼓角起邊愁祇今青史千行淚終古黃河萬里流殺賊似聞雄鬼哭淒風五月大梁秋
書感
神州風雨感游縱蹤十戴南冠怒髮衝俠氣煅餘三尺劍春

正月初六日（阳历二月初四日）

大梁谒宗留守祠

沉沉王气中原老，莽莽胡臣故国羞。劫后山川腾杀气，城荒鼓角起边愁。祇今青史千行泪，终古黄河万里流。杀贼似闻雄鬼哭，凄风五月大梁秋。

书感

神州风雨感游踪，十戴〔载〕南冠怒发冲。侠气锻馀三尺剑，春

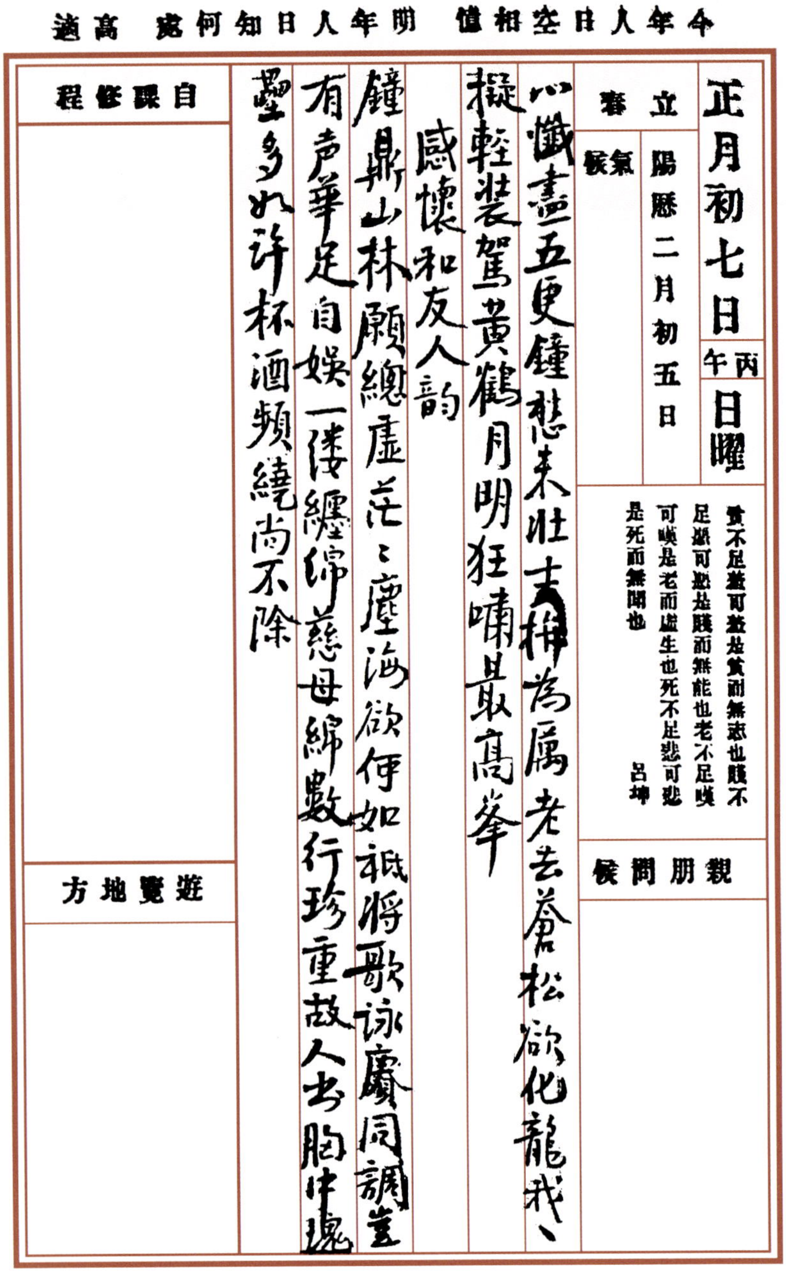

正月初七日（阳历二月初五日）

（注：续上一页）心忏尽五更钟。愁来壮士拼为厉，老去苍松欲化龙。我拟轻装驾黄鹤，月明狂啸最高峰。

感怀和友人韵

钟鼎山林愿总虚，茫茫尘海欲何如。祇将歌咏赓同调，岂有声华足自娱。一缕缠绵慈母绵，数行珍重故人书。胸中块垒多如许，杯酒频绕〔浇〕尚不除。

池邊冰刃暖初落　山上雪稜寒未消　韋莊

正月初八日　丁未　月曜

陽曆二月初六日

氣候

從事一業先決其志志決則亟行之　佛蘭克令

親朋問候

偶遊江濱見甲午年湘人吴君憤時投江處讀亭中碑記為之愴然同遊某君弔以詩因依韻和之

横流滄海幾經春來弔孤忠迹未論廿載光陰同水逝一亭草色逐年新哀時雪涕渾無補避世桃源未有津蹈海今多烈士祗將肝胆付波臣

自修課程

遊覽地方

正月初八日（阳历二月初六日）

偶游江滨，见甲午年湘人吴君愤时投江处，读亭中碑记。为之怆然。同游某君吊以诗，因依韵和之。

横流沧海几经春，来吊孤忠迹未论。廿载光阴同水逝，一亭草色逐年新。

哀时雪涕浑无补，避世桃源未有津。蹈海而今多烈士，只将肝胆付波臣。

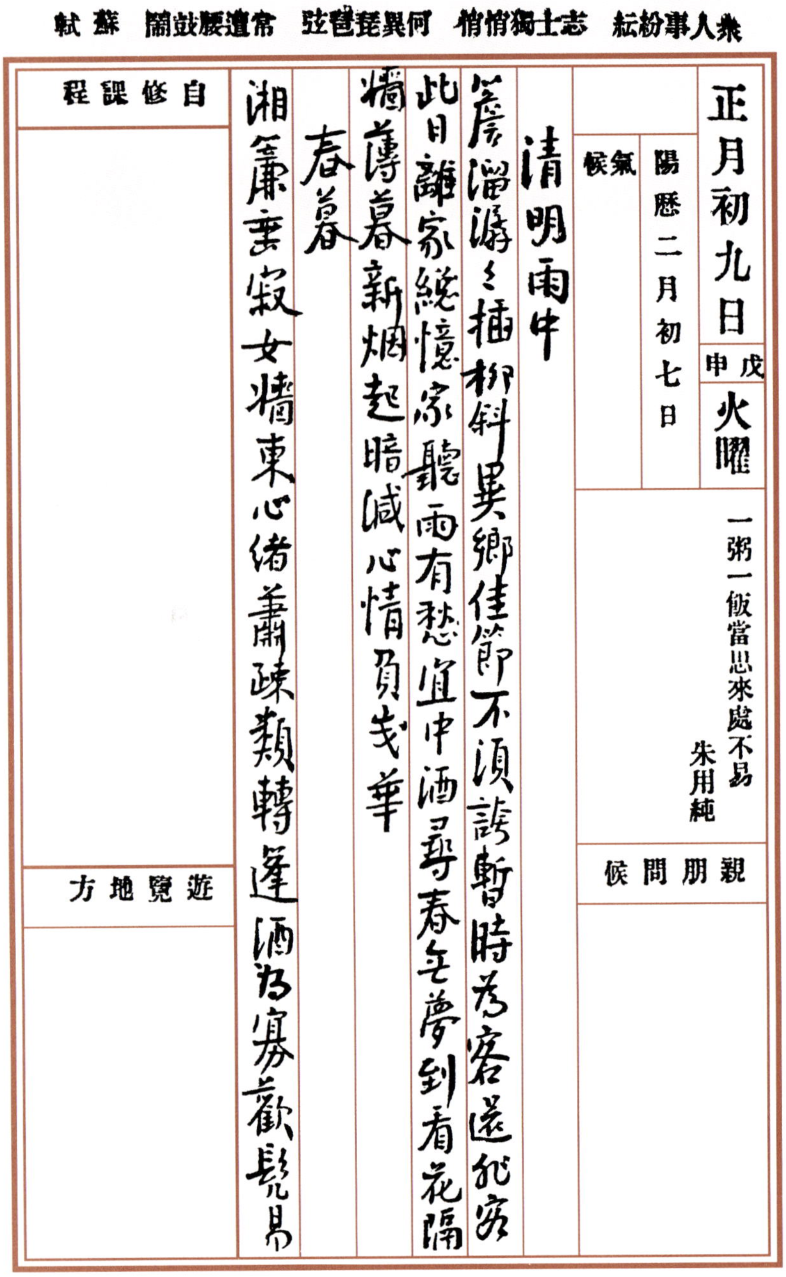
衆人事紛紜 志士獨悄悄 何異琵琶弦 常遭腰鼓鬧 蘇軾

正月初九日 戊申 火曜

陽歷二月初七日

氣候

一粥一飯當思來處不易 朱用純

親朋問候

自修課程

遊覽地方

清明雨中

簷溜潺潺插柳斜異鄉佳節不須誇暫時為客還飛客此日離家總憶家聽雨有愁宜中酒尋春無夢到看花隔墻薄暮新烟起暗減心情負歲華

春暮

湘簾垂寂女墻東心緒蕭疏類轉蓬酒為寡歡髡易

正月初九日（阳历二月初七日）

清明雨中

檐溜潺潺插柳斜，异乡佳节不须夸。暂时为客还飞〔非〕客，此日离家总忆家。听雨有愁宜中酒，寻春无梦到看花。隔墙薄暮新烟起，暗减心情负岁华。

春暮

湘帘垂寂女墙东，心绪萧疏类转蓬。酒为寡欢髡易

梅花带雪飞琴上　柳色和烟入酒中　章孝标

正月初十日 己酉 水曜	阳历二月初八日
皇太后万寿	气候
醉诗因覔险贺终穷。梨花别院愁宵雨，柳叶芳塘怯晚风。惜问差池新燕词，定巢何处画楼中。 官厅火盆 萧條四壁朔風嚴，溫暖方知利益沾。僅許微明同嚼火，為因人熱見針貶。名街已博羊頭爛，紅黑全憑獸炭添。莫怪天涯風雪冷，由來此地本趨炎。	
吠狗之用胜於睡狮　华盛顿	
亲朋问候	
自课修程	
游览地方	

正月初十日（阳历二月初八日）

（注：续上一页）醉，诗因觅险贺终穷。梨花别院愁宵雨，柳叶芳塘怯晚风。惜〔借〕问差池新燕词，定巢何处画楼中。

官厅火盆

萧条四壁朔风严，温暖方知利益沾。仅许微明同嚼〔爝〕火，为因人热见针贬〔砭〕。名衔已博羊头烂，红黑全凭兽炭添。莫怪天涯风雪冷，由来此地本趋炎。

新年納餘慶　佳節號長春　孟昶

正月十一日　庚戌　木曜

陽曆二月初九日

氣候

登最高之地必由迂迴之階級　培根

親朋問候

自修課程

遊覽地方

妓女洋帽　錄民立報

別樣風流慣效顰相逢一笑此綸巾居然北里尋常艷也得西方彼美人名妓工書都博士花冠不整自成春縱無脫帽相為禮也是文明氣象新

巡警木棍（一名指揮棍）

長安市上錦官城倚麗風光百度更未擡甲兵先制梃不

正月十一日（阳历二月初九日）

妓女洋帽（录《民立报》）

别样风流惯效颦，相逢一笑此纶巾。居然北里寻常艳，也得西方彼美人。

名妓工书都博士，花冠不整自成春。纵无脱帽相为礼，也是文明气象新。

巡警木棍（一名指挥棍）

长安市上锦官城，绮丽风光百度更。未挞甲兵先制梃，不

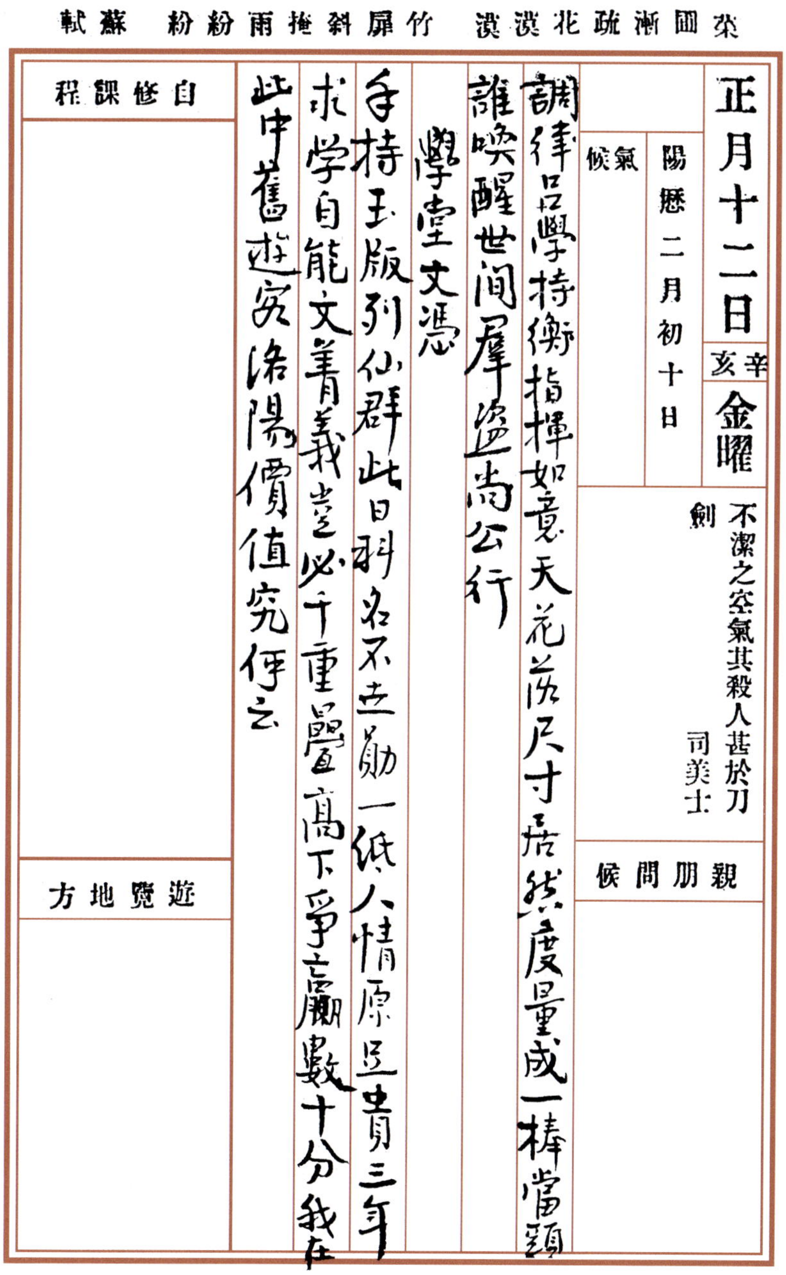
柔圃漸疏花漠漠 竹屏斜掩雨紛紛 蘇軾

正月十二日 辛亥 金曜

陽歷二月初十日

氣候

不潔之空氣其殺人甚於刀劍 司美士

親朋問候

自修課程

遊覽地方

調律呂學持衡指揮如意天花落尺寸居然度量成一棒當頭誰喚醒世间羣盜尚公行

學堂文憑

手持玉版列仙群此日科名不世勛一紙人情原足貴三年求学自能文菁義豈必千重疊高下爭贏數十分我在此中舊遊客洛陽價值究何云

正月十二日（阳历二月初十日）

（注：续上一页）调律吕学持衡。指挥如意天花落，尺寸居然度量成。一棒当头谁唤醒，世间群盗尚公行。

学堂文凭

手持玉版列仙群，此日科名不世勋。一纸人情原足贵，三年求学自能文。菁义岂必千重叠，高下争赢数十分。我在此中旧游客，洛阳价值究何云。

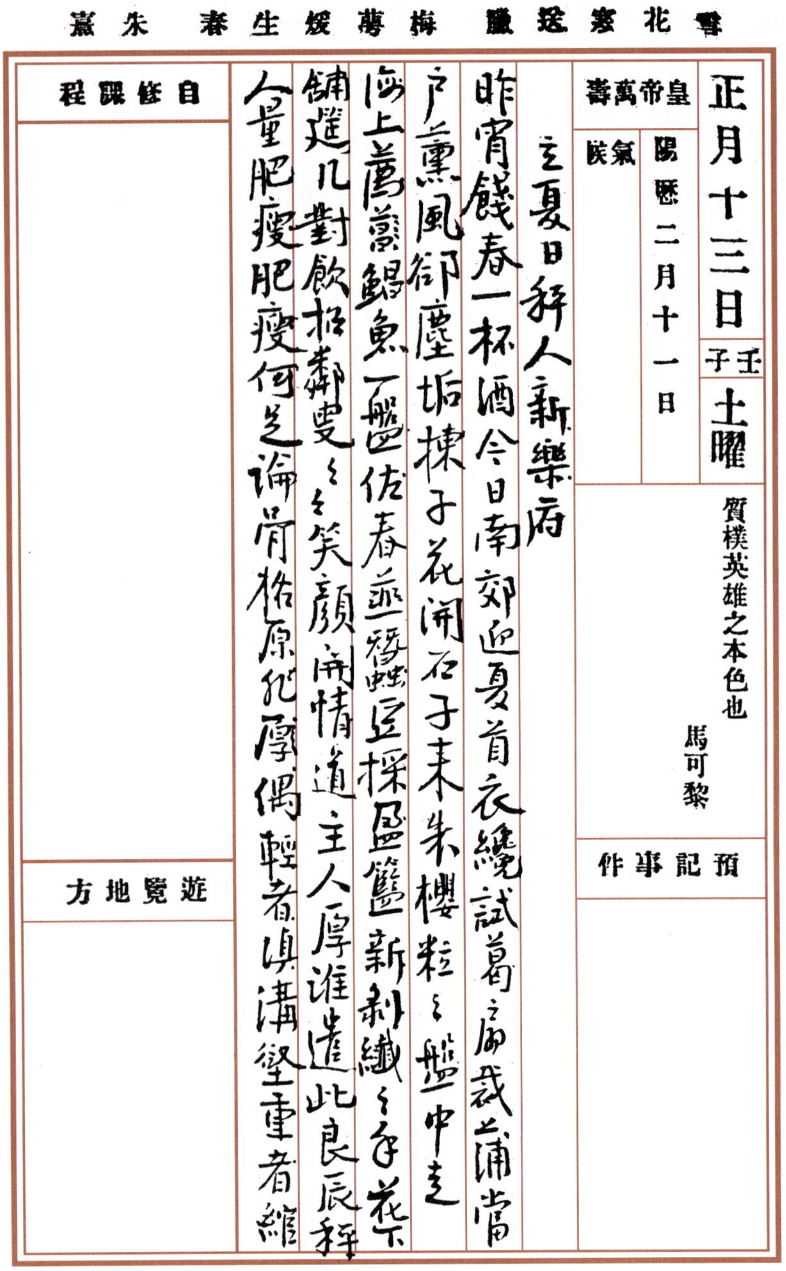
雪花寒送臘　梅萼綏生春　朱熹

正月十三日　壬子　土曜

皇帝萬壽

陽曆二月十一日

氣候

賀樸英雄之本色也　馬可黎

預記事件

自修課程

遊覽地方

立夏日秤人新樂府

昨宵餞春一杯酒今日南郊迎夏首衣纔試葛々扇裁蒲當戶薰風卻塵垢楝子花開石子來朱櫻粒々盤中走海上薦鯧魚一盤佐春韭蠶豆採盈籃新剝纖々手花下鋪筵几對飲招鄰叟々々笑顏開情道主人厚誰遣此良辰秤人量肥瘦肥瘦何足論骨格原非偶輕者嗔溝壑重者縋

正月十三日（阳历二月十一日）

立夏日秤人新乐府

昨宵饯春一杯酒，今日南郊迎夏首。衣才试葛扇裁蒲，当户熏风却尘垢。楝子花开石子来，朱樱粒粒盘中走。海上荐鲳鱼，一盘佐春韭。蚕豆采盈篮，新剥纤纤手。花下铺筵几，对饮招邻叟。邻叟笑颜开，情道主人厚，谁遣此良辰，秤人量肥瘦，肥瘦何足论，骨格原非偶，轻者滇沟壑，重者绾

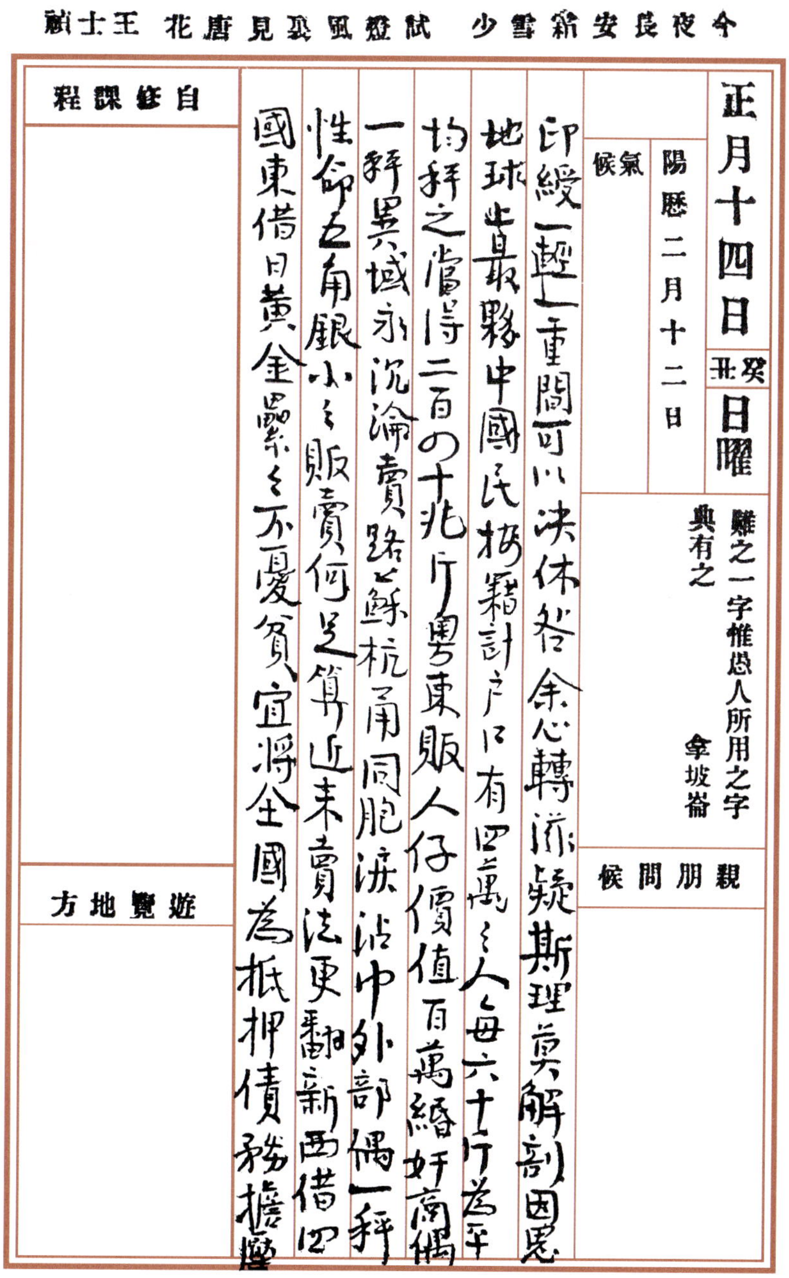

正月十四日（阳历二月十二日）

（注：续上一页）印绶。一轻一重间，可以决休咎。余心转滋疑，斯理莫解剖。因思地球上，最夥中国民。按籍计户口，有四万万人。每六十斤为平均秤之，当得二百四十兆斤。粤东贩人仔，价值百万缗。奸商偶一秤，异域永沉沦。卖路苏杭甬，同胞泪沾巾。外部偶一秤，性命五角银。小小贩卖何足算，近来卖法更翻新。西借四国东借日，黄金累累不忧贫。宜将全国为抵押，债务担压

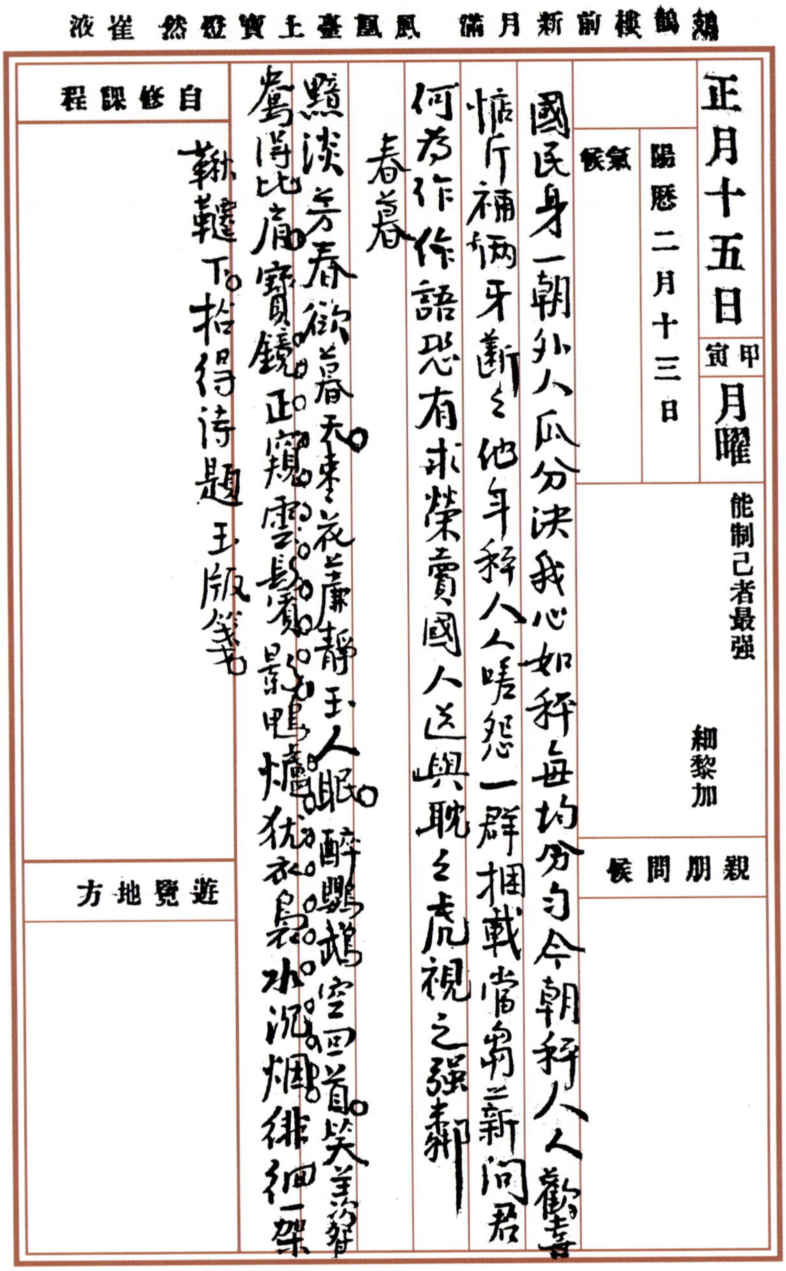

正月十五日（阳历二月十三日）

（注：续上一页）国民身。一朝外人瓜分决，我心如秤每均匀。今朝秤人人欢喜，惦斤补两牙断断。他年秤人人嗟怨，一群捆载当刍薪。问君何为作此语，恐有求荣卖国人，送与眈眈虎视之强邻。

春暮

黯淡芳春欲暮天，枣花帘静玉人眠。醉鹦鹉空回首，笑羡鸳鸯得比肩。宝镜正窥云鬓影，鸭炉犹袅水沉烟。徘徊一架秋千下，拾得诗题玉版笺。

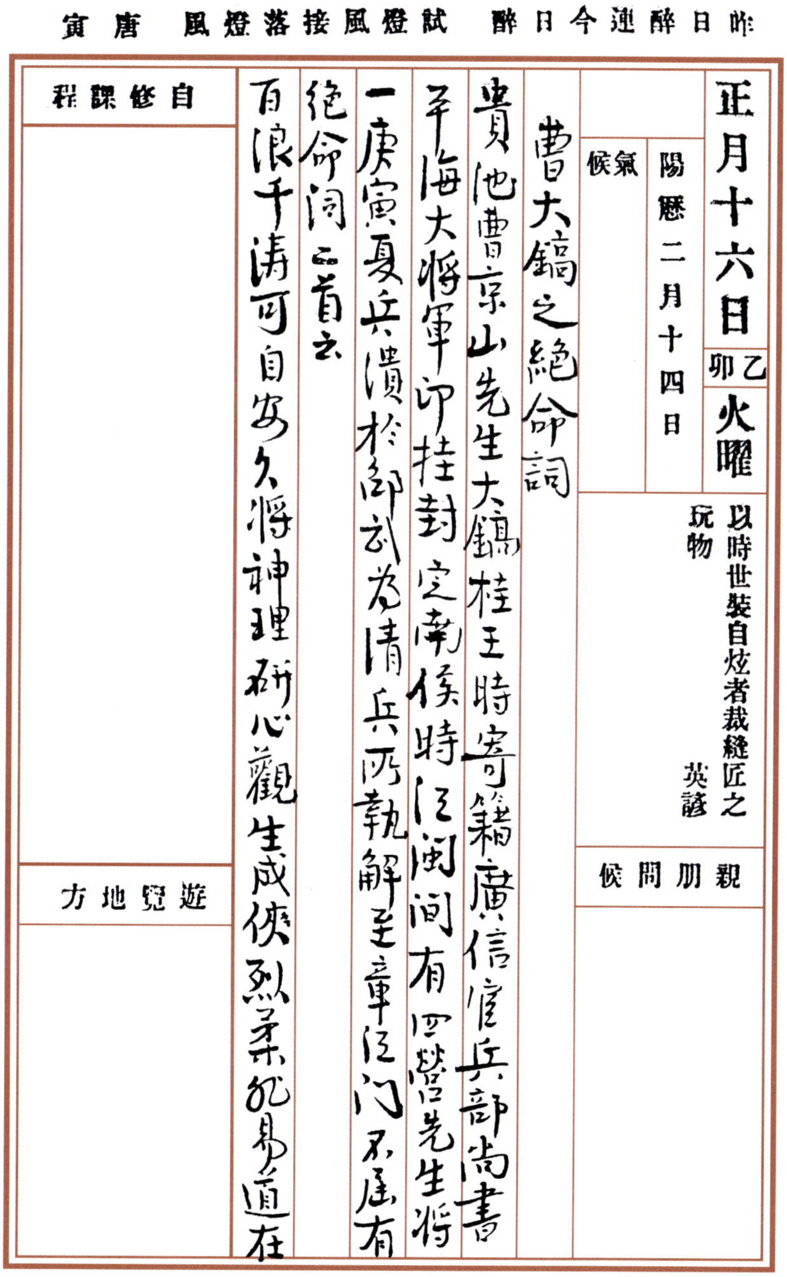
昨日醉今日醉連日醉 試燈風接落燈風 唐寅

正月十六日 乙卯 火曜

陽曆二月十四日

氣候

以時世裝自炫者裁縫匠之玩物 英諺

親朋問候

自修課程

遊覽地方

曹大鎬之絕命詞

貴池曹京山先生大鎬，桂王時寄籍廣信，官兵部尚書、平海大將軍，印挂封定南侯。時江閩間有四營，先生將一。庚寅夏，兵潰於邵武，爲清兵所執，解至章江門，不屈。有絕命詞二首云：

百浪千濤可自安，久將神理研心觀。生成俠烈柔非易，道在

正月十六日（阳历二月十四日）

曹大镐之绝命词

贵池曹京山先生大镐，桂王时寄籍广信，官兵部尚书、平海大将军，印挂封『定南侯』。时江闽间有四营，先生将一。庚寅夏，兵溃于邵武，为清兵所执，解至章江门，不屈。有绝命词二首云：

百浪千涛可自安，久将神理研心观。生成侠烈柔非易，道在

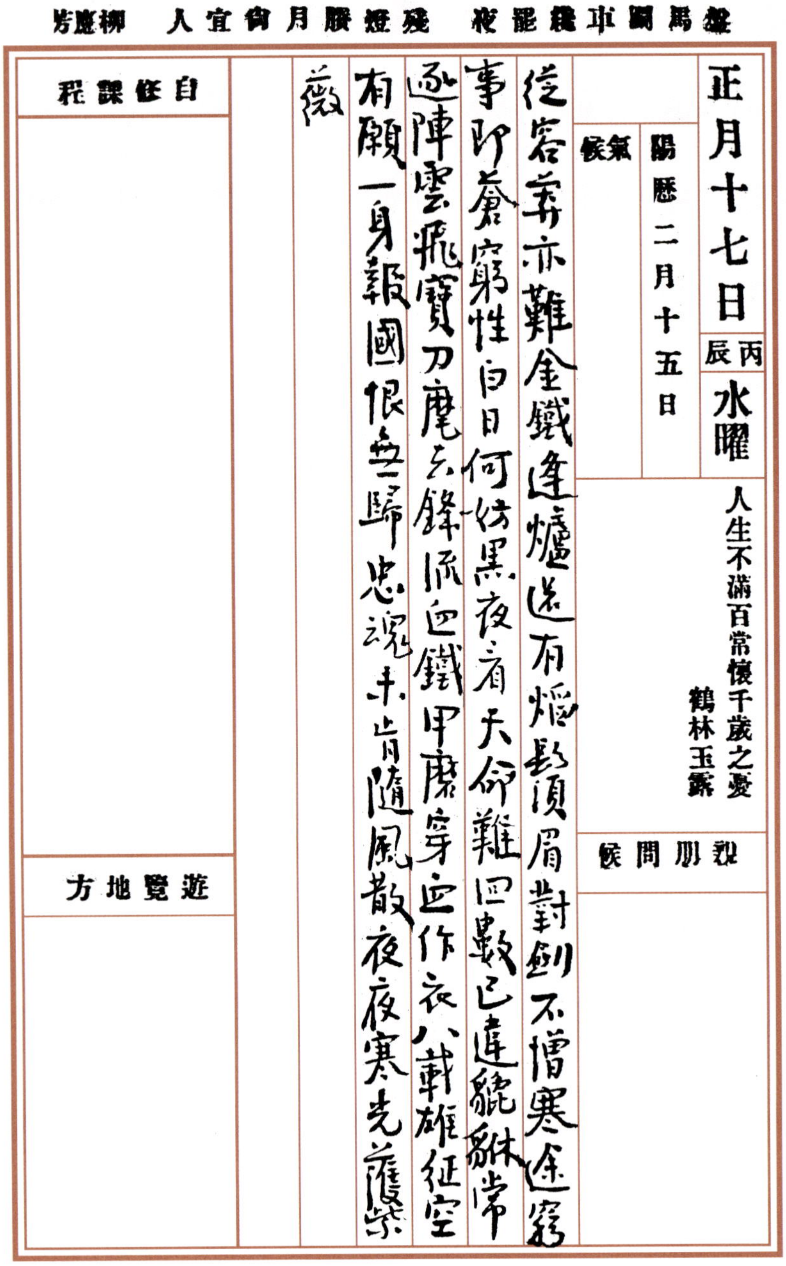

正月十七日（阳历二月十五日）

（注：续上一页）从容葬亦难。金铁逢炉还有焰，须眉对剑不憎寒，途穷事即苍穷〔穹〕性，白日何妨黑夜看。

天命难回数已违，貔貅常逐阵云飞。宝刀磨去锋流血，铁甲磨穿血作衣。八载雄征空有愿，一身报国恨无归，忠魂未肯随风散，夜夜寒光护紫薇。

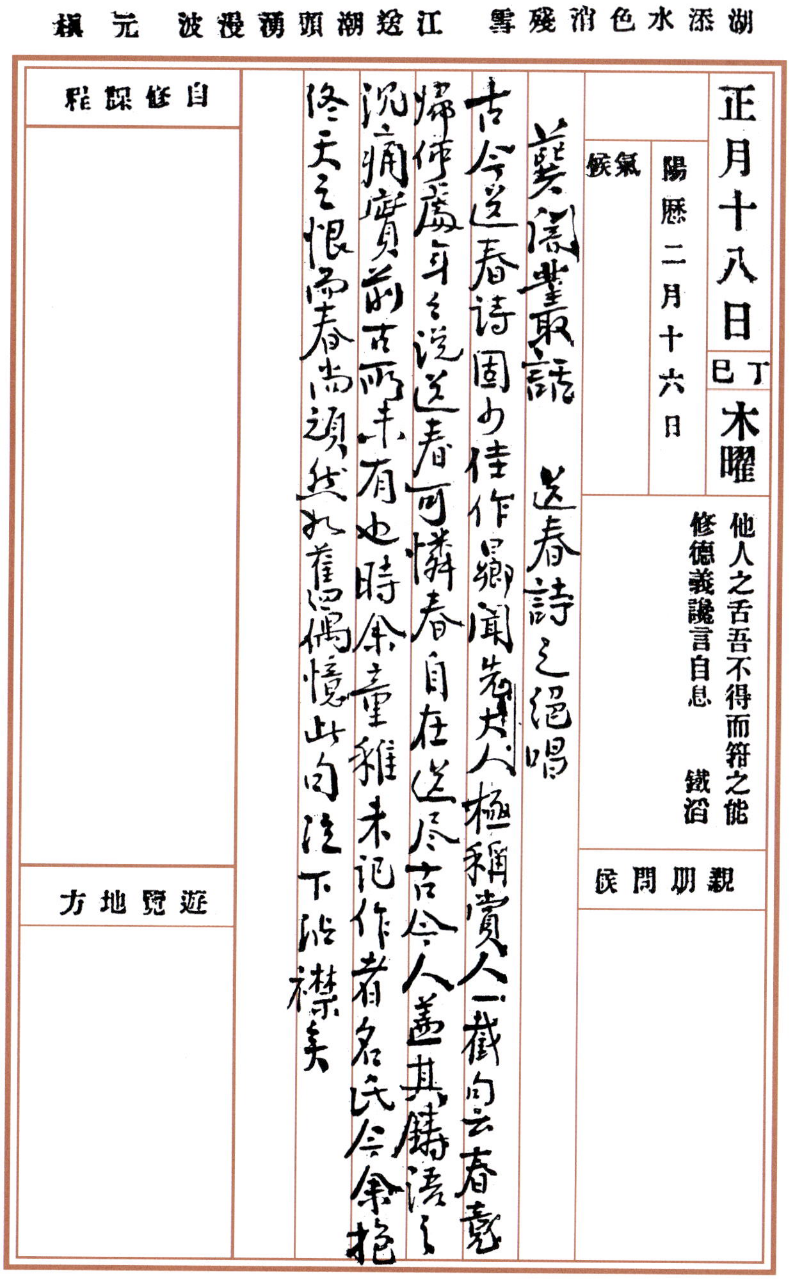
湖添水色消殘雪　江送潮頭湧漫波　元稹

正月十八日　丁巳　木曜

陽歷二月十六日

氣候

他人之舌吾不得而箝之能修德義讒言自息　鐵沿

親朋問候

自修課程

遊覽地方

□閣叢話　送春詩之絕唱

古今送春詩固少佳作向聞先大人極稱賞人一截句云春竟歸何處年年說送春可憐春自在送盡古今人蓋其鑄語之沉痛實前古所未有也時余童稚未記作者名氏今余抱終天之恨而春尚頑然如舊偶憶此句泣下沾襟矣

正月十八日（阳历二月十六日）

□阁从话　送春诗之绝唱

古今送春诗固少佳作，向闻先大人极称赏人一截句云：春竟归何处，年年说送春；可怜春自在，送尽古今人。盖其铸语之沉痛，实前古所未有也。时余童稚未记作者名氏，今余抱终天之恨，而春尚顽然如旧，偶忆此句，泣下沾襟矣。

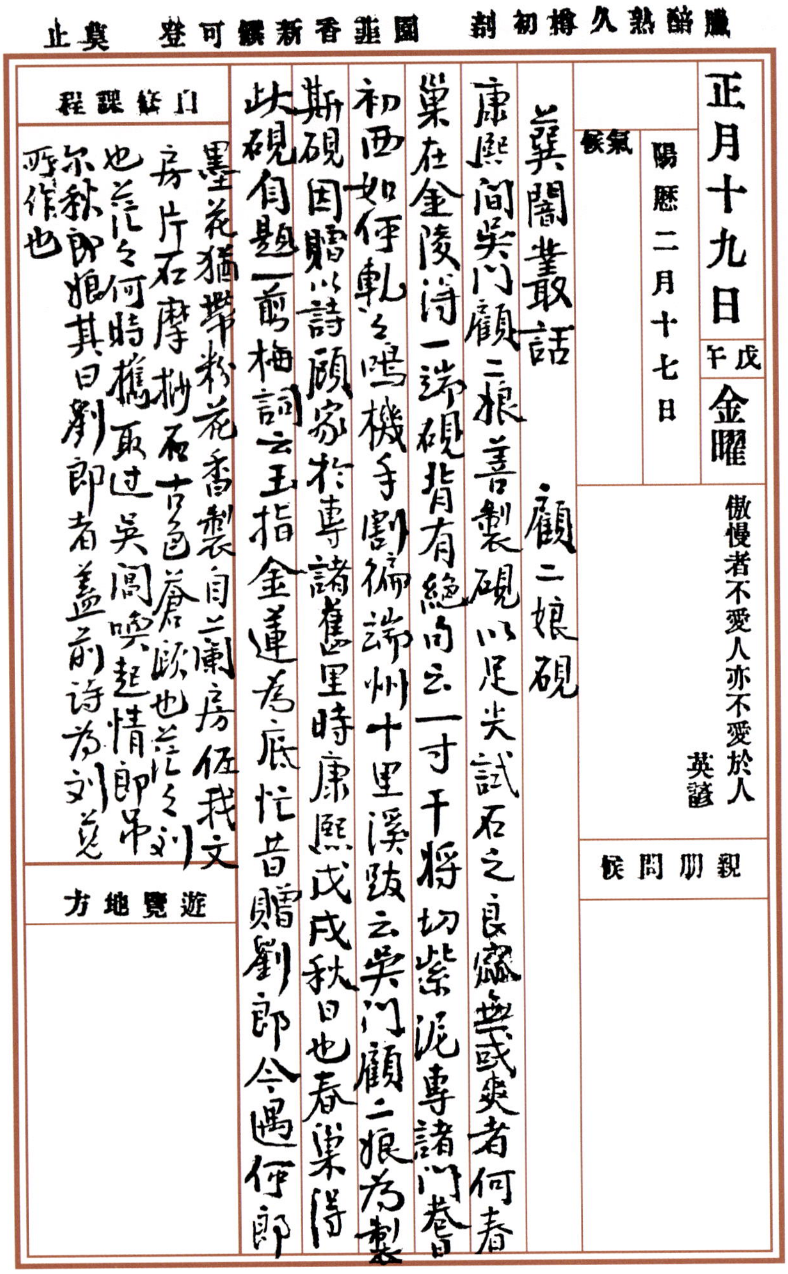
正月十九日　戊午　金曜
陽歷二月十七日
氣候
傲慢者不愛人亦不愛於人　英諺
親朋問候
自修課程
遊覽地方

冀闇叢話　顧二娘硯
康熙間吳門顧二娘善製硯以足尖試石之良窳無或爽者何春巢在金陵得一端硯背有絕句云一寸干將切紫泥專諸門巷日初西如何軋軋鳴機手割徧端州十里溪跋云吳門顧二娘為製斯硯因贈以詩顧家於專諸舊里時康熙戊戌秋日也春巢得此硯自題一剪梅詞云玉指金蓮為底忙昔贈劉郎今遇何郎墨花猶帶粉花香製自蘭房佐我文房片石摩挲古色蒼顧也茫茫劉也茫茫何時攜取過吳閶喚起情郎弔爾秋郎其曰劉郎者蓋前詩為劉慈所作也

正月十九日（阳历二月十七日）

□阇丛话　顾二娘砚

康熙间，吴门顾二娘善制砚。以足尖试石之良窳，无或爽者。何春巢在金陵得一端砚，背有绝句云：一寸干将切紫泥，专诸门巷日初西，如何轧轧鸣机手，割遍端州十里溪。跋云：『吴门顾二娘为制斯砚，因赠以诗。顾家于专诸旧里。时康熙戊戌秋日也』。春巢得此砚，自题《一剪梅》词云：『玉指金莲为底忙，昔赠刘郎，今遇何郎。墨花犹带粉花香，制自兰房，佐我文房。片石摩沙〔挲〕古色苍，顾也茫茫，刘也茫茫。何时携取过吴阊，唤起情郎，吊尔秋娘』。其曰刘郎者，盖前诗为刘慈所作也。

盛年不重來　一日難再晨　及時宜自勉　歲月不待人　陶潛

正月二十日　己未　土曜

開學

陽歷二月十八日

氣候

人生之幸福心神快樂爲上 身體康强次之資財其下也
意司連西

預記事件

今日惟日己未学堂開校期也

受課細目

科目

事項

科目

事項

自修課程

正月二十日（阳历二月十八日）

惟日己未，学堂开校期也。

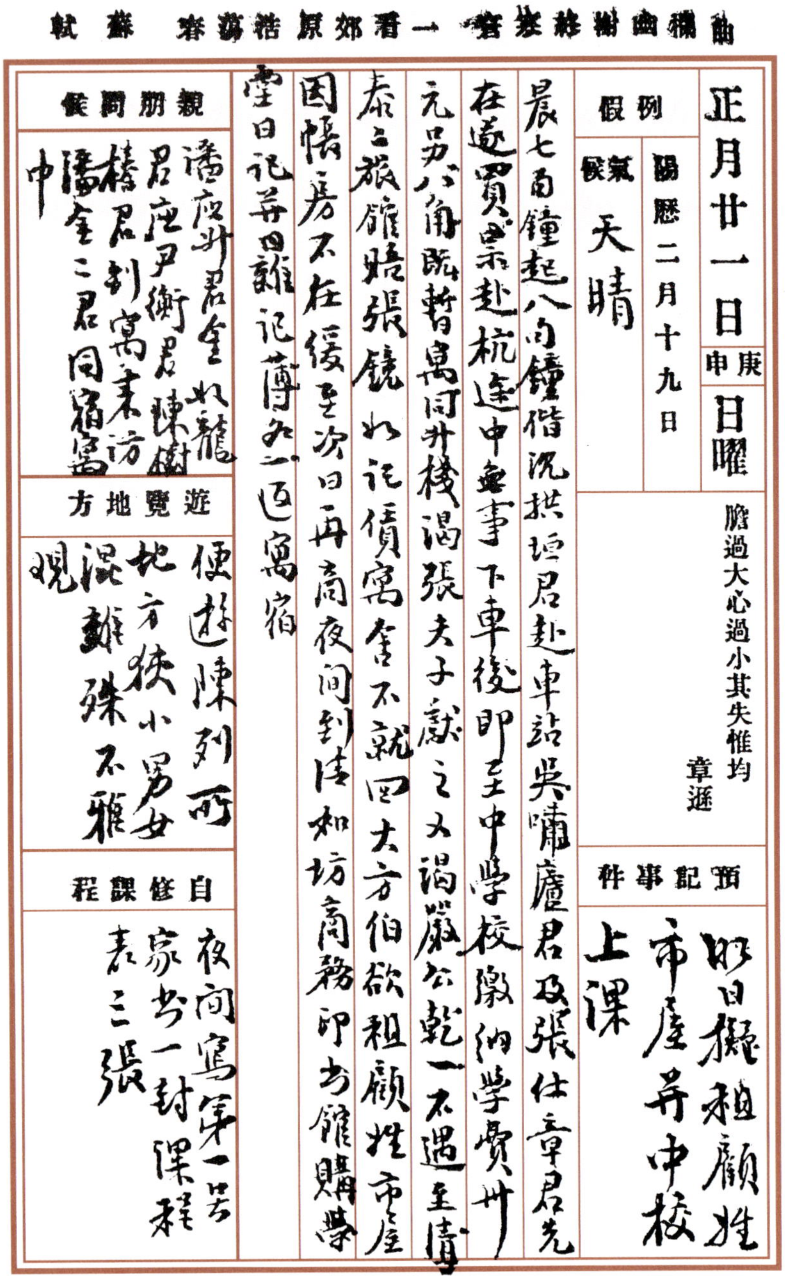

正月廿一日（阳历二月十九日）　天晴

预记事件：明日拟租顾姓市屋并中校上课。

晨七句钟起，八句钟偕沈拱垣君赴车站。吴啸庐君及张仕章君先在，遂买票赴杭。途中无事。下车后即至中学校，缴纳学费卅元另〔零〕八角。既暂寓同升栈，谒张夫子献之，又谒严公乾，不遇。至清泰之旅馆，晤张镜如，托赁寓舍不就。回大方伯，欲租顾姓市屋，因帐房不在，缓至次日再商。夜间到清和坊商务印书馆购《学堂日记》并杂记簿各一，返寓宿。

亲朋问候：潘应升君、金如龙君、应尹衡君、陈树椿君到寓来访。潘、金二君同宿寓中。

游览地方：便游陈列所，地方狭小，男女混杂，殊不雅观。

自修课程：夜间写第一号家书一封，课程表三张。

瑟瑟寒生低暫雨　絲絲春漲草橋波　華應昌

正月廿二日　辛酉　月曜

雨水　陽曆二月二十日

氣候　日間晴夜小雨

天下事如不倒翁無論轉之何方終必復其正位　柯麻爾分

預記事件　明日發第二号家信顧姓事尚未議妥

晨七句鐘起赴二舍自修室此日只上算術一班与吳發源君式夔君閑談移時十一句鐘出舍返寓飯後寫第二号家信三句鐘偕沈張二君出游清和坊購信封等件及新三國新西游記各一重游商品陳列所返寓約四時左右訪潘應升君等不遇晚膳後寫零用帳及日記一頁閱新西游記三冊頗具諷意此書非無益小說之可比以有言外旨也十時宿

受課細目

科目	事項
算術	王世菊昆上班

自修課程

正月廿二日（阳历二月二十日）　日间晴　夜小雨

预记事件：明日发第二号家信。顾姓事尚未议妥。

晨七句钟起，赴二舍自修室，此日只上算术一班。与吴发源君、式夔君闲谈移时，十一句钟出舍返寓，饭后写第二号家信。三句钟偕沈、张二君出游清和坊，购信封等件，及《新三国》、《新西游记》各一。重游商品陈列所，返寓约四时左右。访潘应升君等不遇。晚膳后，写另用帐及日记一页，阅《新西游记》三册，颇具讽意，此书非无益小说之可比，以有言外旨也。十时宿。

受课细目：算术（王世菊昆上班）

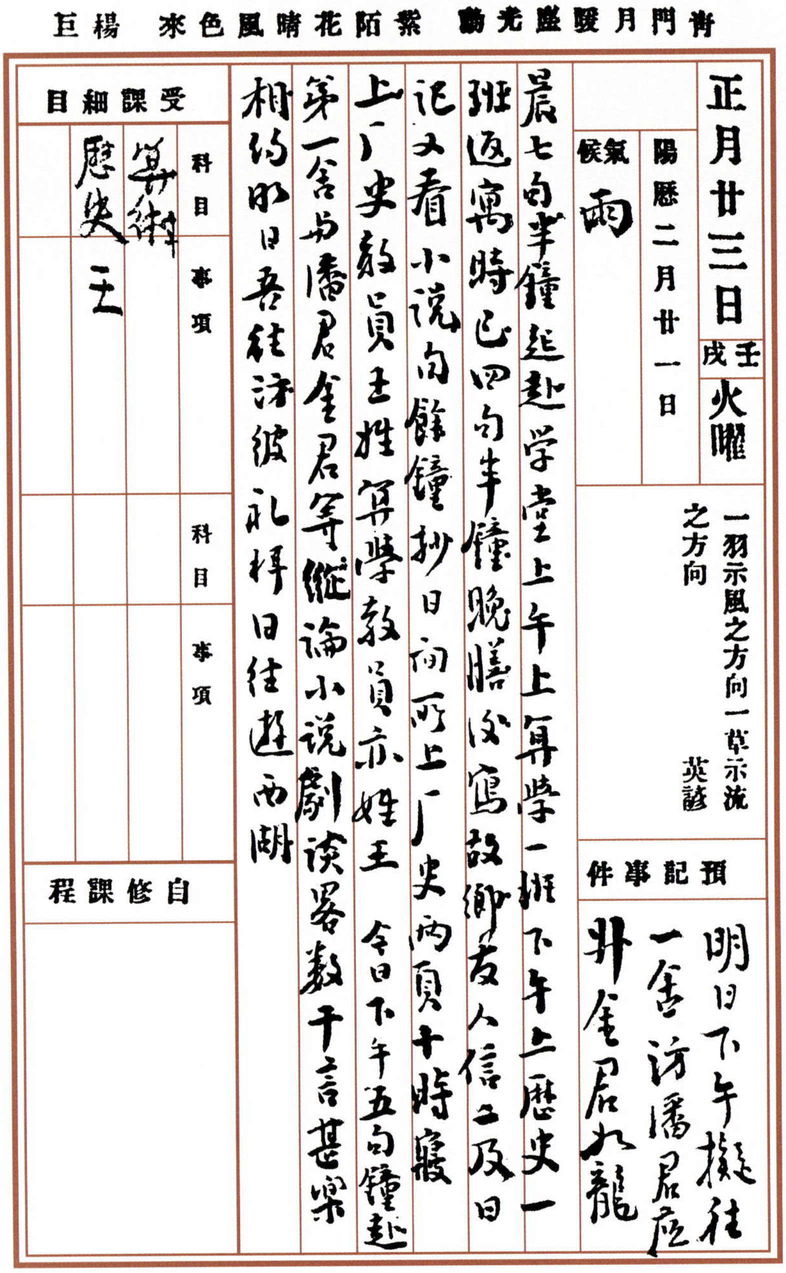

正月廿三日（阳历二月廿一日）　雨

预记事件：明日下午拟往一舍访潘君应升、金君如龙。

晨七句半钟起，赴学堂。上午上算学一班。下午上历史一班。返寓时已四句半钟。晚膳后写故乡友人信二及日记，又看小说句馀钟。抄日间所上历史两页，十时寝。（上历史教员王姓，算学教员亦姓王）今日下午五句钟，赴第一舍与潘君、金君等纵论小说，剧谈略数千言，甚乐。相约明日吾往访彼，礼拜日往游西湖。

受课细目：算术、历史（王）

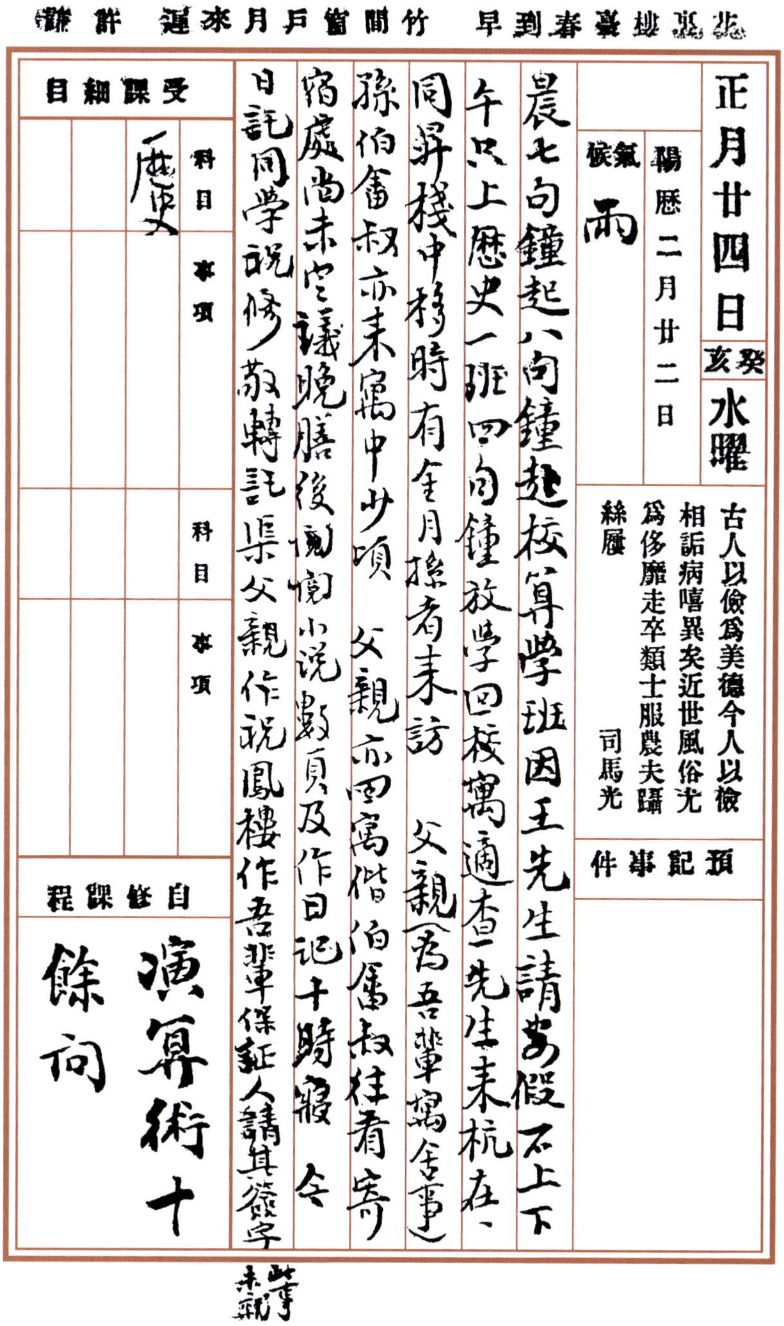

正月廿四日（阳历二月廿二日） 雨

晨七句钟起，八句钟赴校。算学班因王先生请假，不上。下午只上历史一班。四句钟放学回寓，适查先生来杭，在同升栈中。移时，有金月孙者来访。父亲（为吾辈寓舍事）、孙伯畲叔亦来寓中，少顷父亲亦回寓。偕伯畲叔往看寄宿处，尚未定议。晚膳后，阅小说数页及作日记，十时寝。

今日托同学祝修敬转托渠父亲祝凤楼，作吾辈保证人，请其签字。（此事未就）。

受课细目：历史

自修课程：演算术十馀问。

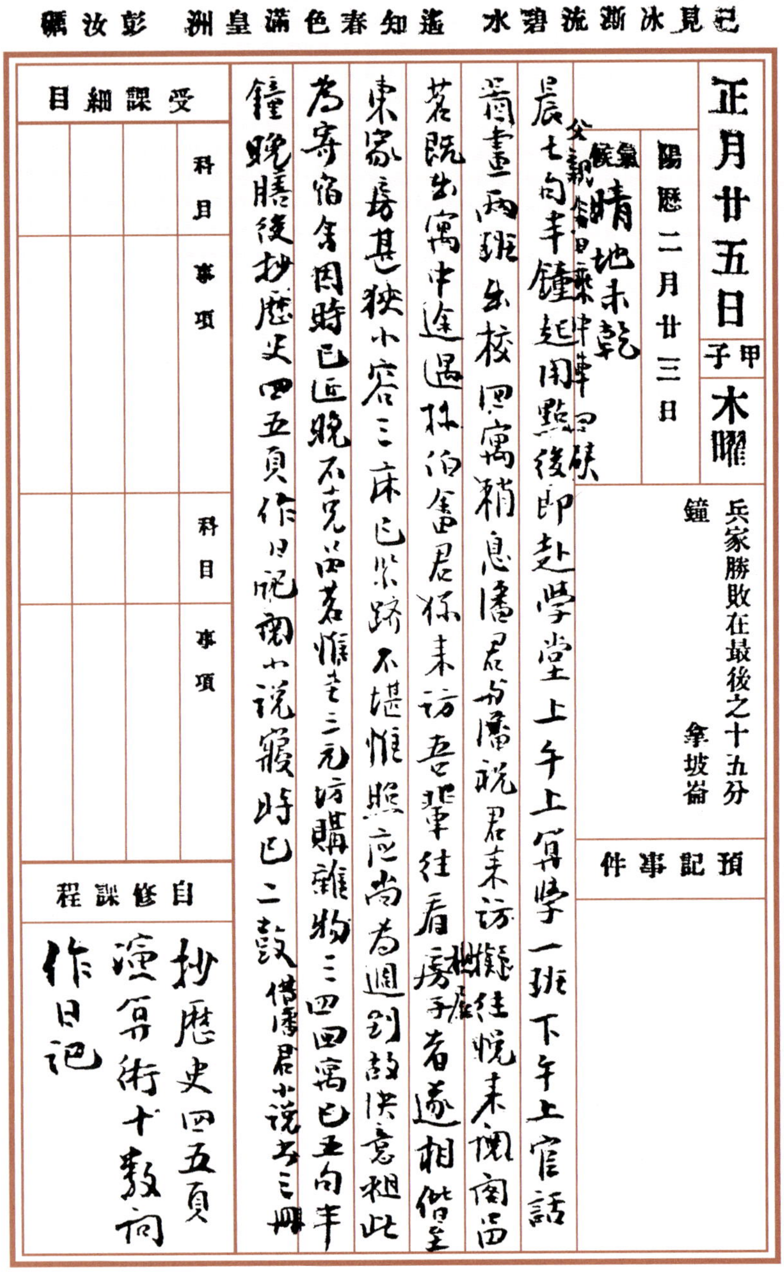

正月廿五日（阳历二月廿三日）　晴　地未干

父亲今日乘中车回硖。

晨七句半钟起。用点后，即赴学堂。上午上算学一班，下午上官话、图画两班，出校回寓稍息，潘君与祝君来访，拟往悦来阁品茗。既出寓，中途遇孙伯龠，系来访吾辈，往看租屋者，遂相偕至东家，房甚狭小，容三床已紧跻〔挤〕不堪，惟照应尚为周到，故决意租此为寄宿舍。因时已近晚，不克品茗，惟至三元坊购杂物三四，回寓已五句半钟。晚膳后，抄历史四、五页，作日记，阅小说。寝时已二鼓。借潘君小说书三册。

自修课程：抄历史四、五页，演算术十数问，作日记。

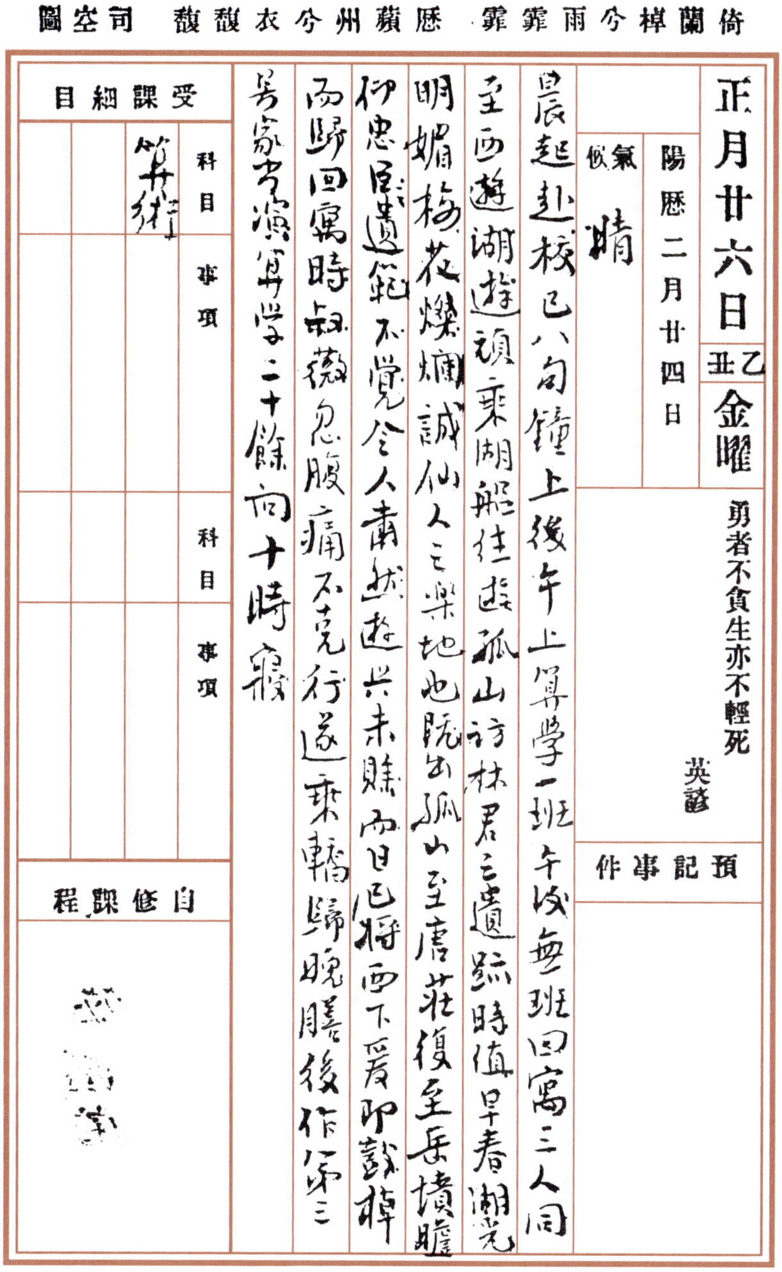

正月廿六日（阳历二月廿四日）　晴

晨起赴校已八句钟。上午上算学一班，午后无班回寓。三人同至西湖游顽。乘湖船往游孤山，访林君之遗迹。时值早春，湖光明媚，梅花灿烂，诚仙人之乐地也。既出孤山，至唐庄，复至岳坟瞻仰忠臣之遗范，不觉令人肃然。游兴未赊，而日已将西下，爰即鼓棹而归。回寓时叔薇忽腹痛，不克行，遂乘轿归。晚膳后作第三号家书。演算学二十馀问。十时寝。

受课细目：算术。

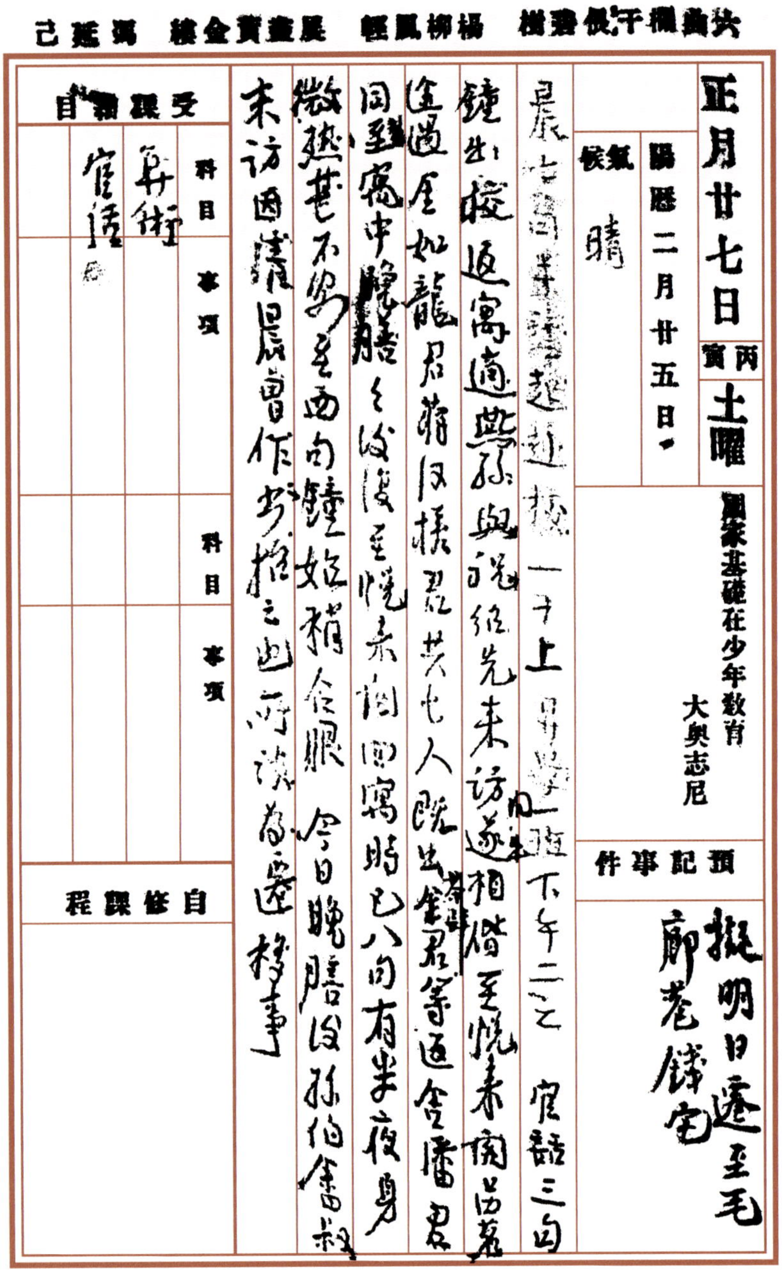
六曲欄干偎碧樹 楊柳風輕 展盡黃金縷 馮延己

正月廿七日 丙寅 土曜
陽歷二月廿五日
氣候：晴
國家基礎在少年教育 大隈志尼
預記事件：擬明日遷至毛廊巷錢宅
晨七句半鐘起赴校，上午算學一班，下午二句鐘官話，三句鐘出校返寓，適燕孫與祝紹先來訪，遂相偕至悅來閣品茗，途遇金如龍君、蔣漢槎君共七人，既出茶肆，金君等返舍，潘君同至寓中，晚膳之後，復至悅來閣，回寓時已八句有半。夜，身微熱，甚不安，至四句鐘始稍合眼。今日晚膳後孫伯畲叔來訪，因清晨曾作書招之也，所談為遷移事
受課細目：科目 事項 算術 官話
自修課程

正月廿七日（阳历二月廿五日） 晴

预记事件：拟明日迁至毛〔茅〕廊巷钱宅

晨七句半钟起赴校。上午上算学一班，下午二句钟官话，三句钟出校返寓，适燕孙与祝绍先来访，同出，遂相偕至悦来阁品茗，途遇金如龙君、蒋汉槎君共七人既出茶肆，金君等返舍，潘君同至寓中。晚膳之后，复至悦来阁。回寓时已八句有半。夜，身微热，甚不安，至四句钟始稍合眼。今日晚膳后孙伯畲叔来访，因清晨曾作书招之也。所谈为迁移事。

受课细目：算术、官话

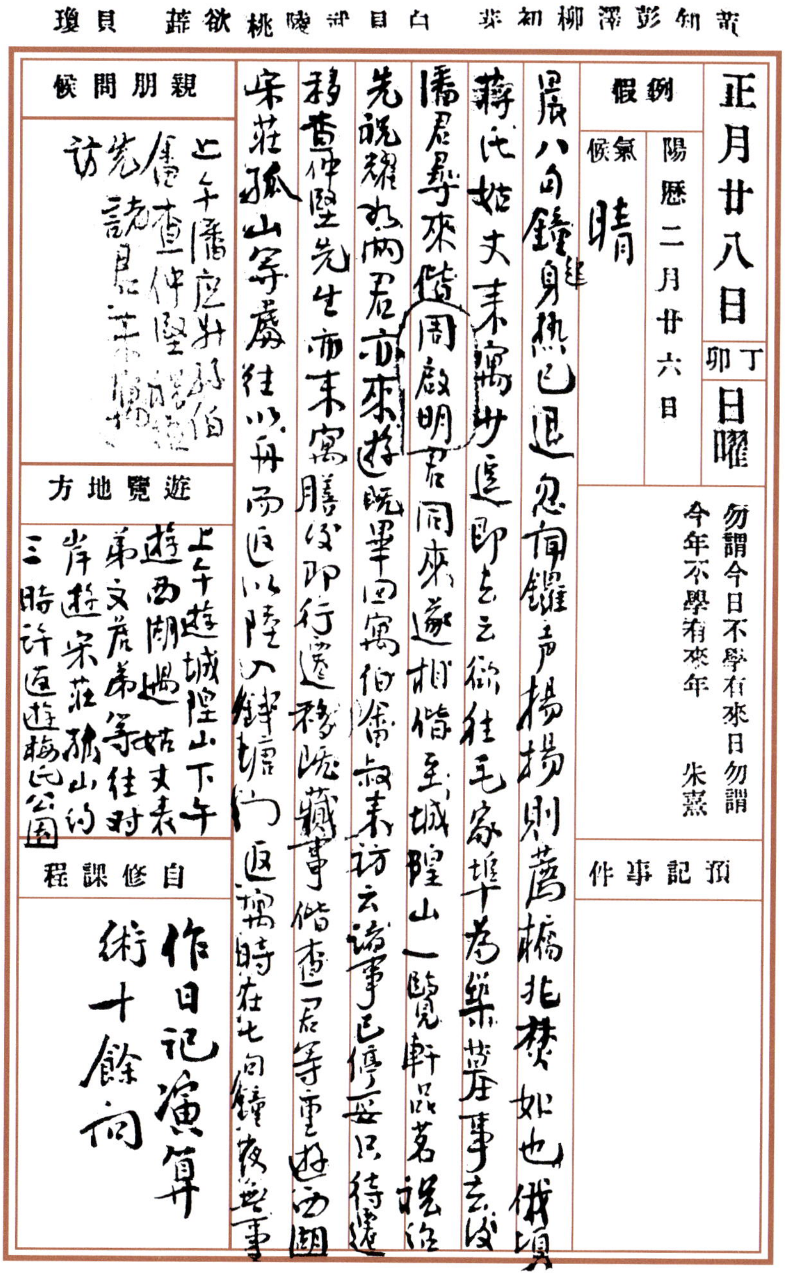

正月廿八日（阳历二月廿六日）晴

晨八句钟起，身热已退。忽闻锣声扬扬，则荐桥兆焚如也。俄顷，蒋氏姑丈来寓，少逗即去，云欲往毛〔茅〕家埠筑墓事。去后潘君寻来，偕周启明君同来，遂相偕至城隍山一览轩品茗。祝绍先、祝耀如两君亦来游。既毕回寓，伯畲叔来访，云诸事已停妥，只待迁移。查仲坚先生亦来寓。膳后即行迁移。既蒇事，偕查君等重游西湖宋庄、孤山等处，往以舟而返以陆，入钱塘门。返寓时在七句钟，夜无事。

亲朋问候：上午潘应升、孙伯畲、查仲坚、祝绍先诸君来寓访。

游览地方：上午游城隍山。下午游西湖，遇姑丈、表弟文虎弟等。往对岸游宋庄、孤山。约三时许返，游梅氏公园。

自修课程：作日记、演算术十馀问。

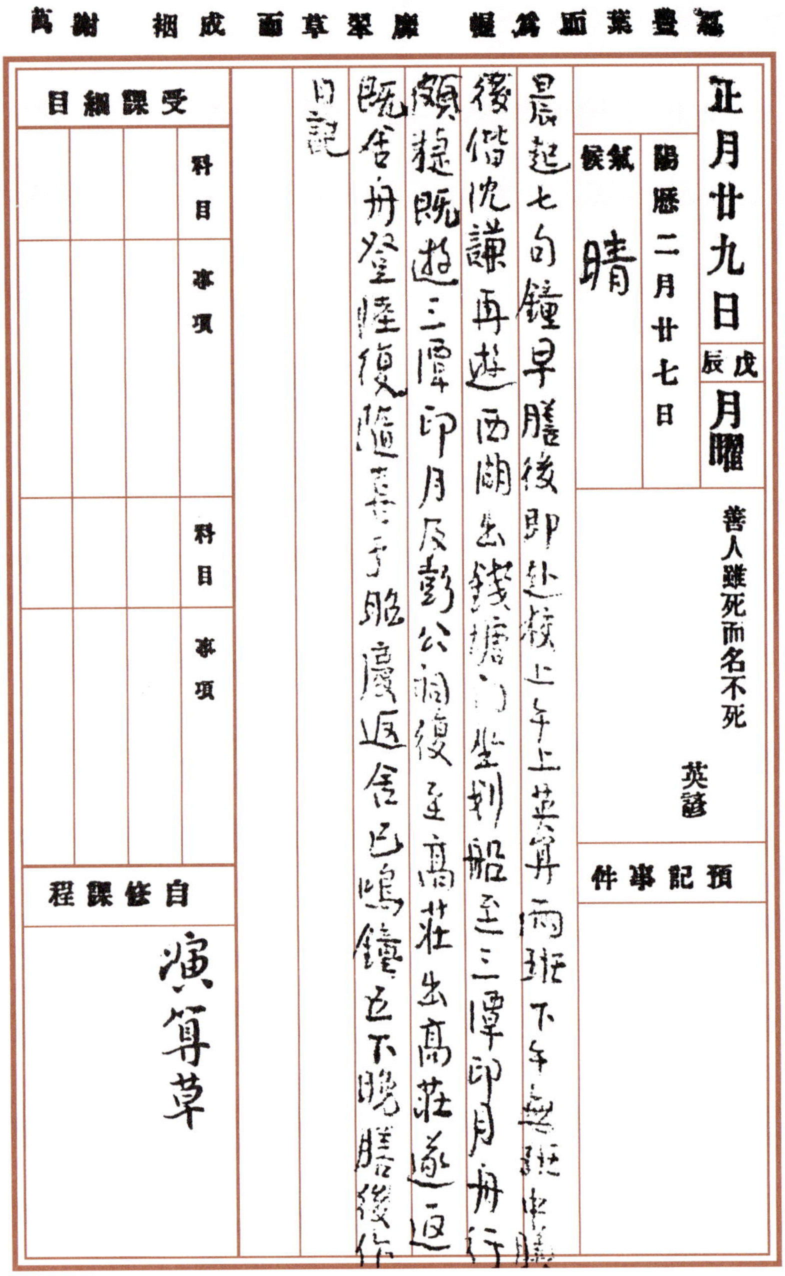
正月廿九日 戊辰 月曜
陽歷二月廿七日
候氣 晴
善人雖死而名不死 英諺
預記事件
晨起七句鐘早膳後即赴校上午上英算兩班下午無班中膳後偕沈謙再遊西湖出錢塘门坐划船至三潭印月舟行頗捷既遊三潭印月及彭公祠復至高莊出高莊遂返既舍舟登陸復隨喜于昭慶返舍已鳴鐘五下晚膳後作日記
受課細目
科目 事項
科目 事項
自修課程
演算草

正月廿九日（阳历二月廿七日） 晴

晨起七句钟。早膳后即赴校。上午上英、算两班。下午无班。中膳后偕沈谦再游西湖。出钱塘门，坐划船至三潭印月。舟行颇捷。既游三潭印月及彭公祠，复至高庄。出高庄遂返。既舍舟登陆，复随喜于昭庆。返舍已鸣钟五下。晚膳后作日记。

自修课程：演算草。

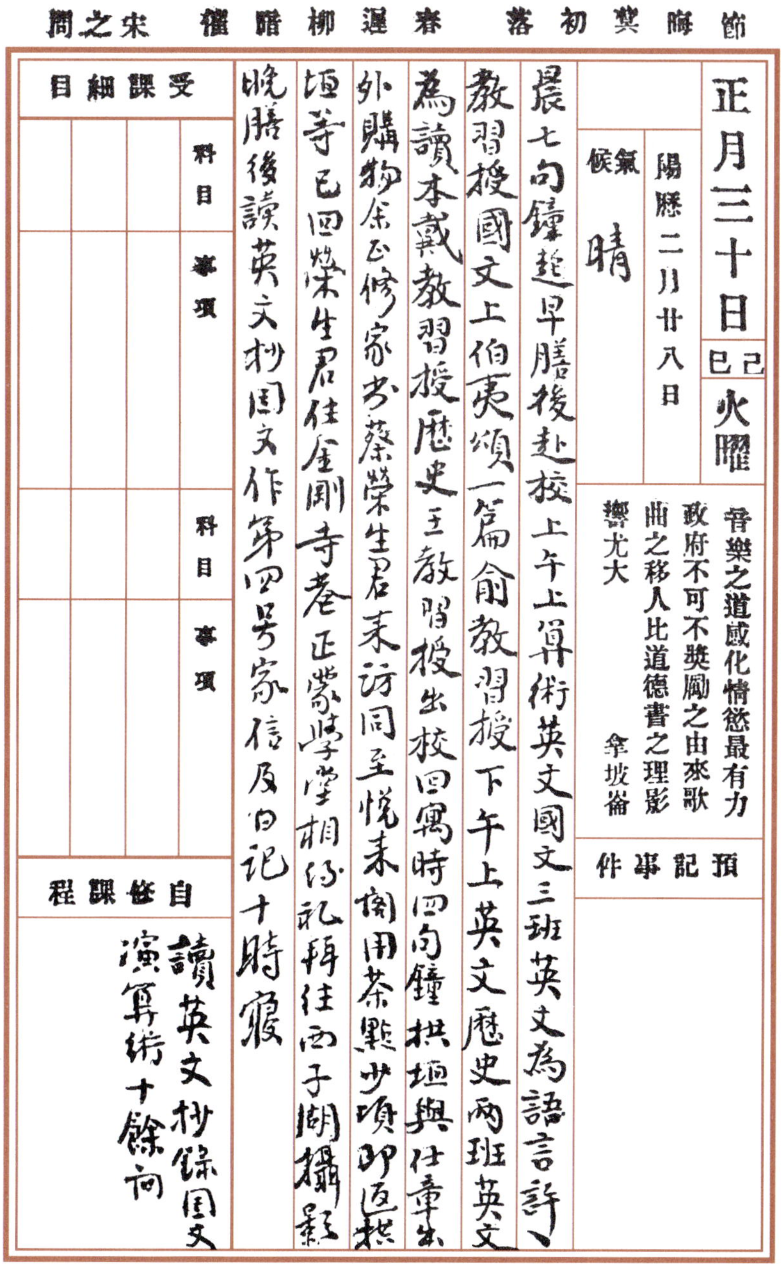

正月三十日（阳历二月廿八日）　晴

晨七时钟起，早膳后赴校。上午上算术、英文、国文三班，英文为语言、许教习授；国文上《伯夷颂》一篇，俞教习授。下午上英文、历史两班。英文为读本，戴教习授，历史王教习授。出校回寓时四句钟，拱垣与仕章出外购物，余正修家书，蔡荣生君来访，同至悦来阁用茶点，少顷即返。拱垣等已回。荣生君住金刚寺巷正蒙学堂，相约礼拜〔日〕往西子湖摄影。晚膳后读英文，抄国文，作第四号家信及日记。十时寝。

自修课程：读英文、抄录国文、演算术十馀问。

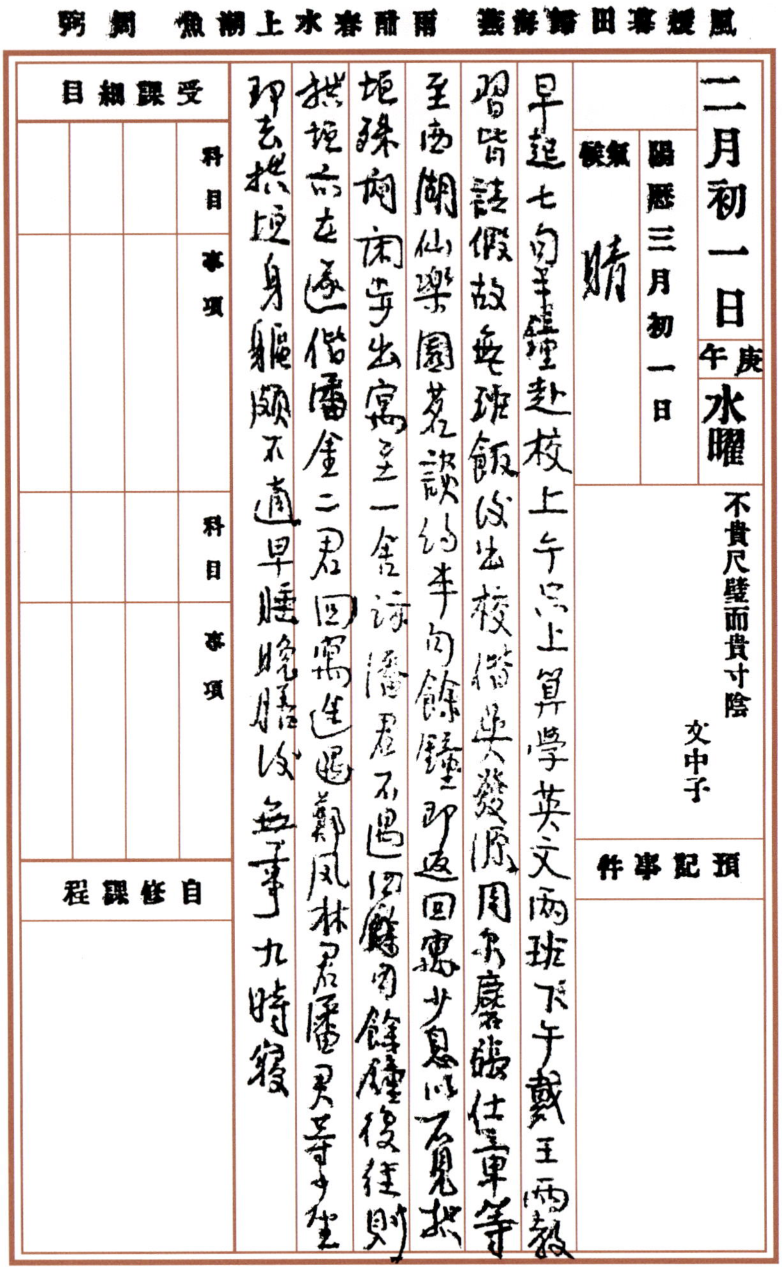

二月初一日（阳历三月初一日）　晴

早起七句半钟赴校。上午只上算学、英文两班。下午戴、王两教习皆请假，故无班。饭后出校，偕吴发源、周尔□、张仕章等至西湖仙乐园，茗谈约半句馀钟即返回寓少息，以不见拱垣殊闷。闲步出寓，至一舍访潘君不遇，四句馀钟复往，则拱垣亦在，遂偕潘、金二君回寓。途遇郑风林君，潘君等少坐即去，拱垣身躯颇不适，早睡。晚膳后无事，九时寝。

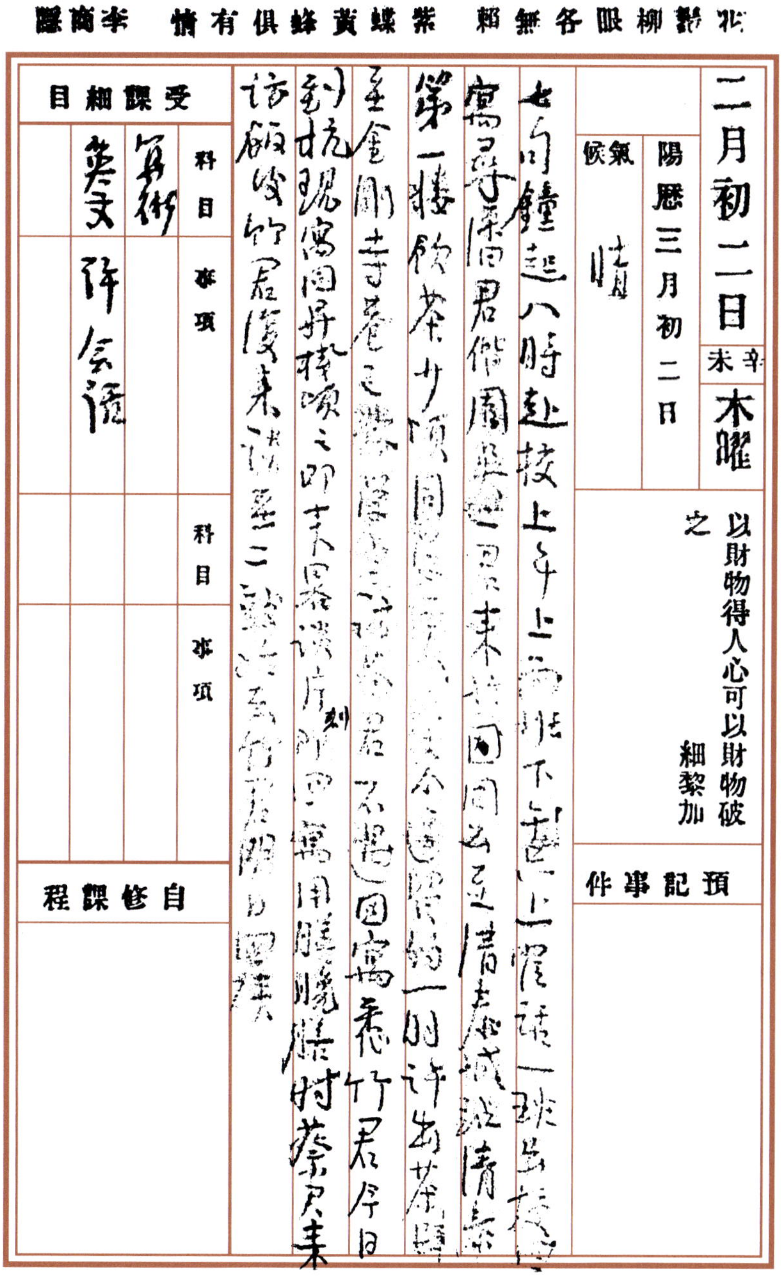
花鬚柳眼各無賴　紫蝶黃蜂俱有情　李商隱

二月初二日 辛未 木曜	陽曆三月初二日	候氣 晴

以財物得人心可以財物破之　細黎加

七句鐘起八時赴校上午上兩班下午只上官話一班出校回寓尋潘君偕周吳兩君來訪同出至清泰城站清泰第一樓飲茶少頃同學多人來逗留約一時許出茶肆至金剛寺巷正蒙學堂訪蔡君不遇回寓悉竹君今日到杭現寓同升棧頃之即來略談片刻即回寓用膳晚膳時蔡君來訪飯後竹君復來談至二鼓去竹君明日回硖

預記事件

受課細目

科目	事項
算術	
英文	許 会話

自修課程

二月初二日（阳历三月初二日）　晴

七句钟起，八时赴校。上午上两班，下午只上官话一班。出校回寓，寻潘君，偕周、吴两君来访，同出。至清泰城站清泰第一楼饮茶。少顷，同学多人来，逗留约一时许，出茶肆，至金刚寺巷正蒙学堂访蔡君不遇，回寓悉竹君今日到杭，现寓同升栈，顷之即来，略谈片刻，即回寓用膳。晚膳时蔡君来访。饭后竹君复来，谈至二鼓去。竹君明日回硖。

受课细目：算术、英文（许，会话）。

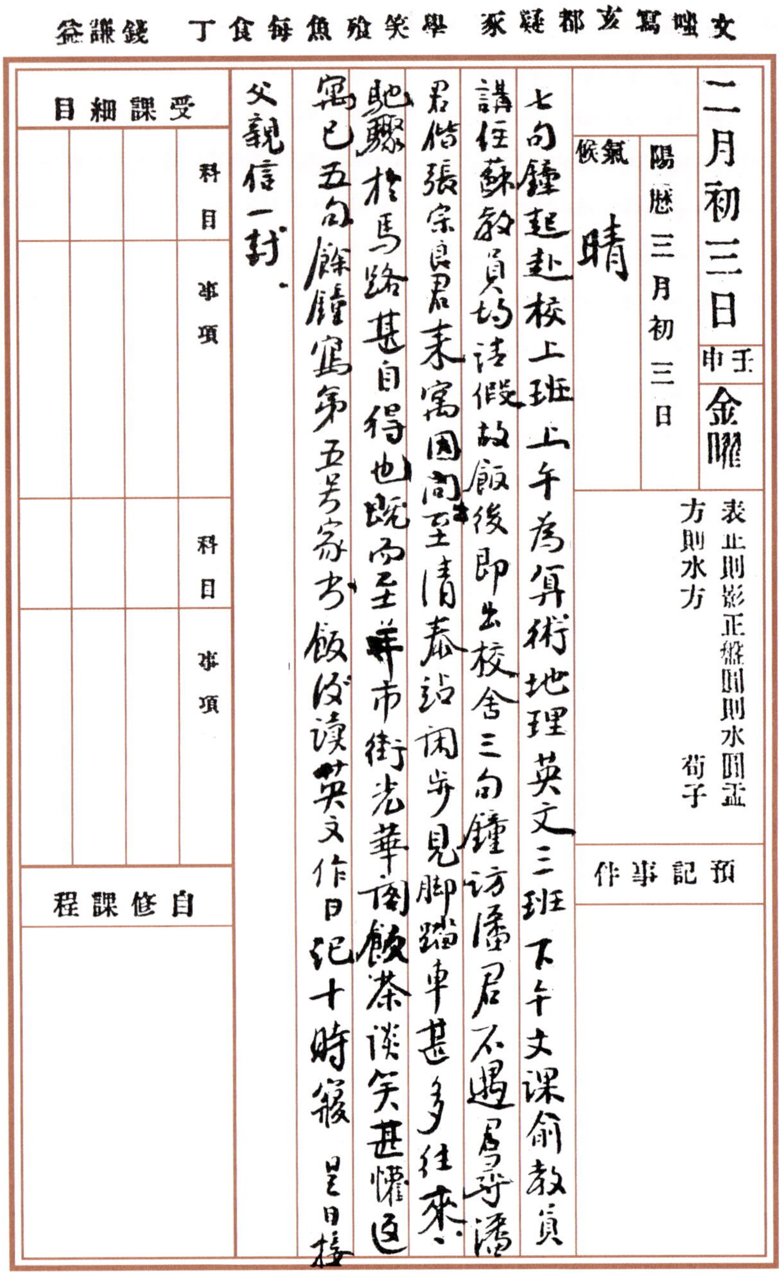

二月初三日（阳历三月初三日） 晴

七句钟起赴校上班。上午为算术、地理，英文三班，下午〔国〕文课俞教员讲经，苏教员均请假，故饭后即出校舍。三句钟访潘君不遇，寻潘君，偕张宗良君来寓，同出至清泰站闲步。见脚踏车甚多，往来驰骤於马路，甚自得也。既而至羊市街光华阁饮茶，谈笑甚欢。返寓已五句余钟，写第五号家书。饭后读英文，作日记，十时寝。是日接父亲信一封。

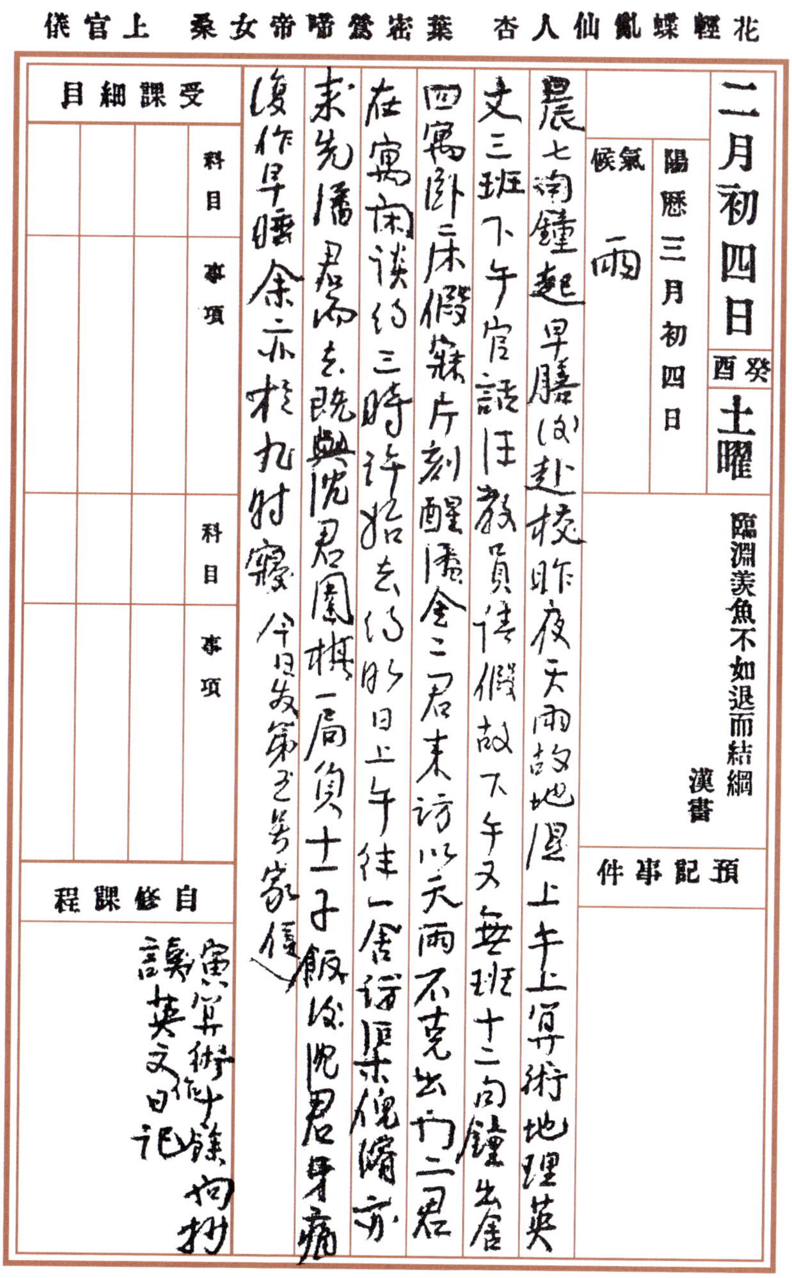
花輕蝶亂仙人杏　葉密鶯啼帝女桑　上官儀

二月初四日　癸酉　土曜

陽歷三月初四日

氣候　雨

晨七句鐘起早膳後赴校昨夜天雨故地溼上午上算術地理英文三班下午官話汪教員請假故下午又無班十二句鐘出舍回寓卧床假寐片刻醒潘金二君來訪以天雨不克出門二君在寓閑談約三時許始去約明日上午往一舍訪渠倪濬亦來先潘君而去既與沈君圍棋一局負十一子飯後沈君牙痛復作早睡余亦於九時寢（今日發第五號家信）

臨淵羨魚不如退而結網　漢書

預記事件

受課細目　科目　事項　科目　事項

自修課程　演算術十餘問抄讀英文日記

二月初四日（阳历三月初四日）　雨

晨七句钟起，早膳后赴校。昨夜天雨，故地湿。上午上算术、地理、英文三班，下午官话，汪教员请假，故下午又无班。十二句钟出舍回寓，卧床假寐，片刻醒。潘、金二君来访，以天雨不克出门，二君在寓闲谈约三时许始去，约明日上午往一舍访渠。倪浚亦来，先潘君而去。既与沈君围棋一局，负十一子，饭后沈君牙痛复作，早睡，余亦於九时寝（今日发第五号家信）。

自修课程：演算术十馀问、抄读英文，作日记。

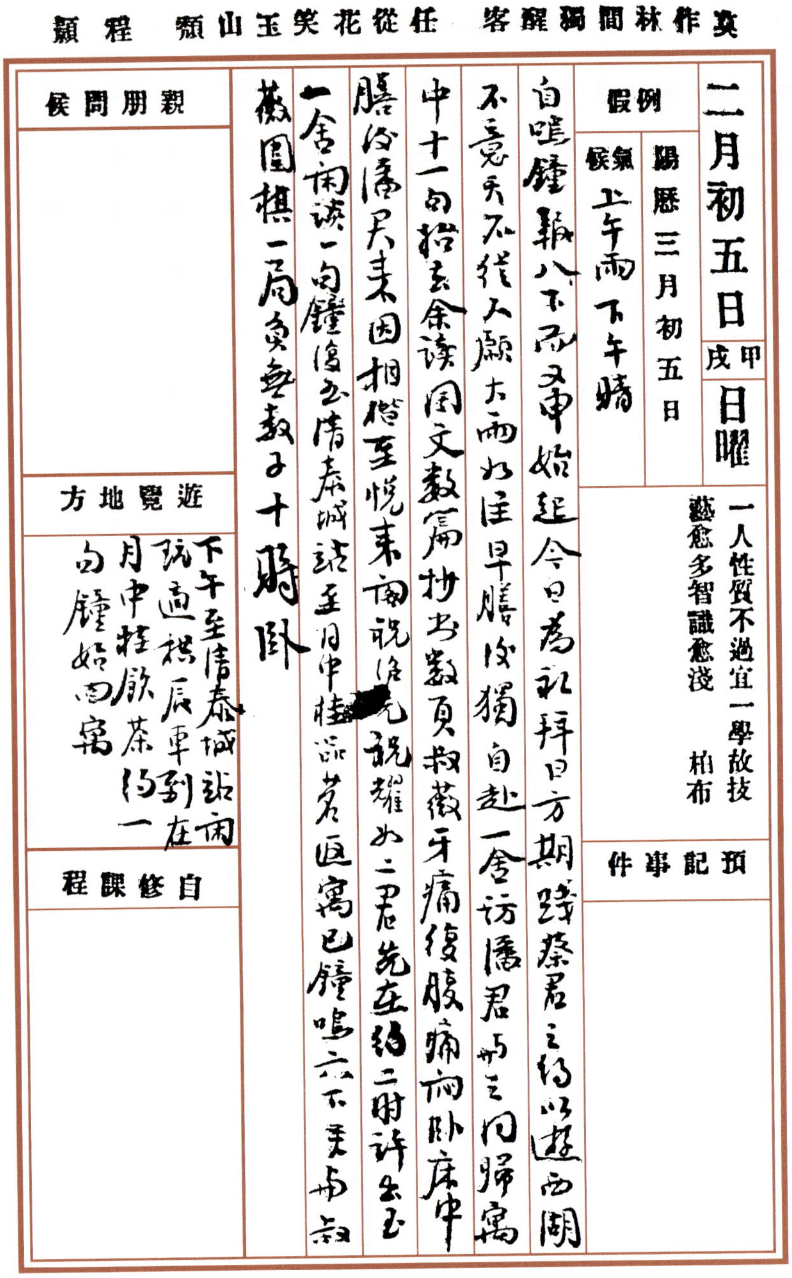
寡作林間獨醒客　任從花笑玉山頹　程顥

二月初五日　甲戌　日曜

例假　陽歷三月初五日

氣候　上午雨　下午晴

自鳴鐘報八下而又申始起。今日爲禮拜日，方期踐蔡君之約以遊西湖，不意天不從人願，大雨如注。早膳後，獨自赴一舍訪潘君，與之同歸寓中，十一句始去。余讀國文數篇，抄書數頁。叔薇牙痛復腹痛，悶卧床中。膳後，潘君來，因相偕至悦來閣。祝紹先、祝耀如二君先在，約二時許，出至一舍閑談。一句鐘復至清泰城站，至月中桂品茗，返寓已鐘鳴六下。余與叔薇圍棋一局，負無數子。十時卧。

預記事件　一人性質不過宜一學故技藝愈多智識愈淺　柏布

親朋問候

遊覽地方　下午至清泰城站閑玩，適拱辰車到，在月中桂飲茶約一句鐘始回寓。

自修課程

二月初五日（阳历三月初五日）　上午雨下午晴

自鸣钟报八下而又申始起。今日为礼拜日，方期践蔡君之约以游西湖，不意天不从人愿，大雨如注。早膳后，独自赴一舍访潘君，与之同归寓中，十一句始去。余读国文数篇，抄书数页。叔薇牙痛复腹痛，闷卧床中。膳后，潘君来，因相偕至悦来阁。祝绍先、祝耀如二君先在，约二时许，出至一舍闲谈。一句钟复至清泰城站，至月中桂品茗，返寓已钟鸣六下。余与叔薇围棋一局，负无数子。十时卧。

游览地方：下午至清泰城站闲玩，适拱辰车到，在月中桂饮茶约一句钟始回寓。

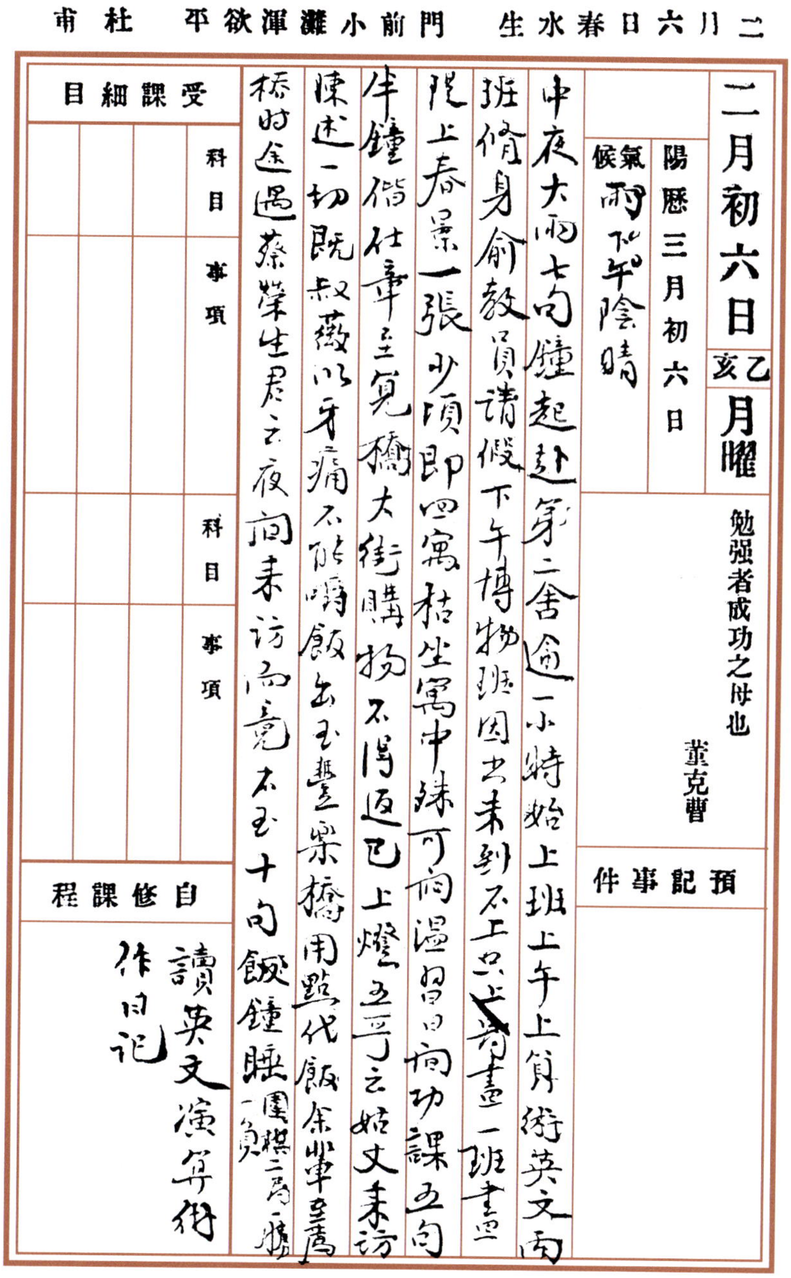

二月初六日（阳历三月初六日）　雨下午阴晴

中夜大雨。七句钟起，赴第二舍，逾一小时始上班。上午上算术、英文两班。修身俞教员请假，下午博物班因书未到不上，只上图画一班，画《堤上春景》一张。少顷即回寓，枯坐寓中殊可闷。温习日间功课。五句半钟，偕仕章至筧〔按：当为『荐』〕桥大街，购物不得，返已上灯。五哥云，姑丈来访，陈述一切。既叔薇以牙痛不能嚼饭，出至丰乐桥用点代饭。余辈至荐桥时，途遇蔡荣生君云『夜间来访』，而竟不至。十句钟睡。（围棋二局一胜一负）。

自修课程： 读英文，演算术，作日记。

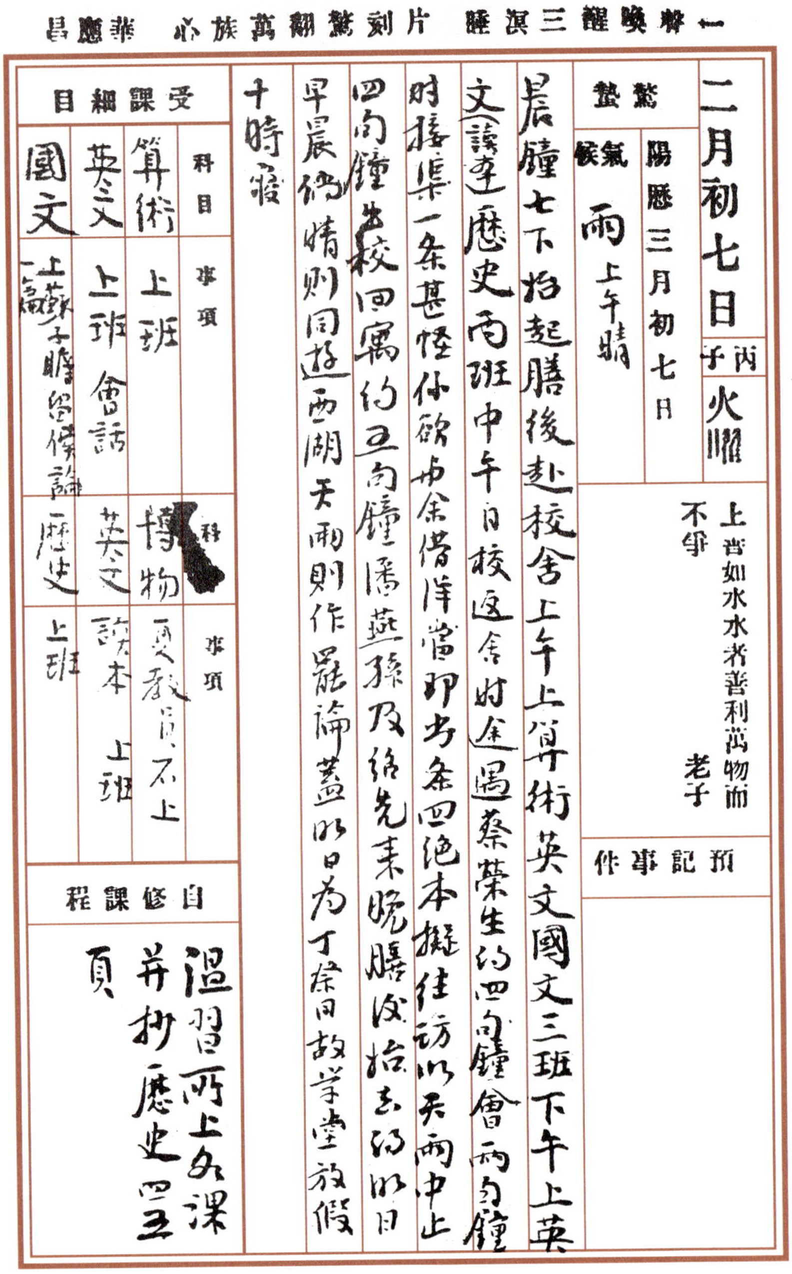

二月初七日（阳历三月初七日）　雨上午晴

晨钟七下始起，膳后赴校舍。上午上算术、英文、国文三班，下午上英文（读本）、历史两班。中午自校返舍时途遇蔡荣生，约四句钟会。两句钟时接渠一条甚怪，系欲与余借洋，当即书条回绝，本拟往访，以天雨中止。四句钟出校回寓。约五句钟潘燕孙及绍先来，晚膳后始去，约明日早晨倘晴则同游西湖，天雨则作罢论。盖明日为丁祭日，故学堂放假。十时寝。

受课细目：算术（上班），英文（上班，会话），国文（上苏子瞻《留侯论》一篇），博物（夏教员不上），英文（读本，上班），历史（上班）。

自修课程：温习所上各课，并抄历史四五页。

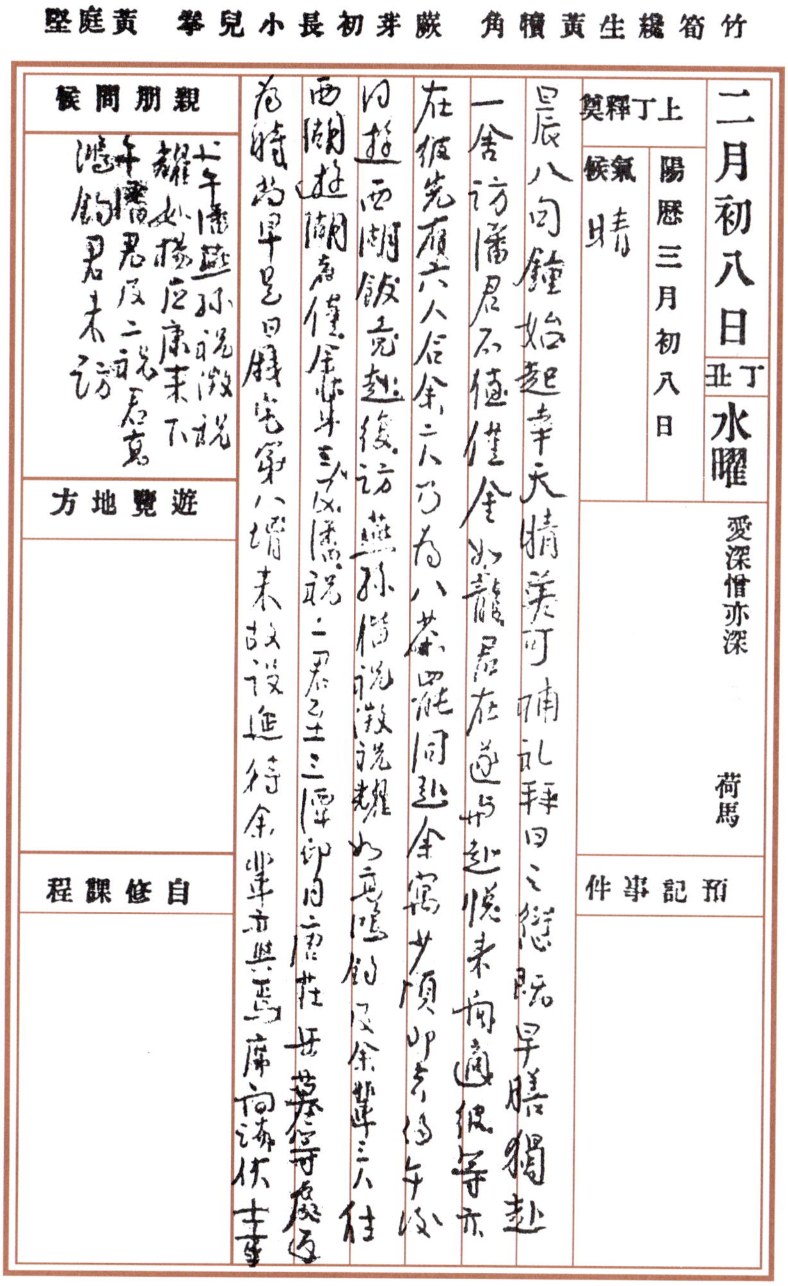
竹筍纔生黃犢角　蕨芽初長小兒拳　黃庭堅

二月初八日　丁丑　水曜

上丁釋奠

陽歷三月初八日

氣候　晴

晨八句鐘始起，幸天晴，差可補禮拜日之憾。既早膳，獨赴一舍，訪潘君不值。僅金如龍君在，遂與赴悅來閣，適彼等亦在。彼先有六人，合余二人乃為八。茶罷同赴余寓，少頃即去，約午後同游西湖。飯竟復訪燕孫，偕祝澂、祝耀如、高鴻鈞及余輩三人往西湖。游湖者僅余輩三人及潘、祝二君。至三潭印月、唐莊、岳墓等處。返，為時尚早。是日錢宅第八婿來，故設筵待，余輩亦與焉。席間談俠士事

愛深憎亦深　荷馬

預記事件

親朋問候

上午潘燕孫、祝澂、祝耀如、楊應康來，下午潘君及二祝君、高鴻鈞君來訪

遊覽地方

自修課程

二月初八日（阳历三月初八日）　晴

晨八句钟始起，幸天晴，差可补礼拜日之憾。既早膳，独赴一舍，访潘君不值。仅金如龙君在，遂与赴悦来阁，适彼等亦在。彼先有六人，合余二人乃为八。茶罢同赴余寓，少顷即去，约午后同游西湖。饭竟复访燕孙，偕祝澄、祝耀如、高鸿钧及余辈三人往西湖。游湖者仅余辈三人及潘、祝二君。至三潭印月、唐庄、岳墓等处。返，为时尚早。是日，钱宅第八婿来，故设筵待，余辈亦与焉。席间谈侠士事。

亲朋问候：上午潘燕孙、祝澄、祝耀如、杨应康来，下午潘君及二祝君、高鸿钧君来访。

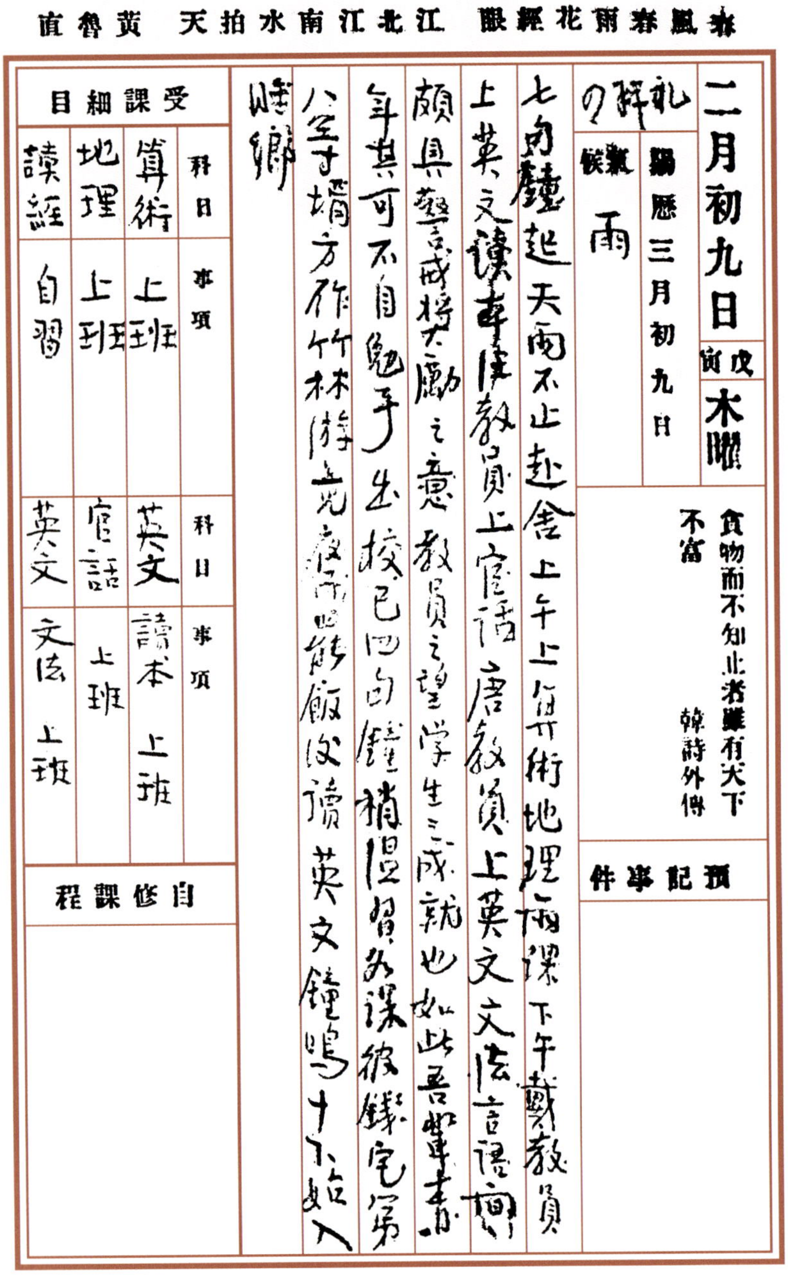

二月初九日（阳历三月初九日）礼拜四　雨

七句钟起，天雨不止，赴舍。上午上算术、地理两课。下午戴教员上英文读本，汪教员上官话，唐教员上英文文法，言语间颇具警戒奖励之意，教员之望学生之成就也如此，吾辈青年其可不自勉乎？出校已四句钟。稍温习各课，彼钱宅第八等墙方作竹林游，竟夜而罢。饭后读英文，钟鸣十下始入睡乡。

受课细目：算术（上班）、地理（上班）、读经（自习）、英文（读本，上班）、官话（上班）、英文（文法，上班）。

淺水短蕪條馬地　談書做雨養花天　聯似芝

人不能無過其過最少即爲最善　何連士

二月初十日（阳历三月初十日）　雨

钟鸣八下始起。发上夜所书第六号家书，即赴校上班。上午为算术、地理、英文三班。下午无班。饭后回寓拍球为戏。因天雨不止，殊觉闷闷。既而抄国文一篇。晚膳后，温习英文，作日记。十句钟寝。

受课细目：算术（上班）、地理（上班）、英文（文法，唐教员上班）、讲经（苏教员请假）、文课（今日非文期不上）。

自修课程：抄国文一篇、演算术数问，抄读英文。

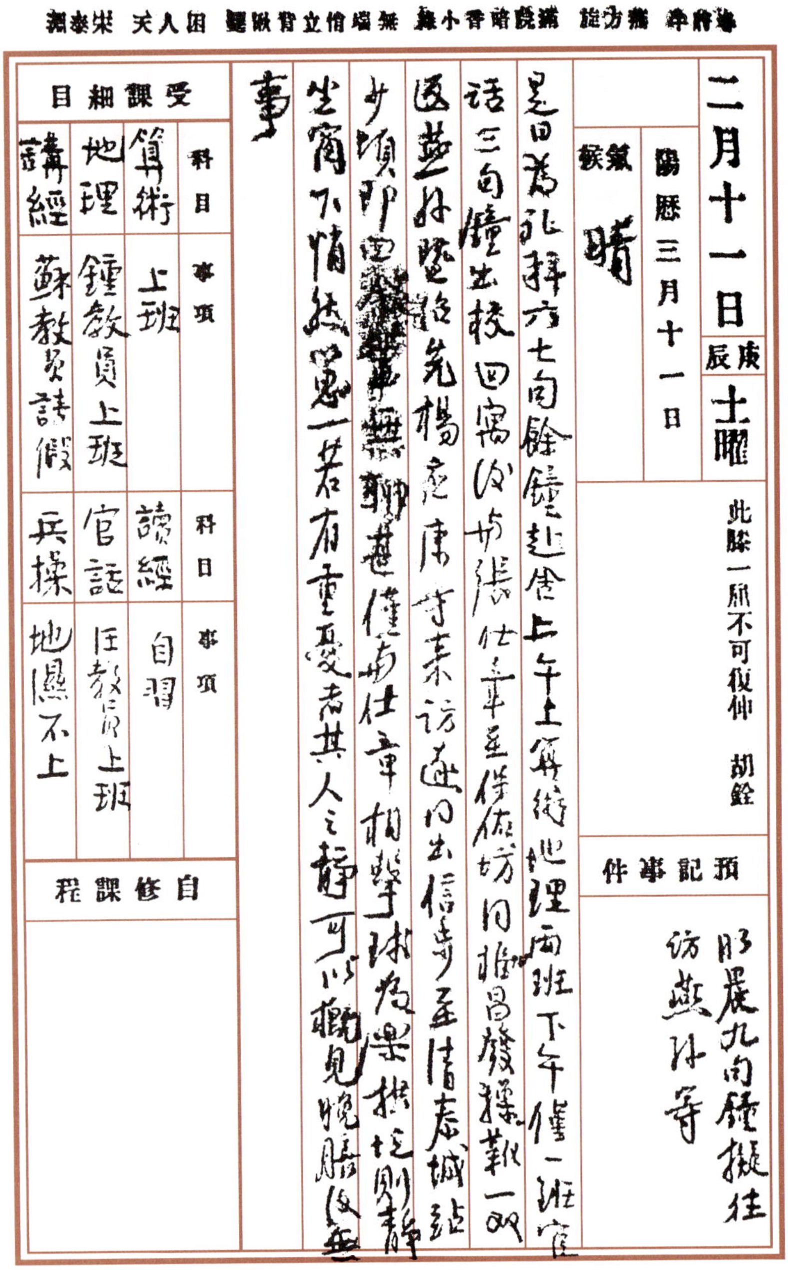

二月十一日（阳历三月十一日） 晴

预记事件：明晨九句钟拟往访燕孙等。

是日为礼拜六，七句馀钟赴舍。上午上算术、地理两班，下午仅一班官话。三句钟出校，回寓后与张仕章至保佑坊同福昌，发操靴一双返。燕孙暨绍先、杨应康等来访，遂同出。信步至清泰城站，少顷即回。余辈无聊甚，仅与仕章相击球为乐，拱垣则静坐窗下，悄然以思，若有重忧者，其人之静可以概见。晚膳后无事。

受课细目：算术（上班）、地理（钟教员上班）、讲经（苏教员请假）、读经（自习）、官话（汪教员上班）、兵操（地湿不上）。

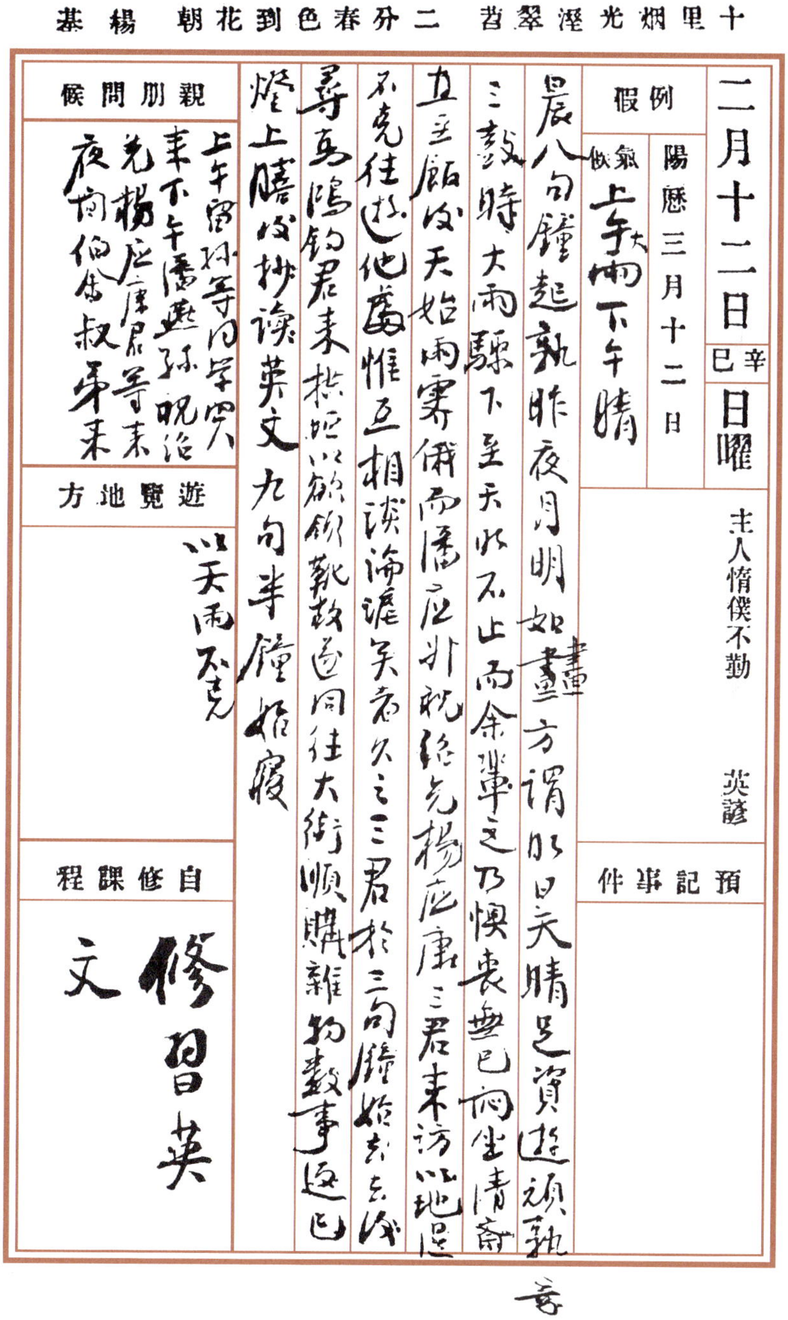
十里烟光湿翠岧　二分春色到花朝　杨基

二月十二日　辛巳　日曜

例假

气候：上午大雨下午晴

阳历三月十二日

主人惰僕不勤　英谚

预记事件

晨八句钟起孰昨夜月明如昼方谓明日天晴足资游玩孰意三鼓时大雨骤下至天明不止而余辈乃懊丧无已闷坐清斋直至饭后天始雨霁俄而潘应孙祝绍先杨应康三君来访以地湿不克往游他处惟互相谈论谑笑者久之三君於三句钟始去后寻高鸿钧君来拱垣以欲领靴故遂同往大街顺购杂物数事返已灯上膳后抄读英文九句半钟始寝

亲朋问候：上午留孙等同学四人来下午潘燕孙祝绍先杨应康君等来夜间伯畬叔弟来

游览地方：以天雨不克

自修课程：修习英文

二月十二日（阳历三月十二日）　上午大雨下午晴

晨八句钟起。昨夜月明如昼，方谓明日天晴，足资游玩，孰意三鼓时大雨骤下，至天明不止，而余辈乃懊丧无已，闷坐清斋，直至饭后天始雨霁。俄而潘应孙、祝绍先、杨应康三君来访，以地湿不克往游他处，惟互相谈论谑笑者久之，三君於三句钟始去，去后寻高鸿钧君来，拱垣以欲领靴，故遂同往大街，顺购杂物数事，返已灯上。膳后抄读英文，九句半钟始寝。

亲朋问候：上午留孙等同学四人来，下午潘燕孙、祝绍先、杨应康君等来。夜间伯畬叔弟来。

游览地方：以天雨不克。

自修课程：修习英文。

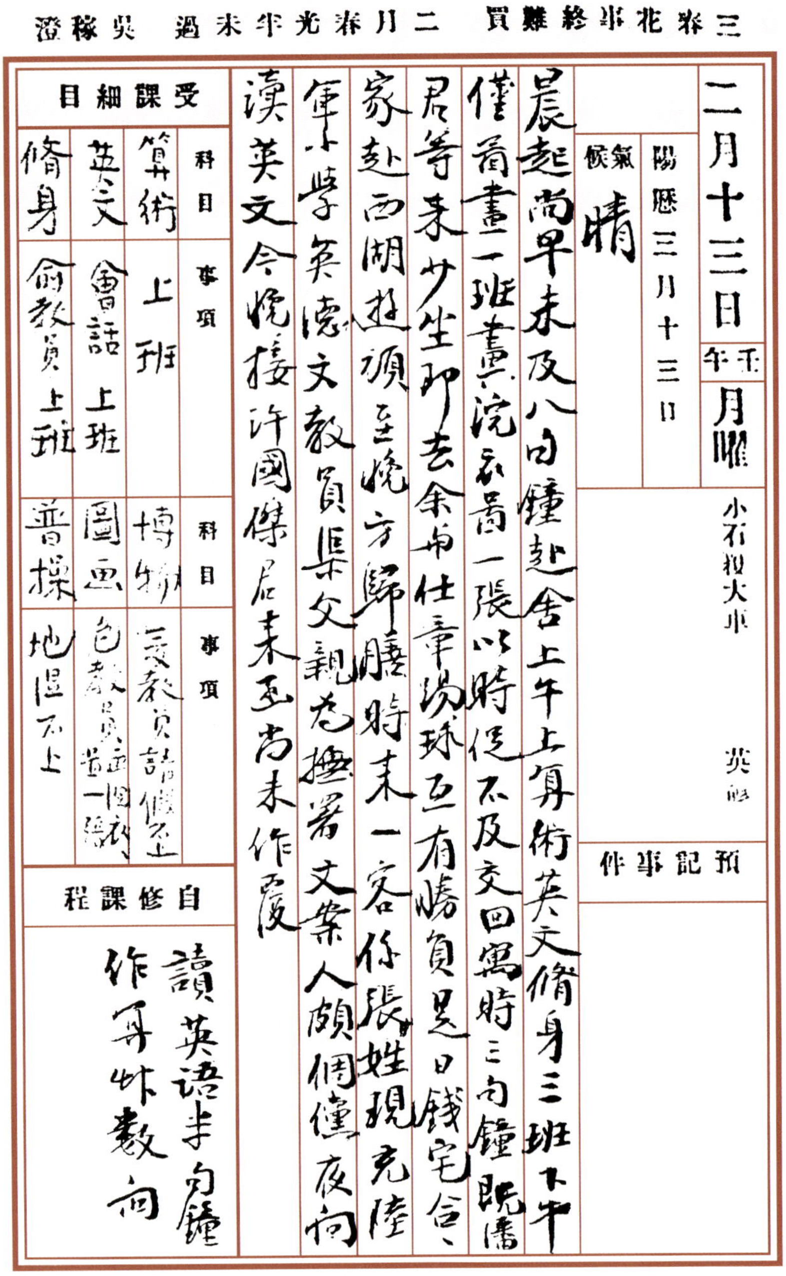

二月十三日（阳历三月十三日）　晴

晨起尚早，未及八句钟赴舍。上午上算术、英文、修身三班；下午仅图画一班，画《浣衣图》一张，以时促不及交。回寓时三句钟，既潘君等来，少坐即去。余与仕章踢球，互有胜负。是日钱宅合家赴西湖游玩，至晚方归。膳时来一客，系张姓，现充陆军小学英、德文教员，渠父亲为抚署文案，人颇倜傥。夜间读英文。今晚接许国杰君来函，尚未作复。

受课细目：算术（上班）、英文（会话，上班）、修身（俞教员上班）、博物（夏教员请假不上）、图画（包教员，画《浣衣图》一张）、普操（地湿不上）。

自修课程：读英语半句钟、作算术数问。

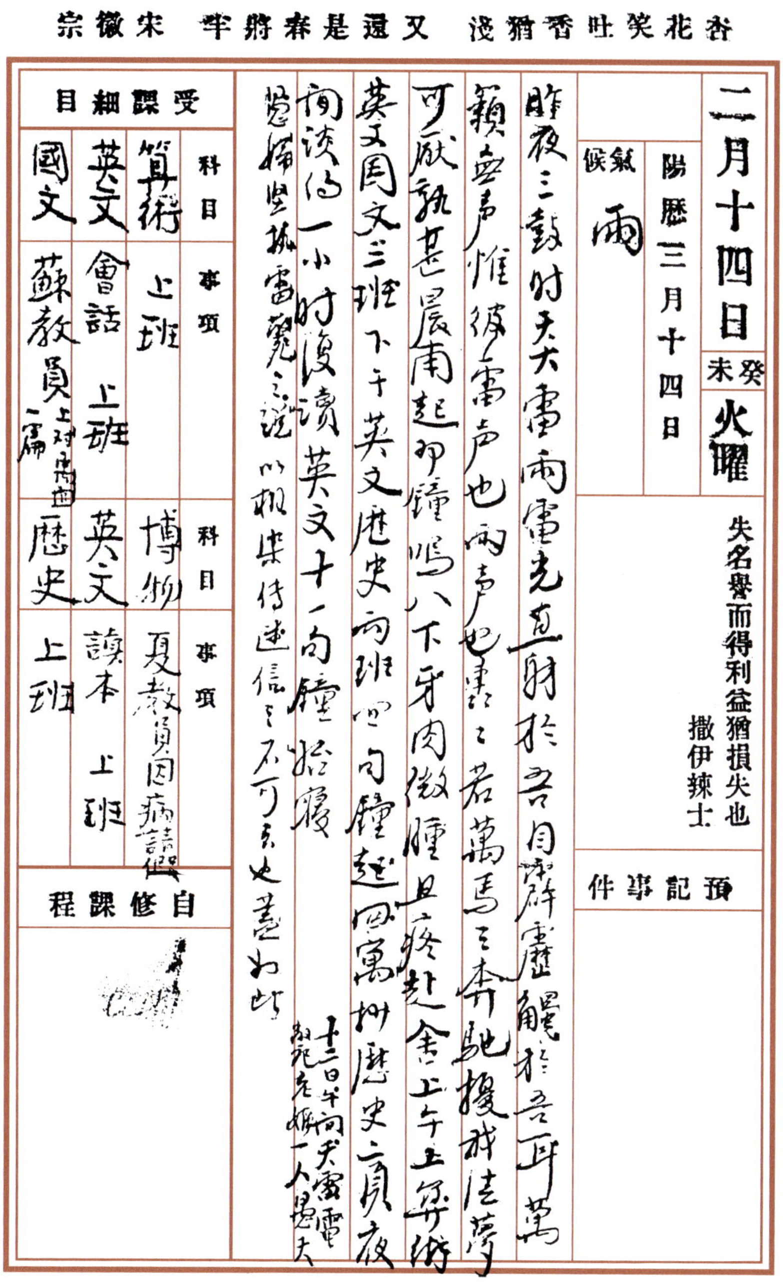

杏花笑吐香猶淺　又還是春將半　宋徽宗

二月十四日　癸未　火曜

陽歷三月十四日

候氣　雨

失名譽而得利益猶損失也　撒伊竦士

預記事件

昨夜三鼓時天大雷雨雷光直射於吾目霹靂觸於吾耳萬籟無聲惟彼雷聲也雨聲也轟轟若萬馬之奔馳擾我清夢可厭孰甚晨甫起即鐘鳴八下牙肉微腫且疼赴舍上午上算術英文國文三班下午英文歷史兩班四句鐘回寓抄歷史二頁夜間談約一小時復讀英文十一句鐘始寢

十二日午間天雷電斃老嫗一人愚夫愚婦堅執雷斃之說以相染傳迷信之不可去也蓋如此

受課細目

科目	事項	科目	事項
算術	上班	博物	夏教員因病請假
英文	會話 上班	英文	讀本 上班
國文	蘇教員上對禹問一篇	歷史	上班

自修課程

二月十四日（阳历三月十四日）　雨

昨夜三鼓时天大雷雨。雷光直射於吾目，霹雳触於吾耳。万籁无声，惟彼雷声也，雨声也。轰轰若万马之奔驰，扰我清梦，可厌孰甚。晨甫起，即钟鸣八下。牙肉微肿且疼，赴舍。上午上算术、英文、国文三班。下午英文、历史两班，四句钟回寓，抄历史二页。夜闲谈约一小时，复读英文。十一句钟始寝。（十二日午间天雷电，毙老妪一人，愚夫愚妇坚执雷毙之说以相染传，迷信之不可去也，盖如此。）

受课细目：算术（上班）、英文（会话，上班）、国文（苏教员上《对禹问》一篇）、博物（夏教员因病请假）、英文（读本，上班）、历史（上班）。

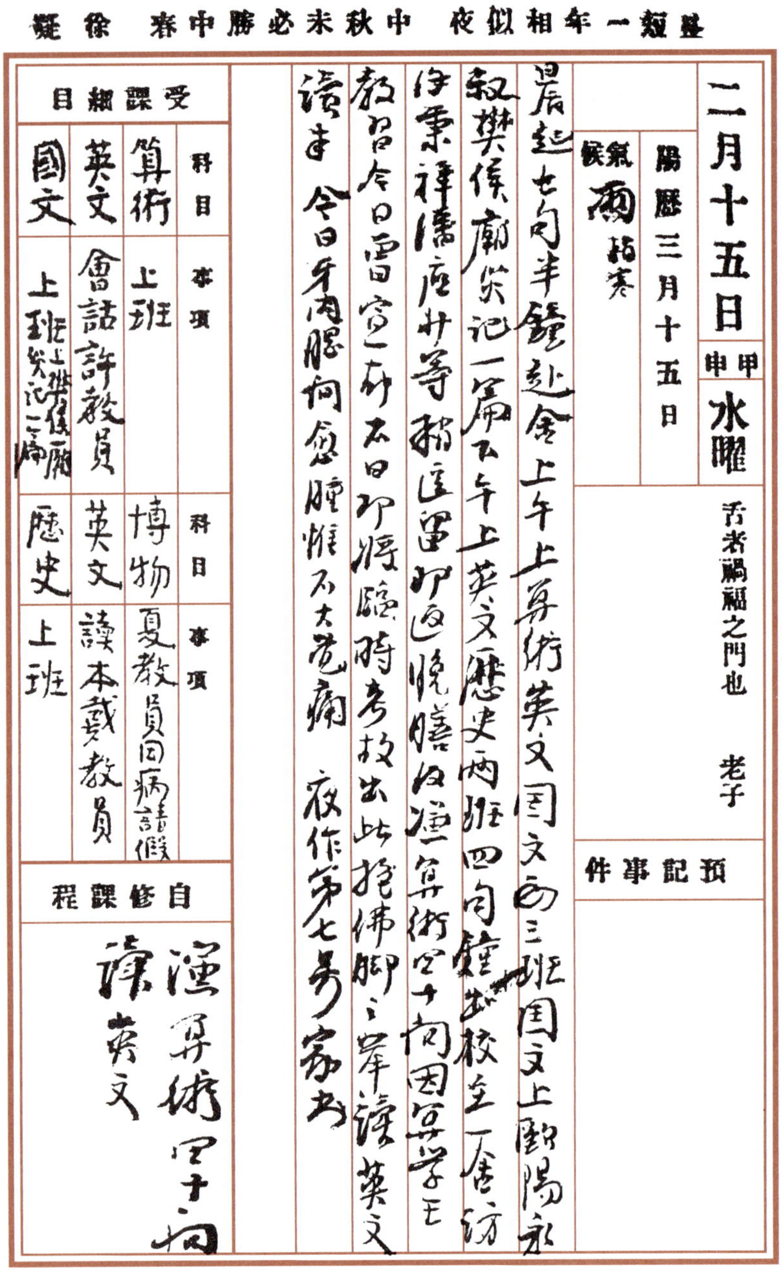
晝短一年相似夜　中秋未必勝中春　徐凝

二月十五日　甲申　水曜
陽歷三月十五日
氣候　雨　陆寒
舌者禍福之門也　老子
預記事件

晨起七句半鐘赴舍上午上算術英文國文三班國文上歐陽永叔樊侯廟災記一篇下午上英文歷史兩班四句鐘出校至一舍訪徐秉祥潘應升等稍逗留即返晚膳後演算術四十問因算學王教習今日曾宣布不日即將臨時考故出此抱佛脚之举讀英文讀本今日牙肉腮間愈腫惟不大覺痛　夜作第七号家書

受課細目

科目	事項
算術	上班
英文	會話許教員
國文	上班上樊侯廟災記一篇
博物	夏教員因病請假
英文	讀本戴教員
歷史	上班

自修課程
演算術四十問
讀英文

二月十五日（阳历三月十五日）　雨

晨起七句半钟赴舍。上午上算术、英文、国文三班，国文上欧阳永叔《樊侯庙灾记》一篇，下午上英文、历史两班。四句钟出校。至一舍访徐秉祥、潘应升等，稍逗留即返。晚膳后演算术四十问，因算学王教习今日曾宣布『不日即将临时考』，故出此抱佛脚之举。读英文读本。今日牙肉腮间愈肿，惟不大觉痛。夜作第七号家书。

受课细目：算术（上班）、英文（会话，许教员）、国文（上班，上《樊侯庙灾记》一篇）、博物（夏教员因病请假）、英文（读本，戴教员）、历史（上班）。

自修课程：演算术四十问、读英文。

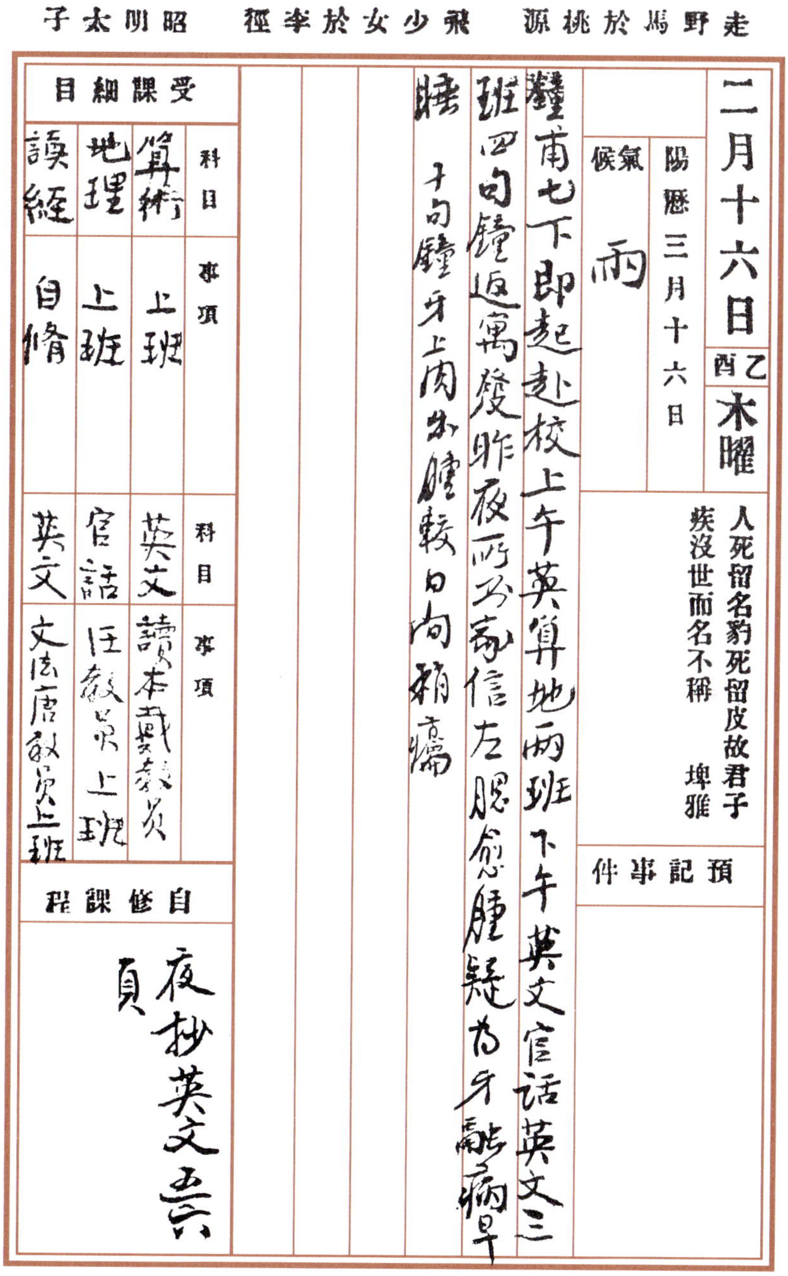
走野馬於桃源　飛少女於李徑　昭明太子

二月十六日　乙酉　木曜
陽歷三月十六日
候氣　雨
人死留名豹死留皮故君子疾沒世而名不稱　埤雅
預記事件

鐘甫七下即起赴校上午英算地兩班下午英文官話英文三班四句鐘返寓發昨夜所寄家信左腮愈腫疑為牙融病早睡
十句鐘牙上肉出腫較日間稍瘪

受課細目

科目	事項
算術	上班
地理	上班
讀經	自脩
英文	讀本戴教員
官話	汪教員上班
英文	文法唐教員上班

自修課程
夜抄英文五六頁

二月十六日（阳历三月十六日）　雨

钟甫七下即起，赴校。上午算、地两班，下午英文、官话、英文三班。四句钟返寓，发昨夜所书家信。左腮愈肿，疑为牙融〔痈〕病，早睡。十句钟牙上肉出肿，较日间较瘪。

受课细目：算术（上班）、地理（上班）、读经（自修）、英文（读本，戴教员）、官话（汪教员上班）、英文（文法，唐教员上班）。

自修课程：夜抄英文五六页。

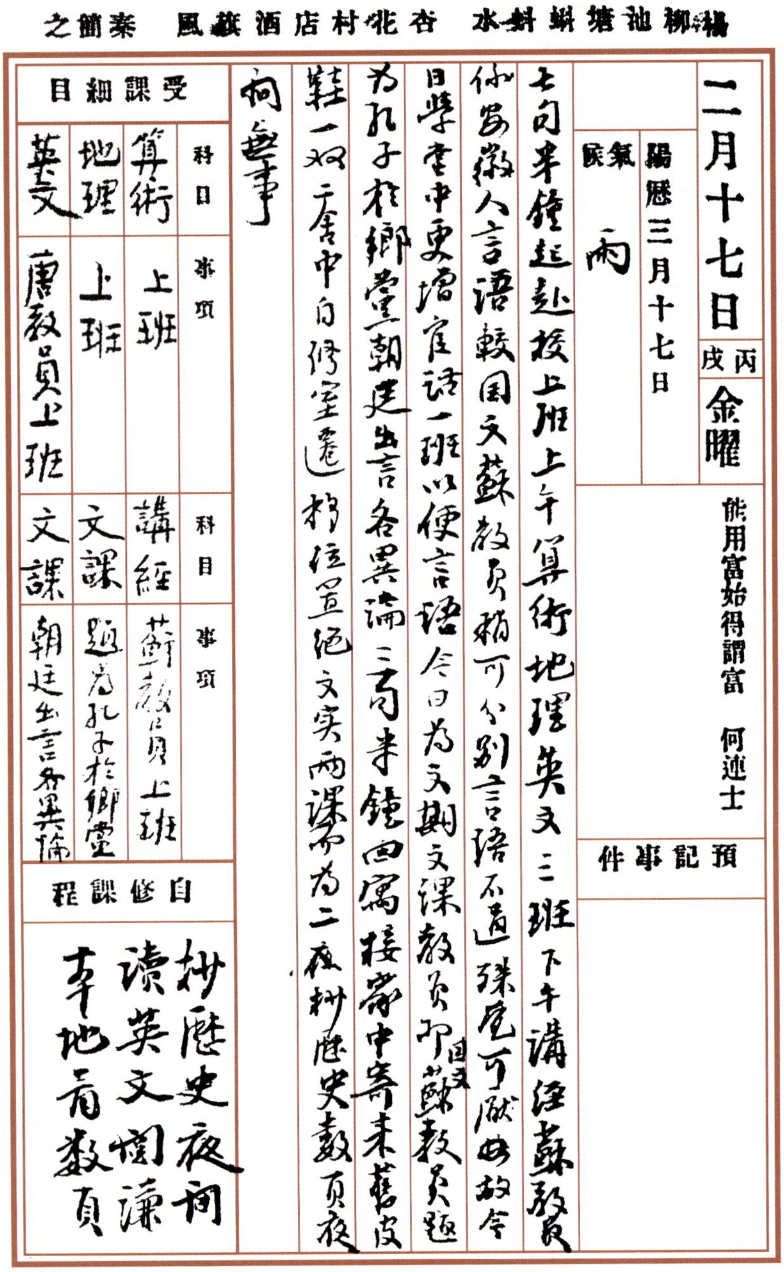

二月十七日（阳历三月十七日）　雨

七句半钟起，赴校上班。上午上算术、地理、英文三班，下午讲经。苏教员系安徽人，言语较国文苏教员稍可分别。言语不通，殊觉可厌，故今日学堂中更增官话一班以便言语。今日为文期，文课教员即国文苏教员，题为《孔子於乡党朝廷出言各异论》。三句半钟回寓，接家中寄来旧皮鞋一双。二舍中自修室迁移位置，绝文实两课而为二。抄历史数页，夜间无事。

受课细目：算术（上班）、地理（上班）、英文（唐教员上班）、讲经（苏教员上班）、文课（题为《孔子於乡党朝廷出言各异论》）。

自修课程：抄历史，夜间读英文、阅谦本地图数页。

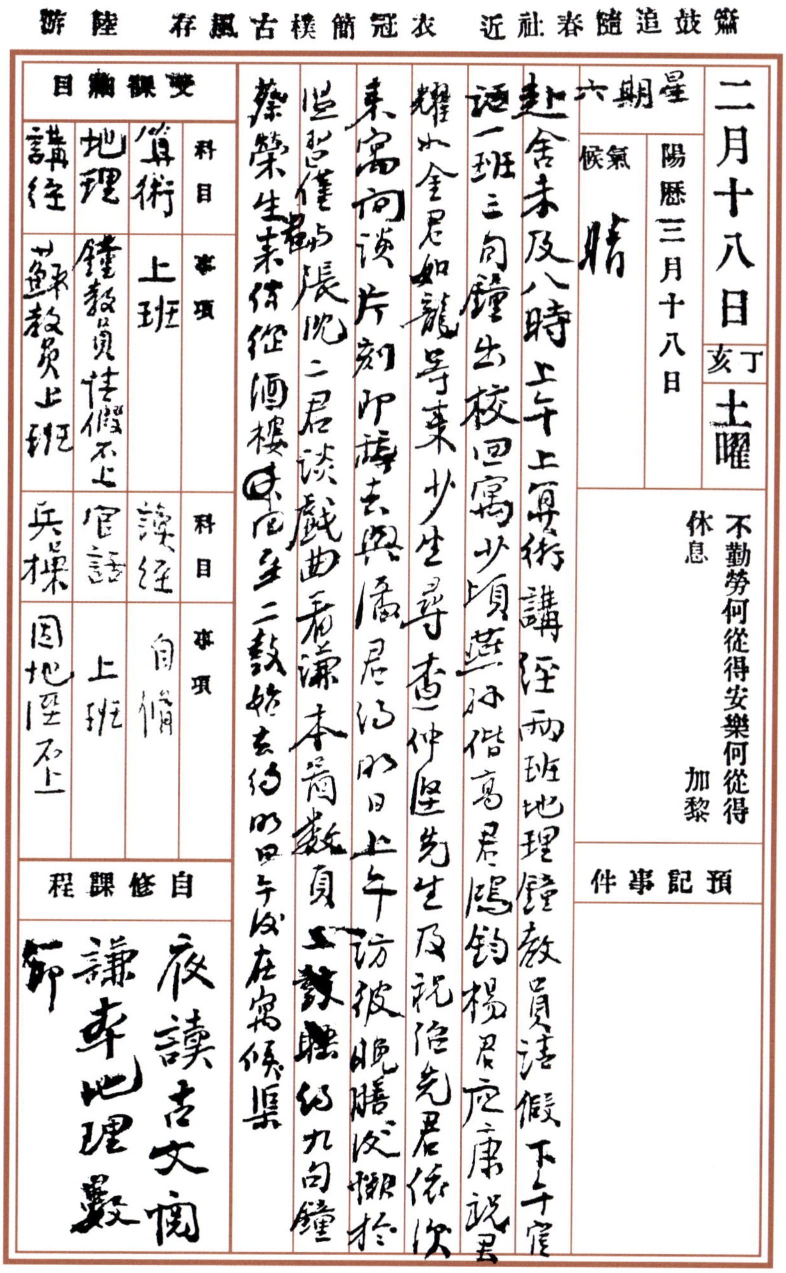

簫鼓追隨春社近　衣冠簡樸古風存　陸游

二月十八日　丁亥　土曜

星期六　陽歷三月十八日

候氣　晴

不勤勞何從得安樂何從得休息　加黎

預記事件

赴舍未及八時上午上算術講經兩班地理鍾教員請假下午官話一班三句鐘出校回寓少頃燕孫偕高君鴻鈞楊君應康祝君耀如金君如龍等來少坐尋查仲堅先生及祝紹先君依次來寓閒談片刻即去與潘君約明日上午訪彼晚膳後懶於溫習僅與張沈二君談戲曲看謙本圖數頁約九句鐘蔡榮生來係從酒樓回至二鼓始去約明日午後在寓候渠

受課細目

科目	事項	科目	事項
算術	上班	讀經	自修
地理	鍾教員請假不上	官話	上班
講經	蘇教員上班	兵操	因地溼不上

自修課程

夜讀古文閱謙本地理數節

二月十八日（阳历三月十八日）星期六　晴

赴舍未及八时。上午上算术、讲经两班，地理钟教员请假；下午官话一班。三句钟出校回寓，少顷燕孙偕高君鸿钧、杨君应康、祝君耀如、金君如龙等来，少坐，寻，查仲坚先生及祝绍先君依次来寓，闲谈片刻即去。与潘君约明日上午访彼。晚膳后懒於温习，仅与张、沈二君谈戏曲，看谦本图数页。约九句钟蔡荣生君来，系从酒楼回，至二鼓始去，约明日午后在寓候渠。

受课细目：算术（上班）、地理（钟教员请假不上）、讲经（苏教员上班）、读经（自修）、官话（上班）、兵操（因地湿不上）。

自修课程：夜读古文，阅谦本地理数节。

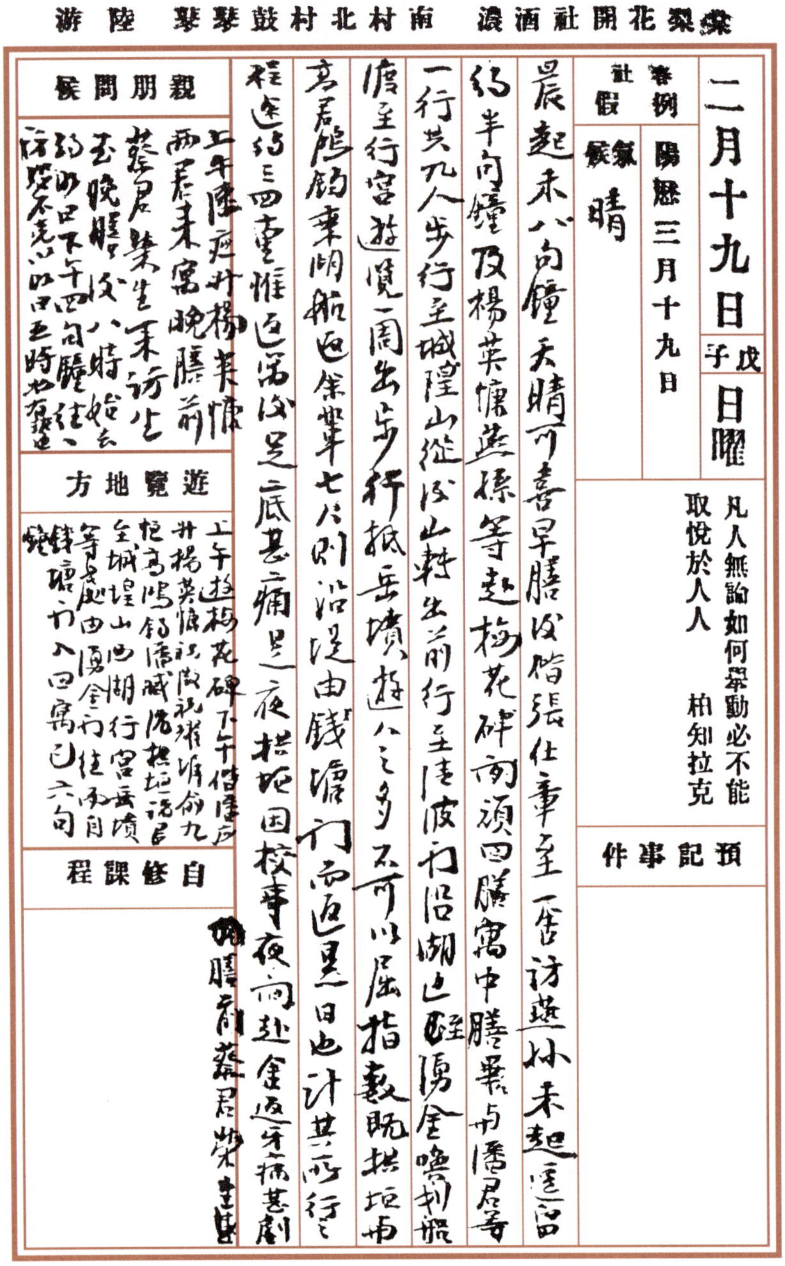

二月十九日（阳历三月十九日） 晴

晨起未八句钟，天晴可喜。早膳后偕张仕章至一舍访燕孙，未起，逗留约半句钟，及杨英慷、燕孙等赴梅花碑闲玩。回寓，中膳毕，与潘君等一行共九人步行至城隍山。从后山转出前行，至清波门，沿湖边至涌金（门），唤划船渡至行宫游览一周出，步行抵岳坟。游人之多，不可以屈指数。既拱垣与高君鸿钧乘湖船返，余辈七人则沿堤由钱塘门而返。是日也，计其所行之程途约三四十里，惟返寓后，足底甚痛。是夜拱垣因校事夜间赴舍返，牙痛甚剧。

亲朋问候：上午潘应升、杨英慷两君来寓，晚膳前蔡君荣生来访，坐至晚膳后，八时始去，约明日下午四句钟往，访蔡不克，以明日五时尚有班也。

游览地方：上午游梅花碑，下午偕潘应升、杨英慷、祝澄、祝耀墀、俞九恒、高鸿钧、潘臧、沈拱垣诸君至城隍山、西湖、行宫、岳坟等处，由涌金门往而自钱塘门入，回寓已六句钟。

自修课程：膳前蔡君荣生来。

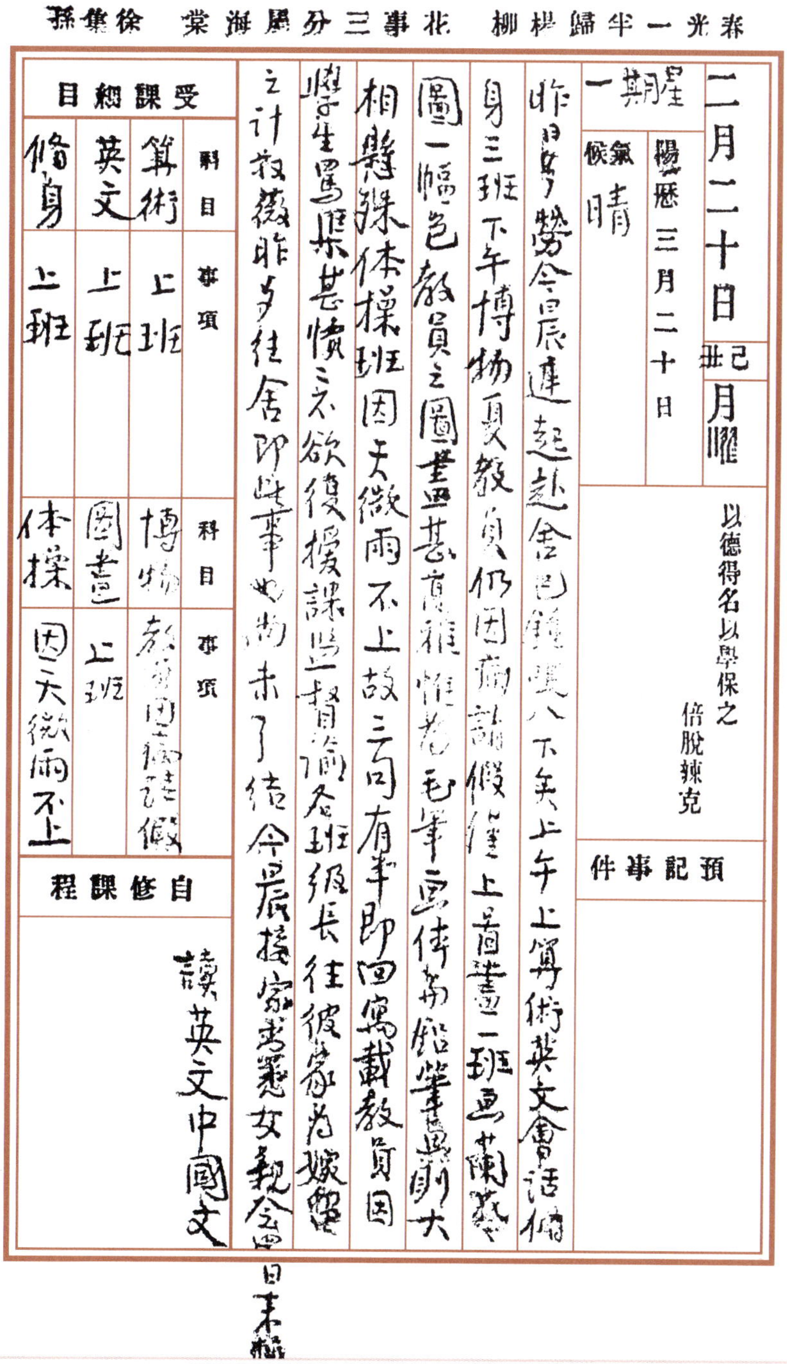
春光一半歸楊柳 花事三分屬海棠 徐集孫

二月二十日 星期一 己卅 月曜

陽歷三月二十日

氣候 晴

昨日多勞今晨遲起赴舍已鐘鳴八下矣上午上算術英文會話修身三班下午博物夏教員仍因病請假僅上圖畫一班畫蘭花圖一幅包教員之圖畫甚高雅惟爲毛筆畫體與鉛筆畫則大相懸殊體操班因天微雨不上故三句有半即回寓載教員因學生罵渠甚憤亦不欲復授課監督諭各班級長往彼家爲婉留之計叔薇昨夕往舍即此事也尚未了結今晨接家書悉父親念四日來杭

以德得名以學保之 倍脫辣克

預記事件

受課細目

科目	事項	科目	事項
算術	上班	博物	教員因病請假
英文	上班	圖畫	上班
修身	上班	體操	因天微雨不上

自修課程

讀英文中國文

二月二十日（阳历三月二十日）星期一　晴

昨日多劳，今晨迟起，赴舍已钟鸣八下矣。上午上算术、英文、会话、修身三班；下午博物，夏教员仍因病请假，仅上图画一班，画《兰花图》一幅。包教员之图画甚高雅，惟为毛笔画体，与铅笔画则大相悬殊。体操班因天微雨不上，故三句有半即回寓。载〔戴〕教员因学生骂渠甚愤，不欲复授课。监督谕各班级长往彼家，为婉留之计，叔薇昨夕往舍即此事也，尚未了结。今晨接家书，悉父亲念四日来杭。

受课细目：算术（上班）、英文（上班）、修身（上班）、博物（教员因病请假）、图画（上班）、体操（因天微雨不上）。

自修课程：读英文、中国文。

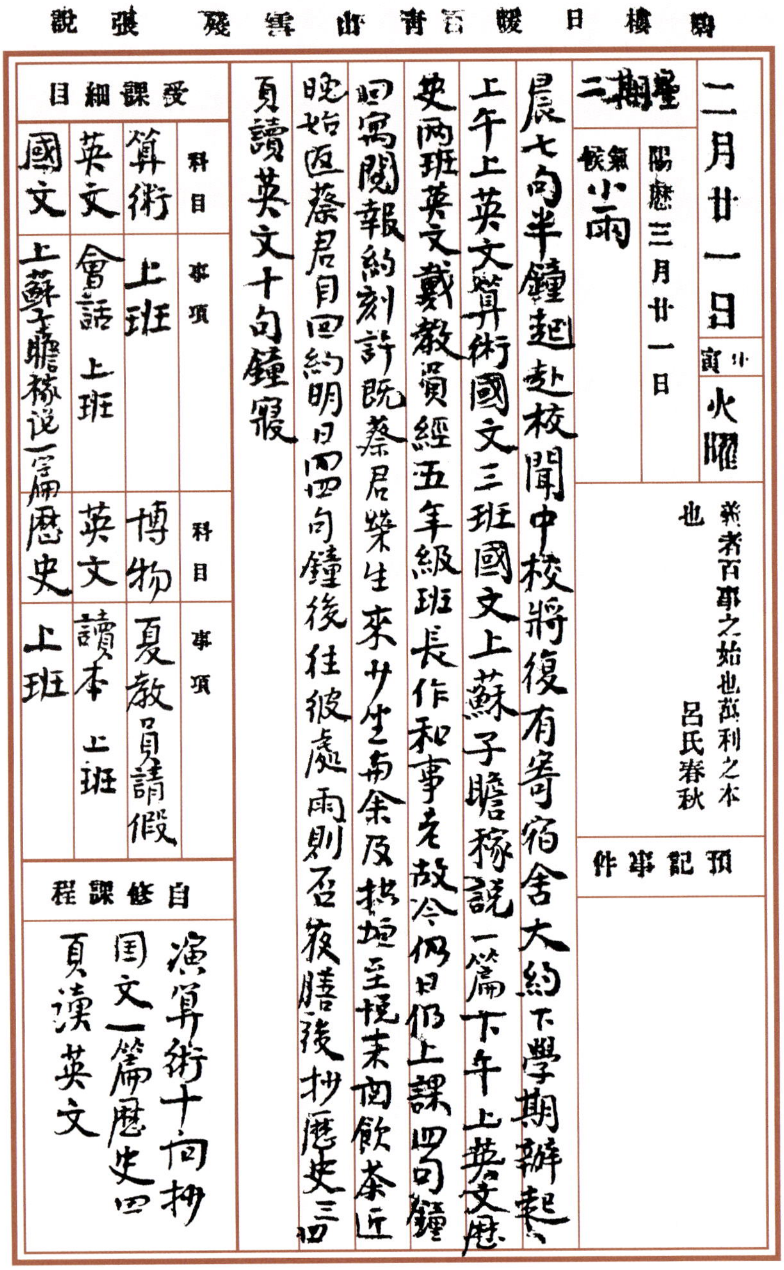
鵲樓日暖書香出雪飛 張說

二月廿一日 星期二
陽歷三月廿一日
氣候 小雨
曜 火

晨七句半鐘起赴校聞中校將復有寄宿舍大約下學期辦起上午上英文算術國文三班國文上蘇子瞻稼說一篇下午上英文歷史兩班英文戴教員經五年級班長作和事老故今日仍上課四句鐘回寓閱報約刻許既蔡君榮生來少坐與余及拱垣至悅來閣飲茶近晚始返蔡君自回約明日四句鐘後往彼處雨則否夜膳後抄歷史三四頁讀英文十句鐘寢

義者百事之始也萬利之本也 呂氏春秋

預記事件

受課細目

科目	事項	科目	事項
算術	上班	博物	夏教員請假
英文	會話 上班	英文	讀本 上班
國文	上蘇子瞻稼説一篇	歷史	上班

自修課程

演算術十句抄国文一篇歷史四頁讀英文

二月廿一日（阳历三月廿一日）星期二　小雨

晨七句半钟起赴校。闻中校将复有寄宿舍，大约下学期办起。上午上英文、算术、国文三班，国文上苏子瞻《稼说》一篇；下午上英文、历史两班。英文戴教员经五年级班长作和事老，故今日仍上课。四句钟回寓，阅报约刻许。既蔡君荣生来少坐，与余及拱垣至悦来阁饮茶，近晚始返。蔡君自回，约明日四句钟后往彼处，雨则否。夜膳后抄历史三四页，读英文。十句钟寝。

受课细目：算术（上班）、英文（会话，上班）、国文（上苏子瞻《稼说》一篇）、博物（夏教员请假）、英文（读本，上班）、历史（上班）。

自修课程：演算术十问，抄国文一篇，历史四页，读英文。

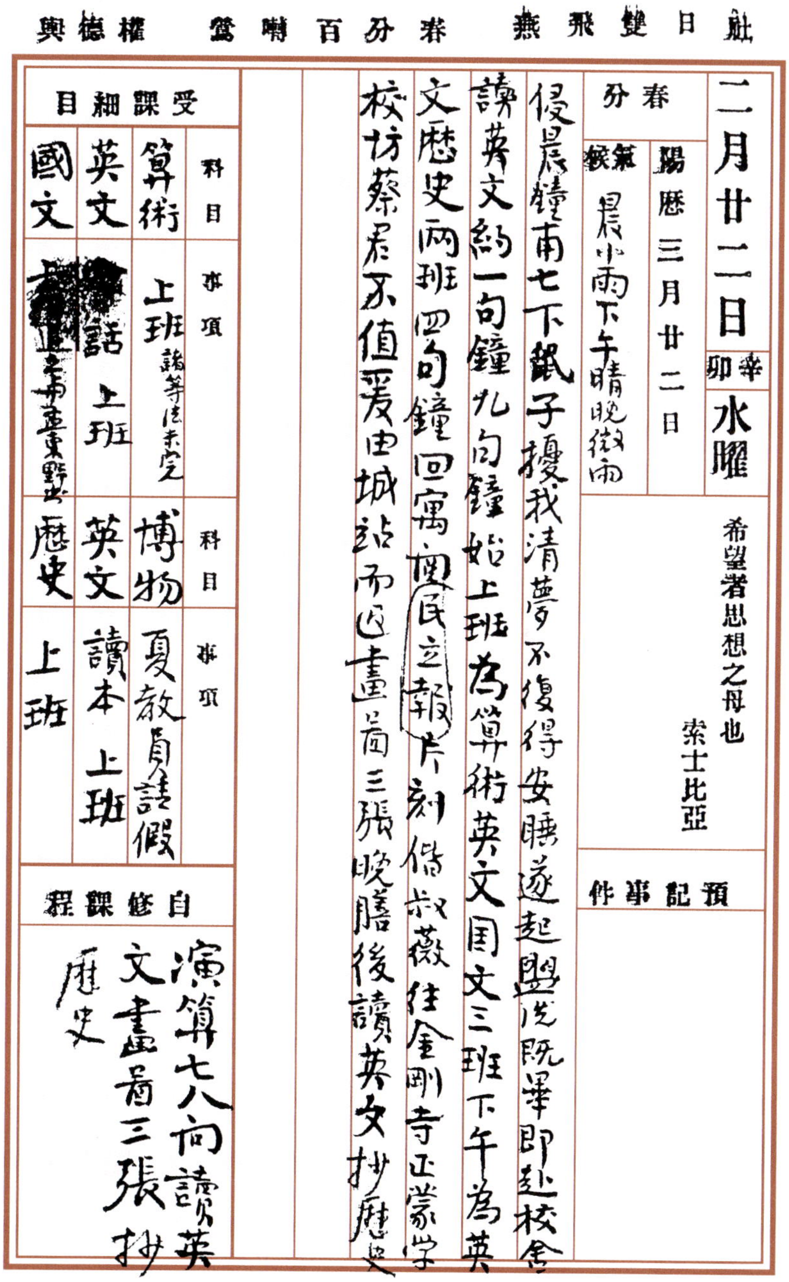
社日雙飛燕　春分百囀鶯　權德輿

二月廿二日　水曜　辛卯　春分　陽歷三月廿二日　氣候：晨小雨下午晴晚微雨

侵晨鐘甫七下鼠子擾我清夢不復得安睡遂起盥洗既畢即赴校舍讀英文約一句鐘九句鐘始上班為算術英文国文三班下午為英文歷史兩班四句鐘回寓閱民立報片刻偕叔薇往金剛寺正蒙學校訪蔡君不值爰由城站而返畫圖三張晚膳後讀英文抄歷史

希望者思想之母也　索士比亞

預記事件

受課細目

科目	事項
算術	上班 諸等法未完
英文	會話 上班
國文	上韓退之與孟東野書
博物	夏教員請假
英文	讀本 上班
歷史	上班

自修課程

演算七八向讀英文畫圖三張抄歷史

二月廿二日（阳历三月廿二日）　晨小雨下午晴晚微雨

侵晨钟甫七下，鼠子扰我清梦，不复得安睡，遂起。盥洗既毕，即赴校舍。读英文约一句钟。九句钟始上班，为算术、英文、国文三班。下午为英文、历史两班。四句钟回寓，阅《民立报》片刻，偕叔薇往金刚寺正蒙学校访蔡君不值，爰由城站而返。画图三张。晚膳后，读英文，抄历史。

受课细目：算术（上班，诸等法未完）、英文（会话上班）、国文（上《韩退之与孟东野书》）、博物（夏教员请假）、英文（读本，上班）、历史（上班）。

自修课程：演算七八问，读英文、画图三张，抄历史。

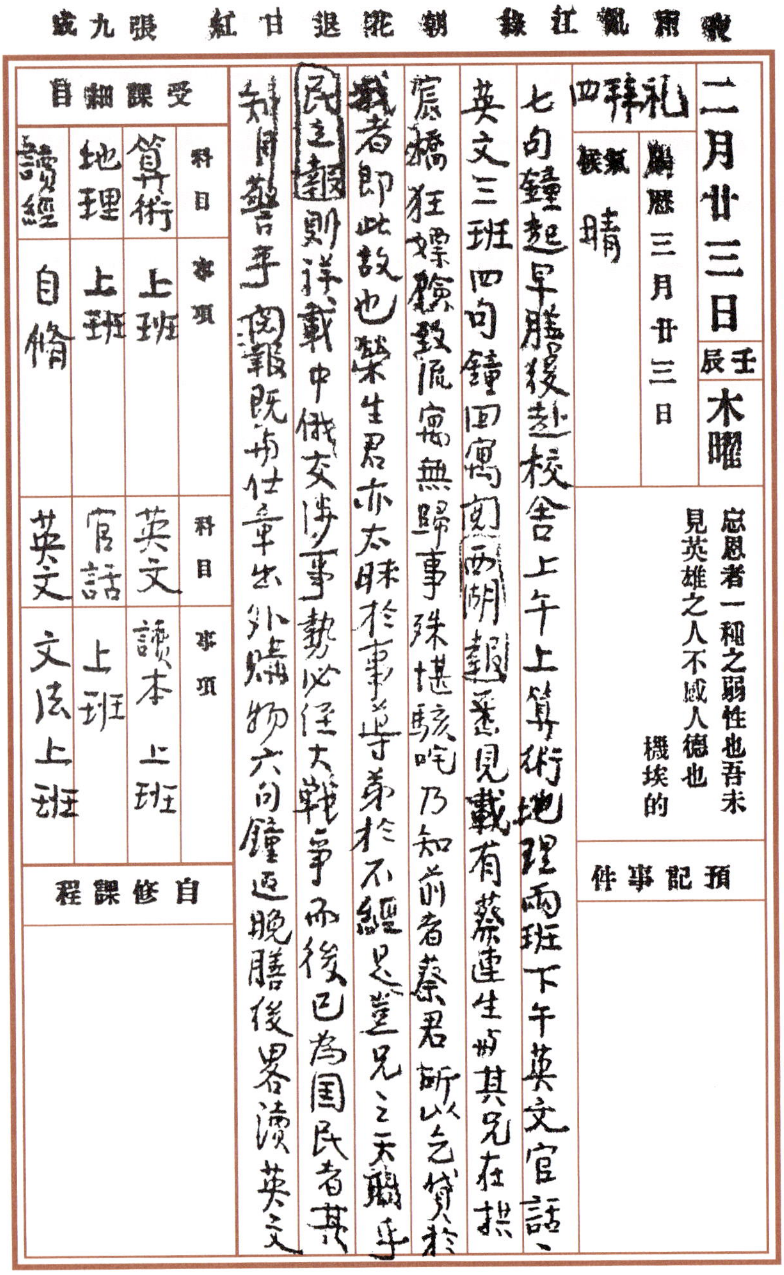

二月廿三日（阳历三月廿三日）礼拜四　晴

七句钟起，早膳后赴校舍。上午上算术、地理两班，下午英文、官话、英文三班。四句钟回寓。阅《西湖报》，见载有蔡连生与其兄在拱宸桥狂嫖，险致流寓无归事，殊堪骇咤。乃知前者蔡君所以乞贷於我者，即此故也。荣生君亦太昧於事，导弟於不经，是岂兄之天职乎。《民立报》则详载中俄交涉事，势必经大战争而后已，为国民者，其知自警乎！阅报既，与仕章出外购物，六句钟返。晚膳后略读英文。

受课细目：算术（上班）、地理（上班）、读经（自修）、英文（读本，上班）、官话（上班）、英文（文法，上班）。

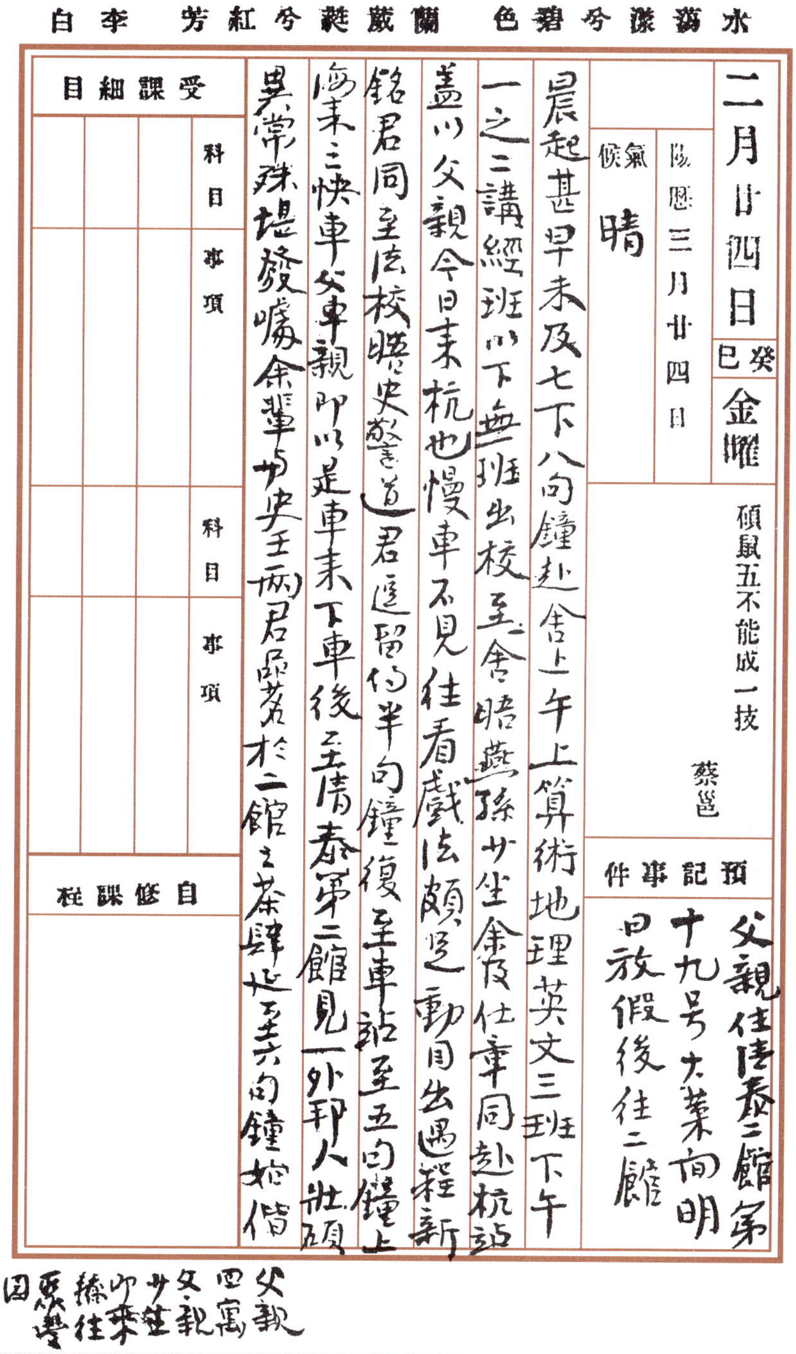
水蕩漾兮碧色　蘭蕤蕤兮紅芳　李白

二月廿四日　癸巳　金曜

陽歷三月廿四日

氣候　晴

晨起甚早未及七下八句鐘赴舍上午上算術地理英文三班下午一之二講經班以下無班出校至一舍晤燕孫少坐余及仕章同赴杭站蓋以父親今日來杭也慢車不見往看戲法頗足動目出遇程新銘君同至法校晤史警道君逗留約半句鐘復至車站至五句鐘上海來三快車父親即以是車來下車後至清泰第二館見一外邦人壯碩異常殊堪發噱余輩與史王兩君品茗於二館之茶肆延至六句鐘始偕父親少坐即乘轎往聚豐園

碩鼠五不能成一技　蔡邕

預記事件

父親住清泰二館第十九号大菜間明日放假後往二館

受課細目

科目	事項

自修課程

二月廿四日（阳历三月廿四日）　晴

预记事件：父亲住清泰二馆第十九号大菜〔疑『房』字〕间。明日放假后往二馆。

晨起甚早，未及七下。八句钟赴舍。上午上算术、地理、英文三班；下午一之二讲经班，以下无班。出校至一舍晤燕孙，少坐。余及仕章同赴杭站，盖以父亲今日来杭也。慢车不见，往看戏法颇足动目。出遇程新铭君，同至法校，晤史警道君，逗留约半句钟，复至车站。至五句钟上海来三快车，父亲即以是车来。下车后至清泰第二馆，见一外邦人壮硕异常，殊堪发噱。余辈与史、王两君品茗於二馆之茶肆，延至六句钟始偕父亲回寓。父亲少坐即乘轿往聚丰园。

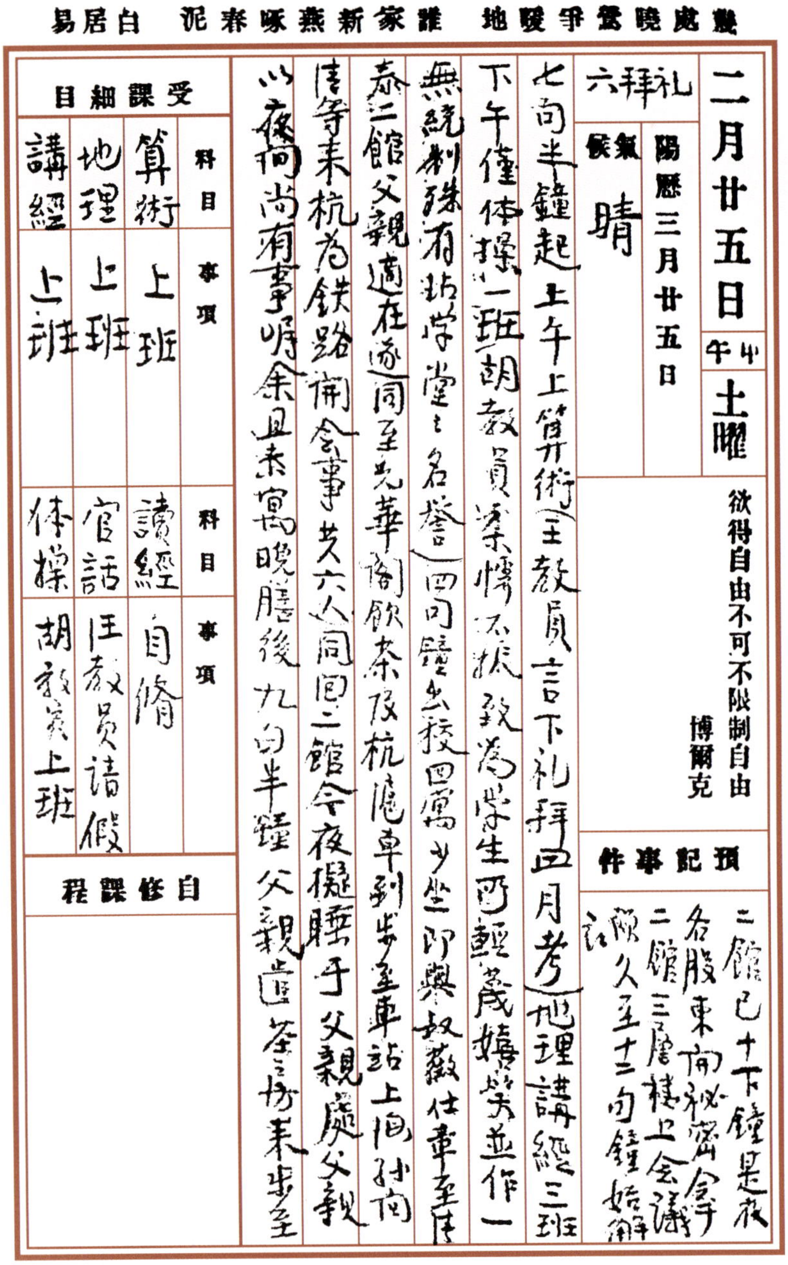

二月廿五日（阳历三月廿五日）礼拜六　晴

七句半钟起。上午上算术（王教员言下礼拜四月考），地理、讲经三班，下午仅体操一班（胡教员柔懦不振，致为学生所轻蔑，嬉笑并作，一无统制，殊有玷学堂之名誉）。四句半钟出校回寓少坐，即与叔薇、仕章至清泰二馆。父亲适在，遂同至光华阁饮茶。及杭沪车到，步至车站。上海孙问清等来杭，为铁路开会事。共六人，同回二馆，今夜拟睡于父亲处。父亲以夜间尚有事，嘱余且回寓。晚膳后，九句半钟父亲遣茶房来，步至二馆已十下钟。是夜各股东开秘密会于二舍三层楼上，会议颇久，至十二句钟始解。

受课细目：算术（上班）、地理（上班）、讲经（上班）、读经（自修）、官话（汪教员请假）、体操（胡教员上班）。

二月廿五日	午⁴ 土曜
阳历三月廿五日	
礼拜六	
气候　晴	项记事件

受课细目

科目	事项
算术	上班
地理	上班
讲经	上班

科目	事项
读经	自修
官话	汪教员请假
体操	胡教员上班

自修课程

欲得自由不可不限制自由
　　　　　博爾克

双处晓惊争暖地　谁家新燕啄春泥　白居易

七句半钟起上午上算术（王教员言下礼拜四月考）地理讲经三班下午仅体操一班胡教员柔懦不振致为学生所轻蔑嬉笑并作一无统制殊有玷学堂之名誉四句半钟出校回寓少坐即与叔薇仕章至清泰二馆父亲适在遂同至光华阁饮茶及杭沪车到步至车站上海孙问清等来杭为铁路开会事共六人同回二馆今夜拟睡于父亲处父亲以夜间尚有事嘱余且回寓晚膳后九句半钟父亲遣茶房来步至

二馆已十下钟是夜各股东南秘密会于二馆三层楼上会议颇久至十二句钟始解

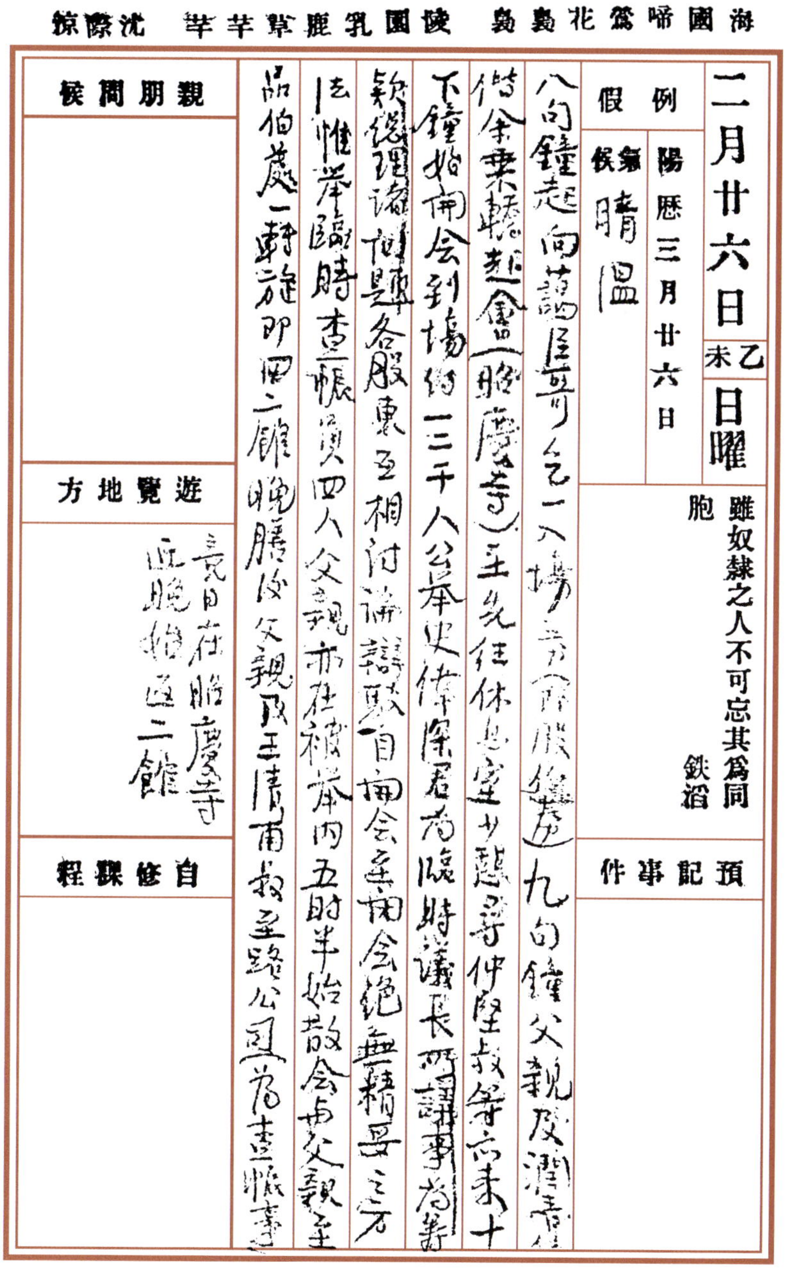
海國啼鶯花島島　陵園乳鹿草芊芊　沈際飛

二月廿六日　乙未　日曜

例假　陽曆三月廿六日

氣候　晴温

八句鐘起，向藹經哥乞一入場券（即股份券）。九句鐘父親及潤清偕余乘轎赴會（昭慶寺）。至，先往休息室少憩。寻，仲堅叔等亦來。十下鐘始開会，到場約一二千人。公举史偉深君爲臨時議長，所議事爲籌款總理諸問題，各股東互相討論辯駁。自開会至閉会絶無精妥之方法，惟举臨時查帳員四人，父親亦在被举内。五时半始散会。與父親至品伯處一轉，旋即回二館。晚膳後，父親及王清甫叔至路公司（爲查帳事）。

雖奴隸之人不可忘其爲同胞　鉄滄

預記事件

親朋間候

遊覽地方　竟日在昭慶寺，近晚始返二館。

自修課程

二月廿六日（阳历三月廿六日）　晴温

八句钟起，向蔼经哥乞一入场券（即股份券）。九句钟父亲及润清偕余乘轿赴会（昭庆寺）。至，先往休息室少憩。寻，仲坚叔等亦来。十下钟始开会，到场约一二千人。公举史伟深君为临时议长，所议事为筹款总理诸问题，各股东互相讨论辩驳。自开会至闭会绝无精妥之方法，惟举临时查账员四人，父亲亦在被举内。五时半始散会。与父亲至品伯处一转，旋即回二馆。晚膳后，父亲及王清甫叔至路公司（为查账事）。

游览地方： 竟日在昭庆寺，近晚始返二馆。

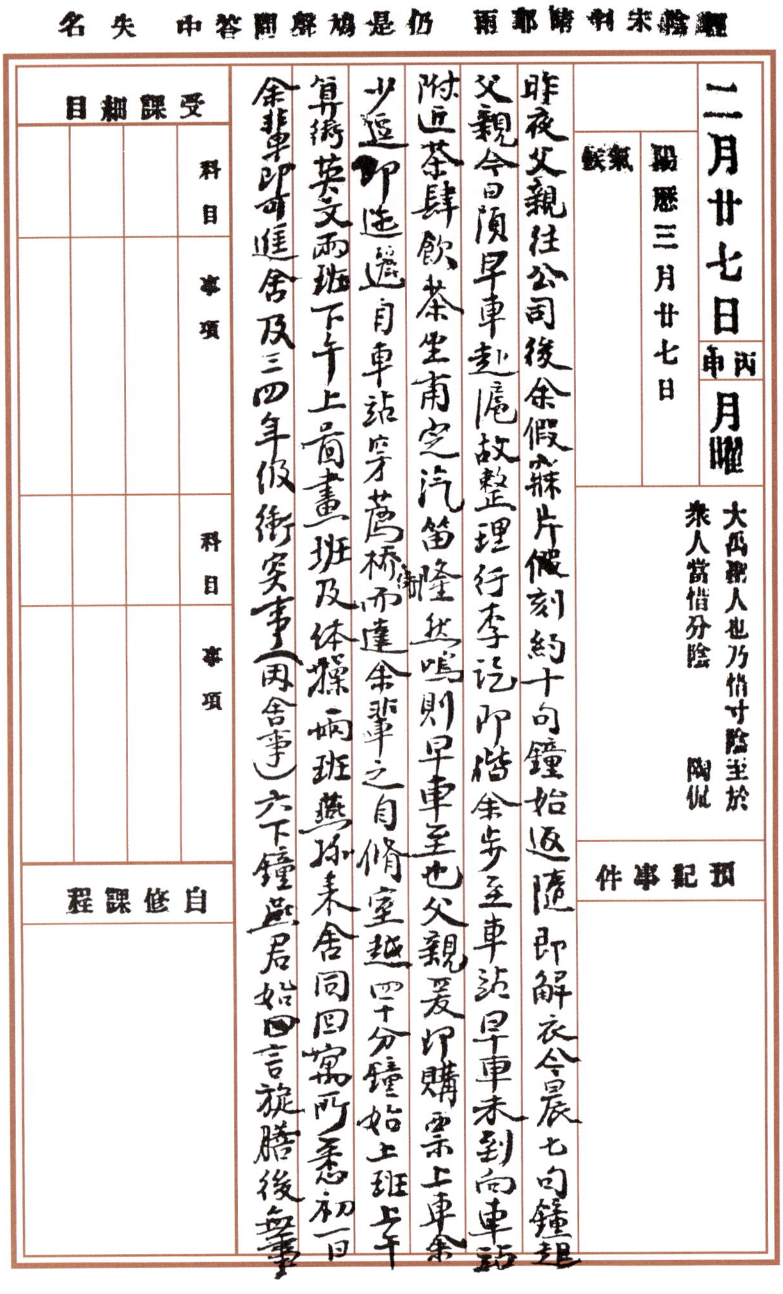

二月廿七日（阳历三月廿七日）

昨夜父亲往公司后，余假寐片刻，约十句钟始返，随即解衣。今晨七句半钟起。父亲今日须早车赴沪，故整理行李讫，即偕余步至车站。早车未到，向车站附近茶肆饮茶。坐甫定，汽笛隆然鸣，则早车至也。父亲爰即购票上车。余少逗即迤逦自车站穿荐桥街而达余辈之自修室，越四十分钟始上班，上午算术、英文两班，下午上图画班及体操两班。燕孙来舍同回寓所，悉初一日余辈即可进舍及三四年级冲突事（因舍事）。六下钟燕君始言旋。膳后无事。

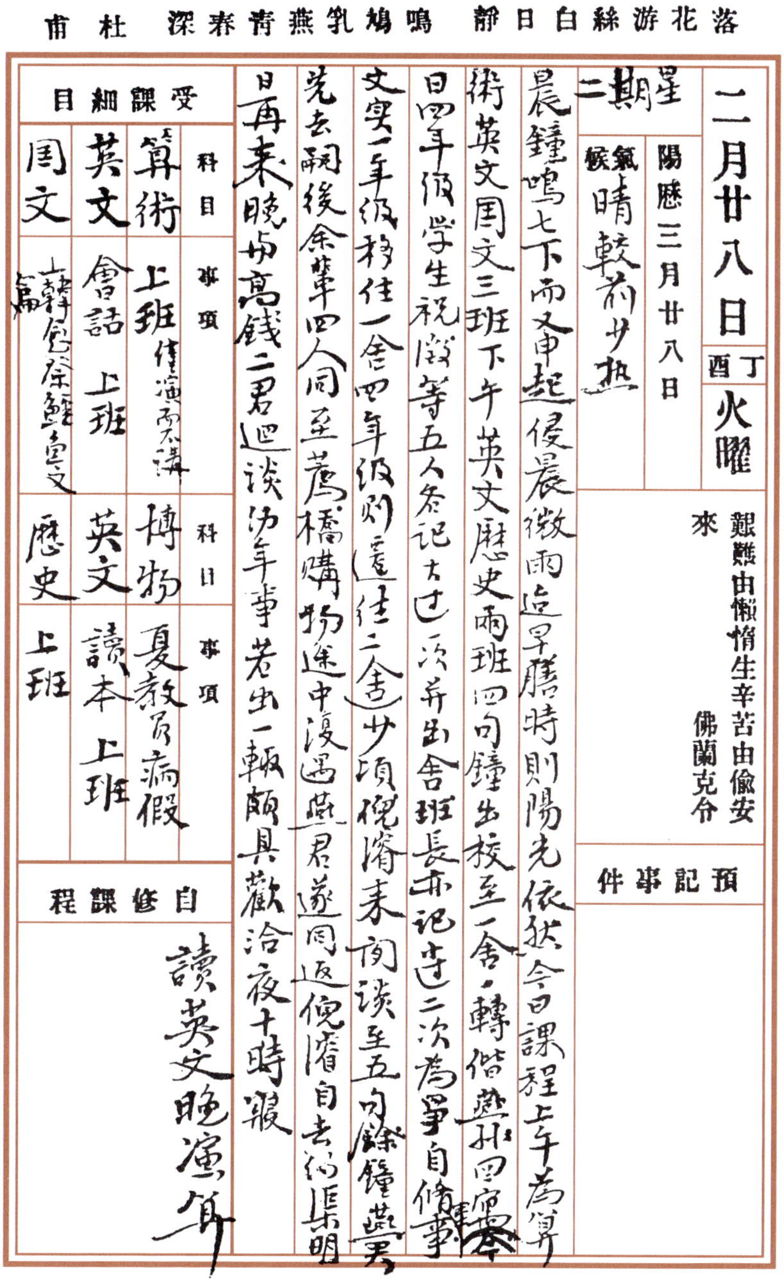
落花游絲白日靜　鳴鳩乳燕青春深　杜甫

二月廿八日　丁酉　火曜

陽曆三月廿八日

星期二

氣候　晴較前少熱

艱難由懶惰生　辛苦由偷安來　佛蘭克令

預記事件

晨鐘鳴七下而又申起侵晨微雨迨早膳時則陽光依然今日課程上午爲算術英文国文三班下午英文歷史兩班四句鐘出校至一舍一轉偕燕孙回寓（今日四年级学生祝澄等五人各記大过一次并出舍班長亦記小过二次爲爭自修事文実一年级移住一舍四年级則遷往二舍）少頃倪濬来閑談至五句餘鐘燕君先去嗣後余輩四人同至薦橋購物途中復遇燕君遂同返倪濬自去約渠明日再来晚与高錢二君迴談幼年事若出一轍頗具歡洽夜十時寢

受課細目

科目	事項
算術	上班（僅演而不講）
英文	會話　上班
国文	上韓愈祭鰐魚文一篇
博物	夏教員病假
英文	讀本　上班
歷史	上班

自修課程

讀英文晚演算

二月廿八日（阳历三月廿八日）星期二　晴较前少热

晨钟鸣七下而又申起。侵晨微雨，迨早膳时则阳光依然。今日课程上午为算术、英文、国文三班，下午英文、历史两班。四句钟出校至一舍一转，偕燕孙回寓（今日四年级学生祝澄等五人各记大过一次，并出舍，班长亦记小过二次，为争自修室事，文实一年级移住一舍，四年级则迁往二舍），少顷倪浚来，闲谈至五句馀钟。燕君先去，嗣后余辈四人同至荐桥购物。途中复遇燕君，遂同返，倪浚自去，约渠明日再来。晚与高、钱二君迴谈幼年事，若出一辙，颇具欢洽。夜十时寝。

受课细目：算术（上班，仅演而不讲）、英文（会话，上班）、国文（上韩愈《祭鳄鱼文》一篇）、博物（夏教员病假）、英文（读本，上班）、历史（上班）。

自修课目：读英文晚演算

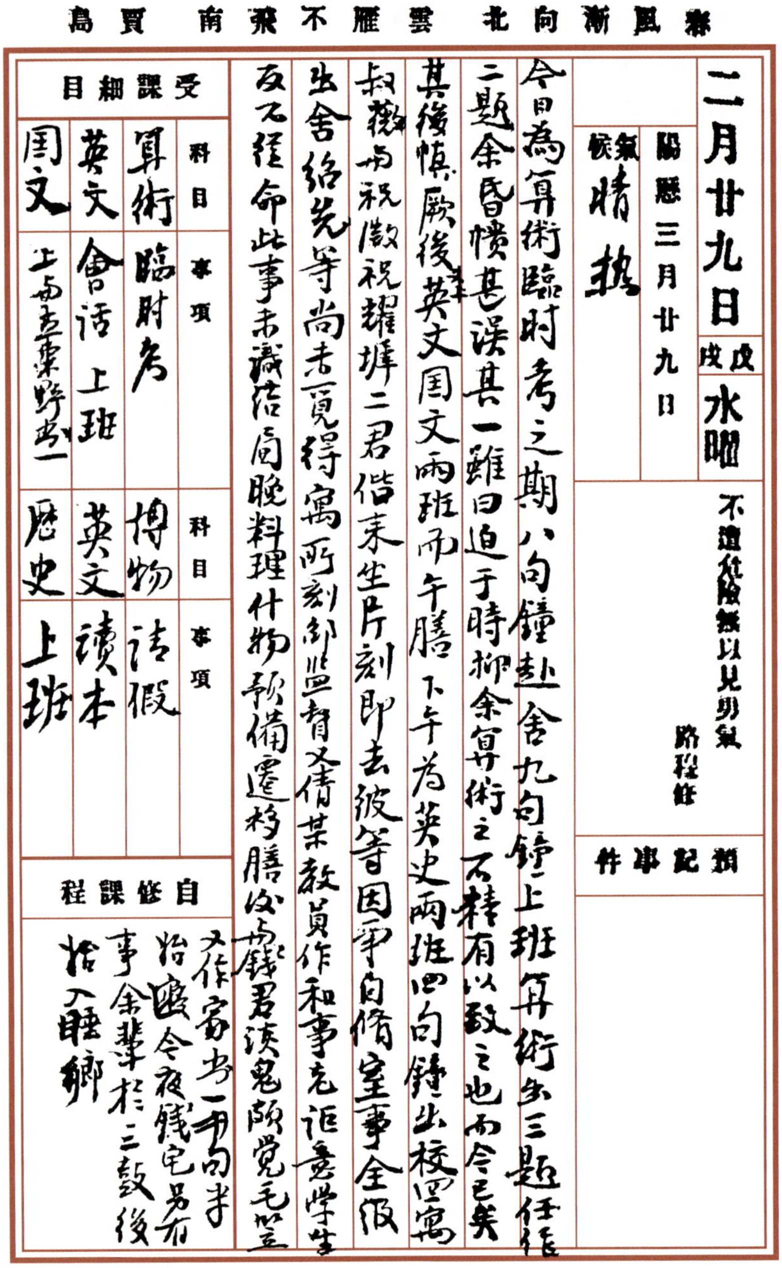
春風漸向北 雲雁不飛南 賈島

二月廿九日 戊戌 水曜 陽曆三月廿九日 氣候 晴熱

今日為算術臨時考之期，八句鐘赴舍，九句鐘上班，算術出三題，任作二題，余昏憒甚，誤其一，雖曰迫于時，抑余算術之不精有以致之也。而今已矣，其後慎。厥後又上英文國文兩班而午膳。下午為英史兩班。四句鐘出校回寓，叔薇與祝澂、祝耀塀二君偕來，坐片刻即去。彼等因爭自修室事全級出舍，紹先等尚未覓得寓所，刻邵監督又倩某教員作和事老，詎意學生反不從命，此事未識結局。晚料理什物，預備遷移。膳後與錢君談鬼，頗覺毛豎。又作家書一，十句半始寢。今夜錢宅另有事，余輩於三鼓後始入睡鄉。

受課細目

科目	事項	科目	事項
算術	臨時考	博物	請假
英文	會話 上班	英文	讀本
國文	上《與孟東野書》一	歷史	上班

自修課程

記事件

二月廿九日（阳历三月廿九日） 晴热

今日为算术临时考之期，八句钟赴舍，九句钟上班。算术出三题，任作二题。余昏愦甚，误其一，虽曰迫于时，抑余算术之不精有以致之也。而今已矣，其后慎。厥后又上英文、国文两班而午膳。下午为英、史两班。四句钟出校回寓，叔薇与祝澄、祝耀墀二君偕来，坐片刻即去。彼等因争自修室事全级出舍，绍先等尚未觅得寓所，刻邵监督又倩某教员作和事老，讵意学生反不从命。此事未识结局。晚料理什物，预备迁移。膳后与钱君谈鬼，颇觉毛竖。又作家书一，十句半始寝。今夜钱宅另有事，余辈於三鼓后始入睡乡。

受课细目：算术（临时考）、英文（会话，上班）、国文（上《与孟东野书》一）、博物（请假）、英文（读本）、历史（上班）。

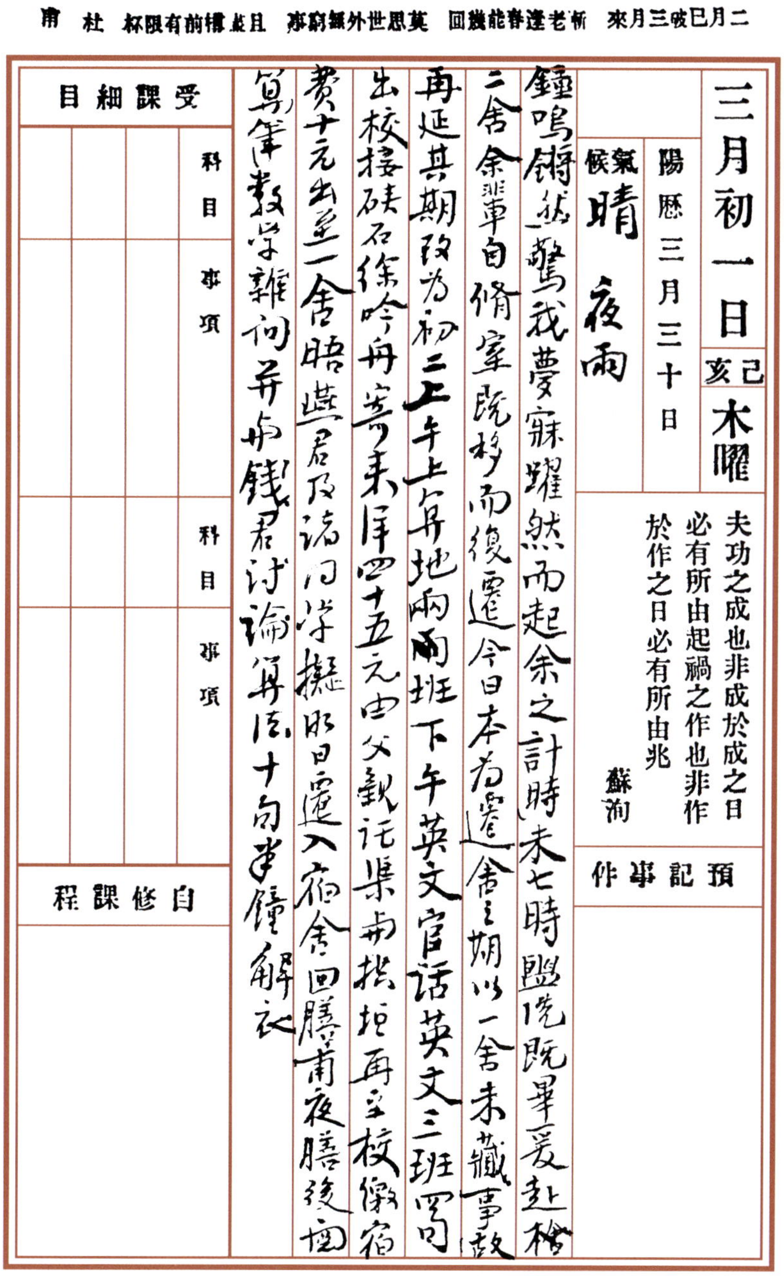

三月初一日（阳历三月三十日） 晴 夜雨

钟鸣锵然，惊我梦寐，跃然而起，余之计时未七时。盥洗既毕，爰赴二舍。余辈自修室既移而复迁，今日本为迁舍之期，以一舍未蒧事，故再延其期，改为初二。上午上算、地两班，下午英文、官话、英文三班。四句钟出校，接硖石徐吟舟寄来洋四十五元，由父亲托渠与拱垣。再至校。缴宿费十元。出至一舍，晤燕君及诸同学，拟明日迁入宿舍。回，膳甫。夜膳后，阅笔算数学杂问，并与钱君讨论算法，十句半钟解衣。

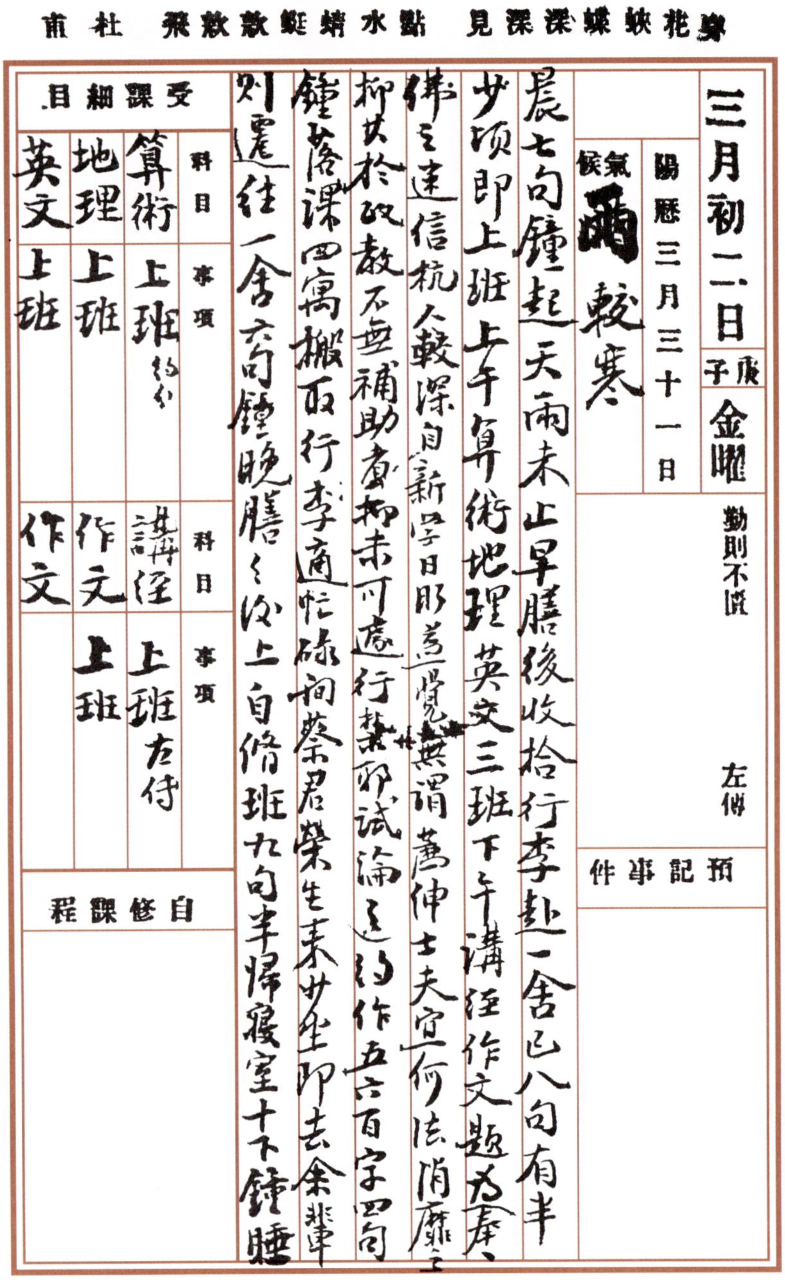

三月初二日（三月三十一日） 雨 较寒

晨七句钟起，天雨未止。早膳后收拾行李赴一舍，已八句有半。少顷即上班。上午上算术、地理、英文三班，下午讲经。作文题为『奉佛之迷信，杭人较深，自新学日明，益觉无谓，荐绅士夫宜何法消靡之，抑其於政教不无补助者，抑未可遽行禁耶。试论之』。约作五六百字。四句钟落课，回寓搬取行李。适忙碌间，蔡君荣生来，少坐即去，余辈则迁往一舍。六句钟晚膳之后上自修班。九句半归寝室，十下钟睡。

受课细目：算术（上班，约分）、地理（上班）、英文（上班）、讲经（上班《左传》）、作文（上班）、作文

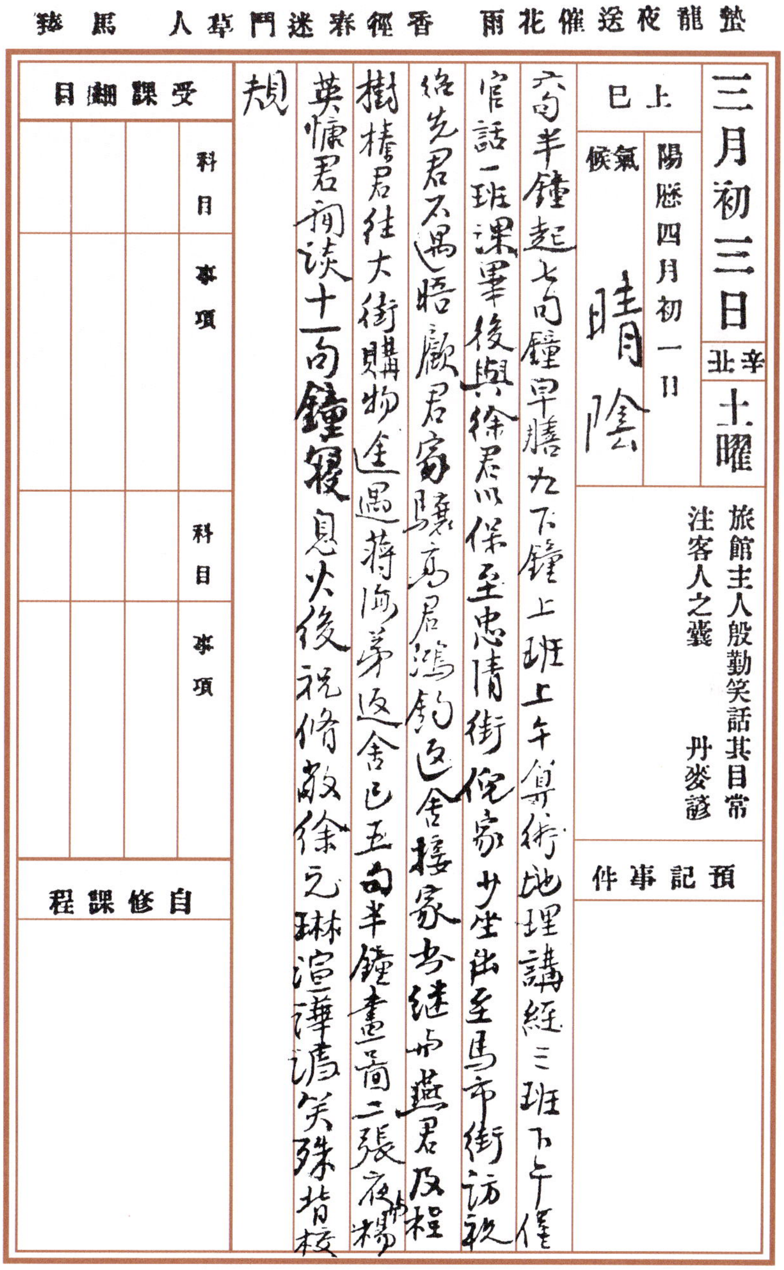

三月初三日（阳历四月初一日） 晴 阴

六句半钟起，七句钟早膳，九下钟上班。上午算术、地理、讲经三班，下午仅官话一班。课毕后与徐君以保至忠清街倪家，少坐出，至马市街访祝绍先君不遇，晤顾君家骧、高君鸿钧。返舍接家书，继与燕君及程树椿君往大街购物，途遇蒋海弟。返舍已五句半钟，画图二张。夜与杨英慷君闲谈，十一句钟寝。息〔熄〕火后祝修敬、徐元琳喧哗谑笑，殊背校规。

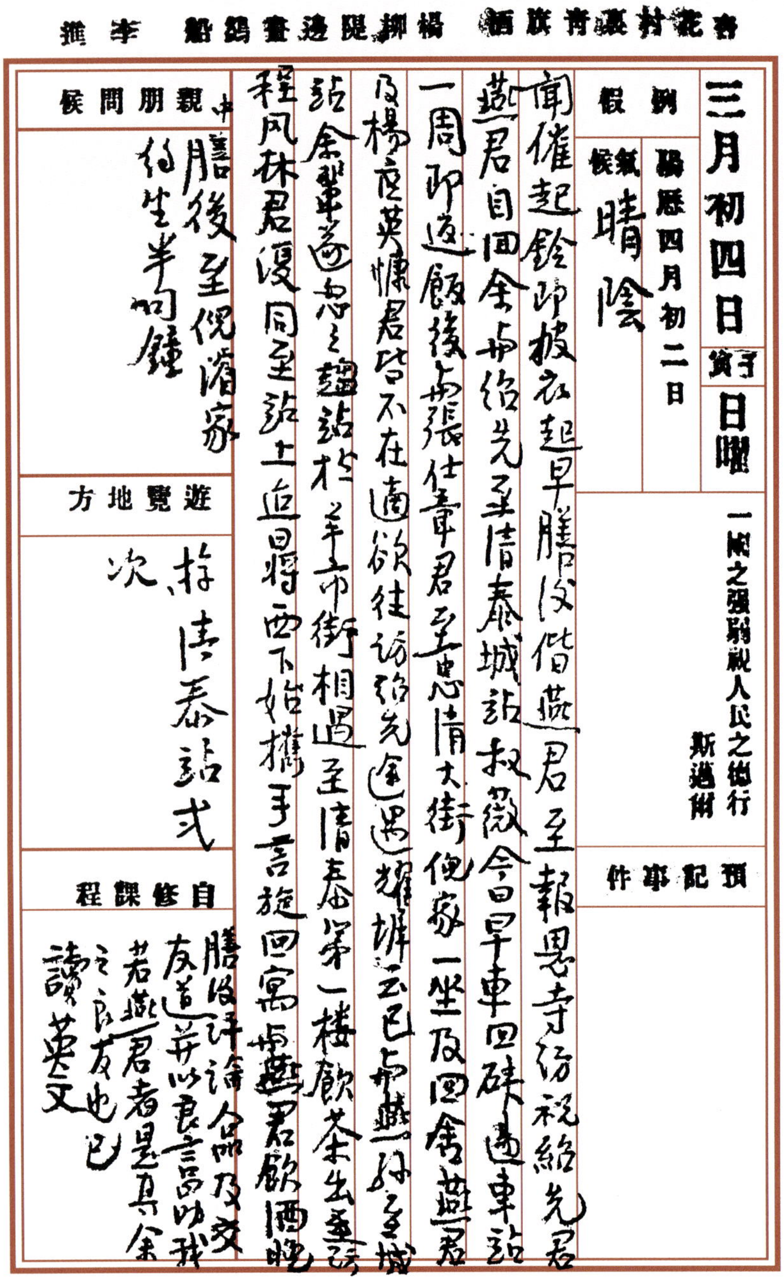

三月初四日（阳历四月初二日）　晴　阴

闻催起铃即披衣起，早膳后偕燕孙至报恩寺访祝绍先君。燕君自回，余与绍先至清泰城站，叔薇今日早车回硖。遄车站一周即返。饭后与张仕章君至忠清大街倪家一坐。及回舍，燕君及杨英慷君皆不在。适欲往访绍先，途遇耀墀，云已与燕孙至城站。余辈遂匆匆趋站，於羊市街相遇，至清泰第一楼饮茶。出访程凤林君，复同至站上，迨日将西下，始携手言旋。回寓与燕君饮酒。晚膳后评论人品及交友道，并以良言勖我，若燕君者是真余之良友也已。

亲朋问候：中膳后至倪浚家，约坐半句钟。

游览地方：游清泰车站贰次。

自修课程：读英文。

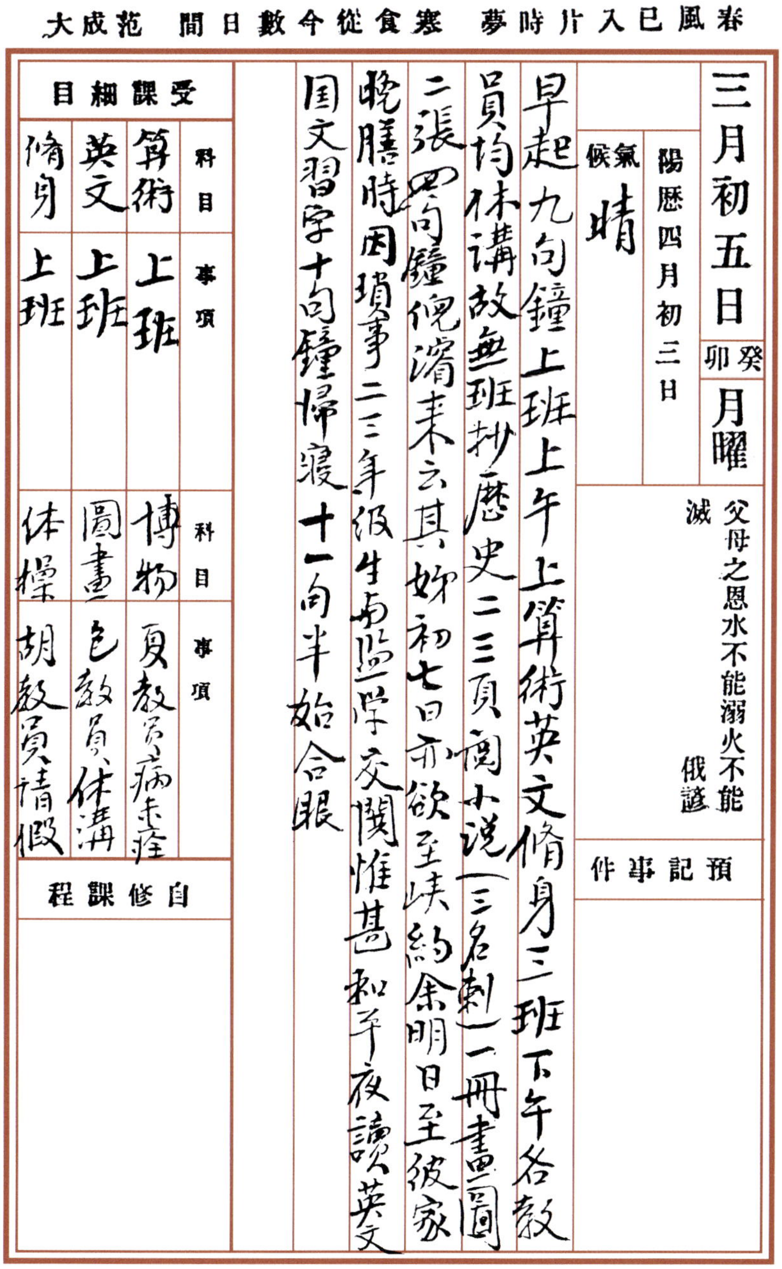
春風已入片時夢 寒食從今數日間 范成大

三月初五日 癸卯 月曜 陽歷四月初三日 氣候 晴

早起九句鐘上班上午上算術英文脩身三班下午各教員均休講故無班抄歷史二三頁閱小說（三名刺）一冊畫圖二張四句鐘倪濬来云其姊初七日亦欲至硤約余明日至彼家晚膳時因瑣事二三年級生與監學交鬨惟甚和平夜讀英文國文習字十句鐘歸寢十一句半始合眼

父母之恩水不能溺火不能滅 俄諺

預記事件

受課細目

科目	事項	科目	事項
算術	上班	博物	夏教員病未痊
英文	上班	圖畫	包教員休講
脩身	上班	體操	胡教員請假

自修課程

三月初五日（阳历四月初三日） 晴

早起，九句钟上班。上午上算术、英文、修身三班；下午各教员均休讲，故无班。抄历史二三页，阅小说《三名刺》一册，画图二张。四句钟倪浚来，云其姊初七日亦欲至硖，约余明日至彼家。晚膳时，因琐事二三年级与监学交哄，惟甚和平。夜读英文、国文、习字。十句钟归寝，十一句半始合眼。

受课细目：算术（上班）、英文（上班）、修身（上班）、博物（夏教员病未痊）、图画（包教员休讲）、体操（胡教员请假）。

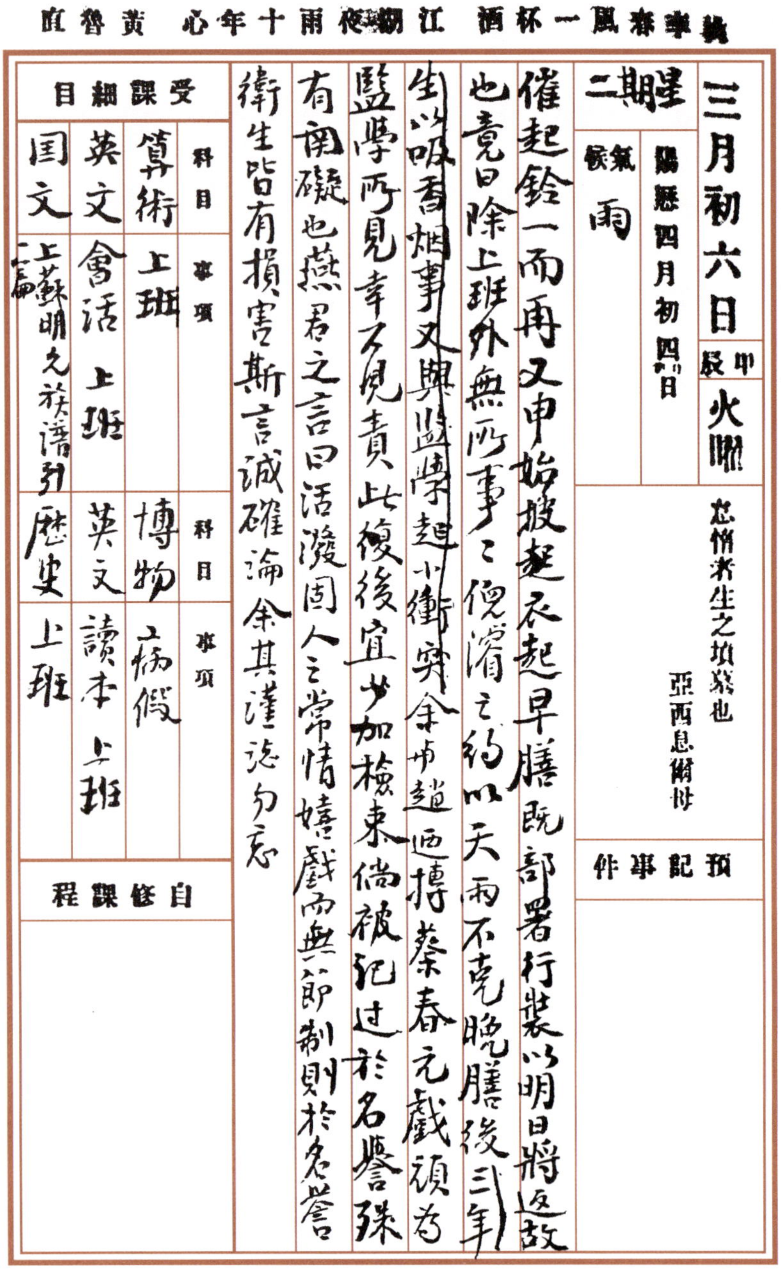

三月初六日（阳历四月初四日）星期二　雨

催起铃一而再，又申始披衣起。早膳既，部署行装，以明日将返故也。竟日除上班外无所事事。倪浚之约以天雨不克。晚膳后，三年级生以吸香烟事又与监学起小冲突。余与赵迺抟、蔡春元戏顽，为学监所见，幸不见责。此后宜加检束，倘被记过，於名誉殊有关碍也。燕君之言曰：『活泼固人之常情，嬉戏而无节制，则於名誉卫生皆有损害』，斯言诚确论，余其谨志勿忘。

受课细目：算术（上班）、英文（会话，上班）、国文（上苏明允《族谱引》一篇）、博物（病假）、英文（读本、上班）、历史（上班）。

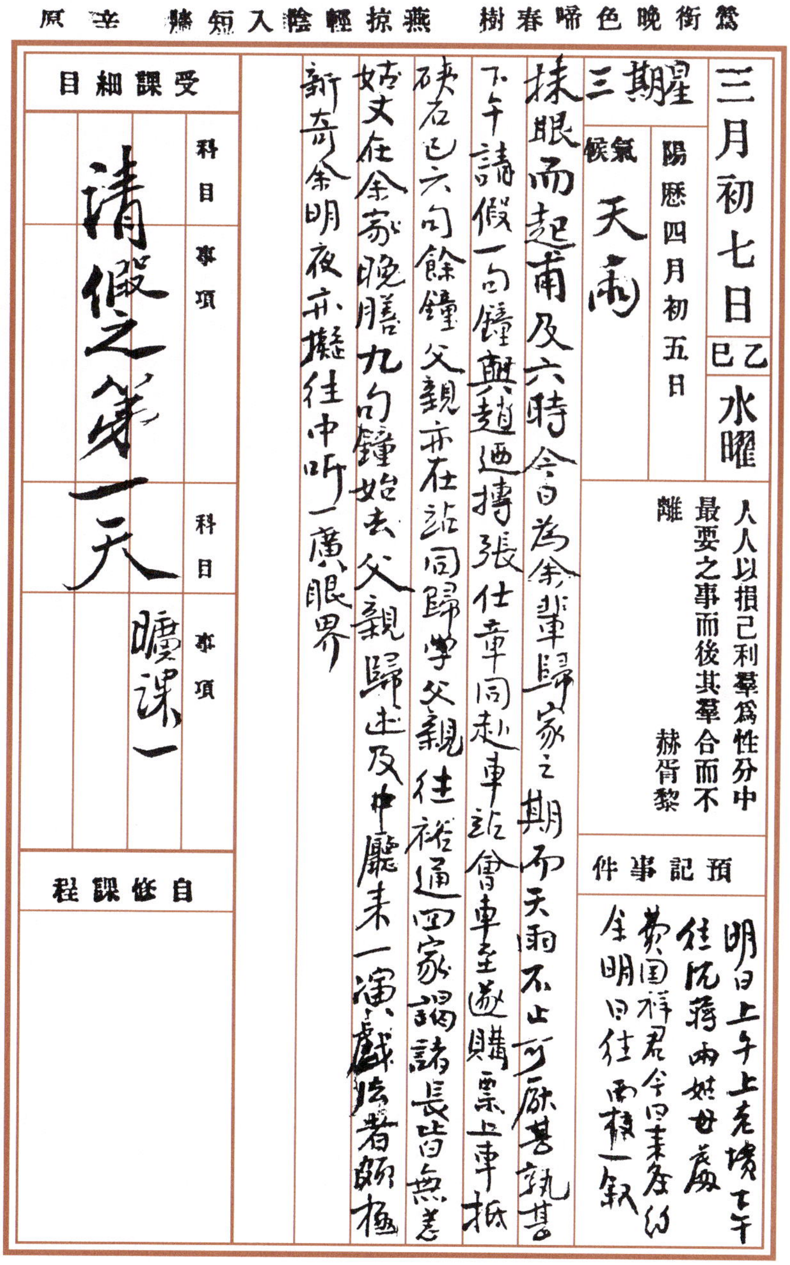
鶯銜晚色啼春樹　燕掠輕陰入短牆　辛　夙

三月初七日　乙巳　水曜　星期三　陽歷四月初五日　氣候　天雨

人人以損己利羣爲性分中最要之事而後其羣合而不離　赫胥黎

預記事件：明日上午上老墳下午往沈蔣兩姑母處 費國祥君今日來条約余明日往西校一叙

抹眼而起甫及六時今日爲余輩歸家之期而天雨不止可厭孰甚下午請假一句鐘與趙廼摶張仕章同赴車站會車至遂購票上車抵硤石已六句餘鐘父親亦在站同歸父親往裕通回家謁諸長皆無恙姑丈在余家晚膳九句鐘始去父親歸述及中廳來一演戲法者頗極新奇余明夜亦擬往中听一廣眼界

受課細目：科目事項　請假之第一天　曠課一

自修課程

三月初七日（阳历四月初五日）星期三　天雨

预记事件：明日上午上老坟。下午往沈、蒋两姑母处。费国祥君今日来条，约余明日往西校一叙。

抹眼而起，甫及六时。今日为余辈归家之期，而天雨不止，可厌孰甚。下午请假一句钟与赵廼抟　、张仕章同赴车站。会车至，遂购票上车，抵硖石已六句馀钟。父亲亦在站，同归。父亲往裕通。回家谒诸长，皆无恙。姑丈在余家晚膳，九句钟始去。父亲归，述及中厅来一演戏法者，颇极新奇，余明夜亦拟往中听〔厅〕一广眼界。

受课细目：请假之第一天，旷课一。

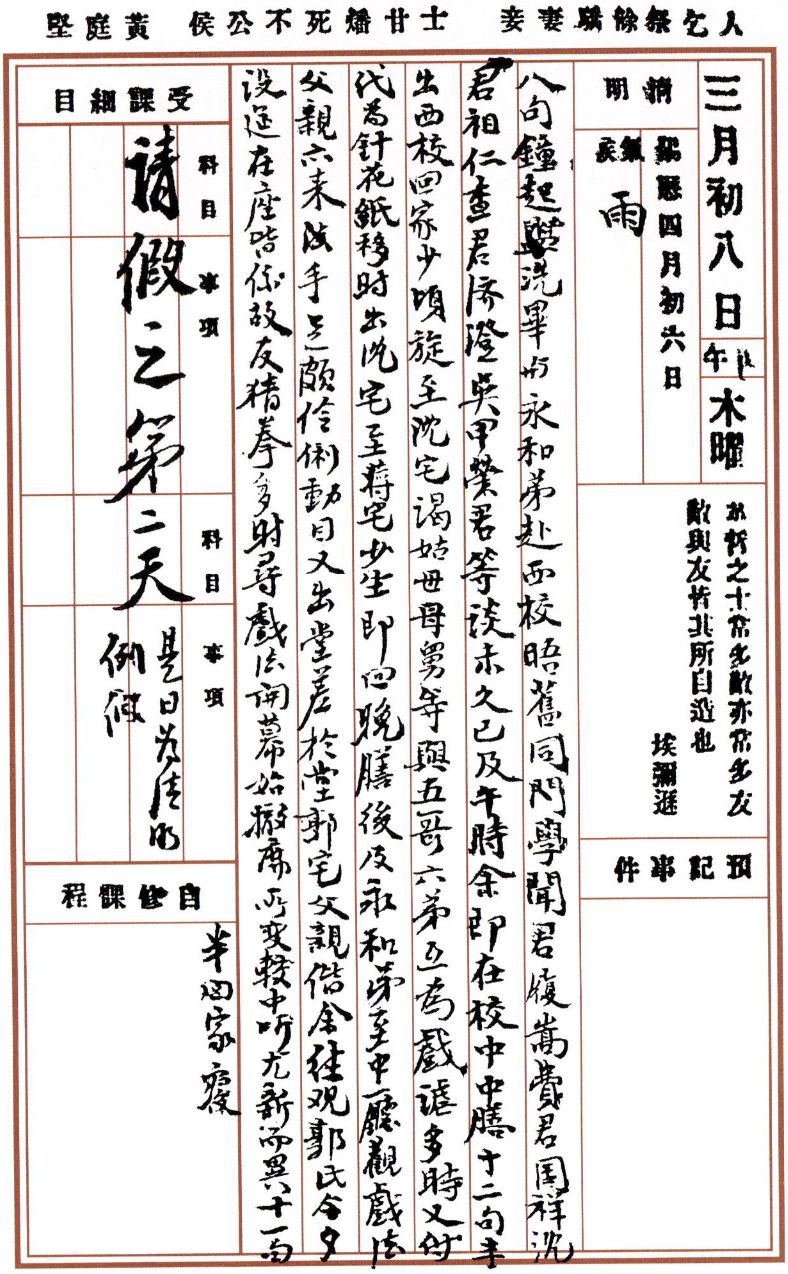
人乞祭餘驕妻妾 士甘燔死不公侯 黃庭堅

三月初八日 午上 木曜

陽曆四月初六日

天氣 雨

求友之士常多歡亦常多友歡與友皆非所自造也 埃彌遜

預記事件

八句鐘起盥洗畢與永和弟赴西校晤舊同門學聞君履嵩費君國祥沈君祖仁查君濟澄吳甲榮君等談未久已及午時余即在校中中膳十二句半出西校回家少頃旋至沈宅謁姑母母舅等與五哥六弟互為戲謔多時又代為針花紙移時出沈宅至蔣宅少坐即回晚膳後及永和弟至中廳觀戲法父親亦來手足頗伶俐動目又出堂差於郭宅父親偕余往观郭氏今夕設筵在座皆係故友猜拳多時尋戲法開幕始撤席所變較中厅尤新而異十一句半回家寢

受課細目

科目 事項 請假之第二天

科目 事項 是日為清明例假

自修課程

三月初八日（阳历四月初六日）

八句钟起。盥洗毕，与永和弟赴西校，晤旧同学闻君履嵩、费君国祥、沈君祖仁、查君济澄、吴甲荣君等。谈未久，已及午时，余即在校中中膳。十二句半出西校回家。少顷，旋至沈宅，谒姑母、母舅等，与五哥、六弟互为戏谑多时，又代为针花纸。移时出沈宅至蒋宅，少坐即回。晚膳后及永和弟至中厅观戏法，父亲亦来。手足颇伶俐动目，又出堂差於郭宅，父亲偕余往观。郭氏今夕设筵，在座皆系故友。猜拳多时，寻，戏法开幕，始撤席。所变较中厅尤新而异。十一句半回家寝。

受课细目：请假之第二天。是日为清明例假。

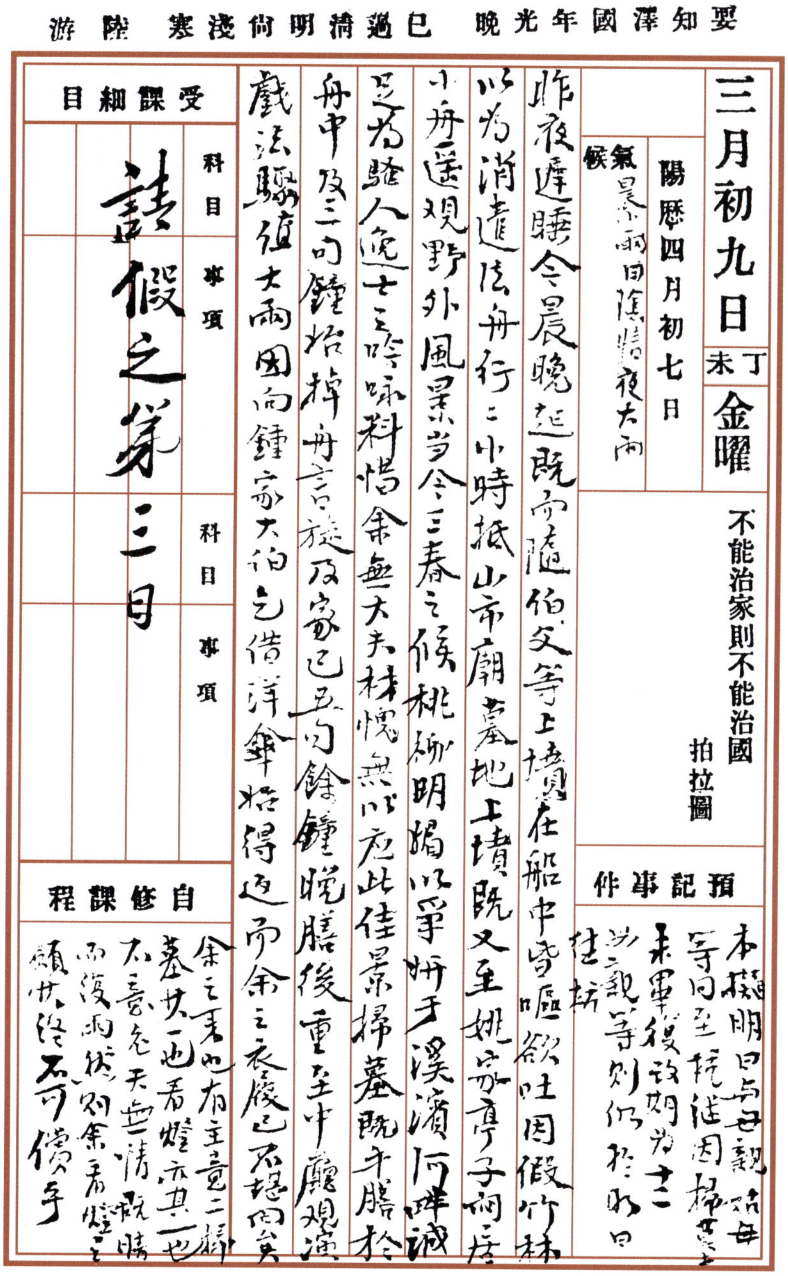

三月初九日（阳历四月初七日）　晨小雨　日阴暗　夜大雨

预记事件：本拟明日与母亲、姑母等同至杭，继因扫墓未毕，复改期为十二。母亲等则仍于明日往杭。

昨夜迟睡，今晨晚起。既而随伯父等上坟，在船上昏呕欲吐，因假竹林以为消遣法。舟行二小时抵山市〔按：当为『伞墅』〕庙墓地上坟。既又至姚家亭子。闲居小舟，遥观野外风景，当今三春之候，桃柳明媚以争妍于溪滨河畔，诚足为骚人逸士之吟咏料。惜余无大夫材，愧无以应此佳景。扫墓既，午膳於舟中，及三句钟始掉舟言旋，及家已五句馀钟。晚膳后重至中厅观演戏法。骤值大雨，因向钟家大伯乞借洋伞始得返，而余之衣履已不堪问矣。余之来也有主意二，扫墓其一也，看灯亦其一也，不意老天无情，既晴而复雨，然则余看灯之愿亦终不可偿乎？

受课细目：请假之第三日。

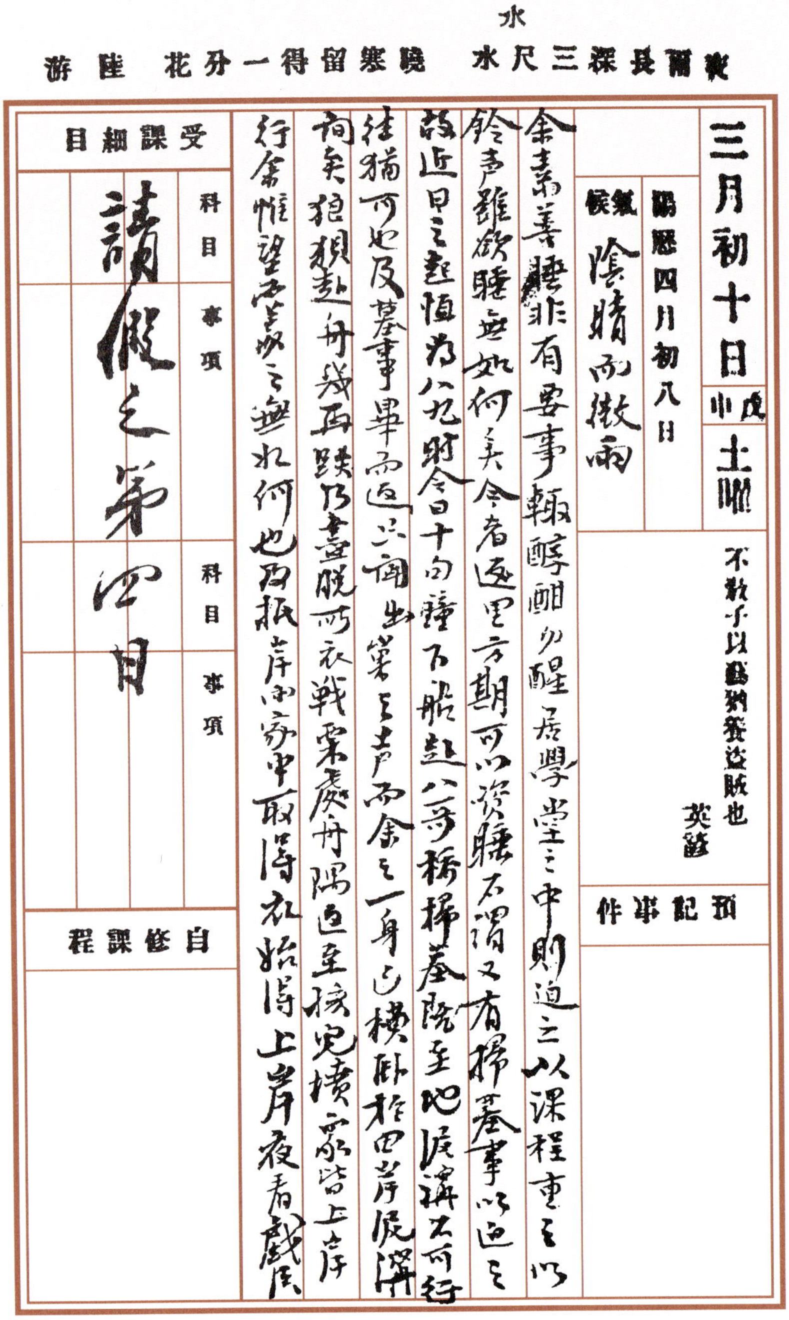
春雨長深三尺水　曉寒留得一分花　陸游

三月初十日	戊辰	土曜
陽歷四月初八日		
氣候	陰晴而微雨	
不教子以義猶養盜賊也　英諺		
預記事件		

余素善睡，非有要事輒醇酣勿醒。居學堂之中，則迫之以課程，重之以鈴聲，雖欲睡無如何矣。今者返里，方期可以資睡，不謂又有掃墓事以迫之，故近日之起恒為八九時。今日十句鐘下船，赴八哥橋掃墓。既至，地泥濘不可行，往猶可也，及墓事畢而返，只聞出窠之聲，而余之一身已橫臥於田岸泥濘間矣。狼狽赴舟，幾再跌，乃盡脫所衣，戰栗處舟隅，返至孩兒墳，眾皆上岸行，余惟望而羨之，無如何也。及抵岸，向家中取得衣，始得上岸。夜看戲法。

受課細目	
科目	事項
請假之第四日	
自修課程	

三月初十日（阳历四月初八日）　阴晴而微雨

余素善睡，非有要事辄醇酣勿醒。居学堂之中，则迫之以课程，重之以铃声，虽欲睡无如何矣。今者返里，方期可以资睡，不谓又有扫墓事以迫之，故近日之起恒为八九时。今日十句钟下船，赴八哥桥扫墓。既至，地泥泞不可行，往犹可也，及墓事毕而返。只闻『出窠』之声，而余之一身已横卧於田岸泥泞间矣。狼狈赴舟，几再跌，乃尽脱所衣，战栗处舟隅，返至孩儿坟，众皆上岸行，余惟望而羡之，无如何也！及抵岸向家中取得衣，始得上岸。夜看戏法。

受课细目：请假之第四日。

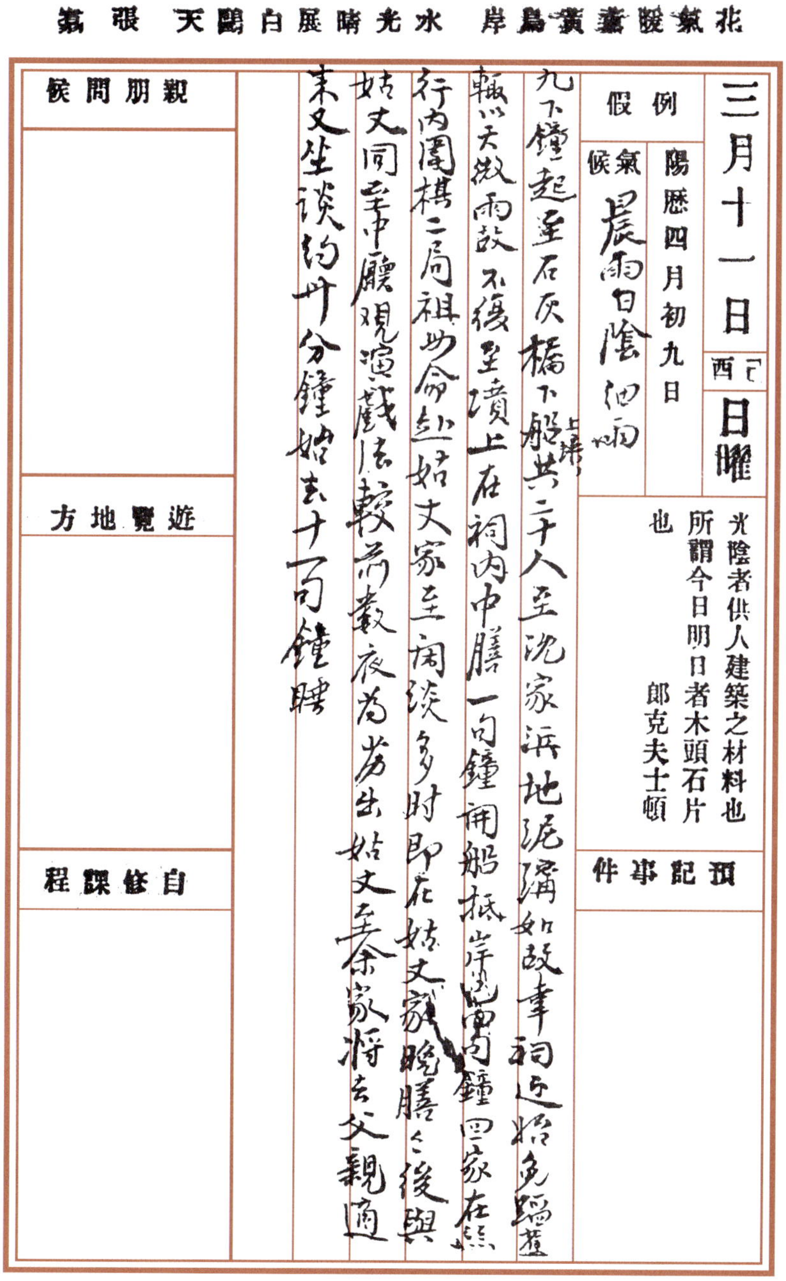
花氣暖薰黃鳥岸　水光晴展白鷗天　張謇

三月十一日　日曜　西
例假
陽歷四月初九日
氣候　晨雨日陰細雨
光陰者供人建築之材料也所謂今日明日者木頭石片也　郎克夫士頓
預記事件
親朋問候
遊覽地方
自修課程

九下鐘起至石灰橋下船上墳共二十人至沈家浜地泥濘如故幸祠近始免蹈舊輒以天微雨故不復至墳上在祠內中膳一句鐘開船抵岸已四句鐘回家在絲行內圍棋二局祖母命赴姑丈家至閑談多時即在姑丈家晚膳膳後與姑丈同至中廳觀演戲法較前數夜為劣出姑丈至余家將去父親適來又坐談約卅分鐘始去十一句鐘睡

三月十一日（四月初九日）　晨雨　日阴　细雨

九下钟起，至石灰桥下船上坟，共二十人。至沈家浜，地泥泞如故，幸祠近，始免蹈旧辄〔为『辙』〕。以天微雨故，不复至坟上，在祠内中膳。一句钟开船，抵岸已四句钟。回家在丝行内围棋二局，祖母命赴姑丈家。至，闲谈多时，即在姑丈家晚膳。膳后与姑丈同至中厅观演戏法，较前数夜为劣。出，姑丈至余家，将去，父亲适来，又坐谈约卅分钟始去。十一句钟睡。

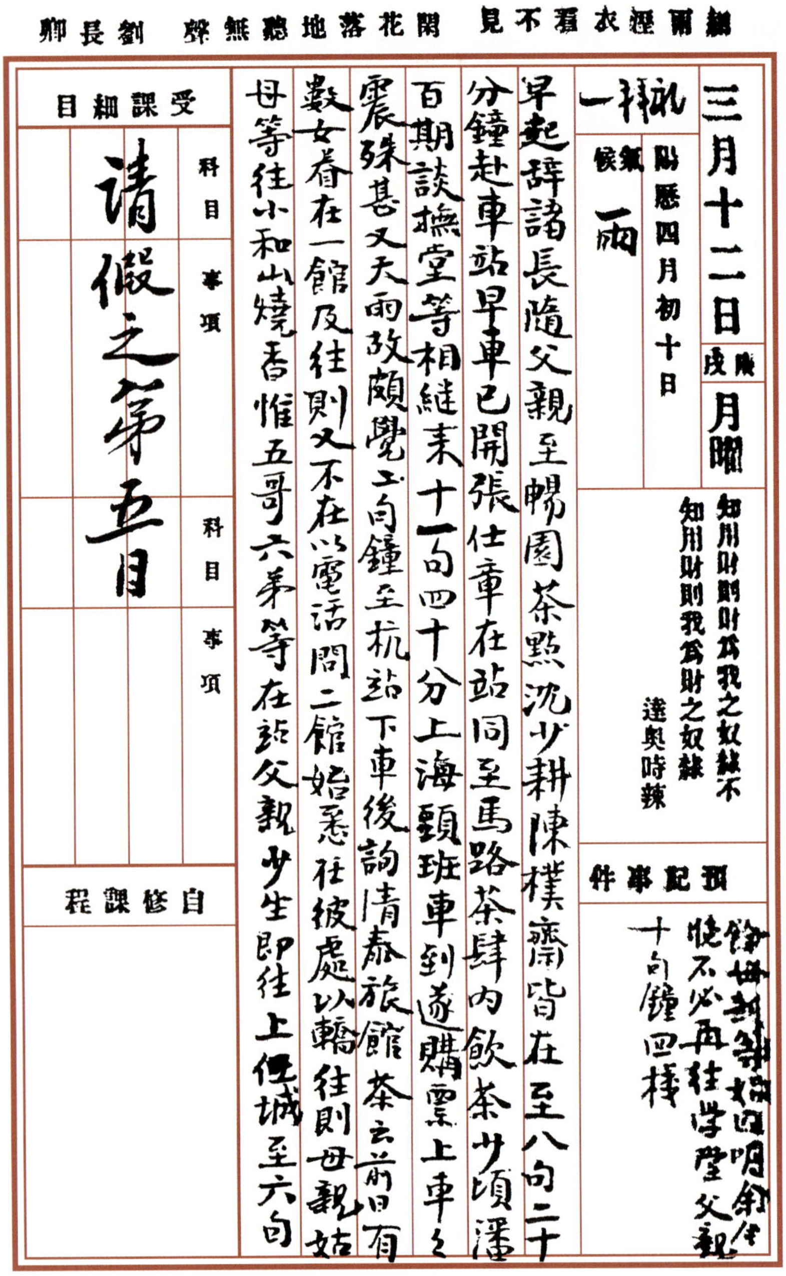

三月十二日（阳历四月初十日）礼拜一　雨

早起辞诸长，随父亲至畅园茶点，沈少耕、陈朴斋皆在。至八句二十分钟赴车站。早车已开，张仕章在站，同至马路茶肆内饮茶，少顷潘百期、谈抚堂等相继来。十一句四十分，上海头班车到，遂购票上车。车震殊甚，又天雨，故颇觉〔按：此句未完有漏字〕。二句钟至杭站。下车后，询清泰旅馆茶〔房〕，云前日有数女眷在一馆。及往则又不在，以电话问二馆，始悉在彼处。以轿往，则母亲、姑母等往小和山烧香，惟五哥、六弟等在站。父亲少坐即往上城。至六句馀母亲等始回，嘱余今晚不必再往学堂。父亲十句钟回栈。

受课细目：请假之第五日。

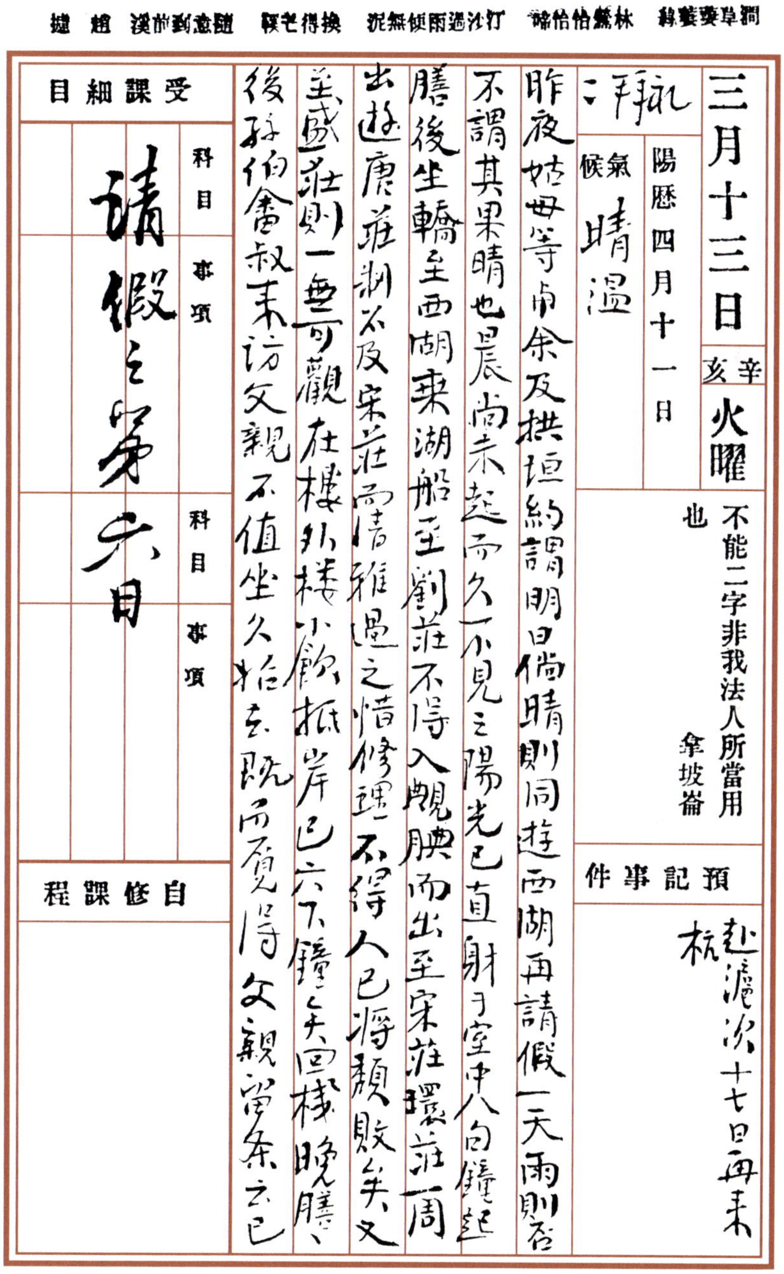
潤草蘩蘋綠 林鶯恰恰啼 打沙過雨便無泥 換得老襟 隨意到前溪

三月十三日 辛亥 火曜
陽歷四月十一日
氣候 晴溫
禮拜二
昨夜姑母等與余及拱垣約，謂明日倘晴則同遊西湖，再請假一天，雨則否。不謂其果晴也。晨尚未起，而久不見之陽光已直射于室中。八句鐘起，膳後坐轎至西湖，乘湖船至劉莊，不得入，靦腆而出。至宋莊，環莊一周，出遊唐莊，制不及宋莊，而清雅過之，惜修理不得入，已將頹敗矣。又至盛莊，則一無可觀。在樓外樓小飲，抵岸已六下鐘矣。回棧晚膳後，孫伯畬叔來訪，父親不值，坐久始去。既而覓得父親留條，云已
不能二字非我法人所當用也 傘坡齋
預記事件
赴滬，次十七日再來杭
受課細目
科目 事項
請假之第六日
科目 事項
自修課程

三月十三日（阳历四月十一日）礼拜二　晴温

昨夜姑母等与余及拱垣约，谓明日倘晴则同游西湖，再请假一天，雨则否。不谓其果晴也。晨尚未起，而久不见之阳光已直射于室中。八句钟起，膳后坐轿至西湖，乘湖船至刘庄。不得入，腼腆而出。至宋庄，环庄一周出。游唐庄，制不及宋庄，而清雅过之，惜修理不得入，已将颓败矣。又至盛庄，则一无可观。在楼外楼小饮，抵岸已六下钟矣。回栈晚膳后，孙伯畬叔来访，父亲不值，坐久始去。既而觅得父亲留条，云已赴沪，次十七日再来杭。

受课细目：请假之第六日。

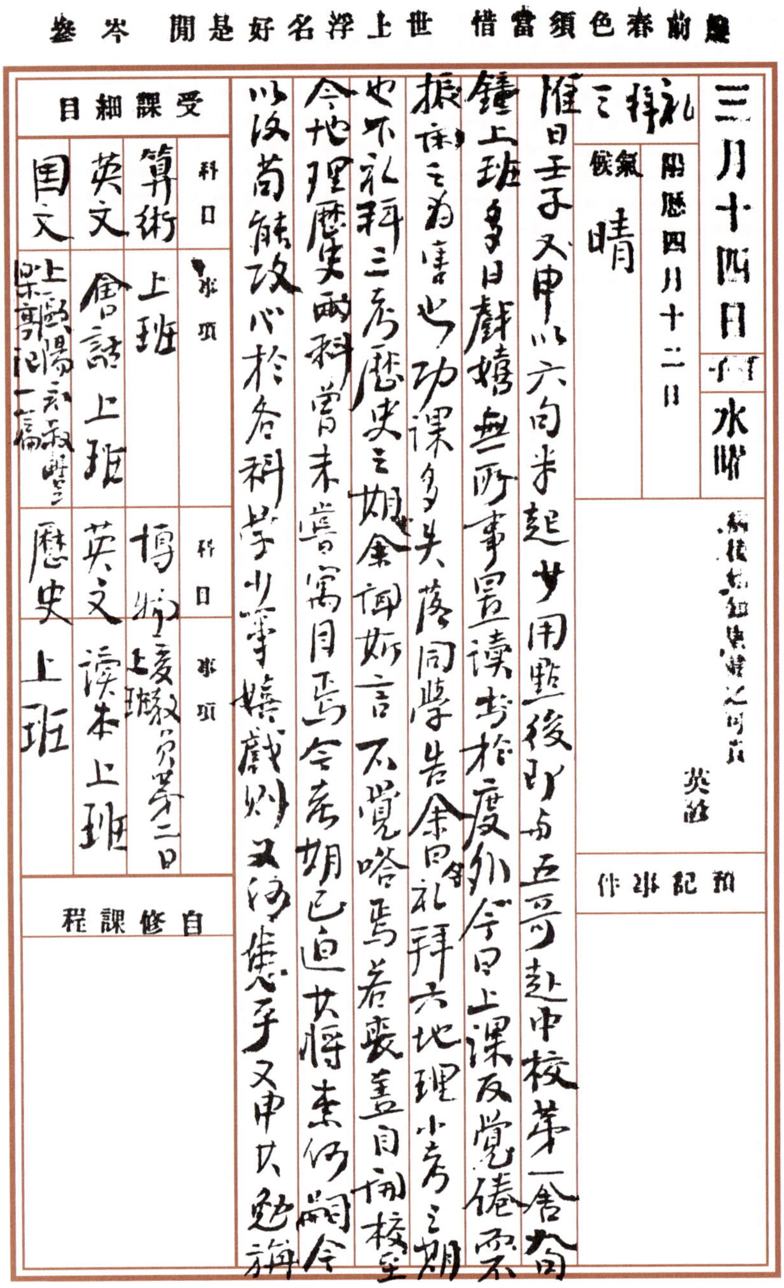

三月十四日（阳历四月十二日）礼拜三　晴

惟日壬子，又申以六句半起，少［稍］用点后，即与五哥赴中校第一舍。九句钟上班。多日戏嬉无所事，置读书於度外。今日上课反觉倦而不振，闲之为害也。功课多失落，同学告余曰，今礼拜六，地理小考之期也，下礼拜三考历史之期。余闻斯言，不觉嗒焉若丧。盖自开校至今，地理、历史两科曾未尝寓目焉。今考期已迫，其将奈何！嗣今以后，苟能攻心於各科学，少事嬉戏，则又何患乎。又申其勉旃。

受课细目：算术（上班）、英文（会话，上班）、国文（上欧阳永叔《丰乐亭记》一篇）、博物（夏教员，第二日上班）、英文（读本，上班）、历史（上班）。

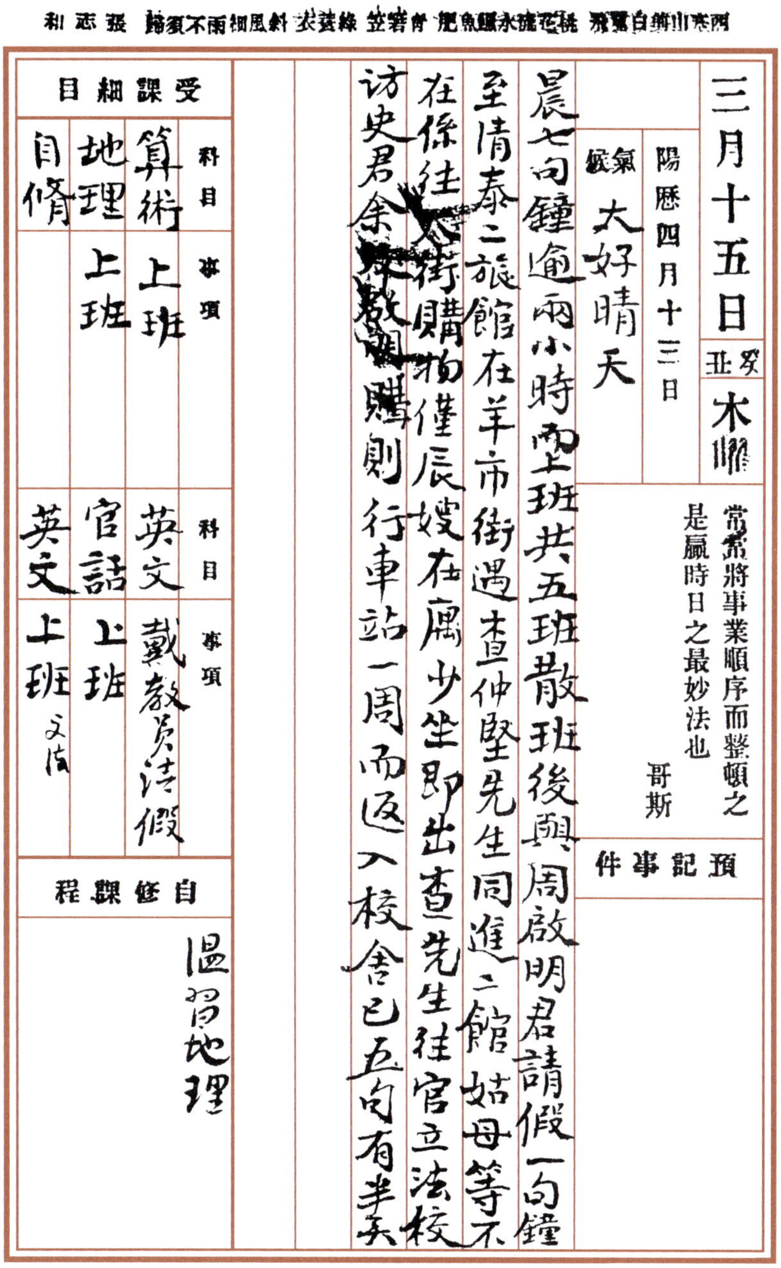

西塞山前白鷺飛 桃花流水鱖魚肥 青箬笠 綠蓑衣 斜風細雨不須歸 張志和

三月十五日 木曜

陽歷四月十三日

氣候 大好晴天

晨七句鐘逾兩小時而上班共五班散班後與周啟明君請假一句鐘至清泰二旅館在羊市街遇查仲堅先生同進二館姑母等不在係往大街購物僅辰嫂在寓少坐即出查先生往官立法校訪史君余及啟明則行車站一周而返入校舍已五句有半矣

常需將事業順序而整頓之是贏時日之最妙法也 哥斯

預記事件

受課細目

科目	事項
算術	上班
地理	上班
自脩	
英文	戴教員請假
官話	上班
英文	上班文法

自修課程

溫習地理

三月十五日（阳历四月十三日）　大好晴天

晨七句钟［起］。逾两小时而上班，共五班。散班后与周启明君请假一句钟，至清泰二旅馆，在羊市街遇查仲坚先生，同进二馆。姑母等不在，系往大街购物，仅辰嫂在寓，少坐即出。查先生往官立法校访史君，余及启明则行车站一周而返，入校舍已五句有半矣。

受课细目：算术（上班）、地理（上班）、自修、英文（戴教员请假）、官话（上班）、英文（上班文法）。

自修课程：温习地理。

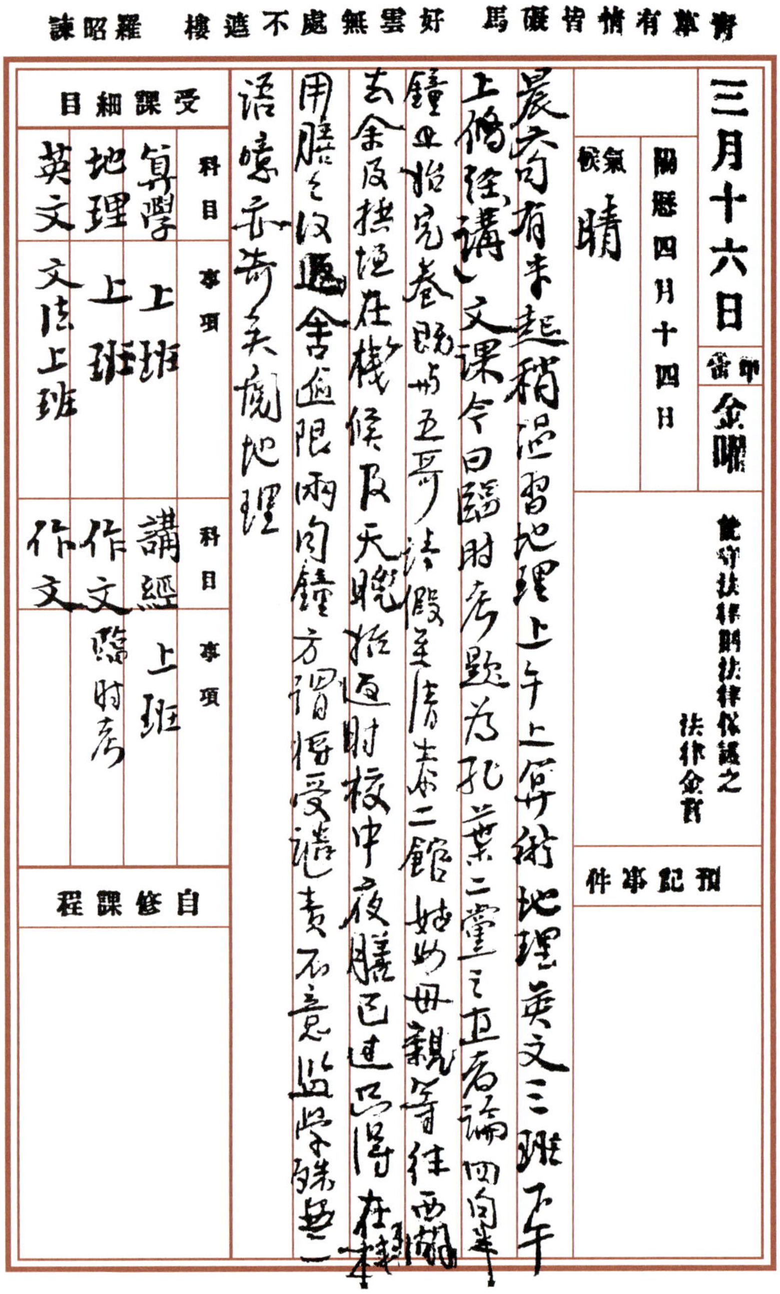
青草有情皆碍馬　好雲無處不遮樓　羅昭諫

三月十六日	
陽曆	四月十四日
星期	金曜
天氣	晴

使守法律則法律保護之　法律金言

刊記事件

晨六句有半起稍温習地理上午上算術地理英文三班下午上講經講文課今日臨時考題為孔葉二黨之直者論四句半鐘始完卷既與五哥請假至清泰二館姑母母親等往西湖去余及拱垣在棧候及天晚始返時校中夜膳已過只得在棧用膳膳後返舍逾限兩句鐘方謂將受譴責不意監學殊無一語噫亦奇矣閱地理

受課細目

科目	事項
算學	上班
地理	上班
英文	文法上班
講經	上班
作文	臨時考
作文	

自修課程

三月十六日（阳历四月十四日）　晴

晨六句有半起，稍温习地理。上午上算术、地理、英文三班，下午上讲经。文课今日临时考，题为《孔叶二党之直者论》。四句半钟始完卷。既与五哥请假至清泰二馆。姑母、母亲等往西湖去，余及拱垣在栈候，及天晚始返。时校中夜膳已过，只得在栈用膳。膳后返舍，逾限两句钟，方谓将受谴责，不意监学殊无一语。噫，亦奇矣！阅地理。

受课细目：算术（上班）、地理（上班）、英文（文法，上班）、讲经（上班）、作文（临时考）、作文。

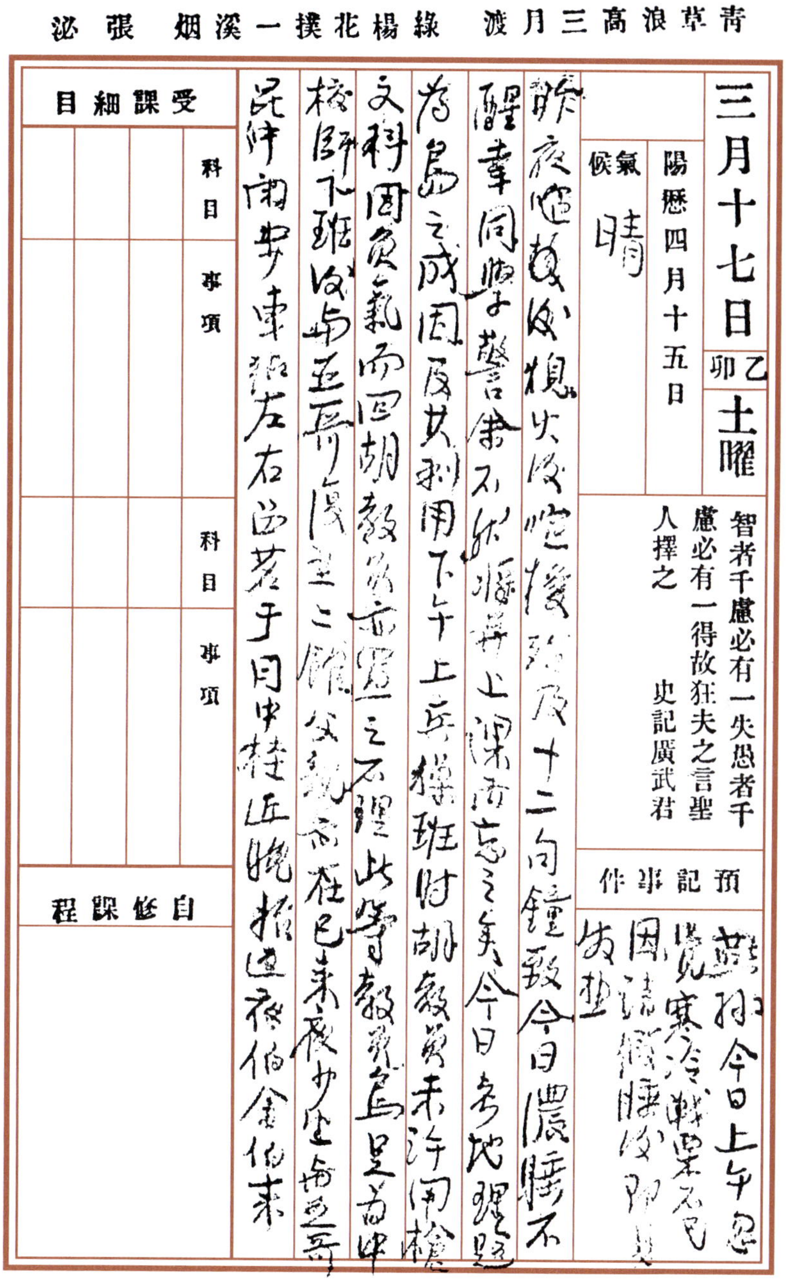

三月十七日（阳历四月十五日）　晴

预记事件：燕孙今日上午忽觉寒冷，战栗不已。因请假，睡后即见发热。

昨夜熄火后，喧扰殆及十二句钟，至今日浓睡不醒，幸同学警余，不然将并上课而忘之矣。今日考地理，题为《岛之成因及其利用》。下午上兵操班时，胡教员未许用枪，文科因负气而回，胡教员亦置之不理。此等教员乌足为中校师！下班后与五哥复至二馆，父亲已来。少坐，与五哥昆仲闲步车站左右，品茗于月中桂，近晚始返。夜伯畲伯来。

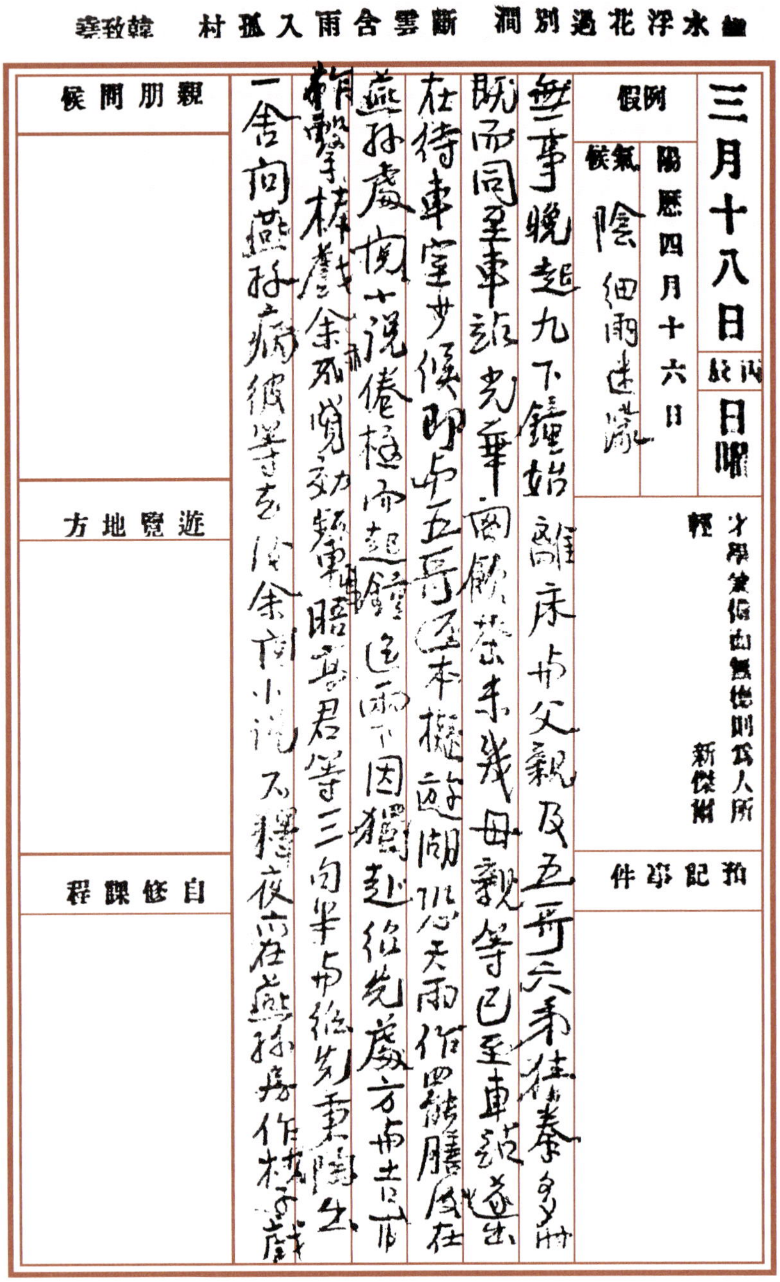

三月十八日（阳历四月十六日）　阴　细雨迷蒙

无事晚起，九下钟始离床，与父亲及五哥、六弟猜拳多时。既而同至车站光华阁饮茶。未几，母亲等已至车站，遂出，在待车室少候，即与五哥还。本拟游湖，恐天雨，作罢。膳后在燕孙处阅小说，倦极而起，钟迄两下，因独赴绍先处，方与吉甫作击棒戏。余亦效颦焉。晤高君等。三句半与绍先、秉陶出一舍同燕孙病。彼等去后，余阅小说不释。夜亦在燕孙房作棋子戏。

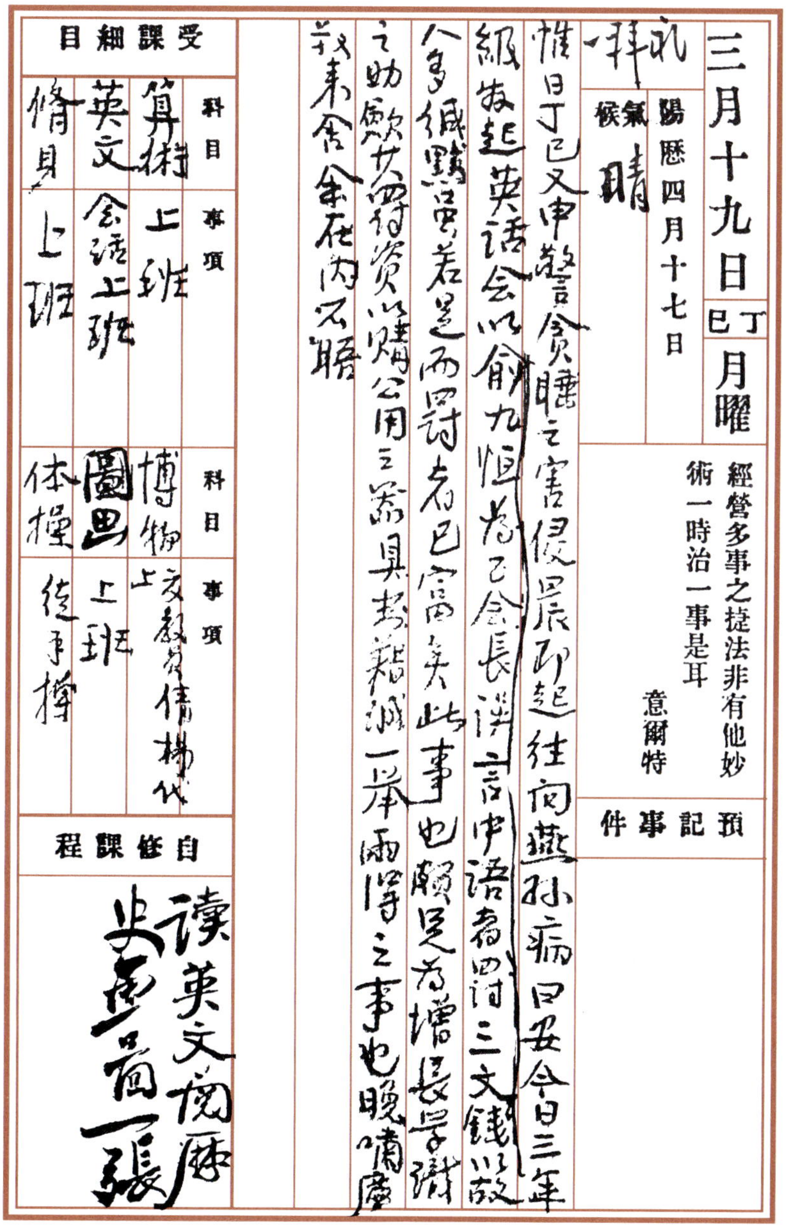
花前細細風雙蝶　林外時時雨一鳩　方太古

三月十九日　丁巳　月曜　陽歷四月十七日　氣候　晴　禮拜一

惟日丁巳又申警貪睡之害侵晨即起往問燕孙病曰安今日三年級发起英语会以俞九恒为正会長误言中语者罚三文錢以故人多緘默虽若是而罚者已富矣此事也頗足为增長学識之助斂其罚资以購公用之器具书籍誠一举兩得之事也晚嘯廬叔来舍余在内不晤

預記事件

經營多事之捷法非有他妙術一時治一事是耳　意爾特

受課細目

科目	事項	科目	事項
算術	上班	博物	夏教員請楊代
英文	会話上班	圖畫	上班
修身	上班	体操	徒手操

自修課程

读英文閱歷史畫圖一張

三月十九日（阳历四月十七日）礼拜一　晴

惟日丁巳，又申警贪睡之害，侵晨即起，往问燕孙病，曰安。今日三年级发起英语会，以俞九恒为正会长，误言中语者罚三文钱，以故人多缄默。虽若是而罚者已富矣，此事也颇足为增长学识之助，敛其罚资以购公用之器具书籍，诚一举两得之事也。晚，啸庐叔来舍，余在内不晤。

受课细目：算术（上班）、英文（会话，上班）、修身（上班）、博物（夏教员请杨代上）、图画（上班）、体操（徒手操）。

自修课程：读英文，阅历史，画图一张。

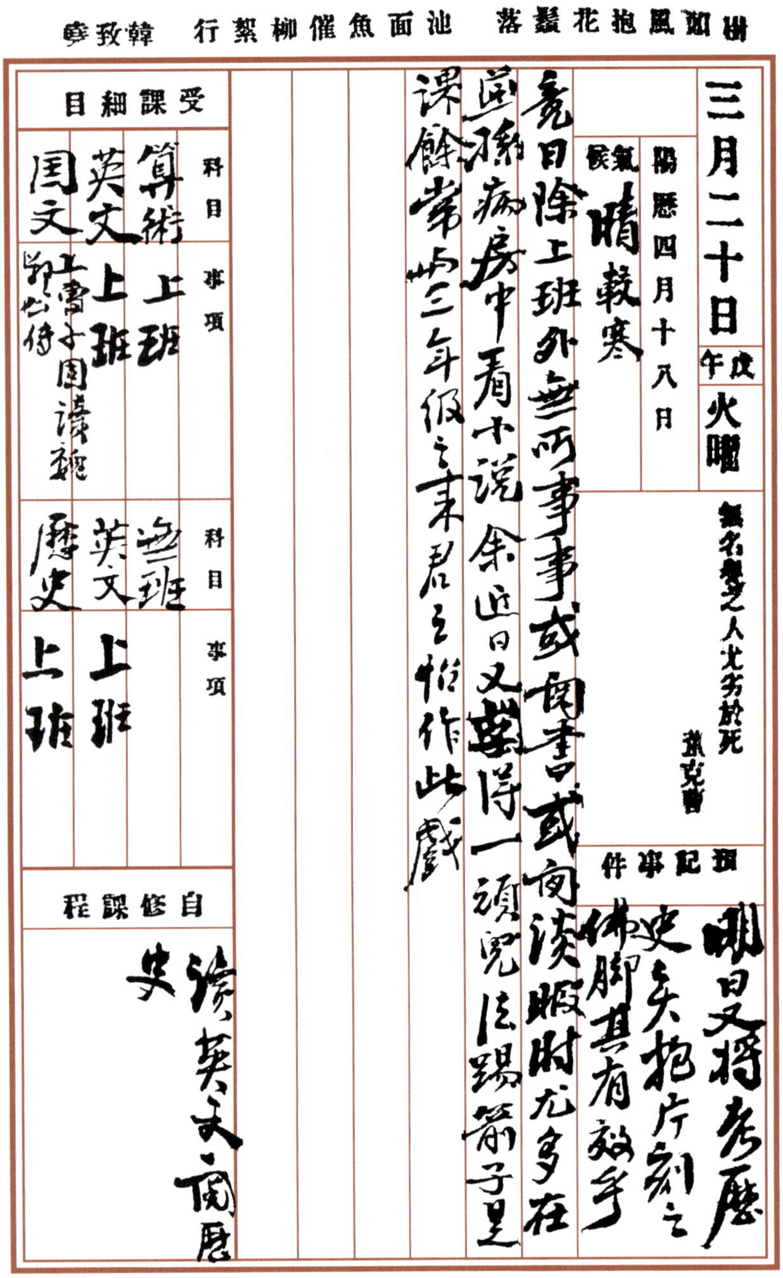

三月二十日（阳历四月十八日） 晴 较寒

预记事件：明日又将考历史矣，抱片刻之佛脚，其有效乎？

竟日除上班外无所事事。或阅书，或闲谈，暇时尤多在燕孙病房中看小说。余近日又学得一顽儿法：踢箭〔按：当为『毽』〕子。是课馀常与三年级之来君之怡作此戏。

受课细目：算术（上班）、英文（上班）、国文（上曾子固《读魏郑公传》）、无班、英文（上班）、历史（上班）。

自修课程：读英文，阅历史。

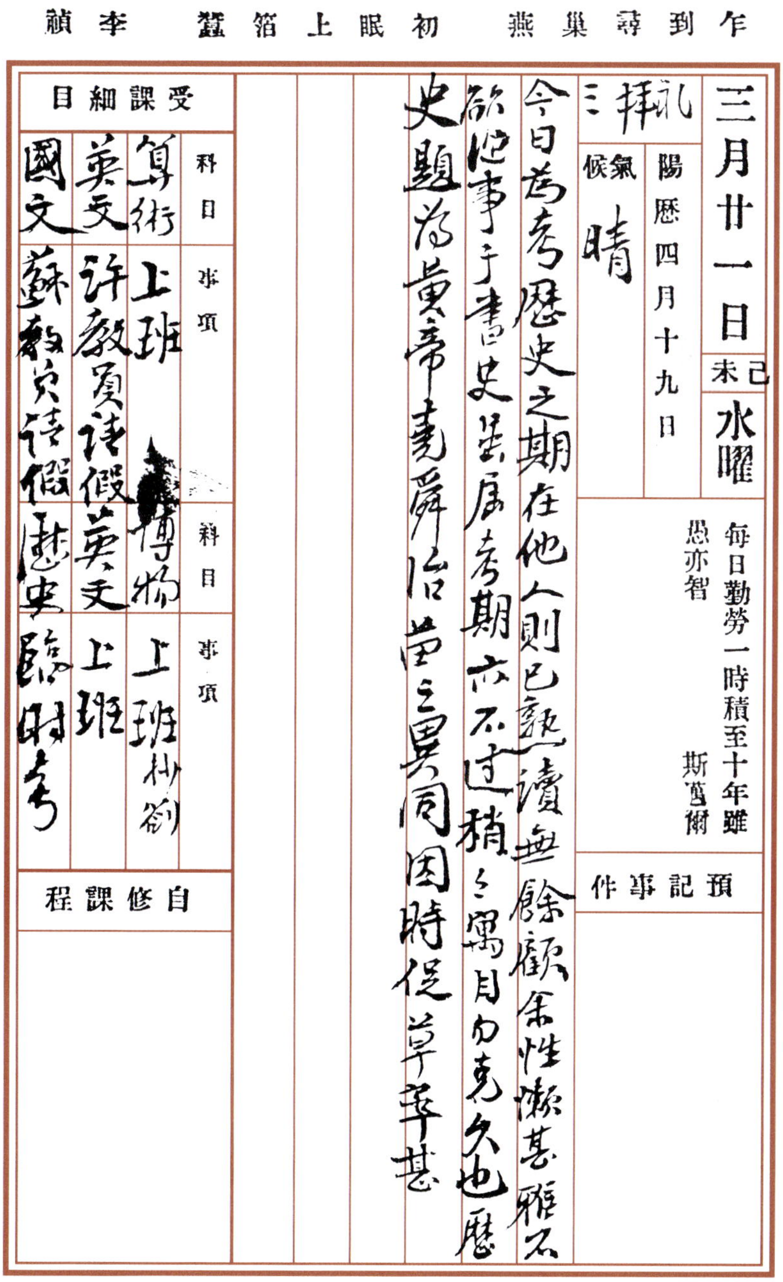

三月廿一日（阳历四月十九日）礼拜三　晴

今日为考历史之期，在他人则已熟读无馀，顾余性懒甚雅，不欲从事于书史，虽届考期，亦不过稍稍寓目，勿克久也。历史题为《黄帝尧舜治苗之异同》，因时促，草率甚。

受课细目：算术（上班）、英文（许教员请假）、国文（苏教员请假）、博物（上班，抄札）、英文（上班）、历史（临时考）。

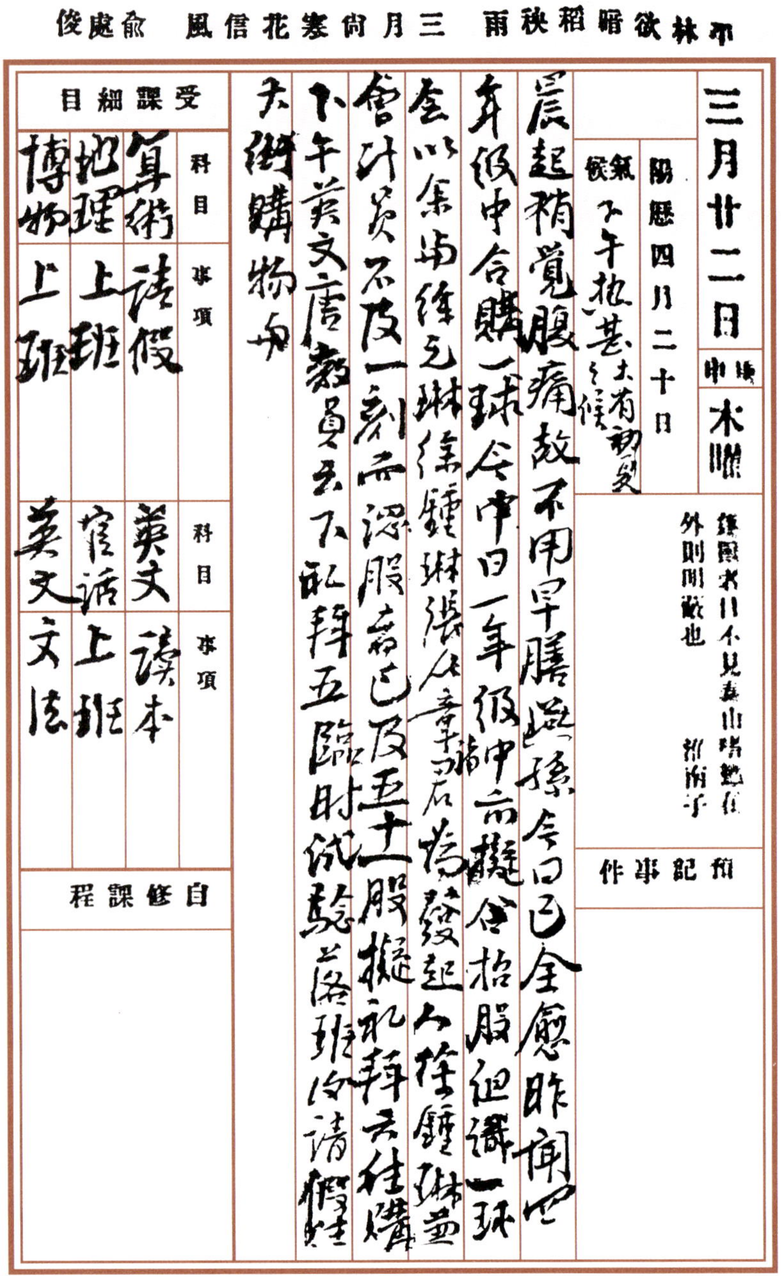

三月廿二日（阳历四月二十日）　下午热甚　大有初夏之候

晨起稍觉腹痛，故不用早膳。燕孙今日已全愈。昨闻四年级中合购一球，今日一年级中亦拟招股，组织一球会，以余与徐元琳、徐钟琳、张仕章诸君为发起人，徐钟琳兼会计员。不及一刻而认股者已及五十一股，拟礼拜六往购。下午英文，唐教员云，下礼拜五临时试验。落班后，请假往大街购物。

受课细目：算术（请假）、地理（上班）、博物（上班）、英文（读本）、官话（上班）、英文（文法）。

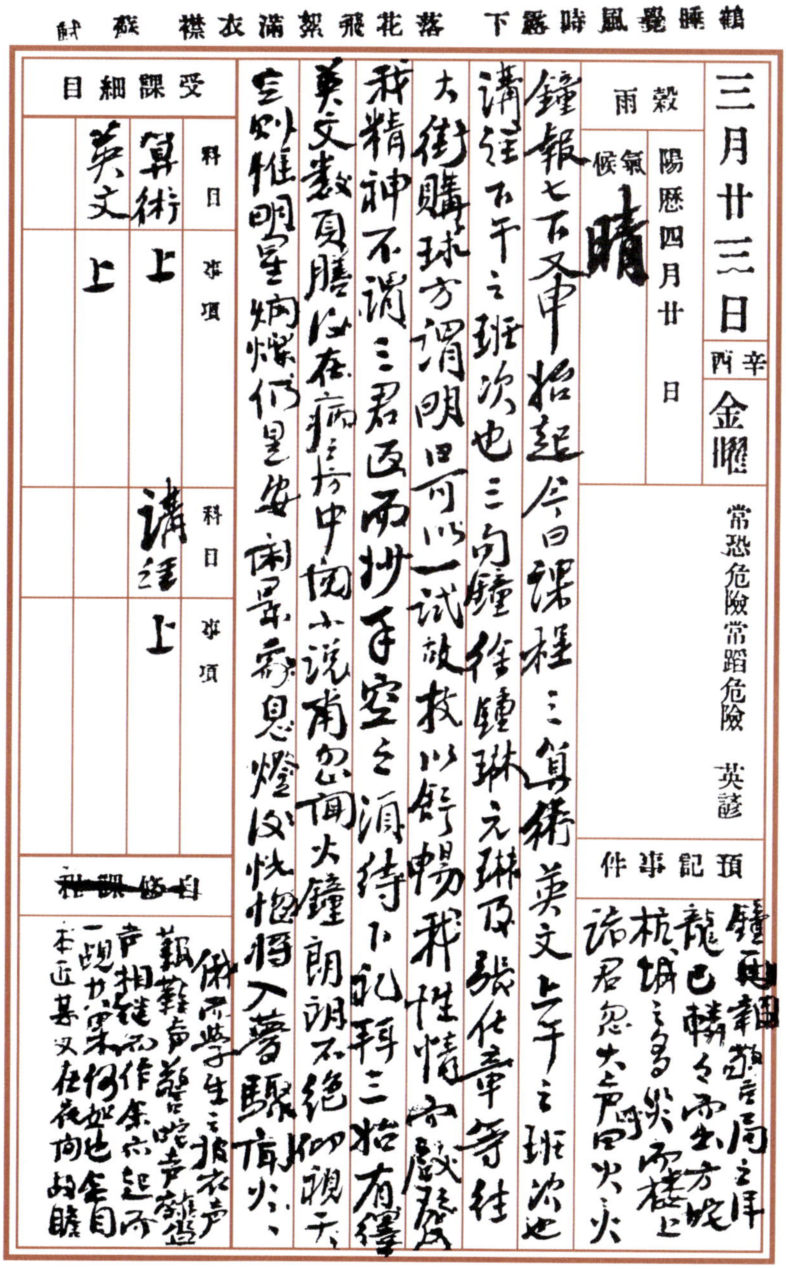
鶴睡覺風時露下　落花飛絮滿衣襟　蘇軾

三月廿三日　辛酉　金曜
穀雨
陽歷四月廿日
氣候　晴

鐘報七下，又申始起。今日課程三：算術、英文，上午之班次也；講經，下午之班次也。三句鐘徐鍾琳、元琳及張仕章等往大街購球。方謂明日可以一試故技，以舒暢我性情而啟發我精神，不謂三君返而妙手空空，須待下禮拜三始有。譯英文數頁。膳後在病房中閱小說，忽聞火鐘朗朗不絕，仰視天空，則惟明星爛燦，仍是安閒景象。熄燈後，恍惚將入夢，驟聞火火、

常恐危險常蹈危險　英諺

預記事件
鐘再報，警局之洋龍已轔轔而出，方詫杭城之多災，而樓上諸君忽大聲呼曰火火，俄而學生之披衣聲、趿鞋聲、驚咤聲、雜沓聲相繼而作。余亦起而一覘其果何如也。余目本近甚，又在夜間，故瞻

受課細目

科目	事項
算術	上
英文	上
講經	上

~~私課細目~~

三月廿三日（阳历四月廿一日）　晴

钟报七下，又申始起。今日课程三：算术、英文，上午之班次也；讲经，下午之班次也。三句钟徐钟琳、元琳及张仕章等往大街购球。方谓明日可以一试故技以舒畅我性情而启发我精神，不谓三君返而妙手空空，须待下礼拜三始有。译英文数页。膳后在病房中阅小说，忽闻火钟朗朗不绝，仰视天空，则惟明星烂灿，仍是安闲景象。熄灯后，恍惚将入梦，骤闻火钟再报，警局之洋龙已辚辚而出，方诧杭城之多灾，而楼上诸君忽大声呼曰火火，俄而学生之披衣声，趿鞋声，惊咤声，杂沓声相继而作。余亦起而一觇其果何如也。余目本近甚，又在夜间，故瞻……

受课细目：算术（上），英文（上），讲经（上）。

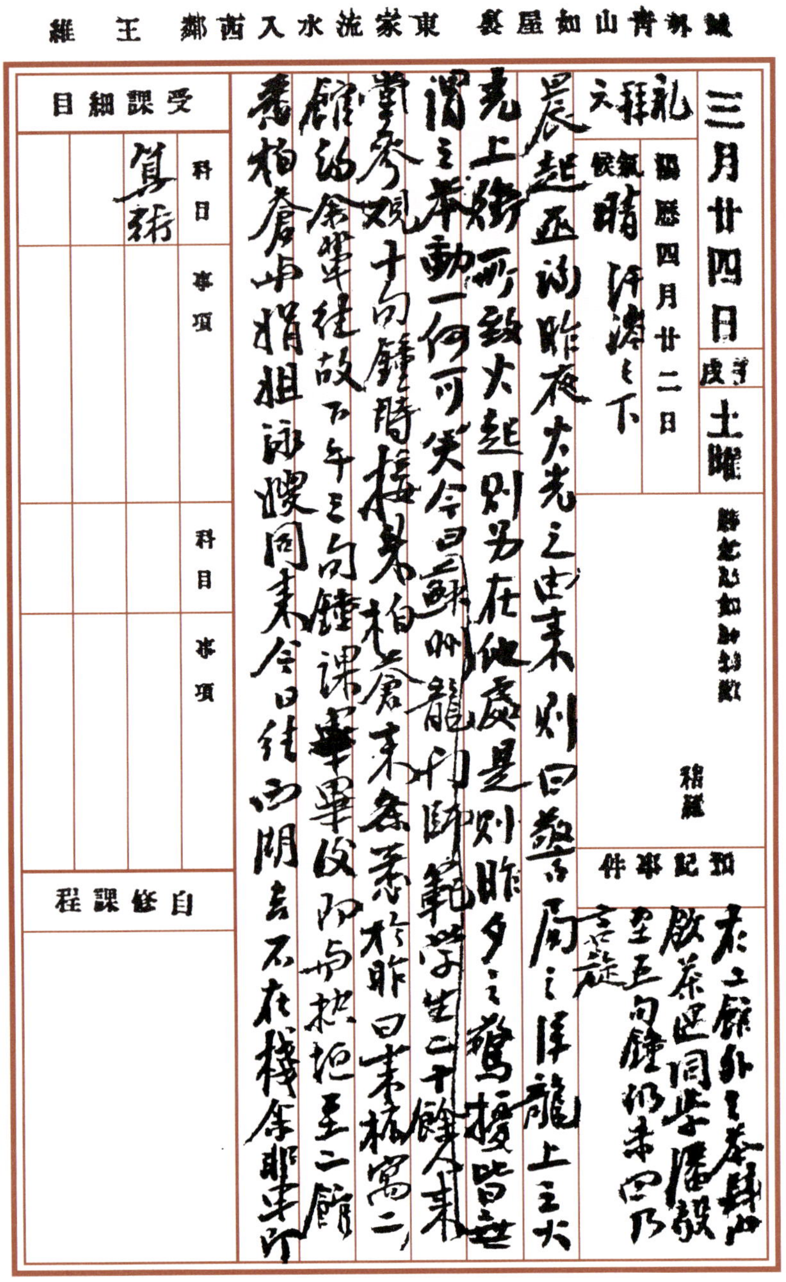

三月廿四日（阳历四月廿二日）礼拜六　晴　汗涔涔下

晨起，亟询昨夜火光之由来，则曰警局之洋龙上之火光上街所致。火起则另在他处。是则昨夕之惊扰，皆无谓之举动！一何可笑。今日苏州龙门师范学生二十馀人来堂参观。十句钟时接朱柏苍来条，悉於昨日来杭，寓二馆，约余辈往，故下午三句钟课毕后，即与拱垣至二馆，悉柏苍与娟姐、咏嫂同来，今日往西湖去，不在栈。余辈即在二馆外之茶肆内饮茶，遇同学潘毅，至五句钟仍未回，乃言旋。

受课细目：算术。

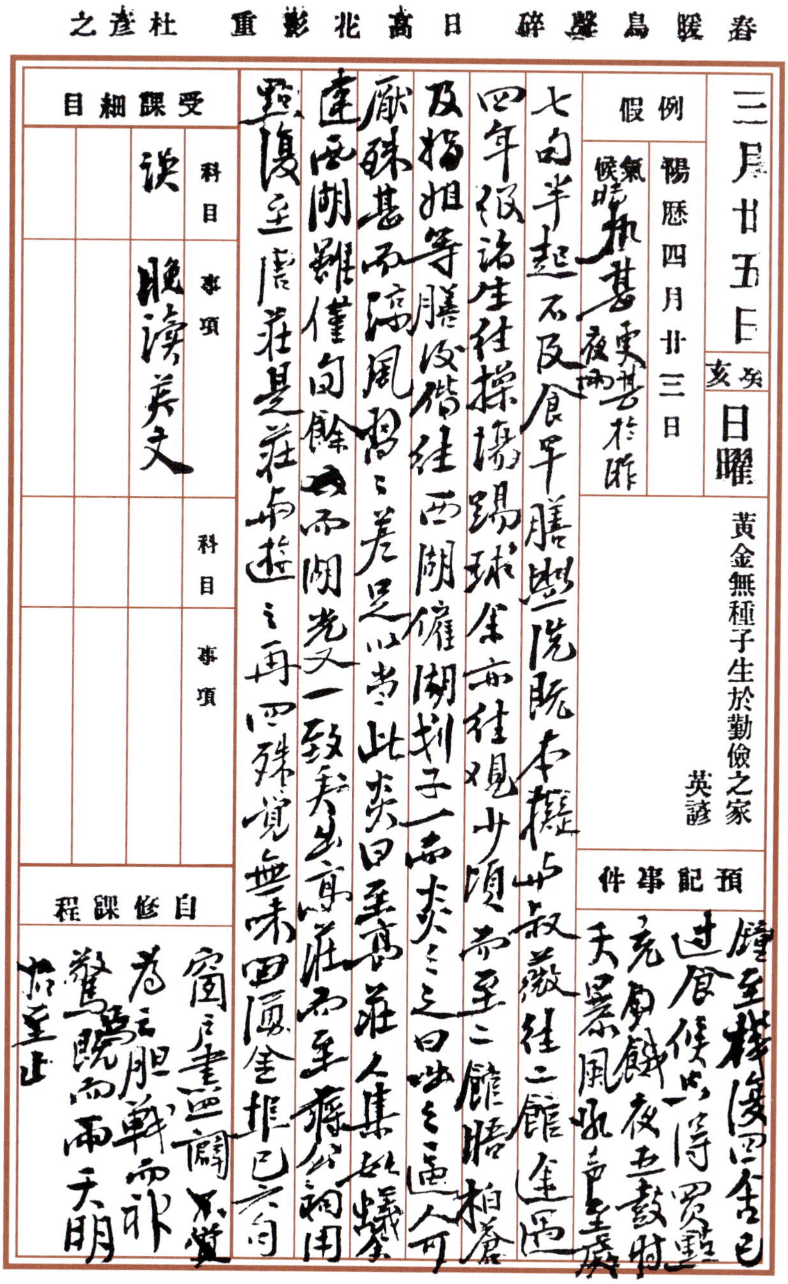

春暖鳥聲碎　日高花影重　杜彥之

三月廿五日　亥　日曜

例假

陽歷四月廿三日

氣候　晴　熱甚　更甚於昨　夜雨

黃金無種子生於勤儉之家　英諺

預記事件

受課細目

科目	事項
英文	晚讀英文

自修課程

三月廿五日（阳历四月廿三日）　晴　热甚　更甚於昨　夜雨

七句半起，不及食早膳。盥洗既，本拟与叔薇往二馆，途遇四年级诸生往操场踢球，余亦往观。少顷，而至二馆，晤柏苍及娟姐等。膳后偕往西湖，雇湖划子一，而炎炎之日咄咄逼人；可厌殊甚，而凉风习习，差足以当此炎日。至高庄，人集如蚁。余违西湖虽仅旬馀，而湖光又一致矣。出高庄而至蒋公祠用点，复至唐庄。是庄与游之再四，殊觉无味。回涌金埠已六句钟，至栈复回舍已过食候，只得买点充饥。夜五鼓时，天暴风，吼声至处，窗户尽辟，为之胆战而神惊焉。既而雨，天明始止。

受课细目：晚读英文

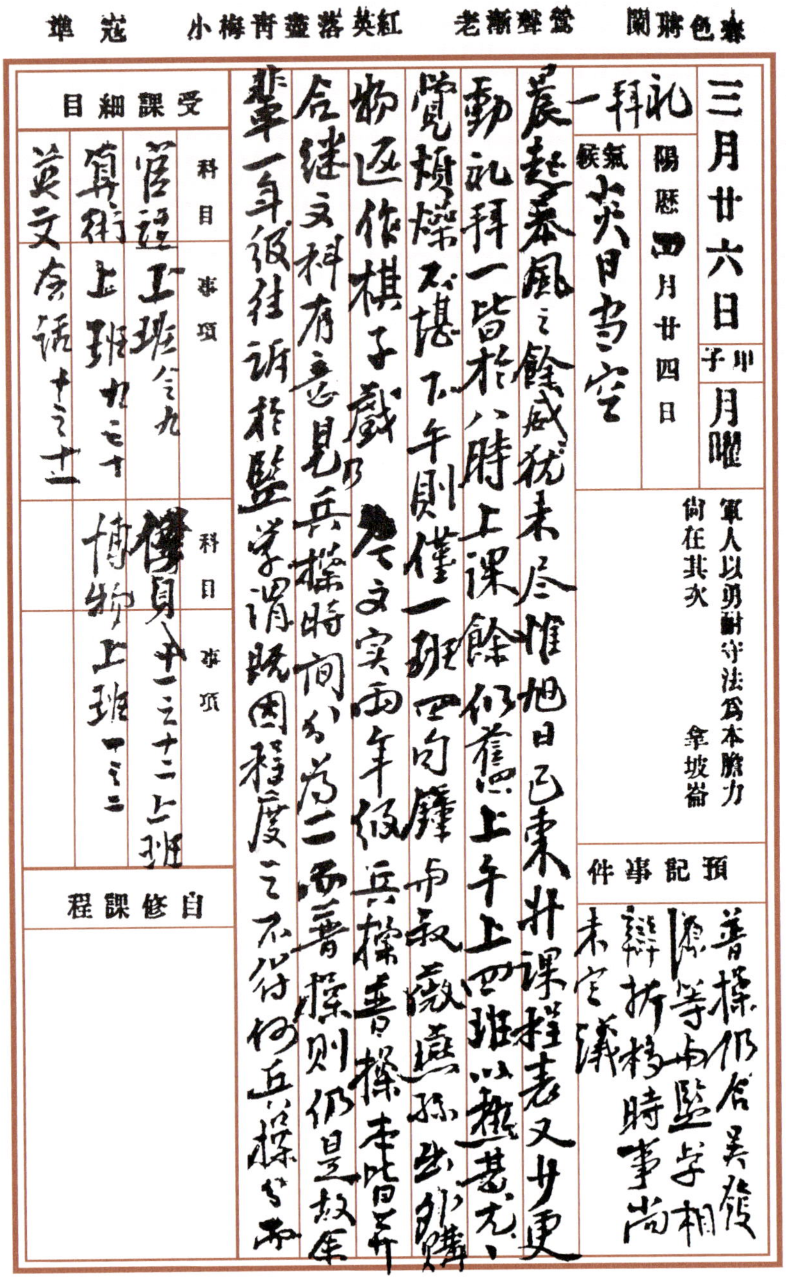

三月廿六日（阳历四月廿四日）礼拜一　炎日当空

晨起暴风之馀威犹未尽，惟旭日已东升。课程表又少更动，礼拜一皆于八时上课，馀仍旧。上午上四班，以热甚尤觉烦躁不堪。下午则仅一班。四句钟与叔薇、燕孙出外购物，返作棋子戏。今文实两年级兵操、普操本皆并合，继文科有意见，乃兵操时间分为二，而普操则仍是，故余辈一年级往诉於监学，谓既因程度之不符，何兵操分而普操仍合？吴发源等与监学相辩析移时，事尚未定议。

受课细目：官话（上班，八之九）、算术（上班，九之十）、英文（会话，十之十一）、修身（十一之十二，上班）、博物（上班，一之二）。

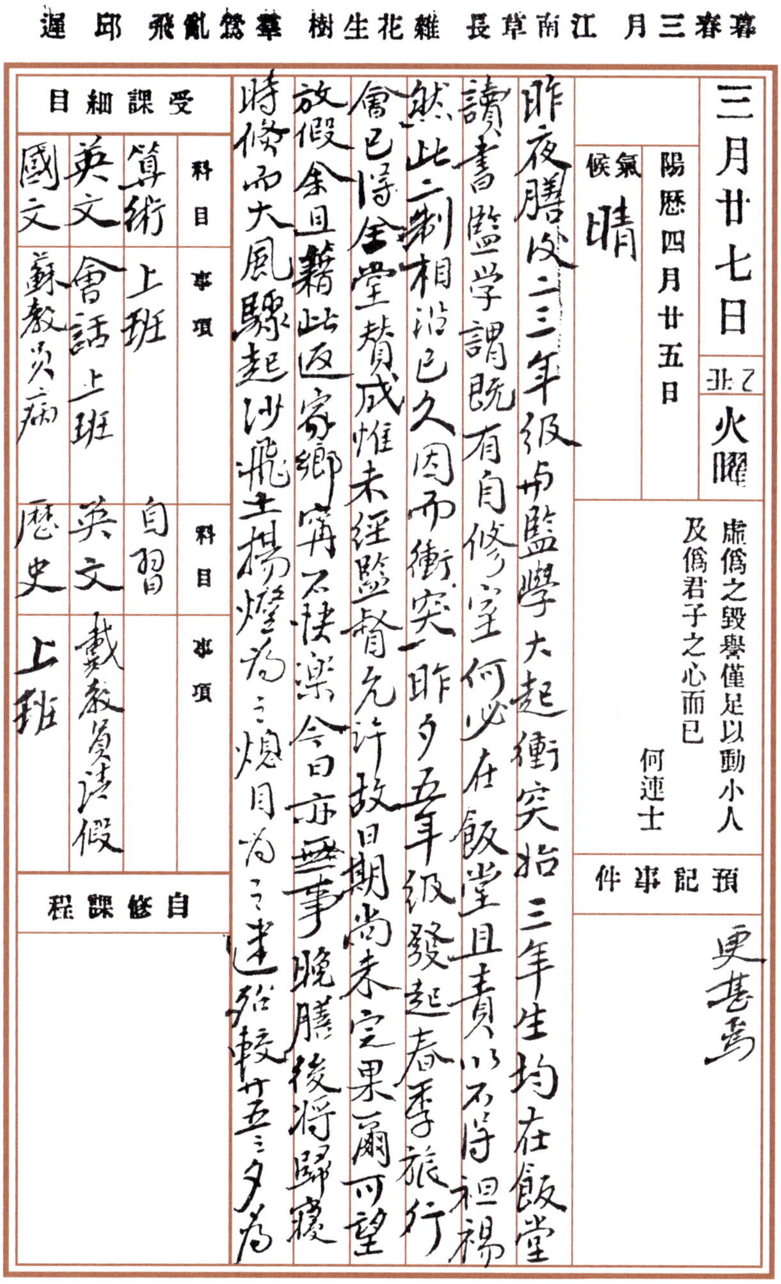

三月廿七日（阳历四月廿五日） 晴

昨夜膳后，二三年级与监学大起冲突。始三年生均在饭堂读书，监学谓既有自修室何必在饭堂，且责以不得袒裼，然此二制相沿已久，因而冲突。昨夕五年级发起春季旅行会，已得全堂赞成，惟未经监督允许，故日期尚未定。果尔可望放假，余且藉此返家乡，宁不快乐。今日亦无事，晚膳后，将归寝时，倏而大风骤起，沙飞土扬，灯为之熄，目为之迷，殆较廿五之夕为更甚焉。

受课细目：算术（上班）、英文（会话，上班）、国文（苏教员病）、自习、英文（戴教员请假）、历史（上班）。

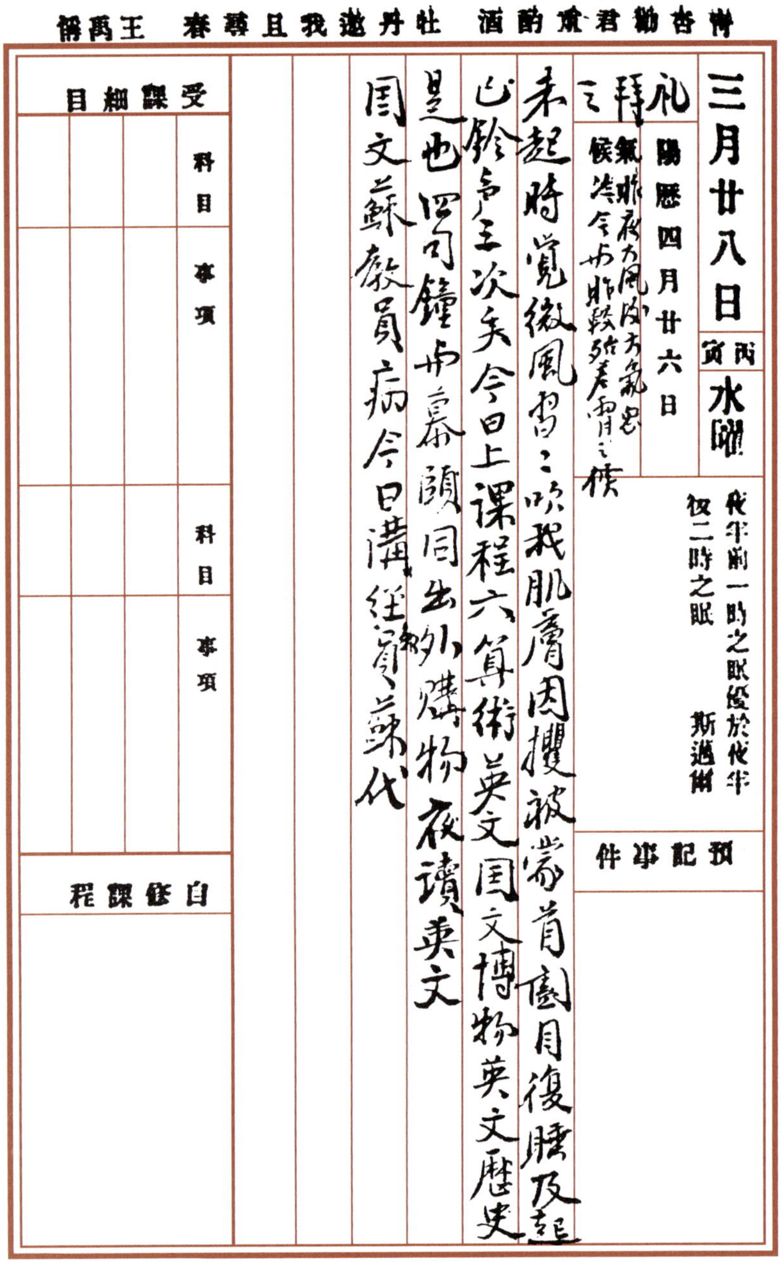
桃杏勸君休酌酒　牡丹邀我且尋春　王禹偁

三月廿八日　丙寅　水曜

禮拜三

陽歷四月廿六日

氣候：昨夜大風後，天氣忽冷，今與昨較，殆差兩月之候

夜半前一時之眠從於夜半後二時之眠

斯邁爾

預記事件

受課細目　科目　事項　科目　事項

自修課程

未起時覺微風習習，吹我肌膚，因攫被蒙首闔目復睡。及起已鈴聲三次矣。今日上課程六：算術、英文、國文、博物、英文、歷史是也。四句鐘與慕頤同出外購物。夜讀英文。國文蘇教員病，今日講經員蘇代。

三月廿八日（阳历四月廿六日）礼拜三　昨夜大风后，天气忽冷，今与昨较，殆差两月之侯。

未起时觉微风习习，吹我肌肤，因攫被蒙首阖目复睡。及起已铃声三次矣。今日上课程六：算术、英文、国文、博物、英文、历史是也。四句钟与慕颐同出外购物。夜读英文。国文苏教员病，今日讲经教员苏代。

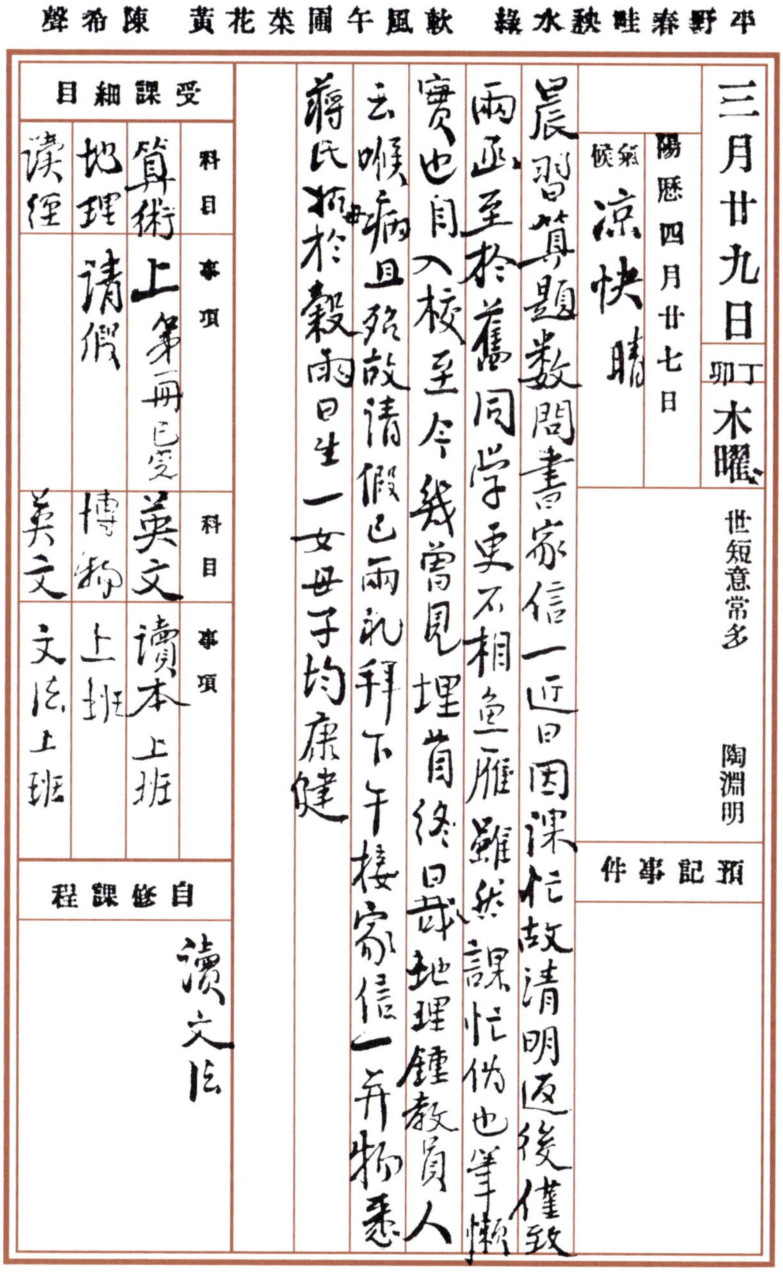
平野春畦秧水綠　歡風午圃菜花黃　陳希聲

三月廿九日　丁卯　木曜
陽歷四月廿七日
候氣　涼快　晴

晨習算題數問，書家信一。近日因課忙，故清明返後僅致兩函，至於舊同學更不相魚雁。雖然課忙，偽也，筆懶實也。自入校至今，幾曾見埋首終日哉！地理鍾教員人云喉病且殆，故請假已兩禮拜。下午接家信一并物悉蔣氏姑母於穀雨日生一女，母子均康健。

世短意常多　陶淵明

預記事件

受課細目

科目	事項	科目	事項
算術	上　第一冊已完	英文	讀本　上班
地理	請假	博物	上班
讀經		英文	文法　上班

自修課程

讀文法

三月廿九日（阳历四月廿七日）　晴　凉快

晨习算题数问，书家信一。近日因课忙，故清明返后仅致两函，至于旧同学更不相鱼雁。虽然课忙，伪也，笔懒实也。自入校至今，几曾见埋首终日哉！地理钟教员人云喉病且殆，故请假已两礼拜。下午接家信一并物悉蒋氏姑母於谷雨日生一女，母子均康健。

受课细目：算术（上　第一册已完）、地理（请假）、读经、英文（读本，上班）博物（上班）、英文（文法，上班）。

自修课程：读文法

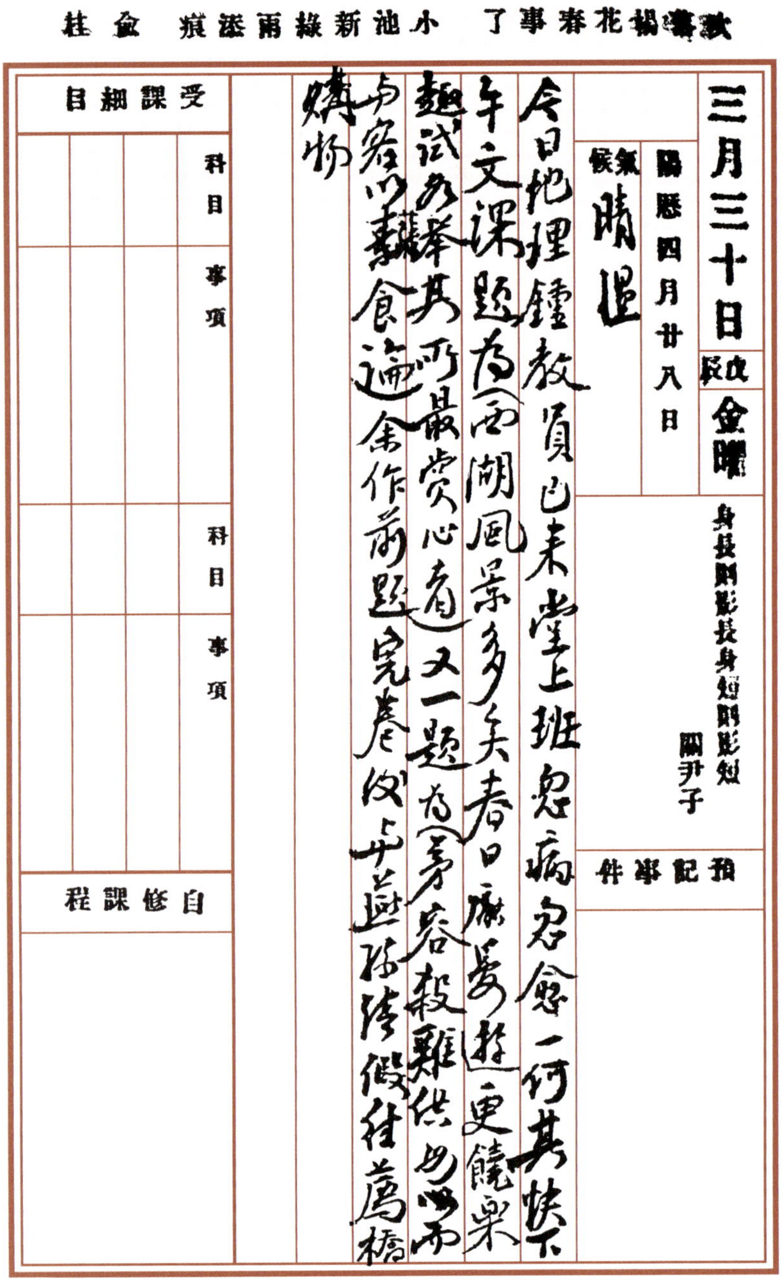

三月三十日（阳历四月廿八日）　晴温

今日地理，钟教员已来堂上班，忽病忽愈，何其快。下午文课题为『西湖风景多矣，春日晏游更饶乐趣。试各举其所最赏心者』。又一题为《茅容杀鸡供母而与客以蔬食论》。余作前题。完卷后与燕孙请假往荐桥购物。

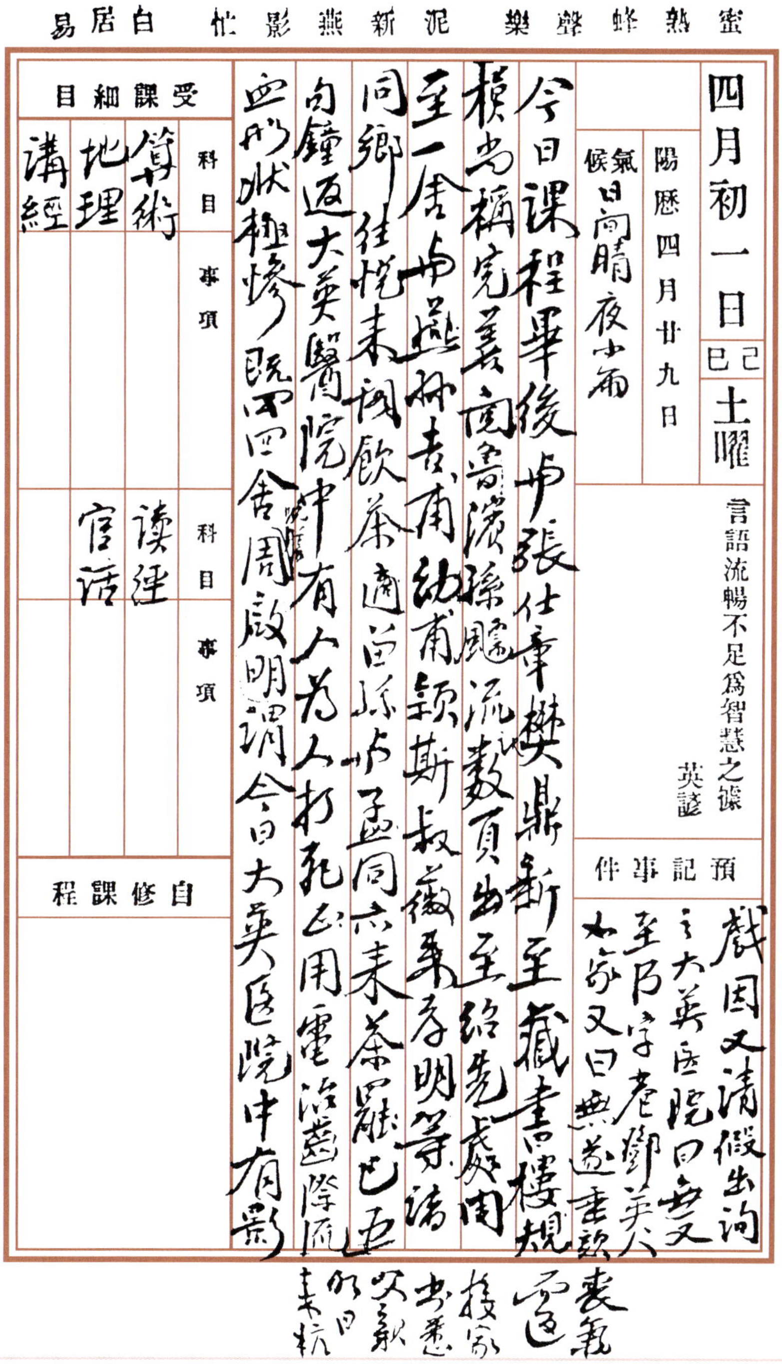
蜜熟蜂聲樂 泥新燕影忙 白居易

四月初一日 己巳 土曜

陽歷四月廿九日

氣候 日間晴 夜小雨

言語流暢不足為智慧之證 英諺

預記事件

受課細目

科目	事項
算術	
地理	
講經	
讀經	
官話	

自修課程

今日課程畢後，與張仕章、樊鼎新至藏書樓，規模尚稱完善，閱魯濱孫飄流記數頁。出至紹先處，同至一舍，與燕孫、吉甫、幼甫、穎斯、叔薇、朱孝明等諸同鄉往悅來閣飲茶。適留孫與孟同亦來，茶罷已五句鐘，返。大英醫院中有人為人打死（傷），正用電治，齒際流血，形狀極慘。既回舍，周啟明謂今日大英醫院中有影戲，因又請假出，詢之大英醫院，曰無。又至B字皮市巷鄧英人家，又曰無，遂垂頭喪氣而返。接家書，悉父親明日來杭。

四月初一日（阳历四月廿九日） 日间晴 夜小雨

今日课程毕后，与张仕章、樊鼎新至藏书楼。规模尚称完善，阅《鲁滨孙飘流记》数页。出至绍先处，同至一舍，与燕孙、吉甫、幼甫、颖斯、叔薇、朱孝明等诸同乡往悦来阁饮茶。适留孙与孟同亦来，茶罢已五句钟，返，大英医院中有人为人打死〔伤〕，正用电治，齿际流血，形状极惨。既回舍晚膳。周启明谓今日大英医院中有影戏，因又请假出，询之大英医院，曰『无』。又至B字〔皮市〕巷邓英人家，又曰『无』，遂垂头丧气而返。接家书，悉父亲明日来杭。

受课细目：算术、地理、讲经、读经、官话。

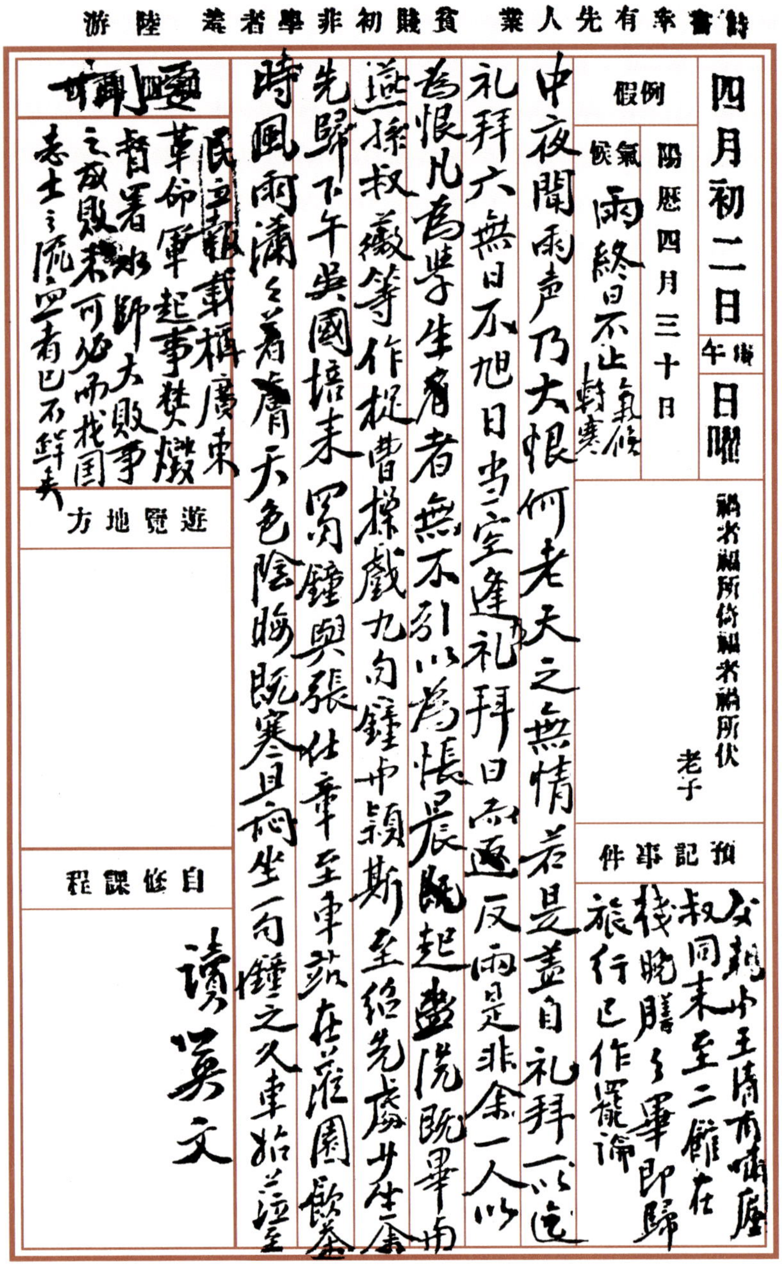

四月初二日（阳历四月三十日）　雨终日不止　气候转寒

中夜闻雨声，乃大恨，何老天之无情若是。盖自礼拜一以迄礼拜六，无日不旭日当空，逢礼拜日而反雨。是非余一人以为恨，凡为学生者，无不引以为怅。晨起盥洗既毕，与燕孙、叔薇等作捉曹操戏。九句钟与颖斯至绍先处少坐，余先归。下午吴国培来。四句钟与张仕章至车站，在莅园饮茶。时风雨潇潇，看天色阴晦，既寒且闷，坐一句钟之久，车始莅至。父亲与王清甫、啸庐叔同来，至二馆，在栈晚膳。膳毕即归，旅行已作罢论。

要闻：《民立报》载称：广东革命军起事，焚毁督署，水师大败。事之成败未可必，而我国志士之流血者已不鲜矣。

自修课程：读英文。

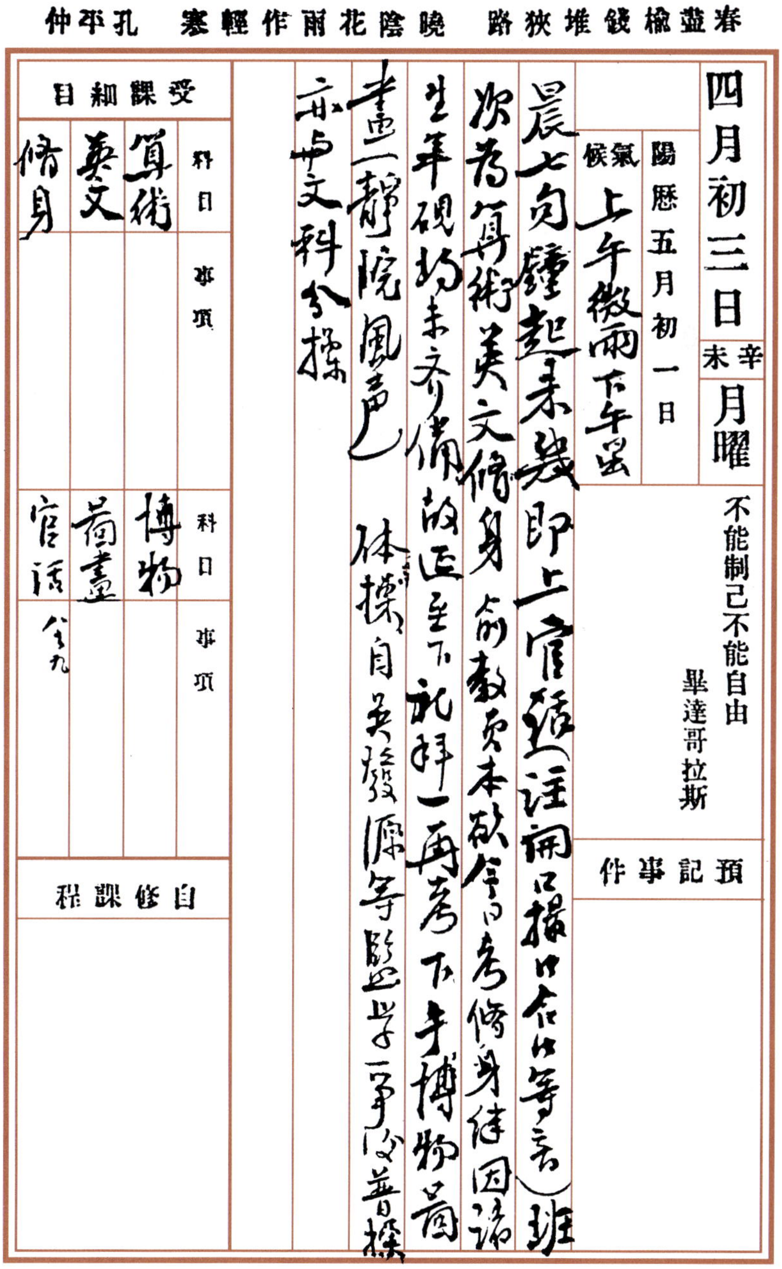

四月初三日（阳历五月初一日） 上午微雨 下午日出

晨七句钟起。未几即上官话（注开口、撮口、合口等音）。班次为算术、英文、修身。俞教员本欲今日考修身，继因诸生笔砚均未齐备，故延至下礼拜一再考。下午，博物、图画（静院风声）、体操自吴发源等监学争后，普操亦与文科分操。

受课细目：算术、英文、修身、博物、图画、官话（八之九）。

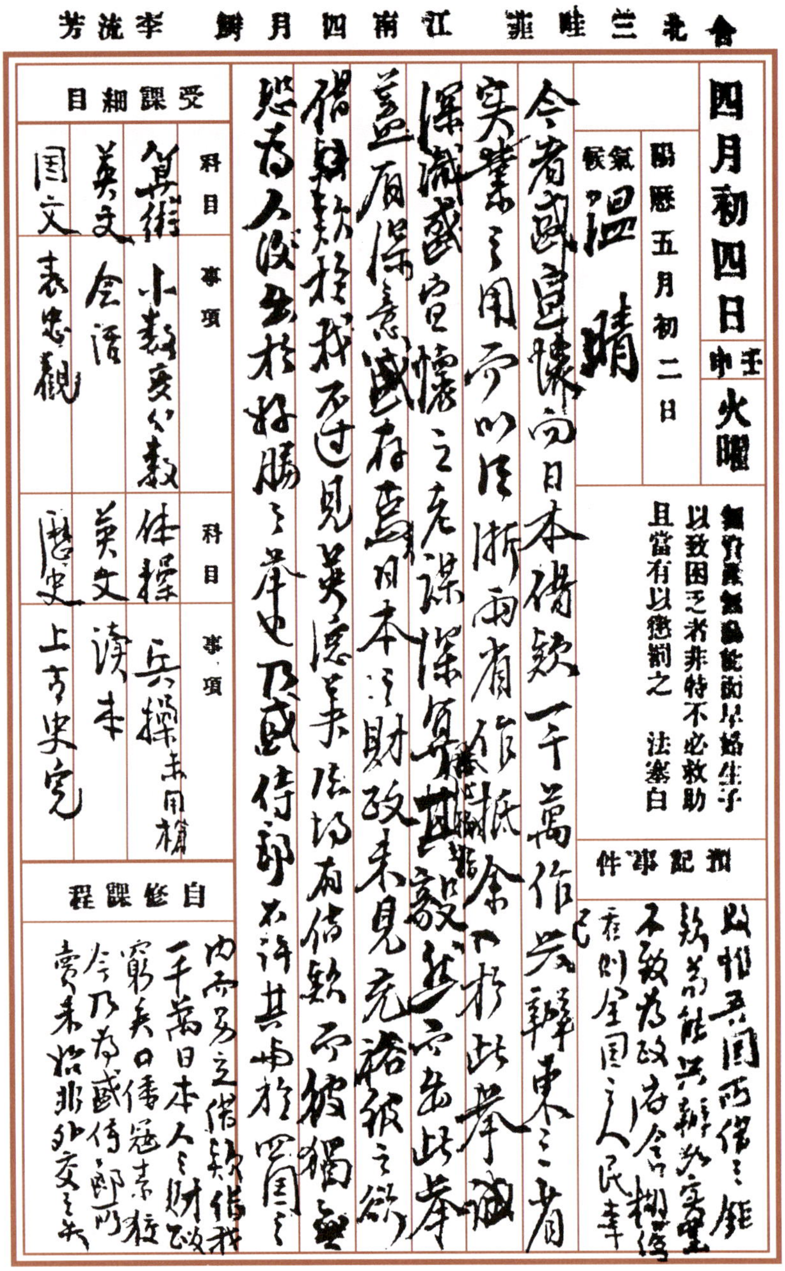
舍北兰畦菲　江南四月時　李流芳

四月初四日	壬申	火曜
阳历五月初二日	气候 温 晴	

[illegible]以致困乏者非特不必救助且当有以惩罚之　法塞白

今者盛宣懷向日本借款一千萬作興辦東三省實業之用而以江浙兩省作抵余於此舉深識盛宣懷之老謀深算苦心孤詣其毅然出此舉蓋有深意存焉日本之財政未見充裕彼之欲借款於我不過見英德美法均有借款而彼獨無恐為人後出於好勝之舉也乃盛侍郎不許其與於四國之

摘記事件：以惟吾國所借之巨款苟能興辦各實業不致為政府含糊侵吞則全國之人民幸

受課細目

科目	事項	科目	事項
算術	小數變分數	體操	兵操未用槍
英文	會話	英文	讀本
國文	表忠觀	歷史	上古史完

自修課程：內而另立借款借我一千萬日本人之財政窮矣倭寇素狡今乃為盛侍郎所賣未始非外交之失

四月初四日（阳历五月初二日）　温　晴

今者盛宣怀向日本借款一千万，作兴办东三省实业之用，而以江浙两省作抵。余于此举深识盛宣怀之老谋深算苦心孤诣。其毅然而出此举，盖有深意存焉。日本之财政未见充裕，彼之欲借款于我，不过见英、德、美、法均有借款而彼独无，恐为人后，出於好胜之举也，乃盛侍郎不许其与于四国之内而另立借款。借我一千万，日本人之财政穷矣。倭寇素狡，今乃为盛侍郎所卖，未始非外交之失败。惟吾国所借之巨款，苟能兴办各实业，不致为政府含糊侵吞，则全国人民幸已。

受课细目：算术（小数变分数）、英文（会话）、国文（《表忠观》）、体操（兵操，未用枪）、英文（读本）、历史（上古史完）。

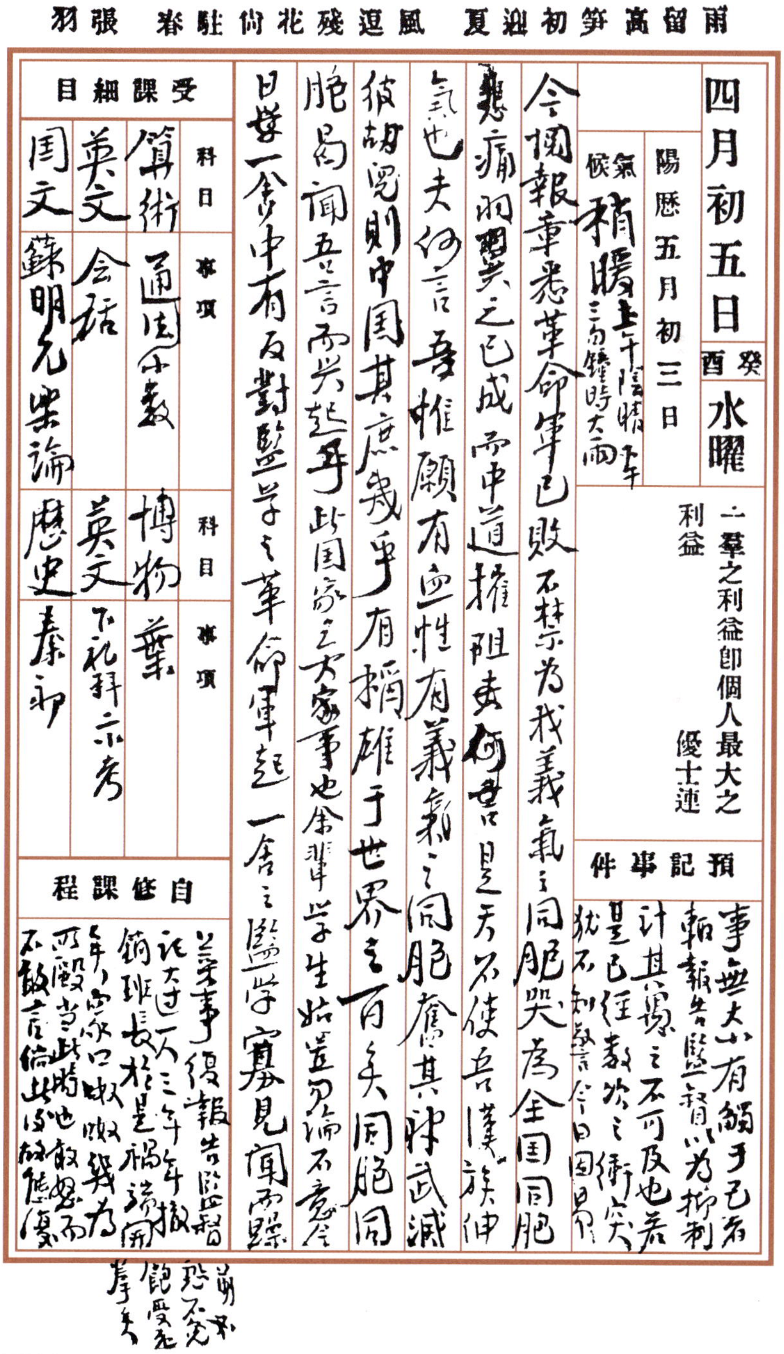

四月初五日（阳历五月初三日） 稍暖 上午阴晴 下午三句钟时大雨

今阅报章悉革命军已败，不禁为我义气之同胞哭，为全国同胞悲，痛羽翼之已成，而中道摧阻，是天不使吾汉族伸气也。夫何言，吾惟愿有血性、有义气之同胞，奋其神武，灭彼胡儿，则中国其庶几乎有称雄于世界之一日矣。同胞同胞，曷闻吾言而兴起乎？此国家之大事也，余辈学生姑置勿论。不意今日一舍中有反对监学之革命军起。一舍之监学，寡见闻而躁，事无大小，有触于已者，辄报告监督，以为抑制计，其愚之不可及也。若是已经数次之冲突犹不知警。今日因易菜事，复报告监督记大过一人，三年级撤销班长，于是祸端开矣，众口啾啾几为所殴。当此时也，敢怒而不敢言。倘此后故态复萌，恐不免饱受老拳矣。

受课细目：算术（通小数法）、英文（会话）、国文（苏明允《乐〔毅〕论》）、博物（叶）、英文（下礼拜二小考）、历史（秦初）。

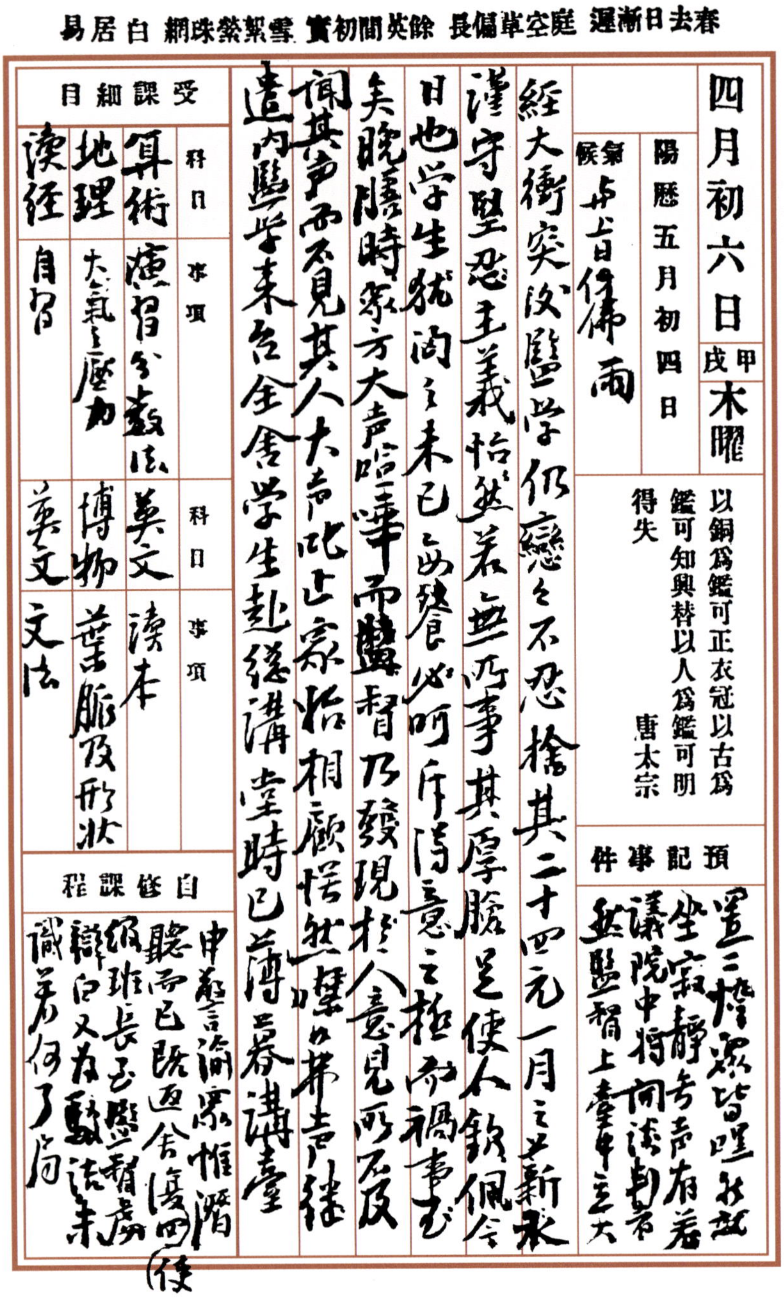

四月初六日（阳历五月初四日） 与上日仿佛 雨

经大冲突后，监学仍恋恋不忍舍其二十四元一月之薪水，谨守坚忍主义，怡然若无所事，其厚脸足使人钦佩。今日也，学生犹汹汹未已，每餐必呵斥，得意之极，而祸事至矣。晚膳时，众方大声喧哗，而监督乃发现于人意见所不及，闻其声而不见其人，大声叱止。众始相顾愕然，噤口弗声，继遣内监学来。召全舍学生赴总讲堂。时已薄暮，讲台置二灯，众皆嘿然就坐，寂静无声，有若议院中将开谈判者。然监督上台中立，大申警谕，众惟潜听而已。既返舍，复使四级班长至监督处辩白，又为驳诘，未识若何了局。

受课细目：算术（演习分数法）、地理（大气之压力）、读经（自习）、英文（读本）、博物（叶脉及形状）、英文（文法）。

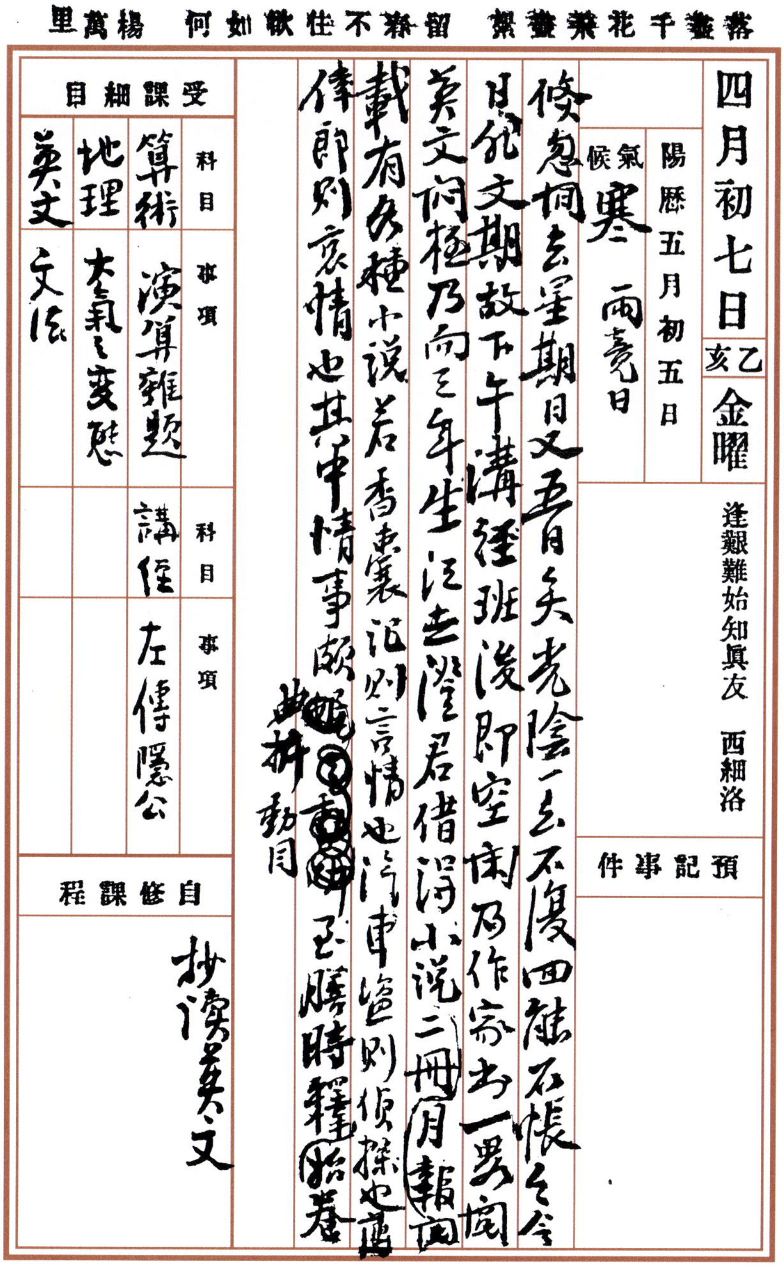
落盡千花葉盡黃　留春不住欲如何　楊萬里

四月初七日　乙亥　金曜

陽歷五月初五日

氣候　寒　雨竟日

逢艱難始知眞友　西細洛

預記事件

倏忽間去星期日又五日矣光陰一去不復回能不悵悵今日非文期故下午講經班後即空閑乃作家書一略閱英文悶極乃向三年生江世澄君借得小說月報二冊閱載有各種小說若香囊記則言情也汽車盜則偵探也薄倖郎則哀情也其中情事頗曲折動目至膳時始釋卷

受課細目

科目	事項
算術	演算雜題
地理	大氣之變態
英文	文法

科目	事項
講經	左傳隱公

自修課程

抄讀英文

四月初七日（阳历五月初五日）　寒　雨竟日

倏忽间去星期日又五日矣。光阴一去不复回，能不怅怅？今日非文期，故下午讲经班后即空闲。乃作家书一。略阅英文，闷极，乃向三年〔级〕生江世澄君借得《小说月报》二册。阅载有各种小说，若《香囊记》则言情也，《汽车盗》则侦探也，《薄幸郎》则哀情也，其中情事颇曲折动目，至膳时始释卷。

受课细目：算术（演算杂题）、地理（大气的变态）、英文（文法）、讲经（《左传·隐公》）。

自修课程：抄读英文。

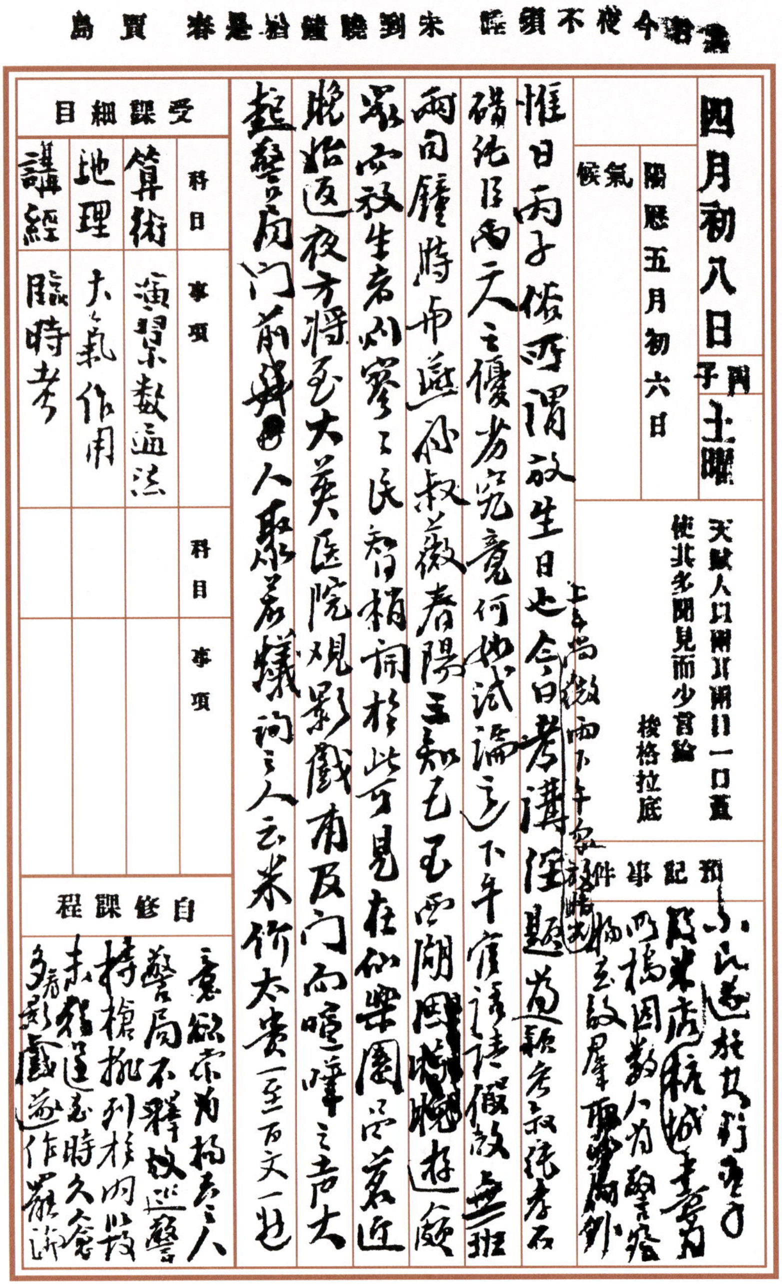

四月初八日（阳历五月初六日）

惟日丙子，俗称所谓放生日也。上午尚微雨，下午忽放晴光。今日考讲经，题为《颖考叔纯孝石碏纯臣二人之优劣究竟何如试论之》。下午官话请假，故无班。两句钟时与燕孙、叔薇、春阳三知已至西湖。游人颇众，而放生者则寥寥，民智稍开，于此可见。在仙乐园品茗，近晚始返。夜，方将至大英医院观影戏，甫及门，而喧哗之声大起，警局门前人聚若蚁，询之，人云米价太贵（至百文一升），小民遂施其野蛮手段，杭城米店尽为所捣。因数人为警局拘去，故群聚局外，意欲索拘去之人，警察不释，故巡警持枪排列于内，以故未得逞志。时久人愈多，看影戏遂作罢论。

受课细目：算术（演习小数通法）、地理（大气作用）、讲经（临时考）。

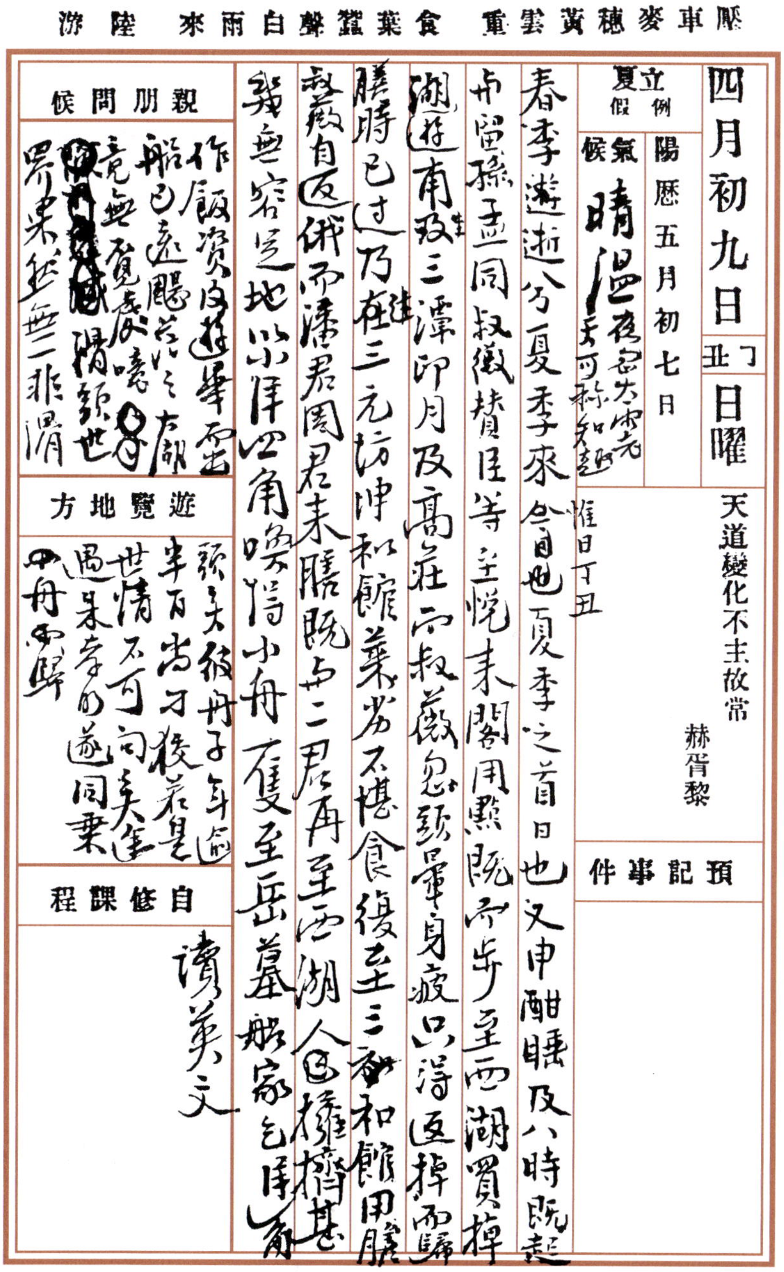

四月初九日（阳历五月初七日）　晴温　夜忽大雨老天可称知趣

春季逝兮夏季来，惟日丁丑夏季之首日也。又申酣睡及八时。既起，与留孙、孟同、叔薇、赞臣等至悦来阁用点，既而步至西湖买棹游湖。甫至三潭印月及高庄，而叔薇忽头晕身疲，只得返棹而归。膳时已过，乃达三元坊坤和馆，菜劣不堪食，复至三和馆用膳，叔薇自返。俄而潘君、周君来膳。既与二君再至西湖，人拥挤甚，几无容足地，以小洋四角唤得小舟一只，至岳墓，船家乞洋一角作饭资。后游毕而出，船已远飏，茫茫大湖竟无觅处。噫！滑头世界果然无一非滑头矣。彼舟子年逾半百，尚刁狡若是，世情不可问矣。途遇朱孝明，遂同乘舟而归。

自修课程：读英文。

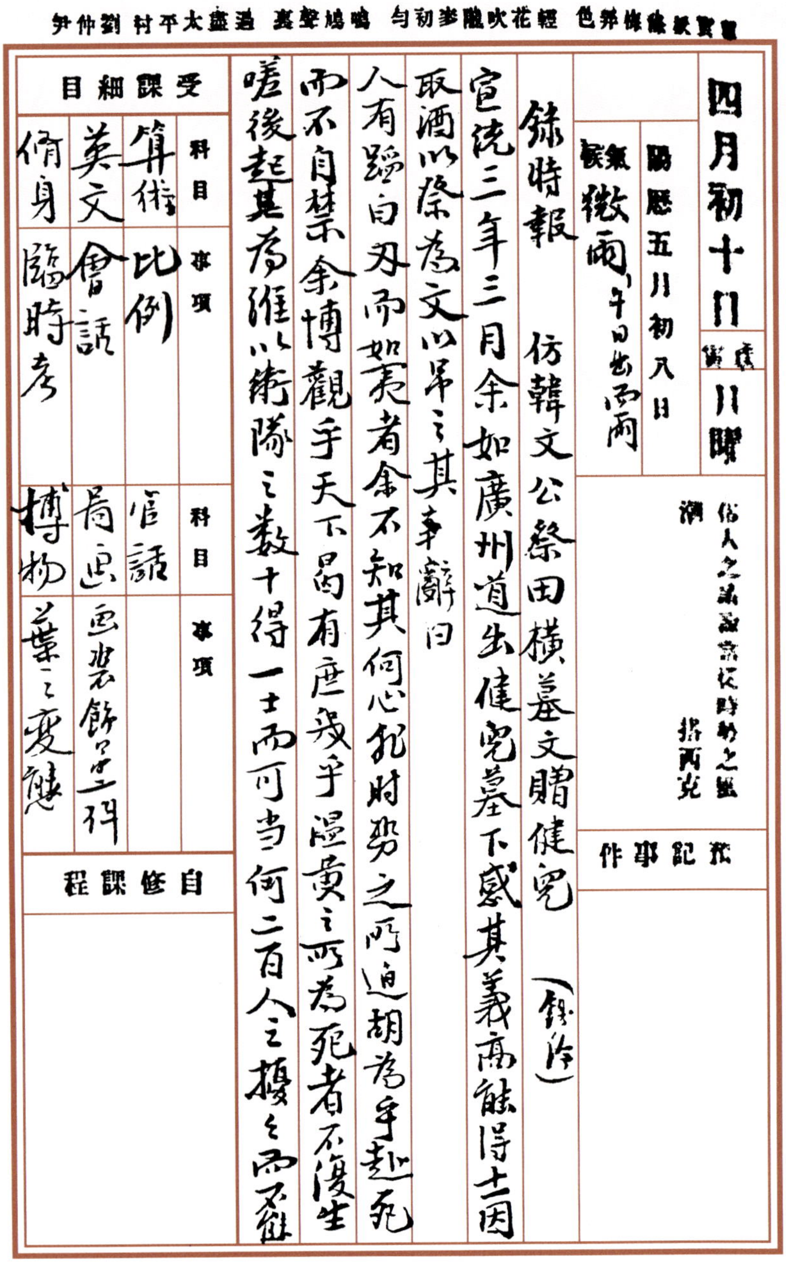

四月初十日（阳历五月初八日） 微雨 午日出而雨

录《时报》 仿韩文公祭田横墓文赠健儿（钱泠）

宣统三年三月，余如广州，道出健儿墓下，感其义高能得士，因取酒以祭，为文以吊之，其辞曰：

人有蹈白刃而如夷者，余不知其何心，非时势之所迫，胡为乎赴死而不自禁？余博观乎天下，曷有庶几乎温黄之所为？死者不复生，嗟后起其为，维以卫队之数十，得一士而可当，何二百人之扰扰，而不能

受课细目：算术（比例）、英文（会话）、修身（临时考）、官话、图画（画装饰画二件）、博物（叶之变态）。

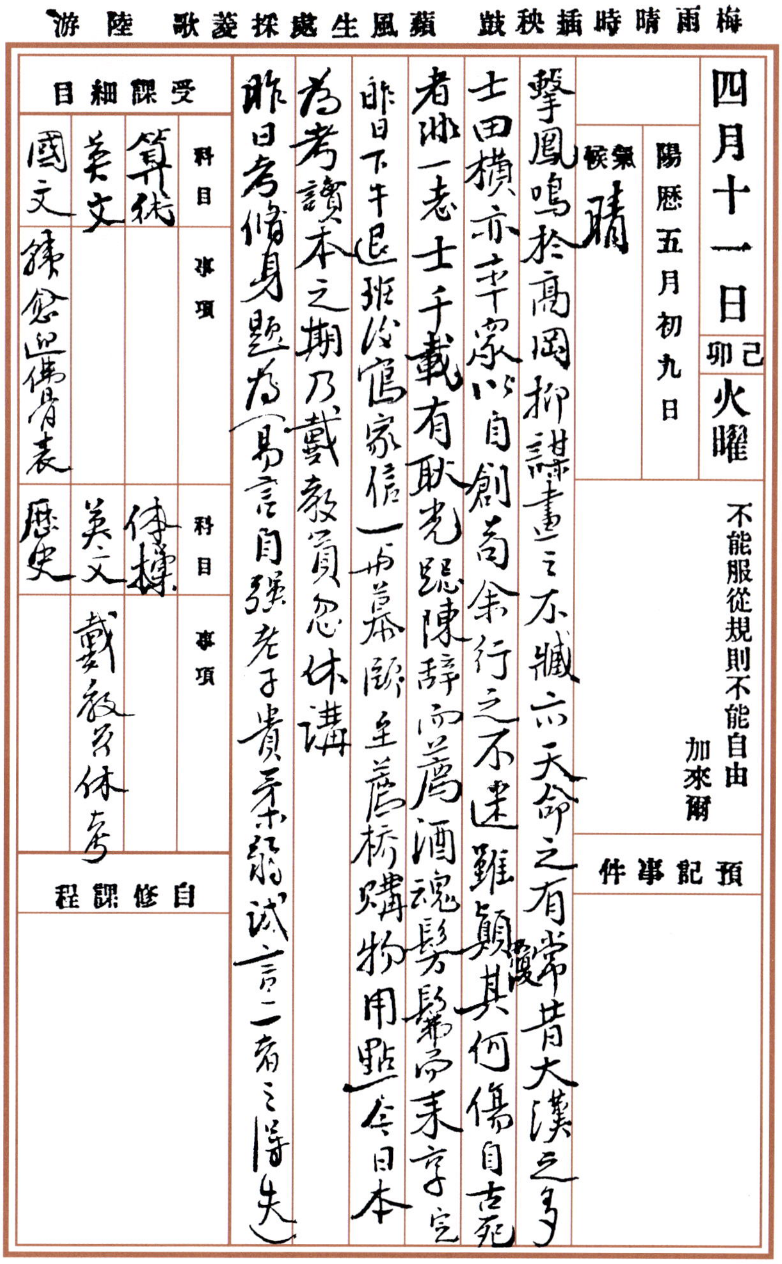

四月十一日（阳历五月初九日）　晴

击凤鸣于高冈？抑谋画之不臧，亦天命之有常。昔大汉之多士，田横亦率众以自创。苟余行之不迷，虽颠覆其何伤？自古死者非一，志士千载有耿光，跽陈辞而荐酒，魂仿佛而来享。完。

昨日下午退班后，写家信一。与慕颐至荐桥购物用点，今日本为考读本之期，乃戴教员忽休讲。

昨日考修身，题为《〈易〉言自强，〈老子〉贵柔弱，试言二者之得失》。

受课细目：算术、英文、国文（韩愈《迎佛骨表》）、英文（戴教员休考）、历史。

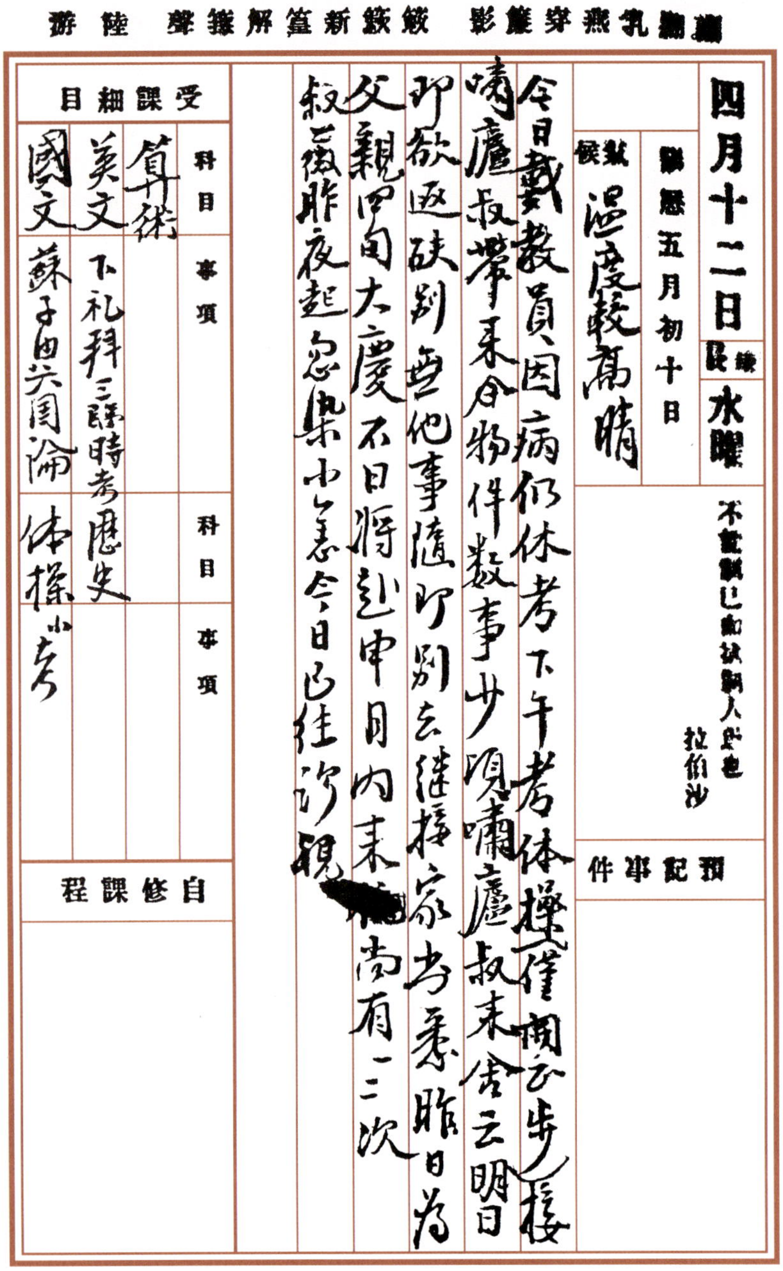

四月十二日 陽曆五月初十日 水曜

氣候 溫度較高 晴

今日戴教員因病仍休考。下午考體操（僅開正步）。接嘯廬叔帶來物件數事。少頃，嘯廬叔來舍，云明日即欲返硤，別無他事，隨即別去。繼接家書，悉昨日為父親四旬大慶，不日將赴申，月內來[redacted]尚有一二次。叔薇昨夜起忽染小恙，今日已往診視。

受課細目

科目	事項	科目	事項
算術		歷史	
英文	下禮拜三臨時考	體操	小考
國文	蘇子由六國論		

預記事件

自修課程

四月十二日（阳历五月初十日）　温度较高　晴

今日戴教员因病仍休考。下午考体操（仅开正步）。接啸庐叔带来物件数事。少顷，啸庐叔来舍，云明日即欲返硖，别无他事，随即别去。继接家书，悉昨日为父亲四旬大庆，不日将赴申，月内来杭尚有一二次。叔薇昨夜起忽染小恙，今日已往诊视。

受课细目：算术、英文（下礼拜三临时考）、国文（苏子由《六国论》）、历史、体操（小考）。

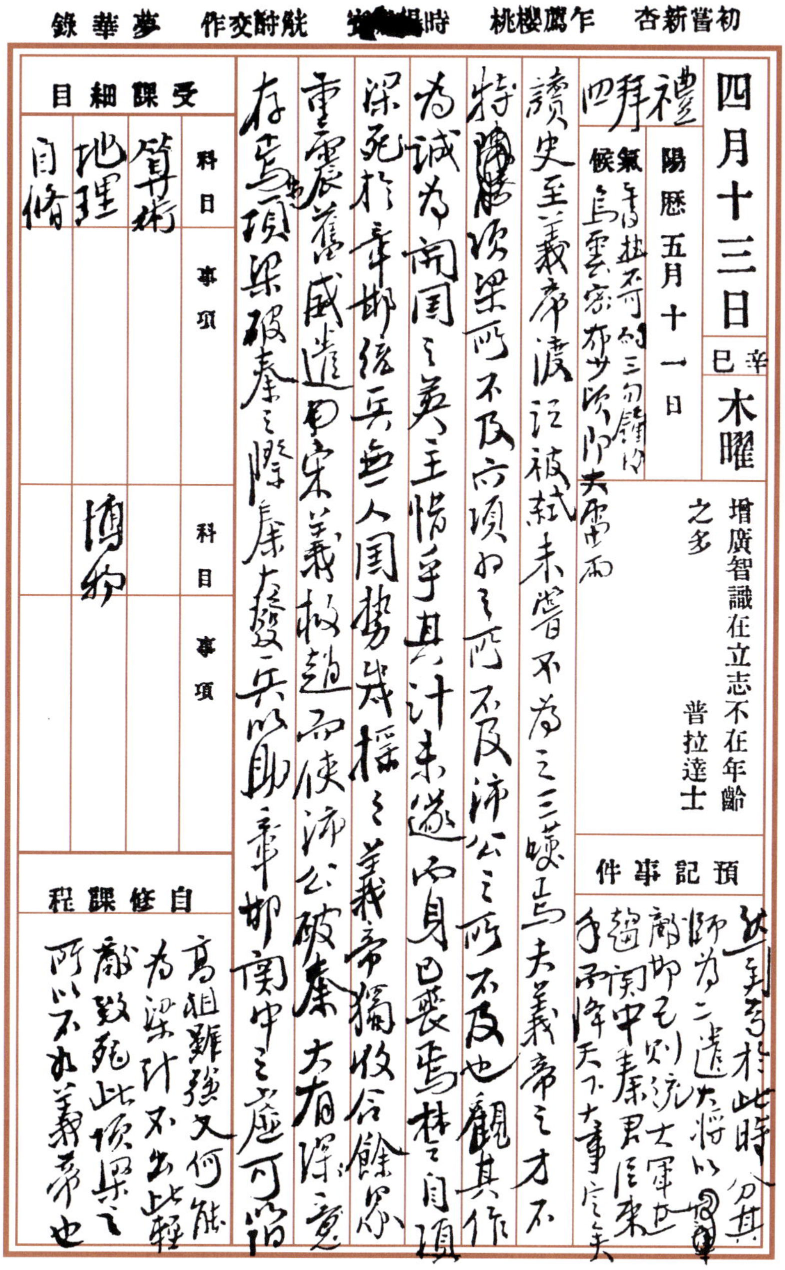

四月十三日（阳历五月十一日）礼拜四　午后热不可耐，三句钟后乌去密布，少顷即大雷雨。

读史至义帝流江被弑，未尝不为之三叹焉。夫义帝之才，不特项梁所不及，亦项羽之所不及，沛公之所不及也。观其作为，诚为开国之英主，惜乎其计未遂，而身已丧焉。楚自项梁死於章邯，统兵无人，国势几摇摇，义帝独收合馀众，重震旧威，遣宋义救赵，而使沛公破秦，大有深意存焉。当项梁破秦之际，秦大发兵以助章邯，关中之虚可以昭然矣，苟於此时分其师为二，遣大将以敌邯，已则统大军直趋关中，秦君臣束手而降，天下大事定矣。高祖虽强，又何能为？梁计不出此，轻敌致死，此项梁之所以不如义帝也。

受课细目：算术、地理、自修、博物。

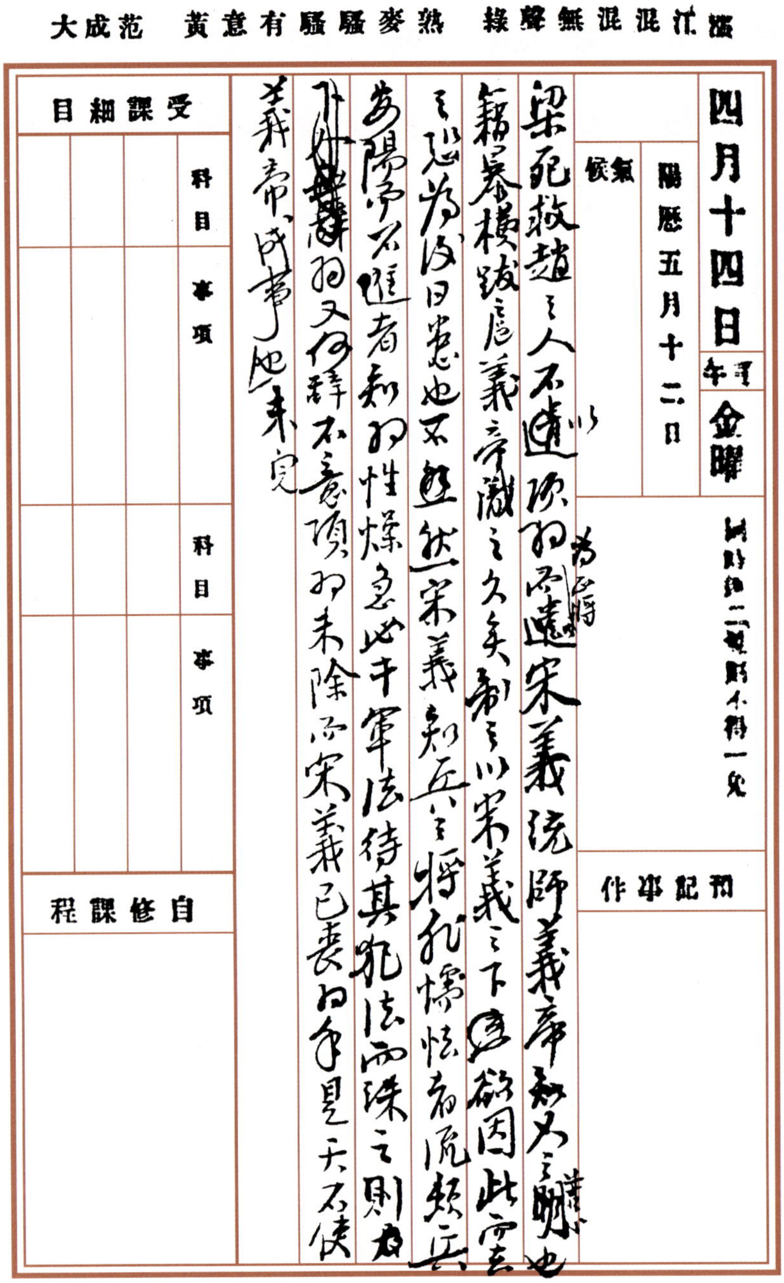
滋汁泥泥無聲綠　熟麥騷騷有意黃　范成大

四月十四日　金曜

陽歷五月十二日

氣候

梁死，救趙之人不以項羽為正將，而遣宋義統師，義帝知之，苦心明也。籍暴橫跋扈，義帝識之久矣，制之以宋義之下，欲因此而去之，恐為後日之患也。不然宋義知兵之將，非懦怯者流，頓兵安陽而不進者，知羽性燥急，必干軍法，待其犯法而誅之，則羽又何辭？不意項羽未除，而宋義已喪羽手，是天不使義帝成事也。未完

受課細目　科目　事項　科目　事項

自修課程

日記事作

四月十四日（阳历五月十二日）

梁死，救赵之人不以项羽为正将，而遣宋义统师，义帝知之，苦心明也。籍暴横跋扈，义帝识之久矣，制之以宋义之下，欲因此而去之，恐为后日患也。不然宋义知兵之将，非懦怯者流，顿兵安阳而不进者，知羽性燥急，必干军法。待其犯法而诛之，则羽又何辞？不意项羽未除，而宋义已丧羽手，是天不使义帝成事也。未完

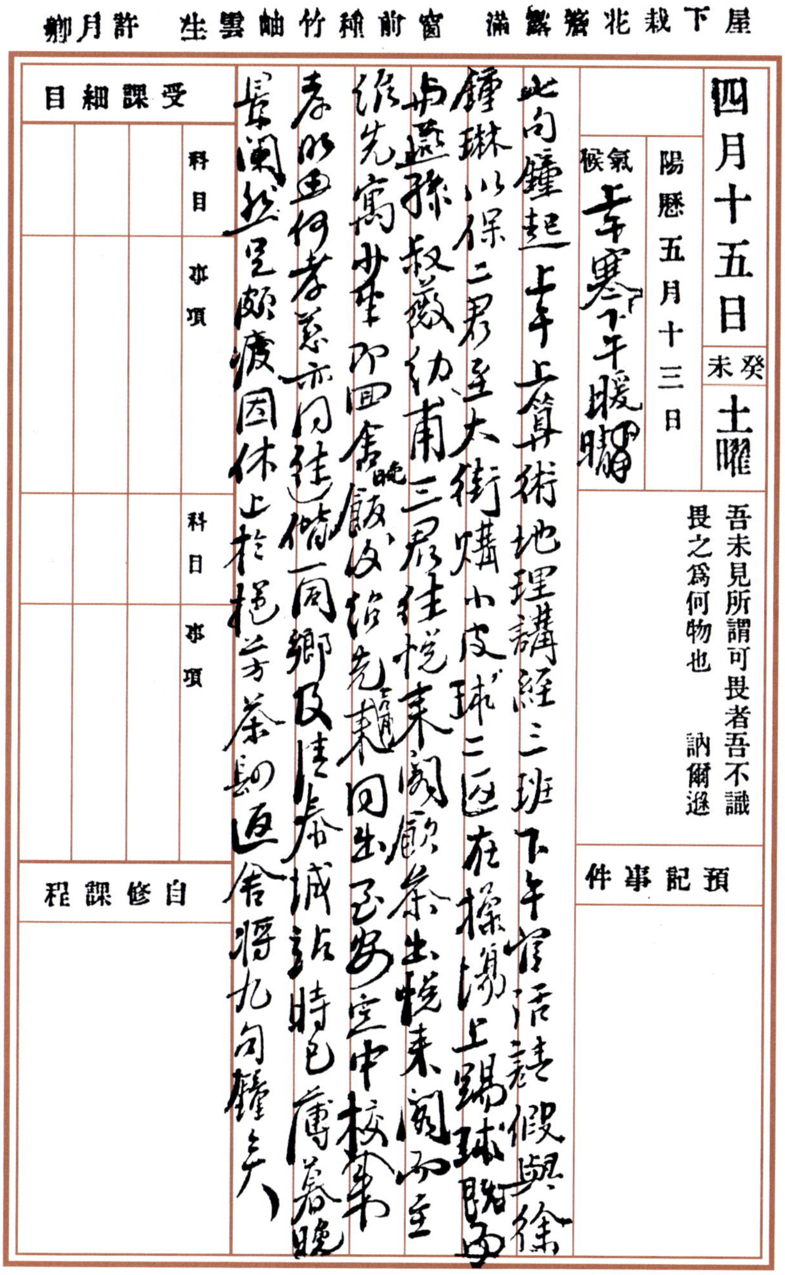

四月十五日（阳历五月十三日）　上午寒　下午暖晴

七句钟起，上午上算术、地理、讲经三班。下午官话请假，与徐钟琳、以保二君至大街购小皮球二。返，在操场上踢球。既而与燕孙、叔薇、幼甫三君往悦来阁饮茶。出悦来阁而至绍先寓，少坐即回舍。晚饭后，绍先、吉甫来，同出至安定中校（朱孝明、何孝慈亦同往）偕一同乡。及清泰城站时已薄暮，晚景阑然，足颇疲，因休止于挹芳茶肆。返舍将九句钟矣。

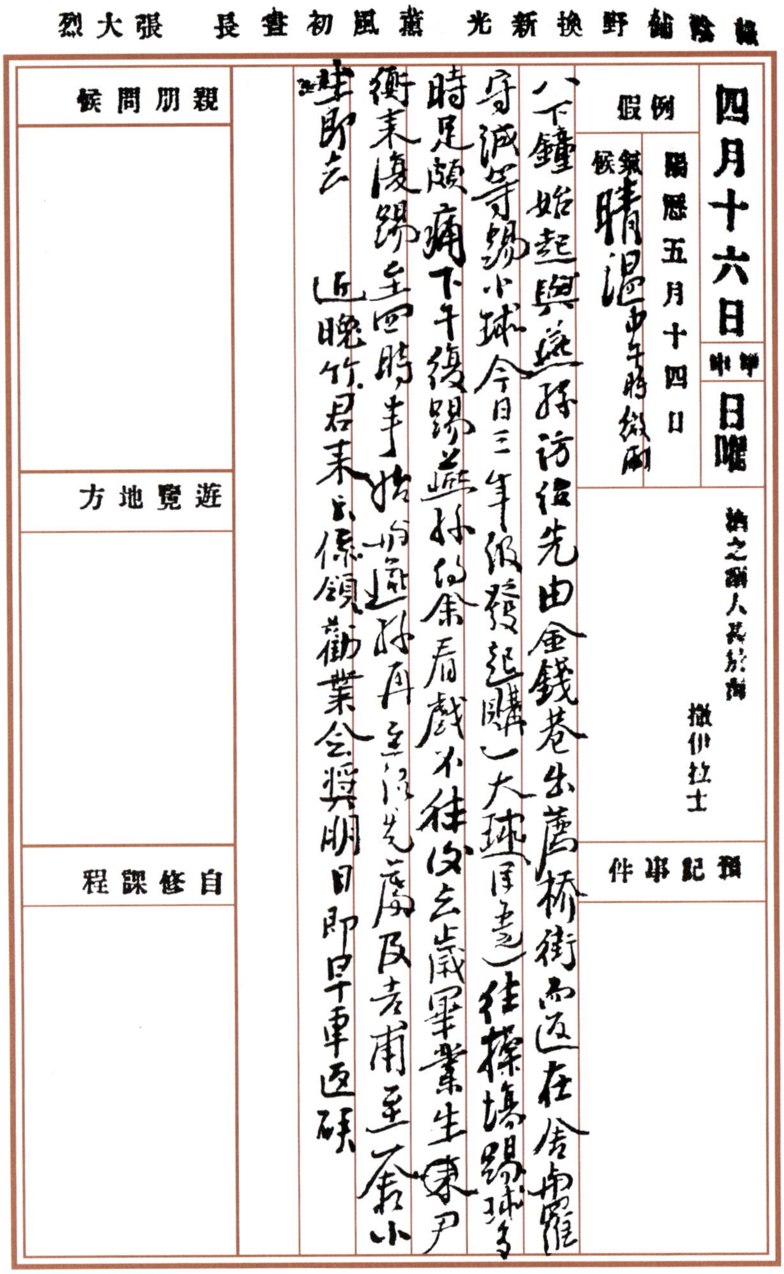
綠陰鋪野換新光　薰風初晝長　張大烈

四月十六日　日曜

例假

陽曆五月十四日

氣候　晴温　中午時微雨

記事件

親朋問候

遊覽地方

自修課程

八下鐘始起與燕孫訪紹先由金錢巷出薦橋街而返在舍與羅守誠等踢小球今日三年級發起購一大球(洋五元)往操場踢球多時足頗痛下午復踢燕孫約余看戲不往後去歲畢業生尹衡來復踢至四時半始與燕孫再至紹先處及吉甫至一舍小坐即去

近晚竹君來云係領勸業會獎明日即早車返硤

四月十六日（阳历五月十四日）　晴温　中午时微雨

八下钟始起，与燕孙访绍先。由金钱巷出荐桥街而返。在舍与罗守诚等踢小球。今日三年级发起购一大球（洋五元），往操场踢球多时，足颇痛，下午复踢。燕孙约余看戏，不往。后，去岁毕业生尹衡来，复踢。至四时半始与燕孙再至绍先处，及吉甫至一舍，小坐即去。近晚竹君来，云系领劝业会奖。明日即早车返硖。

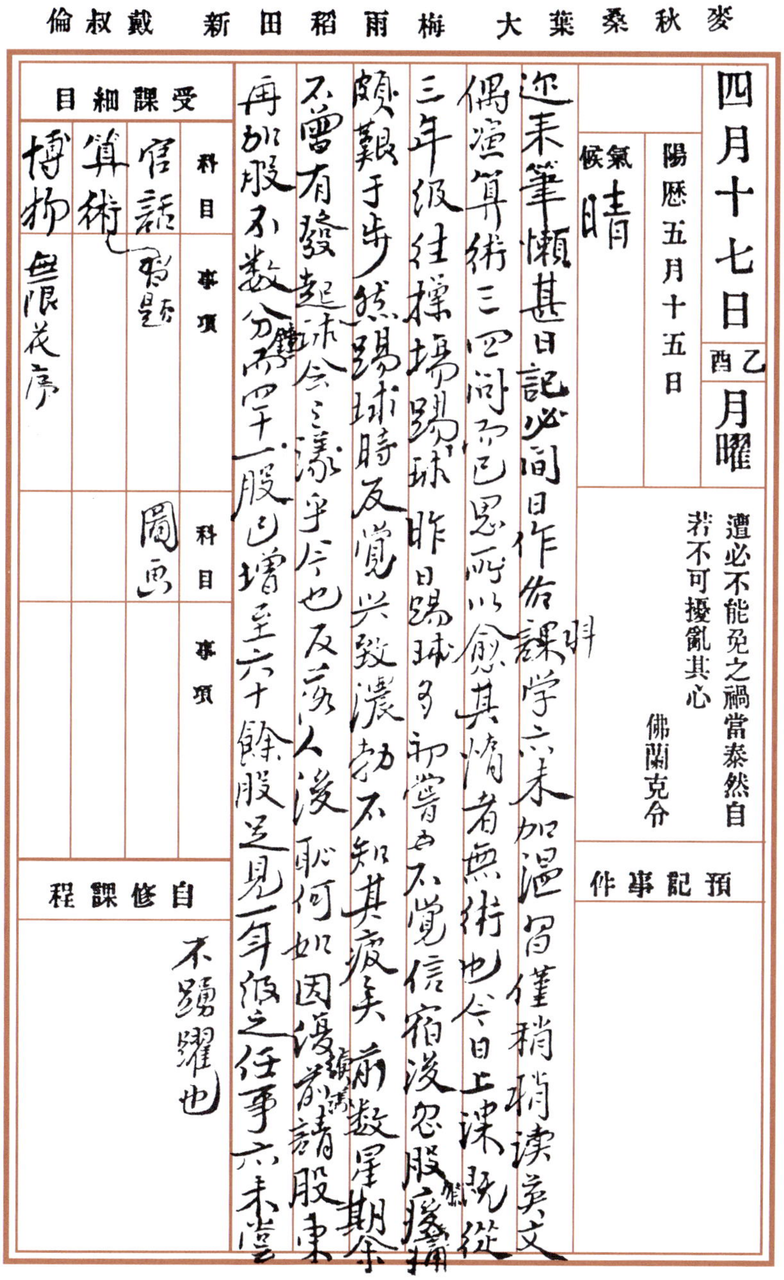

麥秋桑葉大 梅雨稻田新 戴叔倫

四月十七日 乙酉 月曜

陽歷五月十五日

氣候 晴

遭必不能免之禍當泰然自若不可擾亂其心 佛蘭克令

預記事件

迩來筆懶甚，日記必間日作。各科學亦未加溫習，僅稍稍讀英文，偶演算術三四問而已。思所以愈其惰者，無術也。今日上課既，從三年級往操場踢球。昨日踢球多，初嘗不覺，信宿後忽股際酸痛，頗艱於步，然踢球時反覺興致濃勃，不知其疲矣。前數星期余不曾有發起球會之議乎？今也反落人後，恥何如。因復續前議，請股東再加股，不數分鐘而四十一股已增至六十餘股，足見一年級之任事，亦未嘗不踴躍也。

受課細目

科目	事項
官話	習題
算術	
博物	無限花序
圖畫	

自修課程

四月十七日（阳历五月十五日） 晴

迩来笔懒甚，日记必间日作。各科学亦未加温习，仅稍稍读英文，偶演算术三四问而已。思所以愈其惰者，无术也。今日上课既，从三年级往操场踢球。昨日踢球多，初尝不觉，信宿后忽股际酸痛，颇艰于步，然踢球时反觉兴致浓勃，不知其疲矣。前数星期余不曾有发起球会之议乎？今也反落人后，耻何如。因复续前议，请股东再加股，不数分钟而四十一股已增至六十馀股，足见一年级之任事，亦未尝不踊跃也。

受课细目：官话、算术（习题）、博物（无限花序）、图画

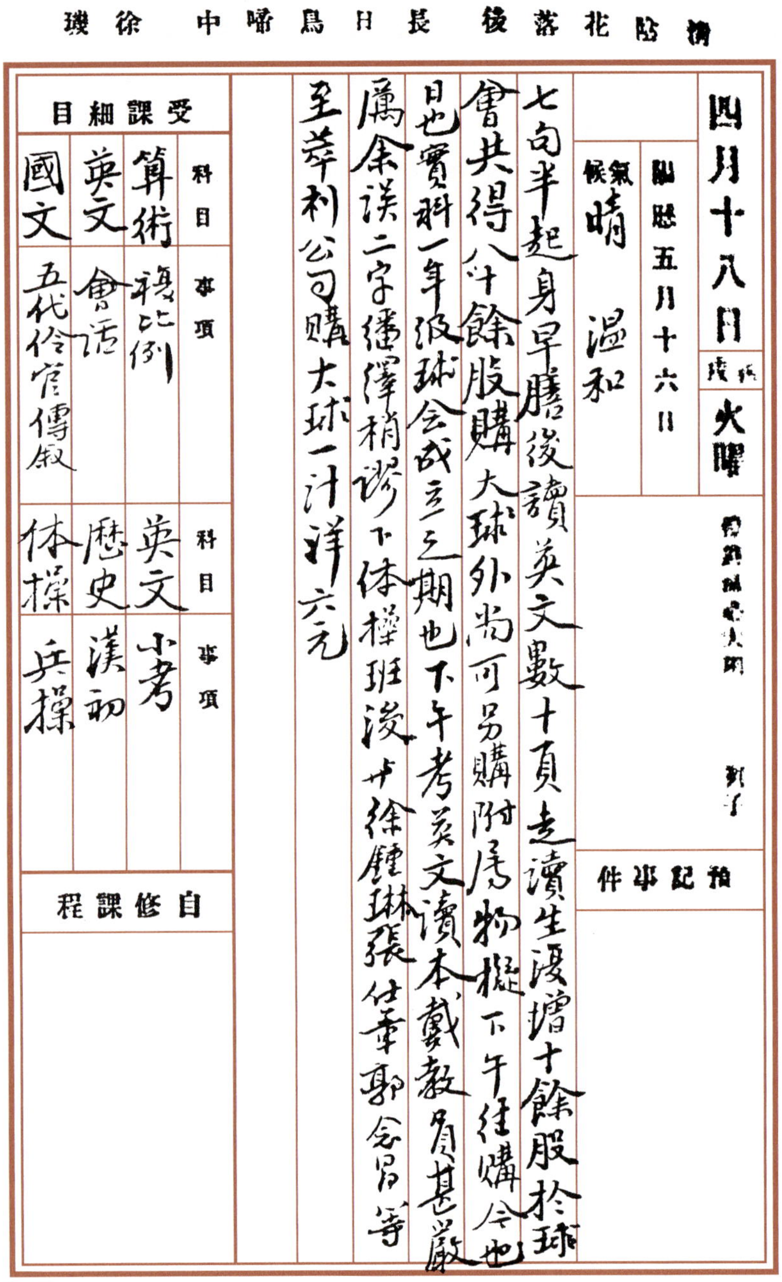

四月十八日（阳历五月十六日）　晴　温和

七句半起身，早膳后读英文数十页。走读生复增十馀股，於球会共得八十馀股，购大球外尚可另购附属物。拟下午往购。今日也实科一年级球会成立之期也。下午考英文读本，戴教员甚严厉，余误二字，翻译稍谬。下体操班后，与徐钟琳、张仕章、郭念昌等至萃利公司购大球一，计洋六元。

受课细目：算术（复比例）、英文（会话）、国文（《五代伶官传叙〔序〕》）、英文（小考）、历史（汉初）、体操（兵操）

林花點草机成字　山鳥呼朋自有名　董穀

四月十九日　丁亥　水曜

陽歷五月十七日

氣候

時者金也　荷蘭諺

摘記事件

自遣

人生歲月白駒过應事牢騷記咏哦書劍随身聊復尔英雄得志又何如未能報國心空热許作平民福已多窃歎我廬真自在閒裁花木醉高歌

下午与三年蹋球

受課細目

科目	事項
算術	
英文	
國文	
博物	
英文	
歷史	

自修課程

四月十九日（阳历五月十七日）

自遣

人生岁月白驹过，应事牢骚记咏哦。书剑随身聊复尔，英雄得志又何如。未能报国心空热，许作平民福已多。窃叹我庐真自在，闲裁〔载〕花木醉高歌。

下午与三年〔级〕蹋球。

受课细目：算术、英文、国文、博物、英文、历史。

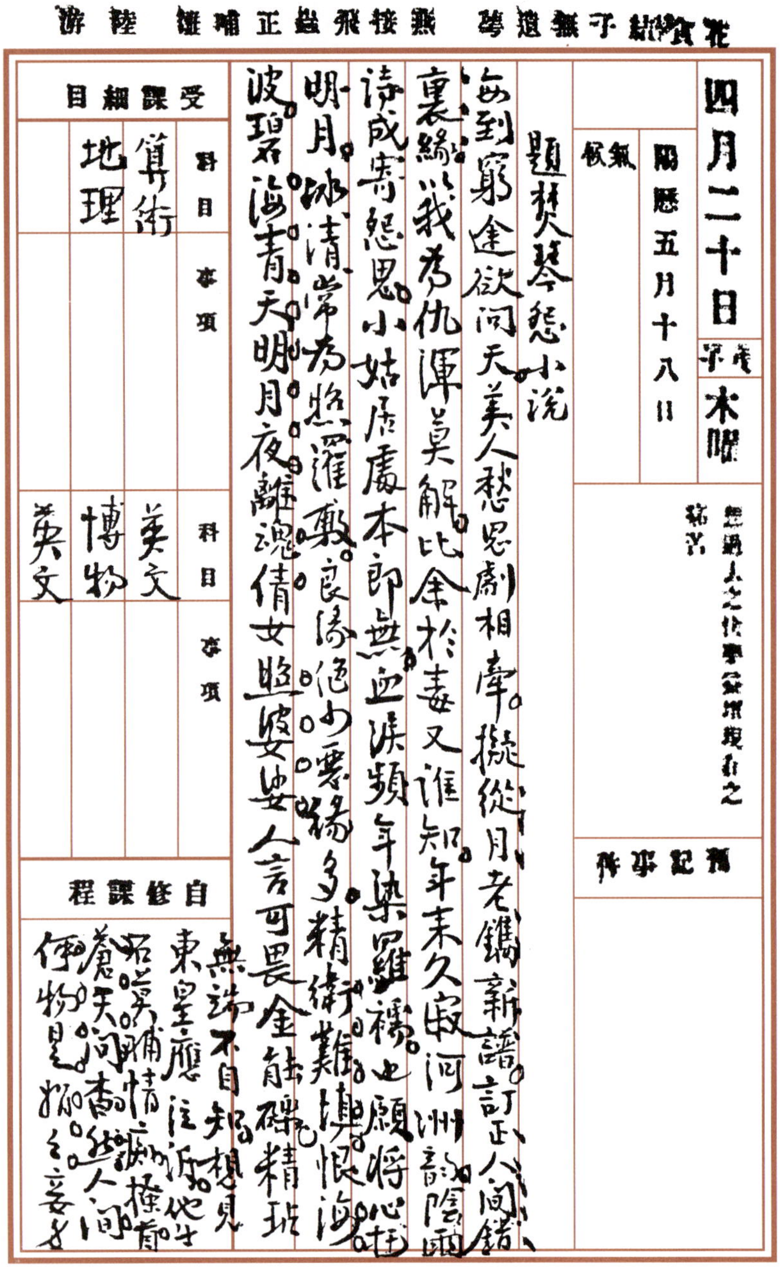

四月二十日（阳历五月十八日）

题焚琴怨小说

每到穷途欲问天，美人愁思剧相牵。拟从月老镌新谱，订正人间错里缘。以我为仇浑莫解，比余于毒又谁知。年来久寂河洲韵，阴雨诗成寄怨思。小姑居处本郎无，血泪频年染罗襦。也愿将心托明月，冰清常为照罗敷。良缘绝少恶缘多，精卫难填恨海波。碧海青天明月夜，离魂倩女照婆娑。人言可畏金能砾〔铄〕，精玷无端不自知。想见东皇应泣诉，他生石莫补情痴。搔首苍天问杳然，人间何物是娟娟。妾身

受课细目：算术、地理、英文、博物、英文。

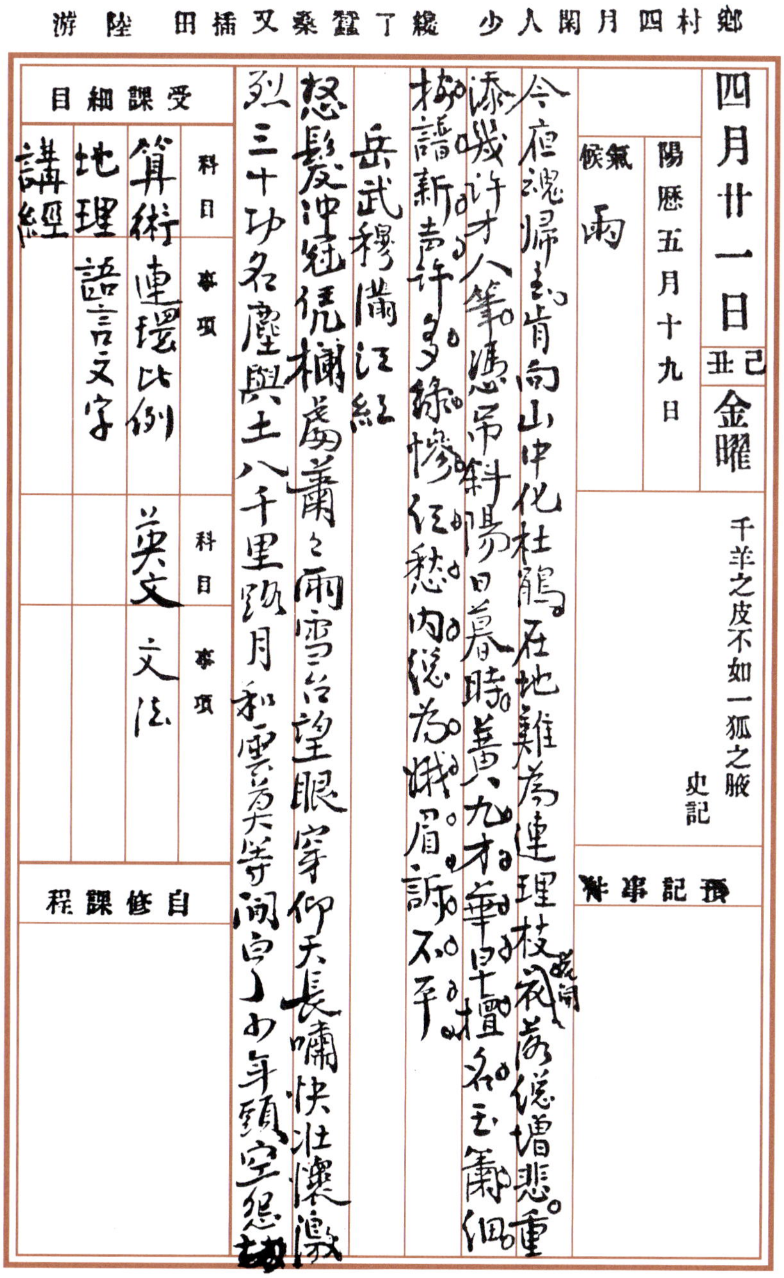
乡村四月闲人少　才了蚕桑又插田　陆游

四月廿一日 己丑 金曜
阳历五月十九日
气候：雨
千羊之皮不如一狐之腋　史记
预记事件

今夜魂归去，肯向山中化杜鹃。在地难为连理枝，花开花落总增悲。重添几许才人笔，凭吊斜阳日暮时。黄九才华早擅名，玉箫细按谱新声。许多绿惨红愁内，总为娥眉诉不平。

岳武穆满江红

怒发冲冠，凭栏处，潇潇雨雪。台望眼穿，仰天长啸快，壮怀激烈。三十功名尘与土，八千里路月和云。莫等闲，白了少年头，空怨切。

受课细目

科目	事项	科目	事项
算术	连环比例	英文	文法
地理	语言文字		
讲经			

自修课程

四月廿一日（阳历五月十九日）　雨

今夜魂归去，肯向山中化杜鹃。在地难为连理枝，花开花落总增悲。重添几许才人笔，凭吊斜阳日暮时。黄九才华早擅名，玉箫细按谱新声。许多绿惨红愁内，总为娥眉诉不平。

岳武穆满江红

怒发冲冠，凭栏处，潇潇雨雪〔歇〕。台〔抬〕望眼穿〔『穿』字衍〕，仰天长啸快〔『快』字衍〕，壮怀激烈。三十功名尘与土，八千里路月〔云〕和云〔月〕。莫等闲，白了少年头，空怨〔悲〕切。

受课细目：算术（连环比例）、地理（语言文字）、讲经、英文（文法）

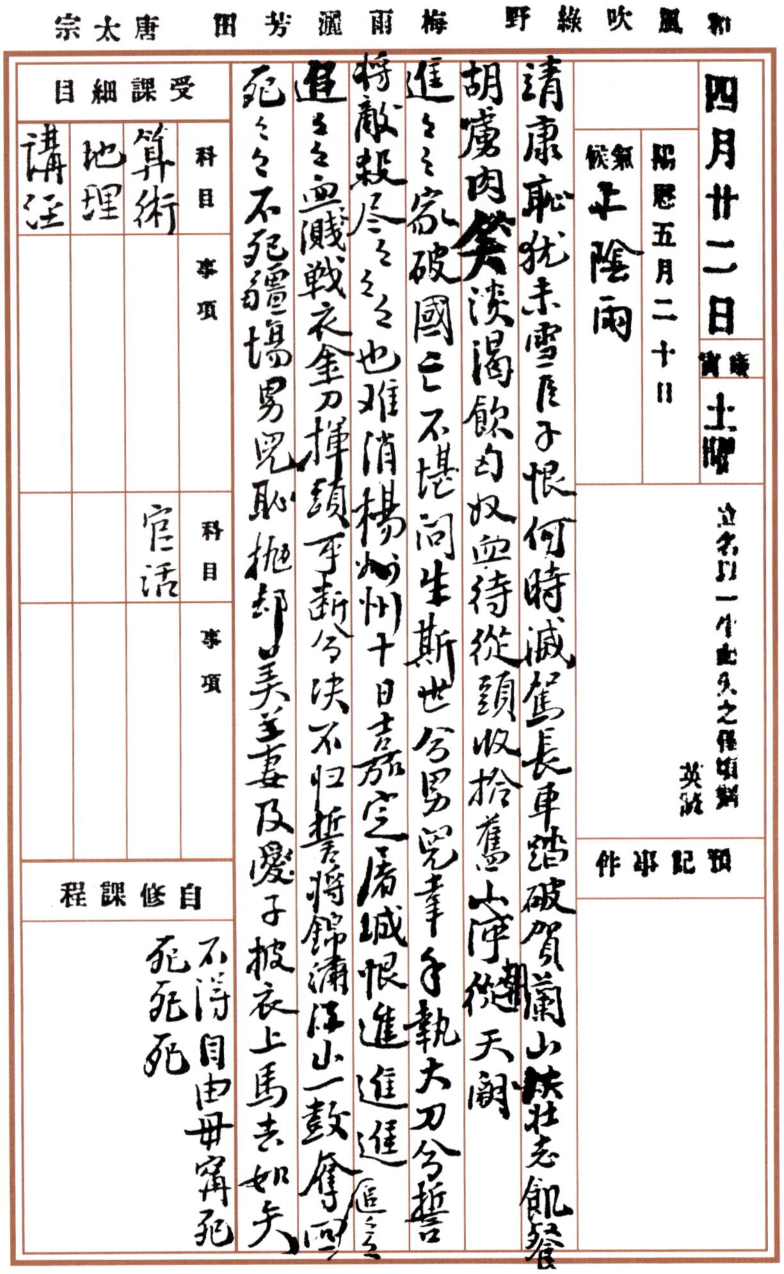

四月廿二日（阳历五月二十日）　阴雨

靖康耻，犹未雪，臣子恨，何时灭。驾长车踏破贺兰山缺。壮志饥餐胡虏肉，笑谈渴饮匈奴血。待从头收拾旧山河，朝天阙。

进进进，家破国亡不堪问。生斯世兮男儿幸，手执大刀兮，誓将敌尽杀。尽尽尽，也难消扬州十日、嘉定屠城恨，进进进。

追追追，血溅战衣金刀挥，头可断兮决不归。誓将锦绣江山一鼓夺回，追追追。

死死死，不死疆场男儿耻，抛却美妻及爱子，披衣上马去如矢，不得自由毋宁死，死死死。

受课细目：算术、地理、讲经、官话

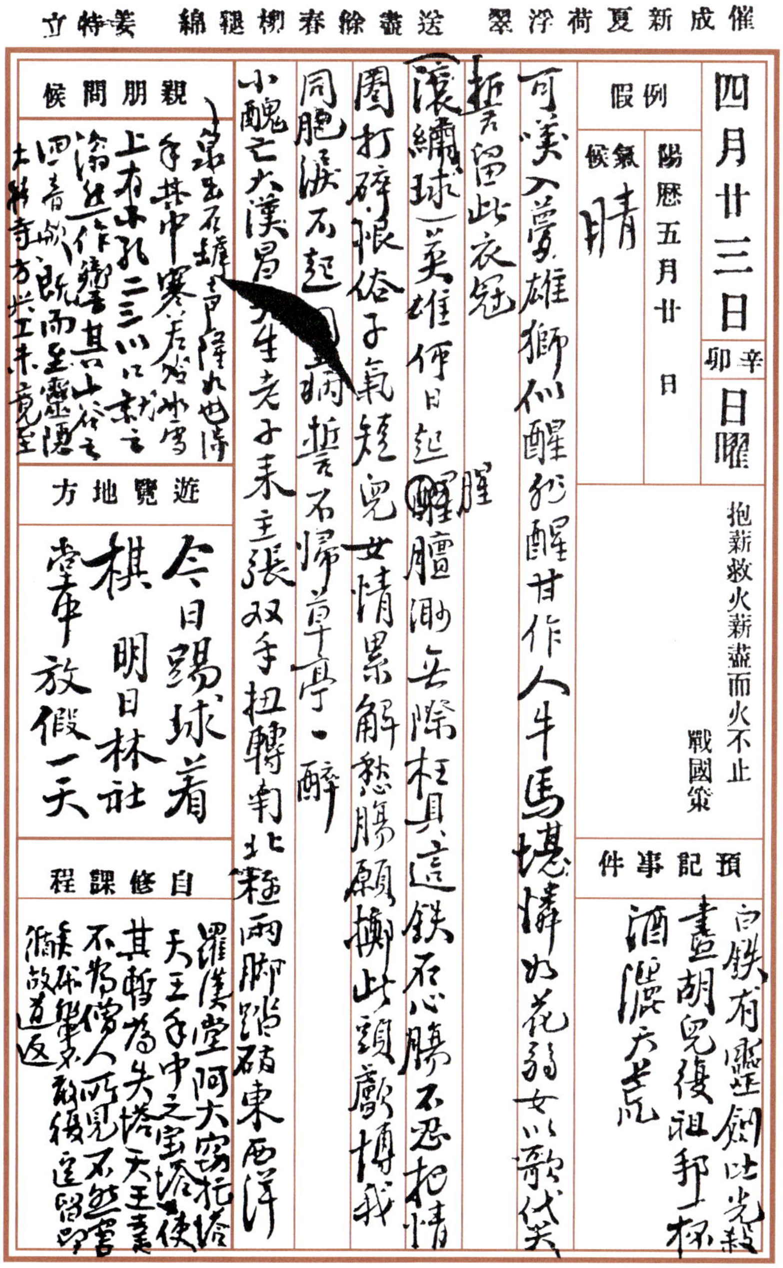
催成新夏荷浮翠　送盡餘春柳颺綿　姜特立

四月廿三日　辛卯　日曜

例假　陽歷五月廿一日

氣候　晴

可嘆入夢，雄獅似醒非醒，甘作人牛馬。堪憐如花弱女，以歌代笑，誓留此衣冠。

（滚繡球）英雄何日起腥膻，渺無際，枉具這鐵石心腸，不忍把情圈打碎。恨俗子氣短，兒女情累。解愁腸，願擲此頭顱，博我同胞淚。不起國病誓不歸，草亭一醉。

小醜亡，大漢昌。天生老子來主張，雙手扭轉南北極，兩脚踏破東西洋

抱薪救火薪盡而火不止　戰國策

預記事件

白鐵有靈劍比光，殺盡胡兒復祖邦。一杯酒，酒天荒

親朋問候

遊覽地方

今日踢球，着棋。明日林社，堂中放假一天

自修課程

四月廿三日（阳历五月廿一日）　晴

可叹入梦，雄狮似醒非醒，甘作人牛马。堪怜如花弱女，以歌代笑，誓留此衣冠。

【滚绣球】英雄何日起腥膻，渺无际，枉具这铁石心肠，不忍把情圈打碎。恨俗子气短，儿女情累。解愁肠，愿掷此头颅，博我同胞泪。不起国病誓不归，草亭一醉。

小丑亡，大汉昌。天生老子来主张，双手扭转南北极，两脚踏破东西洋，白铁有灵剑比光，杀尽胡儿复祖邦。一杯酒，洒天荒。

今日踢球，着棋。明日林社，堂中放假一天。

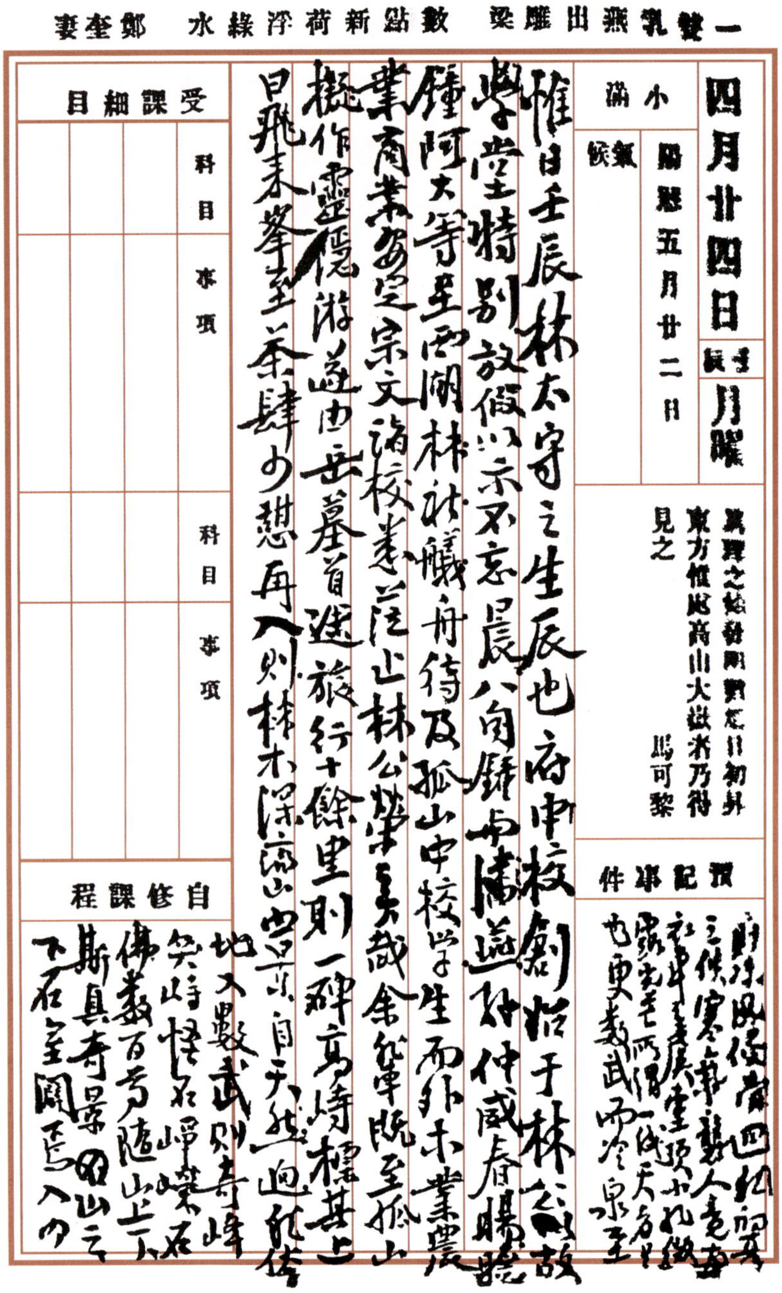

四月廿四日（阳历五月廿二日）

惟日壬辰，林太守之生辰也。府中校创始于林公，故学堂特别放假，以示不忘。晨八句钟与燕孙、仲威、春旸、晓钟、阿大等至西湖，林社舣舟待。及孤山，中校学生而外，木业、农业、商业、安定、宗文诸校悉莅止。林公荣矣哉。余辈既至孤山，拟作灵隐游，遂由岳墓首途，旅行十馀里，则一碑高峙，标其上曰『飞来峰』。至茶肆少憩，再入则林木深峦，景自天然，迥非俗地。又数武，则奇峰突峙，怪石峥嵘，石佛数百尊，随山上下，斯真奇景。山之下，石室辟焉，入内则凉风侵骨，迥非初夏之侯，寒气袭人，竟有衣单之虞。台顶小孔，微露光芒，所谓『一线天』者是也。更数武而冷泉至，（注：下连至上一页）

泉出石罅，声隆如也，涉手其中，寒若冰雪。上有小孔二三，以口就之，滃然作响，其山谷之回音欤。既而至灵隐大精寺，方兴工未竟，至罗汉堂，阿大窃托塔天王手中之宝塔，使其暂为失塔天王。幸不为僧人所见，不然窘矣。余辈不敢复逗留，既循故道返。

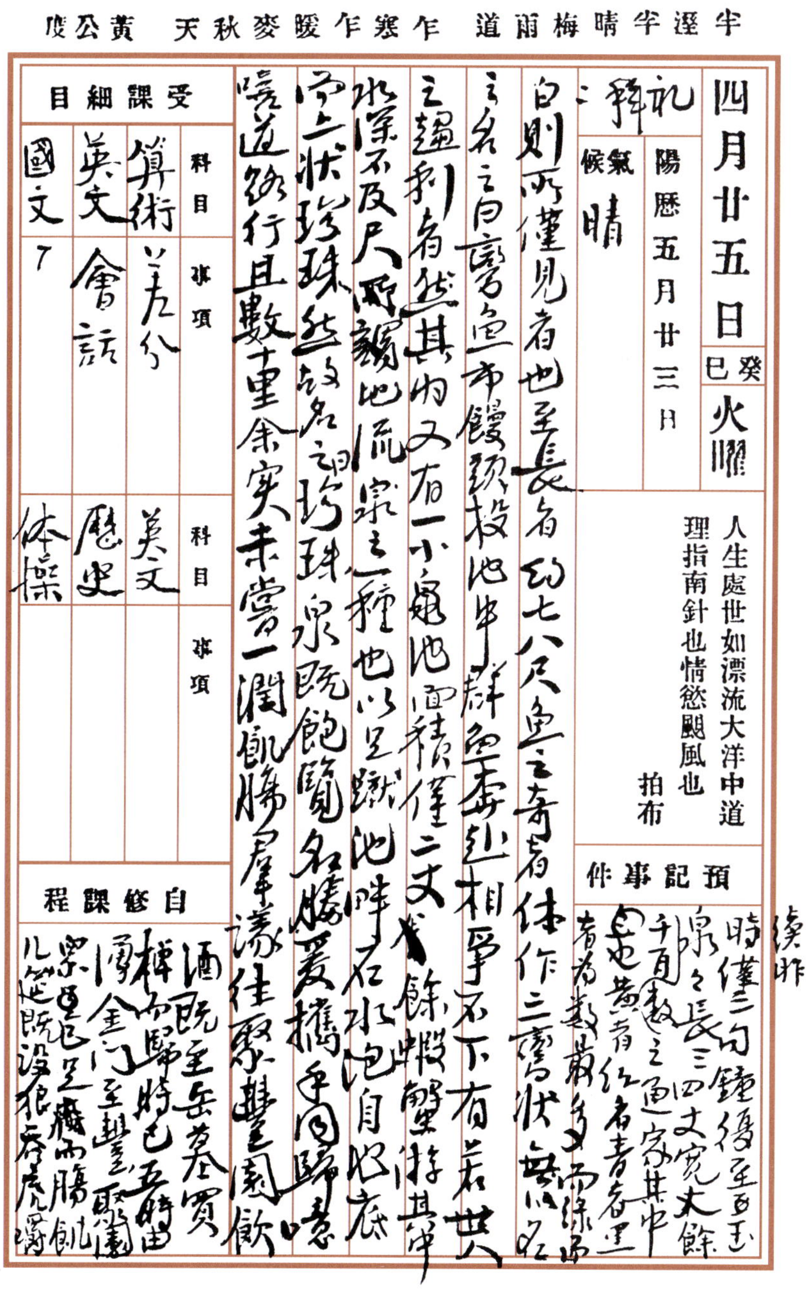
半溼半晴梅雨道　乍寒乍暖麥秋天　黃公度

四月廿五日 癸巳 火曜

礼拜二

陽歷五月廿三日

氣候 晴

人生處世如漂流大洋中道理指南針也情慾颶風也　拍布

預記事件

續昨

時僅三句鐘復至玉泉泉之長三四丈寬丈餘數千百之魚家其中也黃者紅者青者黑者為數最多而綠

白則所僅見者也至長者約七八尺魚之奇者體作三彎狀無以名之名之曰彎魚市饅頭投池中群魚奔赴相爭不下有若世人之趨利者然其內又有一小池面積僅二丈餘蝦蟹游其中水深不及尺地流泉之一種也以足蹴池畔石水泡自地底而上狀珍珠然故名之曰珍珠泉既飽覽名勝爰攜手同歸噫嘻卜道路行且數十里余實未嘗一潤飢腸群議往聚豐園飲

自修課程

酒既至岳墓買棹而歸時已五時由湧金門至聚豐園眾已足痛而腸飢幾筵既設狼吞虎嚼

受課細目

科目	事項	科目	事項
算術	差分	英文	
英文	會話	歷史	
國文	7	體操	

四月廿五日（阳历五月廿三日）礼拜二　晴

续昨（续上一页）时仅三句钟，复至玉泉。泉长三四丈，宽丈馀。数千百之鱼家其中也。黄者、红者、青者、黑者为数最多，而绿、而白则所仅见者也。至长者约七八尺。鱼之奇者，体作三弯状，无以名之，名之曰弯鱼。市馒头投池中，群鱼奔赴，相争不下，有若世人之趋利者然。其内又有一小池，面积仅二丈馀，虾蟹游其中，水深不及尺，地流泉之一种也。以足蹴池畔石，水泡自地底而上，状珍珠然，故名之曰『珍珠泉』。既饱览名胜，爰携手同归。噫嘻，卜道路行且数十里，余实未尝一润饥肠，群议往聚丰园饮酒。既至岳墓，买棹而归，时已五时，由涌金门至丰聚〔聚丰〕园，众已足痛而肠饥，几筵既设，狼吞虎嚼。（续下一页预记事件处）噫嘻，今日之游畅矣哉。

受课细目：算术（差分）、英文（会话）、国文、英文、历史、体操。

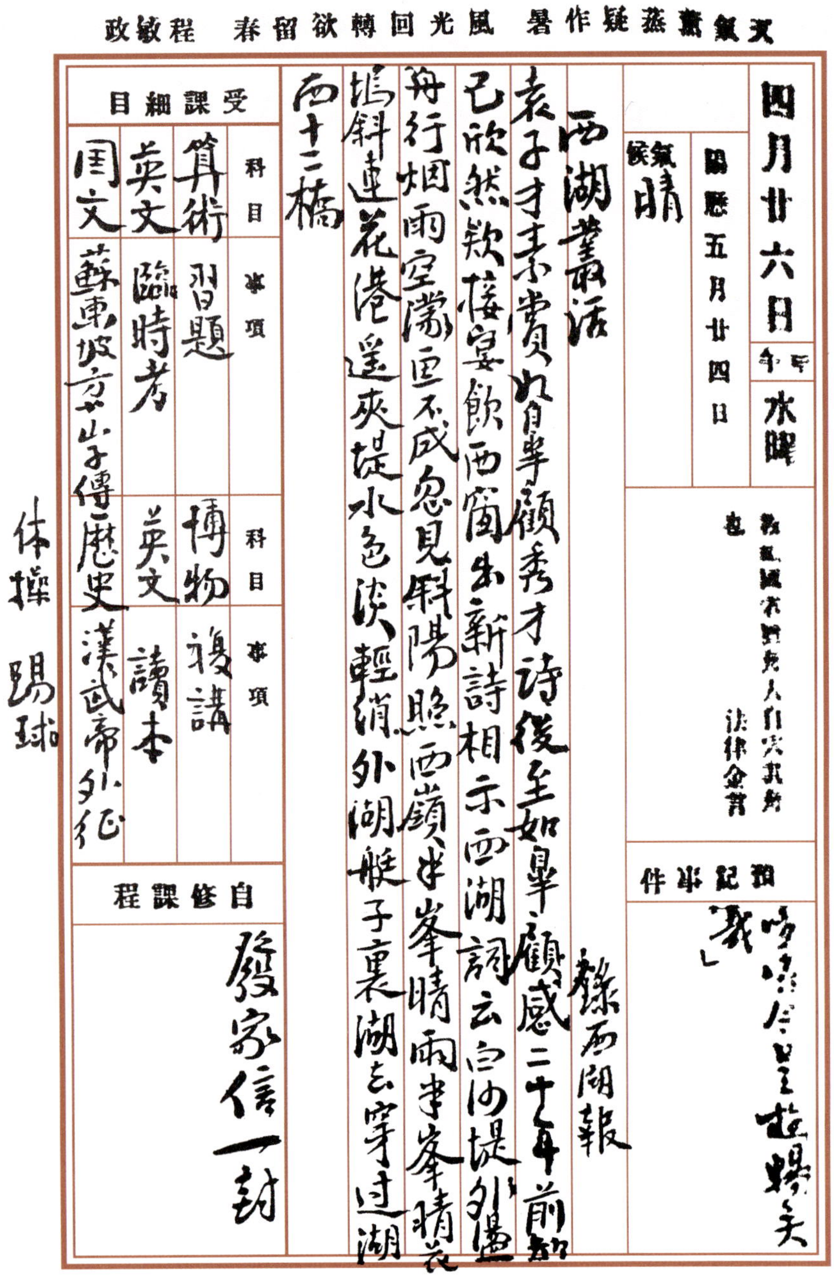

四月廿六日（阳历五月廿四日）　晴

西湖丛话（录《西湖报》）

袁子才素赏如皋顾秀才诗。后至如皋，顾感二十年前知已，欣然款接，宴饮西窗，出新诗相示，《西湖》词云：『白沙堤外荡舟行，烟雨空濛画不成。忽见斜阳照西岭，半峰晴雨半峰晴。花坞斜连花港遥，夹堤水色淡轻绡。外湖艇子里湖去，穿过湖西十二桥』。

受课细目：算术（习题）、英文（临时考）、国文（苏东坡《方山子传》）、博物（复讲）、英文（读本）、历史（汉武帝外征）、体操（踢球）。

自修课程：发家信一封。

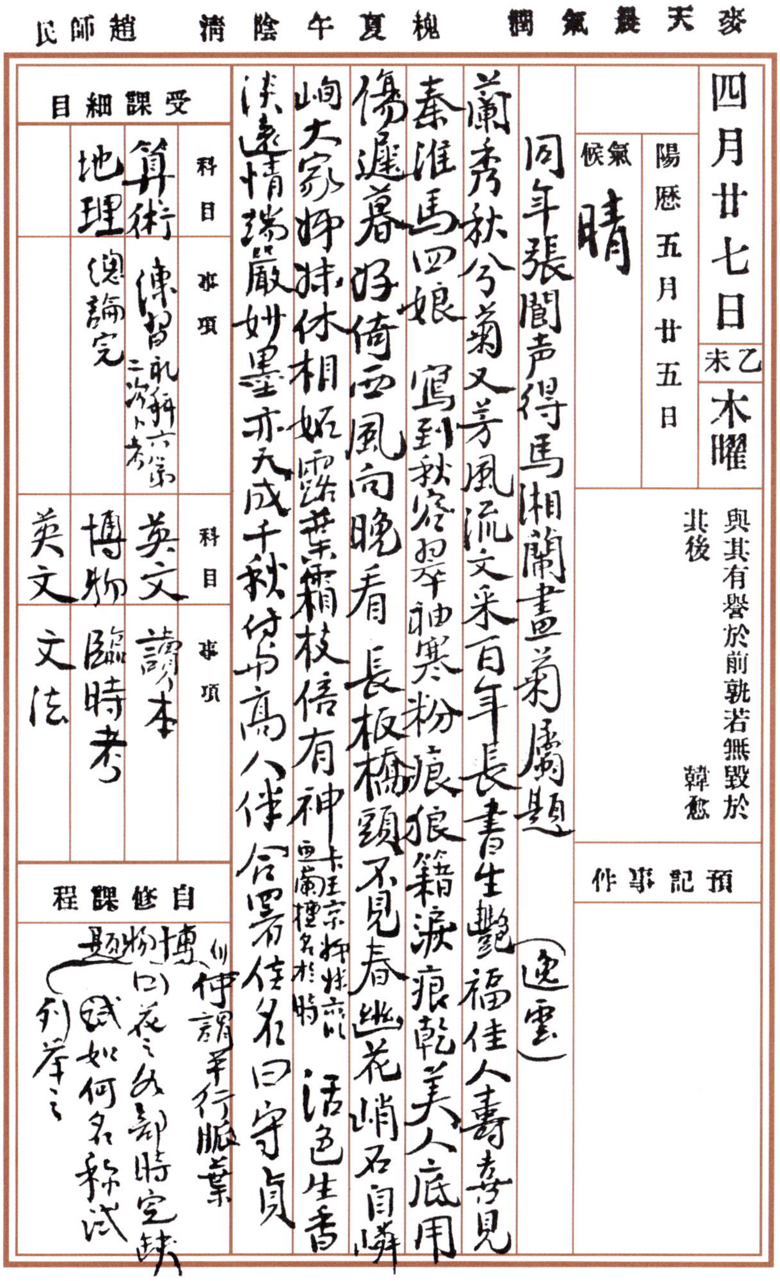

四月廿七日（阳历五月廿五日）　晴

同年张阆声得马湘兰画菊属题（逸云）

兰秀秋兮菊又芳，风流文采百年长。书生艳福佳人寿，喜见秦淮马四娘。写到秋容翠袖寒，粉痕狼藉泪痕干。美人底用伤迟暮，好倚西风向晚看。长板桥头不见春，幽花峭石自嶙峋。大家姐妹休相妒，露叶霜枝倍有神（卞玉京姊妹亦以画兰擅名于时）。活色生香淡远情，瑞严妙墨亦天成。千秋付与高人伴，合署佳名曰『守贞』。

受课细目：算术（练习礼拜六第二次小考）、地理（总论完）、英文（读本）、博物（临时考）、英文（文法）。

自修课程：博物题（1）何谓平行脉叶（2）花之各部时完缺如何名称试列举之。

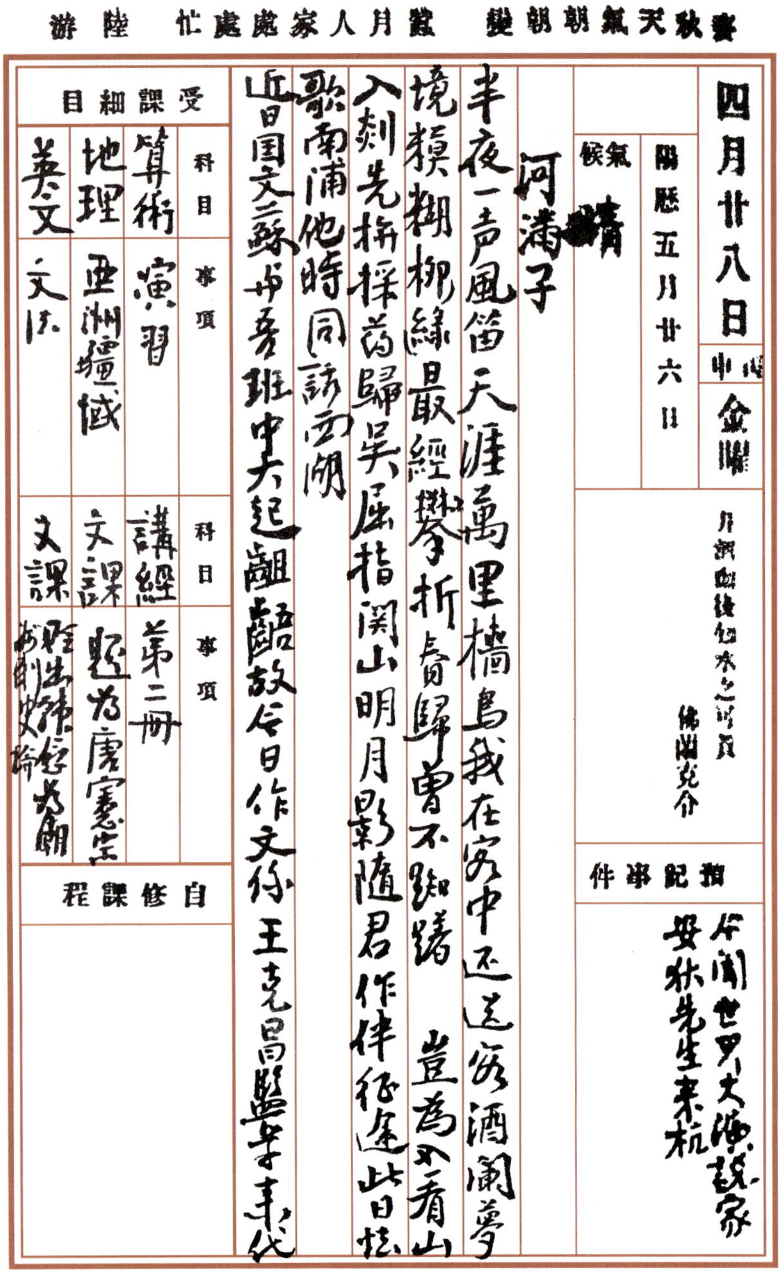

四月廿八日（阳历五月廿六日）　晴

河满子

半夜一声风笛，天涯万里樯乌，我在客中还送客，酒阑梦境模糊，柳绿最经攀折，春归曾不踟躇。

岂为看山入剡，先拚采药归吴，屈指关山明月影，随君作伴征途，此日怯歌南浦，他时同访西湖。

近日国文苏与吾班中大起龃龉，故今日作文系王克昌监学来代。

预记事件：今闻世界大演说家安狄先生来杭。

受课细目：算术（演习）、地理（亚洲疆域）、英文（文法）、讲经（第二册）、文课（题为《唐宪宗》）、文课（《贬出韩愈为潮州刺史论》）。

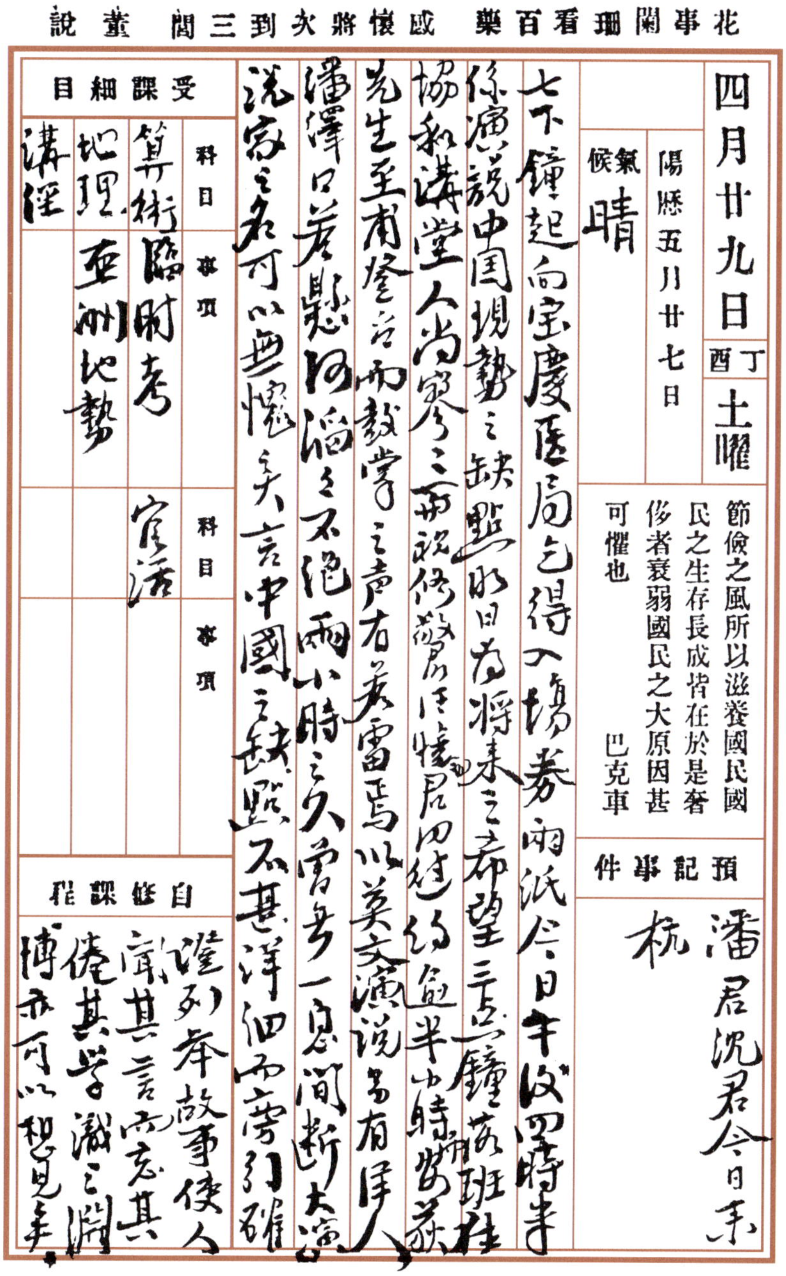
花事闌珊看百藥　感懷將次到三閭　畫說

四月廿九日　丁酉　土曜

陽歷五月廿七日

氣候　晴

節儉之風所以滋養國民國民之生存長成皆在於是奢侈者衰弱國民之大原因甚可懼也　巴克車

預記事件　潘君沈君今日来杭

受課細目　科目　算術　臨時考　地理　亞洲地勢　講經　官話

自修課程

七下鐘起向宝慶医局乞得入場券兩紙今日午后四時半係演說中国現勢之缺點明日為將来之希望三点鐘落班往協和講堂人尚寥寥（與祝修敬君汪曉初君同往）約逾半小時而安蓀先生至甫登台而鼓掌之声有若雷焉以英文演說另有洋人翻譯口若懸河滔滔不絕兩小時之久曾無一息間斷大演說家之名可以無愧矣言中國之缺點不甚詳細而旁引確證列舉故事使人聞其言而忘其倦其學識之淵博亦可以想見矣

四月廿九日（阳历五月廿七日）　晴

七下钟起。向宝庆医局乞得入场券两纸。今日午后四时半系演说『中国现势之缺点』。明日为『将来之希望』。三点钟落班，往协和堂，人尚寥寥。（与祝修敬君、汪晓初君同往）约逾半小时，而安荪先生至，甫登台而鼓掌之声有若雷焉。以英文演说，另有洋人翻译。口若悬河，滔滔不绝，两小时之久曾无一息间断。大演说家之名可以无愧矣。言中国之缺点，不甚详细，而旁引确证，列举故事，使人闻其言而忘其倦。其学识之渊博亦可以想见矣。

预记事件：潘君、沈君今日来杭。

受课细目：算术（临时考）、地理（亚洲地势）、讲经、官话

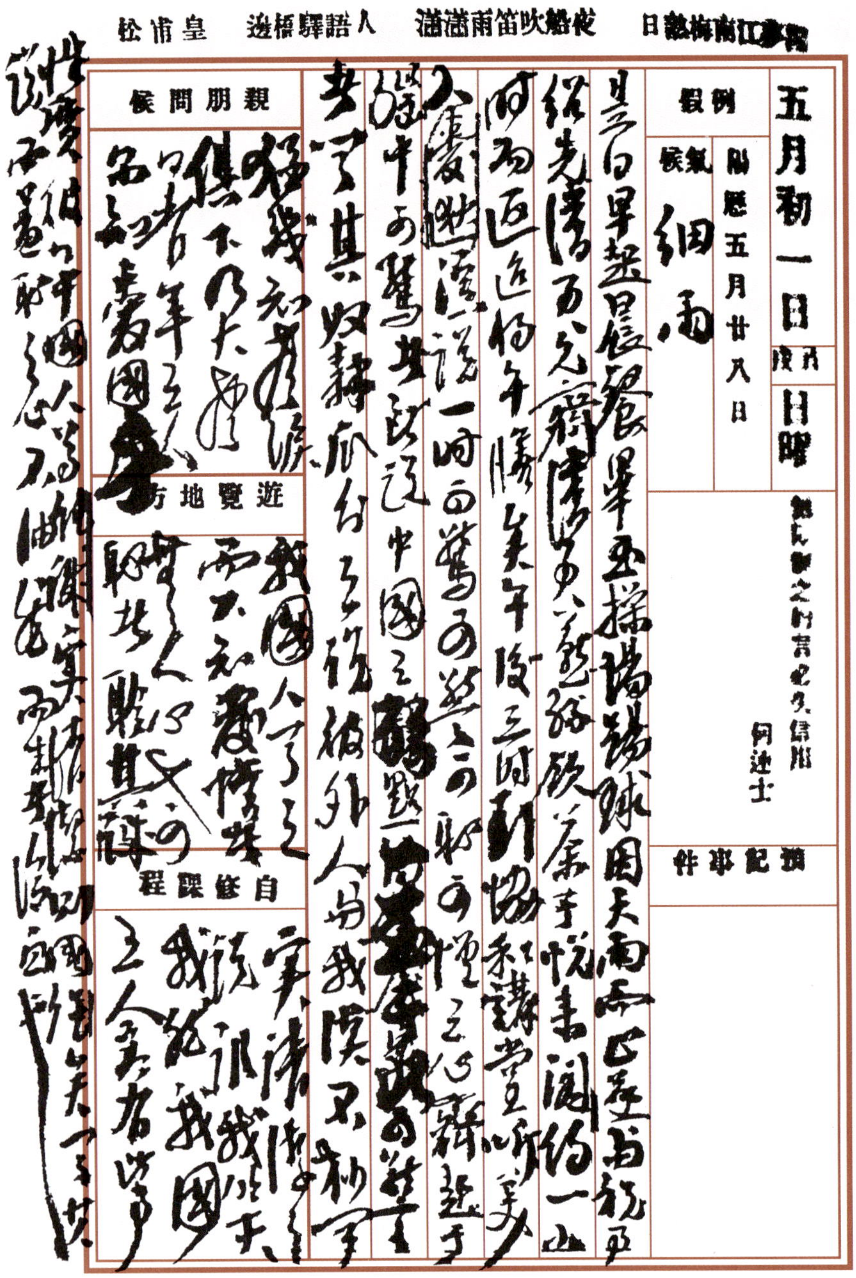

五月初一日（阳历五月廿八日）　细雨

是日早起。晨餐毕，至操场踢球，因天雨而止。遂与祝君绍先、潘君允斋、潘君燕孙饮茶於悦来阁，约一小时而返，迨将午膳矣。午后三时，到协和讲堂，听美人唛逖演说，一时可惊、可警、可耻、可憎之心齐起於脑中。可惊者，听说中国之弱点，一至于此；可警者，闻其奴隶瓜分之说，彼外人与我漠不相关，犹几知声泪俱下，乃大声曰，青年之人，尔知爱国乎？我国人闻之而不知发愤者，无人心也；可耻者，聆其诚实清洁之说，讥我笑我，然我国之人奚有此事性质？彼以中国人尊德、诚实、清洁则国强矣。闻其说而羞耻之心不油然而生者，冷血也；

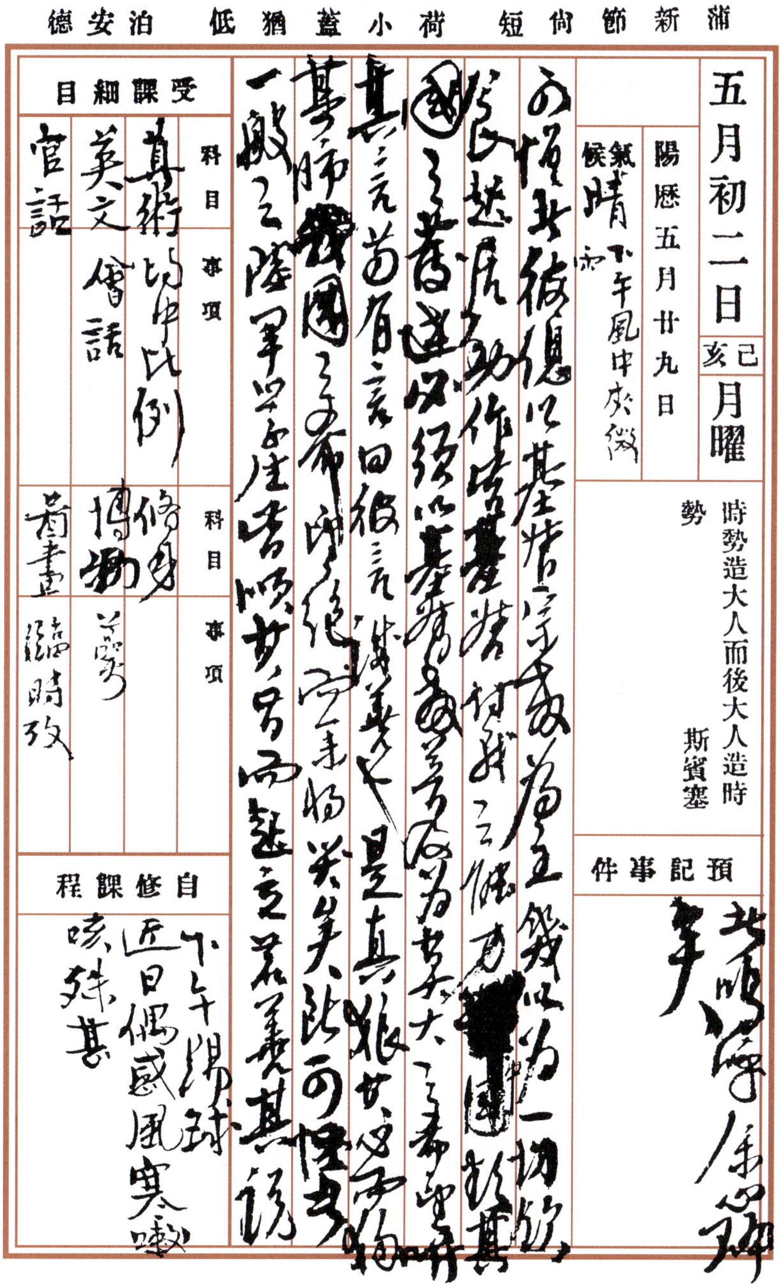

五月初二日（阳历五月廿九日） 晴下午风中夹微雨

可憎者，彼总以基督宗教为主，几以为一切饮食、起居、动作皆基督付我之能力。中国欲其国之发达，必须以基督教普及为莫大之希望。听其言，苟有言曰，彼言诚善也，是真狼其心而狗其肺，我国之希望绝而余将哭矣；所可怪者，一般之陆军学生皆顺其旨而起立，若善其说者，呜呼，余心碎矣。

自修课程：下午踢球。近日偶感风寒，咳嗽殊甚。

受课细目：算术（均中比例）、英文（会话）、官话、修身、博物（花）、图画（临时考）。

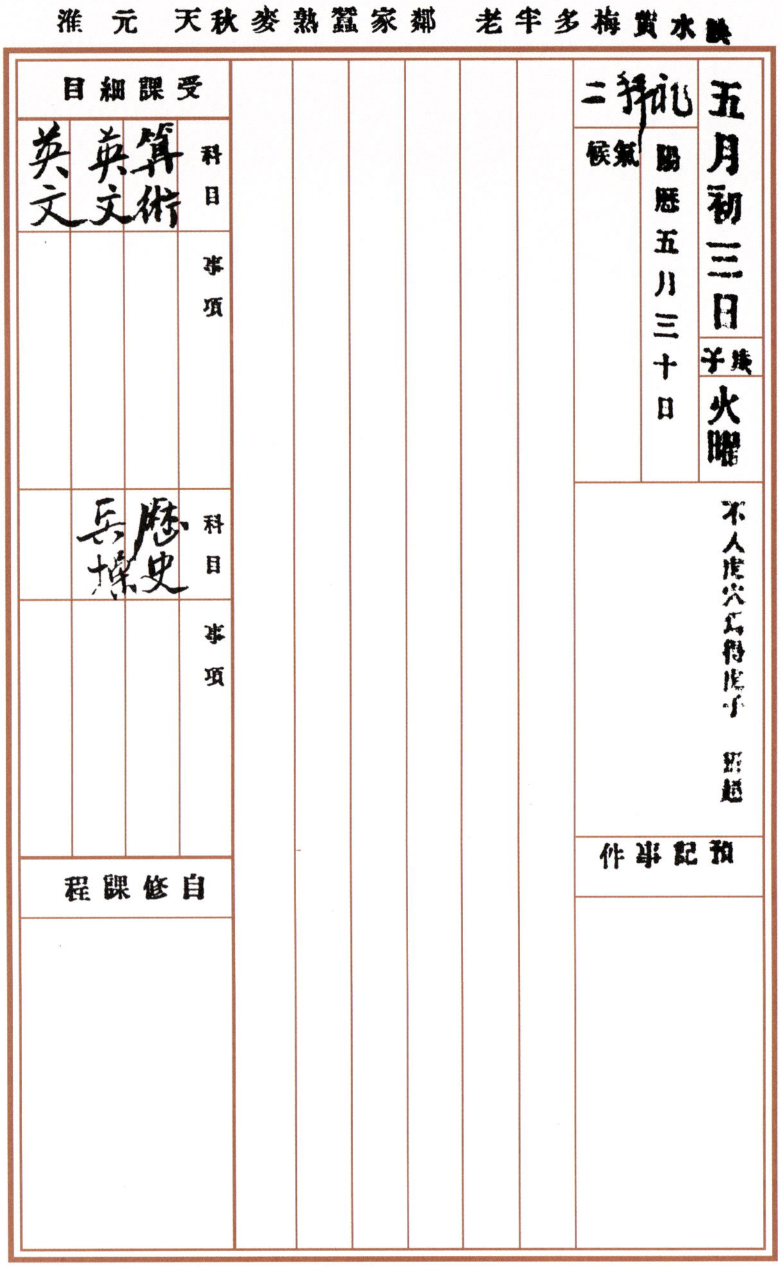

五月初三日（阳历五月三十日）礼拜二

受课细目：算术、英文、英文、历史、兵操。

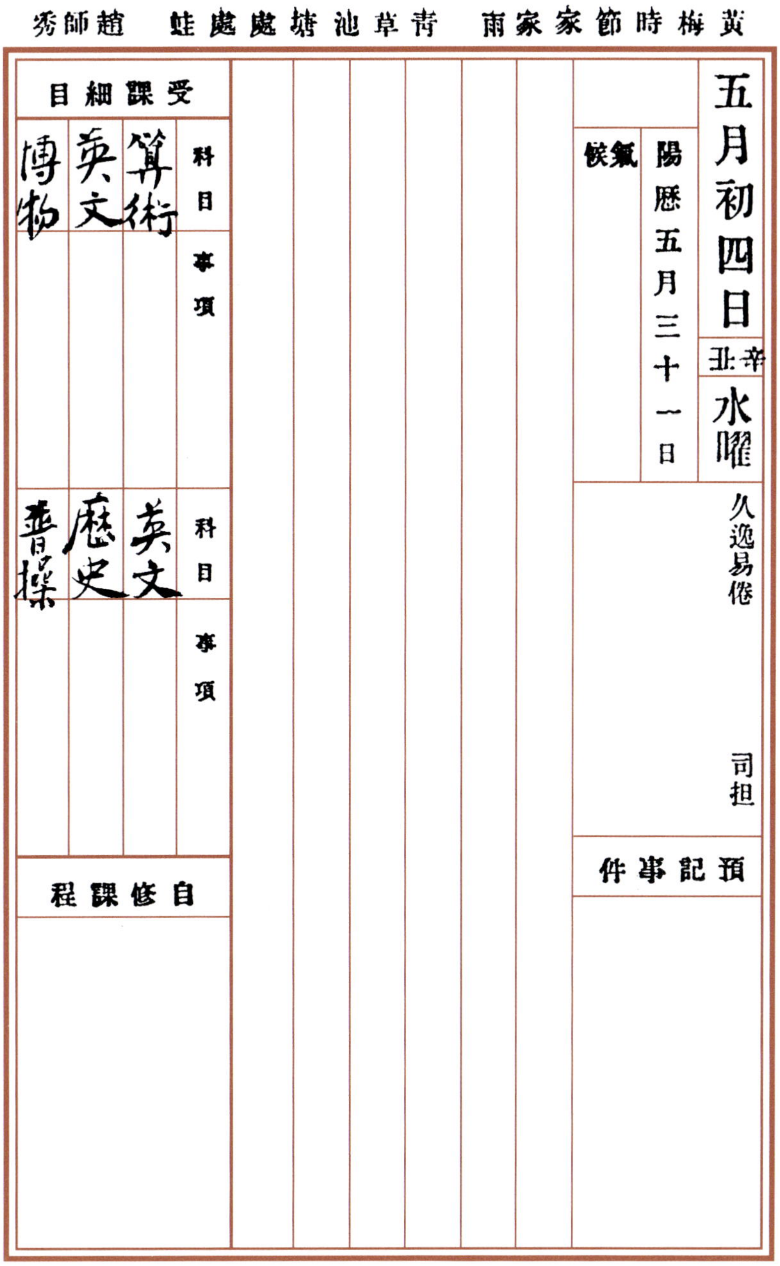
黃梅時節家家雨　青草池塘處處蛙　趙師秀

五月初四日　辛丑　水曜

陽歷五月三十一日

氣候

久逸易倦　司担

預記事件

受課細目

科目	事項
算術	
英文	
博物	

科目	事項
英文	
歷史	
普操	

自修課程

五月初四日（阳历五月三十一日）

受课细目：算术、英文、博物、英文、历史、普操

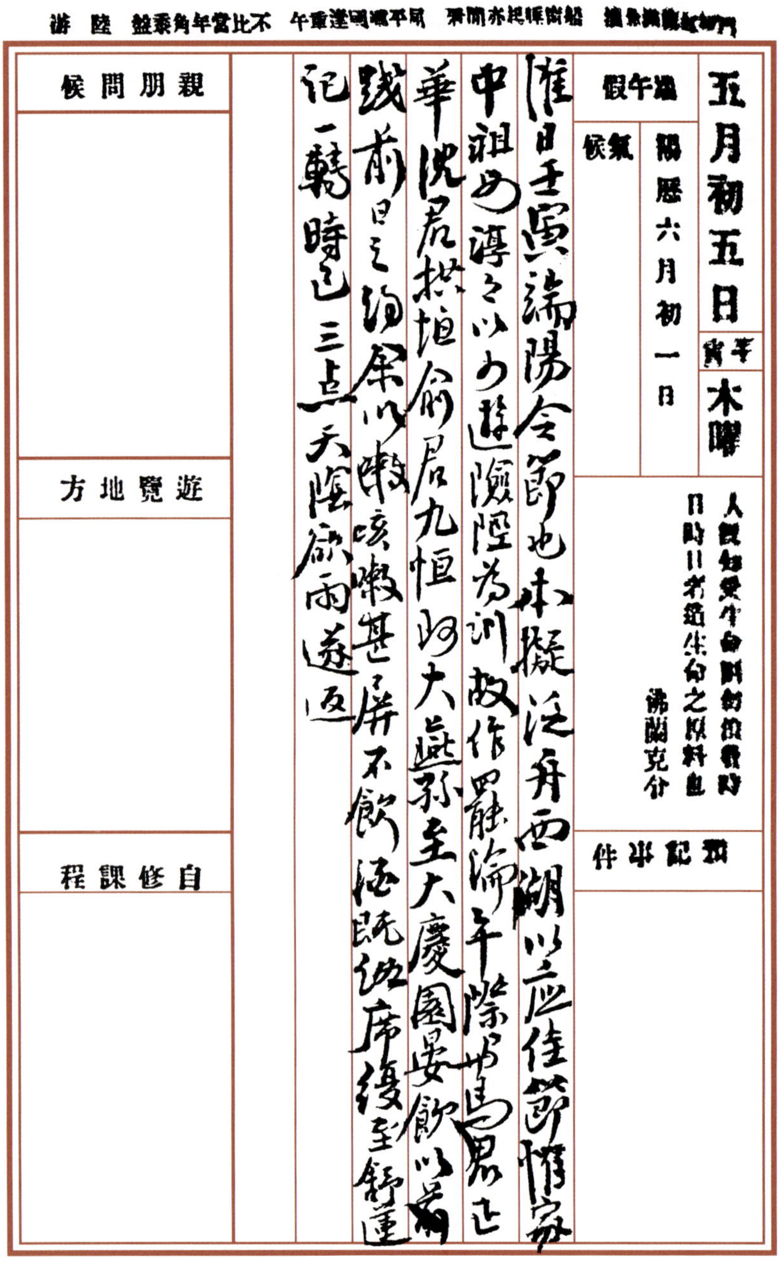

五月初五日（阳历六月初一日）

惟日壬寅，端阳令节也。本拟泛舟西湖，以应佳节，惟家中祖母谆谆以少游险陉为训，故作罢论。午际与马君正华、沈君拱垣、俞君九恒、阿大、燕孙至大庆园晏〔宴〕饮，以践前日之约。余以咳嗽甚，屏不饮酒。既终席，复至舒莲记一转。时已三点，天阴欲雨，遂返。

想得薰風端午後　荷花世界柳絲鄉　楊萬里

五月初六日　癸卯　金曜

陽歷六月初二日

氣候：雨

戰時當爲平時之事平時當爲戰時之事　彼得

預記事件

受課細目

科目：算術　英文　地理

事項

科目：講經

事項

自修課程

五月初六日（阳历六月初二日）　雨

受课细目：算术、英文、地理、讲经

事簡三日蕭蕭雨　又展芭蕉數尺陰　陸游

五月初七日

干支　土曜

陽歷六月初三日

氣候　晴

大事小事不論皆記　要錄

預記事件

受課細目

科目	算術	地理	講經
事項			
科目	官話		
事項			

自修課程

五月初七日（阳历六月初三日）　晴

受课细目：算术、地理、讲经、官话。

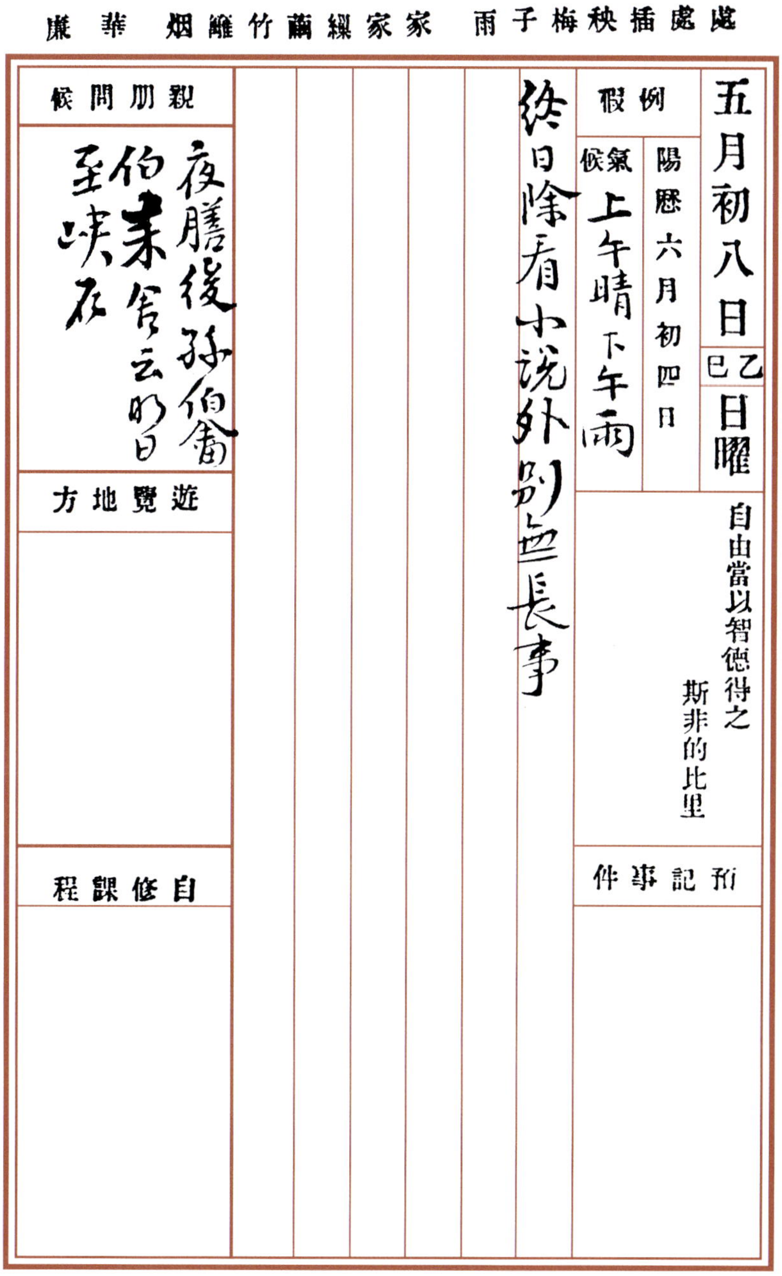
處處插秧梅子雨　家家繅繭竹籬烟　華　廉
五月初八日　乙巳　日曜
例假
陽曆六月初四日
氣候　上午晴　下午雨
自由當以智德得之　斯非的比里
預記事件
終日除看小說外別無長事
親朋問候
夜膳後孫伯畬伯來舍云明日至硤石
遊覽地方
自修課程

五月初八日（阳历六月初四日）　上午晴　下午雨

终日除看小说外，别无长事。

亲朋问候：夜膳后孙伯畬伯来舍，云明日至硖石。

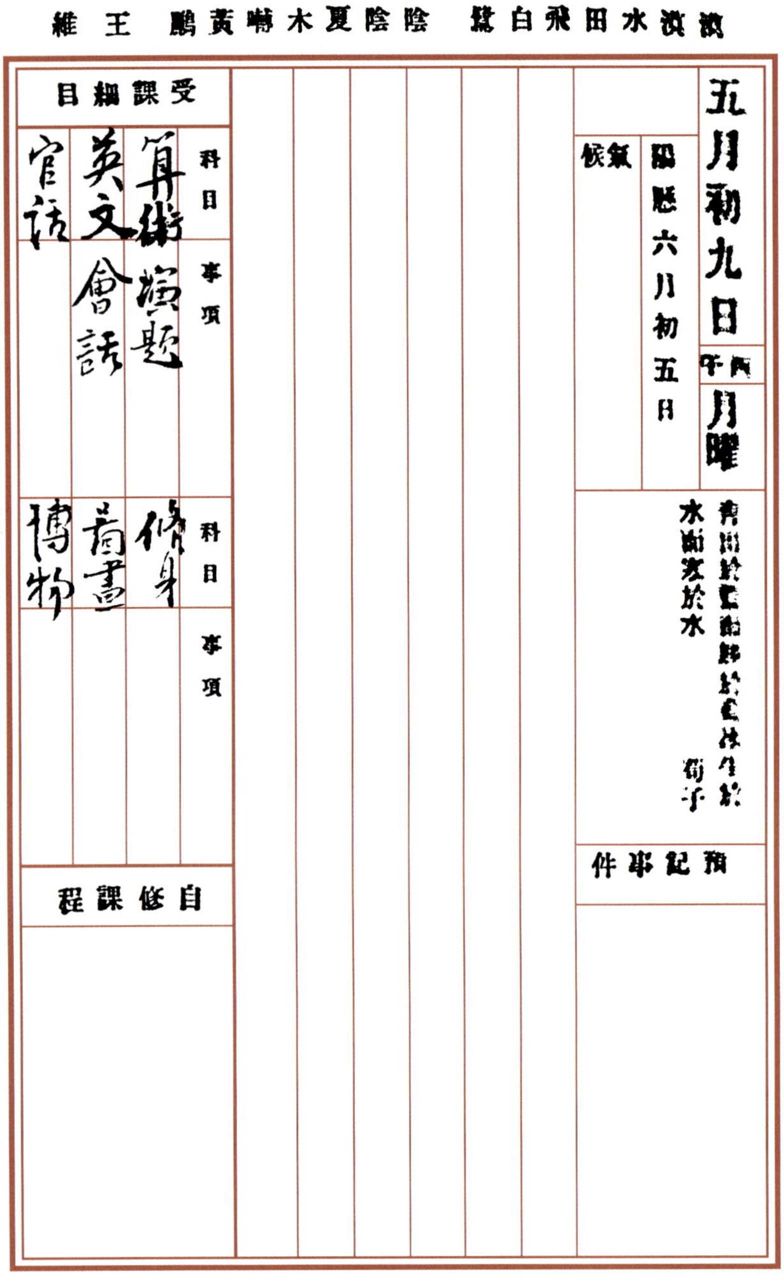

五月初九日（阳历六月初五日）

受课细目：算术（演题）、英文（会话）、官话、修身、图画、博物

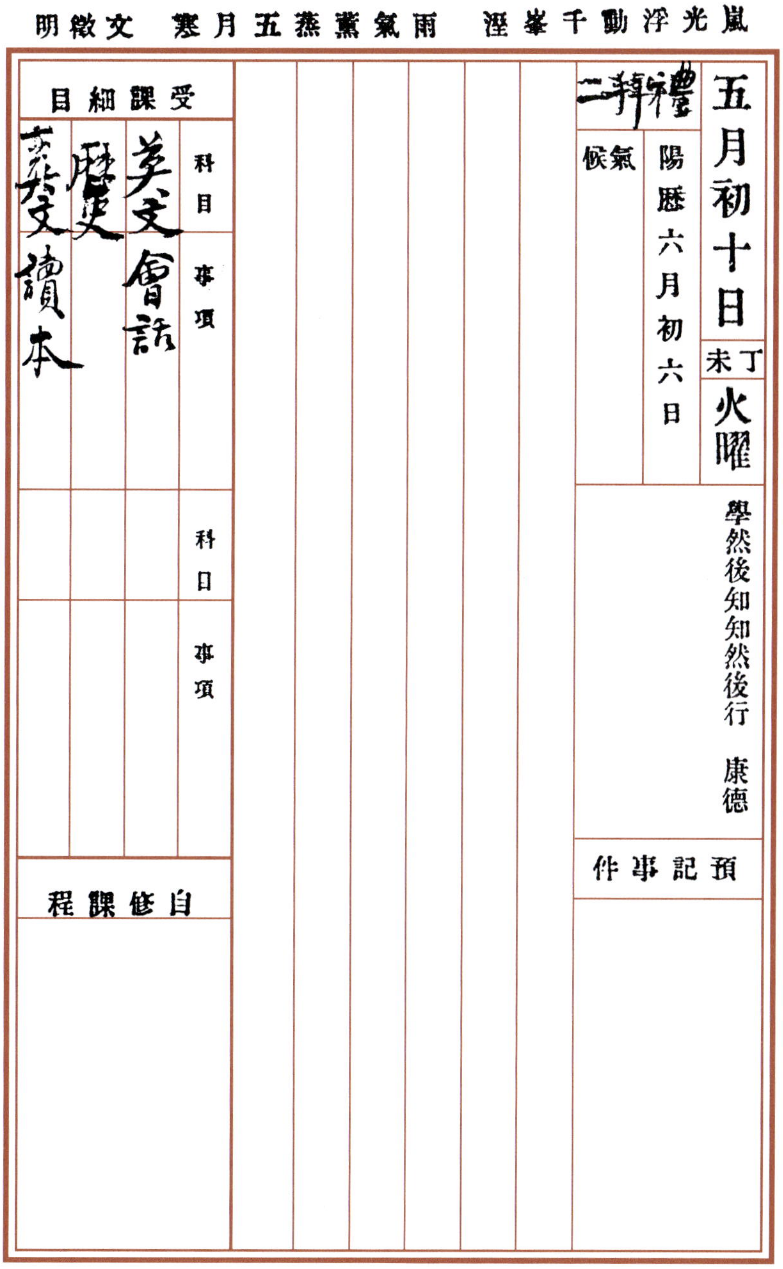

嵐光浮動千峯溼　雨氣薰蒸五月寒　文徵明

五月初十日　丁未　火曜　禮拜二

陽歷六月初六日　氣候

學然後知知然後行　康德

預記事件

受課細目

科目	事項
英文	會話
歷史	
英文	讀本

自修課程

五月初十日（阳历六月初六日）礼拜二

受课细目：英文（会话）、历史、英文（读本）

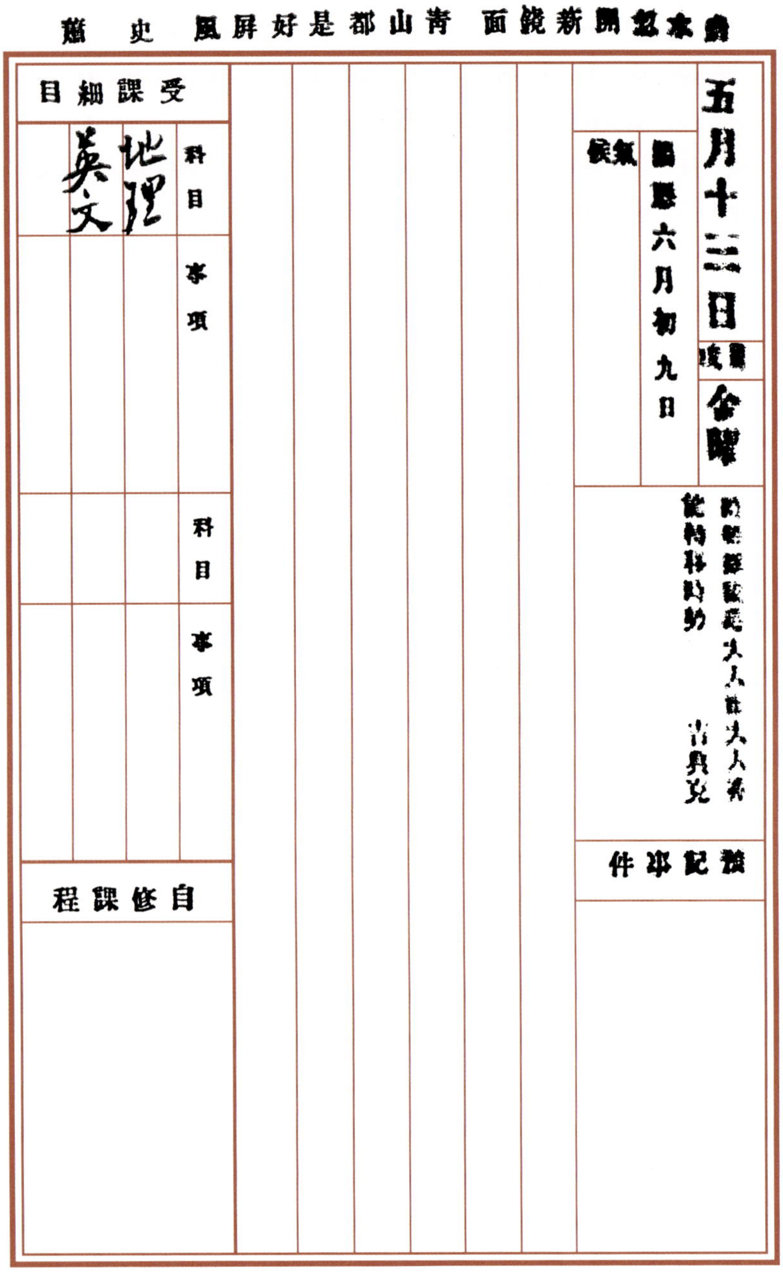

五月十三日（阳历六月初九日）

受课细目：地理、英文

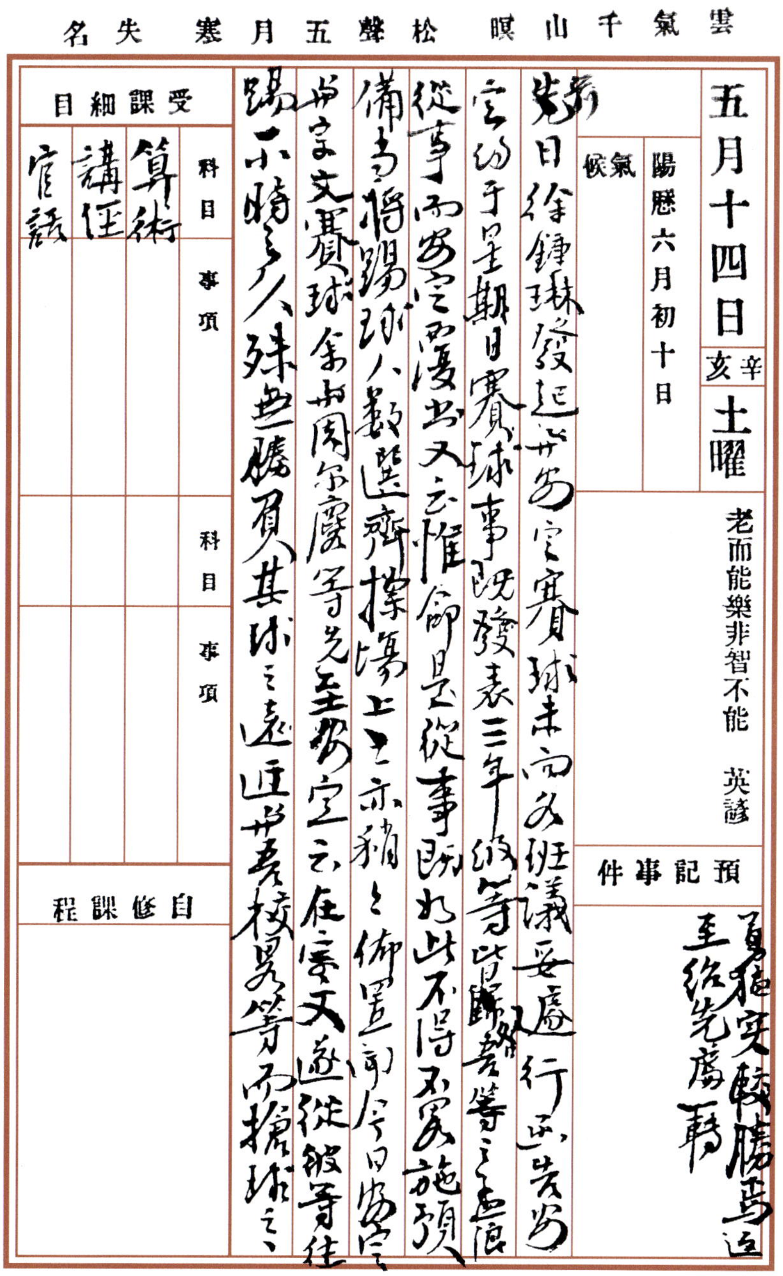

雲氣千山暝 松聲五月寒 失名

五月十四日 辛亥 土曜

陽歷六月初十日

氣候

老而能樂非智不能 英諺

前日徐鍾琳發起與安定賽球，未向各班議妥，遽行函告安定，約于星期日賽球。事既發表，三年級等皆咎吾等之孟浪從事。而安定覆書又云惟命是從。事既如此，不得不略施預備。當將踢球人數選齊，操場上亦稍稍佈置。聞今日安定與宗文賽球，余與周爾麐等先至安定，云在宗文，遂從彼等往。踢一小時之久，殊無勝負。其球之遠近與吾校略等，而搶球之勇猛實較勝焉。

預記事件

返至紹先處一轉。

受課細目

科目	事項
算術	
講經	
官話	

自修課程

五月十四日（阳历六月初十日）

前日徐钟琳发起与安定赛球，未向各班议妥，遽行函告安定，约于星期日赛球。事既发表，三年级等皆咎吾等之孟浪从事。而安定覆书又云惟命是从。事既如此，不得不略施预备。当将踢球人数选齐，操场上亦稍稍布置。闻今日安定与宗文赛球，余与周尔麐等先至安定，云在宗文，遂从彼等往。踢一小时之久，殊无胜负。其球之远近与吾校略等，而抢球之勇猛实较胜焉。返至绍先处一转。

受课细目：算术、讲经、官话

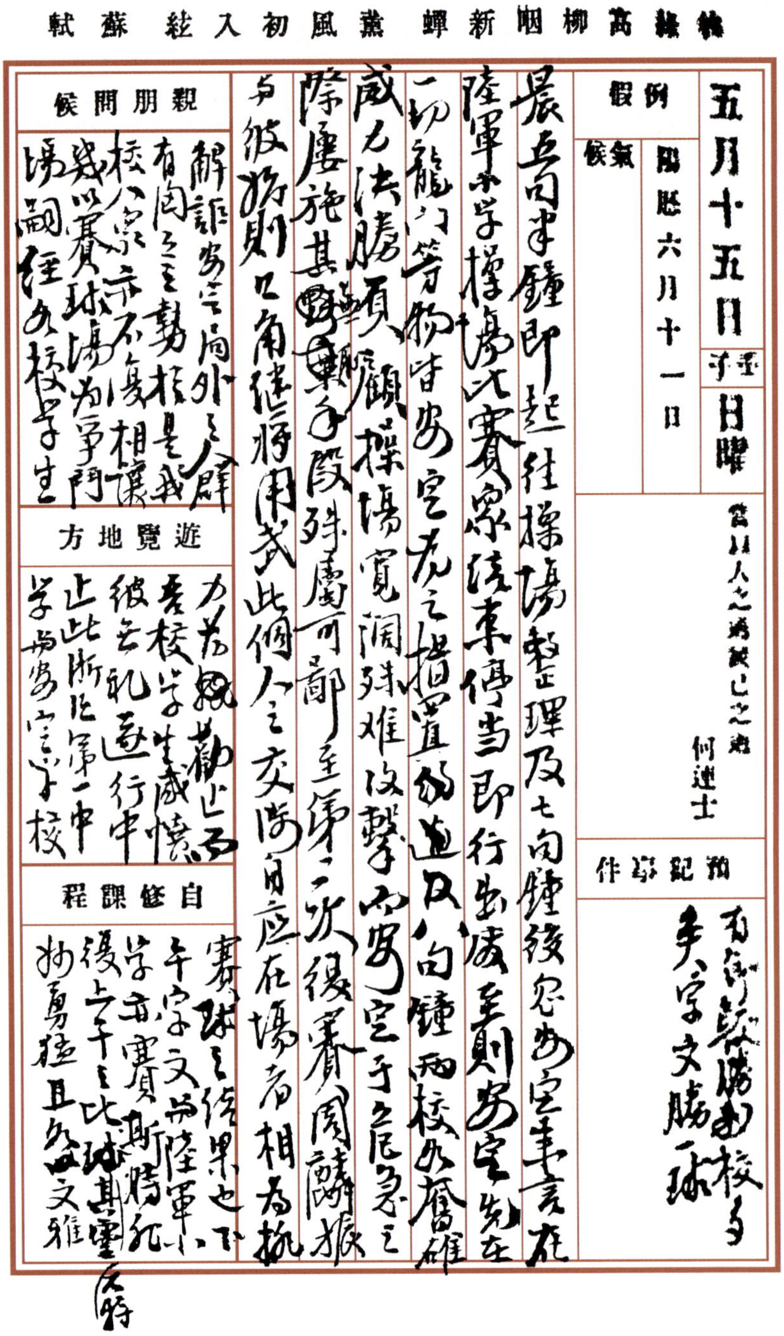

五月十五日（阳历六月十一日）

晨五句钟即起，往操场整理。及七句钟后，忽安定来言，在陆军小学操场比赛。众结束停当，即行出发。至则安定先在，一切龙门等物皆安定为之措置。八句钟两校各奋雄威，力决胜负。顾操场宽阔，殊难攻击，而安定于危急之际屡施其无耻手段，殊属可鄙。至第二次复赛，周麟振与彼始则口角，继将用武，此个人之交涉，自应在场者，相为排解。讵安定局外之人群有汹汹之势，於是我校人众亦不复相让，几以赛球场为争斗场。嗣经各校学生力为劝止，而吾校学生感愤彼无礼，遂行中止。此浙江第一中学与安定学校赛球之结果也。下午宗文与陆军小学亦赛，斯时非复上午之比球，不特其灵妙勇猛，且各文雅有序，较胜我校多矣。宗文胜一球。

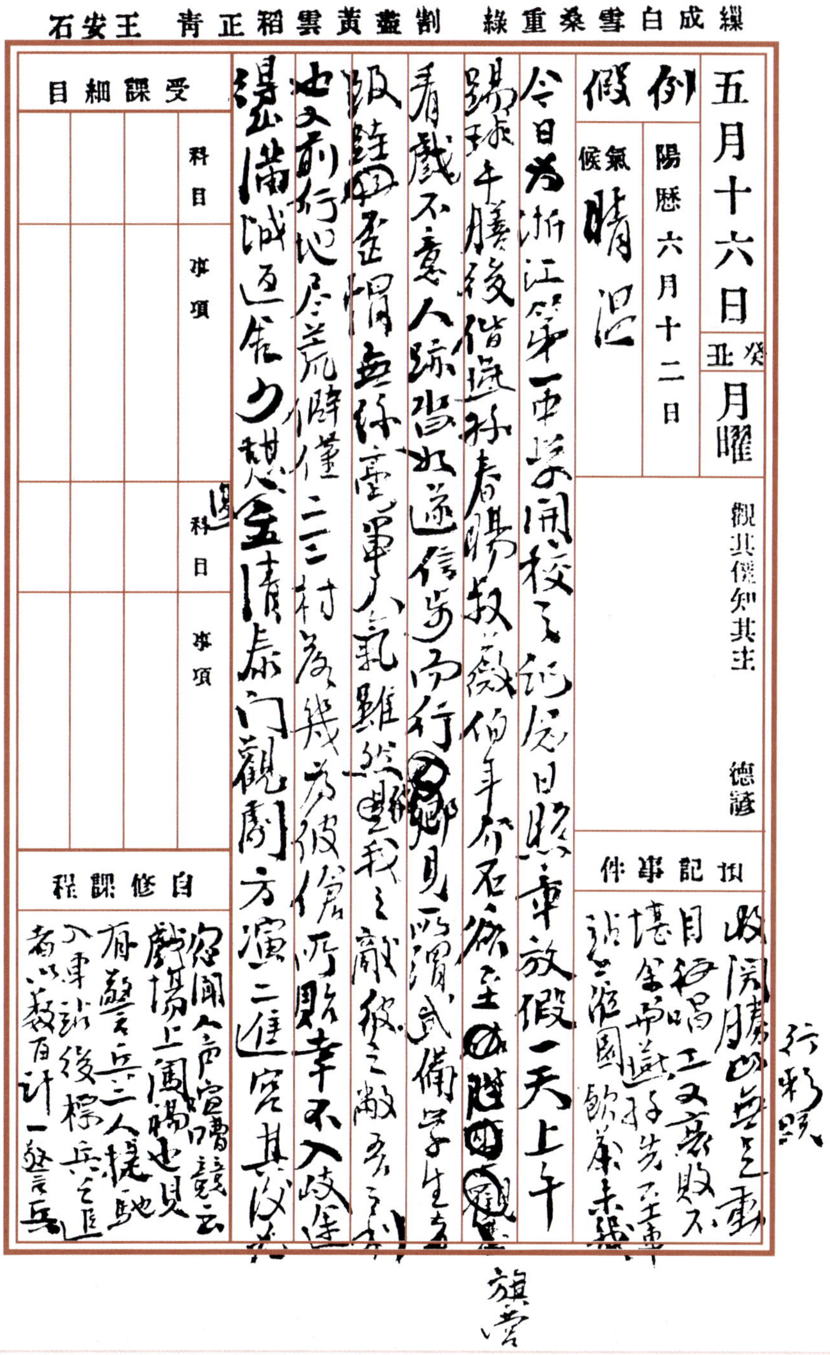

五月十六日（阳历六月十二日）例假　晴　温

今日为浙江第一中学开校之纪念日，照章放假一天。上午踢球。午膳后偕燕孙、春旸、叔薇、伯年、介石欲至旗营看戏，不意人迹杳如，遂信步而行。见所谓武备学生者跋跬〔鞋〕歪帽，无丝毫军人气。虽然彼我之敌，彼之敝〔弊〕吾之利也。又前行，地尽荒僻，仅二三村落，几为彼伧所贻，幸不入岐途。得出满城返舍。少憩复至清泰门观剧，方演『二进宫』。其后为『收关胜』，行彩既无足动目，唱工又衰败不堪。余与燕孙先至车站莅园饮茶，未几忽闻人声喧嘈，竟云戏场上闯祸也。见有警兵二人捷驰入车站，后标兵之追者以数百计，一警兵

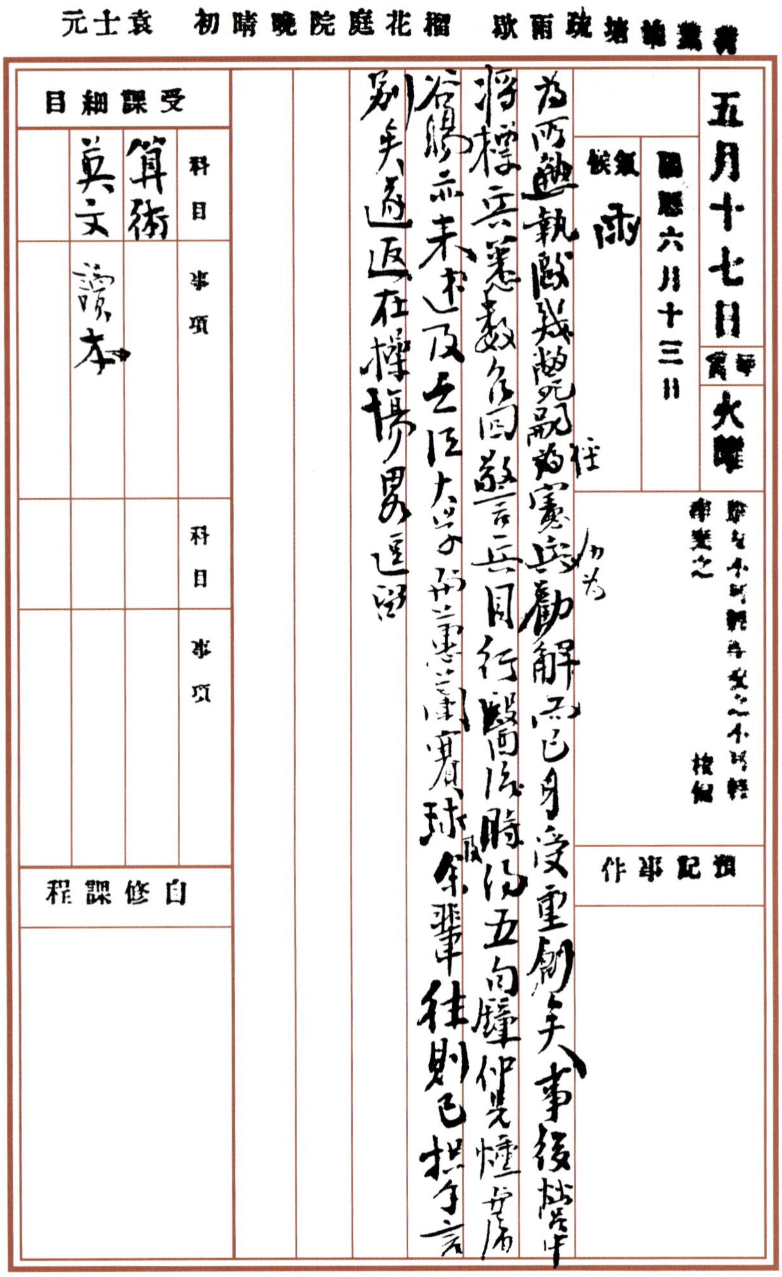

五月十七日（阳历六月十三日） 雨

（注：续上一页）为所执殴，几毙。嗣经宪兵力为劝解，而已身受重创矣。事后营中将标兵悉数召回，警兵同行医治。时约五句钟，仲光熏与屠谷旸亦来，述及之江大学与蕙兰赛球，及余辈往，则已拱手言别矣。遂返，在操场略逗留。

受课细目：算术、英文（读本）

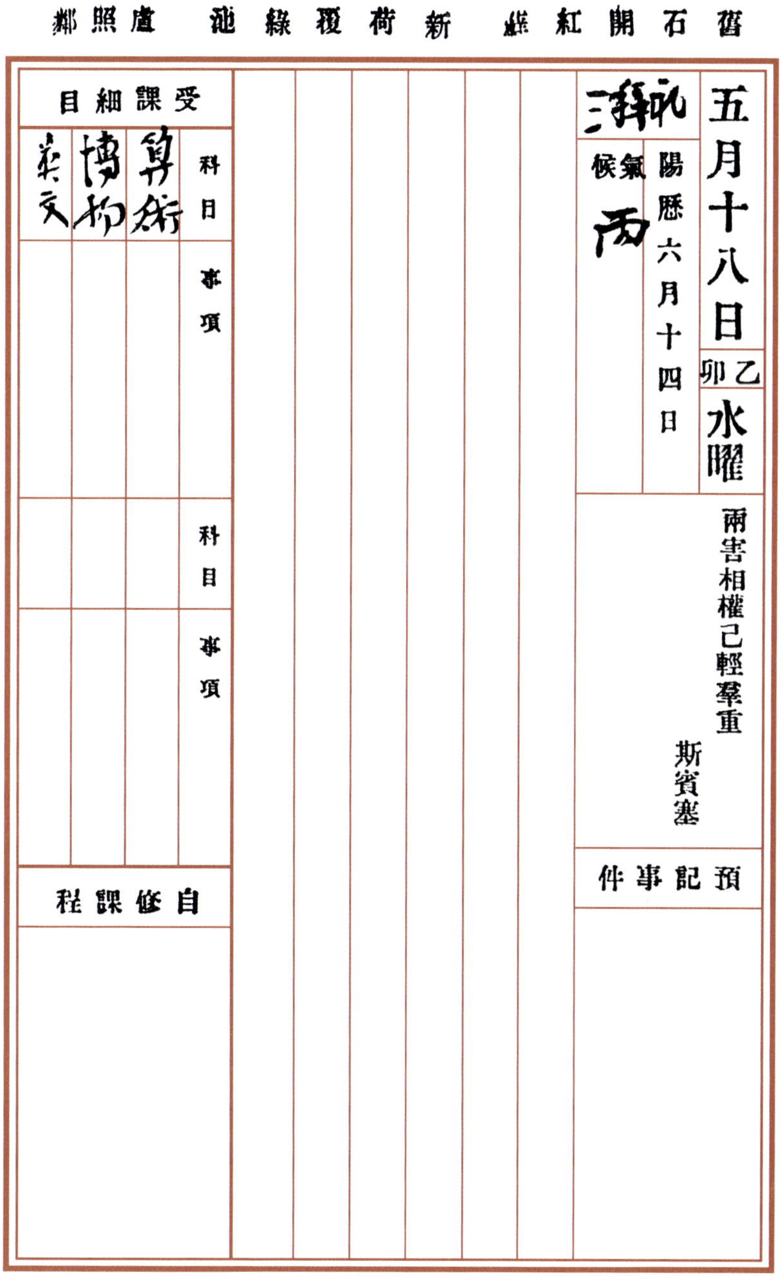
舊石開紅燦　新荷覆綠池　盧照鄰

五月十八日　乙卯　水曜

禮拜三

陽歷六月十四日

氣候　雨

兩害相權己輕孰重　斯賓塞

預記事件

受課細目

科目	算術	博物	英文
事項			
科目			
事項			

自修課程

五月十八日（阳历六月十四日）礼拜三　雨

受课细目：算术、博物、英文

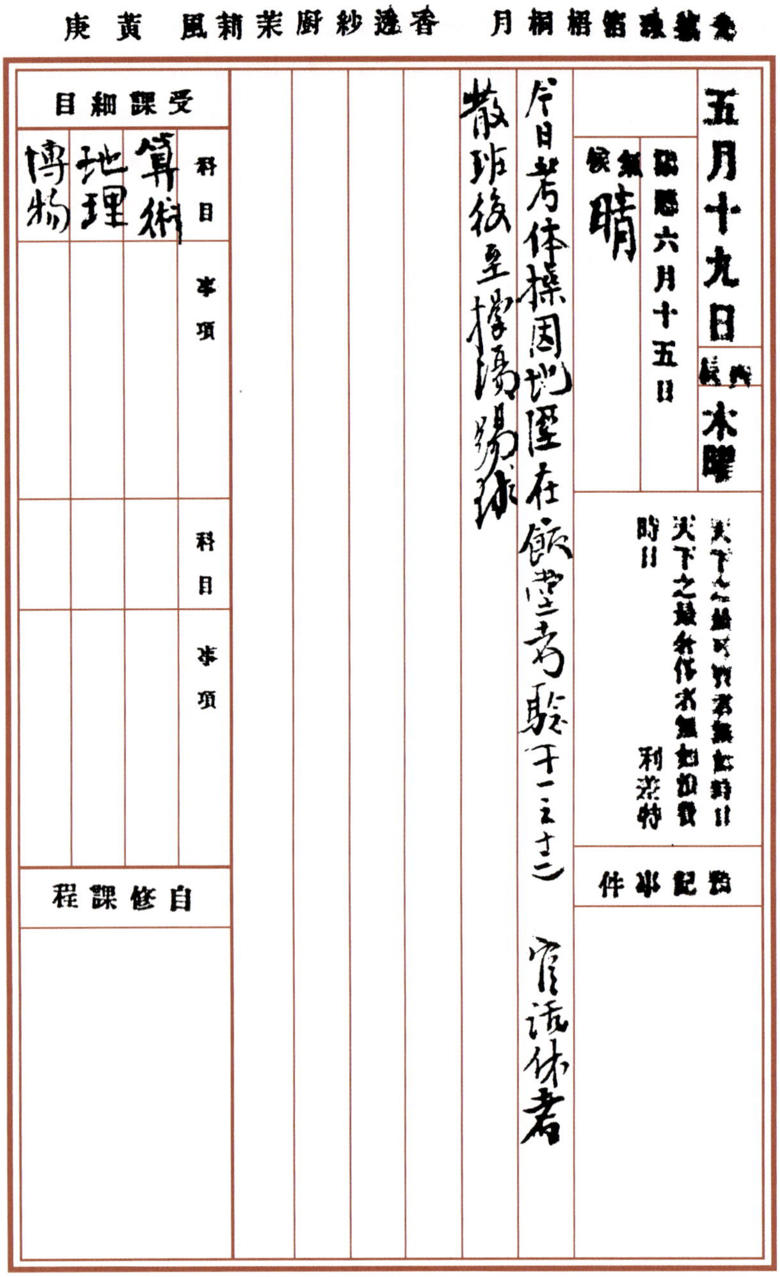

五月十九日（阳历六月十五日） 晴

今日考体操，因地湿在饭堂考验（十一之十二）。官话休考。散班后至操场踢球。

受课细目：算术、地理、博物

湖面新荷初照水 城头高柳漫摇风 苏轼

五月二十日
丁巳
金曜
阳历六月十六日
气候 晴

与人反对者当使人注意不当使人愤怒　英谚

预记事件

受课细目
科目
事项
科目
事项

自修课程

五月二十日（阳历六月十六日）　晴

下午趁晴收早菓　比鄰結伴絡新絲　陸游

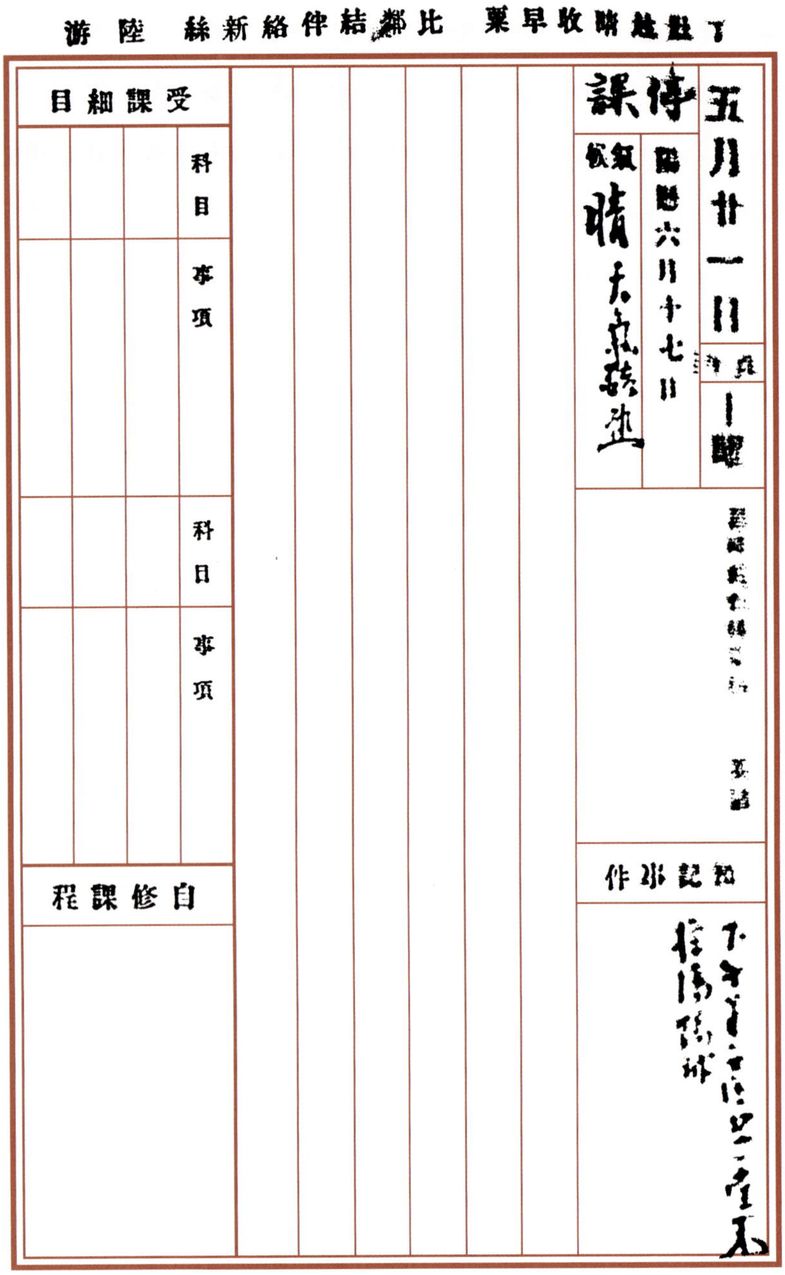

五月廿一日　星期一

陽歷六月十七日

氣候　晴　天氣酷熱

停課

學校行事

要記

雜記作事

受課細目

科目

事項

科目

事項

自修課程

五月廿一日（阳历六月十七日）　晴　天气酷热

停课

江南可採蓮 蓮葉何田田 魚戲蓮葉間 古樂府

五月廿二日 己未 日曜	例假							親朋問候
	陽歷六月十八日	氣候 晴						
人子不感父母之恩誰與爲友不孝父母而盡情於他人無益也 梭格拉底								遊覽地方
預記事件								自修課程

五月廿二日（阳历六月十八日）

晴

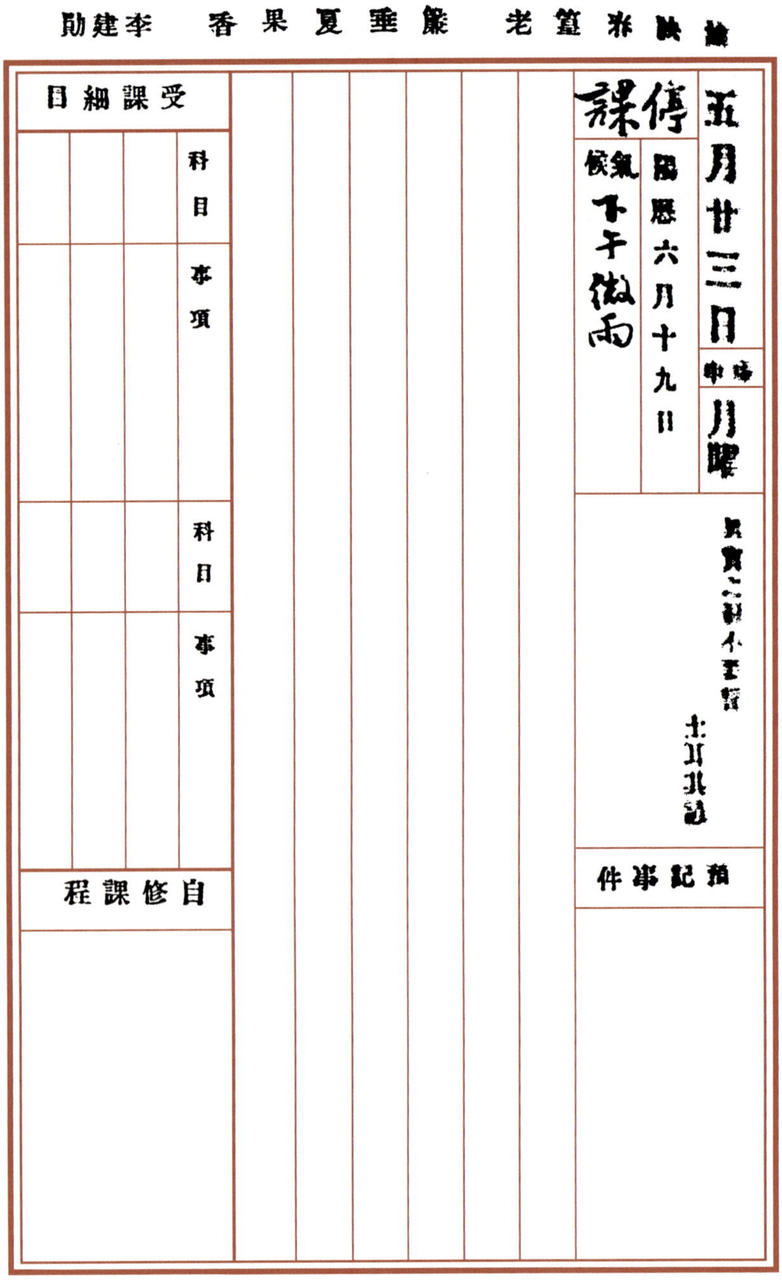

五月廿三日（阳历六月十九日）　下午微雨

停课

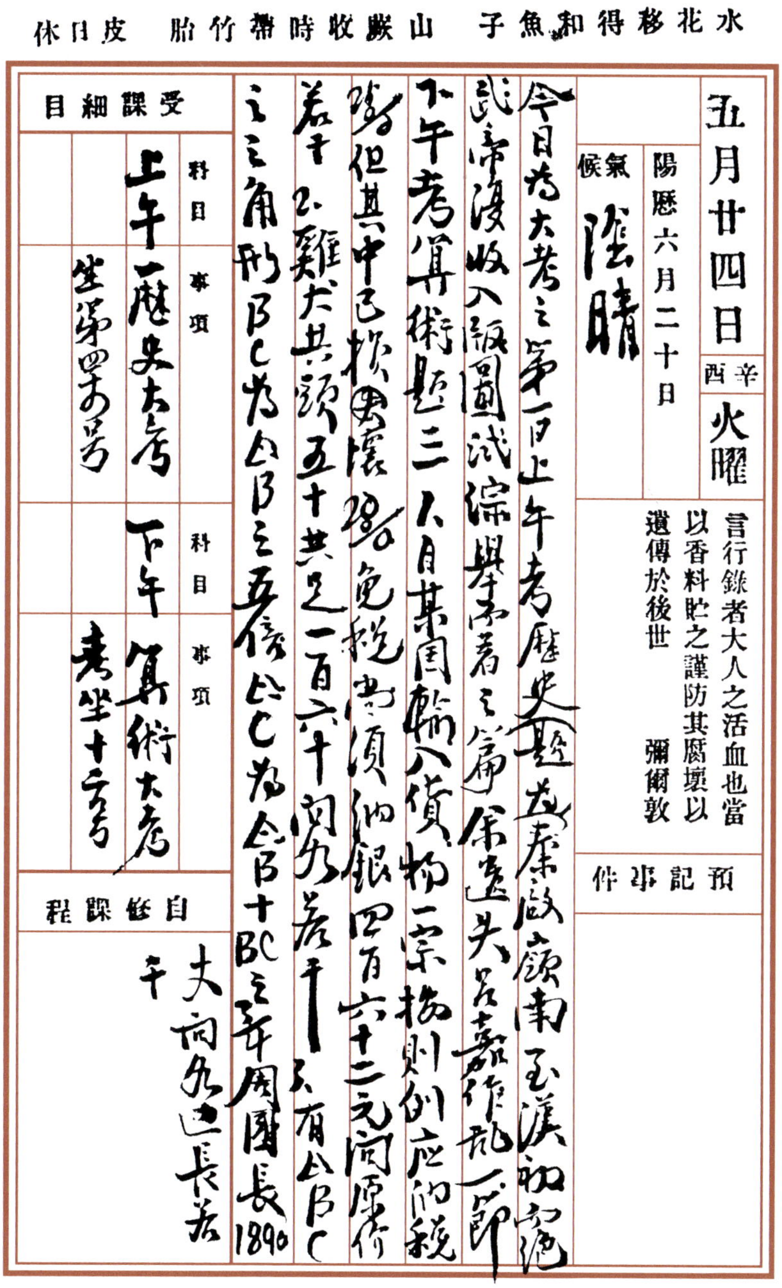
水花移得和魚子　山蕨收時帶竹胎　皮日休

五月廿四日　辛酉　火曜
陽歷六月二十日
氣候　陰晴

今日為大考之第一日上午考歷史題為秦啟嶺南至漢初而絕武帝復收入版圖試綜舉而著之篇余遺失呂嘉作亂一節下午考算術題三一自某國輸入貨物一宗按則例應納稅25%但其中已損壞20%免稅尚須納銀四百六十二元問原價若干二雞犬共頭五十共足一百六十問各若干三有ABC之三角形BC為AB之五倍AC為AB+BC之3/4周圍長1890丈問各邊長若干

言行錄者大人之活血也當以香料貯之謹防其腐壞以遺傳於後世　彌爾敦

預記事件

受課細目		
科目	事項	
上午 歷史大考	坐第四十四號	
下午 算術大考	考坐十二號	

自修課程

五月廿四日（阳历六月廿日）　阴晴

今日为大考之第一日。上午考历史（题为《秦启岭南至汉初而绝，武帝复收入版图。试综举而著之篇》）余遗失吕嘉作乱一节。下午考算术题三：一、自某国输入货物一宗，按则例应纳税25%，但其中已损坏20%免税，尚须纳银四百六十二元，问原价若干？二、鸡犬共头五十，共足一百六十，问各若干？三，有ABC之三角形，BC为AB之五倍，AC为AB+BC之3/4，周围长1890丈，问各边长若干？

受课细目： 上午历史大考（坐第四十四号），下午算术大考（坐十二号）

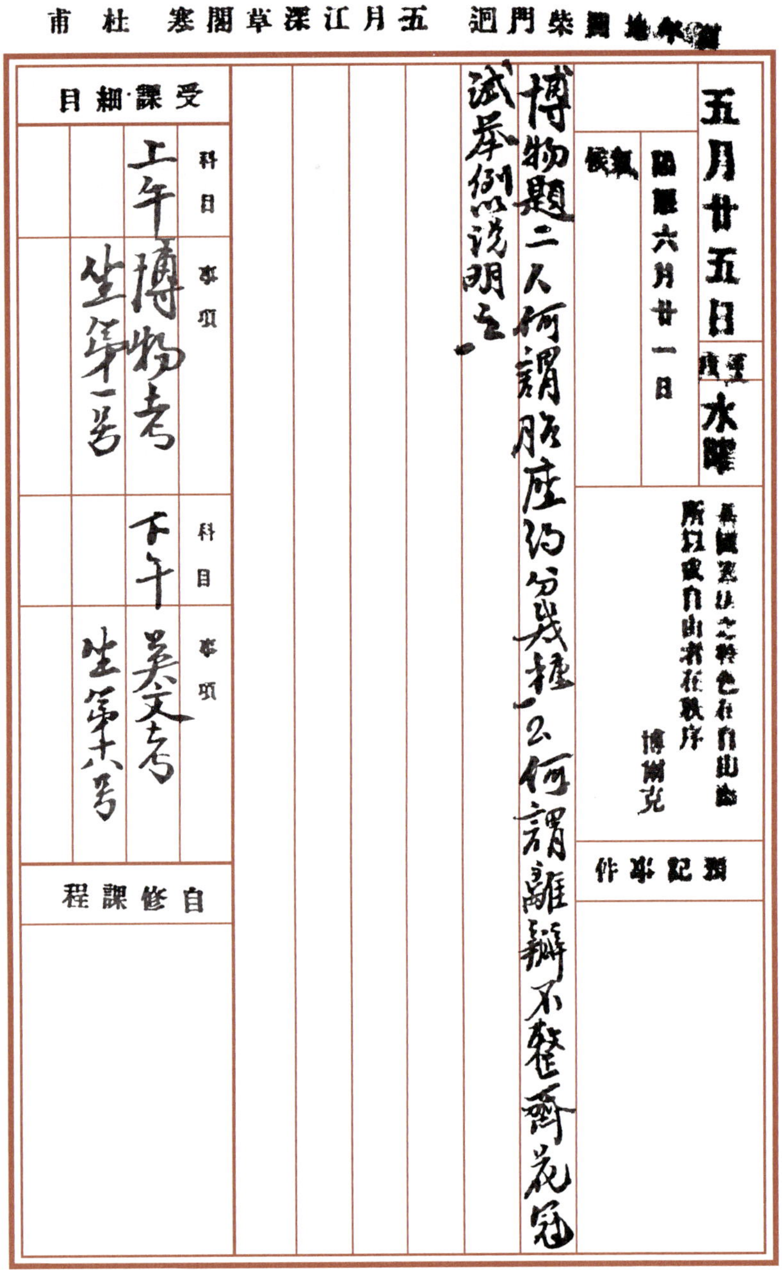

五月廿五日（阳历六月廿一日）

博物题二：一、何谓胎座？约分几种？二、何谓离瓣不整齐花冠？试举例说明之。

受课细目：上午，博物考，坐第一号；下午，英文考，坐第十八号。

山静若太古　日长如小年　唐庚

五月廿六日　癸亥　木曜

陽歷六月廿二日

氣候　陰　微雨

夏至

預記事件：天下有大勇者卒然臨之而不驚無故加之而不怒此其所挾持者大其志甚遠也　蘇軾

修身考題一　易言保身孟言守身孔子則言志士仁人無求生以害仁能通其義歟　地理考題二　一亞洲平原共分幾部其地安在試舉之　二太平洋沿岸自暹羅灣起至白令海峽止其間著名之港灣海峽半島島嶼共有幾試順次數之

受課細目

科目	事項	
修身	上午大考	坐第念伍号
地理	下午大考	坐第十八号

自修課程

五月廿六日（阳历六月廿二日）　阴　微雨

修身考，题一，《易》言保身，《孟》言守身，孔子则言志士仁人无求生以害仁，能通其义欤？地理考题二：一、亚洲平原共分几部？其地安在？试举之。二、太平洋沿岸自暹罗湾起至白令海峡止，其间著名之港湾、海峡半岛、岛屿有几，试顺次数之。

受课细目：修身上午大考，坐第念伍（注：廿五）号。地理，下午大考，坐第十八号。

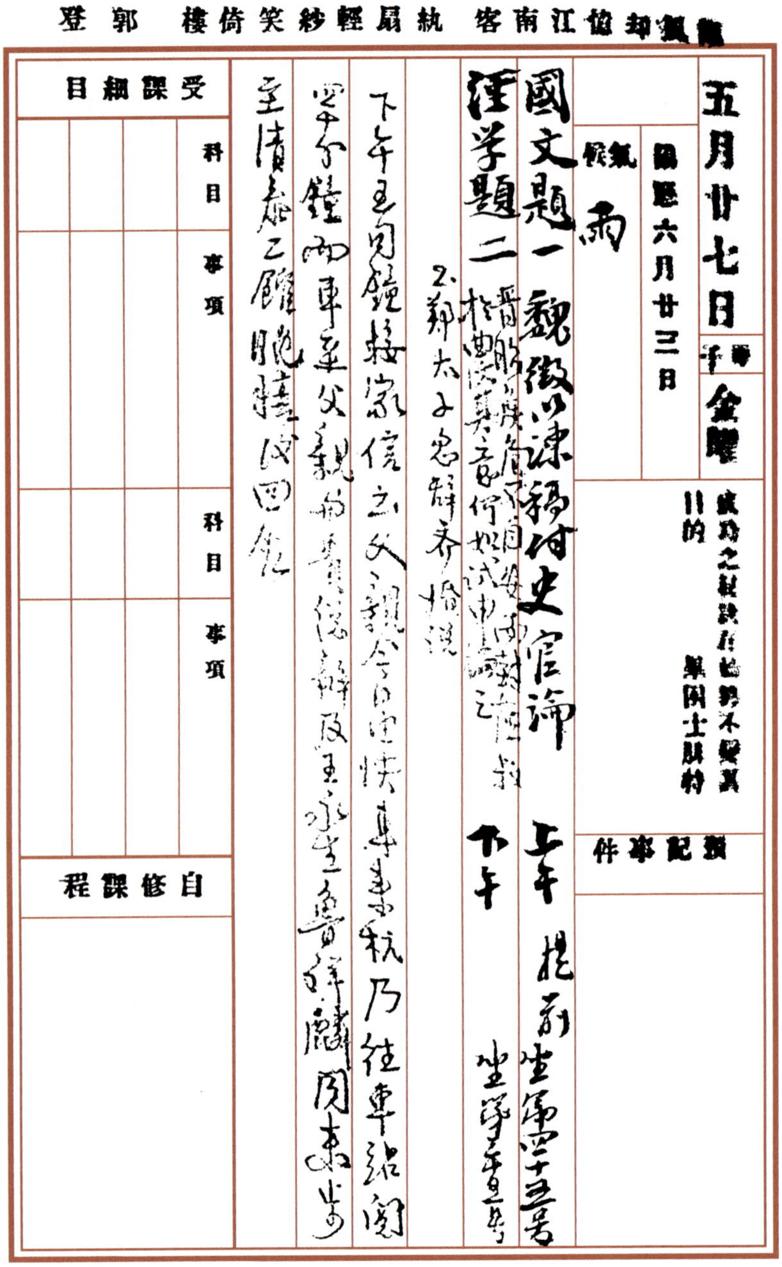
龍鳳和協江南客　執扇輕紗笑倚樓　郭登

五月廿七日　金曜
陽歷六月廿三日
氣候　雨
國文題一　魏徵以諫稿付史官論　上午　提前　坐第四十五号
經學題二　1.晉昭侯危不自安而封恒叔於曲沃其意何如試申論之　2.鄭太子忽辭齊婚說　下午　坐第三十五号
下午五句鐘接家信云父親今日由快車來杭乃往車站閱四十分鐘而車至父親與費總辦及王永生魯祥麟同來步至清泰二館晚膳後回舍

五月廿七日（阳历六月廿三日）　雨

国文题一：魏徵以谏稿付史官论。上午提前，坐第四十五号。经学题二：一、晋昭侯危不自安，而封恒叔於曲沃，其意何如，试申论之。二、郑太子忽辞齐婚说。下午坐第三十五号。

下午五句钟接家信云：父亲今日由快车来杭。乃往车站，阅四十分钟而车至，父亲与费总办及王永生、鲁祥麟同来，步至清泰二馆，晚膳后回舍。

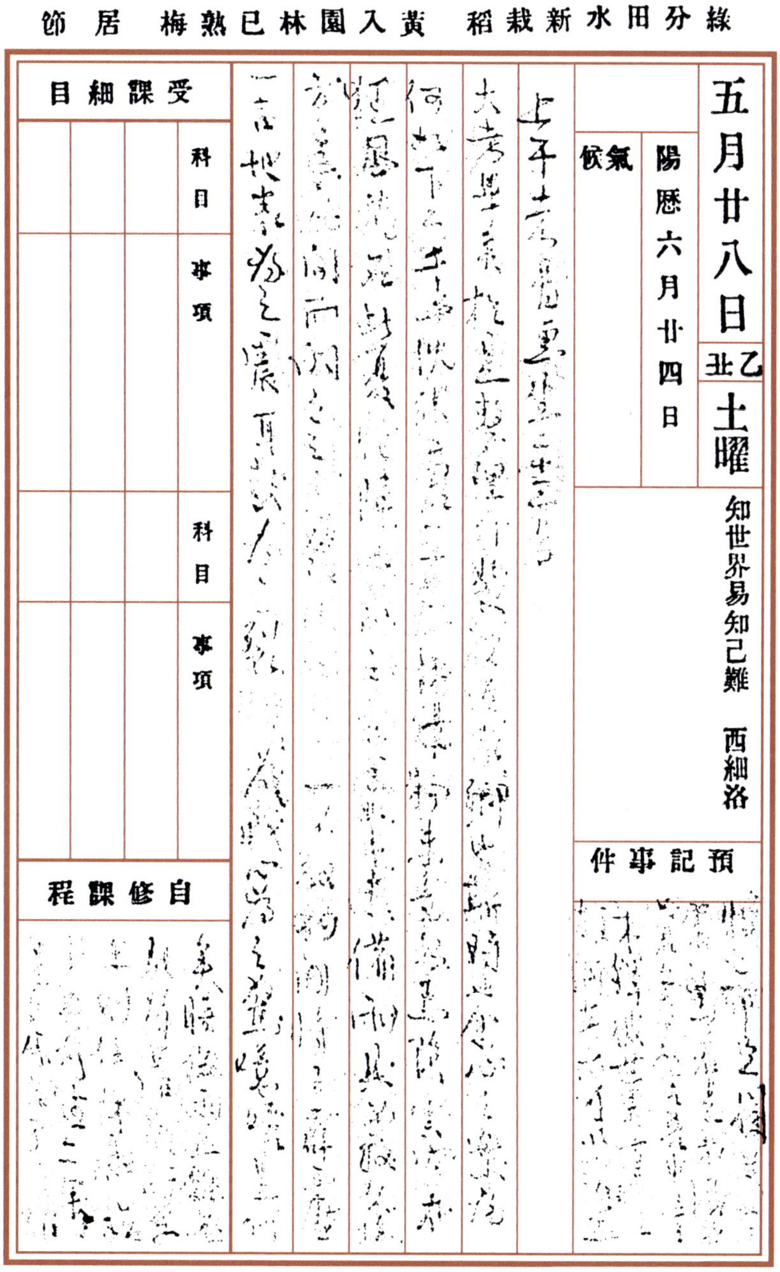

五月廿八日（阳历六月廿四日）（1）

上午考图画，坐二十三号。

大考毕矣，于是整理行装，欲返家乡。斯时也，余心之乐也何如！下午与沈、张二君至荐桥购物未竟，忽焉阴云密布，狂风飞石，此夏时阵雨将到之意，余辈未备雨具，不敢久留，方□□间而闪闪之忽发，……霹雳一声，地表为之震，耳鼓为之裂，胆为之战，心为之惊，噫嘻〔以下字迹不清〕

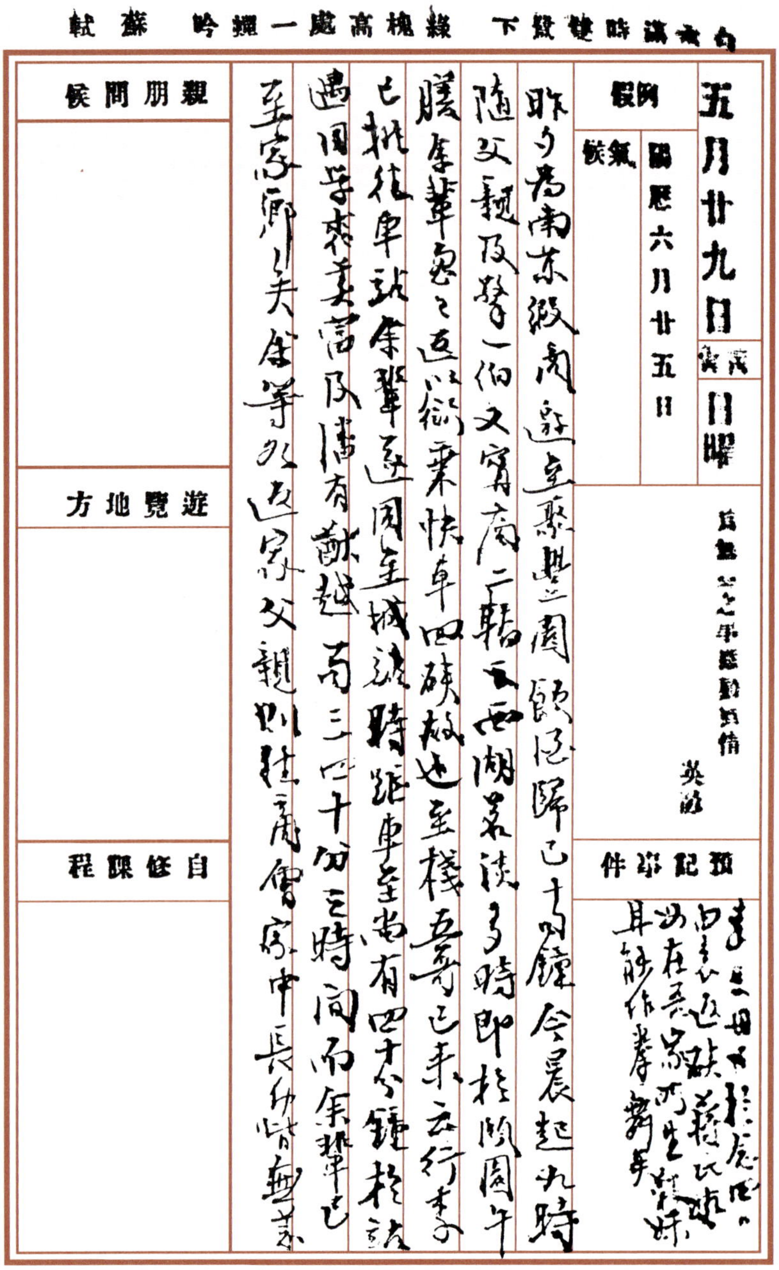

五月廿九日（阳历六月廿五日）

昨夕为南京缎商邀。至聚丰园饮酒，归已十句钟。今晨起九时。随父亲及擎一伯又宁商二，轿西湖茗谈多时，即于颐园午膳。余辈匆匆返，以欲乘快车回硖故也。至栈五哥已来，云行李已挑往车站，余辈遂同至城站，时距车至尚有四十分钟，于站遇同学裘美富及潘有猷。越一句三四十分之时间，而余辈已至家乡矣。余等各返家，父亲则往商会。家中长幼皆无恙。□□母於念四日由袁返硖。蒋氏姑母在吾家，所生妹且能作拳舞矣。

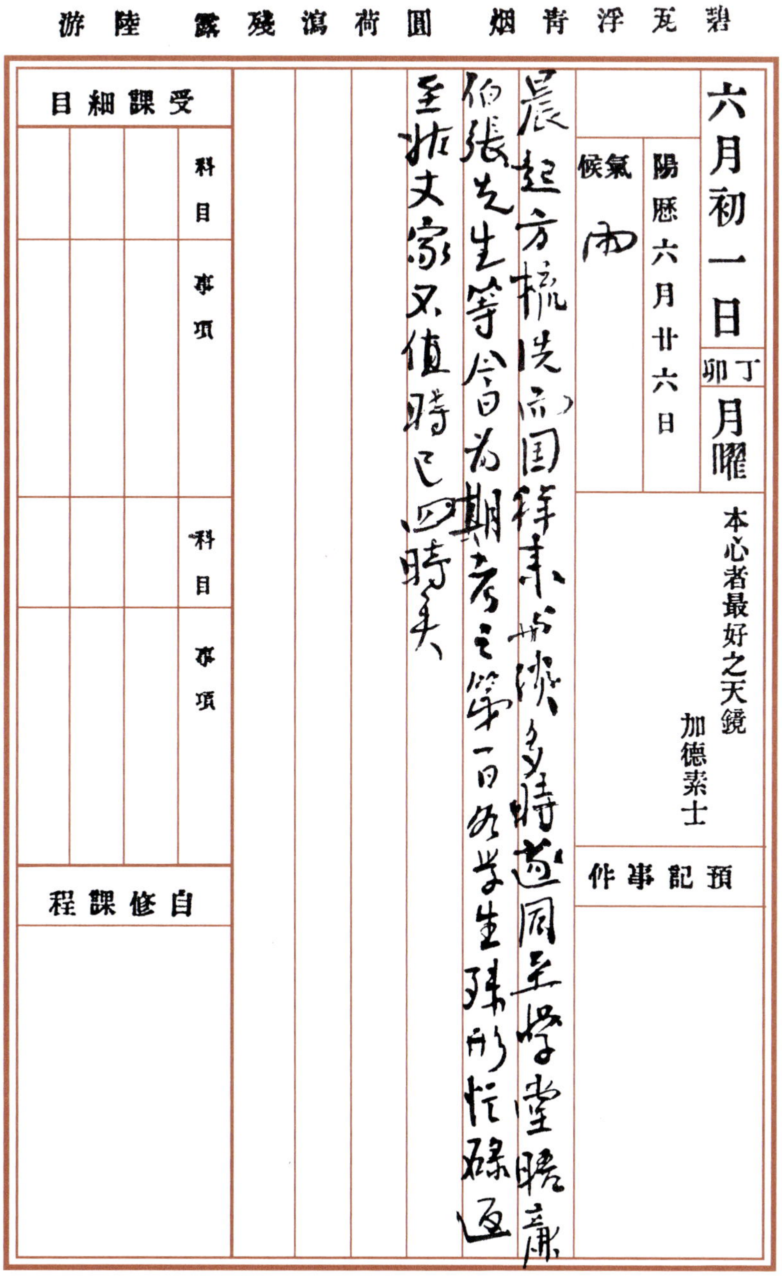

碧瓦浮青烟 圓荷瀉殘露 陸游

六月初一日 丁卯 月曜

陽歷六月廿六日

候氣 雨

晨起方梳洗而国祥来，与谈多时，遂同至学堂，晤廉伯、張先生等。今日为期考之第一日，各学生殊形忙碌。返至姑丈家，不值，时已四时矣。

本心者最好之天鏡 加德素士

預記事作

受課細目

科目 事項

科目 事項

自修課程

六月初一日（阳历六月廿六日） 雨

晨起方梳洗，而国祥来。与谈多时，遂同至学堂，晤廉伯、张先生等。今日为期考之第一日，各学生殊形忙碌。返至姑丈家，不值，时已四时矣。

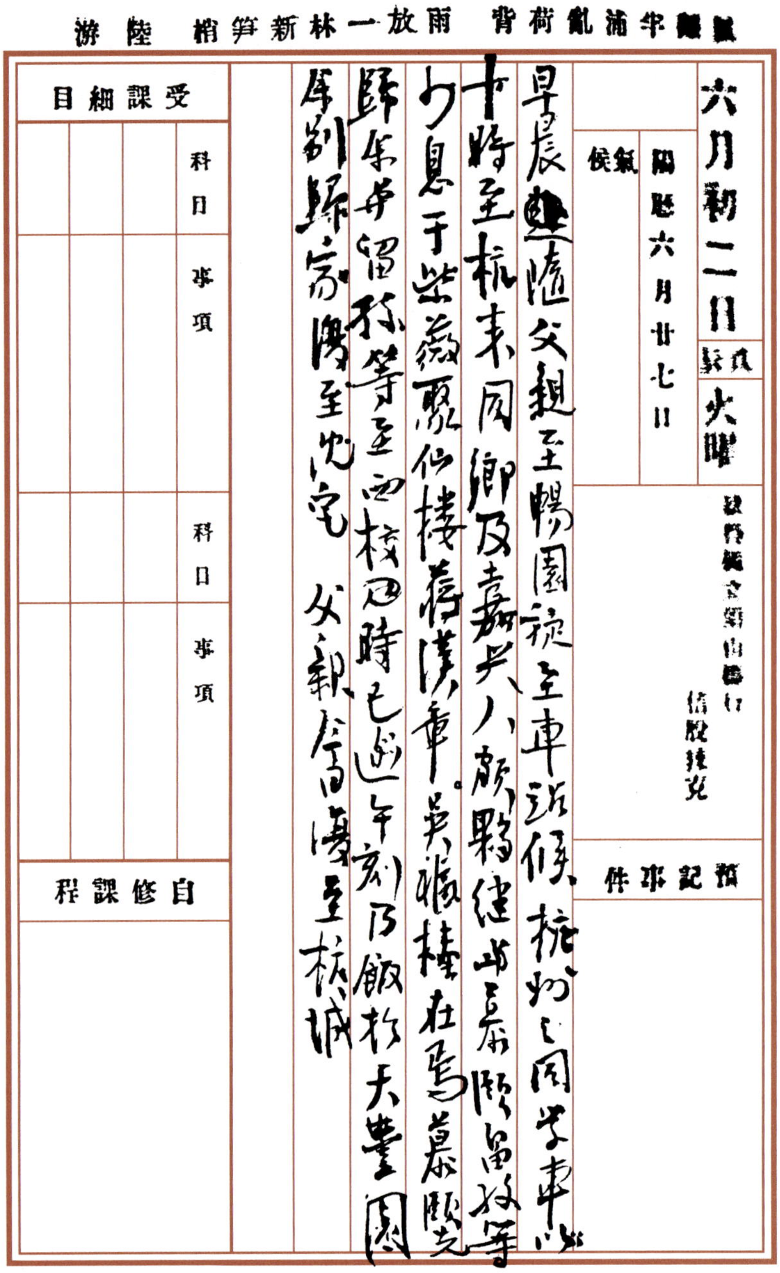

六月初二日（阳历六月廿七日）

早晨随父亲至畅园。旋至车站候杭州之同学。车以十时至，杭来同乡及嘉兴人颇夥。继与慕颐、留孙等少息於紫薇聚仙楼。蒋汉章、吴福榛在焉。慕颐先归，余与留孙等至西校，时已逾午刻，乃饭于天丰园。余别归家，复至沈宅。父亲今日复至杭城。

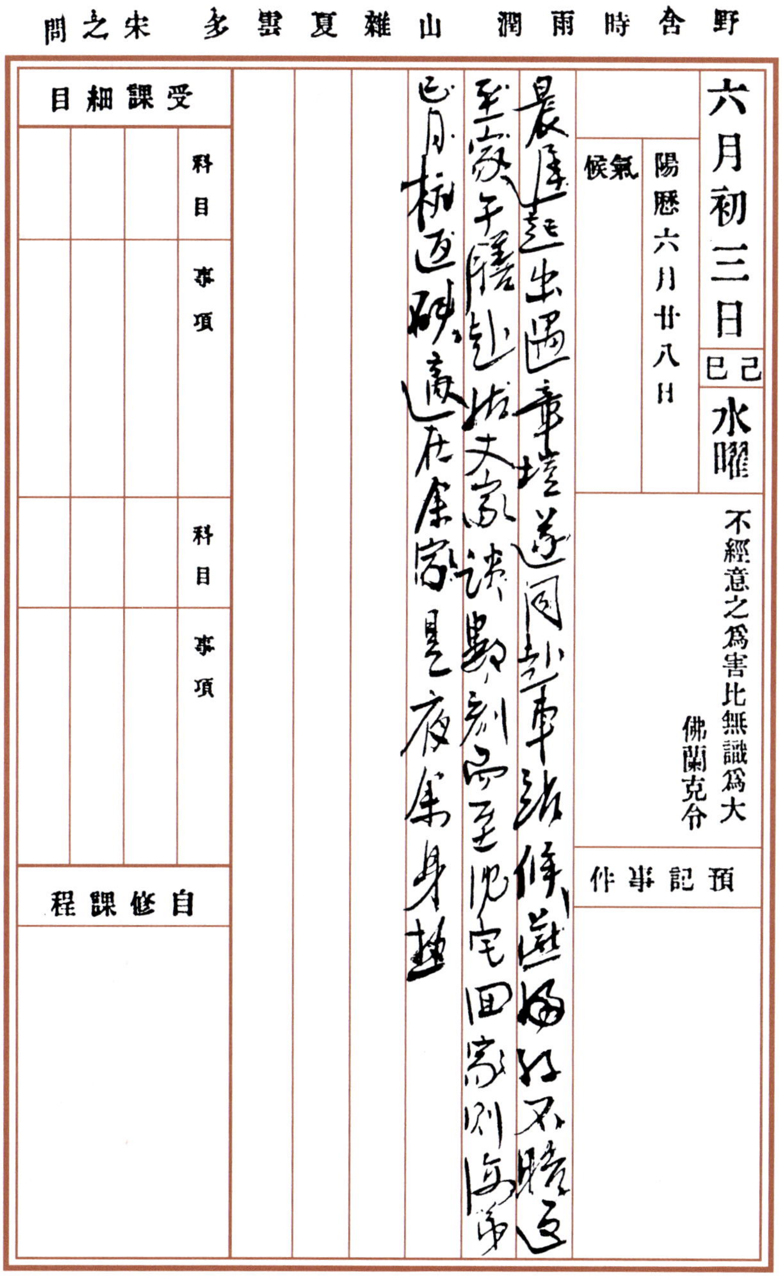

六月初三日（阳历六月廿八日）

晨迟起。出遇章垲，遂同赴车站，候燕孙不晤。返至家午膳，赴姑丈家，谈数刻而至沈宅，回家则海弟已自杭返硖，适在余家。是夜余身热。

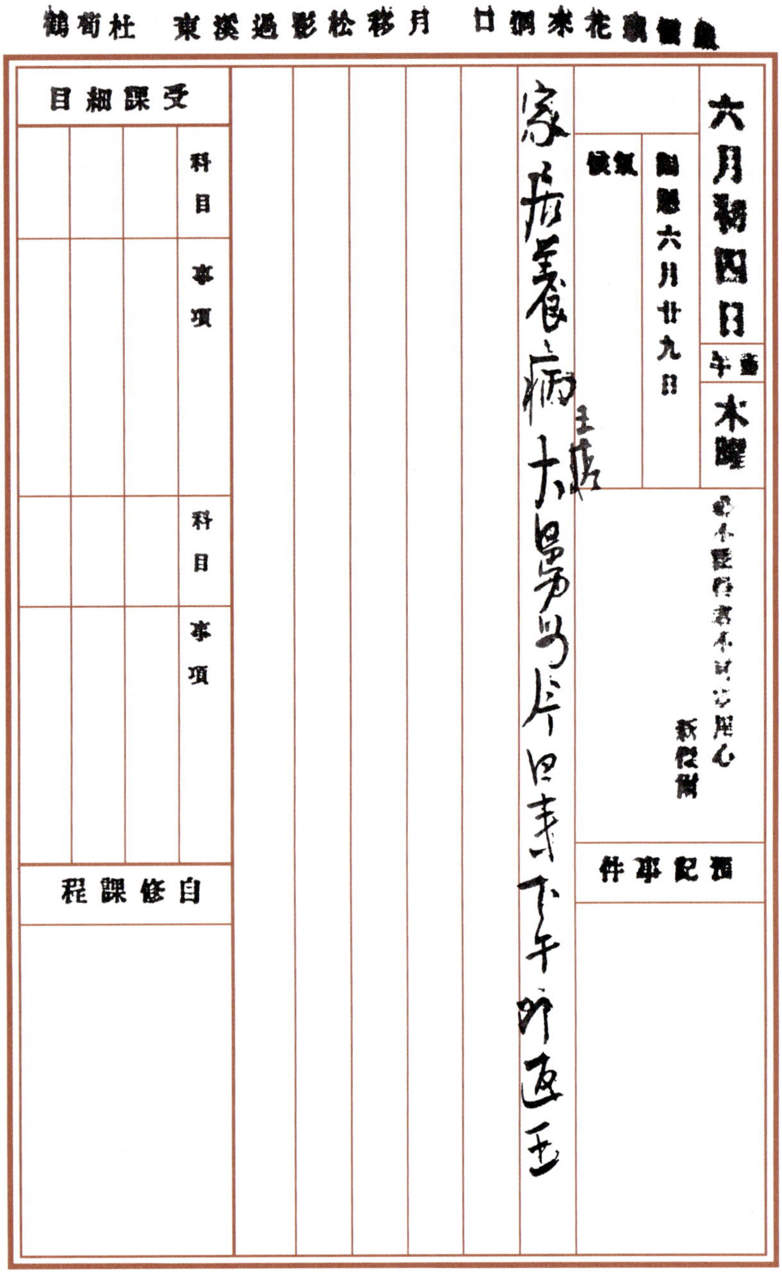

六月初四日（阳历六月廿九日）

家居养病，王店大舅母今日来。下午即返王。

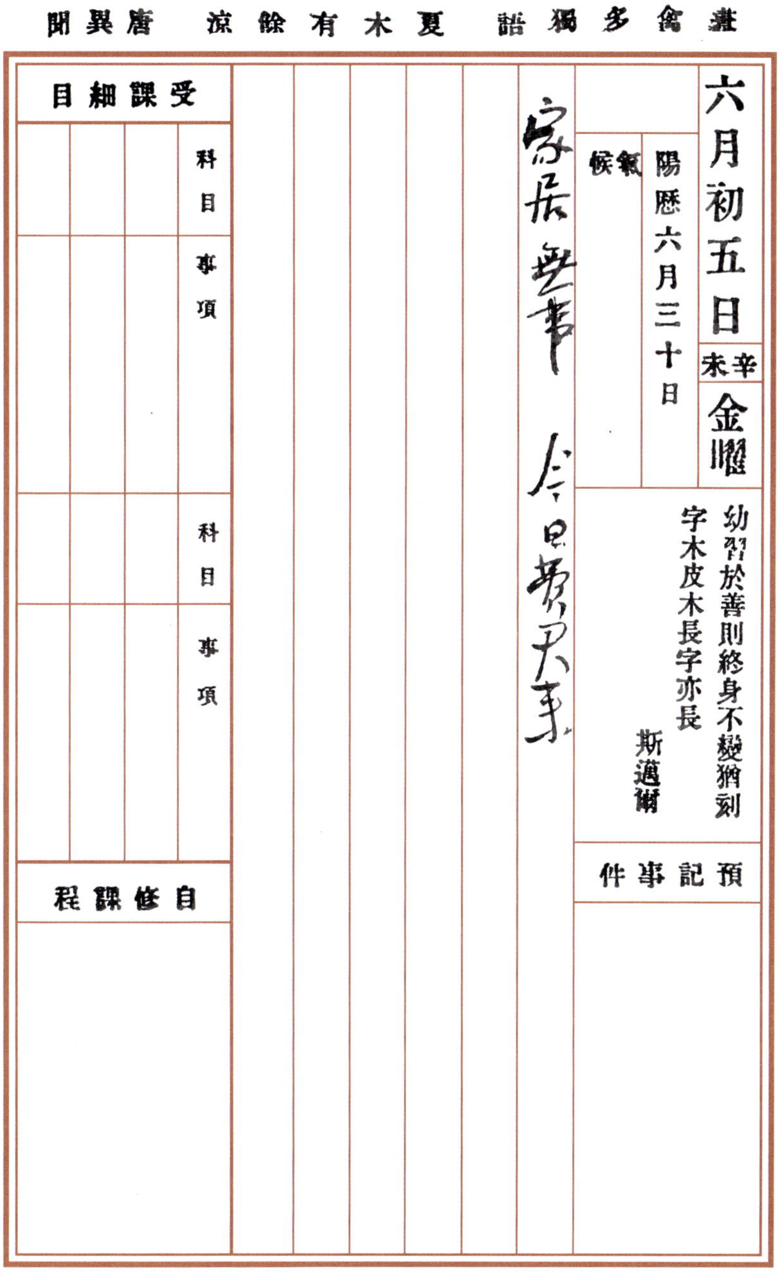
晝禽多獨語 夏木有餘涼 唐異聞

六月初五日 辛未 金曜

陽歷六月三十日

氣候

家居無事 今日費君來

幼習於善則終身不變猶刻字木皮木長字亦長 斯邁爾

預記事件

受課細目

科目 事項

科目 事項

自修課程

六月初五日（阳历六月三十日）

家居无事。今日费君来。

新晴宅邊山雨急 蘇公堤下藕花紅 周紫芝

六月初六日

星期 土曜

陰曆七月初 日

氣候

能見百步之外不能自見其睫 韓非子

雜記事件

受課細目

科目			
事項			
科目			
事項			

自修課程

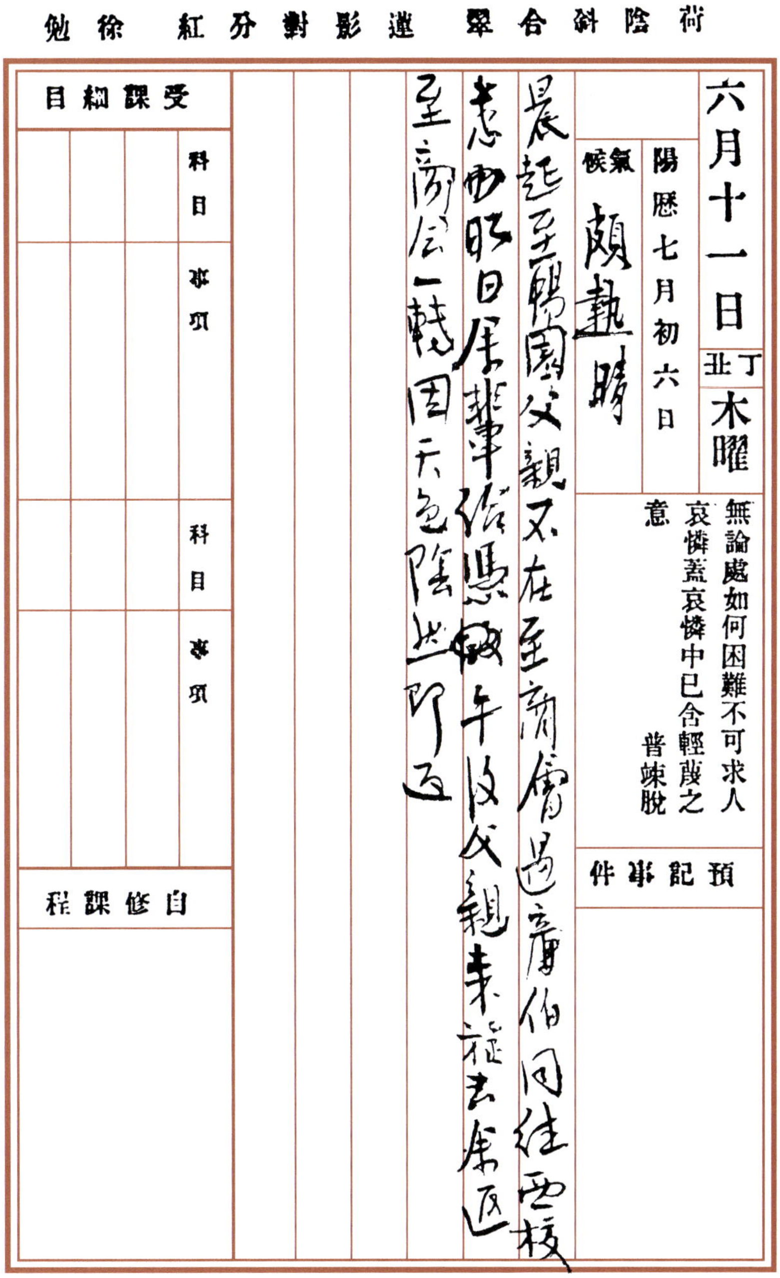

六月十一日（阳历七月初六日） 颇热 晴

晨起至畅园，父亲不在。至商会，遇廉伯，同往西校。悉明日余辈给凭。

午后父亲来，旋去。余返至商会一转，因天色阴然即返。

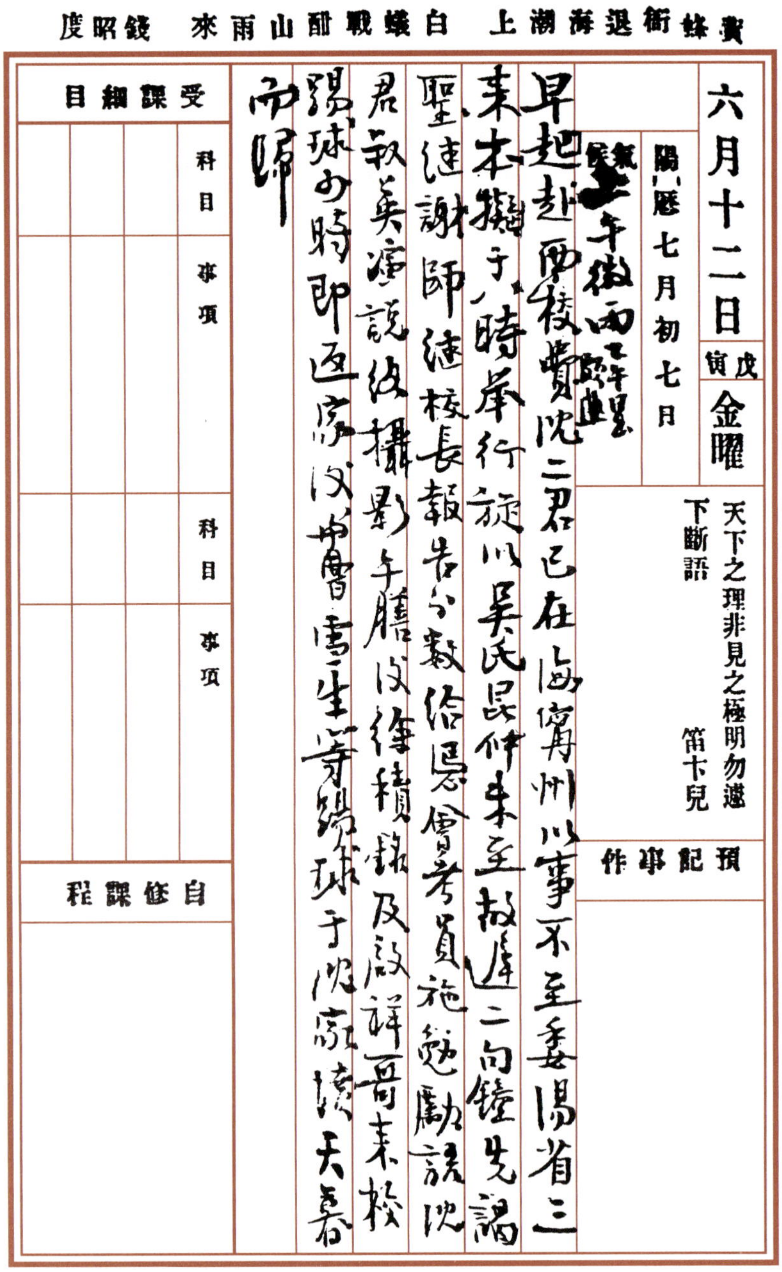

六月十二日（阳历七月初七日）　上午微雨　下午日出颇热

早起赴西校，费、沈两君已在。海宁州以事不至，委汤省三来。本拟于八时举行，旋以吴氏昆仲未至，故迟二句钟。先谒圣，继谢师，继校长报告分数，给凭。会考员施勉励语，沈君叔英演说，终摄影。午膳后徐积铭及启祥哥来校踢球，少时即返家。后与曹雪生等踢球于沈家坟（场）。天暮而归。

一轩旁水看云起　万木无声待雨来　查慎行

六月十三日
己卯
土曜

小暑

阳历七月初八日

气候

粪在田则为肥在衣则为不洁　英谚

亲朋问候

自修课程

游览地方

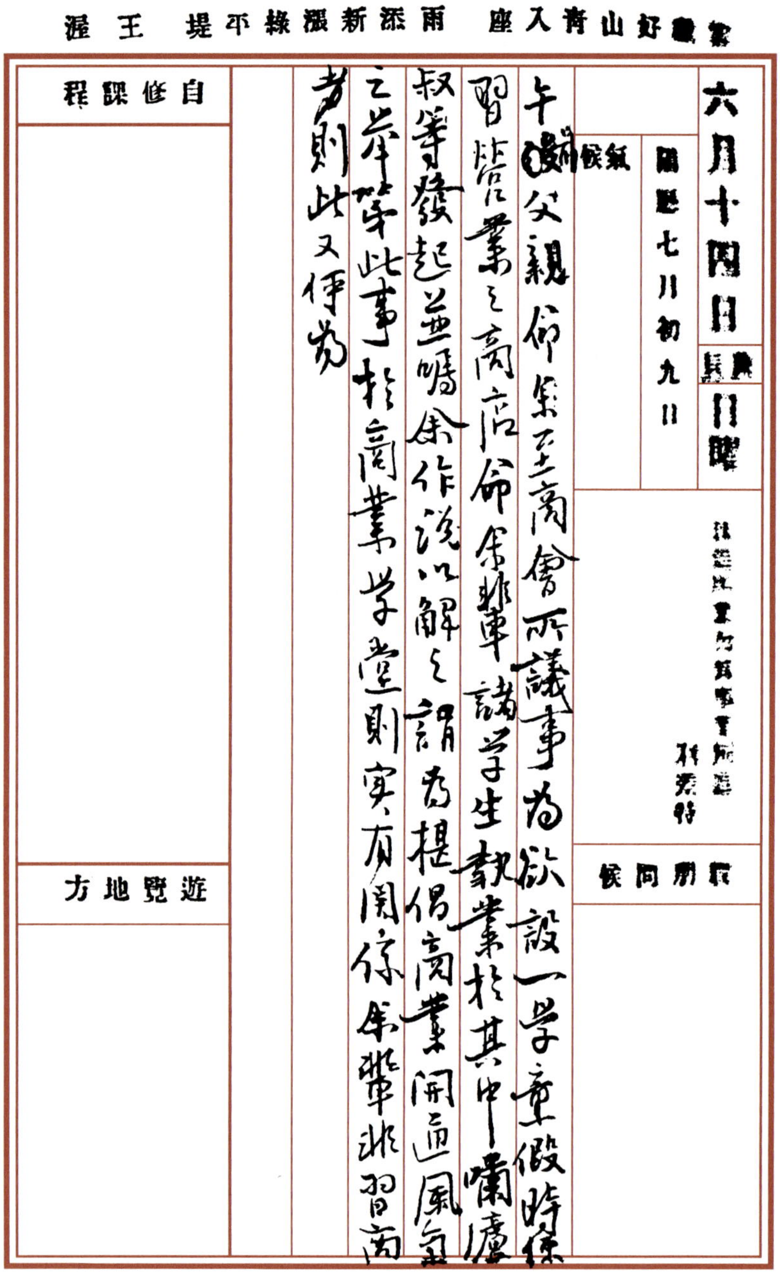
家[illegible]好山青入座　雨添新漲綠平堤　王渥

六月十四日　陽曆七月初九日　星期

天氣

午前父親命余至商會所議事為欲設一學童假時練習管業之商店命余輩諸學生執業於其中嘯廬叔等發起並囑余作說以解之謂為提倡商業開通風氣之舉第此事於商業學堂則實有關係余輩非習商者則此又何為

來往同學

自修課程

遊覽地方

六月十四日（阳历七月初九日）

午前父亲命余至商会，所议事为欲设一学童，假时练习管营业之商店，命余辈诸学生执业於其中。啸庐叔等发起，并嘱余作说以解之。谓为提倡商业，开通风气之举。第此事于商业学堂则实有关系，余辈非习商者，则此何为？

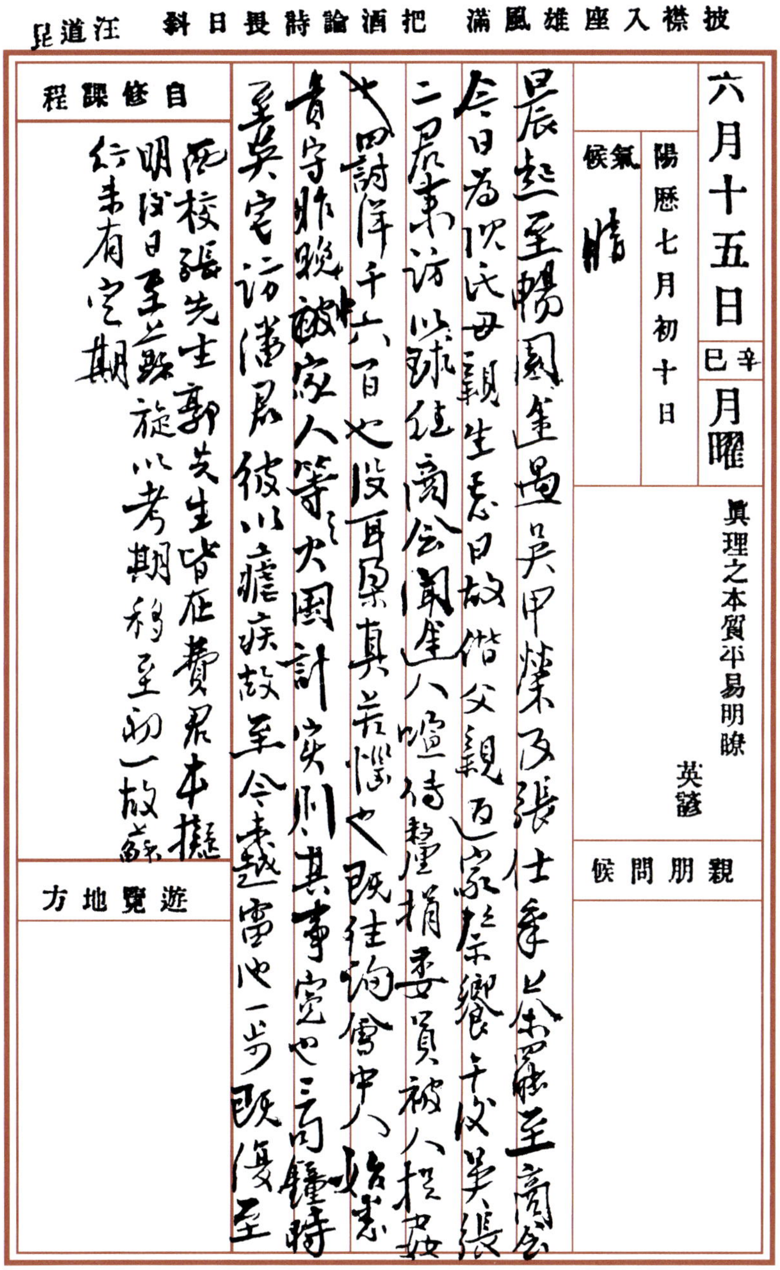
披襟入座雄風滿　把酒論詩長日斜　汪道昆

六月十五日 辛巳 月曜

陽曆七月初十日

氣候 晴

晨起至暢園，途遇吴甲榮及張仕章，茶罷至商會。今日為沈氏母親生忌日，故偕父親返家祭饗。午后吴、張二君來訪，以球往商會，聞途人喧傳釐捐委員被人捉奸、罰洋千六百也。没耳朵真苦惱也。既往詢會中人，始悉責守昨晚中家人等之火囤計，實則其事冤也。三句鐘時至吴宅，訪潘君，彼以瘧疾故，至今未越雷池一步。既復至西校，張先生、郭先生皆在。費君本擬明後日至蘇，旋以考期移至初一，故蘇行未有定期。

真理之本質平易明瞭　英諺

親朋問候

自修課程

遊覽地方

六月十五日（阳历七月初十日）　晴

晨起至畅园，途遇吴甲荣及张仕章，茶罢至商会。今日为沈氏母亲生忌日，故偕父亲返家祭飨。午后吴、张二君来访，以球往商会，闻途人喧〔宣〕传厘捐委员被人捉奸、罚洋千六百也。没耳朵真苦恼也。既往询会中人，始悉责守昨晚中家人等之火囤计，实则其事冤也。三句钟时至吴宅，访潘君，彼以疟疾故，至今未越雷池一步。即复至西校，张先生、郭先生皆在。费君本拟明后日至苏，旋以考期移至初一，故苏行未有定期。

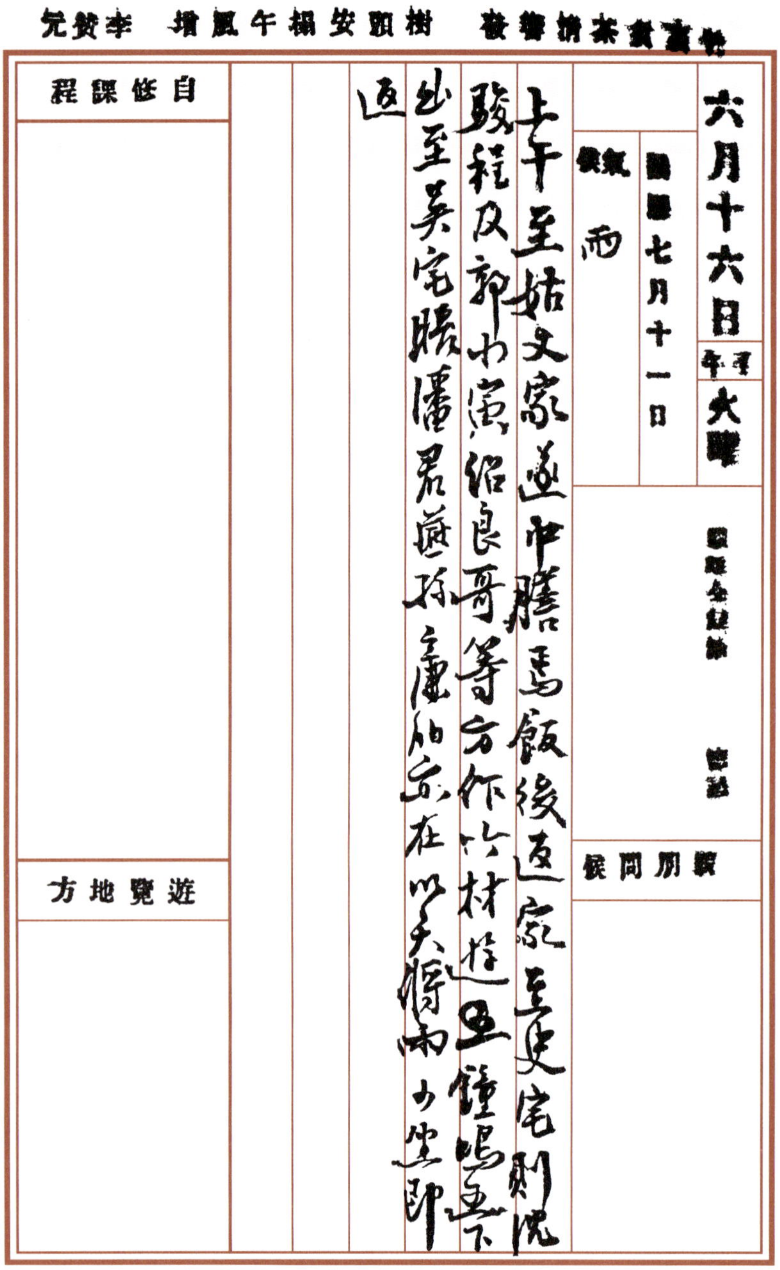
六月十六日 七月十一日 雨

上午至姑丈家遂中膳焉飯後返家至史宅則沈駿程及郭小寅紹良哥等方作竹林游鐘鳴五下出至吳宅晤潘君燕孫廉伯亦在以天將雨少坐即返

六月十六日（阳历七月十一日） 雨

上午至姑丈家，遂中膳焉。饭后返家，至史宅，则沈骏程及郭小寅、绍良哥等方作竹林游。钟鸣五下，出至吴宅，晤潘君燕孙，廉伯亦在，以天将雨，少坐即返。

園中鳥語勸沽酒　窗下日長宜讀書　黄山谷

六月廿一日

丁亥

日曜

陽歷七月十六日

氣候

勤勉造光陰光陰爲黃金

亞維南特

親朋問候

自修課程

游覽地方

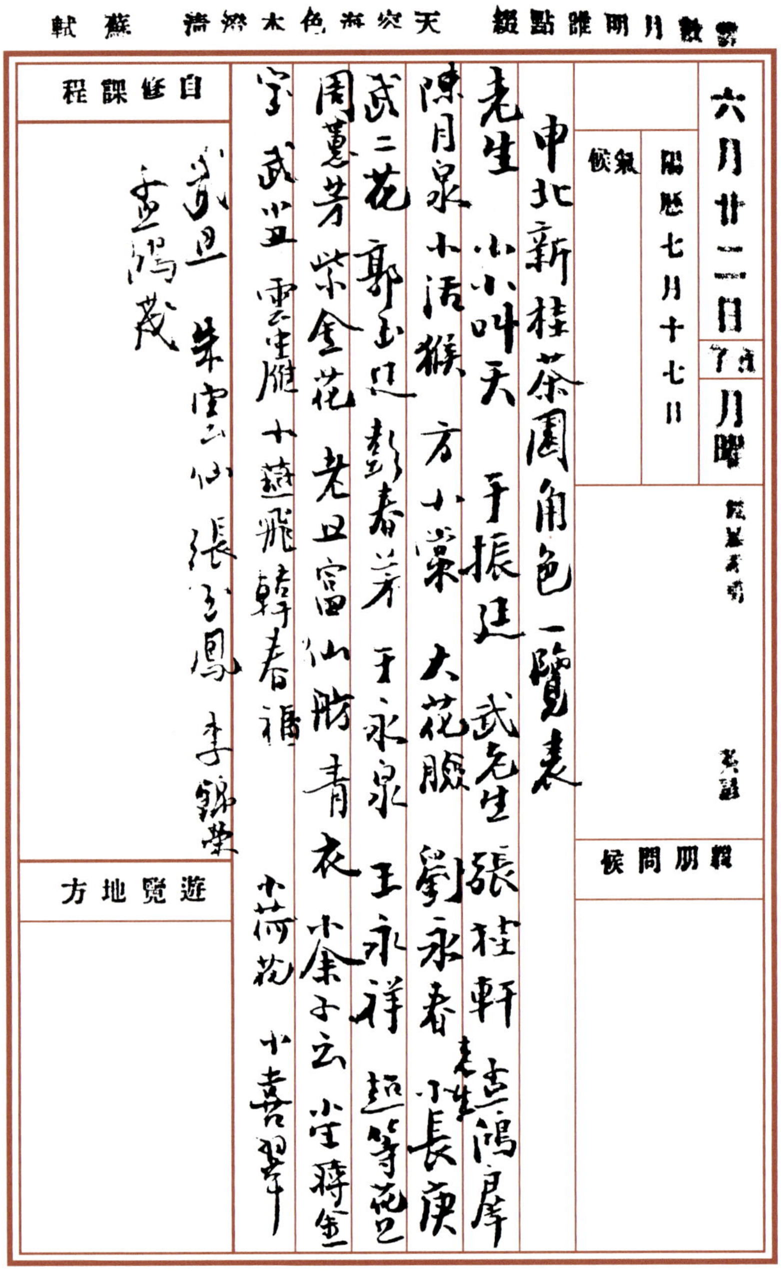
六月廿二日
陽曆七月十七日
氣候
中北新桂茶園角色一覽表
老生 小小叫天 于振廷 武老生 張桂軒 查鴻群
陳月泉 小活猴 方小棠 大花臉 劉永春 老生 小長庚
武二花 郭玉廷 彭春芳 于永泉 王永祥 超等花旦
周蕙芳 紫金花 老旦 富仙舫 青衣 小余子云 小生 蔣金宝
武小丑 雲中雁 小燕飛 韓春福 小荷花 小喜翠
武旦 朱雲仙 張玉鳳 李錦榮 孟鴻茂
自修課程
遊覽地方
朋問候

六月廿二日（阳历七月十七日）

中北新桂茶园角色一览表

老生：小小叫天、于振廷；武老生：张桂轩、查鸿群、陈月泉；小活猴：方小棠；大花脸：刘永春；老生：小长庚；武二花：郭玉廷、彭春芳、于永泉、王永祥、超等花旦：周惠芳、紫金花；老旦：富仙舫；青衣：小余子云；小生：蒋金宝；武小丑：云中雁、小燕飞、韩春福、小荷花、小喜翠；武旦：朱云仙、张玉凤、李锦荣、孟鸿茂。

秋近蟲聲亂　夜霜遮月低　併思晨

閏六月十三日　己酉　月曜

陽歷八月初七日

氣候

世俗之斷事不以真理而以先入之僻見　西細洛

親朋問候

日修課程

游覽地方

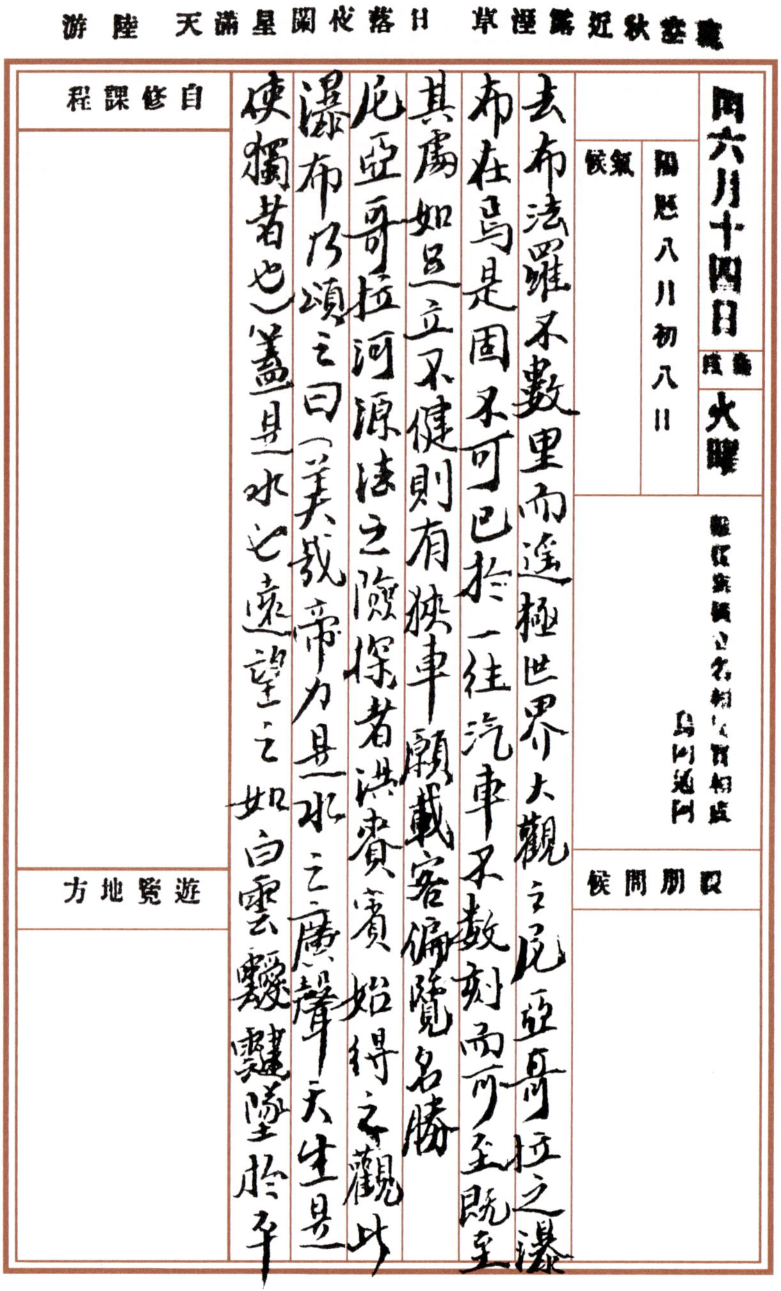

闰六月十四日（阳历八月初八日）

去布法罗不数里而遥，极世界大观之尼亚哥拉之瀑布在焉。是固不可已于一往，汽车不数刻而可至。既至其处，如足立不健，则有狭车愿载客遍览名胜。

尼亚哥拉河源，法之险探者洪赍宾始得之。观此瀑布，乃颂之曰：『美哉，帝力！是水之广声天生，是使独者也！』盖是水也，远望之如白云蹁跹，坠於平

歲華過半休惆悵　且對西風賀立秋　范成大

閏六月十五日　辛亥　水曜

立秋

陽歷八月初九日

氣候

不輕小事而後能成大事　拿破崙

親朋問候

自修課程

遊覽地方

平野近觀之如羽客蹁躚落於九天萬斛原泉奔騰直落噌吰之聲鞺鞳之聲數十里外猶得聞之雖滄海之迴瀾水無涯而合岸猶不足擬此聲響也其無盡藏之源頭半在於蘇必利爾湖入森馬利斯湖而委於休侖湖面固平倒流之勢於是少息然當其入湖之始躍森馬利斯湖而下也一落千

闰六月十五日（阳历八月初九日）

（注：续上一页）平〔此字衍〕野。近观之如羽客蹁跹，落於九天，万斛原泉，奔腾直落。噌吰之声，鞺嗒〔鞳〕之声，数十里外犹得闻之。虽沧海之回澜，水无涯而合岸，犹不足拟此声响也。其无尽藏之源头，半在于苏必利尔湖，入森马利斯湖而委于休仑。湖面固平，倒流之势於是少息，然当其入湖之始，跃森马利斯湖而下也，一落千

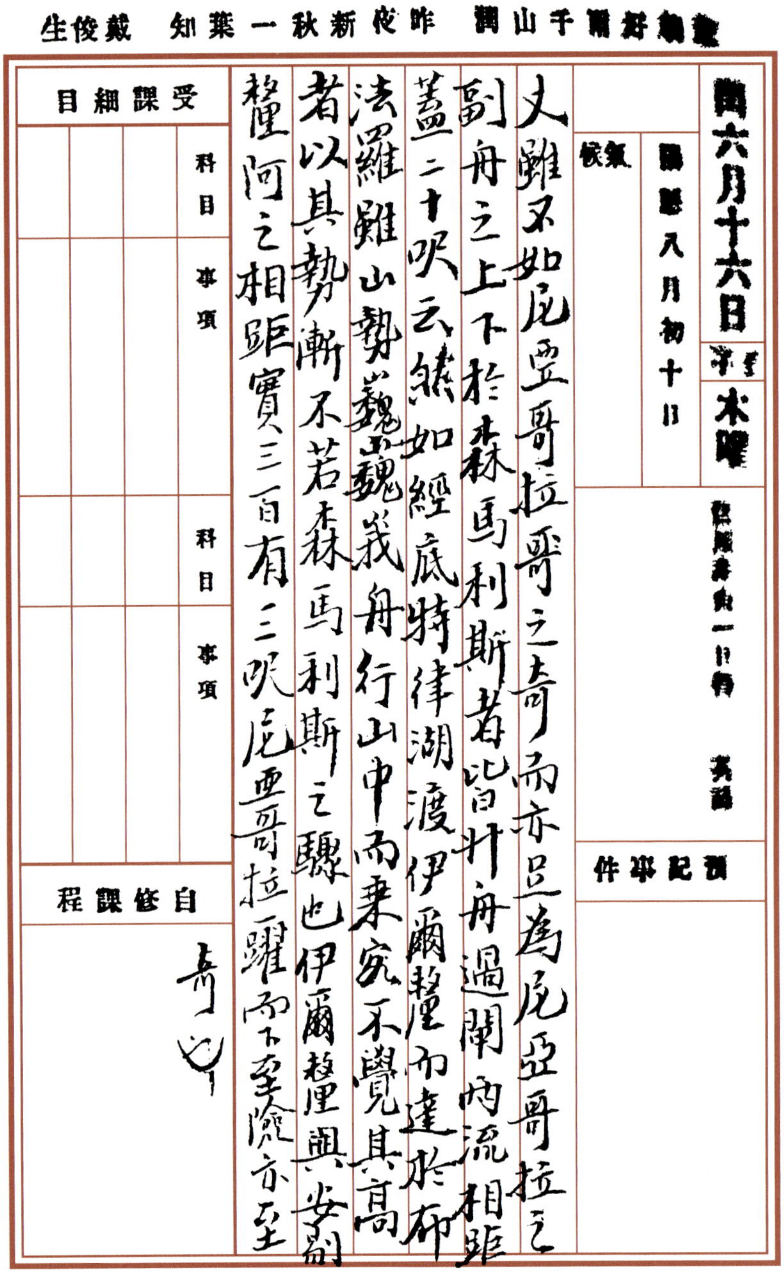

闰六月十六日（阳历八月初十日）

（注：续上一页）丈，虽不如尼亚哥拉哥之奇，而亦足为尼亚哥拉之副。舟之上下于森马利斯者，皆升舟过闸，两流相距盖二十呎云。然如经底特律湖渡伊尔厘而达於布法罗，虽山势巍峨，舟行山中而乘客不觉其高者，以其势渐不若森马利斯之骤也。伊尔厘与安剔厘阿之相距，实三百有三呎。尼亚哥拉一跃而下，至险亦至奇也。

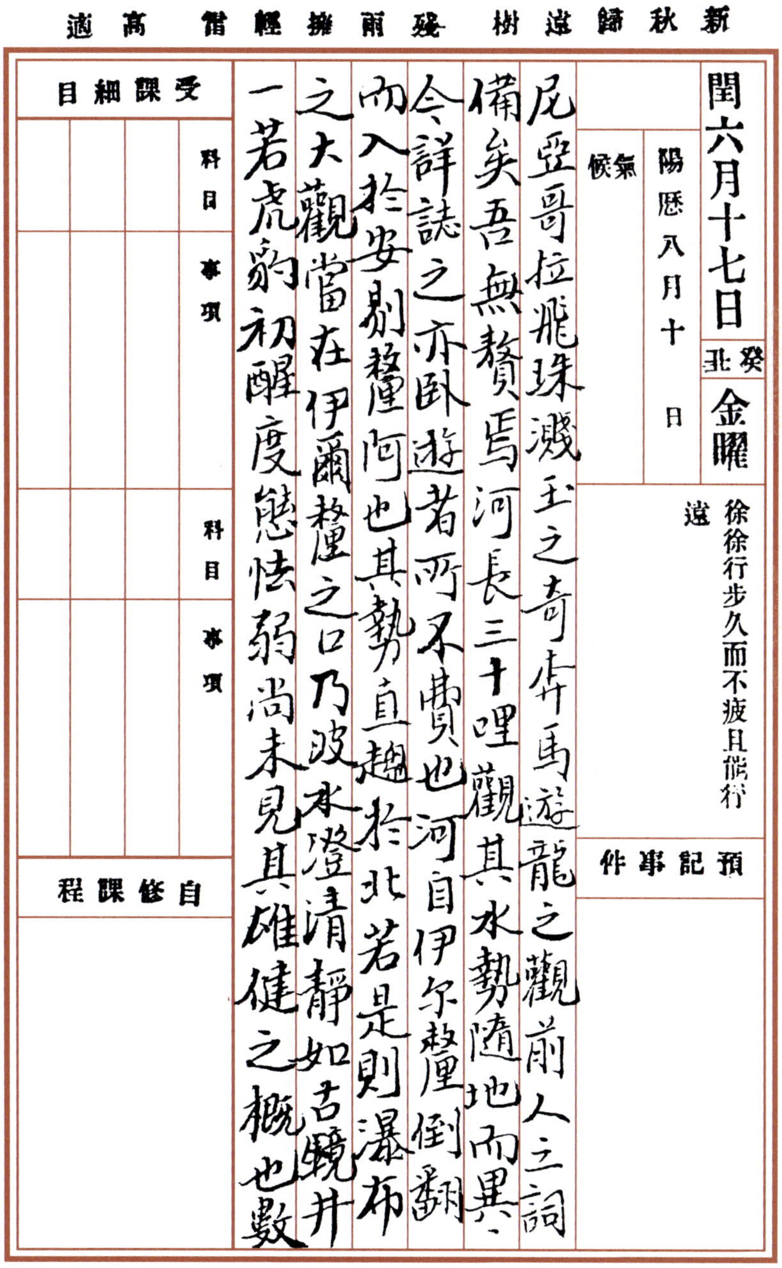

闰六月十七日（阳历八月十一日）

（注：续上一页）尼亚哥拉飞珠溅玉之奇，奔马游龙之观，前人之词备矣，吾无赘焉。河长三十哩，观其水势，随地而异，今详志之，亦卧游者所不费也。河自伊尔厘倒翻而入于安剔厘阿也。其势直趋於北，若是则瀑布之大观，当在伊尔厘之口，乃波水澄清，静如古井，一若虎豹初醒，度态怯弱，尚未见其雄健之概也。数

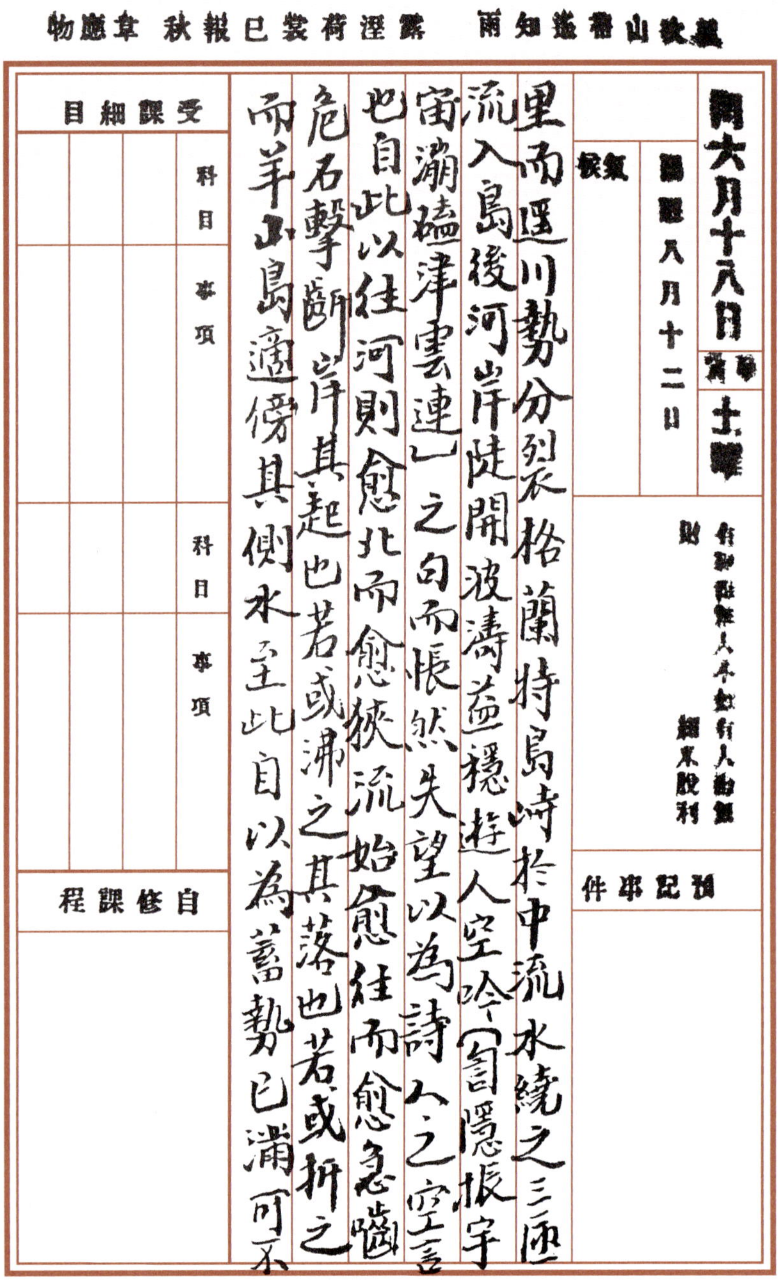
秋山暮靄知雨　露溼荷裳已報秋　韋應物

閏六月十八日
陽曆八月十二日

里而遥川勢分裂格蘭特島峙於中流水繞之三匝
流入島後河岸陡開波濤益穩游人空吟「㝠隱振宇
宙崩磕津雲連」之句而悵然失望以為詩人之空言
也自此以往河則愈北而愈狹流始愈往而愈急嚙
危石擊斷岸其起也若或沸之其落也若或折之
而羊山島適傍其側水至此自以為蓄勢已滿可不

受課細目
自修課程

闰六月十八日（阳历八月十二日）

（注：续上一页）里而遥，川势分裂，格兰特岛峙于中流，水绕之三匝，流入岛后，河岸陡开，波涛益稳。游人空吟『㝠隐振宇宙，崩磕津云连』之句，而怅然失望，以为诗人之空言也。自此以往，河则愈北而愈狭，流始愈往而愈急，啮危石，击断岸，其起也若或沸之，其落也若或折之。而羊山岛适旁其侧，水至此自以为蓄势已满，可不

蒹葭白露南郭月　殺巾猶卧北窗風　鏡惟演

閏六月十九日　乙卯日曜　陽歷八月十三日

氣候

管理志意優於增長智識　英諺

預記事件

親朋問候

遊覽地方

自修課程

躊躕却顧而直聳身於不測之淵，此一躍也，實自一百六十呎之高度而下，雨之自空而降也，當高過於此，然大雨不能立成江河，而瀑布能之者，雨散而瀑集也。一分時之頃水之一躍而下者，重不知其若干噸也。若論其力，則雖盡美國工廠舟車中之蒸汽，猶不足以擬之。

闰六月十九日（阳历八月十三日）

（注：续上一页）踌躇却顾而直耸身于不测之渊。此一跃也，自一百六十呎之高度而下，雨之自空而降也，当高过於此。然大雨不能立成江河，而瀑布能之者，雨散而瀑集也。一分时之顷水一跃而下者，重不知其若干吨也。若论其力，则虽尽美国工厂舟车中之蒸汽，犹不足以拟之。

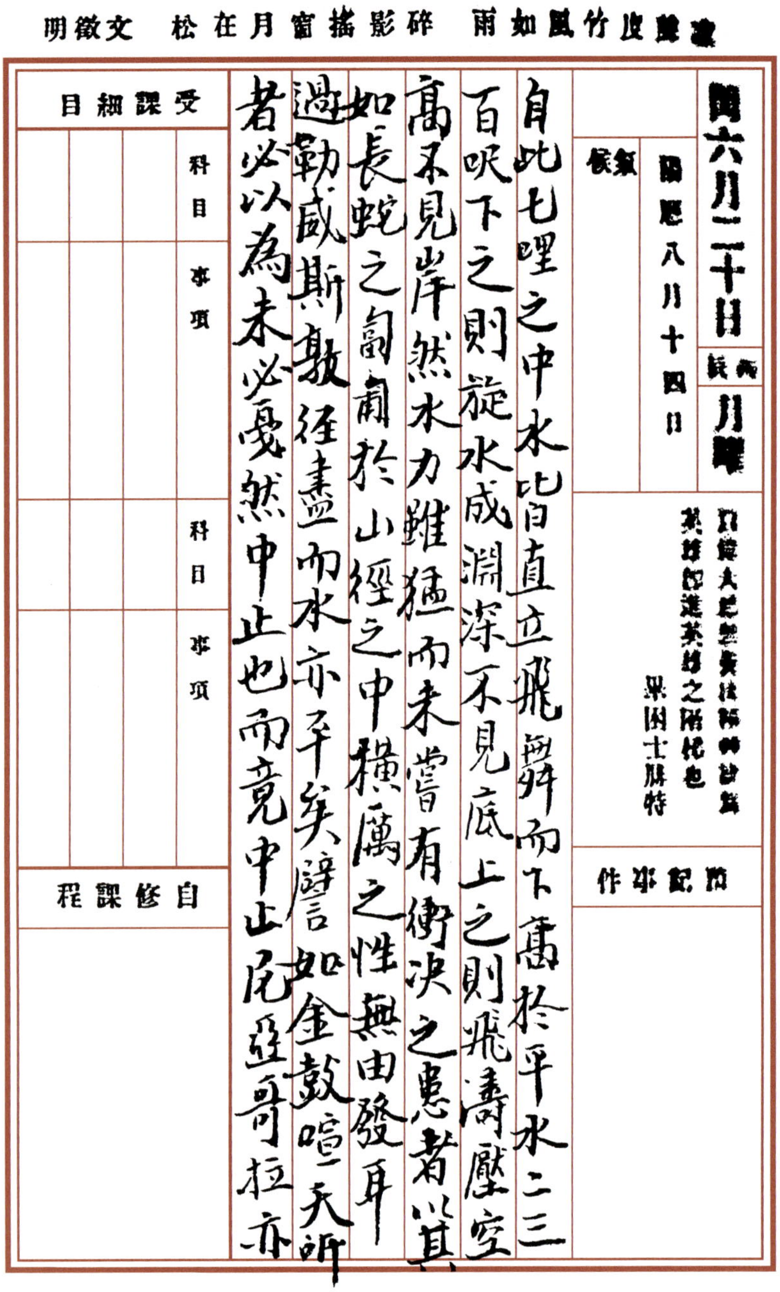

闰六月二十日（阳历八月十四日）

（注：续上一页）自此七哩之中，水皆直立飞舞而下，高於平水二三百呎。下之则旋水成渊，深不见底；上之则飞涛压空，高不见岸。然水力虽猛，而未尝有冲决之患者，以其如长蛇之匐匍于山径之中，横厉之性无由发耳。

过勒威斯敦，径尽而水亦平矣，譬如金鼓喧天，听者必以为未必戛然中止也，而竟中止。尼亚哥拉亦

萬里因循成久客 一年容易又秋風 陸游

閏六月廿一日 丁巳 火曜

陽曆八月十五日

氣候

方今世人之病半由於勞腦力而逸身體 特闢

預記事件

奇矣哉待至無聲此水已屬諸安剔釐尔湖
尼亞哥拉東望美而西望加拿大兩國之鴻溝也
兩岸各高千丈古松陰森赭岩突兀語其名勝彼
此皆同遊人身雖在美而可遠眺加拿大臨江有
公園落成於維多利亞在位之時故以為名焉遊
美之尼亞哥拉者必宿于尼亞哥拉村風光秀

受課細目

科目	事項

科目	事項

自修課程

闰六月廿一日（阳历八月十五日）

（注：续上一页）奇矣哉。待至无声，此水已属诸安剔厘尔湖。

尼亚哥拉东望美而西望加拿大，两国之鸿沟也。两岸各高千丈，古松阴森，赭岩突兀，语其名胜彼此皆同。游人身虽在美，而可远眺加拿大。临江有公园，落成於维多利亚在位之时，故以为名焉。游美之尼亚哥拉者，必宿于尼亚哥拉村，风光秀

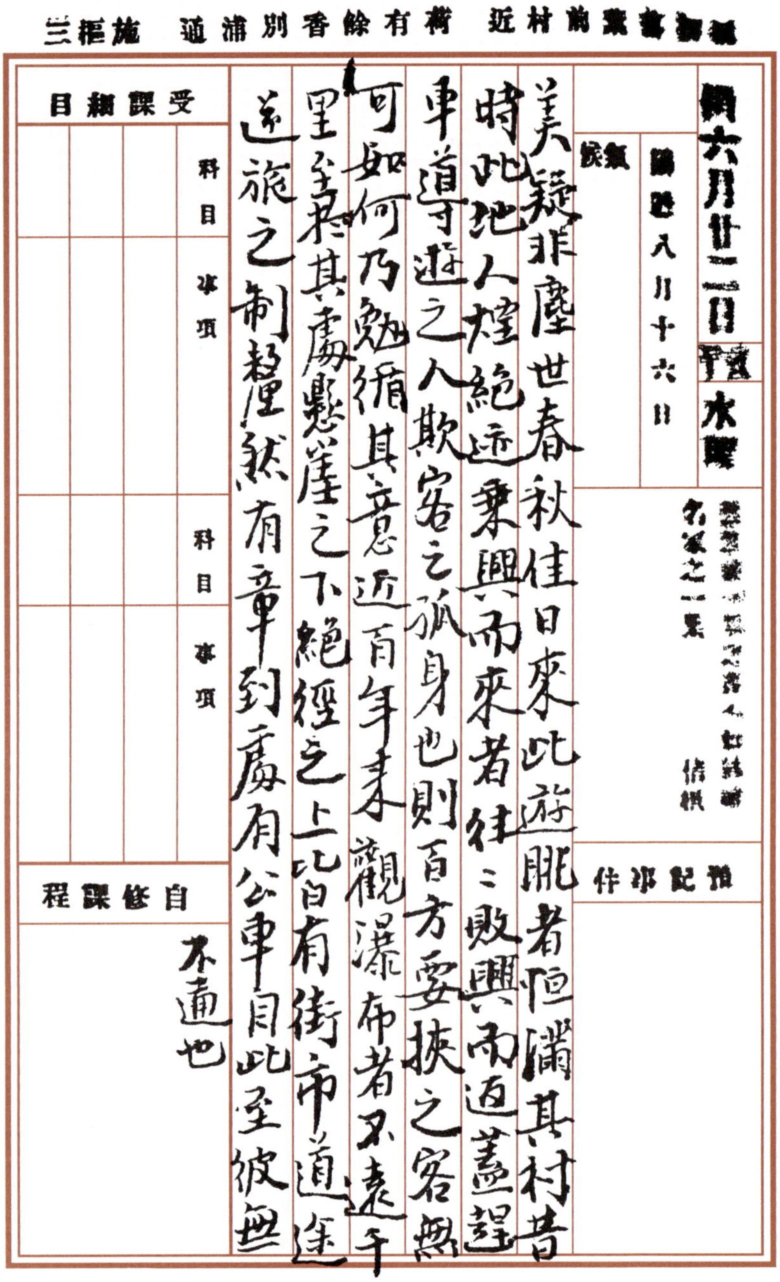

閏六月廿二日 水曜
陽曆八月十六日

美，疑非塵世。春秋佳日來此游眺者，恒滿其村。昔時此地人烟絕迹，乘興而來者，往往敗興而返。蓋趕車導遊之人欺客之孤身也，則百方要挾之，客無可如何，乃勉循其意。近百年來，觀瀑布者不遠千里至於其處，懸崖之下絕徑之上皆有街市，道途逆旅之制，釐然有章。到處有公車，自此至彼無不通也。

受課科目
科目 事項
科目 事項
自修課程
雜記事件

闰六月廿二日（阳历八月十六日）

（注：续上一页）美，疑非尘世。春秋佳日来此游眺者，恒满其村。昔时此地人烟绝迹，乘兴而来者，往往败兴而返，盖赶车导游之人欺客之孤身也，则百方要挟之，客无可如何，乃勉循其意。近百年来，观瀑布者不远千里至於其处，悬崖之下绝径之上皆有街市，道途逆旅之制，厘然有章。到处有公车，自此至彼无不通也。

伏

風生細葛無三伏　月上疏林已四更　范成大

閏六月廿三日　己未　木曜

陽歷八月十七日

氣候

購遊票一紙費十五仙票有圓邊持此可不擇車而乘倦遊一處見車過者即附而歸於事極便
先驅車至山羊島川流至此分為二道右近美國之土而左近加拿大之岸此島中峙望之如碧玉之盤浮於銀濤雪海中幾欲浮水而去水面起薄霧一層景色微茫耳中如震雷忽起者水擊石

財物殺人之靈魂甚於白刃殺人之肉體　斯格的

預記事件

受課細目

科目	事項
科目	事項

自修課程

闰六月廿三日（阳历八月十七日）

（注：续上一页）购游票一纸费十五仙，票有圆边，持此可不择车而乘，倦游一处见车过者即附而归，于事极便。

先驱车至山羊岛。川流至此分为二道，右近美国之土，而左近加拿大之岸。此岛中峙，望之如碧玉之盘，浮于银涛雪海中，几欲浮水而去，水面起薄雾一层，景色微茫。耳中如震雷忽起者，水击石

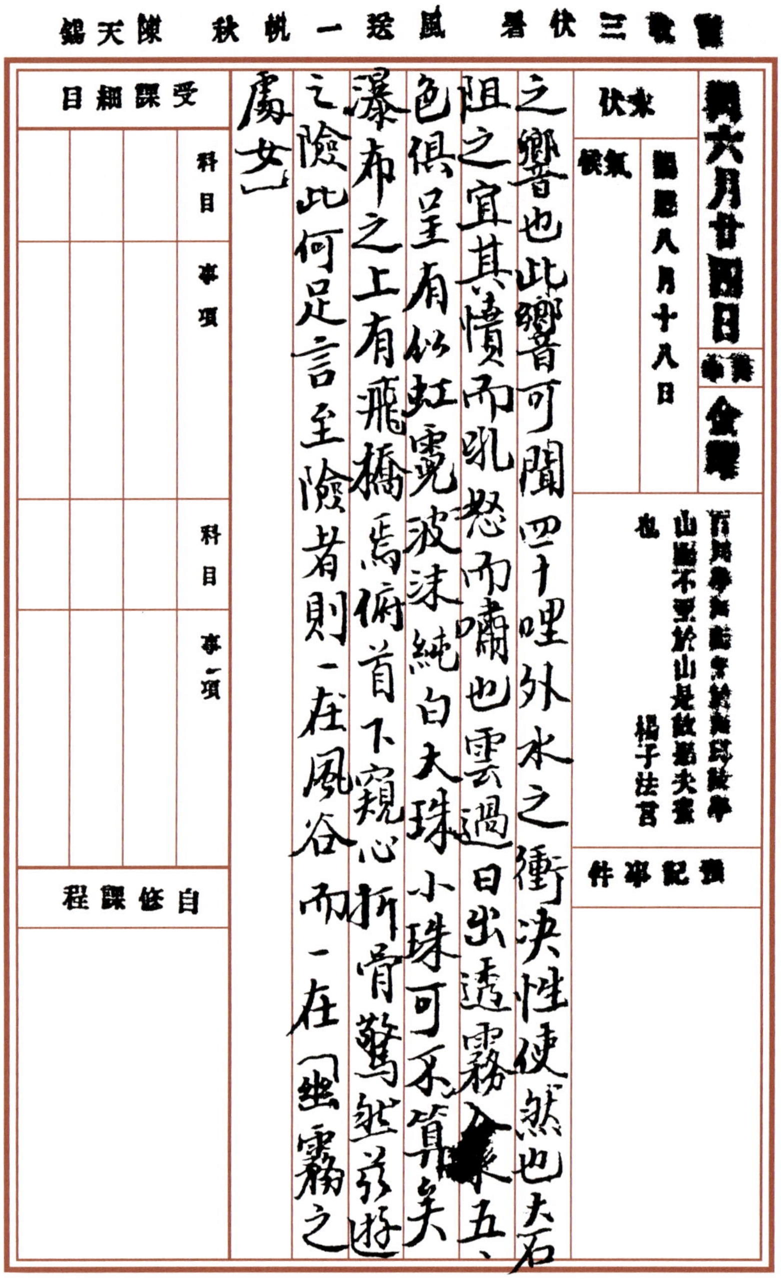

閏六月廿四日 陽歷八月十八日 金曜

之響也此響可聞四十哩外水之衝決性使然也大石阻之宜其憤而吼怒而嘯也雲過日出透霧入水五色俱呈有似虹霓波沫純白大珠小珠可不算矣瀑布之上有飛橋焉俯首下窺心折骨驚然茲游之險此何足言至險者則一在風谷而一在「幽霧之處女」

闰六月廿四日（阳历八月十八日）

（注：续上一页）之响也。此响可闻四十哩外，水之冲决性使然也。大石阻之，宜其愤而吼怒而啸也。云过日出透雾入水，五色俱呈，有似虹霓。波沫纯白，大珠小珠可不算矣。瀑布之上有飞桥焉，俯首下窥，心折骨惊。然兹游之险，此何足言。至险者则一在风谷而一在『幽雾之处女』

雲散月明誰點綴　天容海色本澄清　蘇軾

閏六月廿五日　辛酉　土曜

陽歷八月十九日

氣候

谷蟠伏瀑布之下伏入白波幽蔭薈蔚無路可入
維緣梯可下旁有小村村人專以相人游谷為事
客欲入者則著防水衣履氈履蓋革履堅滑固不
良於仄步流沫成輪布帛不可以禦水故皆當易之
二者兼得宜給導者金一圓尾導者徐行既臨
淵導者不令止一若將驅而入於水者不知有木梯

預記事件

天下無論何事但人所能爲者則我自無不能爲之理　淵古

受課細目

科目	事項
科目	事項

自修課程

闰六月廿五日（阳历八月十九日）

（注：续上一页）谷，蟠伏瀑布之下，伏入白波，幽荫荟蔚，无路可入，维〔惟〕缘梯可下。旁有小村，村人专以相人游谷为事。客欲入者，则著防水衣，履毡履。盖革履坚滑，固不良于仄步，流沫成轮，布帛不可以御水，故皆当易之。二者兼得宜。给导者金一圆，尾导者徐行。既临渊，导者不令止，一若将驱而入於水者，不知有木梯

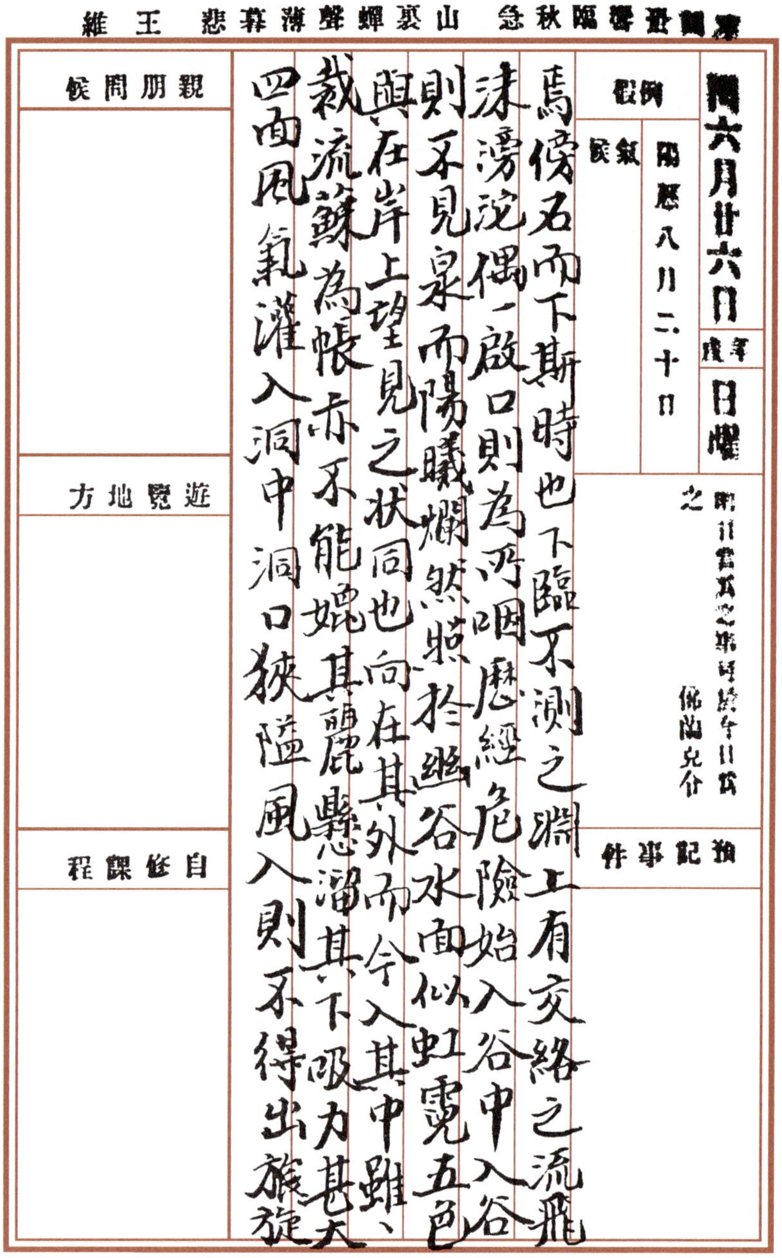

闰六月廿六日（阳历八月二十日）

（注：续上一页）焉。傍石而下，斯时也，下临不测之渊，上有交络之流，飞沫滂沱。偶一启口，则为所咽。历经危险，始入谷中。入谷则不见泉，而阳曦烂然，照於幽谷，水面拟虹霓五色，与在岸望见之状同也。向在其外，而今入其中，虽裁流苏为帐，亦不能媲其丽。悬溜其下吸力甚大，四面风气灌入洞中。洞口狭隘，风入则不得出，旋

盡天如水淨藏雲　明月含輝變秋景　釋契嵩

閏六月廿七日　癸亥　月曜

陽歷八月廿一日

氣候

高尚之學術不能一時而得
絕大之事業不能一企而成
猶之行路在一步進一步
斯邁爾

預記事件

轉迴擊無少已時一奇觀也
夫行舟於懸泉之下則必有推檝抑檣之虞矧
尼亞哥拉之蓄勢百里力不可當者乎美之
好奇者特製一舟鼓躍其中以娛來賓是能
入幽霧拒逆浪渺然如凌波之仙故名其舟曰
幽霧之處女吾試乘之大波蕲軒然似欲吞舟

受課細目

科目　事項　科目　事項

自修課程

闰六月廿七日（阳历八月廿一日）

（注：续上一页）转回击，无少已时。一奇观也。

夫行舟於悬泉之下，则必有摧楫抑樯之虞，矧尼亚哥拉之蓄势百里，力不可当者乎？美之好奇者，特制一舟，鼓跃其中，以娱来宾。是能入幽雾，拒逆浪，渺然如凌波之仙，故名其舟曰『幽雾之处女』。吾试乘之，大波轩然似欲吞舟。

[illegible]崽茶山店遠 看人穫稻午風涼 黃山谷

閏六月廿八日 子申 火曜

陽曆八月廿二日

天候

逆浪排空，時時欲驅舟至巖石之上而逞其擊。顧吾舟舒展自若，如臨清溪。或順流而下，或逆水而上，倏而此岸，倏而彼岸，蓋其机関甚固，故能不為急流所乘耳。旋水急灘之觀亦不可不一往也。有橋跨瀑布之上，加拿大與美國於此可通。至此又得見所未見。

受課細目

科目	事項

科目	事項

自修課程

摘記事件

闰六月廿八日（阳历八月廿二日）

（注：续上一页）逆浪排空，时时欲驱舟至岩石之上而逞其一击。顾吾舟舒展自若，如临清溪。或顺流而下，或逆水而上，倏而此岸，倏而彼岸，盖其机关甚固，故能不为急流所乘耳。

旋水急滩之观亦不可不一往也。在桥跨瀑布之上，加拿大与美国於此可通。至此又得见所未见。

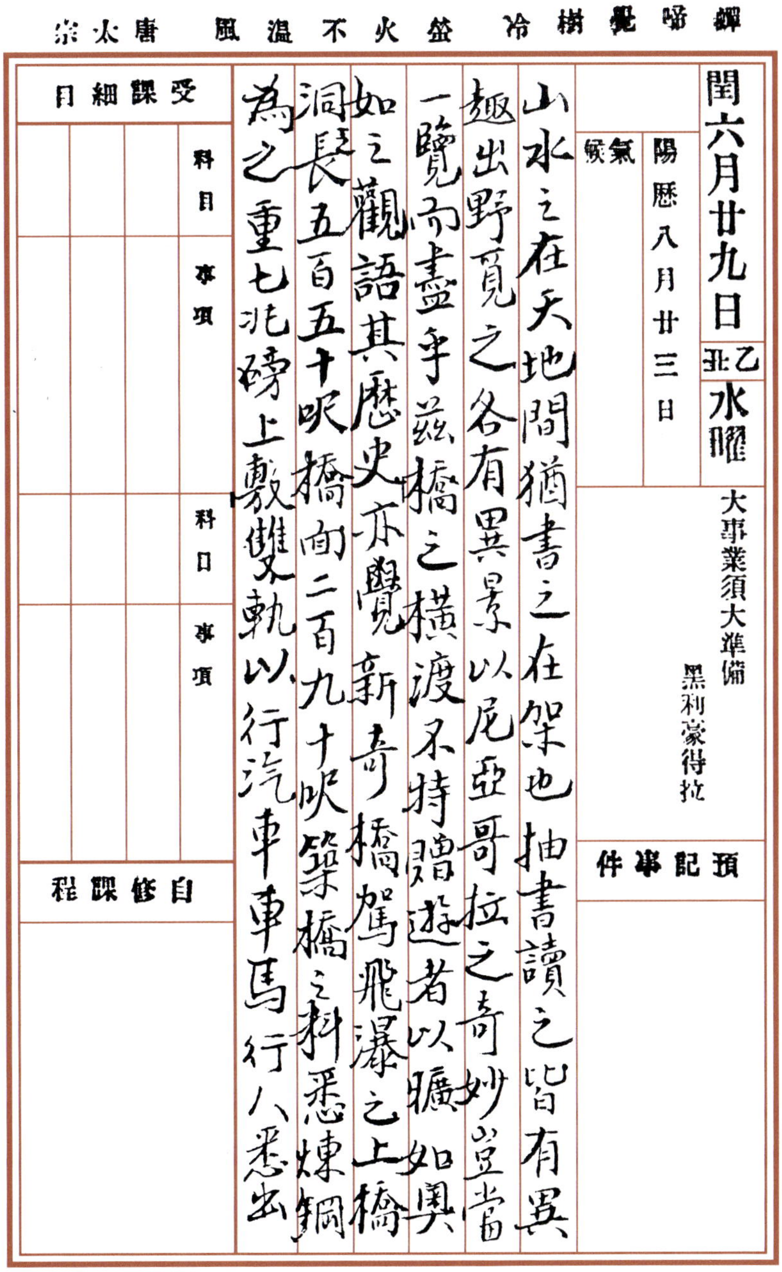

闰六月廿九日（阳历八月廿三日）

（注：续上一页）山水之在天地间，犹书之在架也。抽书读之皆有异趣，出野觅之，各有异景。以尼亚哥拉之奇妙，岂当一览而尽乎？兹桥之横渡，不特赠游者以旷如奥如之观，语其历史，亦觉新奇。桥驾飞瀑之上，桥洞之长五百五十呎，桥面二百九十呎。筑桥之料，悉炼钢为之，重七兆磅，桥上敷双轨，以行汽车。车马、行人悉出

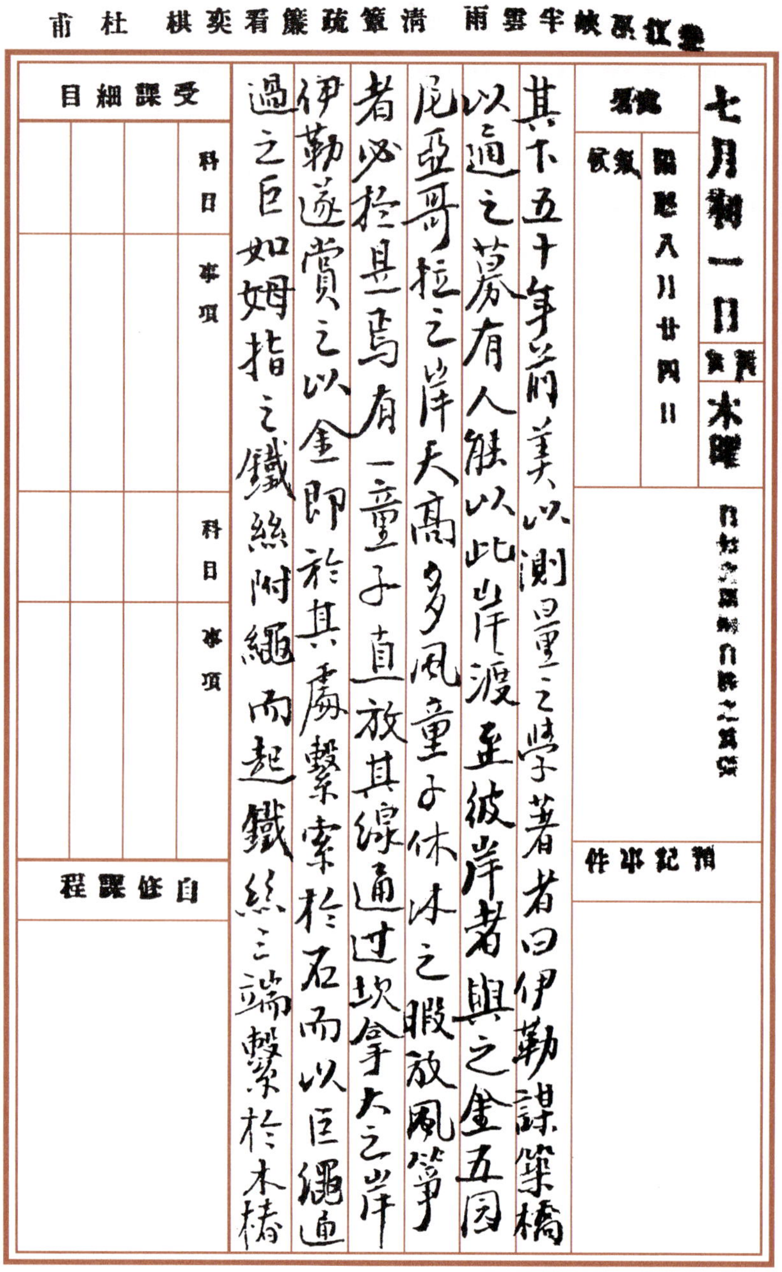
七月初一日 木曜

受課細目 科目 事項

自修課程

摘記事件

其下五十年前美以測量之學著者曰伊勒謀築橋以通之募有人能以此岸渡至彼岸者與之金五圓尼亞哥拉之岸天高多風童子休沐之暇放風箏者必於是焉有一童子直放其線通過坎拿大之岸伊勒遂賞之以金即於其處繫索於石而以巨繩通過之巨如姆指之鐵絲附繩而起鐵絲之端繫於木樁

七月初一日（阳历八月廿四日）

（注：续上一页）其下。五十年前，美以测量之学著者曰伊勒，谋筑桥以通之，募有人能以此岸渡至彼岸者，与之金五圆。尼亚哥拉之岸天高多风，童子休沐之暇放风筝者必于是焉。有一童子直放其线，通过坎拿大之岸，伊勒遂赏之以金。即于其处系索于石，而以巨绳通过之。巨如姆指之铁丝附绳而起，铁丝之端系于木桩，

殘暑已消團扇底 新涼纔到短檠前 王術

七月初二日 丁卯 金曜

陽歷八月廿五日

氣候

為多事易為一事而持久難 章遂

預記事件

然後以鐵為籃工人蹲踞其中而以施工伊勒奮身而上緣索過之觀者咋舌而伊勒之神色陽陽如平時程工久之橋梁以成行人初時猶不敢涉伊勒驅四馬過之人見其安渡恐怖之心於是悉泯視為康莊今且緣橋別駕一座以通鐵路是橋之形勢益以壯矣

受課細目

科目	事項

科目	事項

自修課程

七月初二日（阳历八月廿五日）

（注：续上一页）然后以铁为篮，工人蹲踞其中而以施工。伊勒奋身而上，缘索过之，观者咋舌，而伊索之神色阳阳如平时。程工久之桥梁以成。行人初时犹不敢涉，伊勒驱四马过之，人见其安渡，恐怖之心于是悉泯，视为康庄。今且缘桥别架一座，以通铁路，是桥之形势益以壮矣。

七月初三日（阳历八月廿六日）

（注：续上一页）尼亚哥拉之工程足与桥并称者，则有尼亚哥拉之燧〔隧〕道于此分不可思议之水力而为人用者也。以管承流，而车轮日夜转，电力以生，皆流水之力也。电蓄之于池，以线导至布法罗制造之料，无有便於此者矣。喻以马力，则一轮之力足抵马力五千匹。专门之士近日研究此事，谓是尼亚哥拉之流，涓滴无废，尽为人用，则

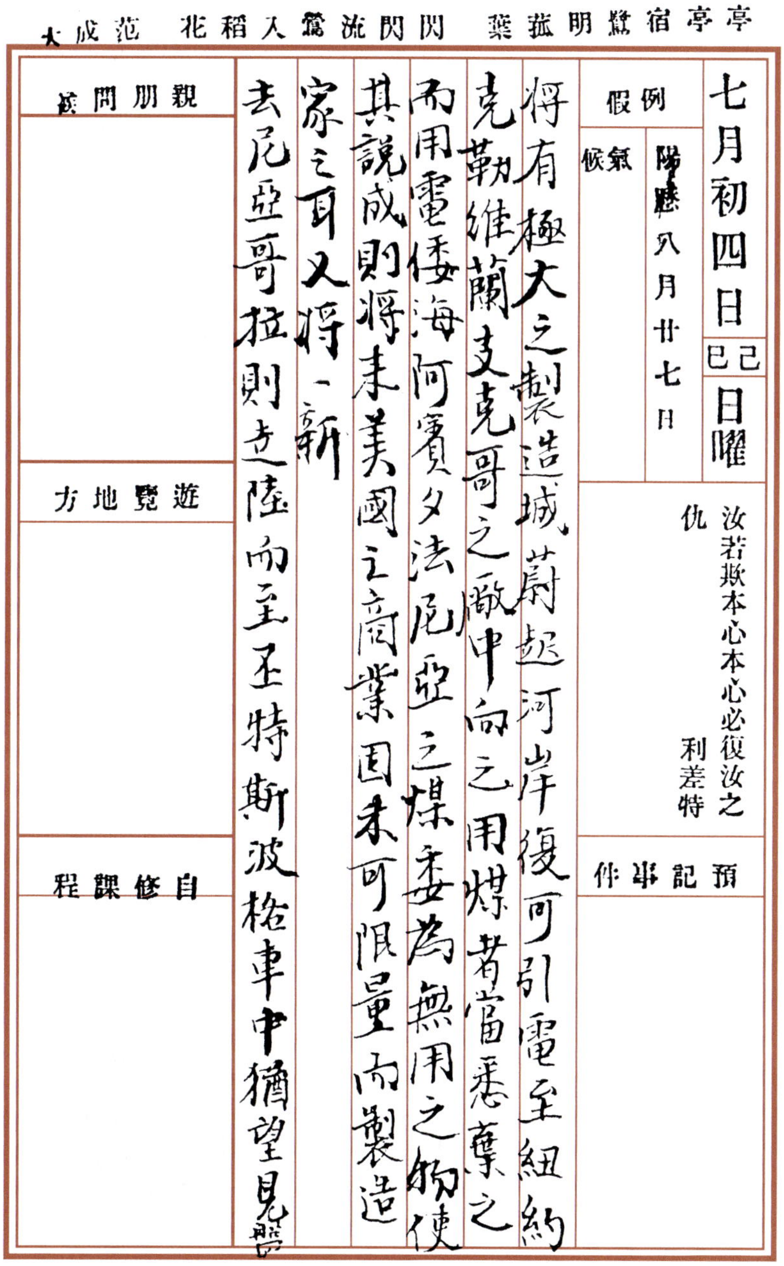
亭亭宿鷺明菰葉　閃閃流鶯入稻花　范成大
七月初四日　己巳　日曜
例假
氣候
陽歷八月廿七日
汝若欺本心本心必復汝之仇　利差特
預記事件
遊覽地方
自修課程
親朋問答
將有極大之製造城蔚起河岸復可引電至紐約克勒維蘭支克哥之廠中向之用煤者當悉棄之而用電倭海阿賓夕法尼亞之煤委為無用之物使其說成則將來美國之商業固未可限量而製造家之耳又將一新
去尼亞哥拉則走陸而至丕特斯波格車中猶望見盤

七月初四日（阳历八月廿七日）

（注：续上一页）将有极大之制造城蔚起河岸，复可引电至纽约、克勒维兰。支克哥之厂中，向之用煤者当悉弃之而用电，倭海阿、宾夕法尼亚之煤，委为无用之物。使其说成，则将来美国之商业固未可限量，而制造家之耳又将一新。

去尼亚哥拉，则走陆而至丕特斯波格，车中犹望见盘

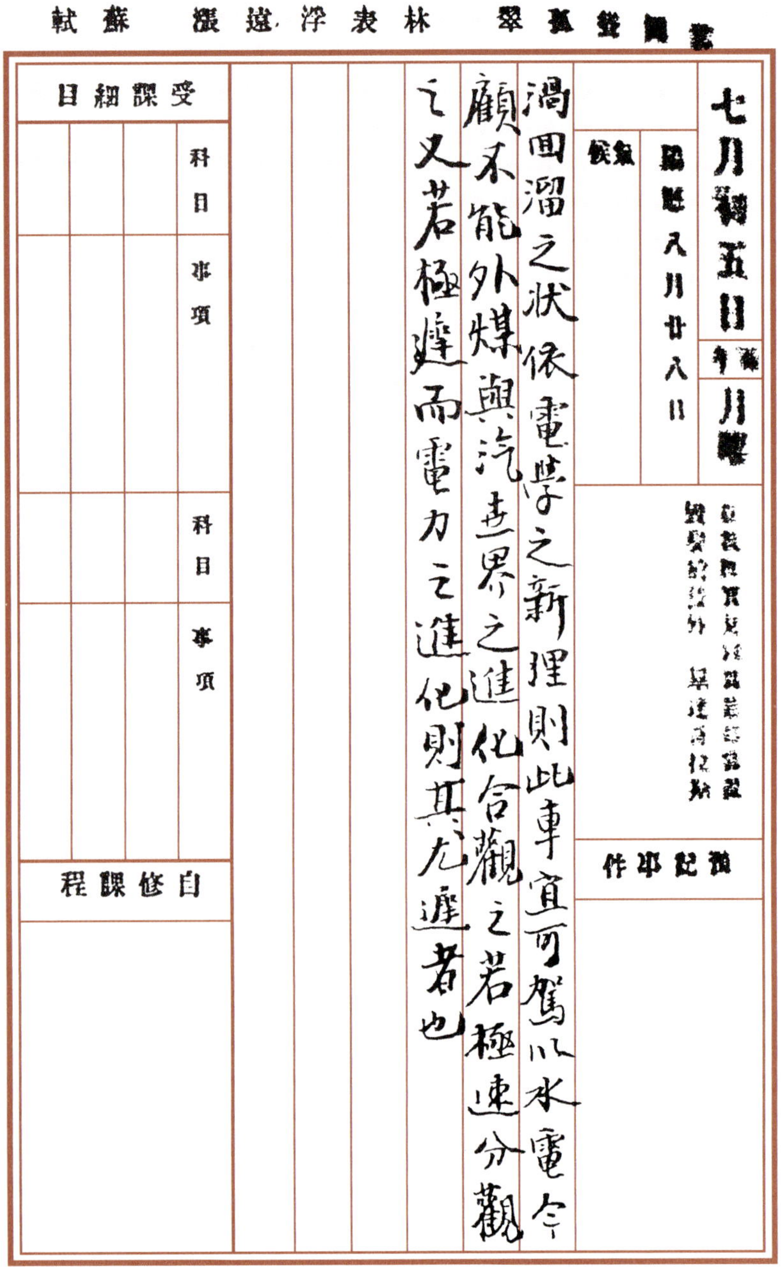

七月初五日 星期 陽歷八月廿八日 氣候

渦回溜之狀依電學之新理則此車宜可駕以水電今顧不能外煤與汽世界之進化合觀之若極速分觀之又若極遲而電力之進化則其尤遲者也

受課細目 科目 事項 科目 事項 自修課程

七月初五日（阳历八月廿八日）

（注：续上一页）涡回溜之状。依电学之新理，则此车宜可驾以水电，今顾不能外煤与汽。世界之进化，合观之若极速，分观之又若极迟，而电力之进化则其尤迟者也。

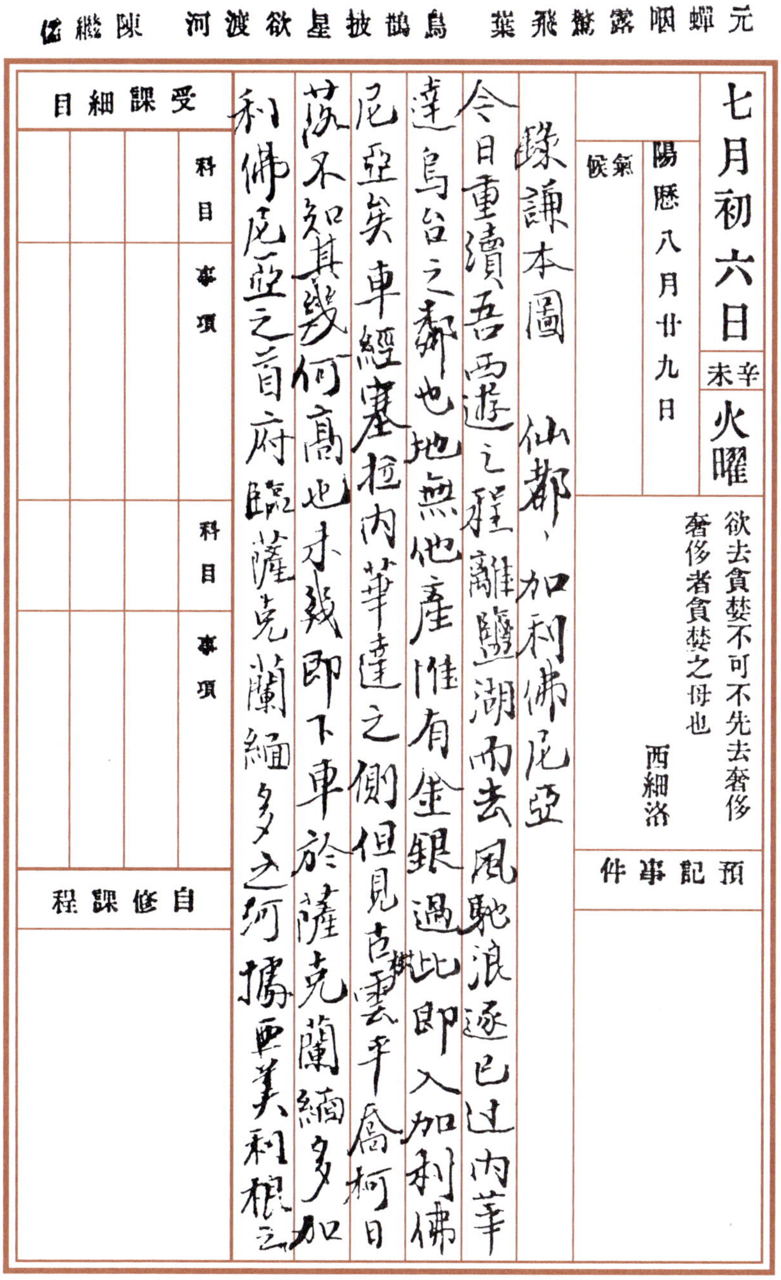
元蟬咽露濕飛葉　烏鵲披星欲渡河　陳繼儒

七月初六日　辛未　火曜

陽歷八月廿九日

氣候

預記事件

欲去貪婪不可不先去奢侈
奢侈者貪婪之母也
西細洛

錄謙本圖　仙都、加利佛尼亞

今日重續吾西遊之程離鹽湖而去風馳浪逐已過內華達烏台之鄰也地無他產惟有金銀過此即入加利佛尼亞矣車經塞拉內華達之側但見古樹雲平喬柯日落不知其幾何高也未幾即下車於薩克蘭緬多加利佛尼亞之首府臨薩克蘭緬多之河據亞美利根之

受課細目

科目	事項

科目	事項

自修課程

七月初六日（阳历八月廿九日）

录谦本图　仙都　加利佛尼亚

今日重续吾西游之程。离盐湖而去，风驰浪逐，已过内华达，乌台之邻也。地无他产，惟有金银。过此即入加利佛尼亚矣。车经塞拉内华达之侧，但见古树云平，乔柯日落，不知其几何高也。未几，已下车于萨克兰缅多。加利佛尼亚之首府，临萨克兰缅多之河，据〔踞〕亚美利根之

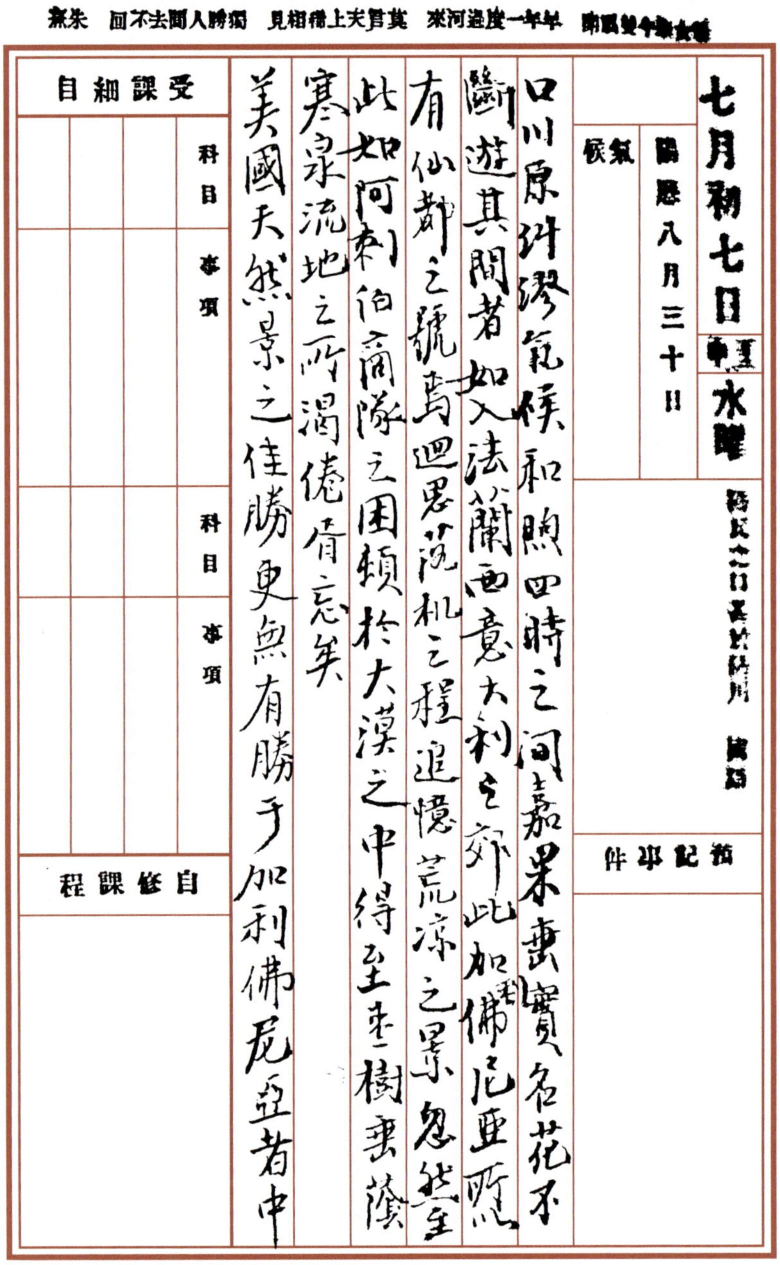

七月初七日（阳历八月三十日）

（注：续上一页）口，川原纠缪，气候和煦，四时之间，嘉果垂实，名花不断。游其间者，如入法兰西、意大利之郊，此加利佛尼亚所以有仙都之号焉。回思落机之程，追忆荒凉之景，忽然至此，如阿剌伯商队之困顿於大漠之中，得至枣树垂荫、寒泉流地之所，渴倦胥忘矣。

美国天然景之佳胜，更无有胜于加利佛尼亚者。中

睡起秋風無覓處　滿街梧葉月明中　劉翰

七月初八日　癸酉　木曜

陽歷八月三十一日

氣候

人多意雜

得迪士

預記事件

有數縣終歲清和盡如首夏歐美之俗以十一月二十五日（常在中歷冬至前後）為耶蘇節期戚友之間互通餽贈而俗更有所謂耶蘇樹者折松柏之枝編綴糖果玩具之屬小兒見之無不喜躍故俗之盼望此日也尤切於望新年加利佛尼亞之（亞）俗則是日皆以玫瑰為飾櫻桃為食如北部夏至時之景而距城不二哩

受課細目

科目　事項

科目　事項

自修課程

七月初八日（阳历八三十一日）

（注：续上一页）有数县，终岁清和，尽如首夏。欧美之俗，以十一〔二〕月二十五日（常在中历冬至前后）为耶〔稣〕节期，戚友之间，互通馈赠。而俗更有所谓耶〔稣〕树者，折松柏之枝，编缀糖果玩具之属，小儿见之，无不喜跃，故俗之盼望此日也，尤切於望新年。加利佛尼亚之俗，则是日皆以玫瑰为饰，樱桃为食，如北部夏至时之景，而距城不二哩

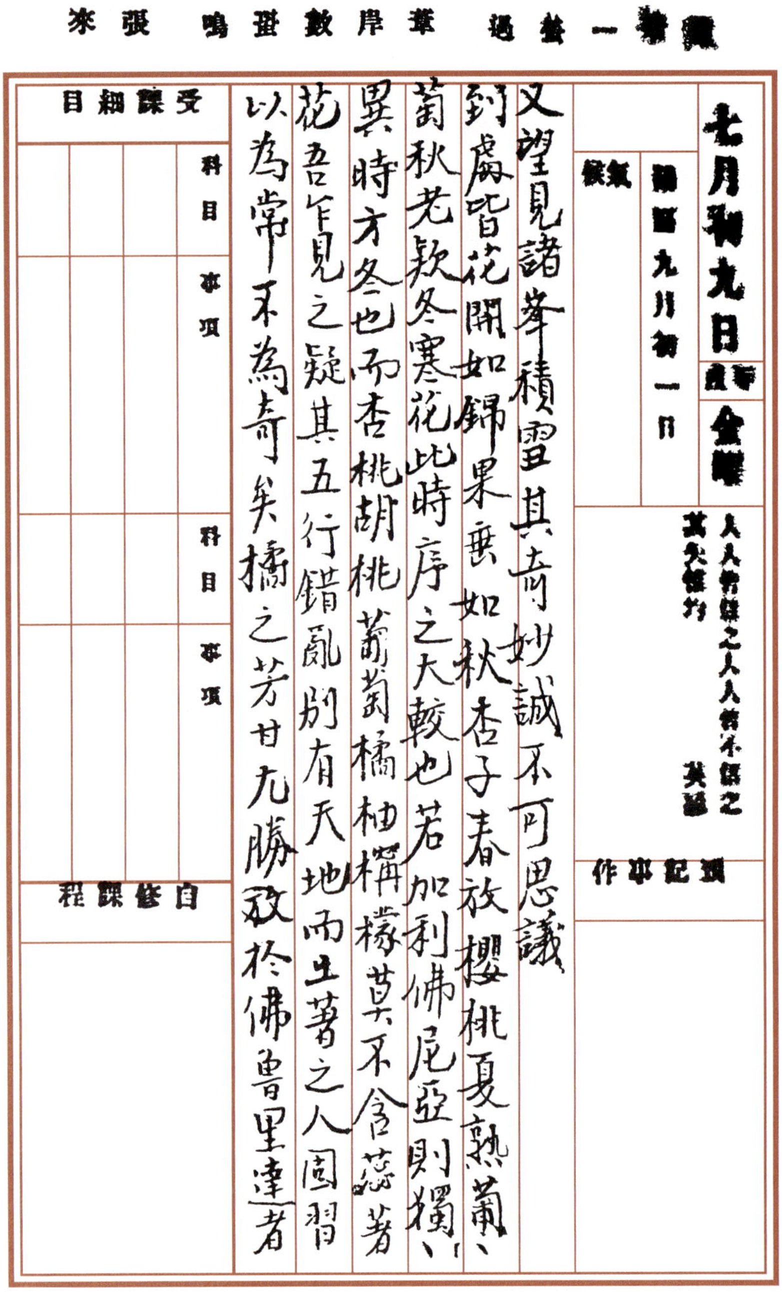
七月初九日 星期金曜

陽曆九月初一日

人人皆保之人人皆不保之其失維均

又望見諸峰積雪其奇妙誠不可思議到處皆花開如錦果垂如秋杏子春放櫻桃夏熟葡萄秋老款冬寒花此時序之大較也若加利佛尼亞則獨異時方冬也而杏桃胡桃葡萄橘柚檸檬莫不含蕊著花吾乍見之疑其五行錯亂別有天地而土著之人固習以為常不為奇矣橘之芳甘尤勝致於佛魯里達者

七月初九日（阳历九月初一日）

（注：续上一页）又望见诸峰积雪，其奇妙诚不可思议。

到处皆花开如锦，果垂如秋。杏子春放，樱桃夏熟，葡萄秋老，款冬寒花，此时序之大较也，若加利佛尼亚独异。时方冬也，而杏、桃、胡桃、葡萄、橘柚、柠檬莫不含芯著花。吾乍见之，疑其五行错乱，别有天地，而土著之人，固习以为常，不为奇矣。橘之芳甘，尤胜于佛鲁里达者。

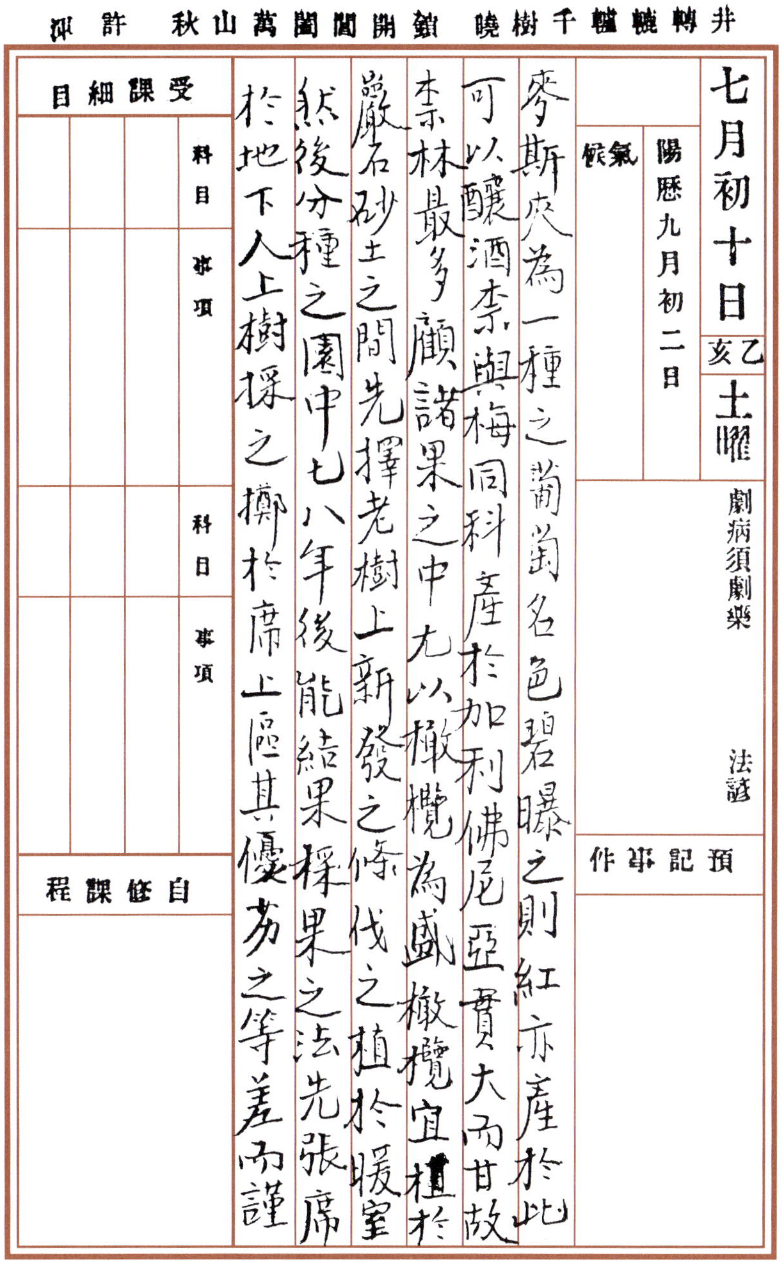
井轉轆轤曉樹千 鎖開閶闔萬山秋 許渾

七月初十日 乙亥 土曜

陽歷九月初二日

氣候

劇病須劇藥 法諺

預記事作

受課細目 科目 事項 科目 事項

自修課程

麥斯夾為一種之葡萄名色碧曝之則紅亦產於此可以釀酒柰與梅同科產於加利佛尼亞實大而甘故柰林最多顧諸果之中尤以橄欖為盛橄欖宜植於巖石砂土之間先擇老樹上新發之條伐之植於暖室然後分種之園中七八年後能結果採果之法先張席於地下人上樹採之擲於席上區其優劣之等差而謹

七月初十日（阳历九月初二日）

（注：续上一页）麦斯夹为一种之葡萄名，色碧，曝之则红，亦产于此，可以酿酒。柰与梅同科，产于加利佛尼亚，实大而甘，故柰林最多。顾诸果之中尤以橄榄为盛。橄榄宜植于岩石砂土之间，先择老树上新发之条，伐之植于暖室，然后分种之园中，七八年后能结果。采果之法，先张席于地下，人上树采之，掷于席上，区其优劣之等差而谨

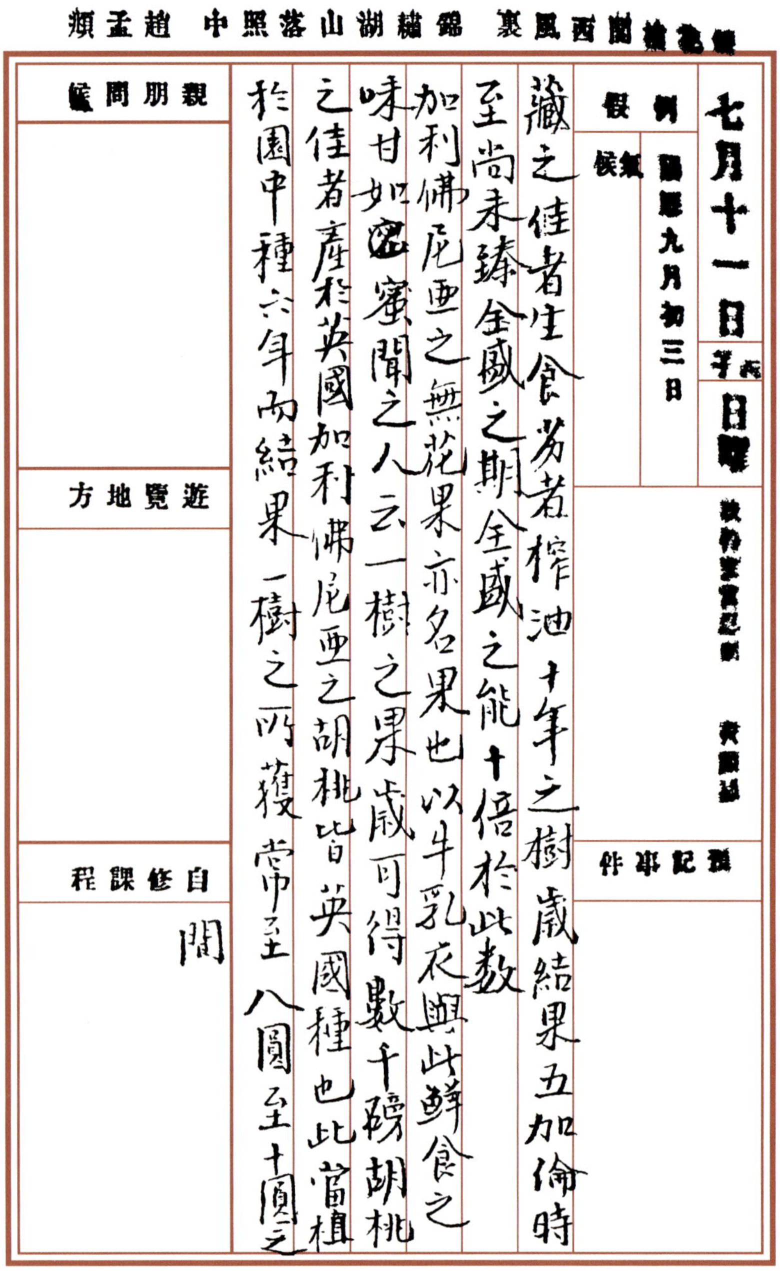

七月十一日（阳历九月初三日）

（注：续上一页）藏之。佳者生食，劣者榨油。十年之树，岁结果五加伦。时至尚未臻全盛之期，全盛之能十倍于此数。

加利佛尼亚之无花果亦名果也。以牛乳衣与此鲜食之，味甘如蜜，闻之人云，一树之果，岁可得数千磅。胡桃之佳者，产於英国。加利佛尼亚之胡桃，皆英国种也。此当植于园中，种六年而结果，一树之所获，常至八圆至十圆之间。

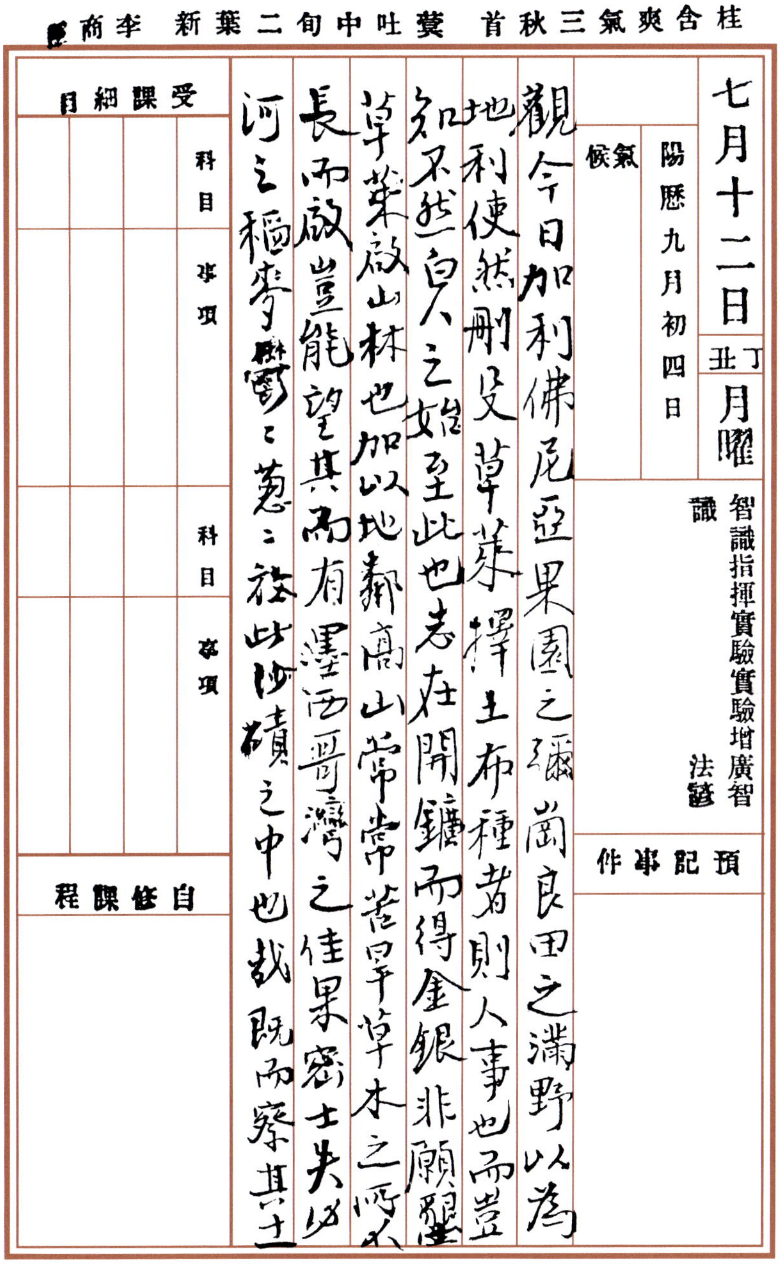
桂含爽氣三秋首　蓂吐中旬二葉新　李商隱

七月十二日　丁丑　月曜

陽歷九月初四日

氣候

智識指揮實驗實驗增廣智識法

預記事件

受課細目　科目　事項　科目　事項

自修課程

觀今日加利佛尼亞果園之彌崗良田之滿野以為地利使然刪殳草萊擇土布種者則人事也而豈知不然白人之始至此也志在開鑛而得金銀非願墾草萊啟山林也加以地鄰高山常常苦旱草木之所以不長而啟豈能望其有墨西哥之佳果密士失必河之稻麥鬱鬱葱葱於此沙磧之中也哉既而察其土

七月十二日（阳历九月初四日）

（注：续上一页）观今日加利佛尼亚，果园之弥岗，良田之满野，以为地利使然，删殳草莱，择土布种者，则人事也，而岂知不然。白人之始至此也，志在开矿而得金银，非愿垦草莱启山林也。加以地邻高山，常常苦旱，草木之所以不长，而岂能望其有墨西哥之佳果、密士失必河之稻麦，郁郁葱葱於此沙碛之中也哉？既而察其土，

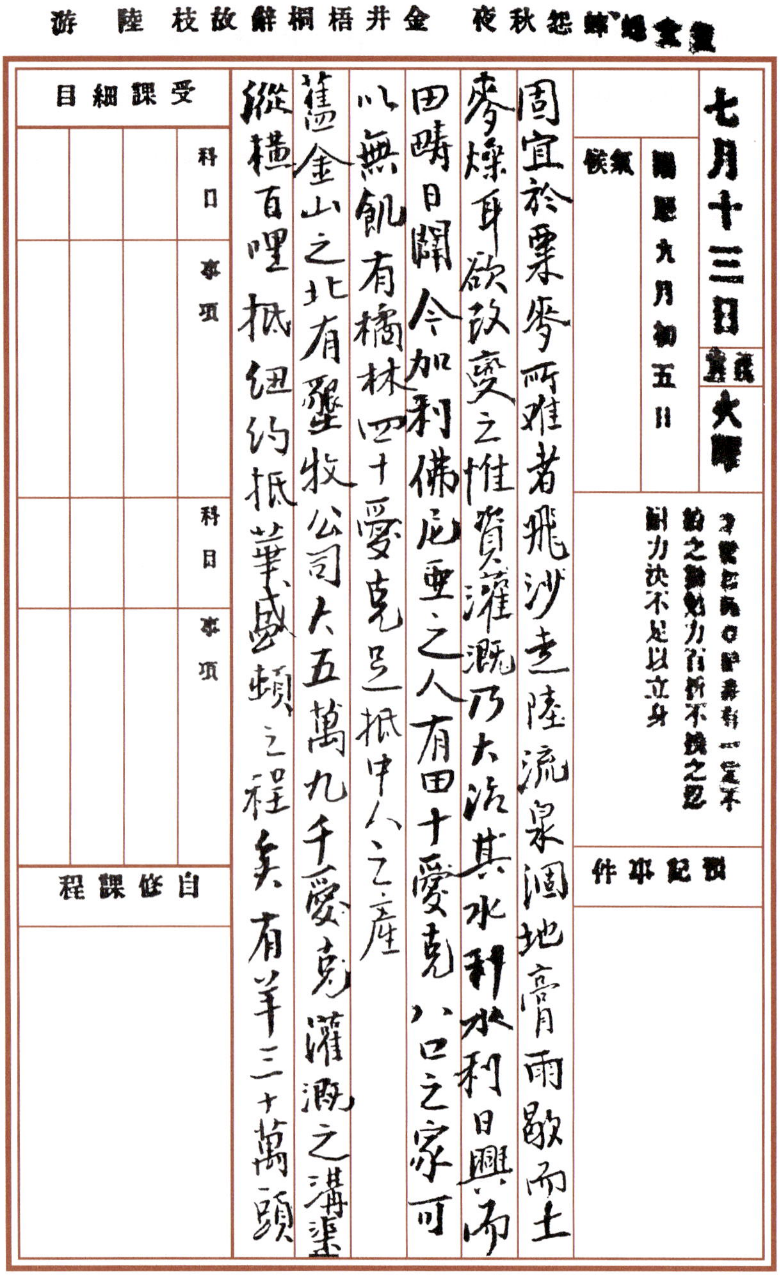

七月十三日（阳历九月初五日）

固宜於粟麦。所难者，飞沙走陆。流泉涸地，膏雨歇而土麦燥耳。欲改变之，惟资灌溉。乃大治其水利，水利日兴，而田畴日辟。今加利佛尼亚之人，有田十爱克，八口之家可以无饥；有橘林四十爱克，足抵中人之产。旧金山之北，有垦牧公司，大五万九千爱克，灌溉之沟渠纵横百哩，抵纽约抵华盛顿之程矣。有羊三十万头，

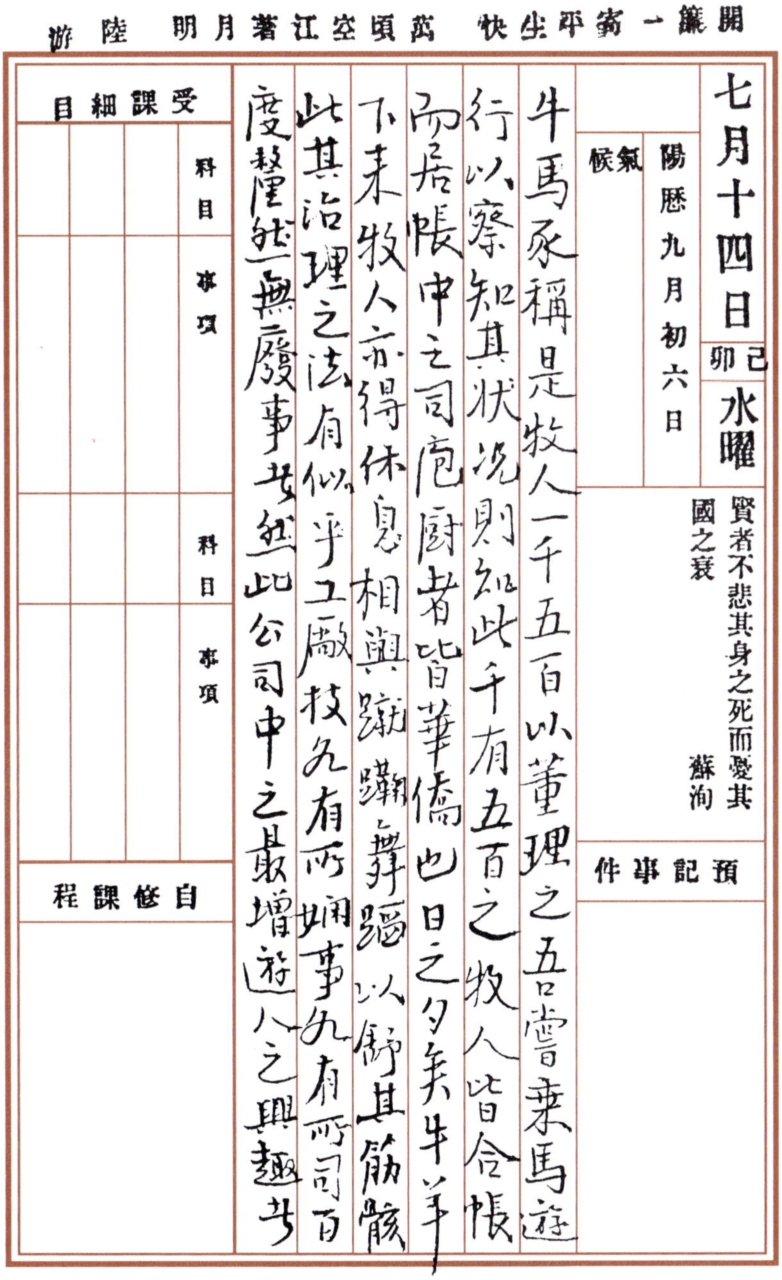

開簾一寄平生快 萬頃空江著月明 陸游

七月十四日 己卯 水曜

陽歷九月初六日

氣候

賢者不悲其身之死而憂其國之衰 蘇洵

預記事件

受課細目

科目 事項

科目 事項

自修課程

牛馬豕稱是牧人一千五百以董理之吾嘗乘馬遊行以察知其狀況則知此千有五百之牧人皆合帳而居帳中之司庖廚者皆華僑也日之夕矣牛羊下來牧人亦得休息相與蹴鞠舞蹈以舒其筋骸此其治理之法有似乎工廠技各有所𡟰事各有所司百度釐然無廢事者然此公司中之最增遊人之興趣者

七月十四日（阳历九月初六日）

（注：续上一页）牛、马、豕称是，牧人一千五百，以董理之。吾尝乘马游行，以察知其状况。则知此千有五百之牧人，皆合帐而居，帐中之司庖厨者，皆华侨也。日之夕矣，牛羊下来，牧人亦得休息，相与蹴鞠、舞蹈，以舒其筋骸。此其治理之法，有似乎工厂，技各有所娴事，各有所司，百度厘然，无废事者。然此公司中之最增游人之兴趣者，

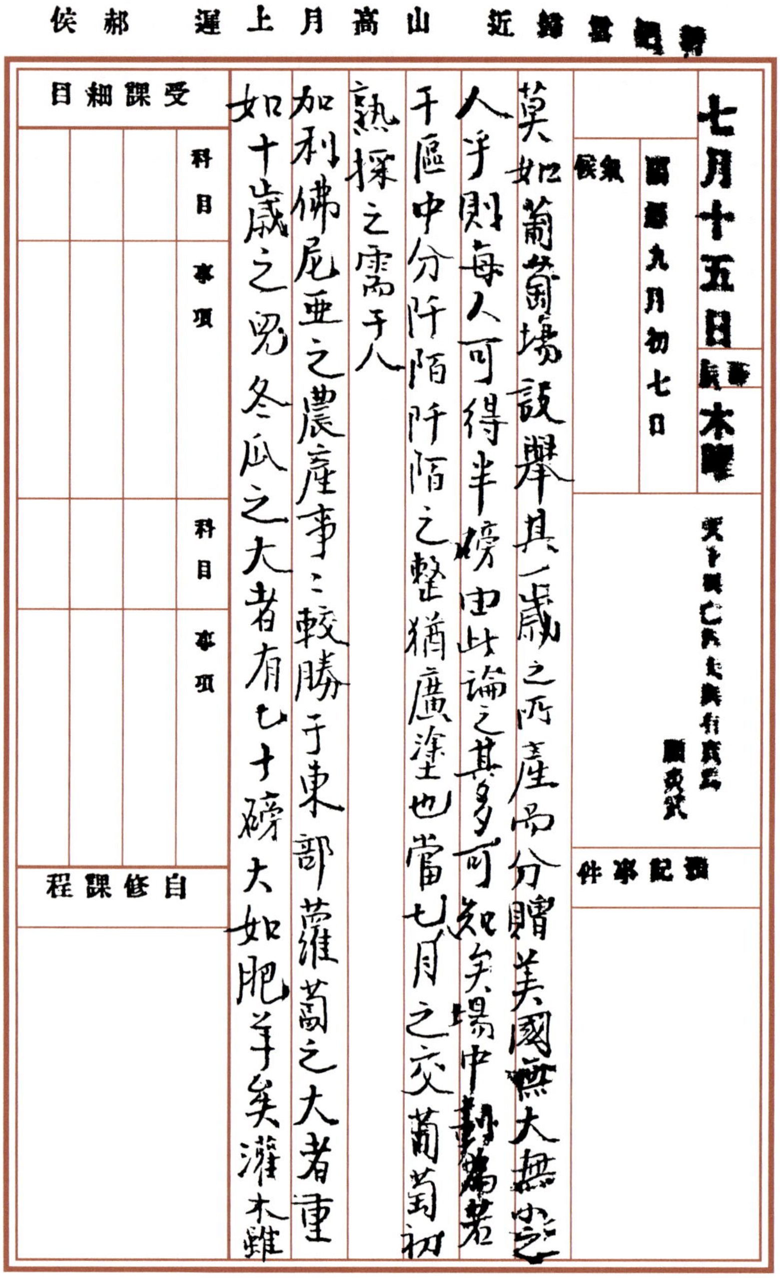
七月十五日 木曜
陽歷九月初七日
莫如葡萄場設舉其一歲之所產而分贈美國無大無小之人乎則每人可得半磅由此論之其多可知矣場中劃為若干區中分阡陌阡陌之整猶廣塗也當七月之交葡萄初熟採之需于人
加利佛尼亚之農產事事較勝于東部蘿蔔之大者重如十歲之兒冬瓜之大者有七十磅大如肥羊矣灌木雖

七月十五日（阳历九月初七日）

（注：续上一页）莫如葡萄场。设举其一岁之所产，而分赠美国无大无小之人乎，则每人可得半磅。由此论之，其多可知矣。场中划为若干区，中分阡陌，阡陌之整，犹广涂也。当七月之交，葡萄初熟，采之需于人。

加利佛尼亚之农产，事事较胜于东部。萝卜之大者，重如十岁之儿；冬瓜之大者，有七十磅，大如肥羊矣。灌木虽

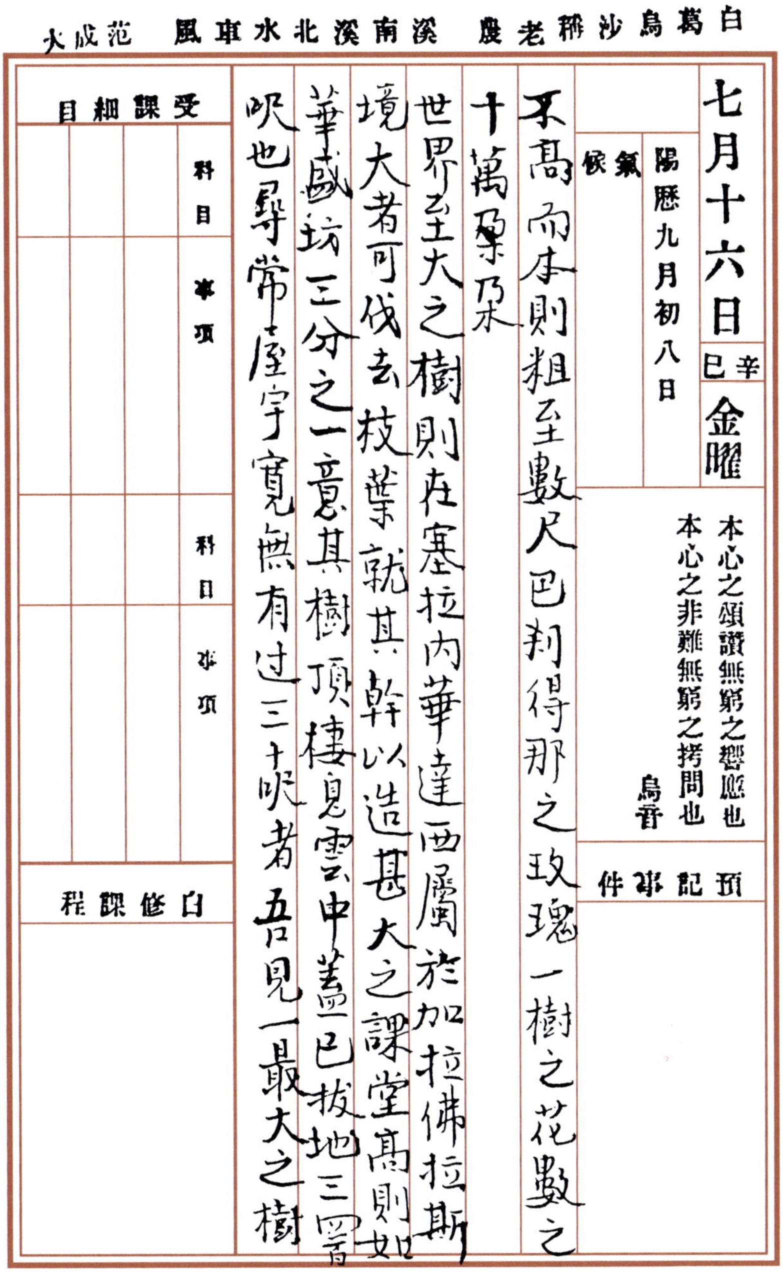

白葛烏紗稀老農　溪南溪北水車風　范成大
七月十六日
辛巳
金曜
陽歷九月初八日
氣候
本心之頌讚無窮之響應也
本心之非難無窮之拷問也
烏音
預記事件
不高而本則粗至數尺巴剎得那之玫瑰一樹之花數之十萬朶
世界至大之樹則在塞拉内華達西屬於加拉佛拉斯境大者可伐去枝葉就其幹以造甚大之課堂高則如華盛坊三分之一意其樹頂棲息雲中蓋已拔地三四百呎也尋常屋宇寬無有过三十呎者吾見一最大之樹
受課細目
科目
事項
科目
事項
自修課程

七月十六日（阳历九月初八日）

（注：续上一页）不高，而本则粗至数尺。巴刹得那之玫瑰，一树之花，数之十万朵。

世界至大之树，则在塞拉内华达西，属于加拉佛拉斯境。大者可伐去枝叶，就其干以造甚大之课堂；高则如华盛坊三分之一；意其树顶，栖息云中，盖已拔地三四百呎也，寻常屋宇，宽无有过三十呎者。吾见一最大之树，

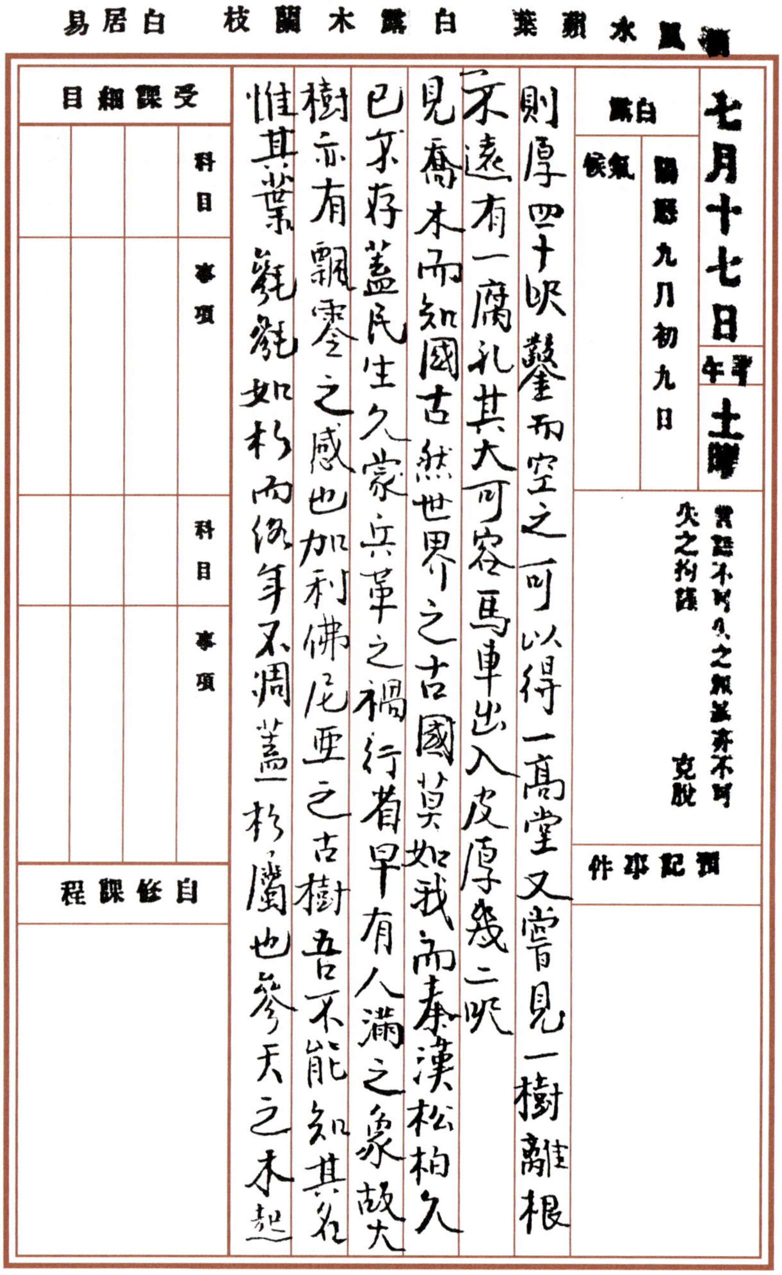

七月十七日（阳历九月初九日）

（注：续上一页）则厚四十呎，凿而空之可以得一高堂。又尝见一树离根不远有一腐孔，其大可容马车出入，皮厚几二呎。

见乔木而知国古。然世界之古国莫如我，而秦汉松柏久已不存，盖民生久蒙兵革之祸。行省早有人满之象，故大树亦有飘零之感也。加利佛尼亚之古树，吾不能知其名，惟其叶毵毵如杉而终年不凋，盖杉属也。参天之木起，

秋礎巷陌昏昏月 夜燭朧朧鼻鼻風 陸游

七月十八日 癸未 日曜

例假

陽歷九月初十日

氣候

凡人求學當就造化自然之迹悉心經驗若恃其小慧臆度事理即成迷謬如戴著色眼鏡所見之物皆隨之變色 倍根

預記事件

似此樹之千層雲凌霜雪疑其別有天幸而非原於尋常之種子且追想此地未有人跡以前草木之爭寸土而活者奚止恒河沙數而皆剝蝕於風雨朽腐於泥沙其得森然至今飽風霜之味備見陵谷之變者僅得此數千百樹抑又何也是必其物適宜於是土故取精用宏而得戰勝于其類也人考其層累而知其

親朋問候

遊覽地方

自修課程

七月十八日（阳历九月初十日）

（注：续上一页）似此树之千层云凌霜雪，疑其别有天幸而非原于寻常之种子。且追想此地未有人迹，以前草木之争寸土而活者，奚止恒河沙数而皆剥蚀于风雨，朽腐于泥沙，其得森然至今饱受风霜之味备见陵谷之变者，仅得此数千百树抑又何也？是必其物适宜于是土，故取精用宏而得战胜于其类也。人考其层累而知其

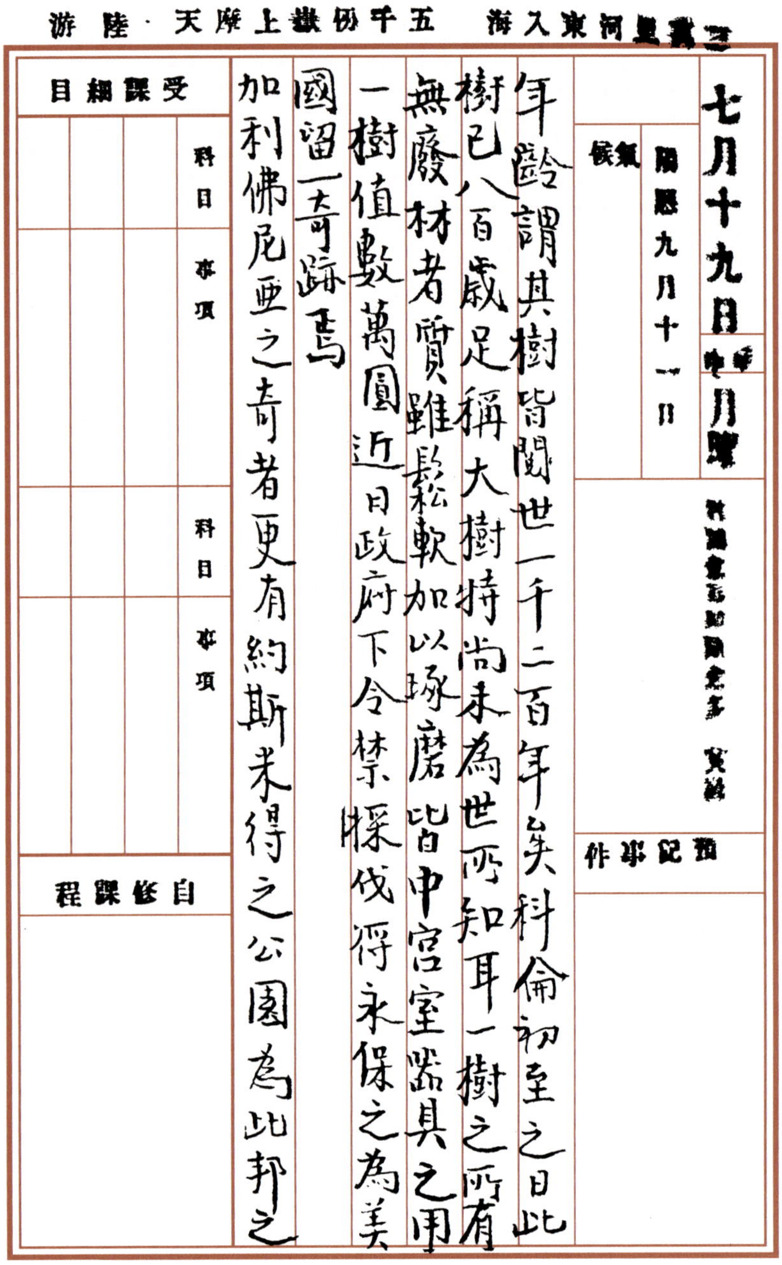
三萬里河東入海　五千仞嶽上摩天·陸游

七月十九日　星期月曜

陽歷九月十一日　氣候

年齡謂其樹皆閱世一千二百年矣科倫初至之日此樹已八百歲足稱大樹特尚未為世所知耳一樹之所有無廢材者質雖鬆軟加以琢磨皆中宮室器具之用一樹值數萬圓近日政府下令禁採伐俾永保之為美國留一奇跡焉加利佛尼亚之奇者更有約斯米得之公園為此邦之

受課細目　科目　事項　科目　事項

自修課程

七月十九日（阳历九月十一日）

（注：续上一页）年龄，谓其树皆阅世一千二百年矣。科仑初至之日，此树已八百岁，足称大树，特尚未为世所知耳。一树之所有，无废材者。质虽松软，加以琢磨，皆中宫室器具之用。一树值数万圆。近日政府下令，禁采伐，将永保之，为美国留一奇迹焉。

加利佛尼亚之奇者，更有约斯米得之公园，为此邦之

萬里關河孤枕夢　五更風雨四時秋　碎游

七月二十日　乙酉　火曜

陽歷九月十二日

氣候

孤立之人不能自存　亞里士多得

預記事件

受課細目

科目	事項
科目	事項

自修課程

公中央四方來者道里皆均约斯米得之山谷盡在其中矣山色嵐光四時俱變勞人至此塵念都消園中之景尤以懸泉為第一吾鳳游尼亚哥拉玩賞其瀑布而知其一滴之水自上而下相去有一百六十呎约斯米特之水來自墨尔西湖踰大石涉危巇而入於山谷也一躍而下峭壁已有二千尺之高然後自峭壁而下流於山谷是已、

七月二十日（阳历九月十二日）

（注：续上一页）中央。四方来者，道里皆均，约斯米得之山谷，尽在其中矣。山色岚光，四时俱变。劳人至此，尘念都消。园中之景，尤以悬泉为第一。吾夙游尼亚哥拉，玩赏其瀑布，而知其一滴之水自上而下相去有一百六十呎。约斯米特之水来自墨尔西河，逾大石涉危巇而入于山谷也。一跃而下峭壁，已有二千尺之高，然后自峭壁而下，流於山谷，是已

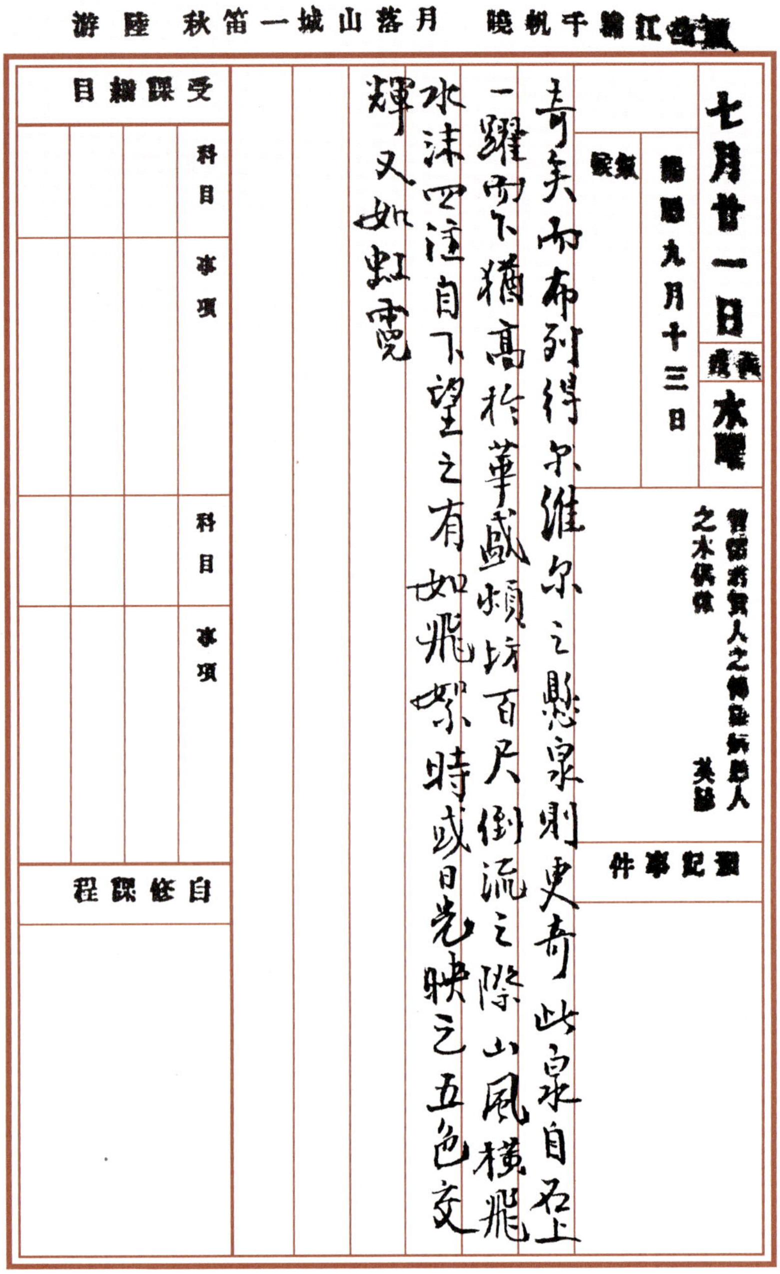
江輪千帆曉 月落山城一笛秋 陸游

七月廿一日 水曜 九月十三日

奇矣，而布列得尔维尔之悬泉則更奇。此泉自石上一躍而下，猶高於華盛頓坊百尺。倒流之際，山風横飛，水沫四注，自下望之，有如飛絮。時或日光映之，五色交輝，又如虹霓。

受課綱目 科目 事項 科目 事項

記事件

自修課程

七月廿一日（九月十三日）

（注：续上一页）奇矣，而布列得尔维尔之悬泉则更奇。此泉自石上一跃而下，犹高于华盛顿坊百尺。倒流之际，山风横飞，水沫四注，自下望之，有如飞絮。时或日光映之，五色交辉，又如虹霓。

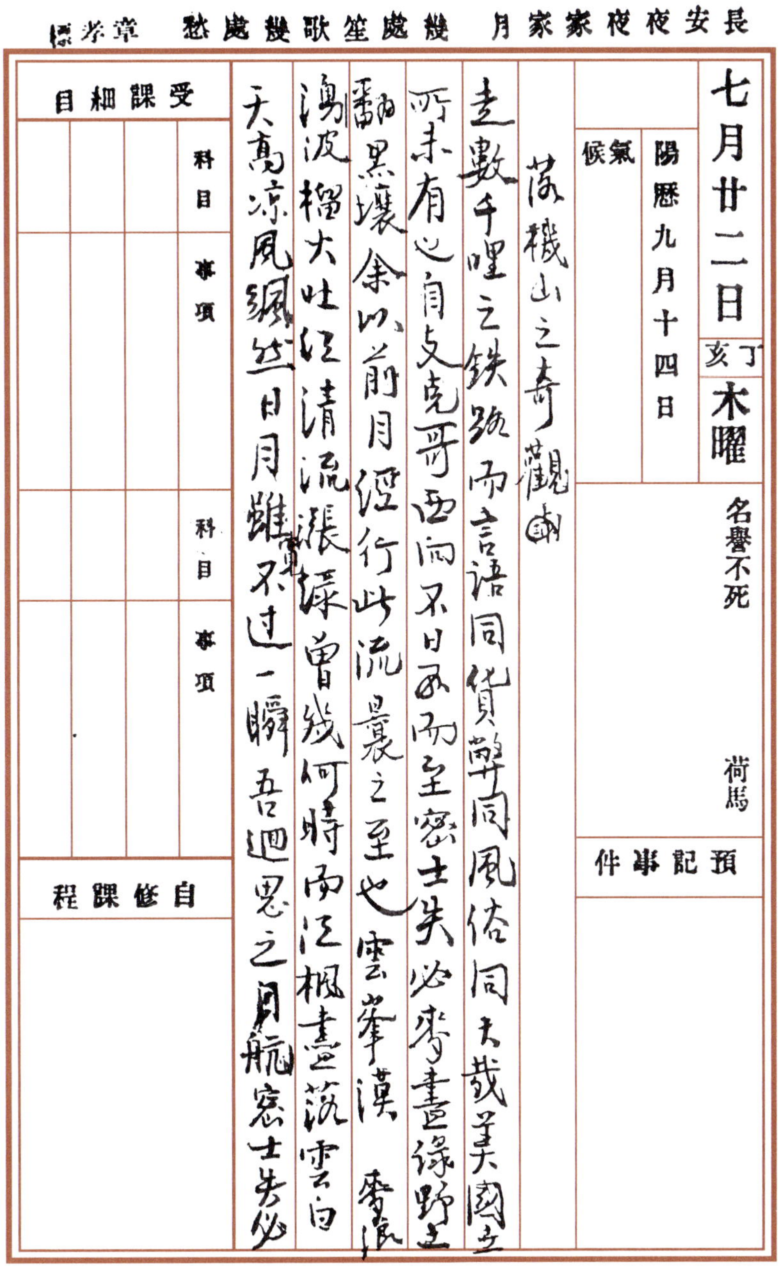
長安夜夜家家月　幾處笙歌幾處愁　章孝標

七月廿二日　丁亥　木曜

陽歷九月十四日

氣候

名譽不死　荷馬

預記事件

受課細目

科目	事項

科目	事項

自修課程

落機山之奇觀

走數千哩之鐵路而言語同貨幣同風俗同大哉美國世所未有也自支克哥西向不日而至密士失必麥盡綠野土翻黑壤余以前月經行此流曩之至也雲峯漠漠麥浪涌波榴火吐紅清流漲綠曾幾何時而江楓盡落雲白天高涼風颯然日月雖寬不過一瞬吾回思之自航密士失必

七月廿二日（阳历九月十四日）

落机山之奇观

走数千哩之铁路，而言语同，货币同，风俗同，大哉美国，世所未有也。自支克哥西向，不日而至密士失必。麦尽绿野，土翻黑壤，余以前月经行此流。曩之至也，云峰漠漠，麦浪涌波，榴火吐红，清流涨绿，曾几何时而江枫尽落，云白天高，凉风飒然。日月虽宽，不过一瞬。吾回思之，自航密士失必

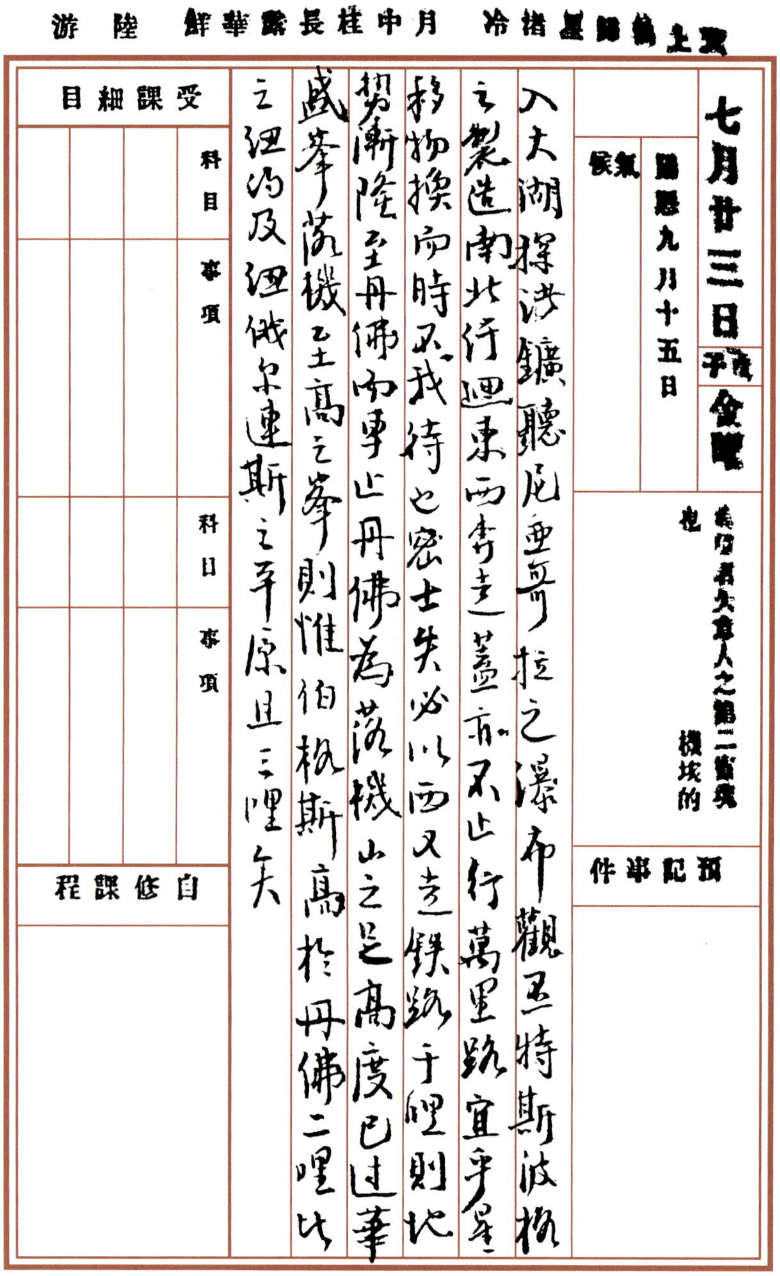

七月廿三日（阳历九月十五日）

（注：续上一页）入大湖，探诸矿，听尼亚哥拉之瀑布，观丕特斯波格之制造，南北纡回，东西奔走，盖亦不止行万里路，宜乎星移物换而时不我待也。密士失必以西，又走铁路千哩，则地势渐隆，至丹佛而车止。丹佛为落机山之足，高度已过华盛峰。落机至高之峰，则惟伯格斯，高於丹佛二哩，比之纽约及纽俄尔连斯之平原且三哩矣。

深谷留風終夜響　亂山含月半牀明　蘇軾

七月廿四日　己丑　土曜

陽歷九月十六日

氣候

簡要之議論如黃金冗長之議論如泥土　德諺

預記事件

受課細目

科目　事項

科目　事項

自修課程

五大洋中以太平洋為大其水函天其波彌地南北美洲如一浮島沈浸於茫茫之波濤中也而落機山起自北美蜿蜒南走止於中美隔斷太平洋之濤声天然為北美洲之屏障是亦造物者之奇工伯格斯茲山之高峯也顧吾夙知伯格斯為美國耽遊之士今曷為而名其峯蓋以九十年前伯格斯嘗登其峯故

七月廿四日（阳历九月十六日）

（注：续上一页）五大洋中，以太平洋为大。其水函天，其波弥地，南北美洲，如一浮岛，沉浸於茫茫之波涛中也。而落机山起自北美，蜿蜒南走，止於中美，隔断太平洋之涛声，天然为北美洲之屏障，是亦造物者之奇工。柏格斯，兹山之高峰也。顾吾夙知伯格斯为美国耽游之士，今曷为而名其峰，盖以九十年前伯格斯尝登其峰故。

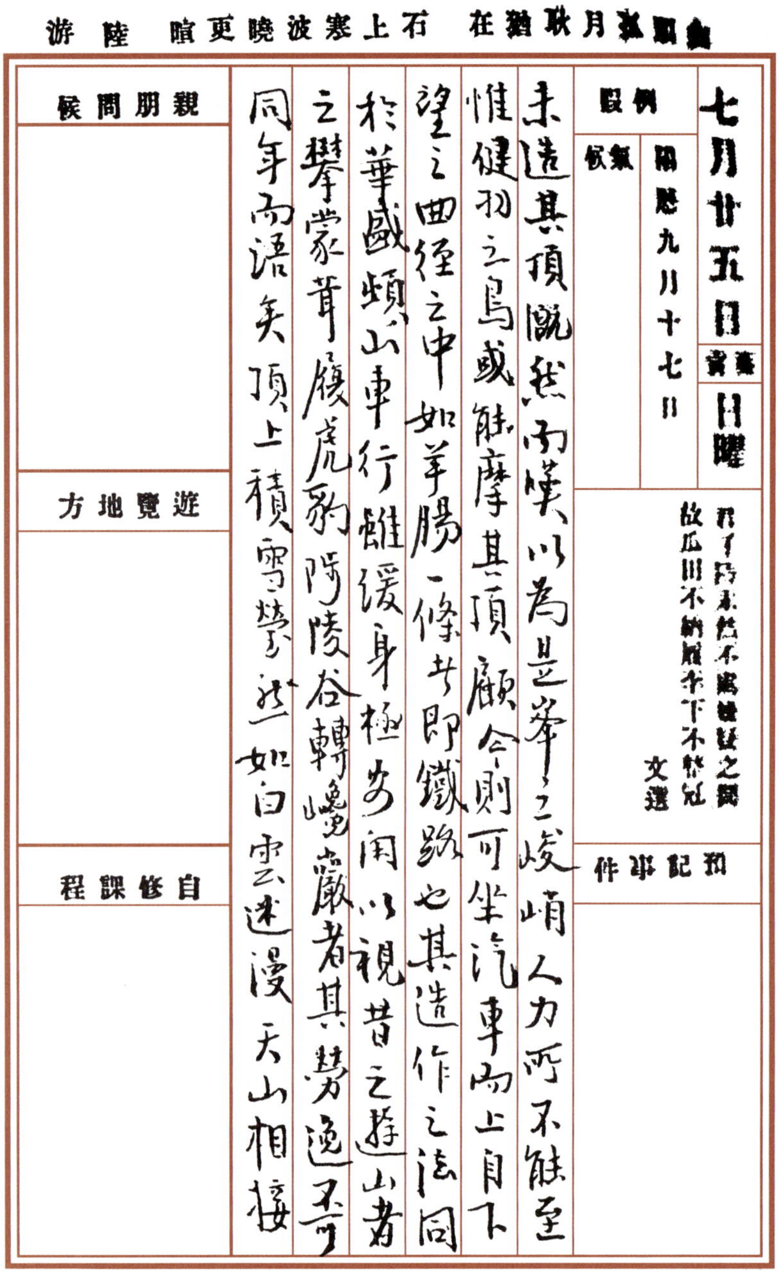

未造其頂慨然而嘆以為是峯之峻峭人力所不能至惟健羽之鳥或能摩其頂顧今則坐汽車而上自下望之曲徑之中如羊腸一條者即鐵路也其造作之法同於華盛頓山車行雖緩身極安閒以視昔之游山者之攀蒙茸履虎豹陟陵谷轉巉巖者其勞逸不可同年而語矣頂上積雪瑩然如白雲迷漫天山相接

七月廿五日（阳历九月十七日）

（注：续上一页）未造其顶，慨然而叹，以为是峰之峻峭，人力所不能至，惟健羽之鸟或能摩其顶。顾今则坐汽车而上，自下望之，曲径之中，如羊肠一条者，即铁路也。其造作之法同於华盛顿山。车行虽缓，身极安闲，以视昔之游山者之攀蒙茸、履虎豹、陟陵谷、转巉岩者，其劳逸不可同年而语矣。顶上积雪莹然，如白云迷漫，天山相接，

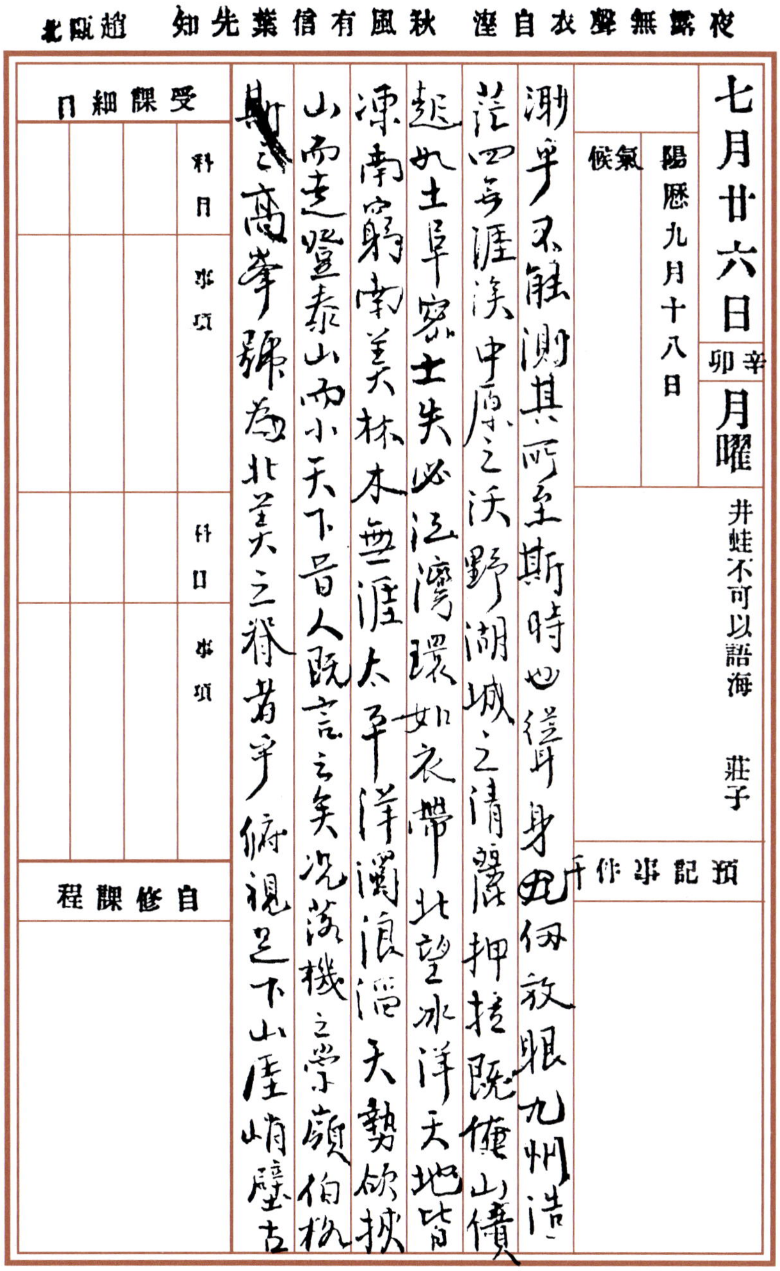

七月廿六日（阳历九月十八日）

（注：续上一页）渺乎不能测其所至。斯时也，耸身千仞，放眼九州，浩茫四无涯涘。中原之沃野，湖城之清丽，押拉既俺山偾起如土阜，密士失必江湾环如衣带。北望冰洋，天地皆冻；南穷南美，林木无涯；太平洋浊浪滔天，势欲挟山而走。登泰山而小天下，昔人既言之矣，况落机山之崇岭，伯格斯之高峰，号为北美洲之脊者乎！俯视足下山崖峭壁，古

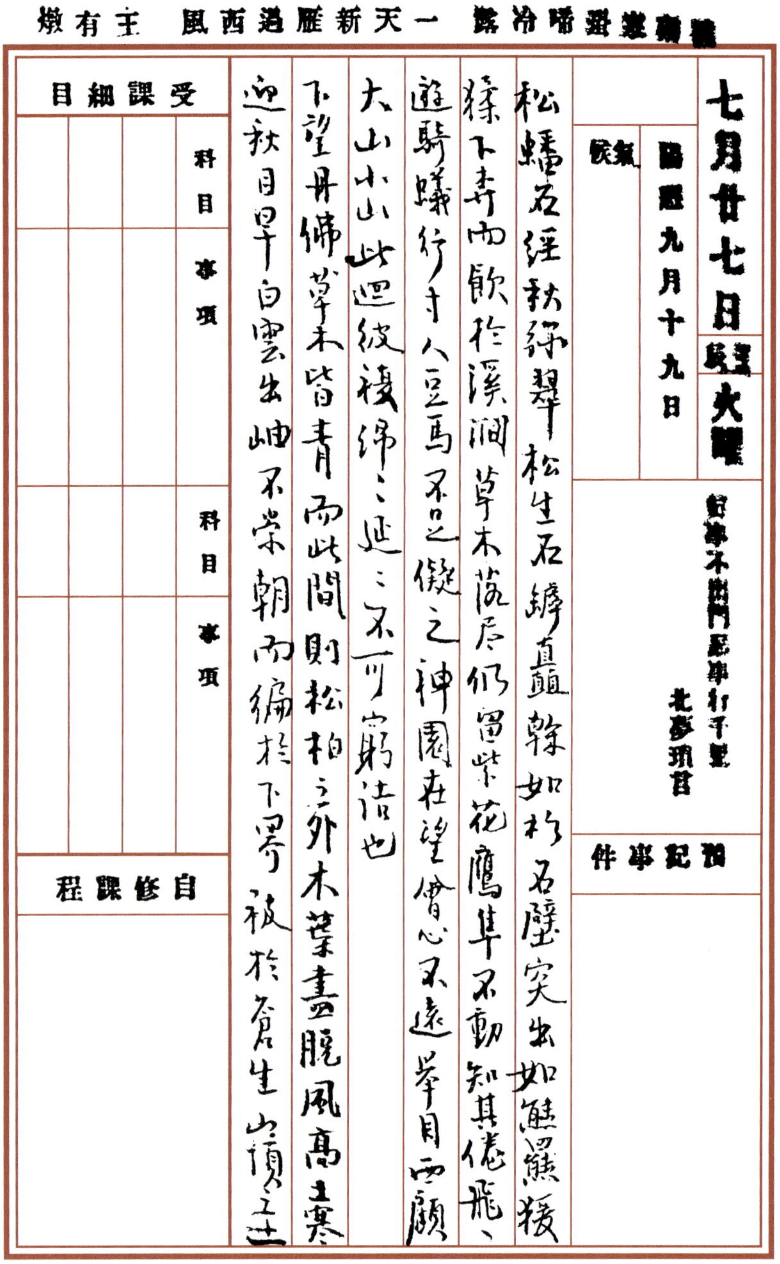

七月廿七日（阳历九月十九日）

（注：续上一页）松蟠石，经秋弥翠。松生石罅，矗干如杉；石壁突出，如熊罴猿猱下奔而饮於溪涧。草木落尽仍留紫花，鹰隼不动知其倦飞，游骑蚁行，寸人豆马不足拟之。神园在望，会心不远，举目四顾，大山小山此回彼复，绵绵延延，不可穷诘也。

下望丹佛，草木皆青，而此间则松柏之外，木叶尽脱，风高土寒，迎秋自早，白云出岫，不崇朝而遍于下界，被于苍生。山顶之上，

高鳥黃雲暮　寒潭碧樹秋　杜甫

七月廿八日　癸巳　水曜

陽曆九月二十日

氣候

意以文爲馬　張文潛

預記事作

受課細目

科目　事項

科目　事項

自修課程

雲氣常駐。夫山之奇，或以其石，或以其木，或以其巖壑，或以其流泉。有一於此，已足號為名山。從未有千彙萬觀均現於一山如落機之奇者也。瀑布之高過於尼亞哥拉，沙漠之靜如入撒哈拉，古樹化石，新木成林，樹之大者足容三間之屋。山之北境即為阿拉斯加，冰山皓皓，如阿爾卑斯，而雄大則又過之。南則墨西哥之火山，蒼煙萬丈，天地為爐，陰陽為炭，湖之奇者

七月廿八日（阳历九月二十日）

（注：续上一页）云气常驻。夫山之奇，或以其石，或以其木，或以其岩壑，或以其流泉。有一于此，已足号为名山。从未有千汇万观均现于一山如落机之奇者也。瀑布之高，过于尼亚哥拉；沙漠之静，如入撒哈拉；古树化石，新木成林，树之大者，足容三间之屋。山之北境，即为阿拉斯加，冰山皓皓，如阿尔卑斯，而雄大则又过之。南则墨西哥之火山，苍烟万丈，天地为炉，阴阳为炭。湖之奇者，

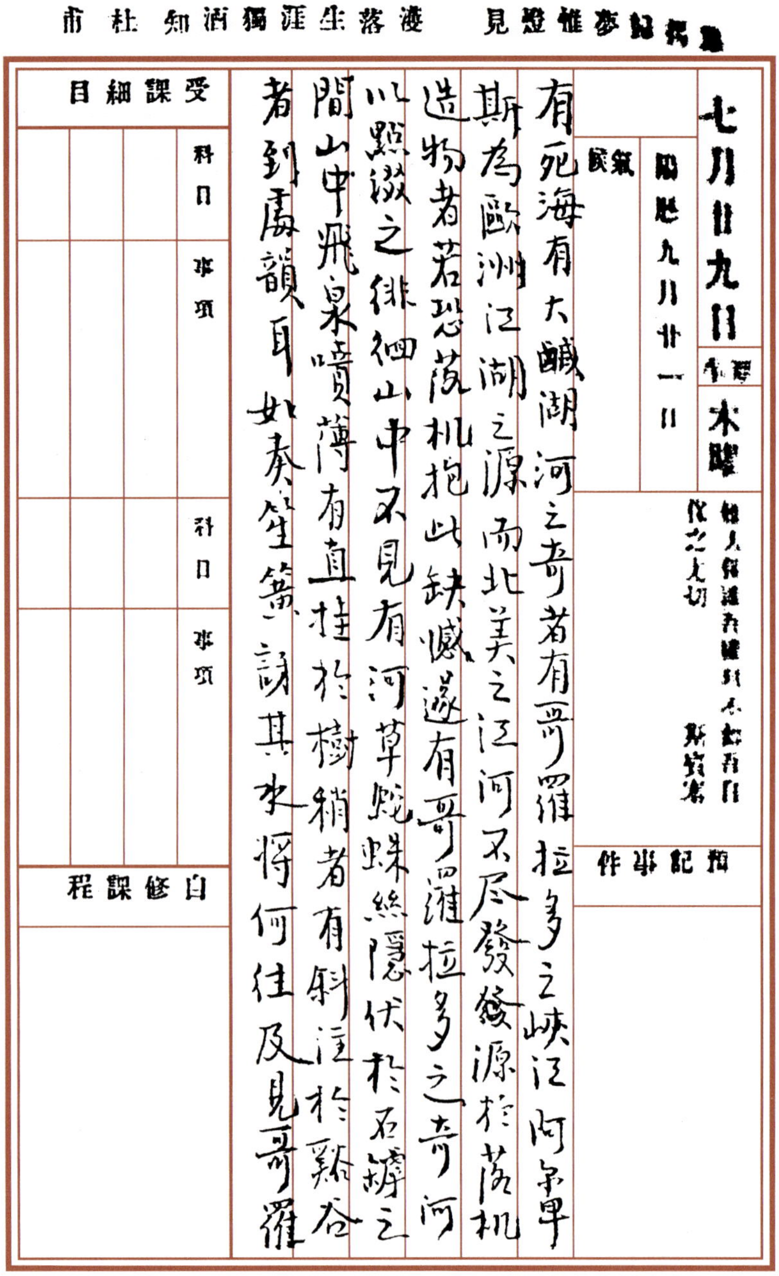

七月廿九日（阳历九月廿一日）

（注：续上一页）有死海，有大咸湖；河之奇者有哥罗拉多之峡江。阿尔卑斯为欧洲江湖之源，而北美之江河，不尽发源于落机，造物者若恐落机抱此缺憾，遂有哥罗拉多之奇河。以点缀之。徘徊山中，不见有河，草蛇蛛丝，隐伏于石罅之间。山中飞泉喷薄，有直挂于树梢者，有斜注于溪谷者，到处韵耳，如奏笙簧。讶其水将何往，及见哥罗

一聲蛩蟬歇　數點青螢度　閣釭耿無烟　筠簟清有露　白居易

八月初一日　乙未　金曜

陽歷九月廿二日

氣候

言人之善澤於膏沐言人之惡痛於矛戟　說苑

預記事件

拉多乃始恍然循河而下可至加利佛尼亞灣舟行之奇此為第一峭壁上聳仰不見天五色之石映於水底岸上平沙極目怒生之草不於是植蹄迒之跡錯亂其中皆可追蹤而得其穴吾遊世界名山無一相同者若落机山尤以石勝其峯則石峯也其嶺則石嶺也其田則石田也風雨剝蝕散而為沙故山中多瀚海

親朋問訊

遊覽地方

自修課程

八月初一日（阳历九月廿二日）

（注：续上一页）拉多，乃始恍然。循河而下，可至加利佛尼亚湾。舟行之奇，此为第一。峭壁上耸，仰不见天；五色之石，映于水底。岸上平沙极目，怒生之草，不于是植，蹄迒之迹，错乱其中，皆可追踪而得其穴。吾游世界名山，无一相同者，若落机山，尤以石胜。其峰则石峰也，其岭则石岭也，其田则石田也，风雨剥蚀，散而为沙，故山中多瀚海。

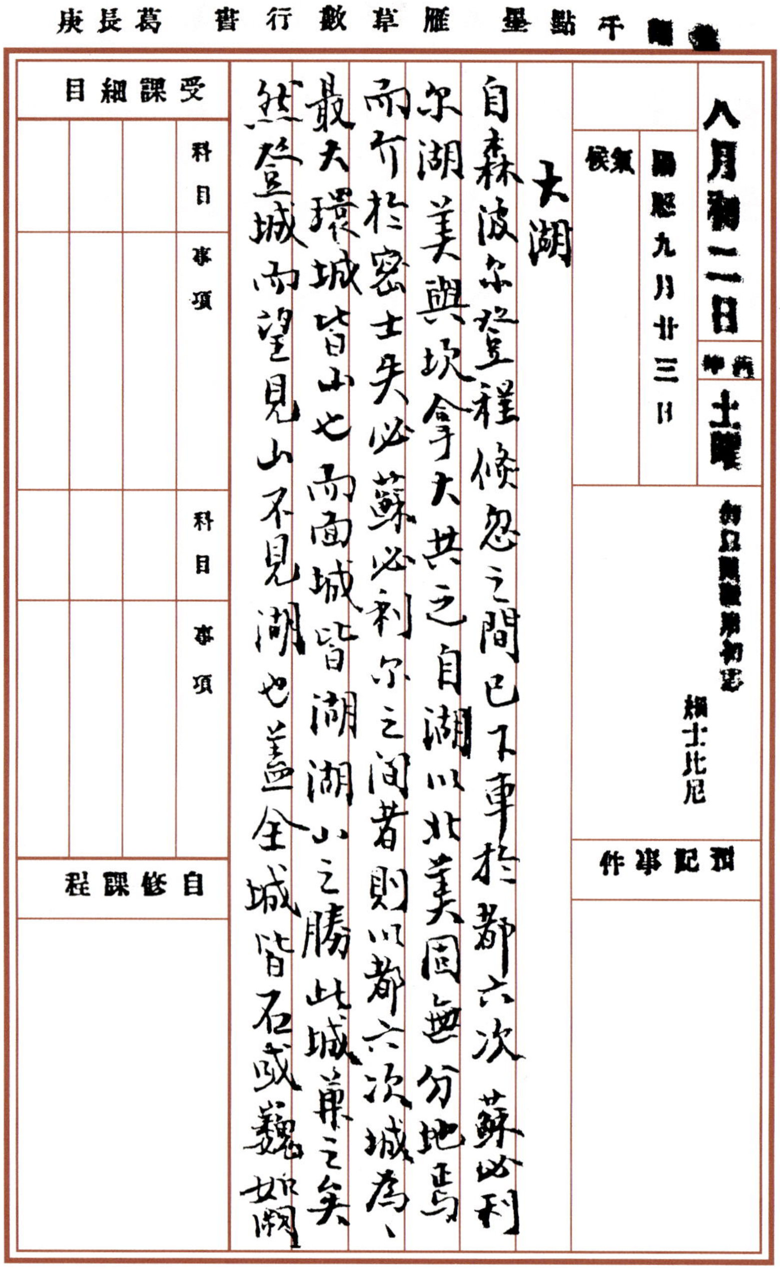

八月初二日（阳历九月廿三日）

大湖

自森波尔登程，倏忽之间已下车于都六次，苏必利尔湖美与坎拿大共之。自湖以北，美固无分地焉，而介於密士失必、苏必利尔之间者，则以都六次城为最大。环城皆山也，而面城皆湖，湖山之胜，此城兼之矣。然登城而望，见山不见湖也，盖全城皆石。或巍如阙，

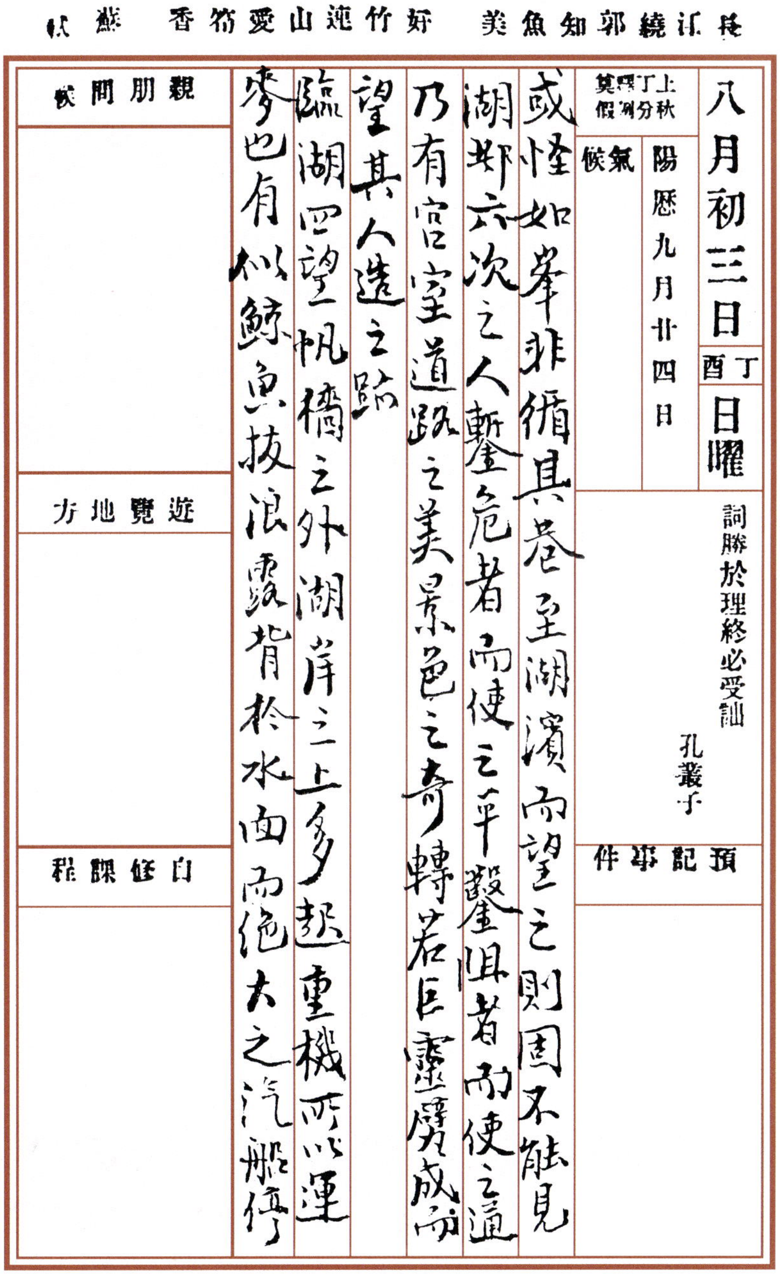
長江繞郭知魚美 好竹連山覺筍香 蘇軾
八月初三日 丁酉 日曜
陽歷九月廿四日
上丁釋奠
秋分例假
氣候
預記事件
詞勝於理終必受詘
孔叢子
或怪如峯非循其巷至湖濱而望之則固不能見湖斯六次之人鑿危者而使之平鑿阻者而使之通乃有宮室道路之美景色之奇轉若巨靈劈成而望其人造之跡臨湖四望帆檣之外湖岸之上多起重機所以運麥也有似鯨魚拔浪露背於水面而絕大之汽船停
遊覽地方
親朋問候
自修課程

八月初三日（阳历九月廿四日）

（注：续上一页）或怪如峰。非循其巷，至湖滨而望之，则固不能见湖。都六次之人，鑿危者而使之平，凿阻者而使之通，乃有宫室道路之美，景色之奇，转若巨灵劈成，而望其人造之迹。

临湖四望，帆樯之外，湖岸之上，多起重机，所以运麦也，有似鲸鱼拔浪，露背於水面，而绝大之汽船停

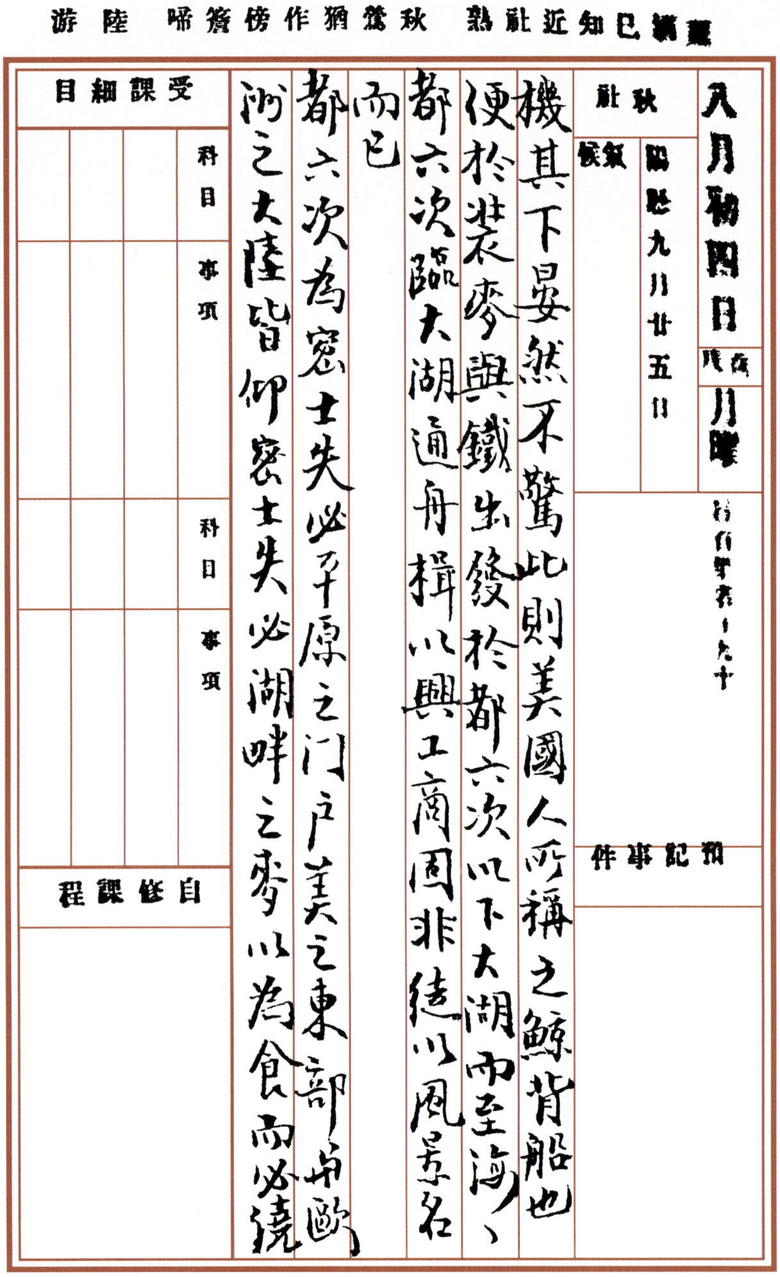
已知近社熟 秋鷰猶作傍簷唏 陸游

八月初四日 戊辰 月曜

秋社 陽曆九月廿五日

候氣

預記事件

受課細目

科目 事項

科目 事項

自修課程

機其下，晏然不驚，此則美國人所稱之鯨背船也，便於裝麥與鐵，出發於都六次，以下大湖而至海。都六次臨大湖，通舟楫以興工商，固非徒以風景名而已。都六次為密士失必平原之門戶，美之東部與歐洲之大陸，皆仰密士失必湖畔之麥以為食，而必繞

八月初四日（阳历九月廿五日）

（注：续上一页）机其下，晏然不惊。此则美国人所称之鲸背船也，便於装麦与铁，出发于都六次，以下大湖而至海。都六次临大湖，通舟楫以兴工商，固非徒以风景名而已。

都六次为密士失必平原之门户，美之东部与欧洲之大陆，皆仰密士失必湖畔之麦以为食，而必绕

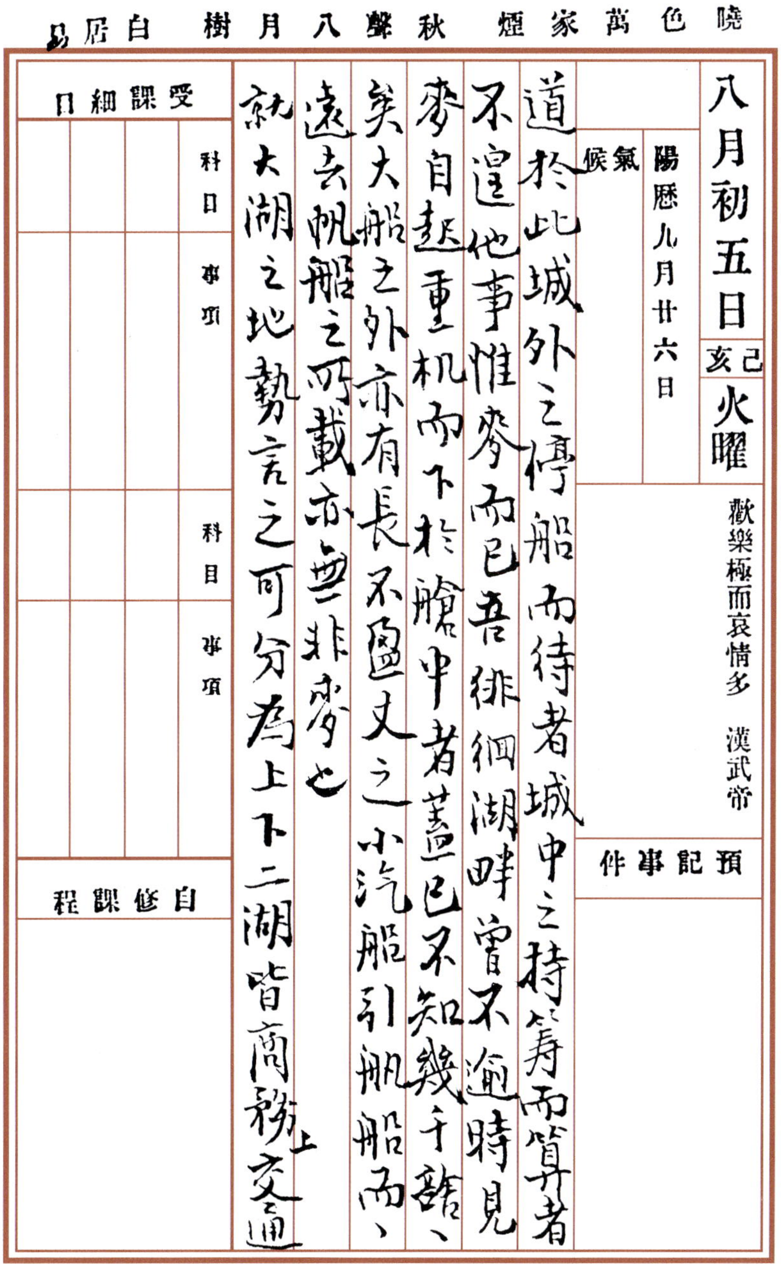
曉色萬家煙 秋聲八月樹 白居易
八月初五日
己亥
火曜
陽歷九月廿六日
氣候
歡樂極而哀情多 漢武帝
預記事件
受課細目
科目
事項
科目
事項
自修課程
道於此城外之停船而待者城中之持籌而算者
不遑他事惟麥而已吾徘徊湖畔曾不逾時見
麥自起重机而下於艙中者蓋已不知幾千番、
矣大船之外亦有長不盈丈之小汽船引帆船而、
遠去帆船之所載亦無非麥也
就大湖之地勢言之可分為上下二湖皆商務上交通

八月初五日（阳历九月廿六日）

（注：续上一页）道于此。城外之停船而待者，城中之持筹而算者，不遑他事，惟麦而已。吾徘徊湖畔，曾不逾时，见麦自起重机而下于舱中者，盖已不知几千□矣。大船之外，亦有长不盈丈之小汽船，引帆船而远去。帆船之所载，亦无非麦也。

就大湖之地势言之，可分为上、下二湖，皆商务上交通

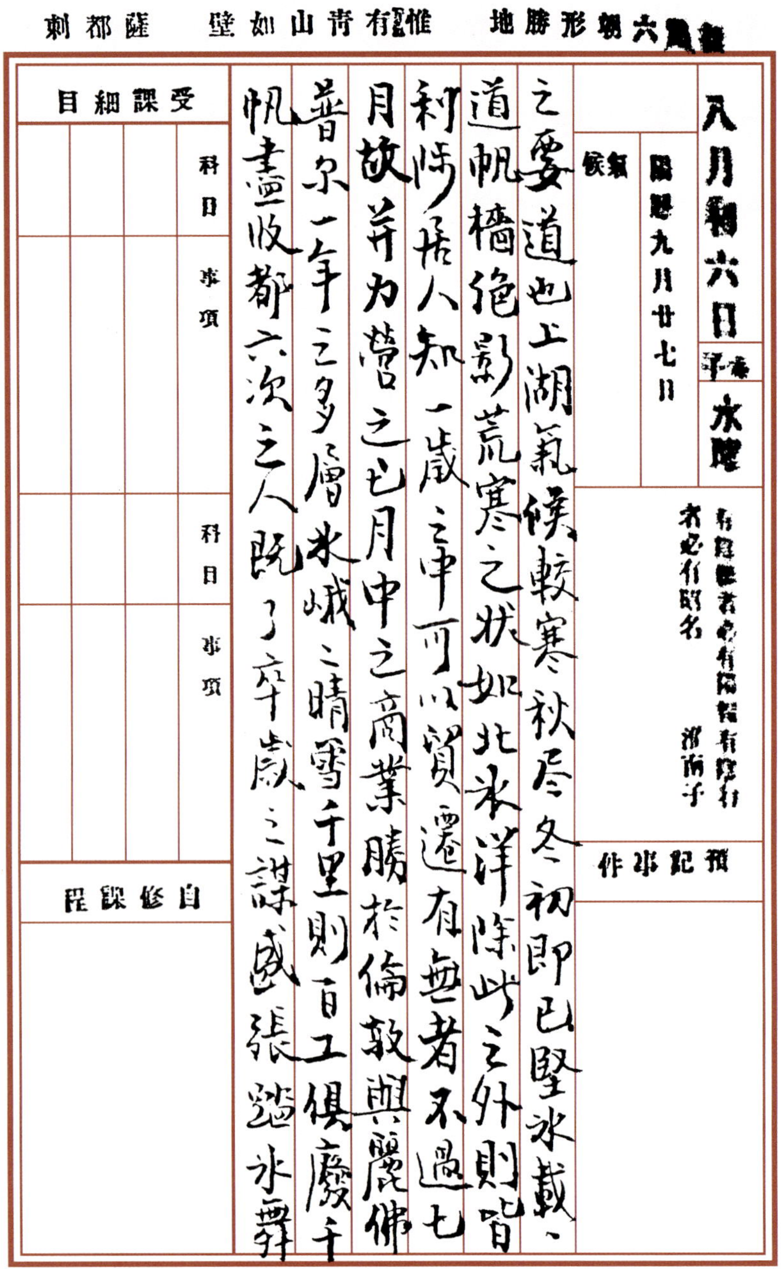
六朝形勝地 惟有青山如壁 薩都剌

八月初六日 陽曆九月廿七日 水曜

之要道也上湖氣候較寒秋盡冬初即已堅冰載道帆檣絕影荒寒之狀如北冰洋除此之外則皆利陟居人知一歲之中可以貿遷有無者不過七月故并力營之七月中之商業勝於倫敦與麗佛普尔一年之多層冰峨峨晴雪千里則百工俱廢千帆盡收都六次之人既了卒歲之謀盛張踏冰舞

預記事作

受課細目

自修課程

八月初六日（阳历九月廿七日）

（注：续上一页）之要道也。上湖气候较寒，秋尽冬初，即已坚冰载道，帆樯绝影，荒寒之状，如北冰洋。除此之外，则皆利陟。居人知一岁之中，可以贸迁有无者，不过七月，故并力营之。七月中之商业，胜于伦敦与丽佛普尔一年之多。层冰峨峨，晴雪千里，则百工俱废，千帆尽收。都六次之人，既了卒岁之谋，盛张踏冰舞

千里暮山重疊翠　一溪寒水淺深清　杜牧之

八月初七日　辛丑　木曜

陽歷九月廿八日

氣候

諸苦所因貪慾爲本　法華經

預記事件

受課細目

科目　事項

科目　事項

自修課程

雪之戲以遣窮冬

每當盛夏則大湖之一波一浪皆無寧晷飛沫激舷遺煙如綆者鋼鐵之汽船也白羽翔空乘風破浪者輕裝之帆船也嚴重如山浮於中流者載麥之方船也逆浪雖猛依然銳進者鯨背之怪船也朱窗畫闌儼如浮家者載客之樓船也蓋一歲之中渡

八月初七日（阳历九月廿八日）

（注：续上一页）雪之戏，以遣穷冬。

每当盛夏，则大湖之一波一浪，皆无宁晷。飞沫激舷，遗烟如绠者，钢铁之汽船也；白羽翔空，乘风破浪者，轻装之帆船也；严重如山，浮於中流者，载麦之方船也；逆浪虽猛，依然锐进者，鲸背之怪船也；朱窗画阑，俨如浮家者，载客之楼船也。盖一岁之中，渡

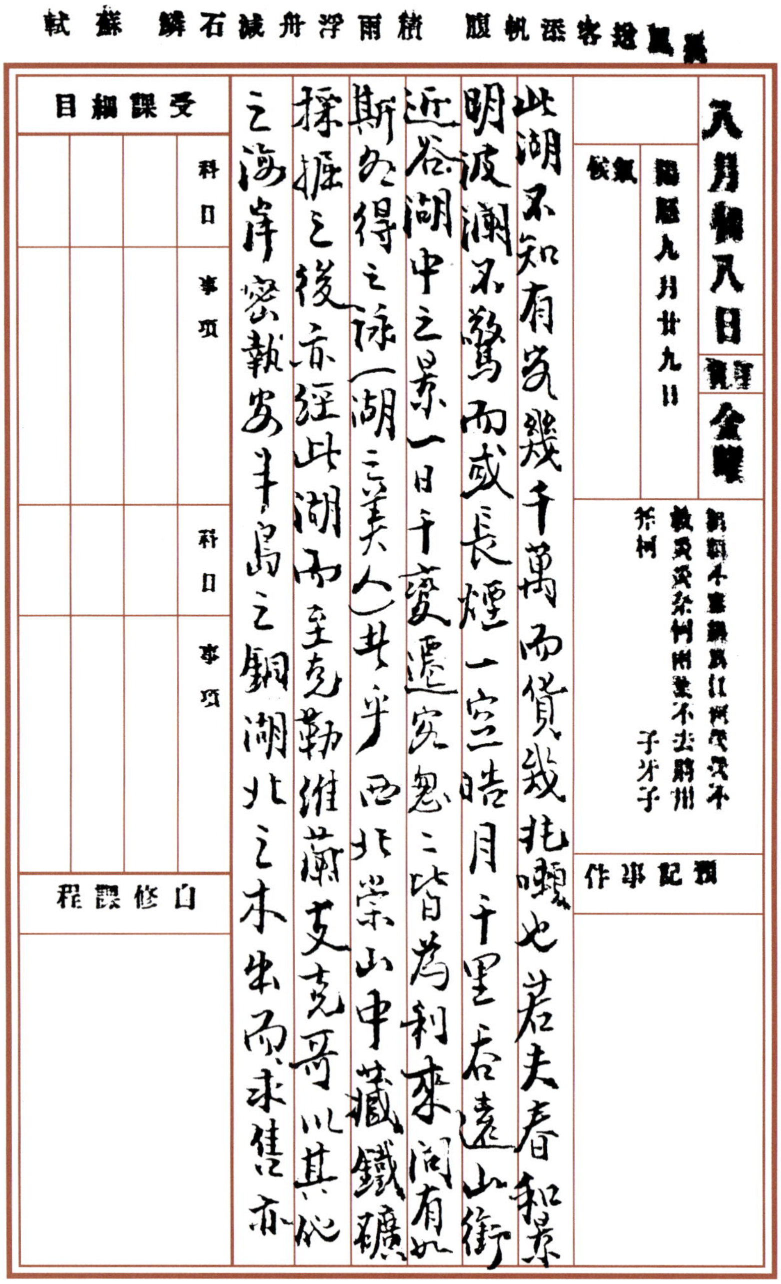
八月初八日 金曜
阳历九月廿九日

此湖不知有客幾千萬而貨幾兆噸也若夫春和景明波瀾不驚而或長煙一空皓月千里吞遠山銜近谷湖中之景一日千變遷客匆匆皆爲利來問有如斯各得之詠(湖之美人)者乎西北崇山中藏鐵礦採掘之後亦經此湖而至克勒維蘭支克哥以其他之海岸密執安半島之銅湖北之木出而求售亦

八月初八日（阳历九月廿九日）

（注：续上一页）此湖不知有客几千万。而货几兆吨也。若夫春和景明，波澜不惊，而或长烟一空，皓月千里，吞远山，衔近谷，湖中之景，一日千变，迁客匆匆皆为利来，问有如斯各得之咏『湖之美人』者乎？西北崇山中藏铁矿，采掘之后，亦经此湖而至克勒维兰支克哥以其他之海岸。密执安半岛之铜，湖北之木，出而求售，亦

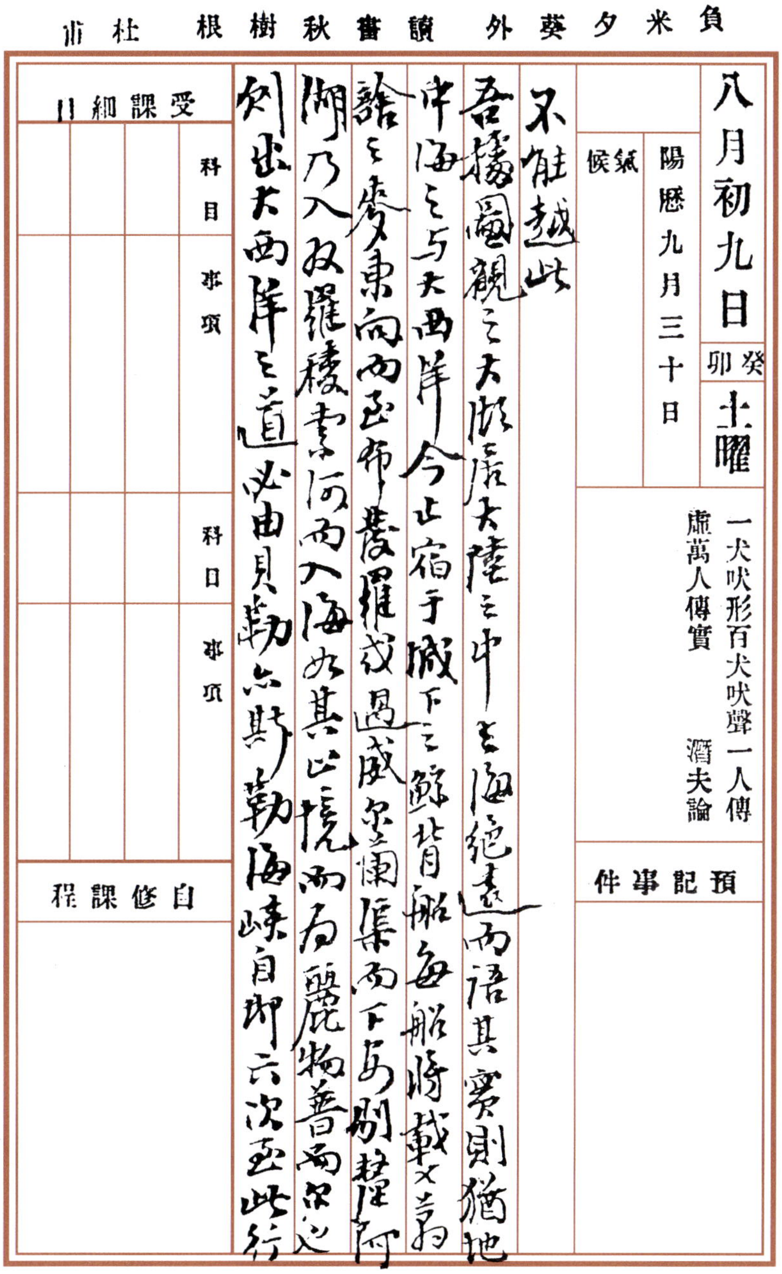

八月初九日（阳历九月三十日）

（注：续上一页）不能越此。

吾据图观之，大湖居大陆之中，去海绝远，而语其实，则犹地中海之与大西洋。今止宿于城下之鲸背船，每船将载七万□之麦，东向而至布发罗，或过威尔兰渠而下安剔厘阿湖，乃入双罗棱索河而入海。如其止境为丽物普尔也，则出大西洋之道，必由贝勒亦斯勒海峡。自都六次，至此行

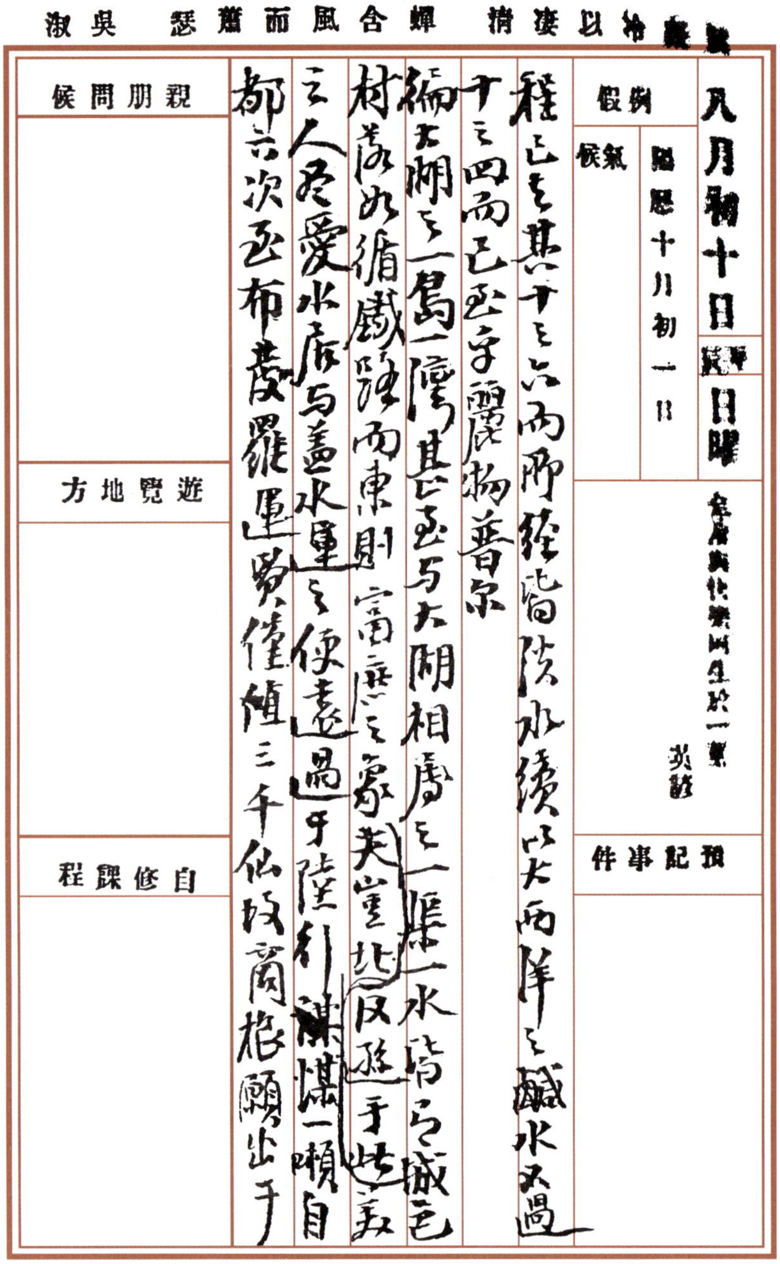
八月初十日　星期日曜
陽歷十月初一日
例假
氣候
預記事件
親朋問候
遊覽地方
自修課程
程已去其十之六，而所經皆淡水，續以大西洋之鹹水，又過十之四而已，至乎麗物普爾。徧大湖之一島一灣，甚至與大湖相屬之一渠一水，皆有城邑村落。如循鐵路而東，則富庶之象，反遜於此，夫豈北美之人，盡愛水居與？蓋水運之便，遠過於陸行。煤一噸，自都六次至布發羅，運費僅三千仙，故商旅願出於

八月初十日（阳历十月初一日）

（注：续上一页）程已去其十之六，而所经皆淡水，续以大西洋之咸水，不过十之四而已，至乎丽物普尔。

遍大湖之一岛一湾，甚至与大湖相属之一渠一水，皆有城邑村落。如循铁路而东，则富庶之象，反逊于此，夫岂北美之人，尽爱水居与？盖水运之便，远过于陆行。煤一吨，自都六次至布发罗，运费仅三千仙，故商旅愿出于

隴邊秋水落　牛背夕陽低　胡仲弓

八月十一日 乙巳 月曜

陽歷十月初二日

氣候

為國而死榮幸莫大　荷馬

預記事作

受課細目

科目	事項

自修課程

其途而轉輸之事逐水之人篙工之家非臨水而家則不便此繁盛之所由來也

大湖之位置踞東北半球高原之巔遇大湖之流域而北則土下趨而向哈得孫灣而南則土下趨而向墨西哥灣南北兩灣為大湖天然之尾閭斯已奇矣而大湖之隄岸雖高猶可鑿溝渠施健石閘而與

八月十一日（阳历十月初二日）

（注：续上一页）其途，而转输之事，逐水之人，篙工之家，非临水而家则不便，此繁盛之所由来也。

大湖之位置，踞东北半球高原之巅。遇大湖之流域而北，则土下趋而向哈得孙湾，而南则土下趋而向墨西哥湾。南北两湾为大湖天然之尾闾，斯已奇矣。而大湖之堤岸，虽高犹可凿沟渠，施健闸，而与

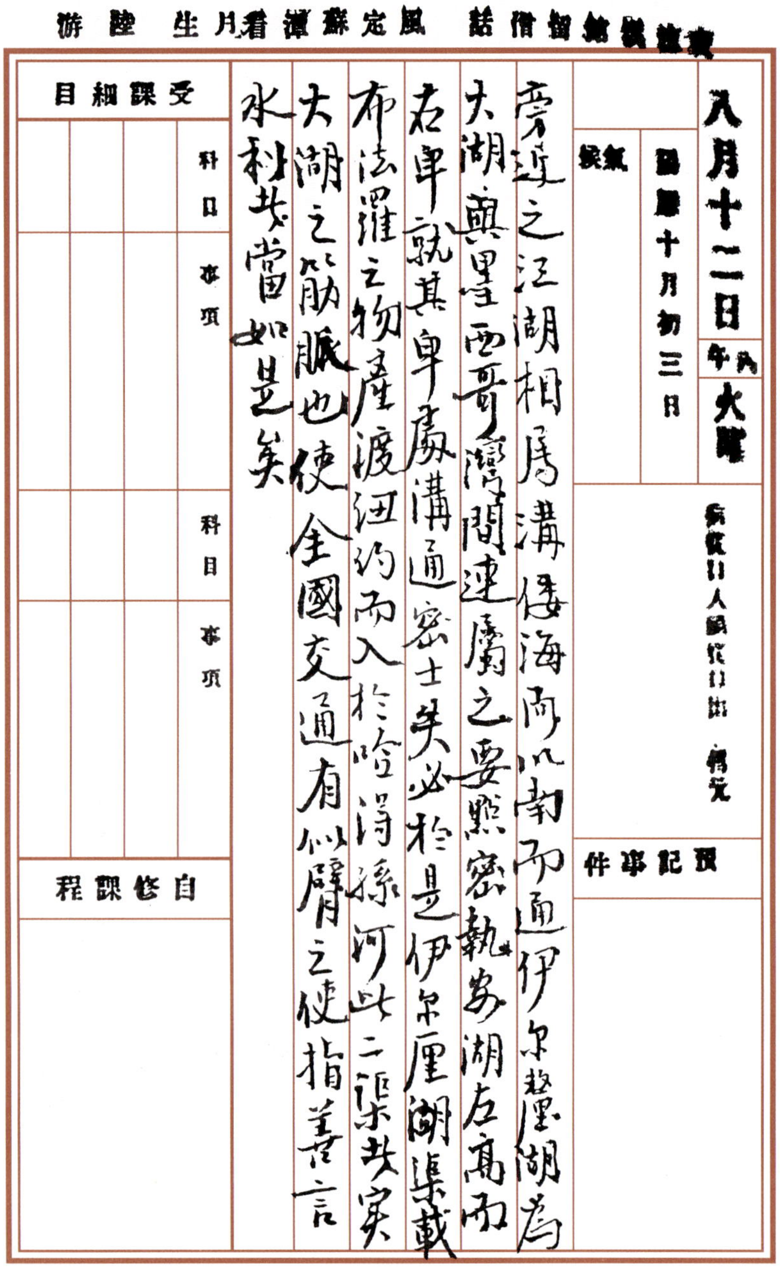
八月十二日 阳历十月初三日

旁近之江湖相屬。溝倭海而以南而通伊尔釐湖，為大湖與墨西哥灣間連屬之要點。密執安湖左高而右卑，就其卑處溝通密士失必，於是伊尔釐湖渠載布法羅之物產渡紐約而入於哈得孫河。此二渠者，實大湖之筋脈也，使全國交通有似臂之使指。善言水利者，當如是矣。

八月十二日（阳历十月初三日）

（注：续上一页）旁近之江湖相属。沟倭海阿以南而通伊尔厘湖，为大湖与墨西哥湾间连属之要点。密执安湖左高而右卑，就其卑处，沟通密士失必，於是伊尔厘渠载布法罗之物产，渡纽约而入于哈得孙河。此二渠者，实大湖之筋脉也，使全国交通有似臂之使指。善言水利者，当如是矣。

碧樹曹峯雲外聲　朱樓畫閣水中開　李

八月十三日 丁未 水曜	陽歷十月初四日
氣候	
無自由則國家不能存無德行則自由不能存　盧騷	
預記事件	

北美之湖統分三匯而主要之一匯則在美國是依桑羅稜索之流域五湖相匯而吞吐百川瀉泄萬壑者則惟蘇必利爾五湖之長也蘇必利爾與休侖伊爾釐安剔厘與阿諸湖首尾相屬如重台三階逐階而降語其地勢亦殊可喜蘇必利爾湖驤首上騰地勢最迴高出于海者六百呎是為第一階

受課細目			
科目	事項	科目	事項

自修課程

八月十三日（阳历十月初四日）

（注：续上一页）北美之湖统分三汇，而主要之一汇则在美国。是依桑罗棱索之流域，五湖相汇，而吞吐百川，泻泄万壑者，则惟苏必利尔，五湖之长也。苏必利尔与休仑、伊尔厘、安剔厘阿诸湖，首尾相属，始重台三阶，逐阶而降。语其地势亦殊可喜。苏必利尔湖，骧首上腾，地势最迴，高出于海者六百呎，为第一阶。

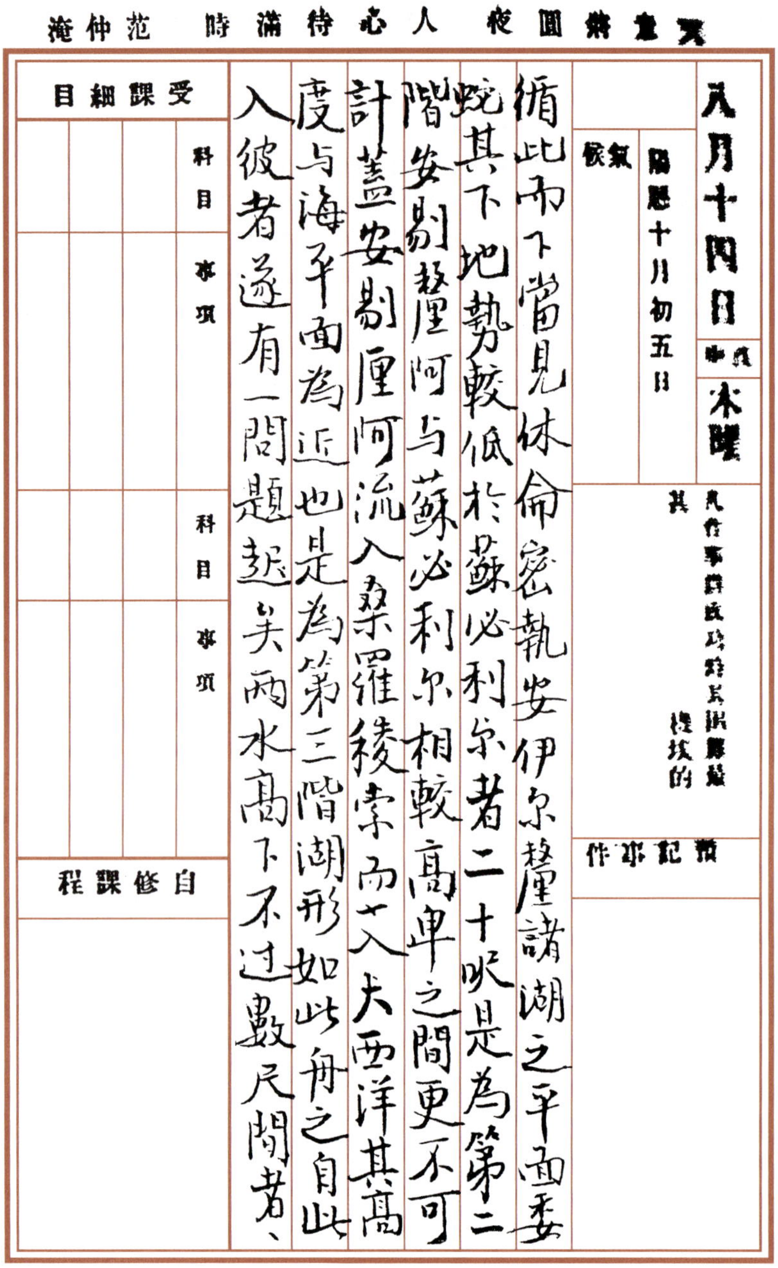
天意常圓夜　人心待滿時　范仲淹

八月十四日　木曜

陽曆十月初五日

天氣

循此而下當見休侖密執安伊尔釐諸湖之平面委蛇其下地勢較低於蘇必利尔者二十呎是為第二階安剔釐阿與蘇必利尔相較高卑之間更不可計蓋安剔釐阿流入桑羅稜索而入大西洋其高度與海平面為近也是為第三階湖形如此舟之自此入彼者遂有一問題起矣兩水高下不过數尺間者、

受課細目　科目　事項

自修課程

記事

八月十四日（阳历十月初五日）

循此而下，当见休仑、密执安、伊尔厘诸湖之平面，委蛇其下，地势较低于苏必利尔者二十呎，是为第二阶。安剔厘阿与苏必利尔相较，高卑之间，更不可计，盖安剔厘阿流入桑罗棱索，而入大西洋，其高度与海平面为近也，是为第三阶。湖形如此，舟之自此入彼者，遂有一问题起矣。两水高下，不过数尺间者，

萬里此情同皎潔　一年今日最分明　戎昱

八月十五日　己酉　金曜

中秋例假

陽歷十月初六日

氣候

機會多失於躊躇　撒伊拉士

預記事件

則猶可挽索而上今欲自安剔釐阿而上急流之尼亞哥拉河瀑布之下詎能飛渡亦不能上湍而多石之森馬利斯河因大湖之水旁出此河而奔騰以入休侖湖旋波急激勢不可當講水利者於是苦心經營而得水閘之法設吾泛於安剔釐阿伊爾釐與森馬利斯瀑布之左右乎則水閘逐程而來

親朋問候

遊覽地方

自修課程

八月十五日（阳历十月初六日）

（注：续上一页）则犹可挽索而上，今欲自安剔厘阿而上，急流之尼亚哥拉河，瀑布之下，讵能飞渡，亦不能上湍。而多石之森马利斯河，因大湖之水，旁出此河，而奔腾以入休仑湖，旋波急激，势不可当。讲水利者，于是苦心经营，而得水闸之法。设吾泛于安剔厘、阿伊尔厘与森马利斯瀑布之左右乎，则水闸逐程而来，

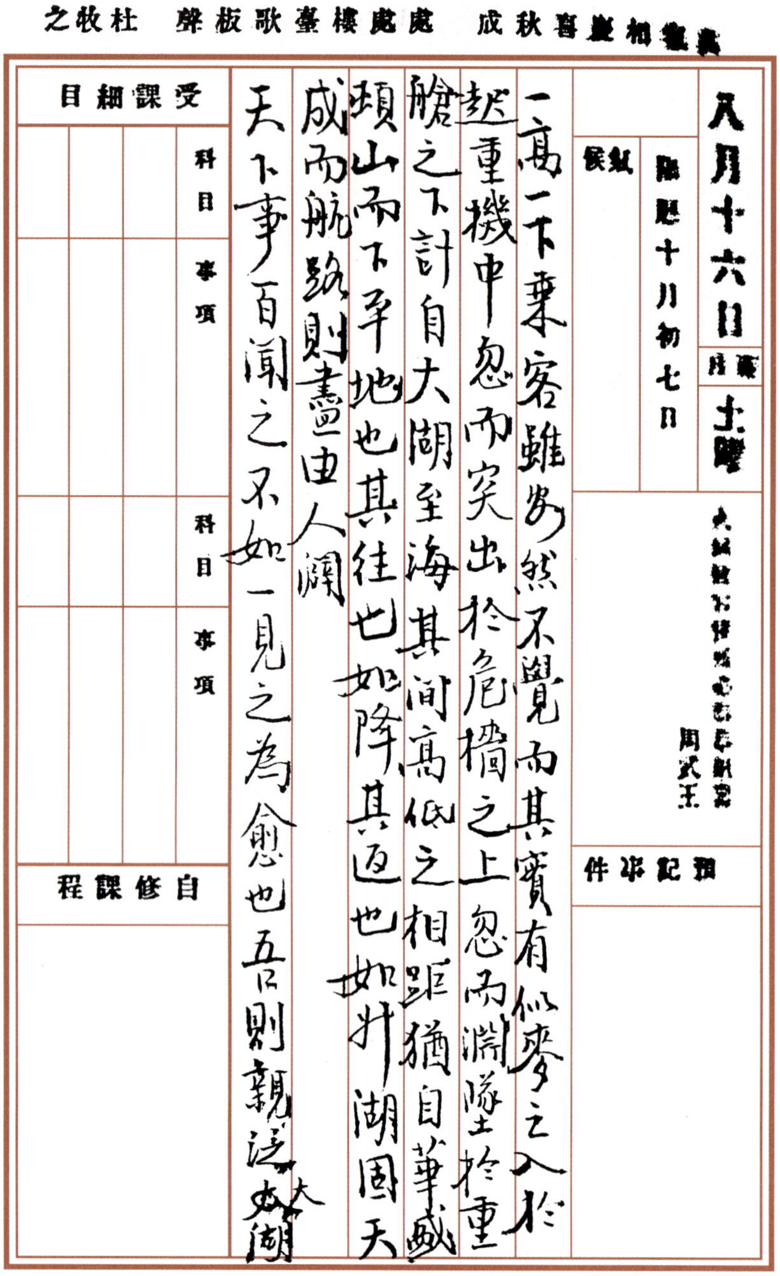

八月十六日（阳历十月初七日）

（注：续上一页）一高一下，乘客虽安然不觉，而其实有似麦之入于起重机中，忽而突出于危樯之上，忽而渊坠于重舱之下。计自大湖至海，其间高低之相距，犹自华盛顿山而下平地也。其往也如降，其返也如升，湖固天成，而航路则尽由人辟。

天下事，百闻之不如一见之为愈也。吾则亲泛大湖

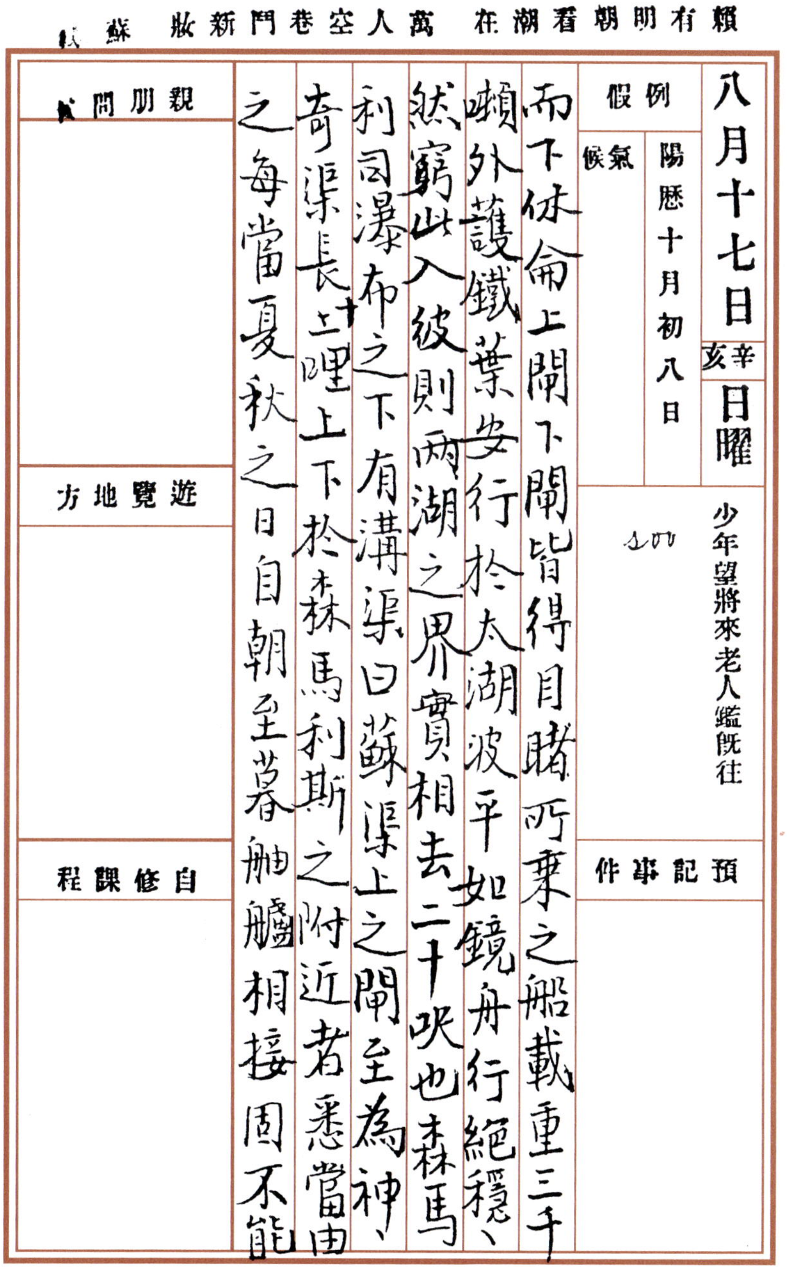

賴有明朝看湖在　萬人空巷鬥新妝　蘇軾

八月十七日 辛亥 日曜

例假

陽歷十月初八日

氣候

而下休侖上閘下閘皆得目睹所乘之船載重三千噸外護鐵葉安行於太湖波平如鏡舟行絕穩、然窮此入彼則兩湖之界實相去二十呎也森馬利斯瀑布之下有溝渠曰蘇渠上之閘至為神奇、渠長十哩上下於森馬利斯之附近者悉當由之每當夏秋之日自朝至暮舳艫相接固不能

少年望將來老人鑑既往

預記事件

親朋問訊

遊覽地方

自修課程

八月十七日（阳历十月初八日）

（注：续上一页）而下休仑，上闸下闸皆得目睹。所乘之船，载重三千吨，外护铁叶，安行于大湖，波平如镜，舟行绝稳。然穷此入彼，则两湖之界实相去二十呎也。森马利斯瀑布之下，有沟渠曰『苏渠』，上之闸至为神奇。渠长十哩，上下于森马利斯之附近者，悉当由之。每当夏秋之日，自朝至暮，舳舻相接，固不能

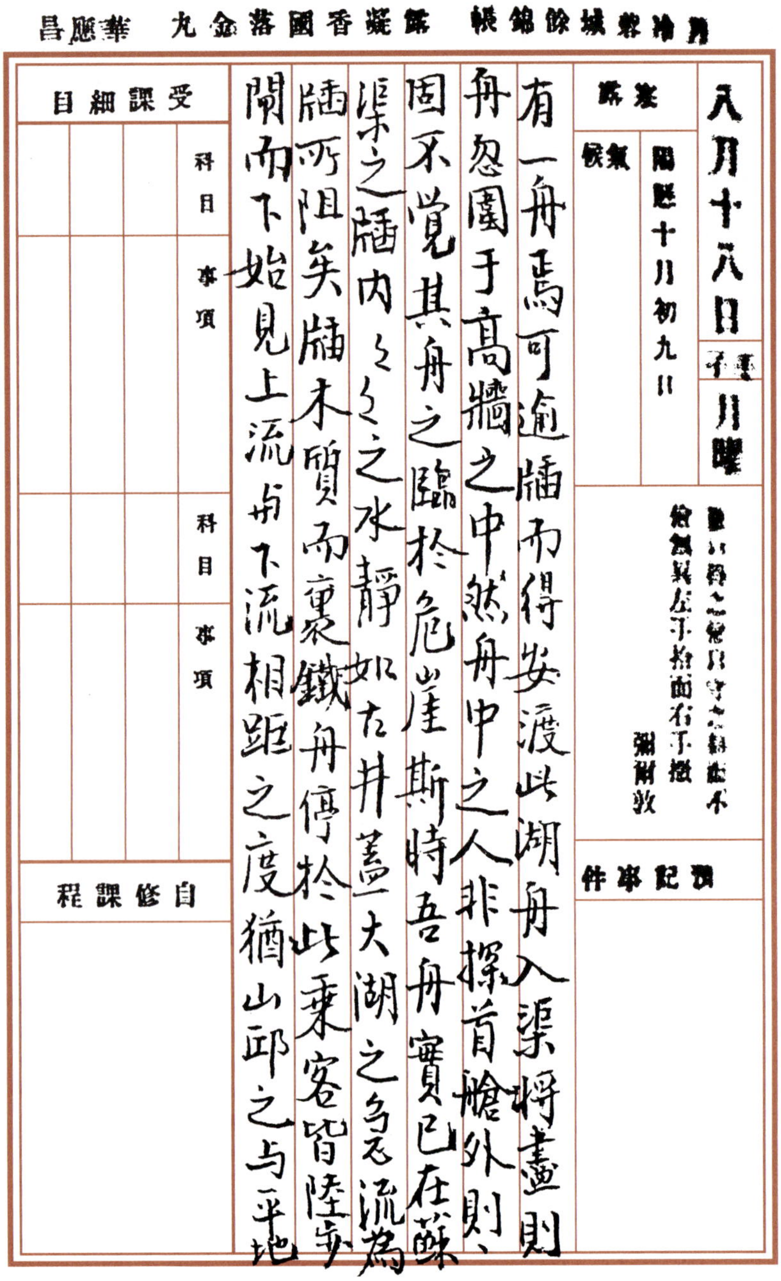

八月十八日（阳历十月初九日）

（注：续上一页）有一舟焉，可逾闸而得安渡此湖。舟入渠将尽，则舟忽围于高墙之中，然舟中之人，非探首舱外，则固不觉其舟之临於危崖。斯时吾舟，实已在苏渠之闸内。闸内之水，静如古井，盖大湖之急流，为闸所阻矣。闸木质而裹铁。舟停於此，乘客皆陆，步闸而下，始见上流与下流相距之度，犹山邱之于平地

客夢冷隨楓葉斷　默心低逐雁聲來　蘇軾

八月十九日　癸丑　火曜

陽歷十月初十日

氣候

智識如財庫經驗其鑰也　英諺

預記事件

也自此而下五十哩間置閘數十重故水勢得殺設驪御之則潰而崩岸矣舟過則緩啟之故舟雖下降而人不覺

森馬利斯瀑布之周圍有二渠一入坎拿大而一入美國溯尼亞哥拉瀑布而上至於伊尔厘共有閘二十六重兩水相接比之大湖實差十五倍焉　桑

受課細目

科目	事項
科目	事項

自修課程

八月十九日（阳历十月初十日）

（注：续上一页）也。自此而下，五十哩间，置闸数十重，故水势得杀，设骤御之，则溃而崩岸矣，舟过则缓启之，故舟虽下降而人不觉。

森马利斯瀑布之周围有二渠，一入坎拿大，而一入美国。溯尼亚哥拉瀑布而上，至于伊尔厘，共有闸二十六重。两水相接，比之大湖，实差十五倍焉。桑

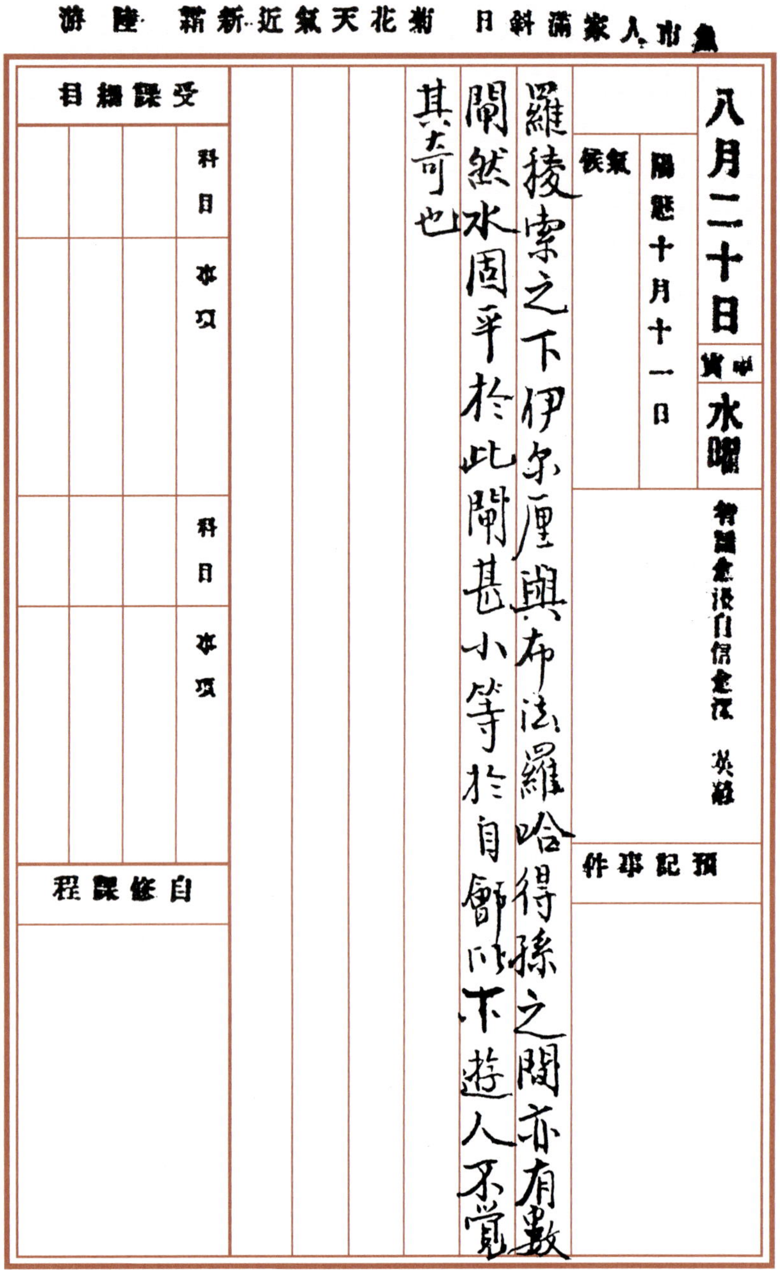
八月二十日 水曜
陽曆十月十一日
羅棱索之下伊尔厘與布法羅哈得孫之間亦有數閘然水固平於此閘甚小等於自鄶以下遊人不覺其奇也

八月二十日（阳历十月十一日）

（注：续上一页）罗棱索之下，伊尔厘与布法罗、哈得孙之间，亦有数闸，然水固平于此，闸甚小，等于自郐以下，游人不觉其奇也。

第　學級
第　學年生

受課時刻表(一)

月　日發布

時刻	星期	月	水	火	木	金	土
第一學時	自九點　分 至十點　分	算術 王	算術 王	算術 王	算術 王	算術 王	算術 王
第二學時	自十點　分 至十一點　分	英文 許	英文 許	英文 許	地理 鍾	地理 鍾	地理 鍾
第三學時	自十一點　分 至十二點　分	脩身 俞	國文 蘇	国文 蘇	讀經 自習	英文 唐	英文 唐
第四學時	自一點　分 至二點　分	博物 吳	博物 吳	博物 吳	英文 戴	講經 蘇	讀經 自習
第五學時	自二點　分 至三點　分	圖畫 包	英文 戴	英文 戴	官話 汪	文課 俞	官話 汪
第六學時	自三點　分 至四點　分	音[illegible] 操 胡	歷史 王	歷史 王	講經 蘇	文課 俞	兵操 胡

隨意科

雜錄

受課時刻表(二)

第　學年　第　學級生

月　日發布

時刻＼星期		月	水	火	木	金	土	隨意科	雜錄
第一學時	自　點　分 至　點　分								
第二學時	自　點　分 至　點　分								
第三學時	自　點　分 至　點　分								
第四學時	自　點　分 至　點　分								
第五學時	自　點　分 至　點　分								
第六學時	自　點　分 至　點　分								

徐志摩翰墨辑珍

第二卷 留美日记

潘倩 编

中央编译出版社
Central Compilation & Translation Press

01. 徐志摩出国护照像

02. 美国克拉克大学

CHANG - HSU HSII

03. 徐志摩在美国克拉克大学（1919）

05. 徐志摩在美国康奈尔大学（1920）

06. 徐志摩初到美国寄给父母的照片（在哥伦比亚大学）

THE LIBRARY OF COLUMBIA UNIVERSITY

Graduated from the Chekiang Middle School (equi-
valent to the American High School) in 1914. Then
(1915-16)
studied two years at the Shanghai Baptist College
and half year at Pei-yang University in Tientsin,
and one year at the Peking Government University
Law School ~~for one year.~~

08. 徐志摩在杭州府中的成绩单中的个人简历（1914）

THE SHANGHAI BAPTIST COLLEGE

AND

THEOLOGICAL SEMINARY

PRESIDENT'S OFFICE

SHANGHAI, CHINA

Dec. 4, 1918.

To whom it may concern:

This is to certify that Mr. Hsu, Chang-hsu was a student in this College for two years, 1915 & 1916, and that he completed here the following courses of study:

Subjects completed.	Hours per week.	Grades.
(1915)		
English Literature	3	89
" Rhetoric & Composition	5	92
Chinese Literature	3	96
" History	3	97
General History	3	91
Elementary Physics	3	85
Plane & Spherical Trigonometry	3	88
Civics	3	93
Bible	2	92
(1916)		
English Literature	3	90
" Theme Writing	3	87
Chinese Literature	3	97
Chinese History	3	95
English History	3	91
Advanced Algebra	3	84
Chemistry	3	89
" Laboratory	4	"
Bible	2	94

F. J. White,

President,

The Shanghai Baptist College.

09. 徐志摩在上海浸礼会学校成绩单（1918）

10. 徐志摩在北洋大学、北京大学成绩单

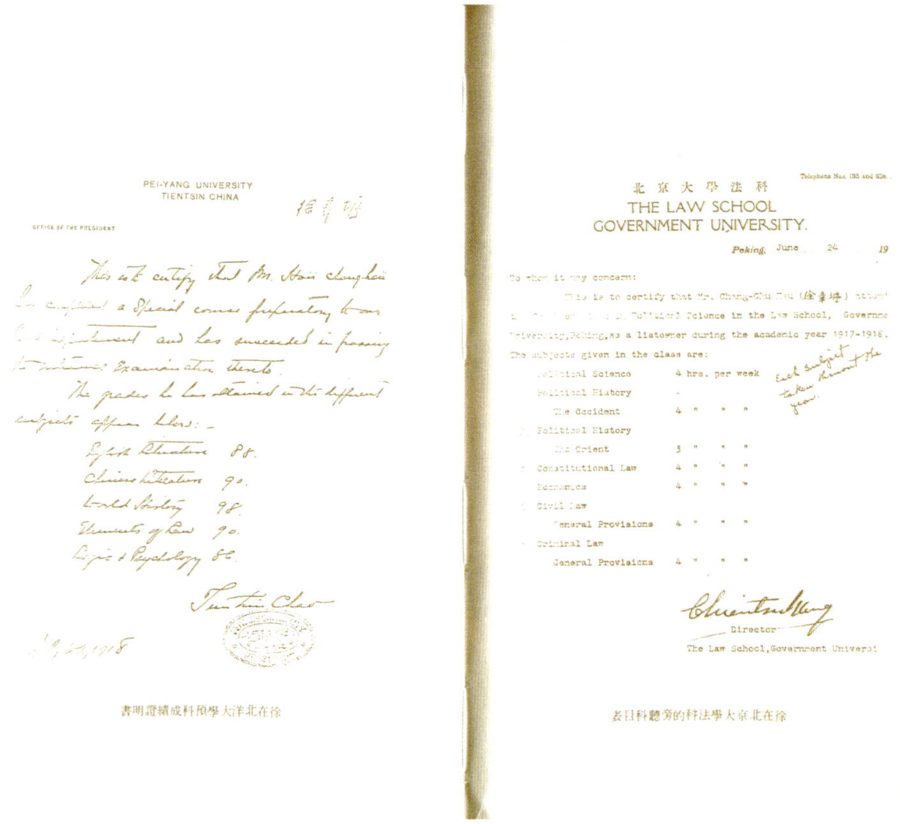

PEI-YANG UNIVERSITY
TIENTSIN CHINA

徐章垿

OFFICE OF THE PRESIDENT

This is to certify that Mr. Hsu Chang-hsu [illegible] a Special course preparatory to our [illegible] and has succeeded in passing the [illegible] Examination thereto.

The grades he has attained in the different subjects appear below:—

English Literature 88.
Chinese Literature 90.
World History 98.
Elements of Law 90.
Logic & Psychology 80.

[illegible], 1918

書明證績成科預學大洋北在徐

Telephone Nos. 195 and 638.

北京大學法科
THE LAW SCHOOL
GOVERNMENT UNIVERSITY.

Peking, June 24 19

To whom it may concern:

This is to certify that Mr. Chang-Chu Hsu (徐章垿) [illegible] Political Science in the Law School, Government University, Peking, as a listener during the academic year 1917-1918. The subjects given in the class are:

Political Science	4 hrs. per week
Political History	-
The Occident	4 " " "
Political History	
The Orient	3 " " "
Constitutional Law	4 " " "
Economics	4 " " "
Civil Law	
General Provisions	4 " " "
Criminal Law	
General Provisions	4 " " "

Each subject taken through the year.

Director
The Law School, Government Universi

表目科聽旁的科法學大京北在徐

11. 徐志摩在美国克拉克大学成绩单（1918 - 1919）

CLARK UNIVERSITY—WORCESTER, MASS.

STATEMENT OF UNDERGRADUATE RECORD

This is not a "letter of honorable dismissal." For such a letter apply to the Dean of the College.

This is to certify that Chang-hsu Hsu was a student at Clark University from September 18, 1918 to September 1919 and has the following record in the College.

Present Status Bachelor of Arts, September 1919

ENTRANCE CREDITS ~~FROM~~ granted for completion of a pre-legal course to the Peking Government Law School and 1 year in the Law School of the ~~XXXX~~ ~~XXXXXXX~~ Government University.

English	Mathematics	Zool.—Bot.	Gen. Science
Latin	History	Physiology	Geography
French	Civ's—Ec.	Com'l Subj.	
German	Physics	Man. Train.	
Spanish	Chemistry	Drawing	Total

COLLEGE RECORD

	COURSE	Grade 1st Sem.	Grade 2nd Sem.	†Credit	COURSE	Grade 1st Sem.	Grade 2nd Sem.	†Credit
1918-19	(Students' Army Training Corps)			Sem. Hrs.				
Econ.5	Business Management	-	95	3				
Fren.1	Grammar, Pronunciation, Oral Work	-	82	3				
Psy.1a	General Psychology	-	90	3				
P.S.S.	Sociology	-	85	3				
Hist.6	Modern European History	-	88	3				
1918-19								
Econ.4	Labor Problems	B+	A-	6				
Fren.1	Grammar, Pronunciation, Oral Work	B+	B+	6				
Hist.11	European Social Politics in 19th Cent.	A-	A-	6				
" 12a	Nationalism, Militarism, Diplomacy & Int'l Organization since 1789	A-	A	6				
P.S.S.	Sociology	A-	B+	6				
Span.1	Elementary Spanish	A-	B-	6				
	Total credit passed			51				
	Plus credit transferred from Cornell Summer School			4				
	NET TOTAL			55				

†Prior to September, 1934, "credit" in Clark University was reckoned in semester hours. Since that date "credit" has been expressed in terms of "courses." A "course" as a unit of credit implies normally three or four class meetings or laboratory exercises per week through the year.

Prior to January, 1943, twenty courses were required for the A.B. degree. Beginning with January, 1943, fewer than twenty courses were required in some cases, owing to the accelerated program and looking forward to the transition to new requirements, namely, eighteen courses, plus a senior survey, plus a comprehensive examination.

The grades A, B, C, D and F (failure) carry the usual meaning.

Notes: 1918-19 - First Honors

Date..............................

Signed..............................
GERARD T. CORCORAN, REGISTRAR

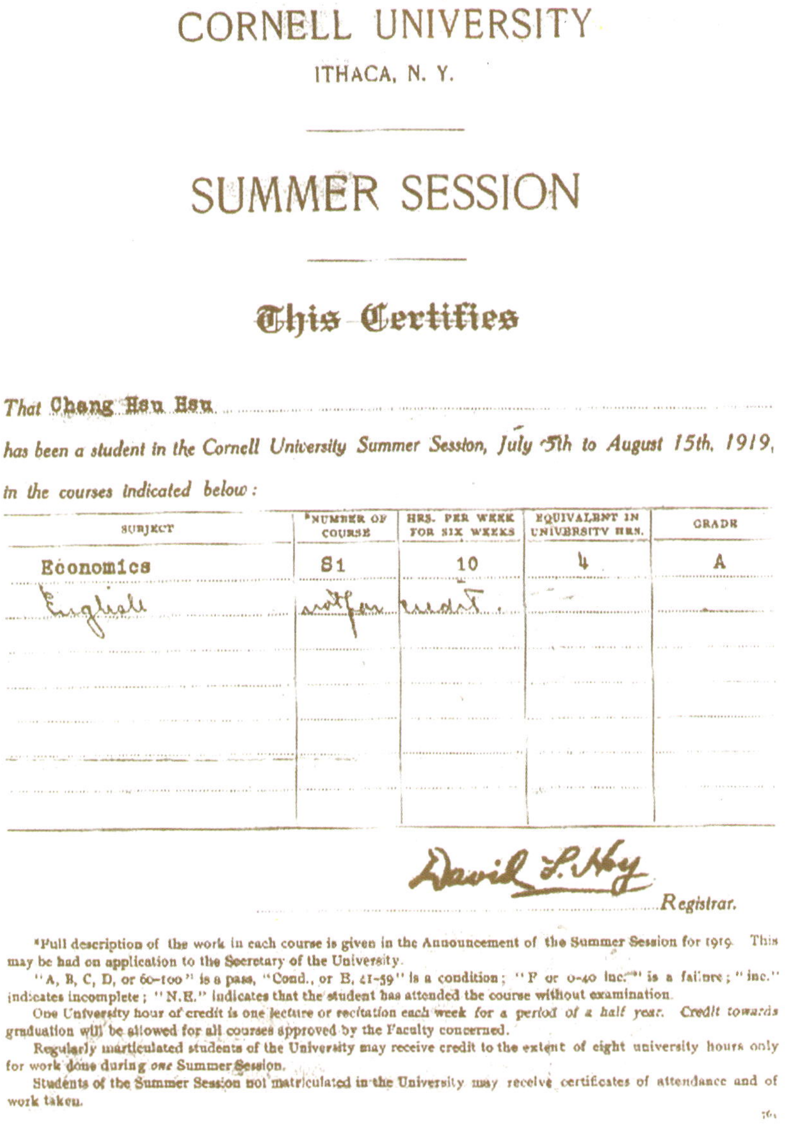

CORNELL UNIVERSITY

ITHACA, N. Y.

SUMMER SESSION

This Certifies

That Chang Hsu Hsu

has been a student in the Cornell University Summer Session, July 5th to August 15th, 1919,

in the courses indicated below:

SUBJECT	*NUMBER OF COURSE	HRS. PER WEEK FOR SIX WEEKS	EQUIVALENT IN UNIVERSITY HRS.	GRADE
Economics	S1	10	4	A
English	without credit.		—	—

David F. Hoy
Registrar.

*Full description of the work in each course is given in the Announcement of the Summer Session for 1919. This may be had on application to the Secretary of the University.

"A, B, C, D, or 60–100" is a pass, "Cond., or E, 41–59" is a condition; "F or 0–40 inc.*" is a failure; "inc." indicates incomplete; "N.E." indicates that the student has attended the course without examination.

One University hour of credit is one lecture or recitation each week for a period of a half year. *Credit towards* graduation will be allowed for all courses approved by the Faculty concerned.

Regularly matriculated students of the University may receive credit to the extent of eight university hours only for work done during *one* Summer Session.

Students of the Summer Session not matriculated in the University may receive certificates of attendance and of work taken.

12. 徐志摩在美国康奈尔大学暑期课程成绩单（1919）

13. 徐志摩给克拉克大学的信（1919）

430 Livingston Hall,
Columbia University,
New York City,
Sept. 20, 1919.

Professor Carey E. Melville,
Clark University,
Worcester, Mass.

My dear Professor Melville:

I beg to acknowledge the receipt of the diploma that you kindly sent me on time. I want to thank you for your kind service. I am to

14. 徐志摩前妻张幼仪像（中年）

目录

留美日记

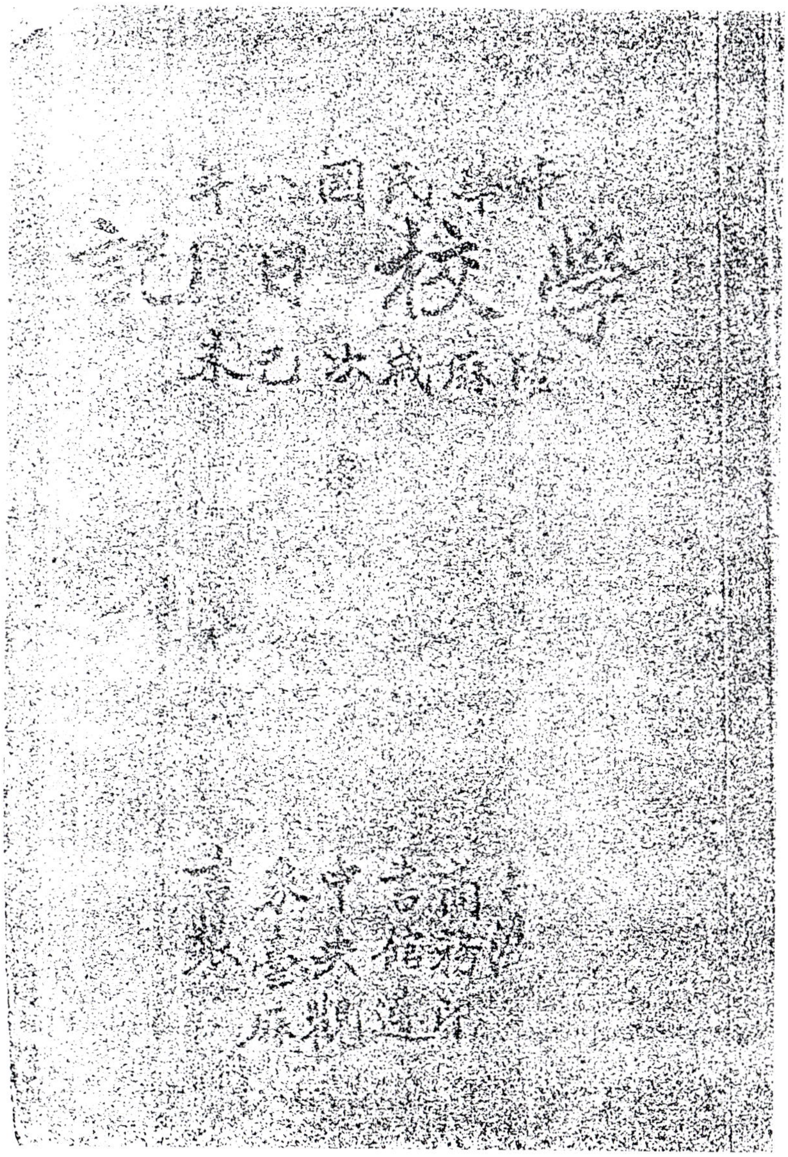

民国八年（一九一九年）

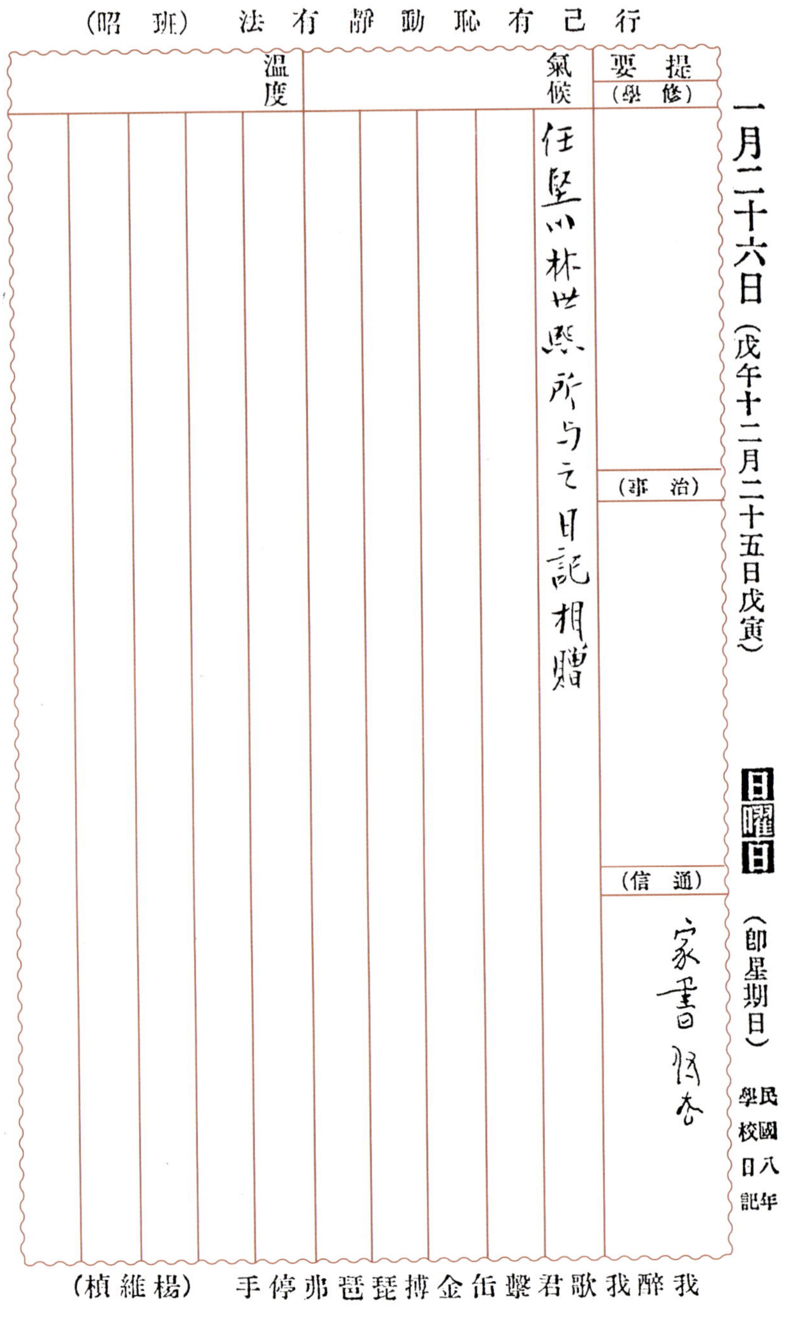
民國八年學校日記

一月二十六日（戊午十二月二十五日戊寅）日曜日（即星期日）

行己有恥動靜有法（班昭）

提要（修學）任堅以林世熙所與之日記相贈

氣候 溫度

（治事）

（通信）家書付去

我醉我歌君擊缶金搏琵琶弗停手（楊維楨）

一月二十六日（戊午十二月二十五日戊寅）

任坚以林世熙所与之日记相赠。

通信：家书付去

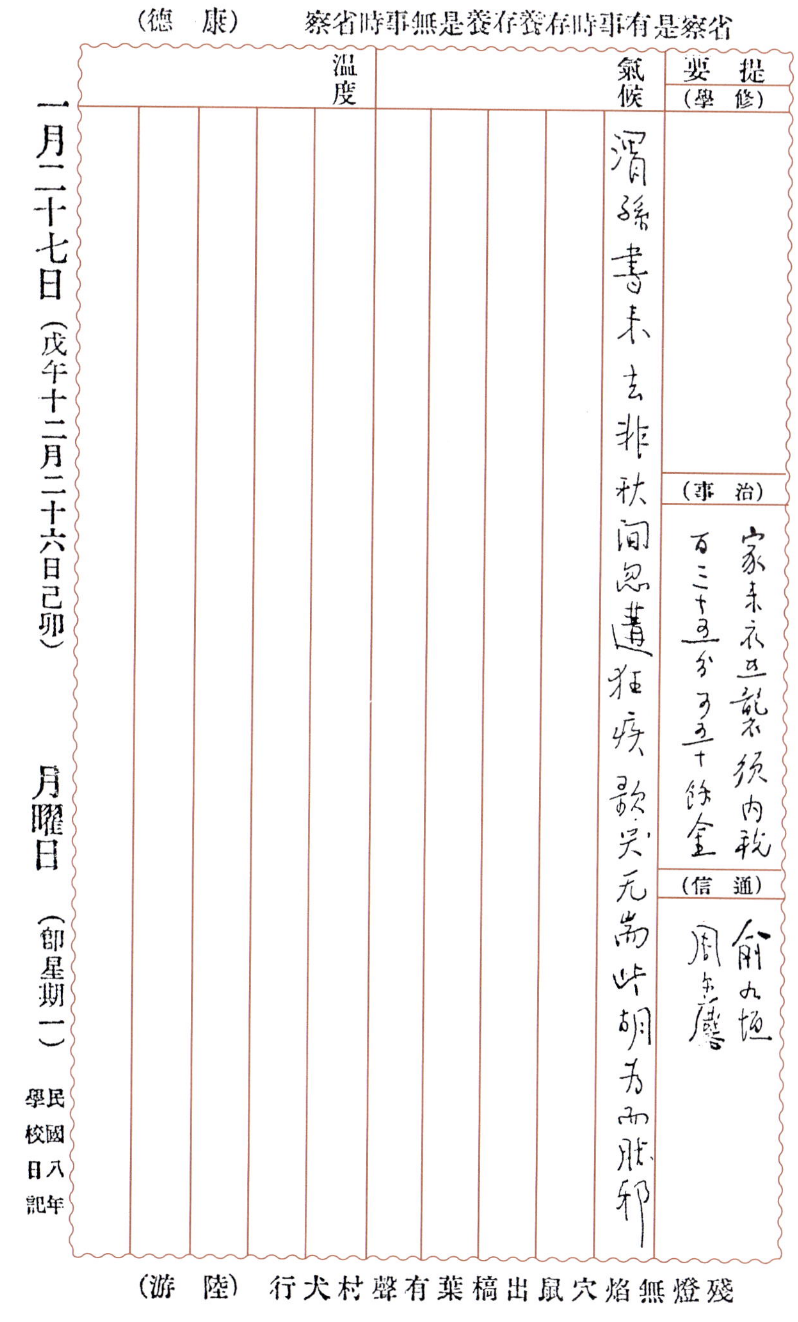
省察是有事時存養存養是無事時省察　（康　德）

提要（修學）　氣候　温度

一月二十七日（戊午十二月二十六日己卯）　月曜日（卽星期一）

民國八年學校日記

渭孫書來去非秋間忽遘狂疾歌哭无耑此胡为而胀邪

（治事）家来衣一袭须内税百三十五分可五十餘金

（通信）俞九经　周尔廛

殘燈無焰穴鼠出槁葉有聲村犬行　（陸　游）

一月二十七日（戊午十二月二十六日己卯）星期一

治事：家来衣一袭，须纳税百三十五分，可五十馀金。

通信：俞九经、周尔麐

渭孙书来，去非秋间忽遘狂疾，歌哭无耑〔端〕，此胡为而胀邪。

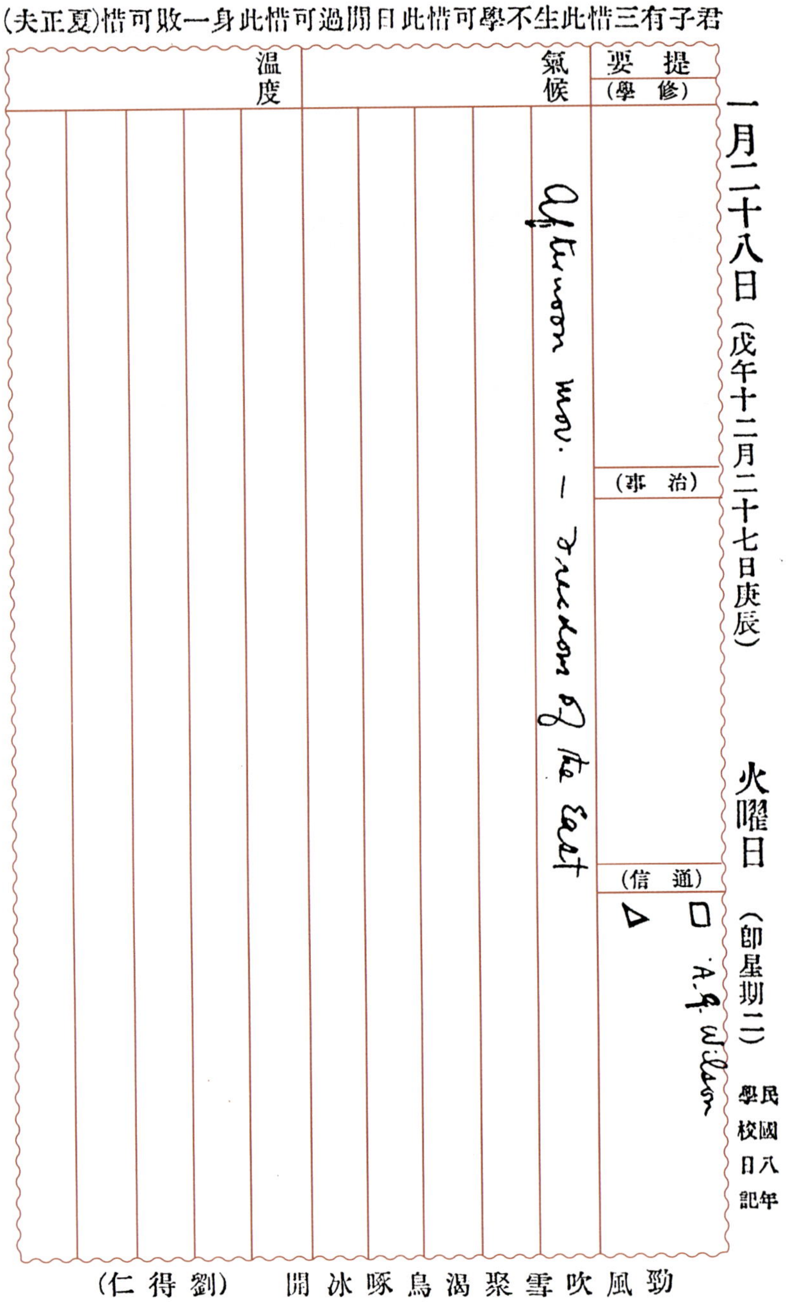
君子有三惜此生不學可惜此日閒過可惜此身一敗可惜（夏正夫）

一月二十八日（戊午十二月二十七日庚辰）火曜日（即星期二）

民國八年學校日記

提要（修學）

（治事）

（通信）

□ A.Q. Wilson

△

氣候

溫度

Afternoon mov. – Freedom of the East

勁風吹雪聚渴烏啄冰開（劉得仁）

一月二十八日（戊午十二月二十七日庚辰）星期二

通信：A.Q.Wilson〔威尔逊〕

Afternoon mov. – Freedom of the East〔下午移居东部〕

善學者如闤市求前得一步緊一步（呂新吾）

一月二十九日（戊午十二月二十八日辛巳）

水曜日（即星期三）

民國八年學校日記

提要（修學）	氣候	溫度
（治事）		
（通信）		

暮烟江口客來絕寒葉嶺頭人住稀（貝瓊）

難之一字惟愚人所用之字典有之（拿破崙第一）

二月十三日（己未正月十三日丙申）

木曜日（即星期四）

民國八年學校日記

提要（修學）

（治事）

（通信）

氣候

温度

今夜長安霜雪少試燈風裏見唐花（王士禛）

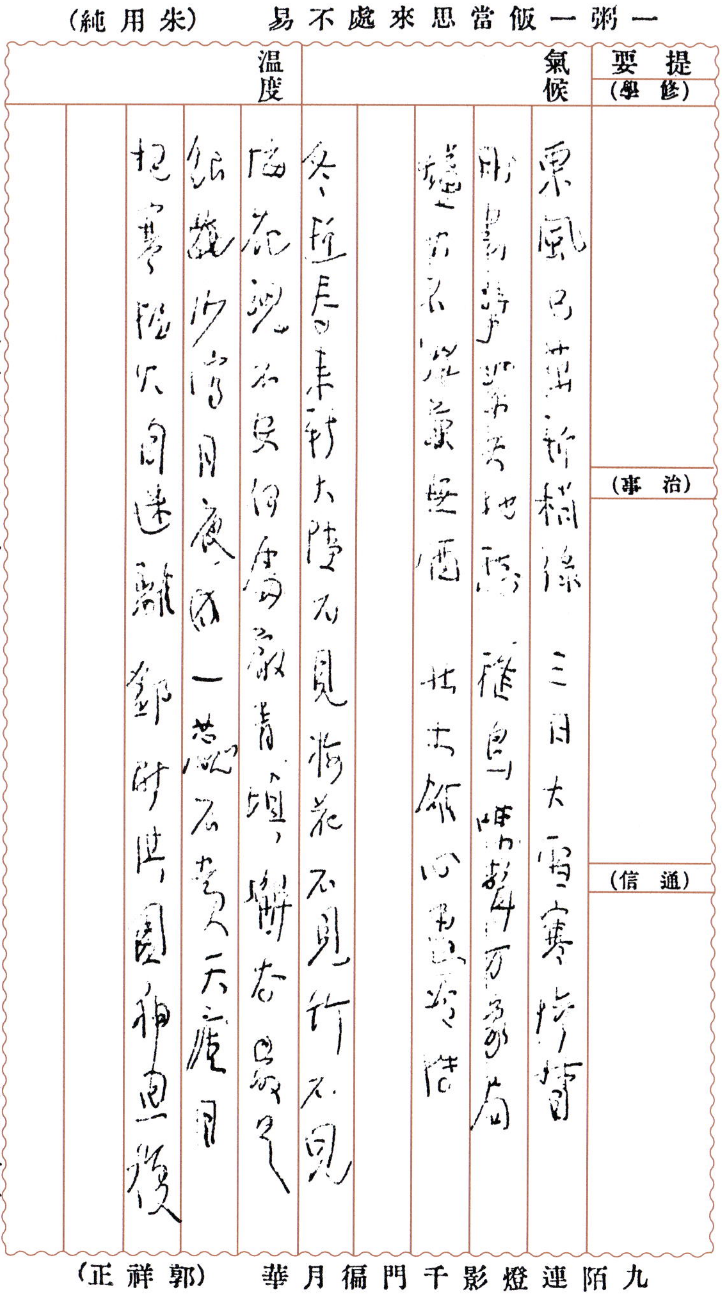
一粥一飯當思來處不易（朱用純）
提要（修學）
治事
通信
氣候
溫度
東風已茁新梢綠 三日大雪寒慘督 彤雲擘絮天地愁 稚鳥噤聲萬象局 爐火不溫兼無酒 壯士雄心遭冷酷 冬逝春來新大陸 不見梅花不見竹 不見梅花魂不安 何處嚴青填□谷 最是銀沙瀉月夜 一蕊不賞天涯月 抱寒握火自迷離 鄧尉淇園神迴復
二月十四日（己未正月十四日丁酉）金曜日（卽星期五）
民國八年學校日記
九陌連燈影千門偏月華（郭祥正）

二月十四日（己未正月十四日丁酉）星期五

东风已茁新梢绿，三日大雪寒惨督。彤云擘絮天地愁，稚鸟噤声万象局。炉火不温兼无酒，壮士雄心遭冷酷。

冬逝春来新大陆，不见梅花不见竹。不见梅花魂不安，何处严青填□谷。最是银沙泻月夜，一蕊不赏天涯月。抱寒握火自迷离，邓尉淇园神迴复。

民國八年學校日記

二月十七日（己未正月十七日庚子）

月曜日（即星期一）

人心放他自由不得（高景逸）

提要（修學）

氣候

溫度

（治事）

（通信）

盤馬闘車纔罷夜殘燈賸月尚宜人（柳應芳）

大利所存必有兩益損人利己非也損己利人亦非也（斯密亞丹）

提要	氣候	溫度
（修學） Mechanic Hall — Mr McCormack + Mr Beath (Violin)		
（治事）		
（通信）		

二月十八日（己未正月十八日辛丑）
火曜日（即星期二）
民國八年學校日記

昨日醉連今日醉試燈風接落燈風（唐　寅）

二月十八日（己未正月十八日辛丑）星期二

Mechanic Hall—Mr Cormack & Mr Beath(Violin)

〔美察米大厅——康麦克先生和毕齐先生（小提琴）〕

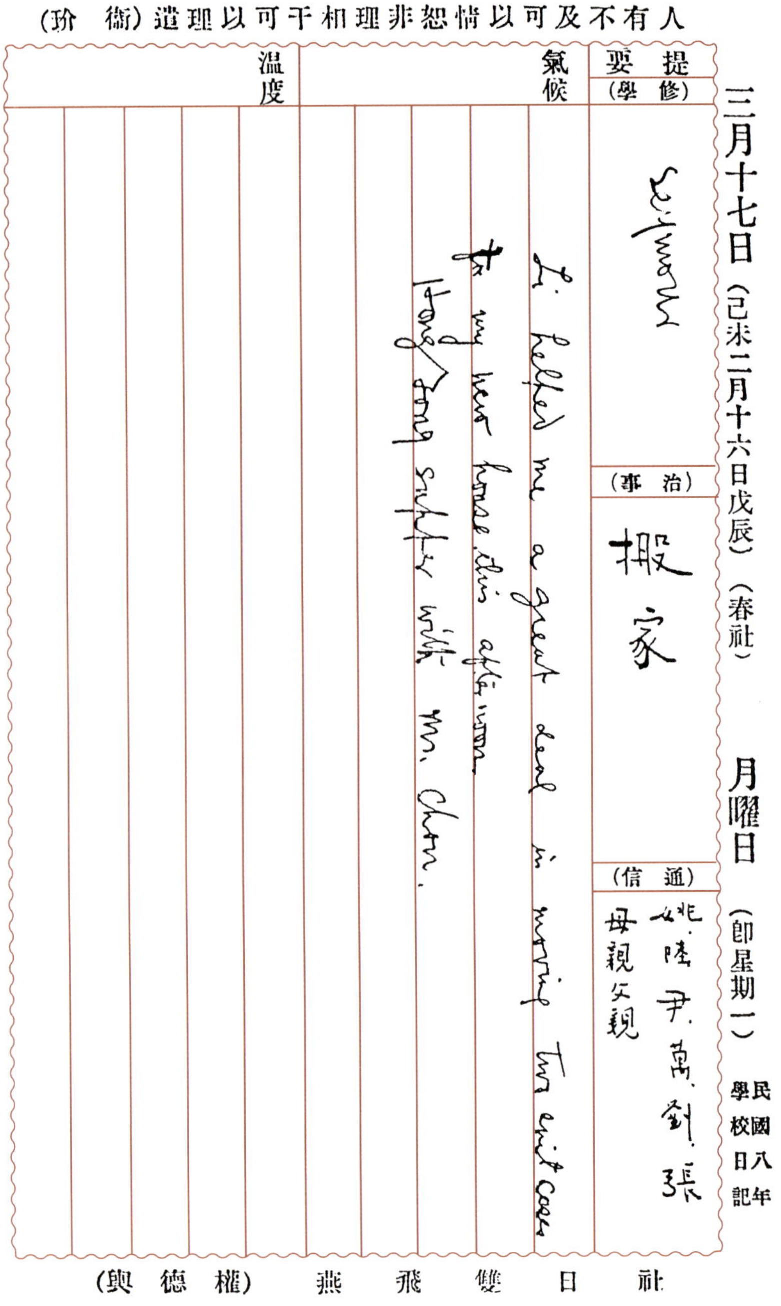
人有不及可以情恕非理相干可以理遣（衛 玠）

三月十七日（己未二月十六日戊辰）（春社）月曜日（即星期一）

民國八年學校日記

提要（修學）：Seymour

治事：搬家

通信：姚、陸、尹、萬、劉、張、母親、父親

氣候　溫度

Li helped me a great deal in moving two suitcases to my new house this afternoon.
Hong Fong suffer with Mr. Chou.

社日雙飛燕（權德輿）

三月十七日（己未二月十六日戊辰）星期一

提要（修学）：Seymour〔西蒙〕

治事：搬家

通信：姚、陆、尹、万、刘、张、母亲、父亲

Li helped me a great deal in moving two suitcases to my new house this afternoon.

〔下午李帮了我大忙，把两个手提皮箱搬到新居〕

Hong Fong suffer with Mr chou.

一語一默從容中道（明仁孝文皇后）

提要

（修學）

氣候

溫度

（治事）

（通信）

汪

三月十八日（己未二月十七日己巳）

火曜日（即星期二）

民國八年學校日記

曲檻柳濃鶯未老小園花暖蝶初飛（羅隱）

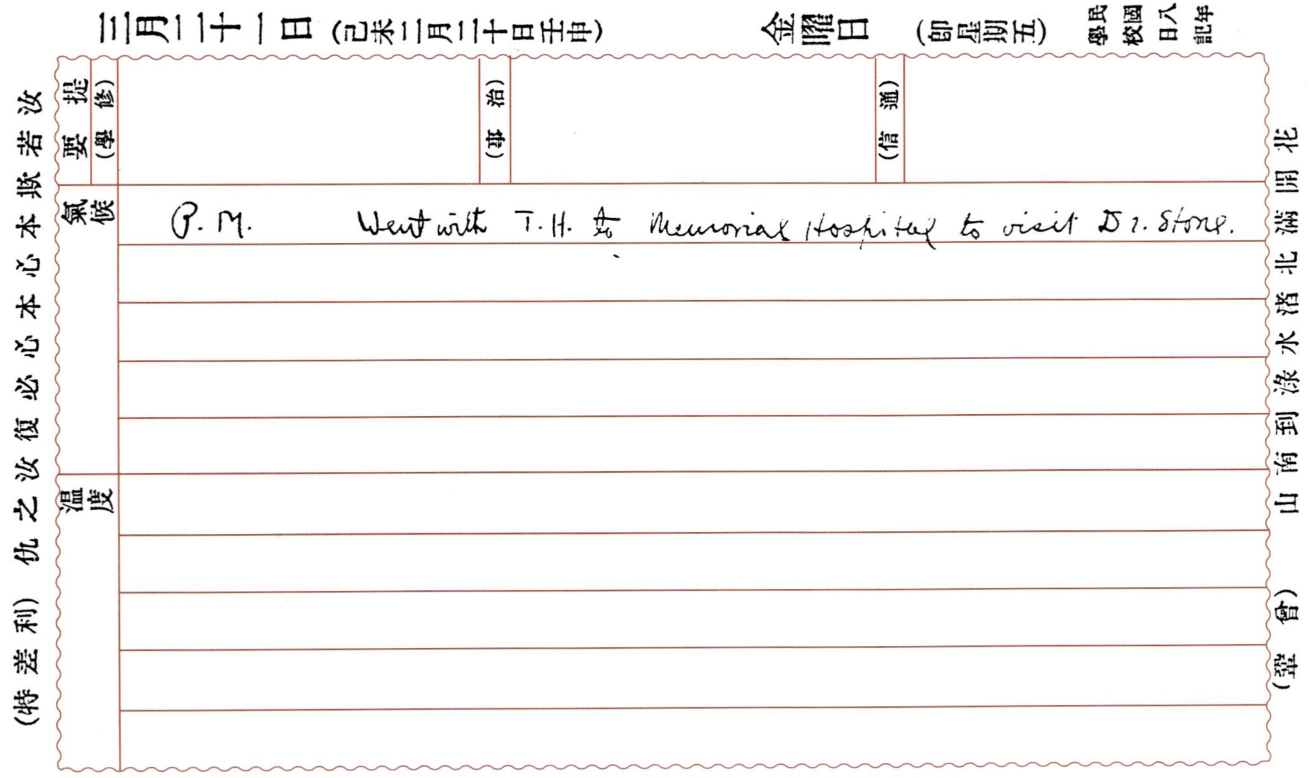
三月二十一日（己未二月二十日壬申） 金曜日（即星期五） 民國八年學校日記
汝若欺本心本心必復汝之仇（利差特）
提要（修學） （治事） （通信）
氣候 温度
P.M. Went with T.H. to Memorial Hospital to visit Dr. Stone.
花開滿北渚水漾到南山（曾鞏）

三月二十一日（己未二月二十日壬申）星期五

P.M. went with T.H. to Memorial Hospital to visit Dr Stone.

〔下午与T.H 一起到莫里逊医院拜访斯多医生〕

非愛友如己不能全友誼（西細洛）

民國八年學校日記

三月二十二日（己未二月二十一日癸酉京城上午零時五分春分）土曜日（即星期六）

提要（修學）

氣候

温度

（治事）

（通信）

家信第十一号

收家信张竞权正谊

春分百囀鶯（權德輿）

三月二十二日（己未二月二十一日癸酉京城上午零时五分春分）星期六

通信：家信第十一号，收家信张竞权正谊。

三月二十三日（己未二月二十二日甲戌）星期日

通信：汪、徐、徐吟舟

爲學莫先於辨誠偽（周宗劉）

提要（修學）

氣候

溫度

Lecture: The Truth on Russia — Mr. Jerome Davis

（治事）

（通信）

二月二十三木蘭開折初（李商隱）

三月二十四日（己未二月二十三日乙亥）　月曜日（即星期一）

民國八年學校日記

三月二十四日（己未二月二十三日乙亥）星期一

Lecture: *The Truth on Russia*—Mr. Jerome Davis

〔演讲：俄罗斯的实况——主讲人：焦罗姆·戴维思先生〕

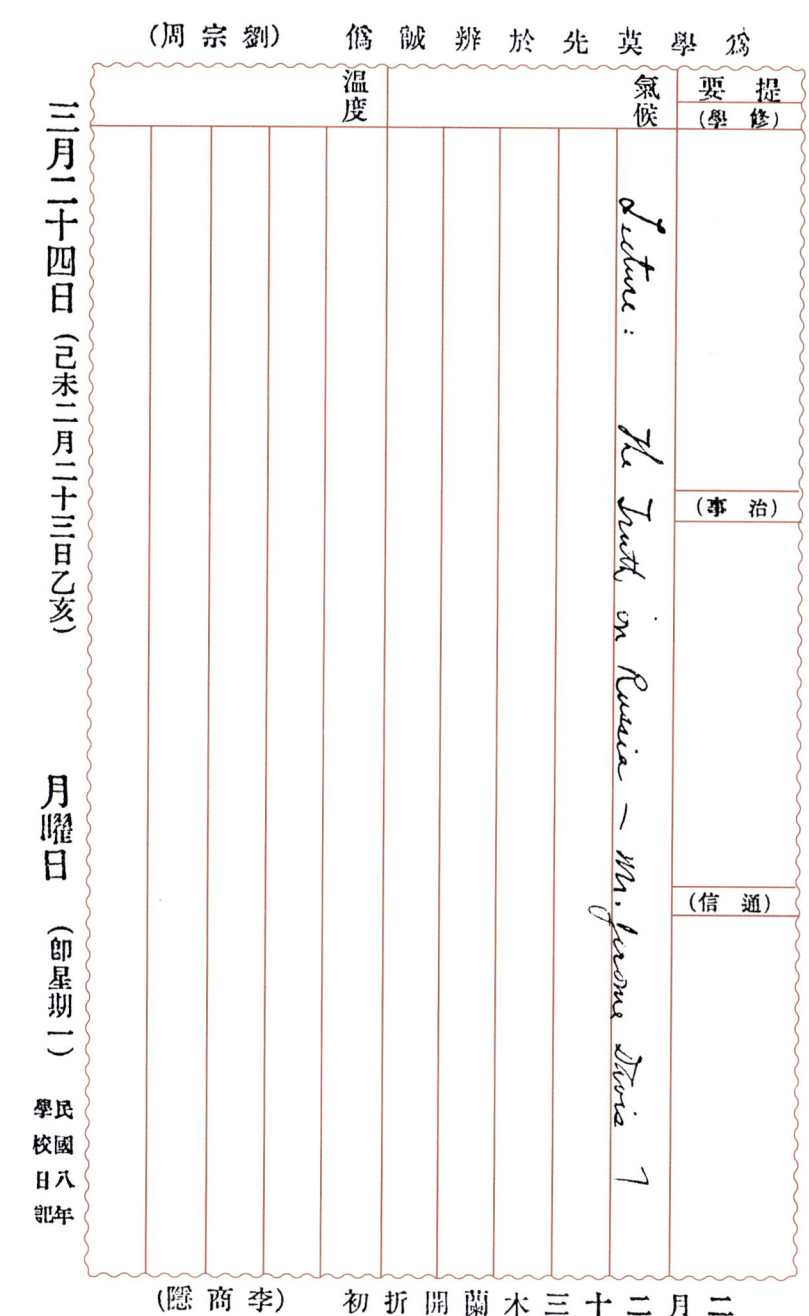

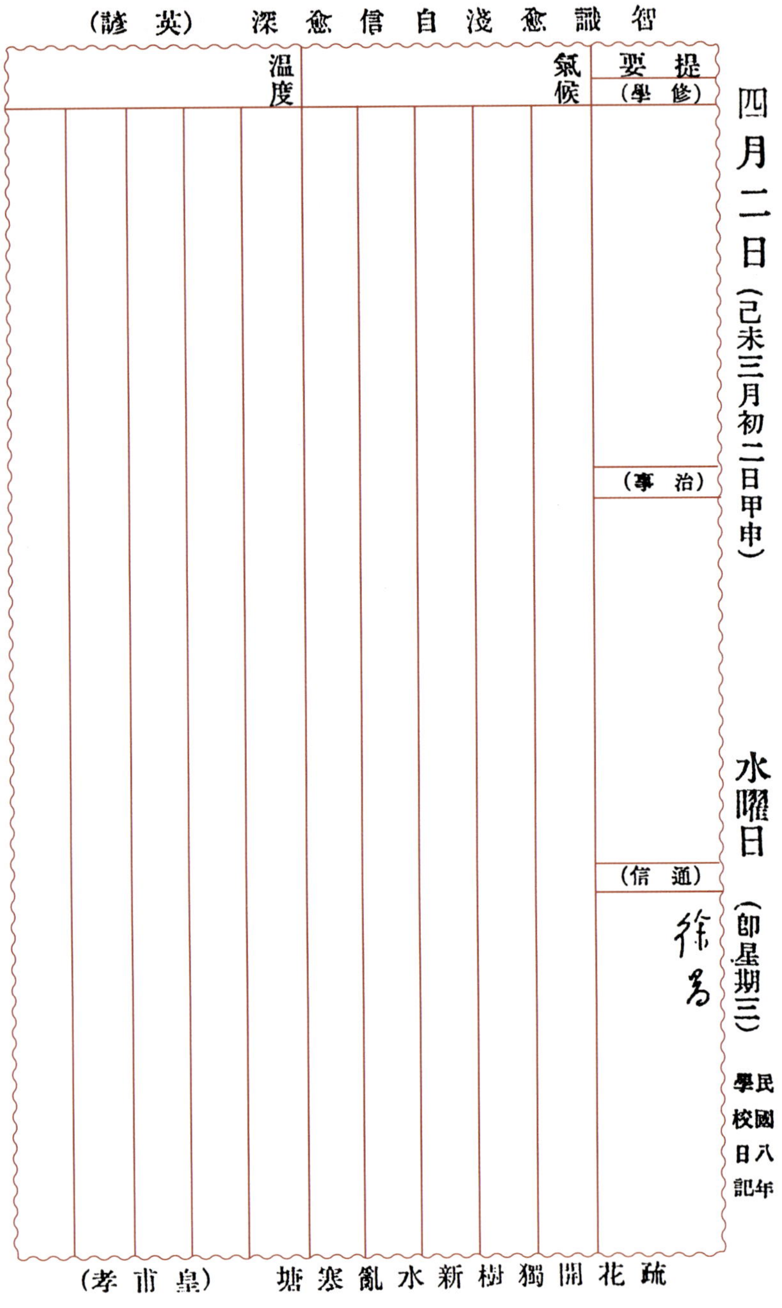
智識愈淺自信愈深（英諺）

提要（修學）

氣候

溫度

（治事）

（通信）

徐昌

四月二日（己未三月初二日甲申）

水曜日（即星期三）

民國八年學校日記

疏花開獨樹新水亂寒塘（皇甫孝）

四月二日（己未三月初二日甲申）星期三

通信：徐昌

念慮有常勤必無過（明仁孝文皇后）

提要（修學）

（治事）

（通信）

汪

姚

氣候

溫度

四月三日（己未三月初三日乙酉）

木曜日（即星期四）

民國八年學校日記

三月三日天氣新長安水邊多麗人（杜甫）

四月三日（己未三月初三日乙酉）星期四

通信：汪、姚

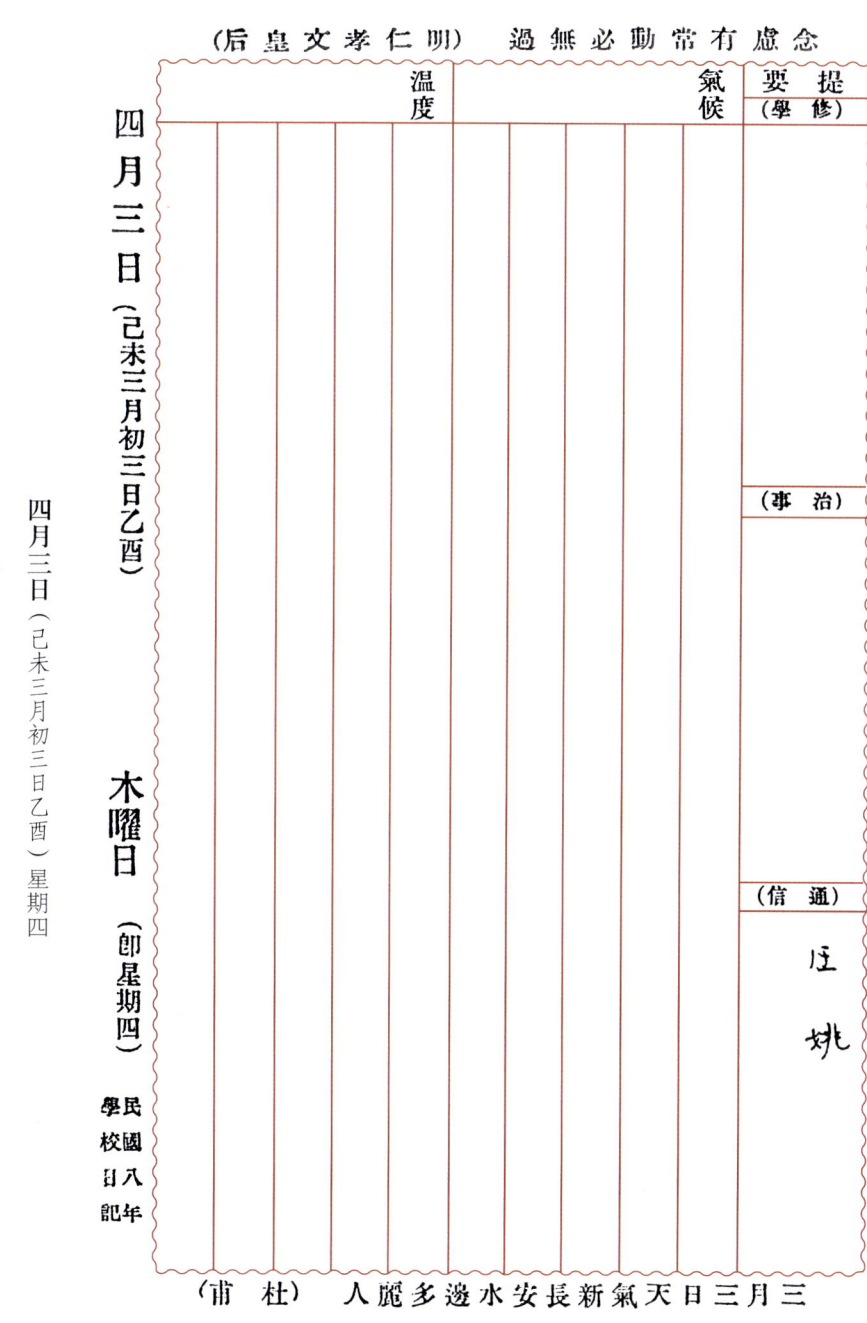

提要（修學）	氣候	溫度

四月四日（己未三月初四日丙戌）

（治事）

金曜日（卽星期五）

（通信）

来巴黎劉張

民國八年學校日記

四月四日（己未三月四日丙戌）星期五

通信：来，巴黎刘、张

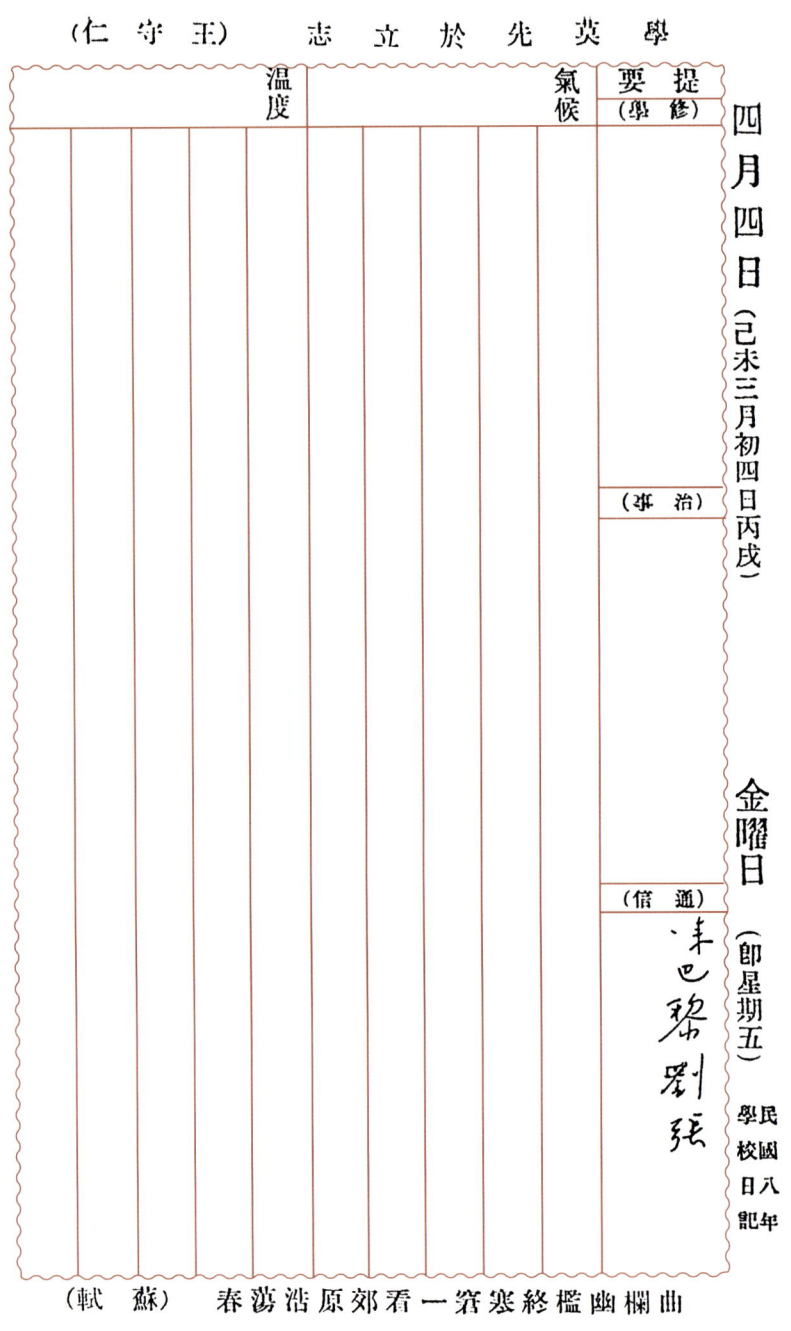

大丈夫當容人勿為人所容　（朱　熹）

提要（修學）

氣候

溫度

（治事）

（通信）

四月五日（己未三月初五日丁亥）

土曜日（即星期六）

民國八年學校日記

湖光迷翡翠草色醉蜻蜓　（張又新）

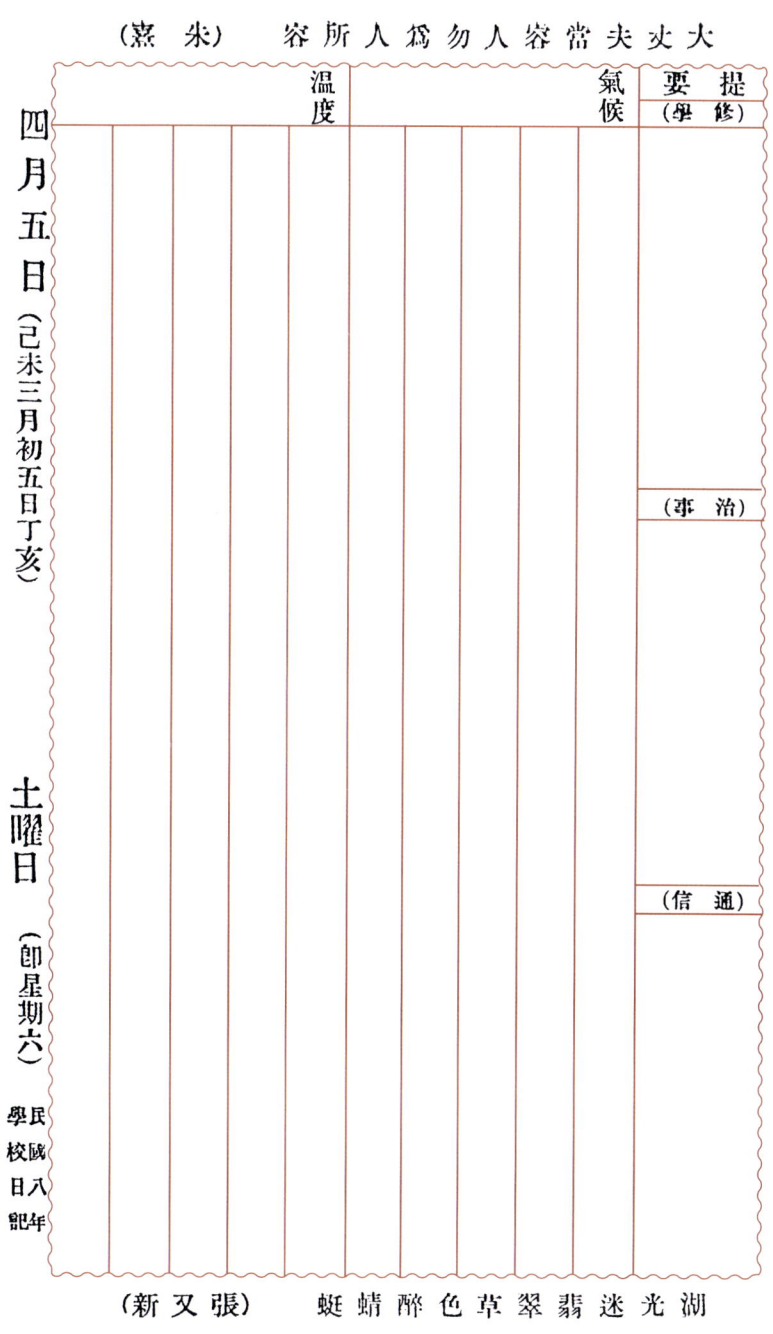

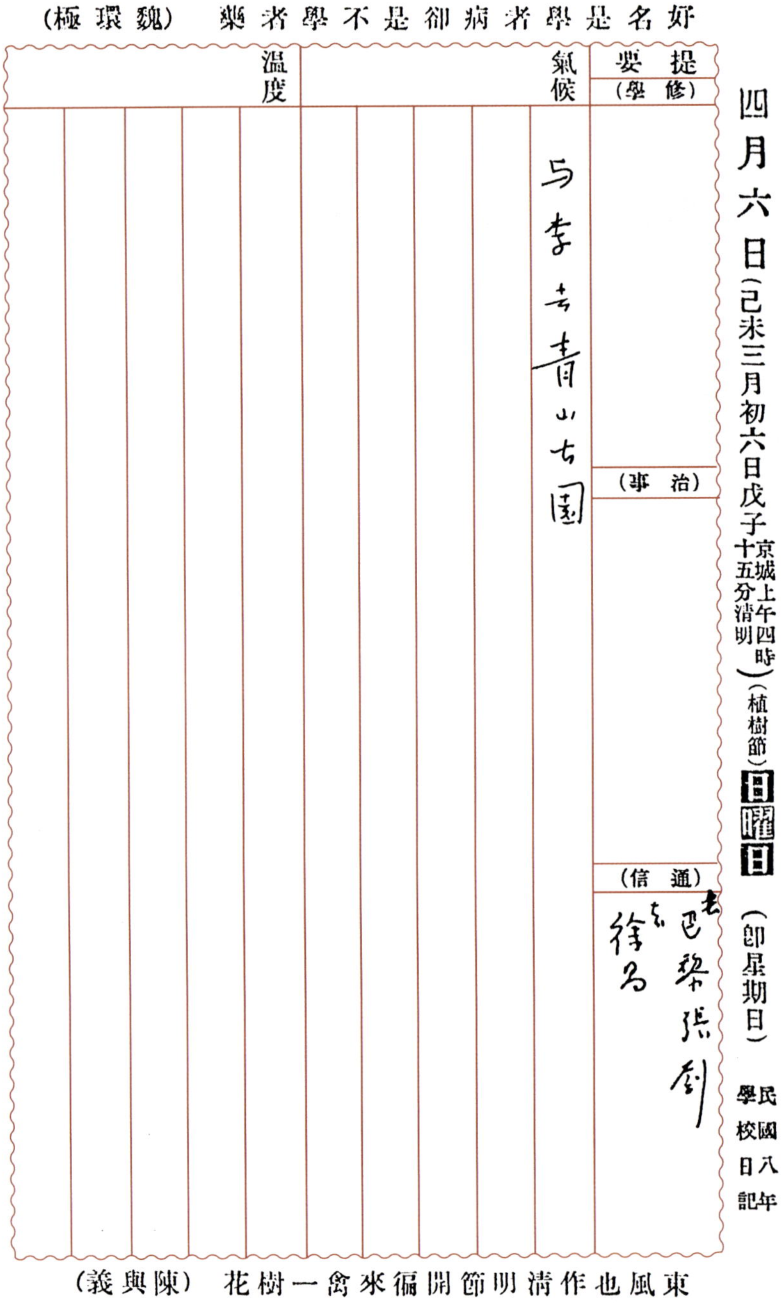
好名是學者病卻是不學者藥（魏環極）

四月六日（己未三月初六日戊子 京城上午四時十五分清明）（植樹節）日曜日（卽星期日）

民國八年學校日記

提要（修學）

氣候

溫度

與李去青山古園

（治事）

（通信）

去巴黎張劉

去徐昌

東風也作清明節開徧來禽一樹花（陳與義）

四月六日（己未三月初六日）星期日

通信：去，巴黎张、刘；去，徐昌。

与李去青山公园。

不侵他人之權力而爲己所欲爲者是謂自由（法革命黨宣言書）

四月七日（己未三月初七日己丑）　月曜日（卽星期一）

民國八年學校日記

提要（修學）

氣候

溫度

（治事）

（通信）
家信　馬、項、張、鍾
尹寰樞

林葉旣敷榮禽聲亦融怡（張栻）

四月七日（己未三月初七日己丑）星期一

通信：家信、马、项、张、钟、尹寰枢。

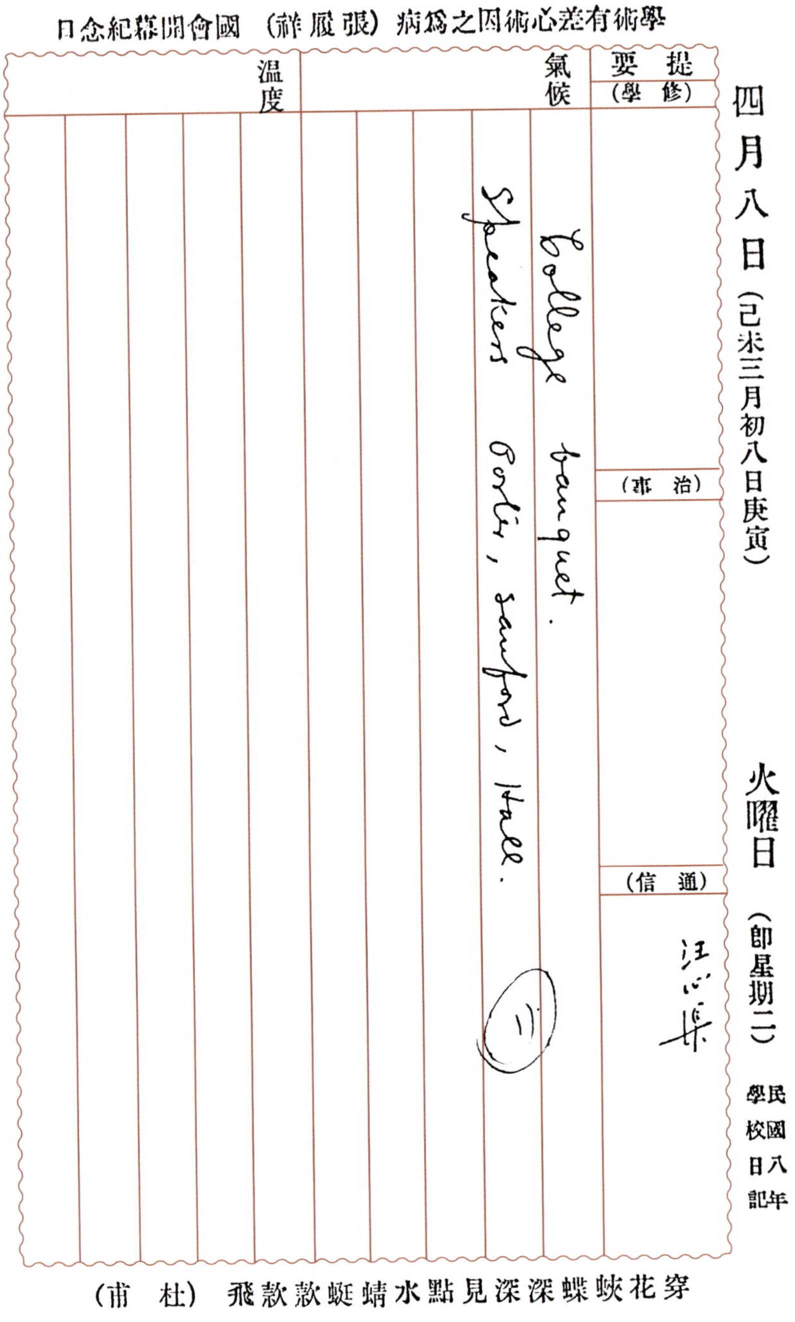

四月八日（己未三月初八日庚寅）星期二

通信：汪心渠

College banquet.〔学院宴会〕

Speakers: Porter, Sanford, Hall〔致词者：派特、圣路得、霍尔〕

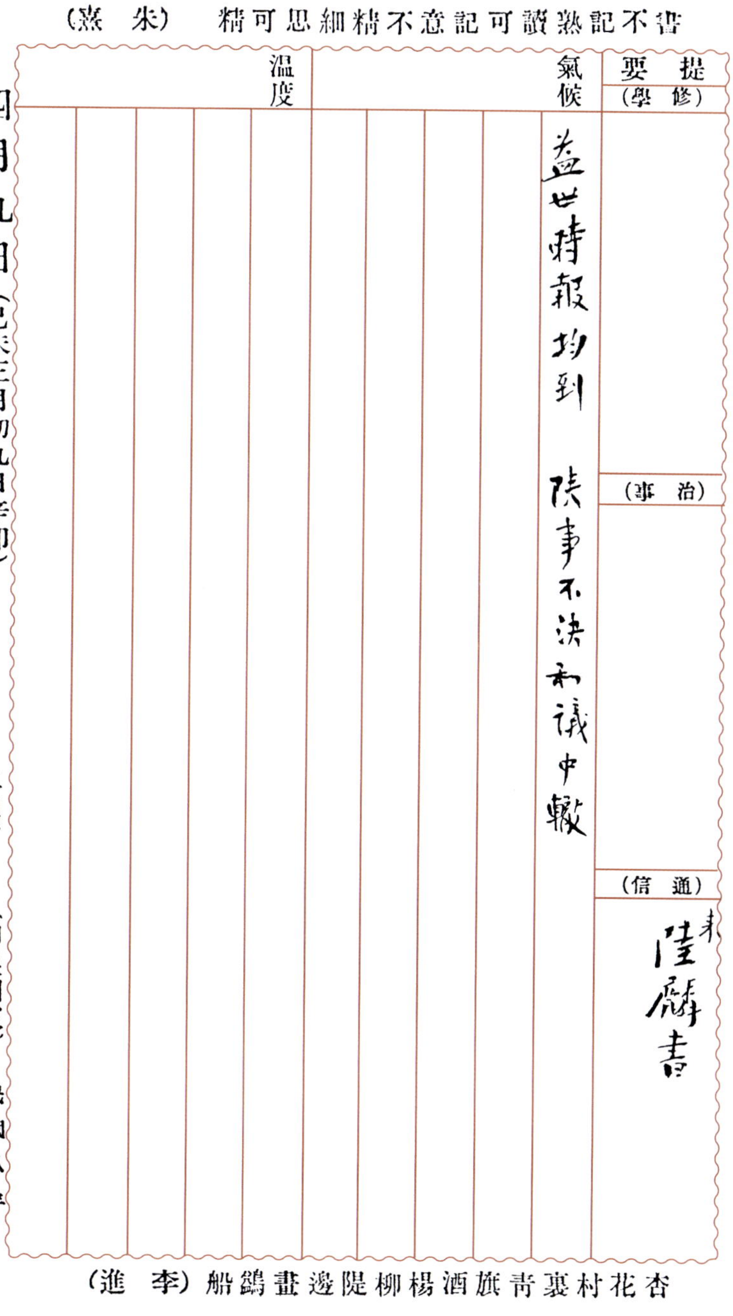
書不記熟讀可記 意不精細思可精（朱熹）

四月九日（己未三月初九日辛卯）水曜日（卽星期三）

民國八年學校日記

提要（修學）

氣候

溫度

益世時報均到

（治事）

陝事不決和議中輟

（通信）

來 陸麟書

杏花村裏青旗酒 楊柳隄邊畫鷁船（李進）

四月九日（己未三月初九日辛卯）星期三

通信：来，陆麟书。

《益世》《时报》均到。陕事不决，和议中辍。

勿以恶小而为之勿以善小而不为（淮南子）

四月十日（己未三月初十日壬辰）

木曜日（即星期四）

民国八年学校日记

提要（修学）	气候	温度
（治事）		
（通信）		

偷随柳絮到城外行过水西闻子规（李商隐）

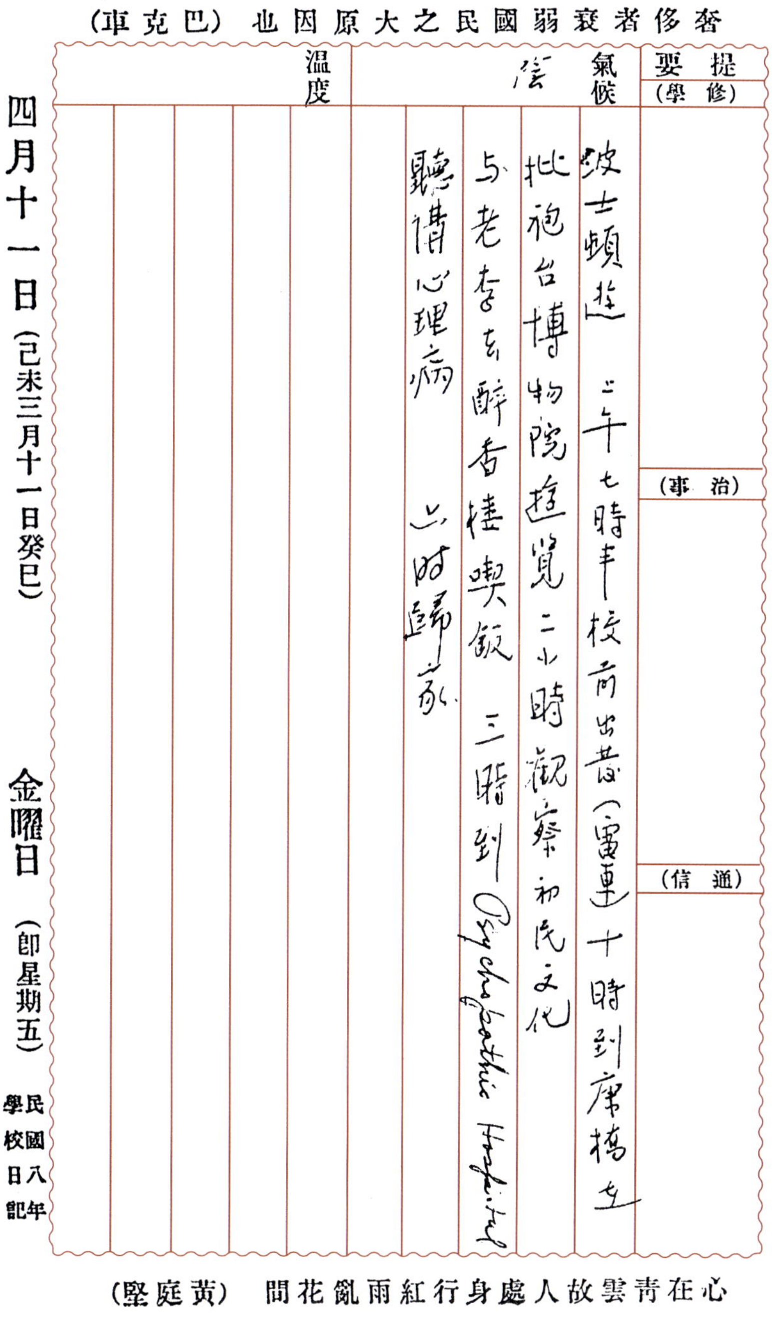
奢侈者衰弱國民之大原因也（巴克車）

提要（修學）

氣候　陰

温度

波士頓遊　上午七時半校前出發（電車）十時到康橋　在批袍台博物院遊覽二小時觀察初民文化　与老李去醉香楼喫飯　三時到Psychopathic Hospital　聽講心理病　六時歸家

（治事）

（通信）

四月十一日（己未三月十一日癸巳）

金曜日（卽星期五）

民國八年學校日記

心在青雲故人處身行紅雨亂花間（黄庭堅）

四月十一日（己未三月十一日癸巳）星期五　阴

波士顿游。上午七时半校前出发（电车），十时到康桥，在批袍台博物院游览二小时，观察初民文化。

与老李去醉香楼吃饭。三时到 Psychopathic Hospital【心理病医院】听讲心理病。六时归家。

学贵知疑大疑则大进小疑则小进（陈献章）

四月十八日（己未三月十八日庚子）

金曜日（即星期五）

民国八年学校日记

提要（修学）	气候	温度
（治事）	今日祖母大人八旬荣寿家中盛况可想	
（通信）		

青草浪高三月渡绿杨花扑一溪烟（张泌）

四月十八日（己未三月十八日庚子）星期五

今日祖母大人八旬荣寿，家中盛况可想。

能守法律則法律保護之（法律金言）

提要（修學）	氣候	溫度
（治事）		
（通信）		

四月十九日（己未三月十九日辛丑）

土曜日（即星期六）

民國八年學校日記

枇杷已熟粲金珠桑落初嘗灩玉蛆（蘇軾）

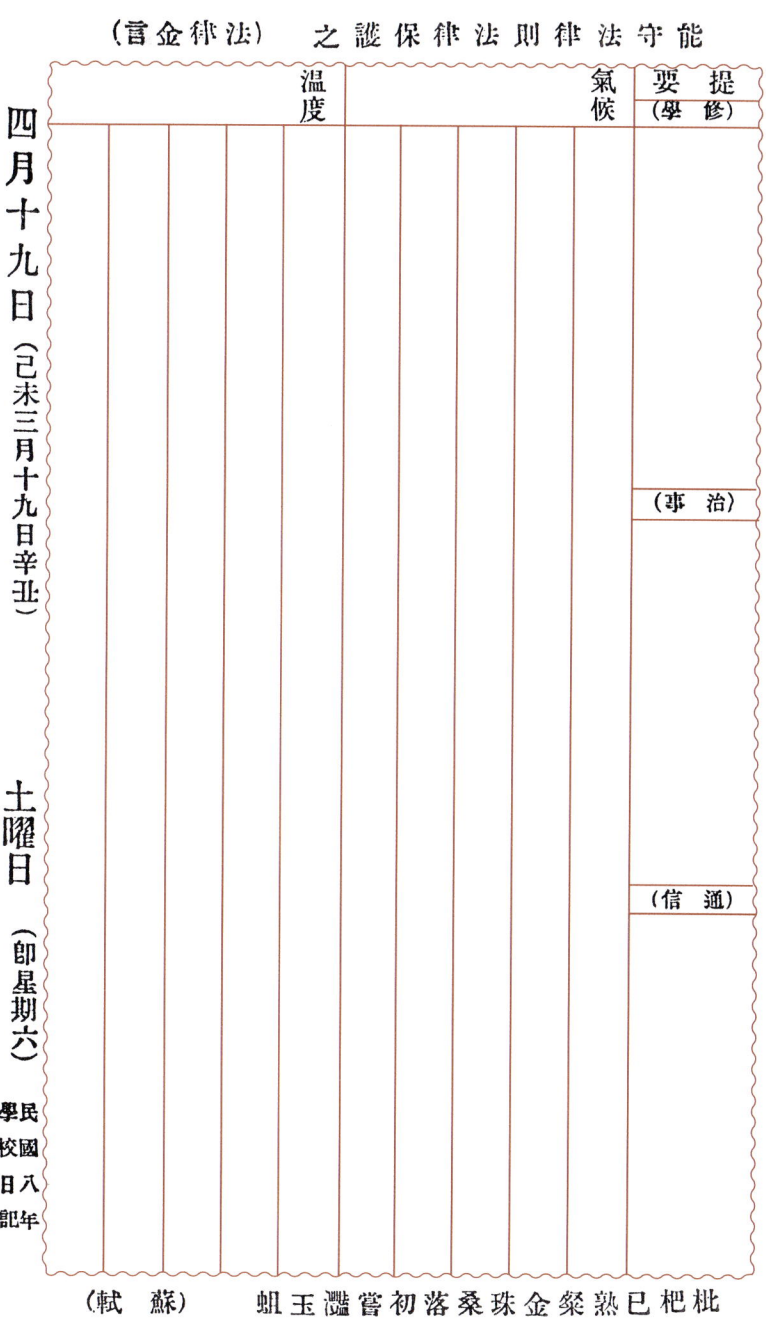

休蹈著人家腳跟走此是自得學問（呂新吾）

四月二十六日（己未三月二十六日戊申）土曜日（即星期六）

民國八年學校日記

提要（修學）	氣候	溫度

（治事）

（通信）

無言便是別時淚
小坐強於別後書

春色將闌鶯聲漸老紅英落盡青梅小（寇準）

四月二十六日（己未三月二十六日戊申）星期六

通信：无言便是别时泪，小坐强于别后书。

寒煖無失適饑飽無失平（董仲舒）

提要（修學）

（治事）

（通信）

氣候

溫度

四月二十七日（己未三月二十七日己酉）

日曜日（即星期日）

民國八年學校日記

暮春三月江南草長雜花生樹羣鶯亂飛（邱遲）

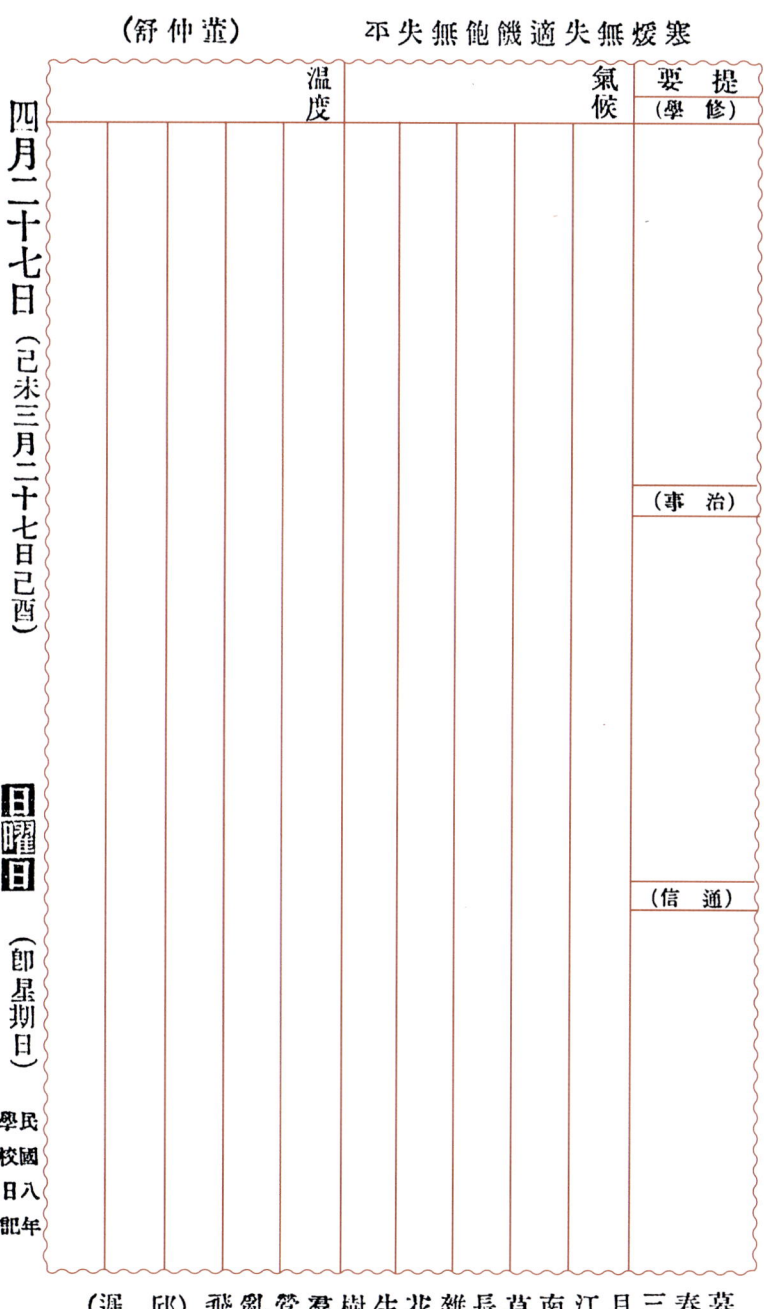

勿以阻礙廢初志（細士比尼）

民國八年學校日記

四月二十八日（己未三月二十八日庚戌）

月曜日（即星期一）

提要	氣候	溫度
（修學）		
（治事）		
（通信）		

柳絮送人鶯勸酒去年今日到東都（白居易）

有字之法律本於無字之法律無字之法律公理是也（米拉的）

四月二十九日（己未三月二十九日辛亥）火曜日（卽星期二）

民國八年學校日記

提要（修學）	氣候	温度

（治事）

（通信）

去家信

来焕文、徐昌、阿呆

平野春畦秋水綠軟風午圃菜花黄（陳希聲）

四月二十九日（己未三月二十九日辛亥）星期二

通信：去，家信；来，焕文、徐昌、阿呆。

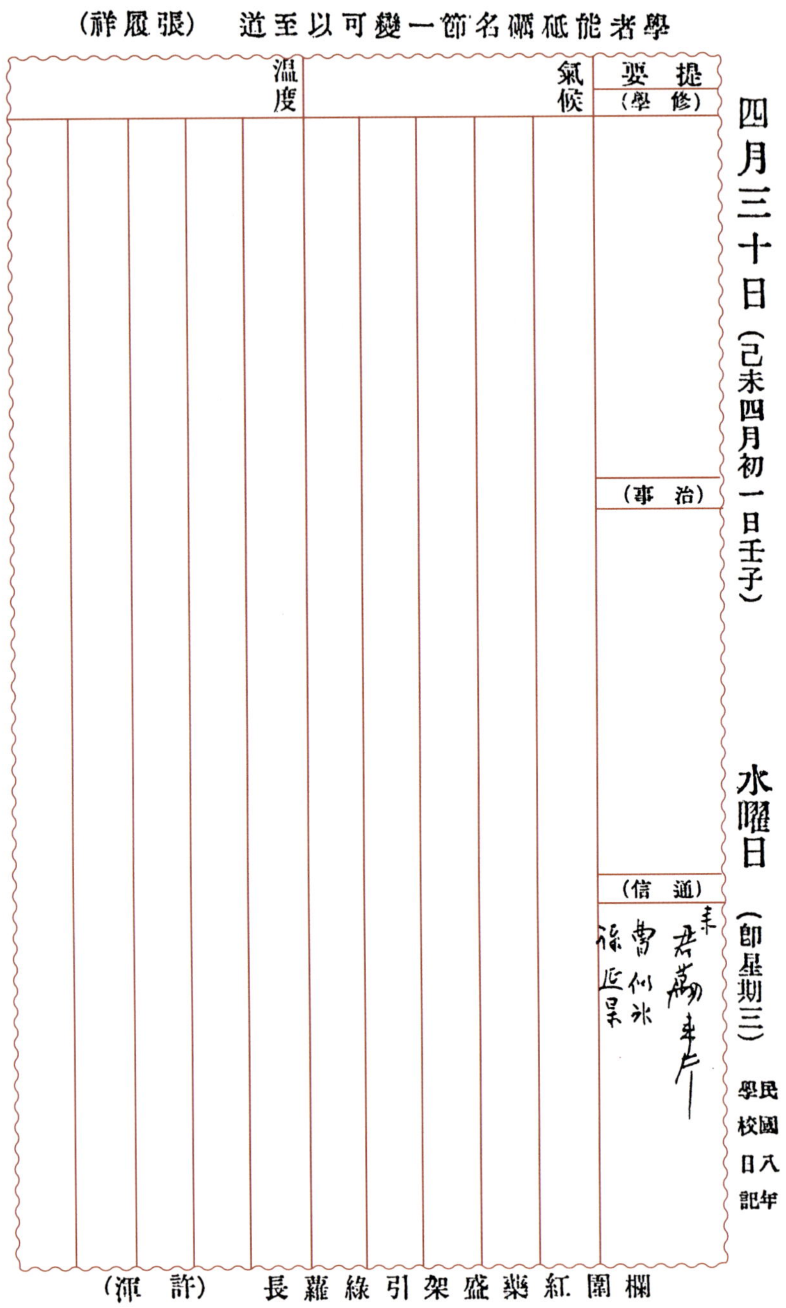

四月三十日（己未四月初一日壬子）星期三

通信：来，君劢来片、曹似冰、孙延杲。

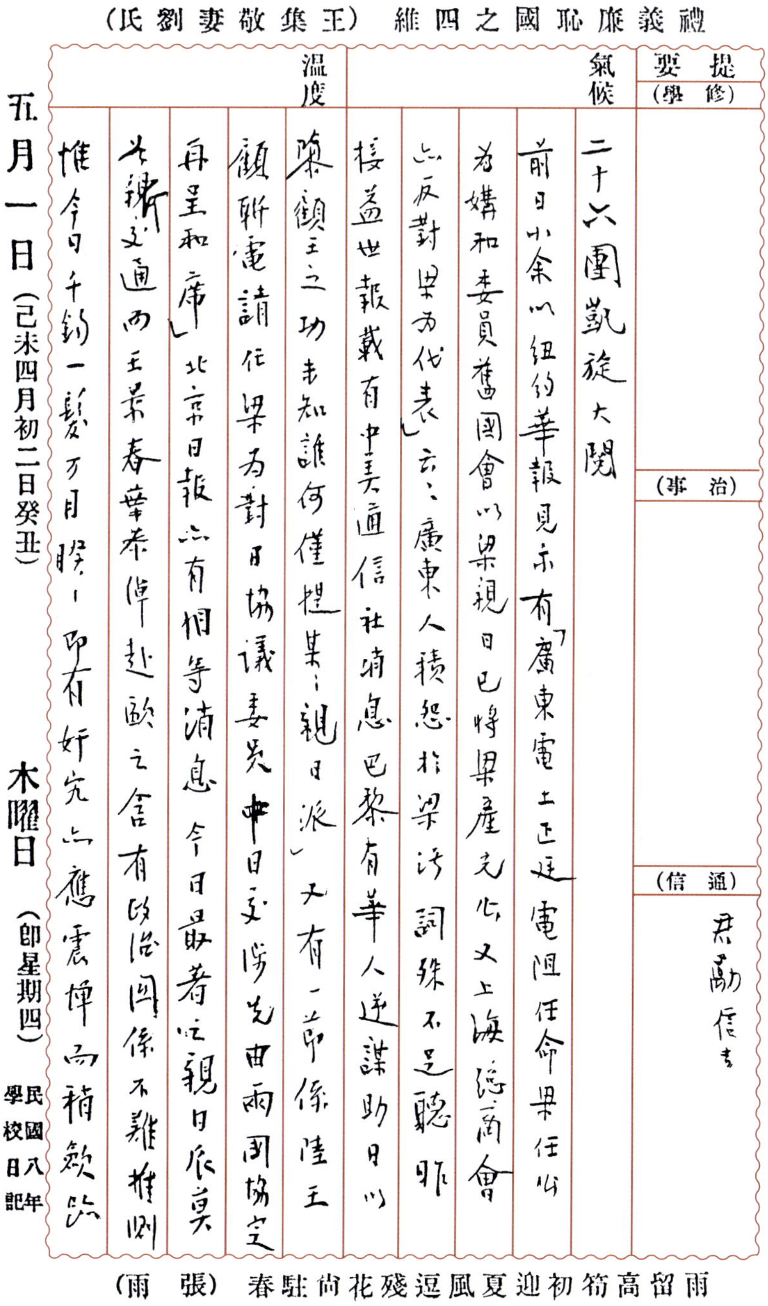
禮義廉恥國之四維（王集敬妻劉氏）
五月一日（己未四月初二日癸丑）
木曜日（即星期四）
民國八年學校日記
提要（修學）
（治事）
（通信）
君勵信去
氣候
溫度
二十六團凱旋大閱
前日小余以紐約華報見示有「廣東電王正廷電阻任命梁任公為媾和委員舊國會以梁親日已將梁產充公又上海總商會亦反對梁為代表」云云廣東人積怨於梁污詞殊不足聽昨接益世報載有中美通信社消息巴黎有華人逆謀助日以隳顧王之功未知誰何僅提某某親日派又有一節係陸王顧聯電請任梁為對日協議委員中日交涉先由兩國協定再呈和席北京日報亦有相等消息今日最著之親日派莫若新交通而王景春葉恭綽赴歐之含有政治關係不難推測惟今日千鈞一髮万目睽睽即有奸宄亦應震憚而稍斂跡
雨留高筍初迎夏風逗殘花尚駐春（張雨）

五月一日（己未四月初二日癸丑）星期四

通信：君劢信去

二十六团凯旋大阅

前日小余以《纽约华报》见示有『广东电王正廷，电阻任命梁任公为媾和委员。旧国会以梁亲日，已将梁产充公。又上海总商会亦反对梁为代表』云云。广东人积怨于梁，污词殊不足听。昨接《益世报》载有中美通信社消息，巴黎有华人逆谋助日，以隳顾王之功。未知谁何，仅提某某亲日派。又有一节系陆、王、顾联电请任梁为对日协议委员，中日交涉先由两国协定再呈和席。《北京日报》亦有相等消息。今日最著之亲日派莫若新交通。而王景春、叶恭绰赴欧之含有政治关系，不难推测。惟今日千钧一发，万目睽睽，即有奸宄亦应震惮而稍敛迹。

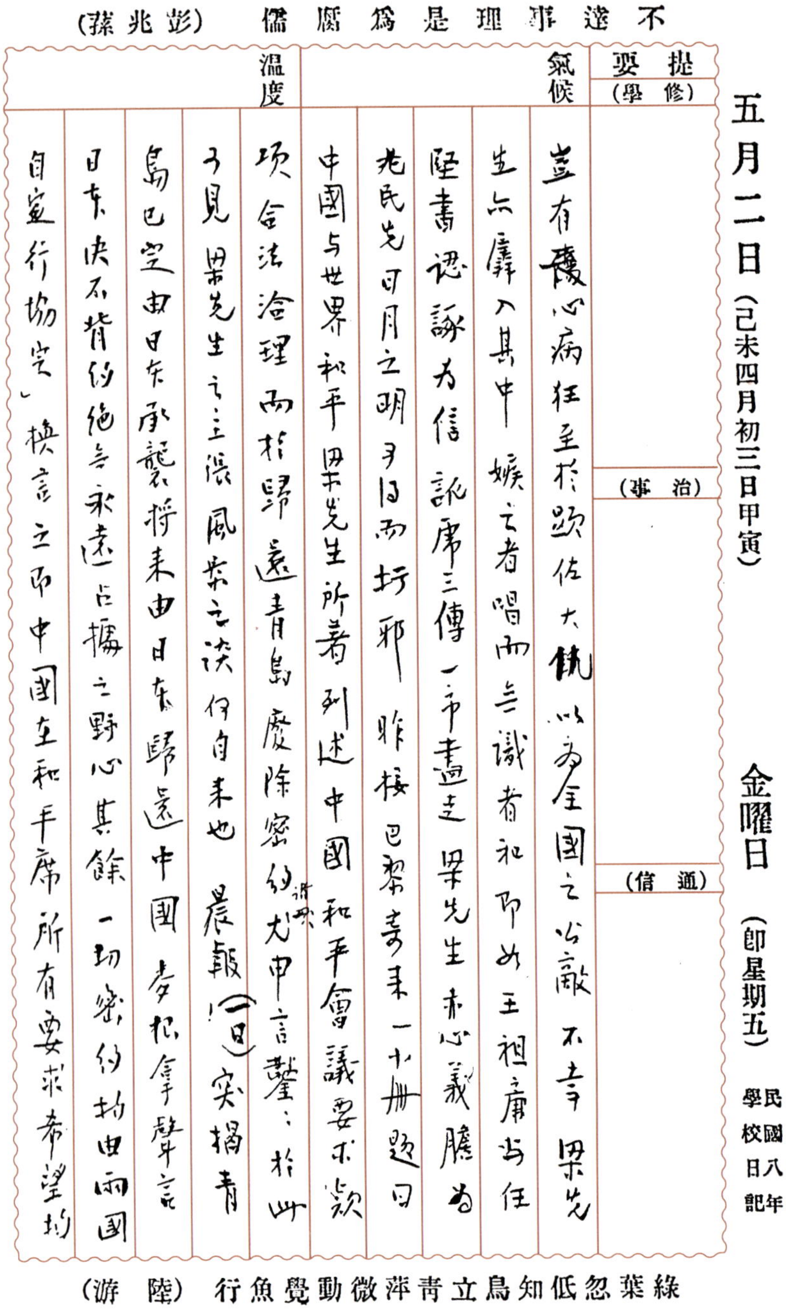

五月二日（己未四月初三日甲寅）星期五

岂有丧心病狂，至于显佐大仇，以为全国之公敌。不幸梁先生亦羼入其中，嫉之者唱而无识者和，即如王祖廉与任坚书认诼为信，讹虎三传一市尽走。梁先生赤心义胆为兆民先，日月之明可得而坫邪？昨接巴黎寄来一小册，题曰《中国与世界和平》梁先生所著。列述中国和平会议要求款项合法合理，而于归还青岛，废除密约诸项，尤申言凿凿於此，可见梁先生之主张风景之谈何自来也。《晨报》（一日）突揭青岛已定，由日本承袭，将来由日本归还中国。麦根拿声言，日本决不背约，绝无永远占据之野心，其余一切密约，均由两国自行协定。换言之，即中国在和平席所有要求希望均

虛僞爲品性之大害（康德）

提要（修學）	氣候	溫度
（治事）		
（通信）		

已完全打消 日人完全勝利 於此不能無疑 此為中日先行協商之結果而非英法美認可之則益世報所謂協議云云不為無據 然則主議者誰也 必有負責任者在 但此間報紙從未提及 而國報又未續到 一團悶氣憤憤何似

五月三日（己未四月初四日乙卯）

土曜日（卽星期六）

民國八年學校日記

綠陰鋪滿換新光薰風初晝長（張大烈）

五月三日（己未四月初四日乙卯）星期六

已完全打消，日人完全胜利。于此不能无疑，此为中日先行协商之结果。而英法美认可之，则《益世报》所谓协议云云，不为无据。然则主议者谁也，必有负责任者在，但此间报纸从未提及，而国报又未续到。一团闷气愤愤何似。

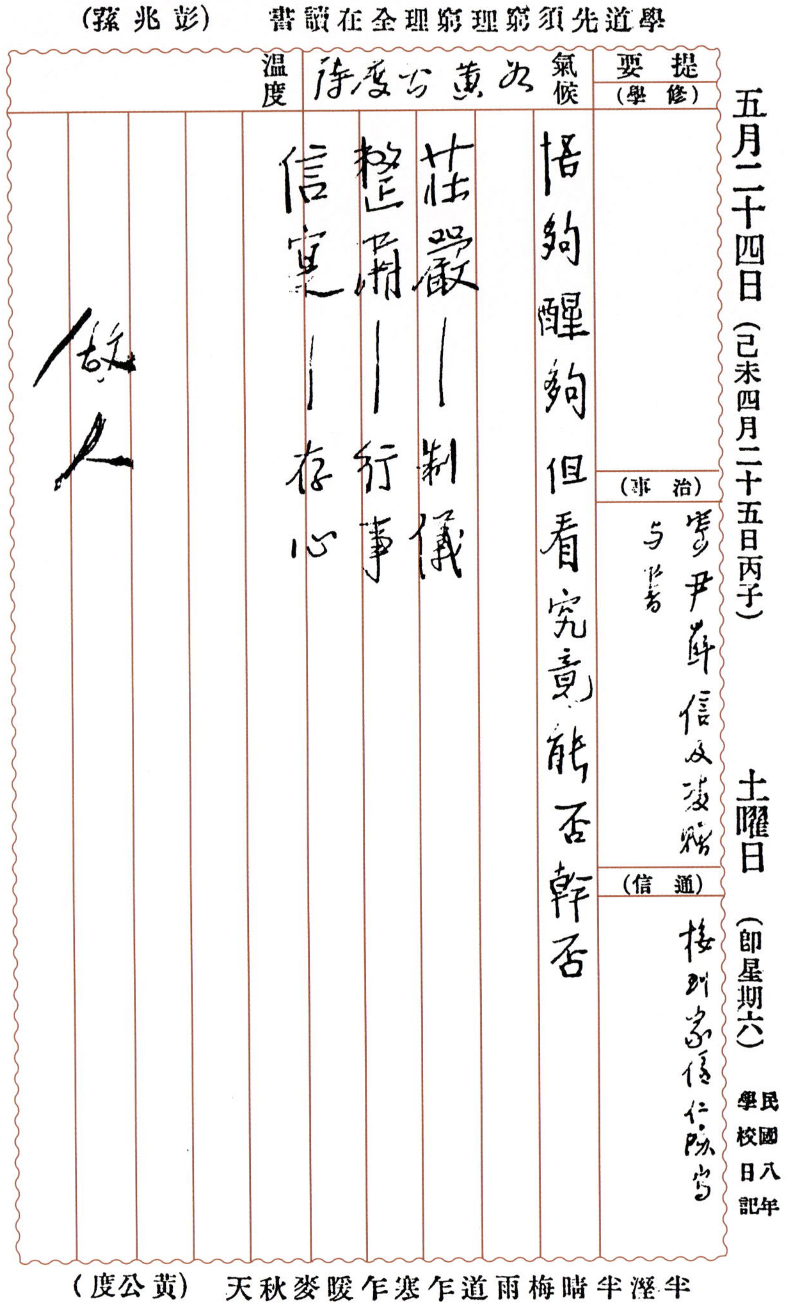

五月二十四日（己未四月二十五日丙子）星期六

气候：如黄公度诗。

治事：寄尹、苏信，及凌赠与书。

通信：接到家信，仁陔写。

悟够，醒够，但看究竟能否干否。庄严——制仪、整齐——行事、信实——存心。做人。

弟子學問須收斂此心緊束此身 (胡濟甫)

五月二十五日 (己未四月二十六日丁丑)

日曜日 (即星期日)

民國八年學校日記

提要

(修學)

(治事)

(通信)

氣候

温度

天氣薰蒸疑作暑風光回轉欲留春 (程敏政)

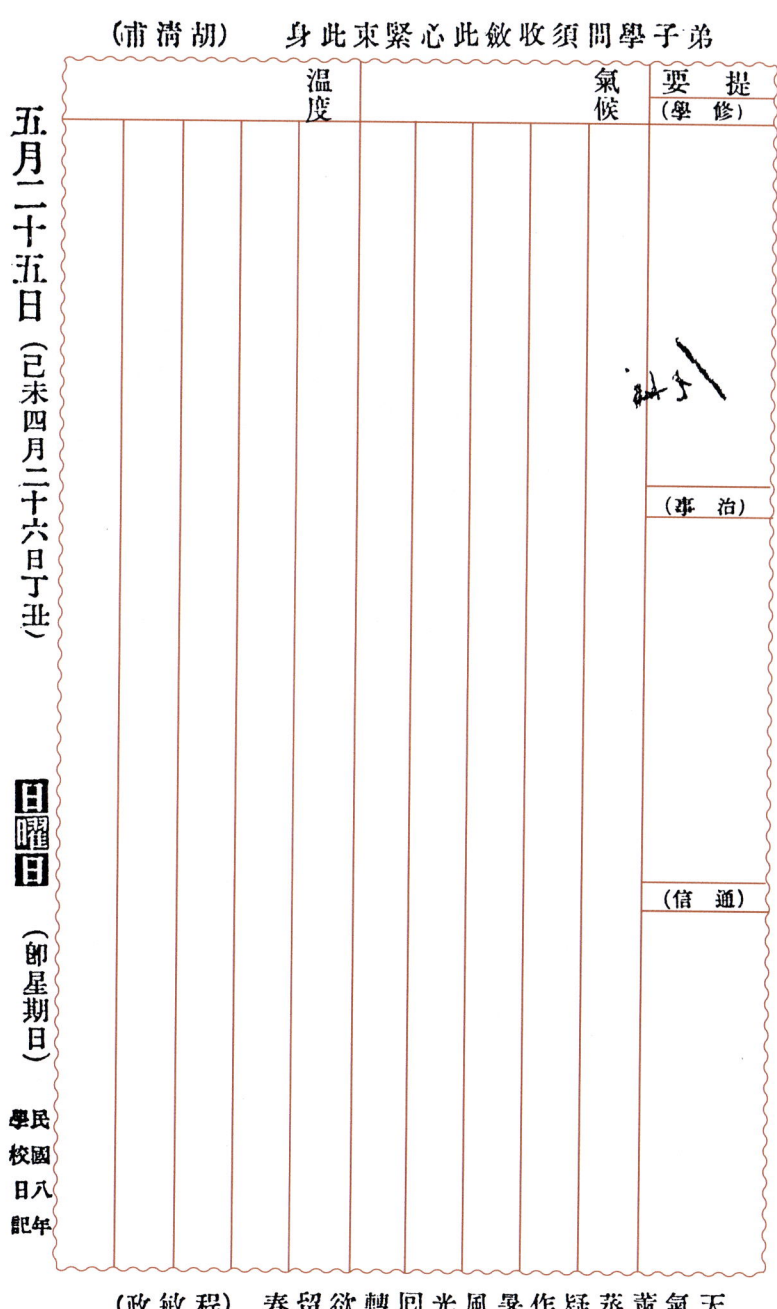

脩師取友以成其德（王集敬婆劉氏）

六月二十一日（己未五月二十四日甲辰）　土曜日（即星期六）

民國八年學校日記

提要（修學）

（治事）

（通信）

氣候

溫度

碧溪搖艇闊朱果爛枝繁（杜甫）

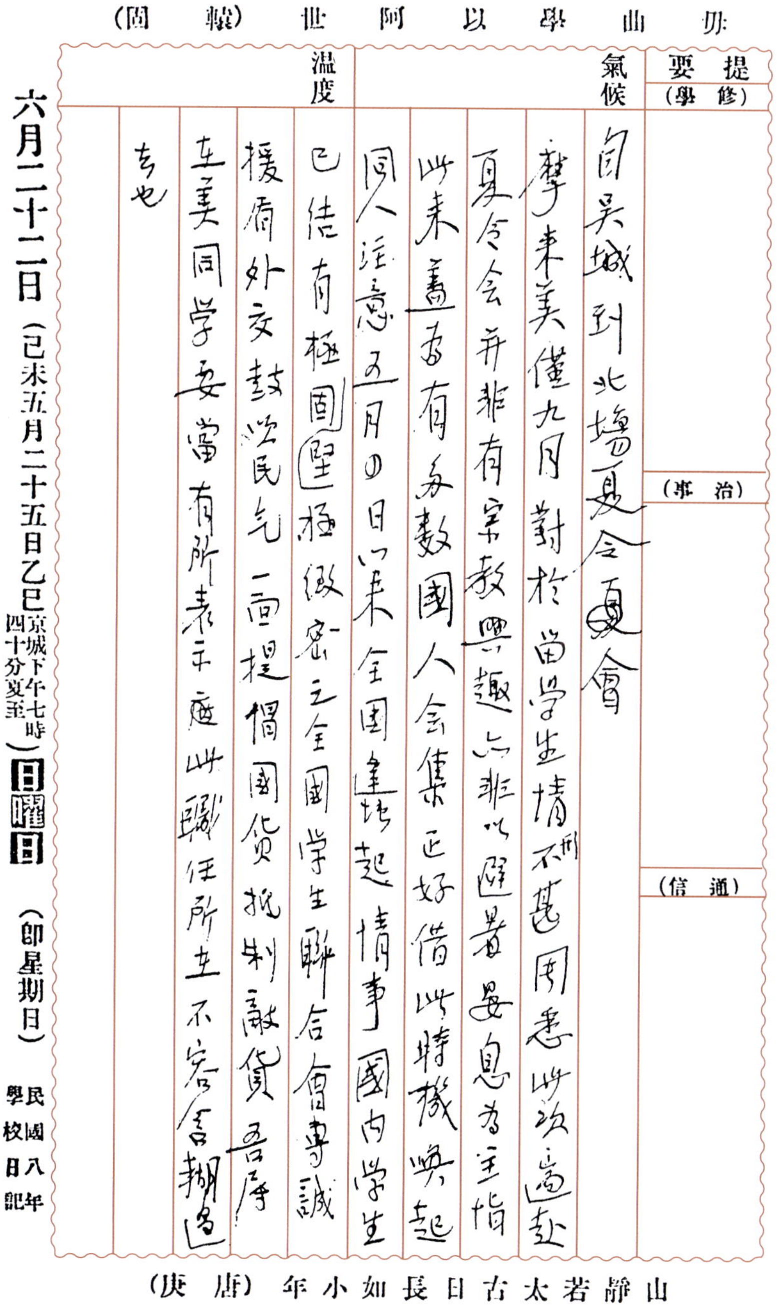
毋曲學以阿世（轅固）

提要（修學）　氣候　溫度

（治事）

（通信）

六月二十二日（己未五月二十五日乙巳京城下午七時四十分夏至）日曜日（即星期日）

民國八年學校日記

自吴城到北塲夏令夏令會
摩来美僅九月對於留学生情形不甚周悉此次遄赴
夏令会并非有宗教興趣亦非以避暑晏息為主旨
此来蓋為有多数国人会集正好借此時機喚起
同人注意五月四日以来全国蜂起情事國内学生
已结有極固堅極緻密之全国学生聯合會專誠
援盾外交鼓吹民气一面提倡国貨抵制敵貨吾属
在美同学要當有所表示此職任所在不容含糊過
去也

山靜若太古日長如小年（唐庚）

六月二十二日（己未五日二十五日乙巳京城下午七时四十分夏至）

星期日

自吴城到北场夏令会。

摩来美仅九月，对于留学生情形不甚周悉。此次遄赴夏令会，并非有宗教兴趣，亦非以避暑晏息为主旨。此来盖为有多数国人会集，正好借此时机唤起同人注意。五月四日以来〔按：即五四运动〕全国蜂起情事。国内学生已结有极坚固、极致密之全国学生联合会专诚援盾。外交鼓吹民气，一面提倡国货抵制敌货。吾属在美同学要当有所表示，此职任所在不容含糊过去也。

增廣知識在立志不在年齡之多（柏拉圖）

六月二十三日（己未五月二十六日丙午）　月曜日（即星期一）　民國八年學校日記

提要（修學）

昨到即闻一事甚为骇异据云中国代表照往年常例须与日本小鬼

治事

通信

氣候

温度

黃蜂衛退海潮上白蟻戰酣山雨來（錢昭度）

六月二十三日（己未五月二十六日丙午）星期一

昨到即闻一事，甚为骇异。据云：中国代表照往年常例须与日本小鬼

以德得名以學保之（倍脫辣克）

提要（修學）	氣候	溫度

（治事）

（通信）

風翻半浦亂荷背雨放一林新筍梢（陸游）

六月二十四日（己未五月二十七日丁未）

火曜日（即星期二）

民國八年學校日記

學之所知施無不達（顏之推）

六月二十九日（己未六月初二日壬子）

日曜日（即星期日）

民國八年學校日記

提要（修學）

（治事）

（通信）

氣候

溫度

白水滿時雙鷺下綠槐高處一蟬鳴（蘇軾）

耳無塗聽　目無邪視（班昭）

提要（修學）

氣候

溫度

六月三十日（己未六月初三日癸丑）

月曜日（即星期一）

民國八年學校日記

到衣色加（自北場）

（治事）

（通信）

釣闌菱葉深　坐久芰荷發（溫庭筠）

六月三十日（己未六月初三日癸丑）星期一

到衣色加（自北场）。

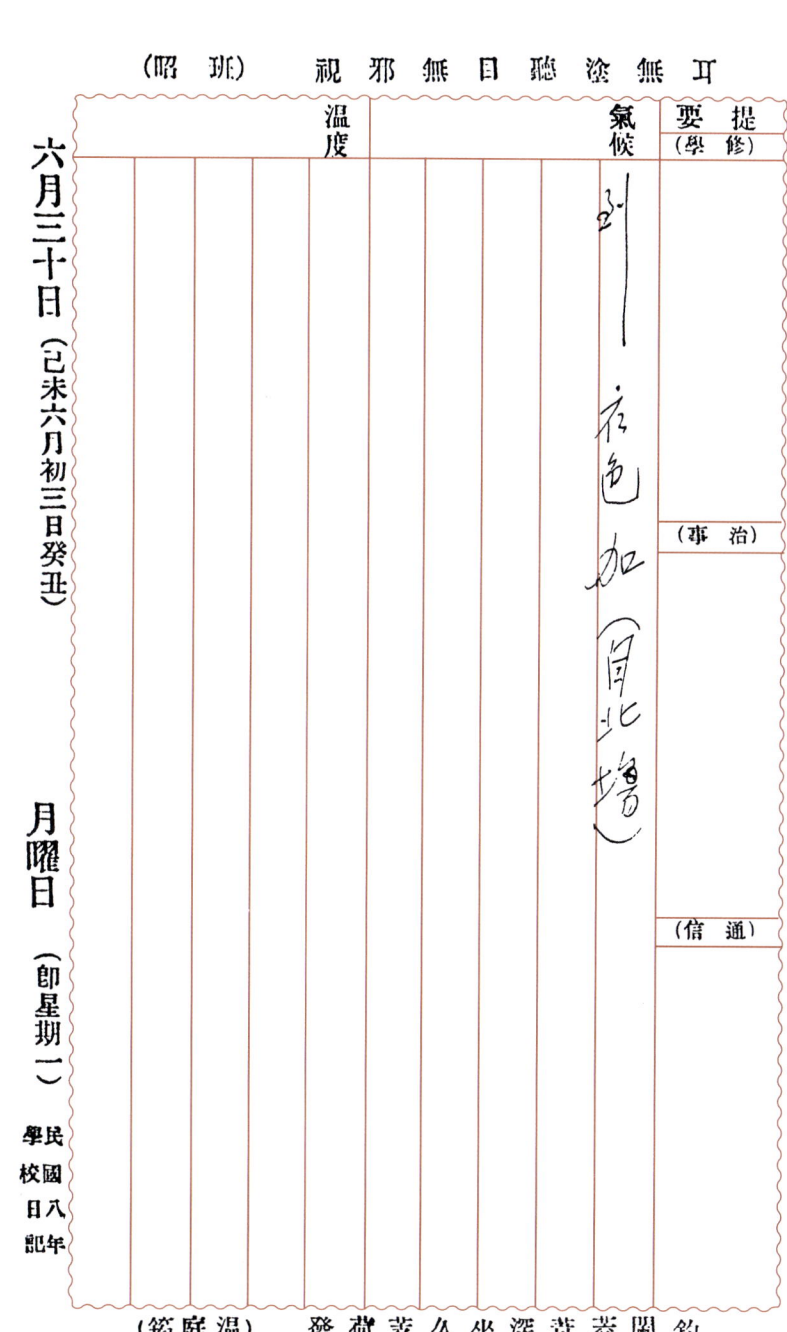

從前種種譬如昨日死從後種種譬如今日生（袁了凡）

七月一日（己未六月初四日甲寅） 火曜日（卽星期二）

民國八年學校日記

提要（修學）

氣候

溫度

（治事）

（通信）

竹裏煮茶清響發樹頭安榻午風增（李贊元）

七月一日（己未六月初四日甲寅）星期二

Watkins Glen〔华塔根峡谷〕。过了Better Milk〔贝特密尔克〕我们的车风驰电掣一般向华塔根进发。一路尽在山中间。那两旁丰林茂草，修拾得齐齐整整；山脚上一块块的麦田，嫩黄翠绿。偶然有几只花白的乳牛，在草地里摇头摆尾的闷声大嚼。仰看天上是一片瓦楞云，斑斑驳驳，筛下一缕缕日光，照出了明畦暗畛。天气本来狠凉，又冲着风，害得车里人都叫：冷！冷！

走了点半的时光，目的地到了。大家下了车，慢慢的前进。这华塔根谷，真好比如山阴道上：下谷长一哩半，上谷长三哩，无一点不是奇景绝趣，我拿起一枝烂头笔，真不知从何说起。时光也不够，只好割要的说几句算了。

谷门前面，一道康庄，旁起奇壁。遥望谷内奇峰异瀑，就如老蚌

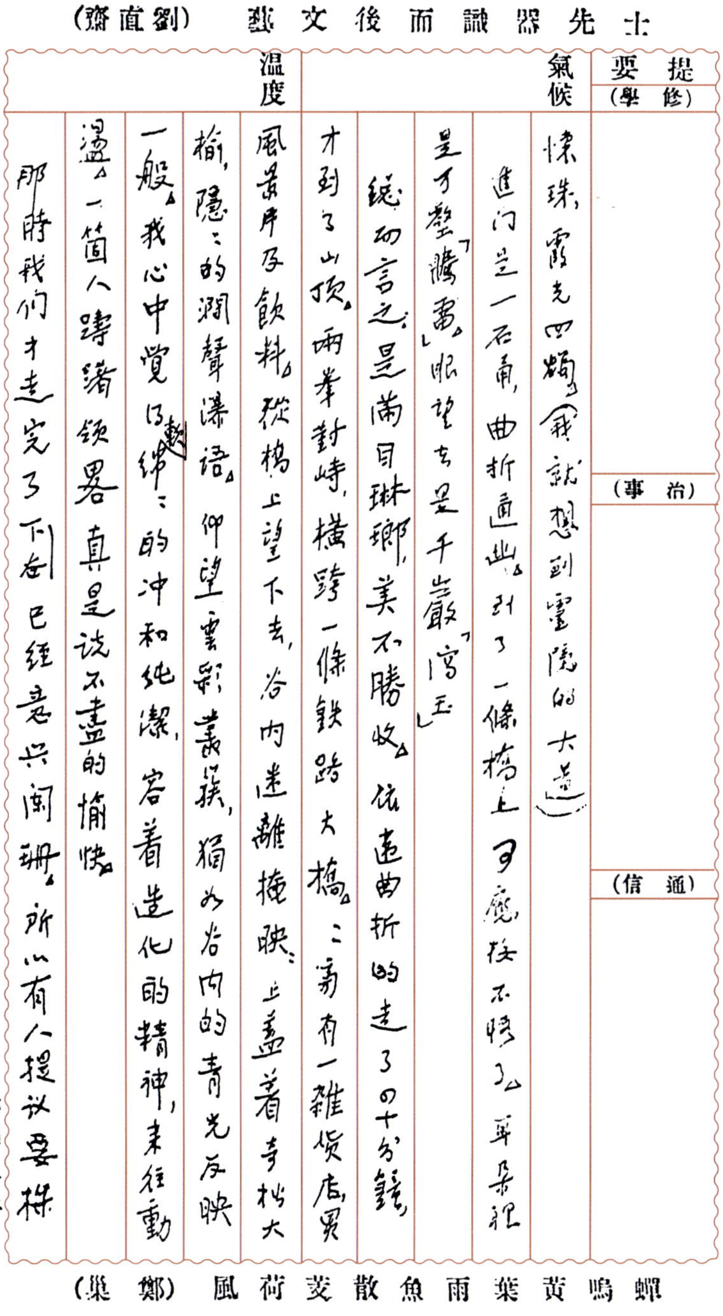
士先器識而後文藝（劉直齋）
提要（修學）
（治事）
（通信）
氣候
溫度
七月二日（己未六月初五日乙卯）水曜日（即星期三）
民國八年學校日記
懷珠，霞光四燭（我就想到靈隱的大道）。
進门是一石甬，曲折通幽。到了一條橋上，可應接不暇了。耳朵裡是万壑「騰雷」，眼望去是千巖「瀉玉」。
總而言之，是滿目琳瑯，美不勝收。依違曲折的走了四十分鐘，才到了山頂。兩峯對峙，橫跨一條鐵路大橋。橋旁有一雜貨店，賣風景片及飲料。從橋上望下去，谷內迷離掩映：上蓋着奇松大榆，隱隱的澗聲瀑語。仰望雲彩叢簇，猶如谷內的青光反映一般。我心中覺得軟綿綿的沖和純潔，容着造化的精神，來往動盪。一箇人躊躇領略，真是說不盡的愉快。
那時我们才走完了下谷，已經意興闌珊。所以有人提议要採
蟬鳴黃葉雨魚散菱荷風（鄭巢）

七月二日（已未六月初五日乙卯）星期三

怀珠，霞光四烛（我就想到灵隐的大道）。

进门是一石甬，曲折通幽。到了一条桥上，可应接不暇了。耳朵里是万壑『腾雷』，眼望去是千岩『泻玉』。

总而言之，是满目琳琅，美不胜收。依违〔迂回〕曲折的走了四十分钟，才到了山顶。两峰对峙，横跨一条铁路大桥。桥旁有一杂货店，卖风景片及饮料。从桥上望下去，谷内迷离掩映：上盖着奇松大榆，隐隐的涧声瀑语。仰望云彩丛簇，犹如谷内的青光反映一般。我心中觉得软绵绵的冲和纯洁，容着造化的精神，来往动荡。一个人踌躇领略，真是说不尽的愉快。

那时我们才走完了下谷，已经意兴阑珊。所以有人提议要采

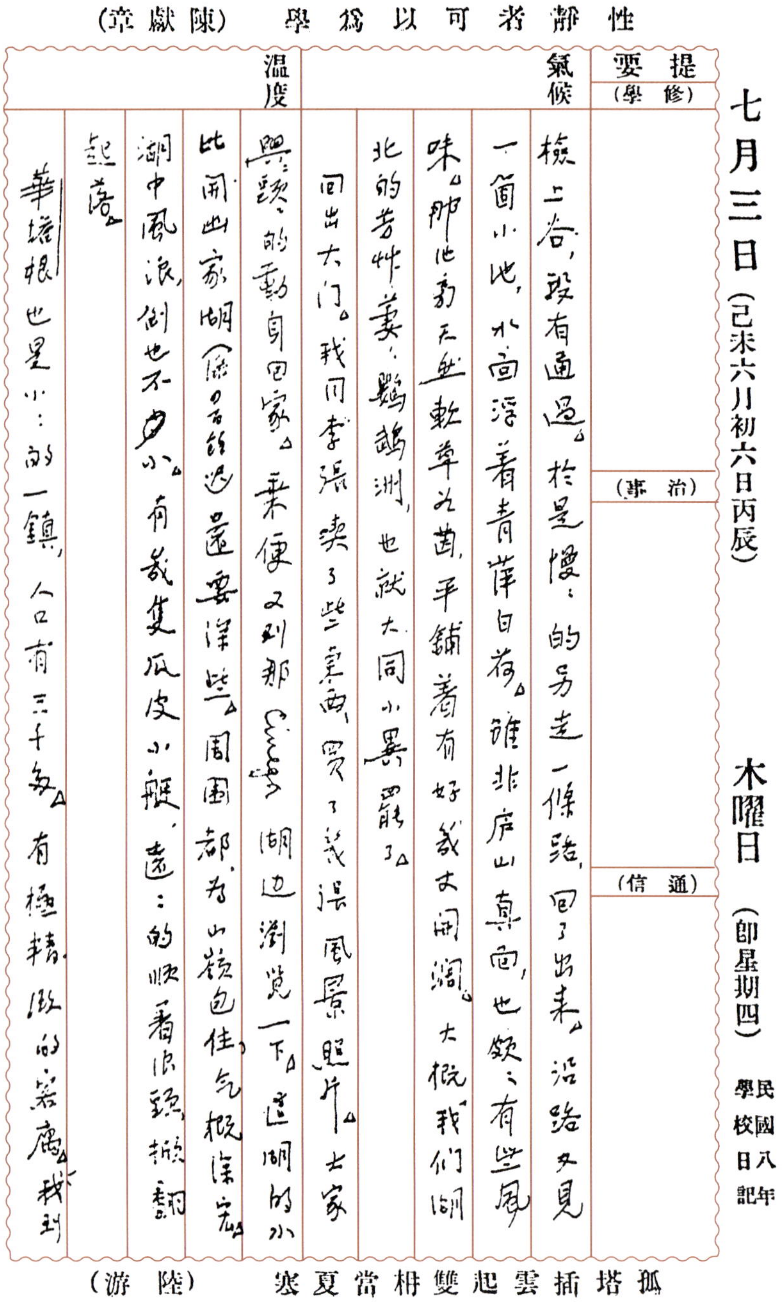
性靜者可以為學（陳獻章）

七月三日（己未六月初六日丙辰）木曜日（即星期四）

民國八年學校日記

提要（修學）（治事）（通信）

氣候 溫度

檢上谷，沒有通過。於是慢慢的另走一條路，回了出來。沿路又見一個小池，水面浮着青萍白荷。雖非廬山真面，也頗有些風味。那池旁天然軟草如茵，平鋪着有好幾丈開闊。大概我們湖北的芳草萋萋鸚鵡洲，也就大同小異罷了。回出大門。我同李張喫了些東西，買了幾張風景照片。大家興興頭頭的動身回家。乘便又到那Cinega湖邊瀏覽一下。這湖的水比開幽家湖（深四百餘呎）還要深些。周圍都為山嶺包住，氣概深宏。湖中風浪，倒也不小。有幾隻瓜皮小艇，遠遠的順着浪頭掀翻起落。華塔根也是小小的一鎮，人口有三千多。有極精緻的客寓，我到

孤塔插雲起雙柑當夏寒（陸游）

七月三日（己未六月初六日丙辰）星期四

检上谷，没有通过。于是慢慢的另走一条路，回了出来。沿路又见一个小池，水面浮着青萍白荷。虽非庐山真面，也颇有些风味。那池旁天然软草如茵，平铺着有好几丈开阔。大概我们湖北的『芳草萋萋鹦鹉洲』，也就大同小异罢了。

回出大门。我同李、张吃了些东西，买了几张风景照片。大家兴兴头头的动身回家。乘便又到那Cinega湖边浏览一下。这湖的水比开幽家湖（深四百馀呎）还要深些。周围都为山岭包住，气概深宏。湖中风浪，倒也不小。有几支瓜皮小艇，远远的顺着浪头掀翻起落。

华塔根也是小小的一镇，人口有三千多。有极精致的客寓，我到

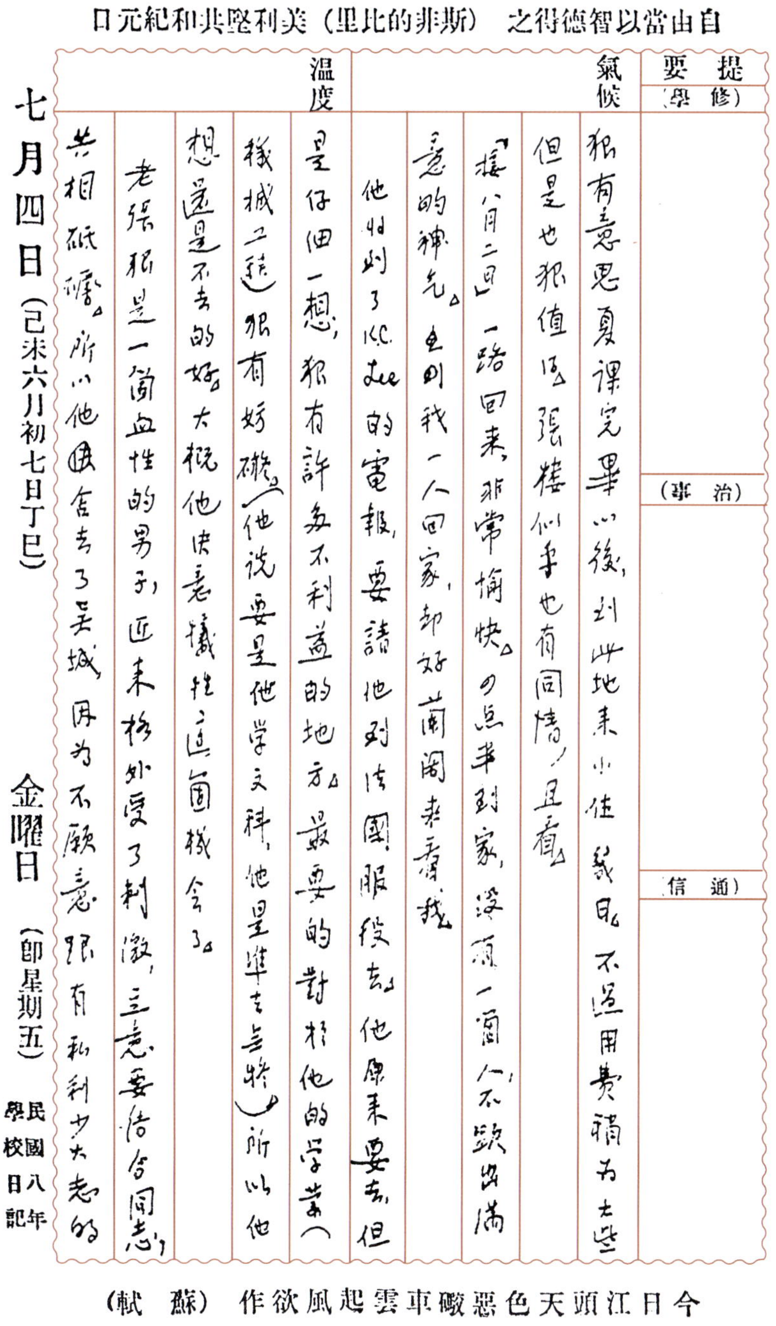
自由當以智德得之（斯非的比里）美利堅共和紀元日

提要（修學）

（治事）

（通信）

氣候

温度

七月四日（己未六月初七日丁巳）金曜日（即星期五）

民國八年學校日記

很有意思夏課完畢以後，到此地來小住几日，不過用费稍为大些，但是也很值得，張樓似乎也有同情，且看。〔接八月二日〕一路回來，非常愉快，四点半到家，沒有一個人不显出满意的神气。我一人回家，却好蘭閣來看我。他收到了K.C. Lee的電報，要請他到法國服役去。他原来要去，但是仔细一想，很有許多不利益的地方。最要的對於他的学業（機械工程）很有妨碍（他说要是他学文科，他是準去無疑）所以他想還是不去的好。大概他决意犧牲這個機会了。老張很是一個血性的男子，近来格外受了刺激，立意要结合同志，共相砥礪。所以他捨去了吴城，因為不願意跟有私利少大志的

今日江頭天色惡礮車雲起風欲作（蘇軾）

七月四日（己未六月初七日丁巳）星期五

狠有意思夏课完毕以后，到此地来小坐几日。不过用费稍为大些，但是也狠值得。张楼似乎也有同情，且看。

〔接八月二日〕一路回来，非常愉快。四点半到家，没有一个人不显出满意的神气。我一人回家，却好兰阁来看我。

他收到了K.C.Lee的电报，要请他到法国服役去。他原来要去，但是仔细一想，狠有许多不利益的地方。最要的对于他的学业（机械工程）狠有妨碍。（他说要是他学文科，他是准去无疑），所以他想还是不去的好。大概他决意牺牲这个机会了。

老张狠是一个血性的男子，近来格外受了刺激，立意要结合同志，共相砥砺。所以他舍去了吴城，因为不愿意跟有私利少大志的

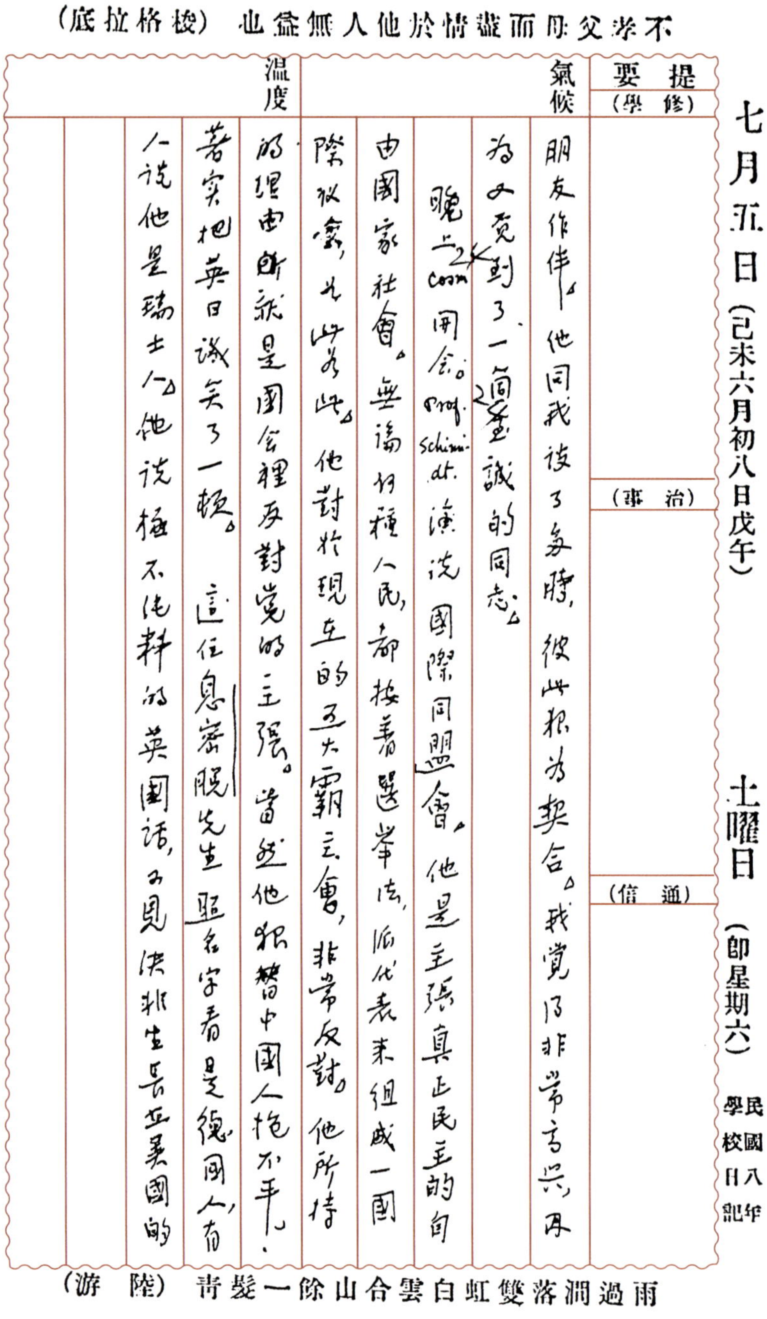

七月五日（己未六月初八日戊午）星期六

朋友作伴，。他同我谈了多时，彼此狠为契合。我觉得非常高兴，因为又觅到了一个至诚的同志。

晚上，Cosm〔朱霖〕开会，Prof.Schmidt〔息密脱教授〕演说国际同盟会。他是主张真正民主的自由国家社会。无论何种人民，都按着选举法，派代表来组成一国际议会，如此如此。他对于现在的五大霸主会，非常反对。他所持的理由就是国会里反对党的主张。当然他狠替中国人抱不平，着实把英日讥笑了一顿。这位息密脱先生照名字看是德国人，有人说他是瑞士人。他说极不纯粹的英国话，可见决非生长在美国的。

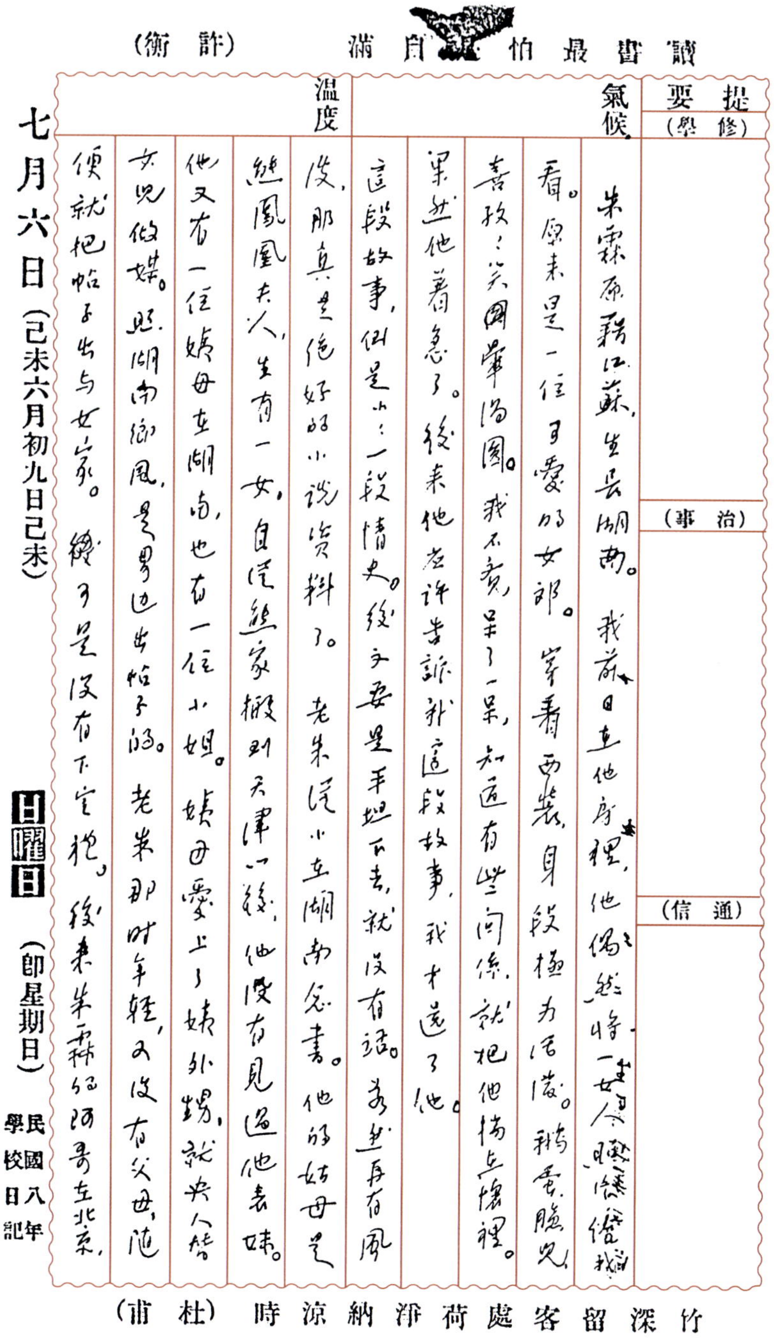

七月六日（己未六月初九日己未）星期日

朱霖原籍江苏，生长湖南。我前日在他房里，他偶然将一女人照片给我看。原来是一位可爱的女郎。穿着西装，身段极为活泼。鹅蛋脸儿，喜孜孜笑晕涡圆。我不觉呆了一呆。知道有些关系，就把他揣在怀里，果然他着急了。后来他应许告诉我这段故事，我才还了他。

这段故事，倒是小小一段情史。后文要是平坦下去，就没有话。若然再有风波，那真是绝好的小说资料了。老朱从小在湖南念书。他的姑母是熊凤凰夫人，生有一女。自从熊家搬到天津以后，他没有见过她表妹。他又有一位姨母在湖南，也有一位小姐。姨母爱上了姨外甥，就央人替女儿做媒。照湖南乡风，是男边出帖子的。老朱那时年轻，又没有父母，随便就把帖子出与女家。可是没有下定礼。后来朱霖的阿哥在北京，

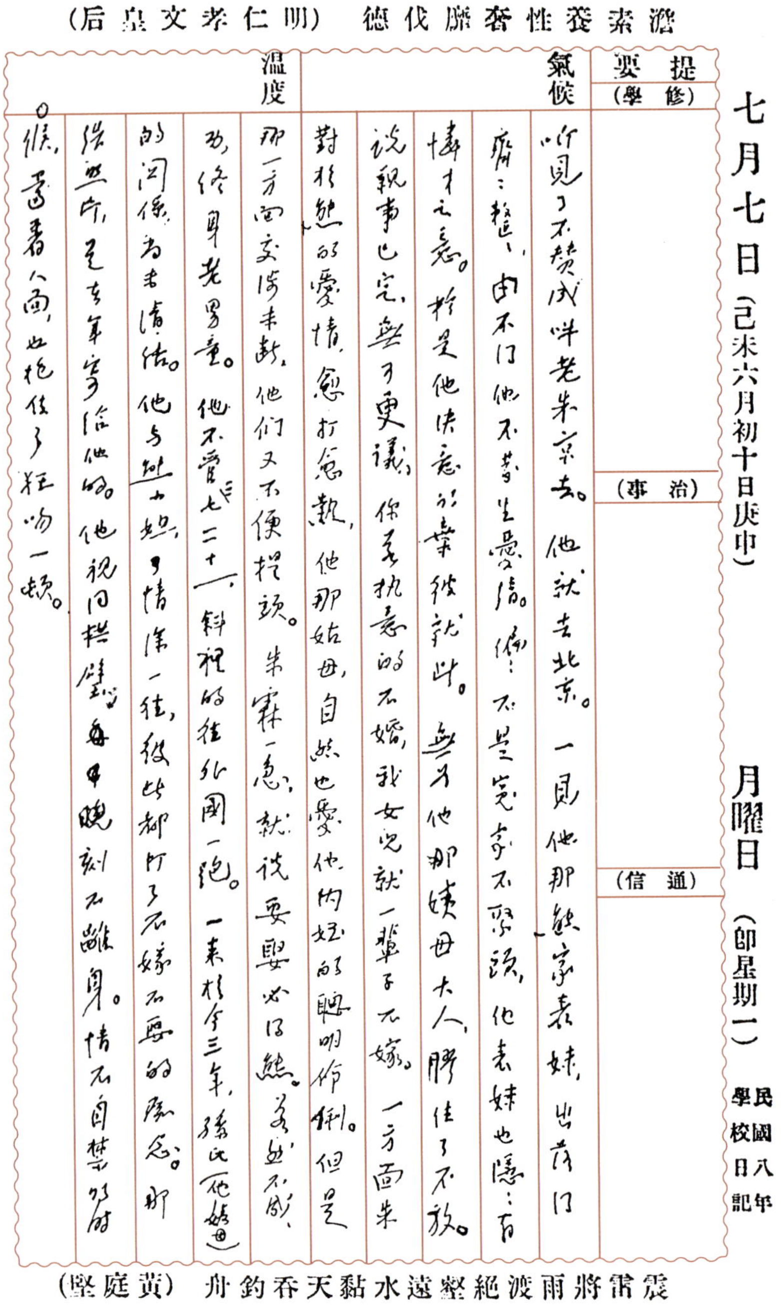

澹素養性齋廬伏德（明仁孝文皇后）

七月七日（己未六月初十日庚申）月曜日（即星期一）

民國八年學校日記

提要（修學）（治事）（通信）

氣候 溫度

听見了不贊成，叫老朱京去。他就去北京。一見他那熊家表妹，出落得齊齊整整，由不得他不發生愛情。偏偏不是冤家不聚頭，他表妹也隱隱有憐才之意。於是他決意的棄彼就此。無如他那姨母大人，膠住了不放。說親事已定，無可更議。你若執意的不婚，我女兒就一輩子不嫁。一方面朱對於熊的愛情，愈打愈熱，他那姑母，自然也愛他內侄的聰明伶俐。但是那一方面交涉未斷，他們又不便提頭。朱霖一急，就說要娶必得熊，若然不成功，終身老童男。他不管三七二十一，斜里的往外國一跑。一來於今三年，孫氏（他姨母）的關係尚未清結。他與熊小姐，情深一往，彼此都打了不嫁不娶的痴念。那張照片，是去年寄給他的。他視同拱璧，每日晚刻不離身。情不自禁的時候，當着人面，也抱住了狂吻一頓。

震雷將雨渡絕壑遠水黏天吞釣舟（黃庭堅）

七月七日（己未六月初十日庚申）星期一

听见了不赞成，叫老朱京去。他就去北京。一见他那熊家表妹，出落得齐齐整整，由不得他不发生爱情。偏偏不是冤家不聚头，他表妹也隐隐有怜才之意。于是他决意的弃彼就此。无如他那姨母大人，胶住了不放。说亲事已定，无可更议。你若执意的不婚，我女儿就一辈子不嫁。一方面朱对于熊的爱情，愈打愈热，他那姑母，自然也爱他内侄的聪明伶俐。但是那一方面交涉未断，他们又不便提头。朱霖一急，就说：『要娶必得熊，若然不成功，终身老童男。』他不管三七二十一，斜里的往外国一跑。一来于今三年，孙氏（他姨母）的关系尚未清结。他与熊小姐，情深一往，彼此都打了不嫁不娶的痴念。那张照片，是去年寄给他的。他视同拱璧，刻刻不离身。情不自禁的时候，当着人面，也抱住了狂吻一顿。

爲法律所保護者方爲權利（亦林格）

提要（修學）

氣候

溫度

人家說我好，到要估量估量是真好不是；人家說我壞，十有九分是有怎麽一會事——況且是我知己朋友，批點出來，難道說他們還無中生有，來咒我不成。

（治事）

（通信）

七月八日（己未六月十一日辛酉京城下午一時七分小暑）火曜日（即星期二）

民國八年學校日記

避暑最宜從樸野葛巾筠席更相當（陸龜蒙）

七月八日（己未六月十一日辛酉京城下午一时七分小暑）星期二

人家说我好，到要估量估量是真好不是；人家说我坏，十有九分是有怎么一会事——况且是我知己朋友，批点出来，难道说他们还无中生有，来咒我不成。

德行立身之本才識處世所先（呂近溪）

七月九日（己未六月十二日壬戌）水曜日（即星期三）

民國八年學校日記

提要

（修學）

（治事）

（通信）

氣候

溫度

急雨豈無意催詩走羣龍（蘇軾）

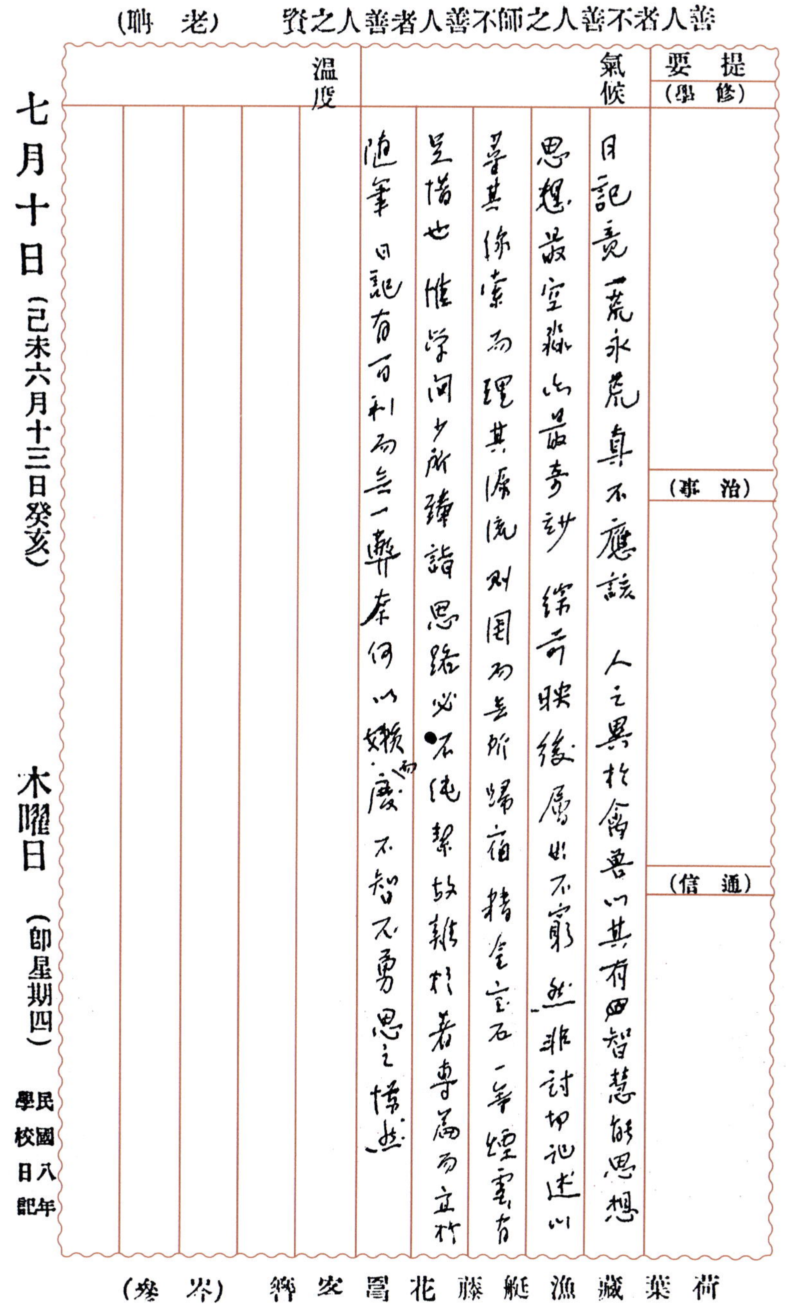
善人者不善人之師不善人者善人之資（老聃）

提要（修學）

氣候

溫度

日記竟一荒永荒真不應該 人之異於禽獸以其有智慧能思想 思想最空淼亦最奇妙 綜前映後層出不窮 然非討切記述以尋其緣索而理其源流則罔而無所歸宿 精舍寶石一等煙雲有足惜也 惟學問少所臻詣思路必不純潔故難於著專篇而宜於隨筆 日記有百利而無一弊 奈何以懶而廢 不智不勇思之憬然

（治事）

（通信）

七月十日（己未六月十三日癸亥）木曜日（即星期四）

民國八年學校日記

荷葉藏漁艇藤花罥客衿（岑參）

七月十日（己未六月十三日癸亥）星期四

日记竟一荒永荒真不应该。人之异於禽兽，以其有智慧，能思想，思想最空淼，亦最奇妙。综前映后，层出不穷。然非讨切记述以寻其缘索，而理其源流，则罔为无所归宿。精舍宝石一等烟云有足惜也。惟学问少所臻，诣思路必不纯洁，故难于著专篇而宜于著随笔。日记有百利而无一弊。奈何以懒而废，不智不勇，思之憬然。

士須振拔特立把持得定方能有爲（楊斛山）

民國八年學校日記

七月十一日（己未六月十四日甲子）　金曜日（即星期五）

提要
（修學）

（治事）

（通信）

氣候

溫度

雙獻好山青入座雨添新漲綠平隄（王渥）

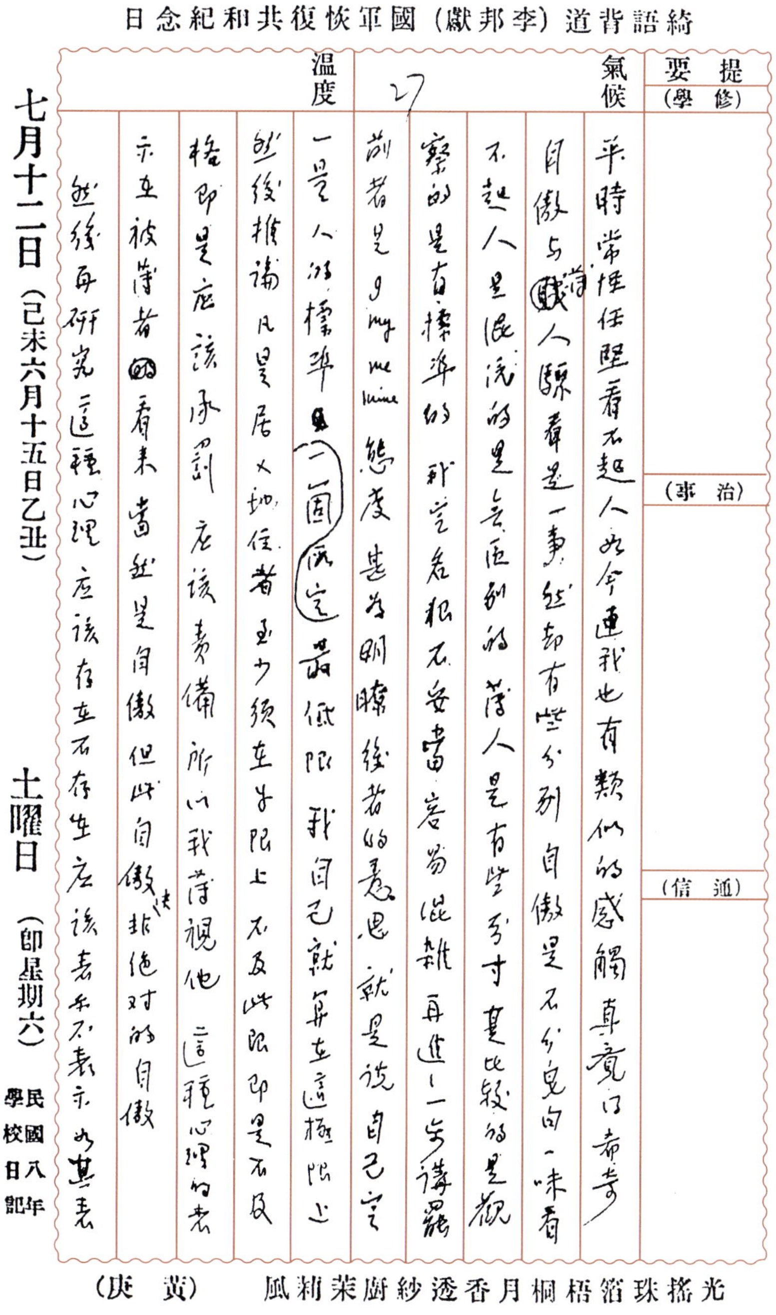
綺語背道（李邦獻）國軍恢復共和紀念日

七月十二日（己未六月十五日乙丑）

土曜日（即星期六）

提要（修學）（治事）（通信）

氣候　溫度 27

平時常怪任堅看不起人，如今連我也有類似的感觸，真覺得希奇。自傲與薄人驟看是一事，然却有些分別。自傲是不分皂白，一味看不起人，是混泯的，是無區別的。薄人是有些分寸，是比較的，是觀察的，是有標準的。我定名很不妥當，容易混雜，再進一步講罷，前者是 I my me mine，態度甚為明瞭，後者的意思，就是說自己定一個人的標準，一個最低限，我自己就算在這極限上，然後推論，凡是居×地位者，至少須在y限上，不及此限即是不及格，即是應該承罰，應該責備，所以我薄視他。這種心理的表示在被薄者看來當然是自傲，但此自傲決非絕對的自傲。然後再研究這種心理應該存在不存在，應該表示不表示，如其表

光搖珠箔梧桐月香透紗廚茉莉風（黃庚）

民國八年學校日記

七月十二日（己未六月十五日乙丑）星期六

平时常怪任坚看不起人，如今连我也有类似的感触，真觉得希奇。自傲与薄人骤看是一事，然却有些分别。自傲是不分皂白，一味看不起人，是混泯的，是无区别的。薄人是有些分寸，是比较的，是观察的，是有标准的。我定名很不妥当，容易混杂，再进一步讲罢，前者是 I my me mine，态度甚为明了，后者的意思，就是说自己定一量人的标准，假定一个最低限。我自己就算在这极限上，然后推论，凡是居×地位者，至少须在y限上，不及此限即是不及格，即是应该承罚，应该责备，所以我薄视他。这种心理的表示在被薄者看来当然是自傲，但此自傲决非绝对的自傲。

然后再研究这种心理应该存在不存在，应该表示不表示。如其表

卑以自牧慮以下人方有學問可言（張履祥）

七月十三日（己未六月十六日丙寅）日曜日（即星期日）

民國八年學校日記

提要（修、學）　治事　通信　氣候　溫度

示的說話，還是任性的表示，還是理性的有含蓄的表示

第一照我看這種心理應該存在。因為二條理由：單位，事之準也。無論度量衡算，非有制定的標準不可。量人亦然。有了懸擬的單位，可以用單純的算法，推出所觀察人之身分等等。用心格外精密，不至茫無歸宿。並且藉此可以增進分析的，批評的，不受外惑的眼光。第二理由是，對於自己的一種反射作用。既然定了一個量人的標準，（這個標準不用說是理性的中正的一種假定）自己的地位至少須在極限上站著。然後有量人的資格。良心上對付得過去。同時測量所發現的大小毛病。一樁樁都須印證印證。這一點我究著討厭，究竟我自己有這一點沒有？隨時比較，隨時糾察，隨時修正，這反射的功效，也就不少了。

晝禽多獨語夏木有餘涼（唐異聞）

七月十三日（己未六月十六日丙寅）星期日

示的说话，还是任性的表示，还是理性的有含蓄的表示。

第一，照我看这种心理应该存在。因为二条理由：单位，事之准也。无论度量衡算，非有制定的标准不可。量人亦然。有了悬拟的单位，可以用单纯的算法，推出所观察人之身份等等。用心格外精密，不至茫无归宿。并且藉此可以增进分析的，批评的，不受外惑的眼光。第二理由是，对于自己的一种反射作用。既然定了一个量人的标准。（这个标准不用说是理性的，中正的一种假定。）自己的地位至少须在极限上站著。然后有量人的资格。良心上对付得过去。同时测量所发现的大小毛病。一桩桩都须印证印证。这一点我觉著讨厌，究竟我自己有这一点没有？随时比较，随时纠察，随时修正，这反射的功效，也就不少了。

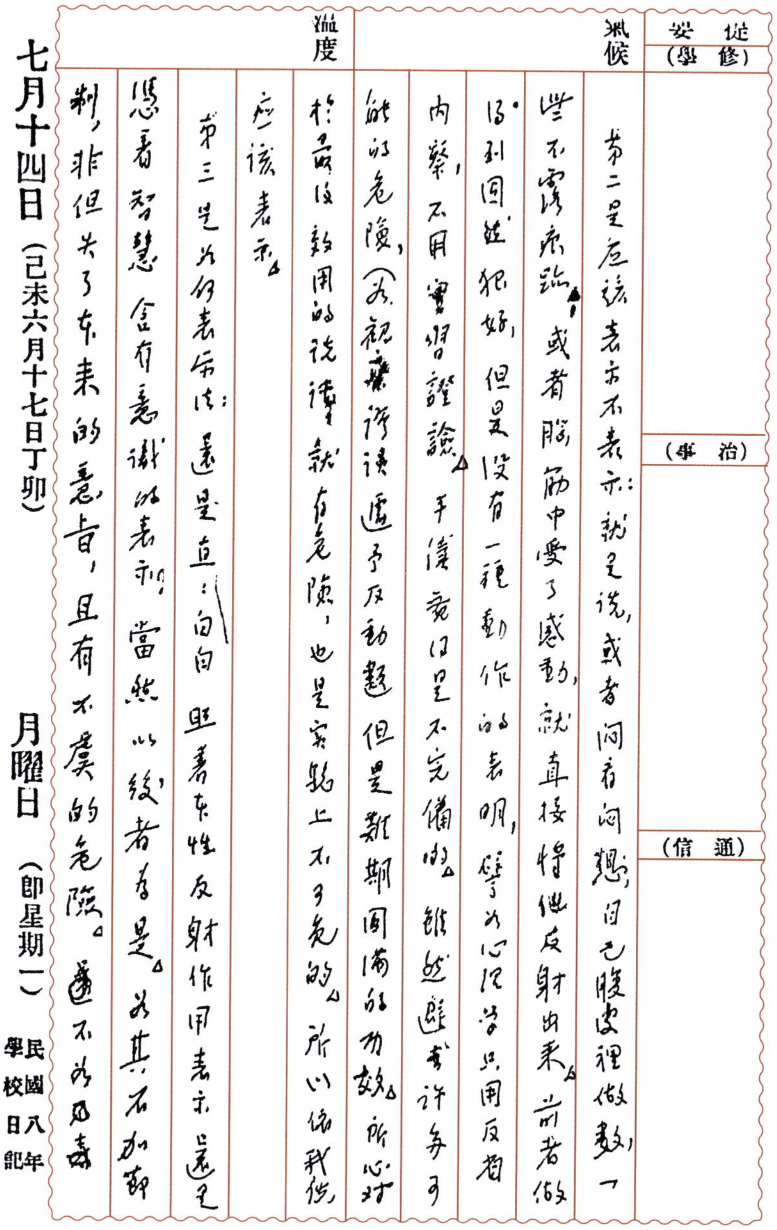

節食優於醫師之診治（英諺）法蘭西共和紀元日

氣候 溫度 修(學)業 (事 治) (通 信)

七月十四日（己未六月十七日丁卯）月曜日（即星期一）

民國八年學校日記

簟紋涼更靜荷氣夕偏多（張 羽）

七月十四日（己未六月十七日丁卯）星期一

第二，是应该表示不表示：就是说，或者闷着闷想，自己腹皮里做数，一些不露痕迹，或者脑筋中受了感动，就直接将他反射出来。前者做得到固然狠好，但是没有一种动作的表明，譬如心理学只用反省内察，不用实习证验。手续觉得是不完备的。虽然避去许多可能的危险，（如视察谬误遽予反动类），但是难期圆满的功效。所以对于最后效用的说话就有危险，也是实验上不可免的。所以依我说应该表示。

第三，是如何表示法：还是直直白白照着本性反射作用表示，还是凭着智慧含有意识的表示？当然以后者为是。如其不加节制，非但失了本来的意旨，且有不虞的危险。不如

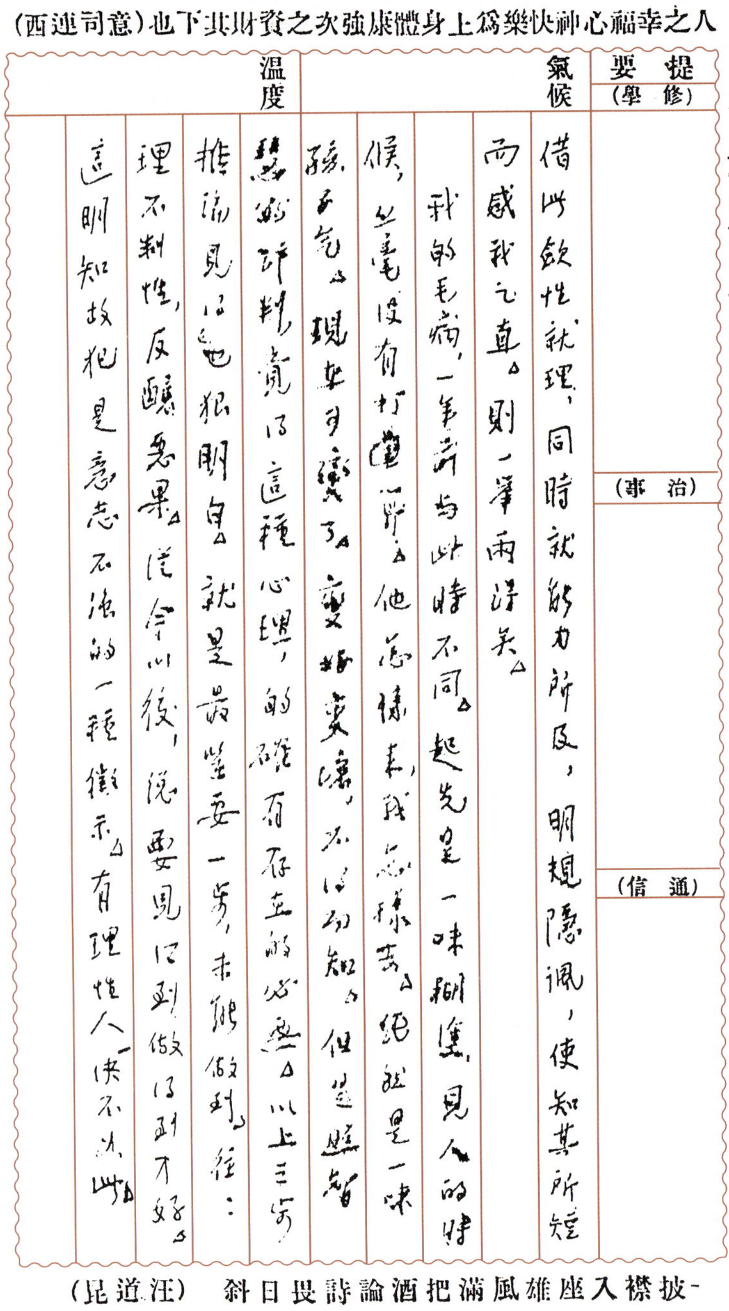

七月十五日（己未六月十八日戊辰）星期二

借此敛性就理，同时就能力所及，明规隐讽，使知其所短而感我之直。则一举两得矣。

我的毛病，一年前与此时不同。起先是一味糊涂，见人的时候，丝毫没有打算。他怎样来，我怎样去。纯然是一味孩子气。现在可变了。变好变坏，不得而知。但是照智慧的评判，觉得这种心理，的确有存在的必要。以上三步推论见得〔疑应为『识』字〕也狠明白。就是最紧要一步，未能做到。往往理不制性，反酿恶果。从今以后，总要见得到做得到才好。这明知故犯是意志不强的一种征示。有理性人，决不如此。

學須才也才須學也非學無以廣才非才無以成學（諸葛亮）

七月十六日（己未六月十九日己巳）

水曜日（卽星期三）

民國八年學校日記

提要（修學）	氣候	溫度

（治事）

（通信）

狂風欲折門前柳急雨爭鳴池上荷（高啓）

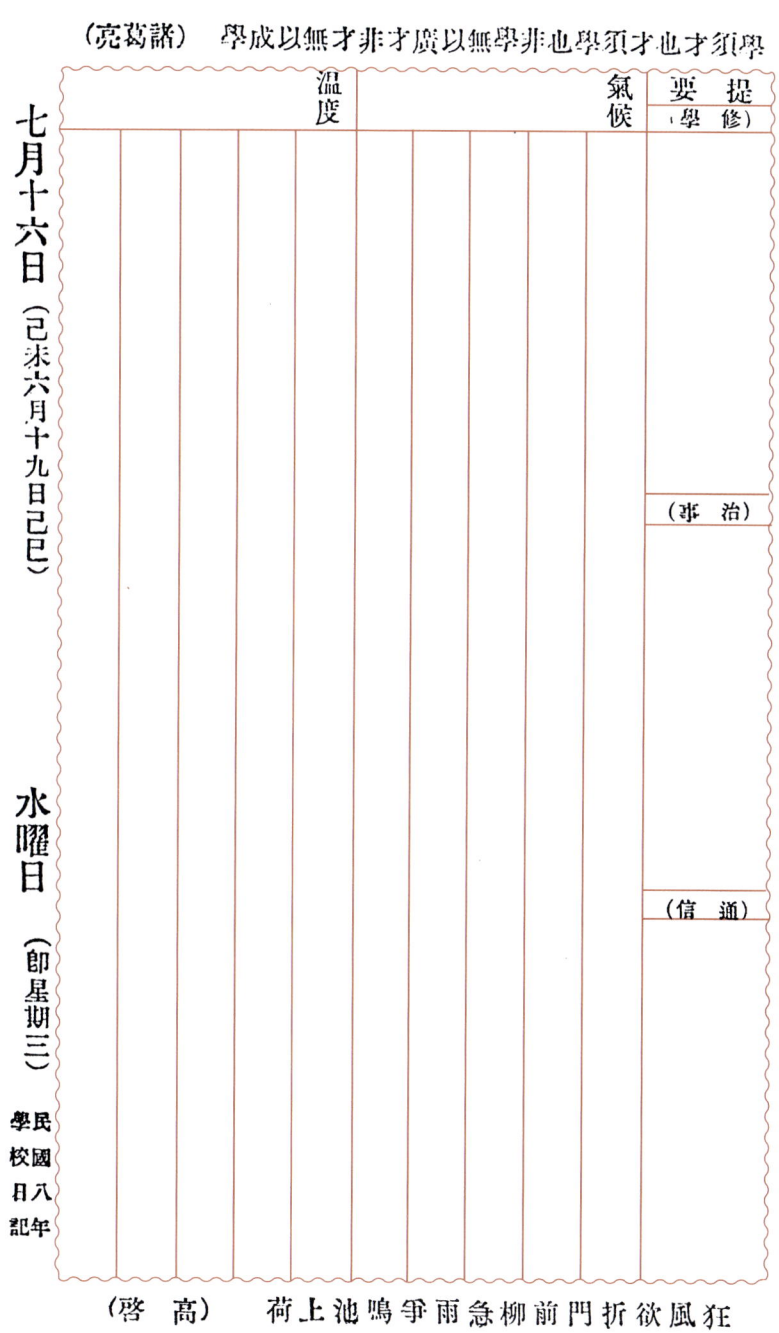

開卷有益（宋太宗）

七月十九日（己未六月二十二日壬申）

土曜日（即星期六）

民國八年
學校日記

提要（修學）

氣候

溫度

（治事）

（通信）

小窗破睡茶甌淺別院生涼午扇閒（文徵明）

人品須從小做起　（吳麟徵）

提要（修學）	氣候	溫度
（治事）		
（通信）		

七月二十日（己未六月二十三日癸酉）　日曜日（即星期日）　民國八年學校日記

想起社會衛生問題，將來實施起來，著實有些棘手。水是第一難題，就家鄉說，常年的疾病疫癘，太半是水的緣故。市河裡的水，雖然流通，真不知齷齪到什麼田地：這一家正在淘米，上流那一家在那裡淨桶；不要說別人家，我就是這樣子喫大來的。其實難堪！也還有許多襪廠，不顧公德，在上流把顏料都洗在水裡；換一句說，就是輕輕的下了些毒。全鎮人民都服了毒！誰禁止他去？到了夏天，更不得了。一個月不下雨，河底就向天。全鎮的人，都免不了挑臭水喫。憑你怎樣的下礬，也乾淨不到那裡去。每立方水裡面，要是用顯微鏡一查攷，不知容納了河數的微菌。微菌都變了資養料！這叫做甘心服毒。夏天過，毛病發作了。秋瘟！傷寒！瘰螺！吊腳！以及希奇百怪的傳染病。郎

庭中鳥語勸沽酒　窗下日長宜讀書　（黃庭堅）

七月二十日（己未六月二十三日癸酉）星期日

想起社会卫生问题，将来实施起来，着实有些棘手。水是第一难题，就家乡说，常年的疾病疫疠，太（按：疑为『大』）半是水的缘故。市河里的水，虽然流通，真不知龌龊到什么田地：这一家正在淘米，上流那一家在那里净桶；不要说别人家，我就是这样子吃大来的。其实难堪！还有许多袜厂，不顾公德，在上流把颜料都洗在水里，换一句说，就是轻轻的下了些毒。全镇人民都服了毒！谁禁止他去？到了夏天，更不得了。一个月不下雨，河底就向天。全镇的人都免不了挑臭水吃。凭你怎样的下矾，也干净不到那里去。每立方水里面，要是用显微镜一查考，不知容纳了河〔应『无』字〕数的微菌。微菌都变了资〔滋〕养料！这叫做甘心服毒。夏天一过，毛病发作了。秋瘟！伤寒！瘪螺、吊脚！以及希奇百怪的传染病。郎

修身潔己不爲苟得（田稷子母）　比利時獨立紀念日

七月二十一日（己未六月二十四日甲戌）月曜日（即星期一）　民國八年學校日記

提要（修學）	氣候	溫度
（治事）		
（通信）		

中藥鋪做得好生意。人口短了一大段。但是那疾病究竟是怎樣來的呢？不用說是人心太壞，上天示罰，瘟神下降。沒有別的，趕快迎會罷；趕快打醮罷；拜平安懺罷；拜開梅壇拜斗懺罷。可憐連我們老太爺，也免不得要上山去住幾天。齋戒禮拜，替合鎮祓除不祥。唉！就是這樣的社會情形！恐怕從開闢以來，沒有換一些樣兒！

楚江巫峽半雲雨　清簟疏簾看奕棋（杜甫）

七月二十一日（己未六月二十四日甲戌）星期一

中药铺，做得好生意。人口短了一大段。但是那疾病究竟是怎样来的呢？不用说是人心太坏，上天示罚，瘟神下降。没有别的，赶快迎会罢；赶快打醮罢；拜平安忏罢；开梅坛拜斗忏罢。可怜连我们老太爷，也免不得要上山去住几天。斋戒礼拜，替合镇祓除不祥。唉！就是这样的社会情形！恐怕从开辟以来，没有换一些样儿！

萬事患其貪多萬理患其不貪多（羅信南）

七月二十二日（己未六月二十五日乙亥）

火曜日（即星期二）

民國八年學校日記

提要
（修學）

（治事）

（通信）

氣候

溫度

深院鈔書桐葉雨曲闌聯句藕花風（林溫）

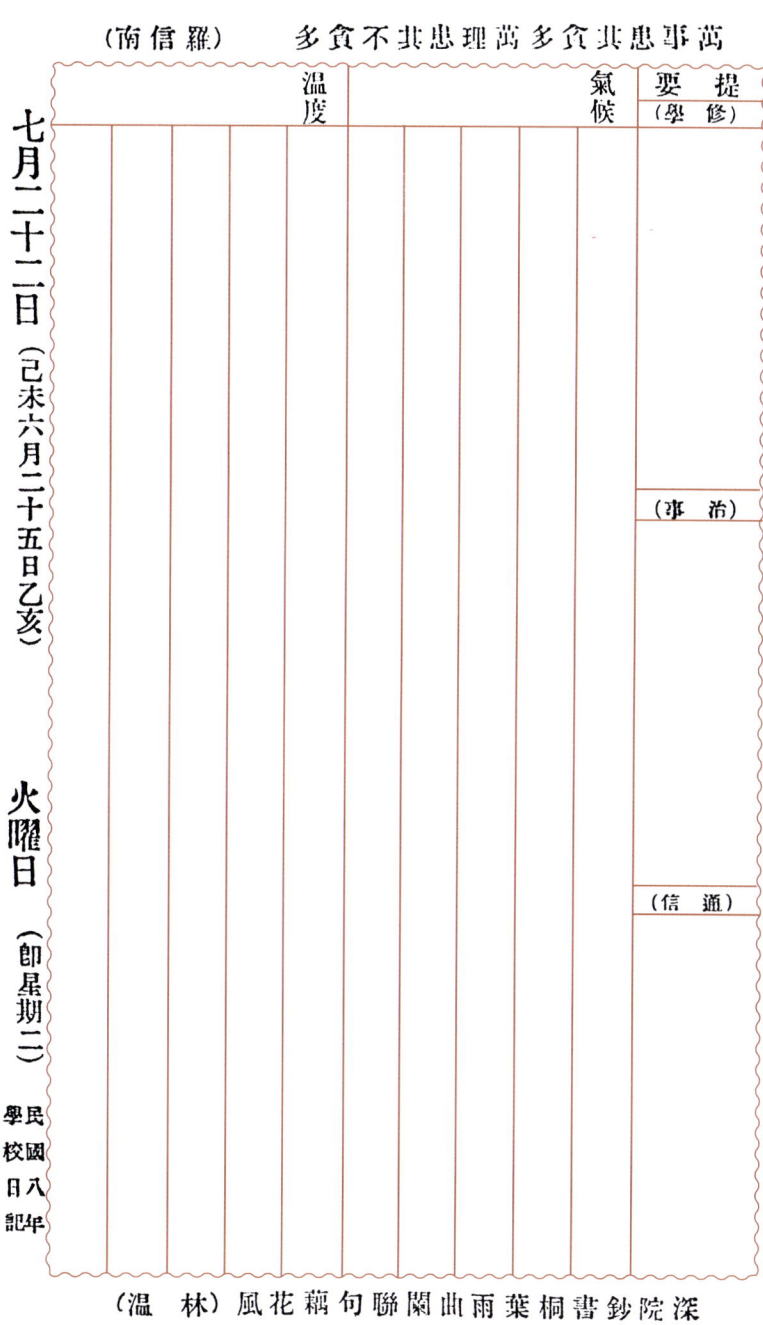

朋友講學各求進學不可矜悖自高（施瑛）

七月二十三日（己未六月二十六日丙子）

水曜日（即星期三）

民國八年學校日記

提要（修學）

（治事）

（通信）

氣候

溫度

雍覽自遨南郭月穀巾猶臥北窗風（錢惟演）

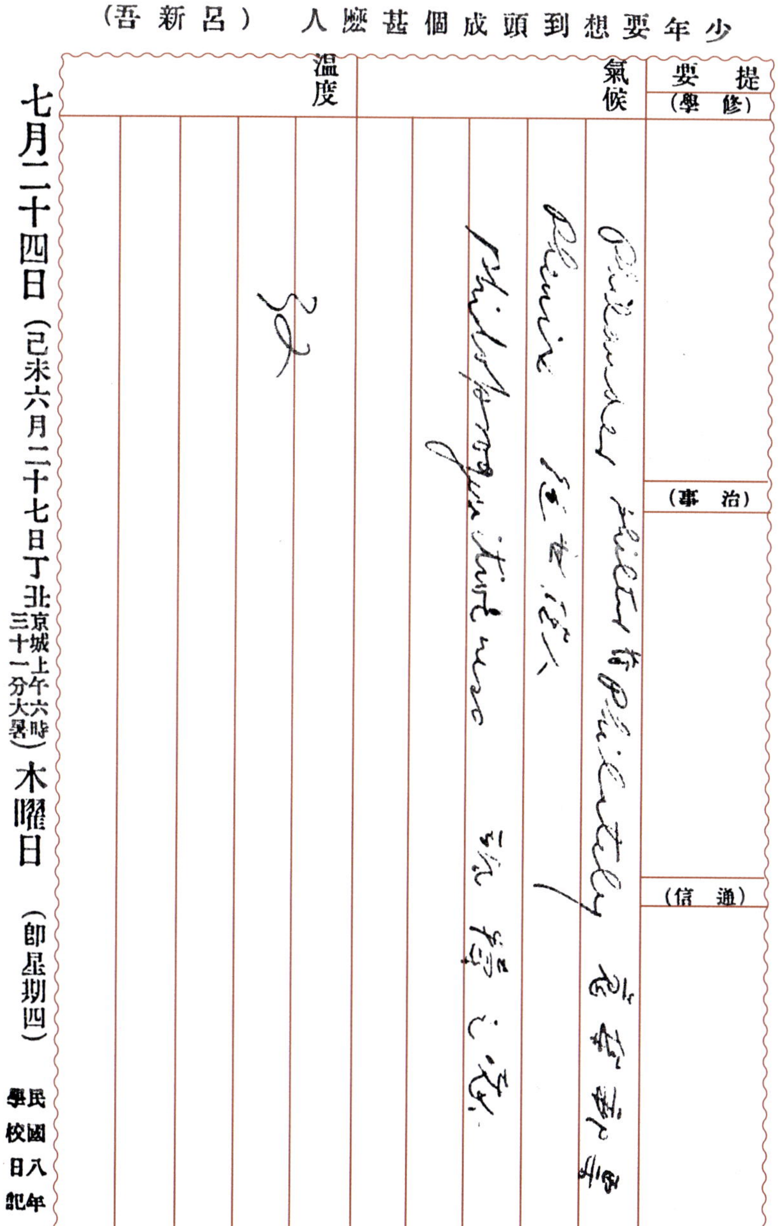
少年要想到頭成個甚麼人（呂新吾）

七月二十四日（己未六月二十七日丁丑京城上午六時三十一分大暑）木曜日（即星期四）

民國八年學校日記

提要（修學）

氣候

溫度

（治事）

（通信）

畏暑中夜起出門風露清（范成大）

七月二十四日（己未六月二十七日丁丑京城上午六时三十一分大暑）

星期四

Philately〔搜集邮票〕

Phenix〔绝世佳人〕

Philoprogenitiveness〔舐犊之爱〕

七月二十九日（己未七月初三日壬午）星期二

Definition of instincts: an inherited or innate psychophysical dispostition which determines its possessor to rerceive and to pay attention to objects of a certain class, to experience an emotional excitement or a particular quality upon rerceiving such an object, and to act in regard to it in a particular manner, or at least to experience an impulse to such action.—Mr. Dongall

〔在本能（天性）的定义：是遗传的或天生的心理物理气质，决定了具有这种气质的人。可以觉察出和注意到某一阶段的目标，去体验一种特殊性质的感情上的激动。以特殊方式去领悟其目标并为之做出行动，或至少对这种行动感受过某种冲动——唐盖尔先生〕。

List of instincts: hunger, parental affection, play pugnacity, sex, hunting, curiosity, fear, gregariousness, shyness, cleanliness, acquisitiveness, display, constructiveness, etc.

〔本能一览：饥饿、亲情、玩耍、好斗、性欲、探索、好奇心、恐惧、交际、害羞、清洁、渴望、获得、建树等等。〕

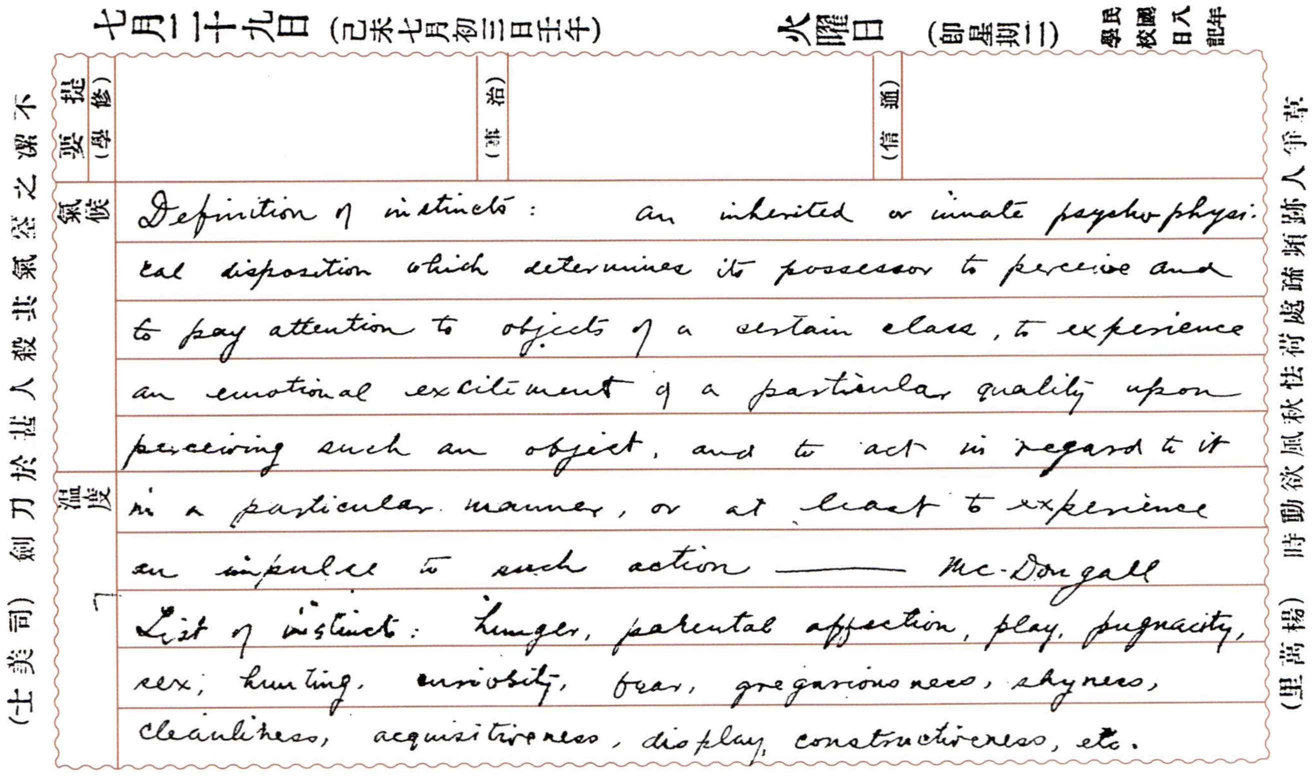
不潔之氣其殺人甚於刀劍（司美士）
七月二十九日（己未七月初三日壬午） 火曜日（即星期二） 民國八年學校日記
提要（修學） （治事） （通信）
氣候
溫度
Definition of instincts: an inherited or innate psycho-physical disposition which determines its possessor to perceive and to pay attention to objects of a certain class, to experience an emotional excitement of a particular quality upon perceiving such an object, and to act in regard to it in a particular manner, or at least to experience an impulse to such action —— Mc-Dougall
List of instincts: hunger, parental affection, play, pugnacity, sex; hunting, curiosity, fear, gregariousness, shyness, cleanliness, acquisitiveness, display, constructiveness, etc.
草爭人跡頻蹤處荷怯秋風欲動時（楊萬里）

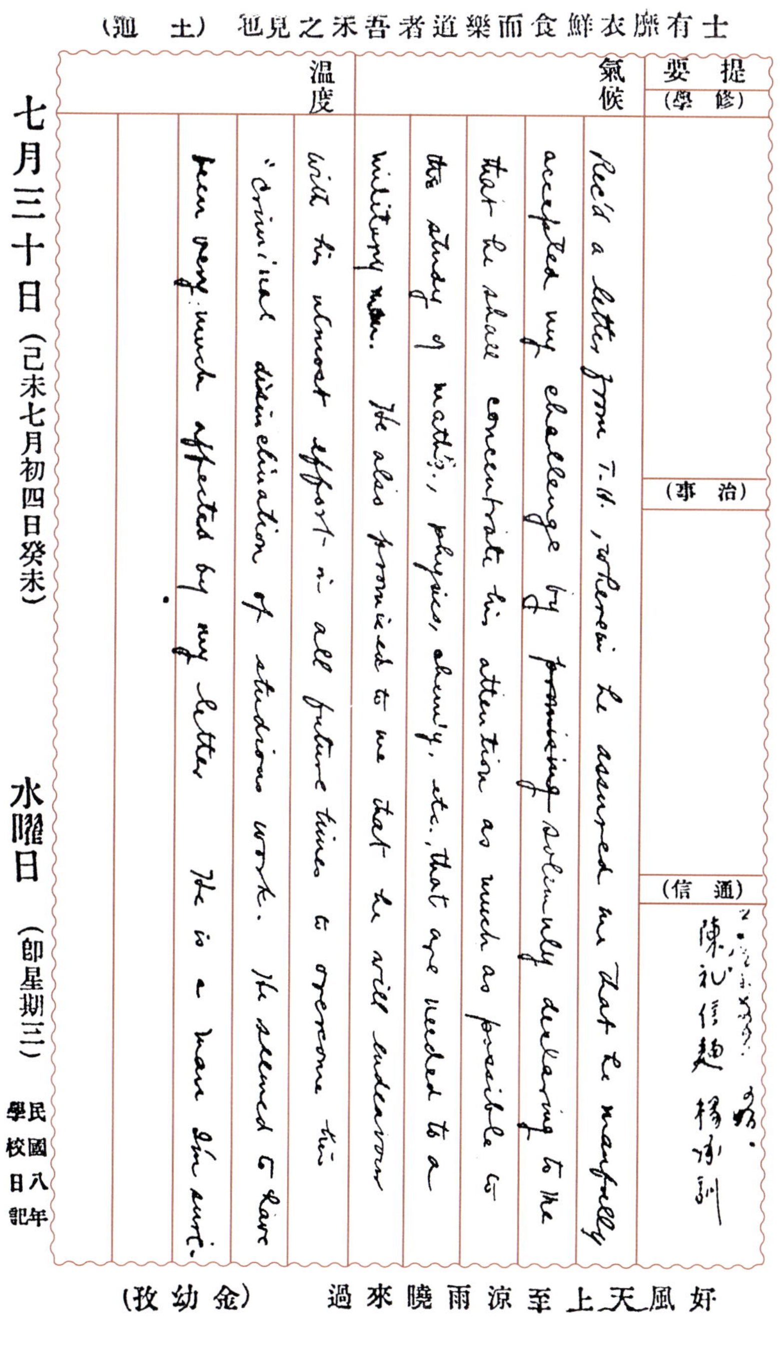
士有恥衣鮮食而樂道者吾未之見也（孔 子）

提要（修學）　氣候　溫度

七月三十日（己未七月初四日癸未）水曜日（即星期三）民國八年學校日記

Rec'd a letter from T.H., wherein he assured me that he manfully accepted my challenge by solemnly declaring to the that he shall concentrate his attention as much as possible to the study of math's, physics, chem'y, etc., that are needed to a military man. He also promised to me that he will endeavour with his utmost effort in all future times to overcome his "criminal disinclination of studious work." He seemed to have been very much affected by my letter. He is a man I'm sure.

（治事）

（通信）陳礼信□ 楊承訓

好風天上至涼雨曉來過（金幼孜）

七月三十日（己未七月初四日癸未）星期三

通信：陈礼信□、杨承训

Rec'd a letter from T · H ·, wherein he assured Me that he manfully accepted my challenge by Solemnly declaring to me that he shall concentrate his attention as much as possible To the study of math, physics, chem'y, etc ·, That are needed to a military man. He also Promised to me that he will endeavour with His utmost effort in all future times to Overcome his『criminal disinclination of studious work..』He seemed to have been very much affected by my letter. He is a man I'm sure.

〔收到 T · H 来信他向我保证，会勇敢地接受我的挑战，并郑重宣称：他将集中心力，尽力研究数学、物理、化学等等，因为那是作为一个军人所必须具备的。他还向我承诺在今后所有时日里，他会竭尽努力去克服『应予谴责的』对研究工作的厌恶。看来我的信对他触动很大，我肯定：『他是个男子汉。』〕

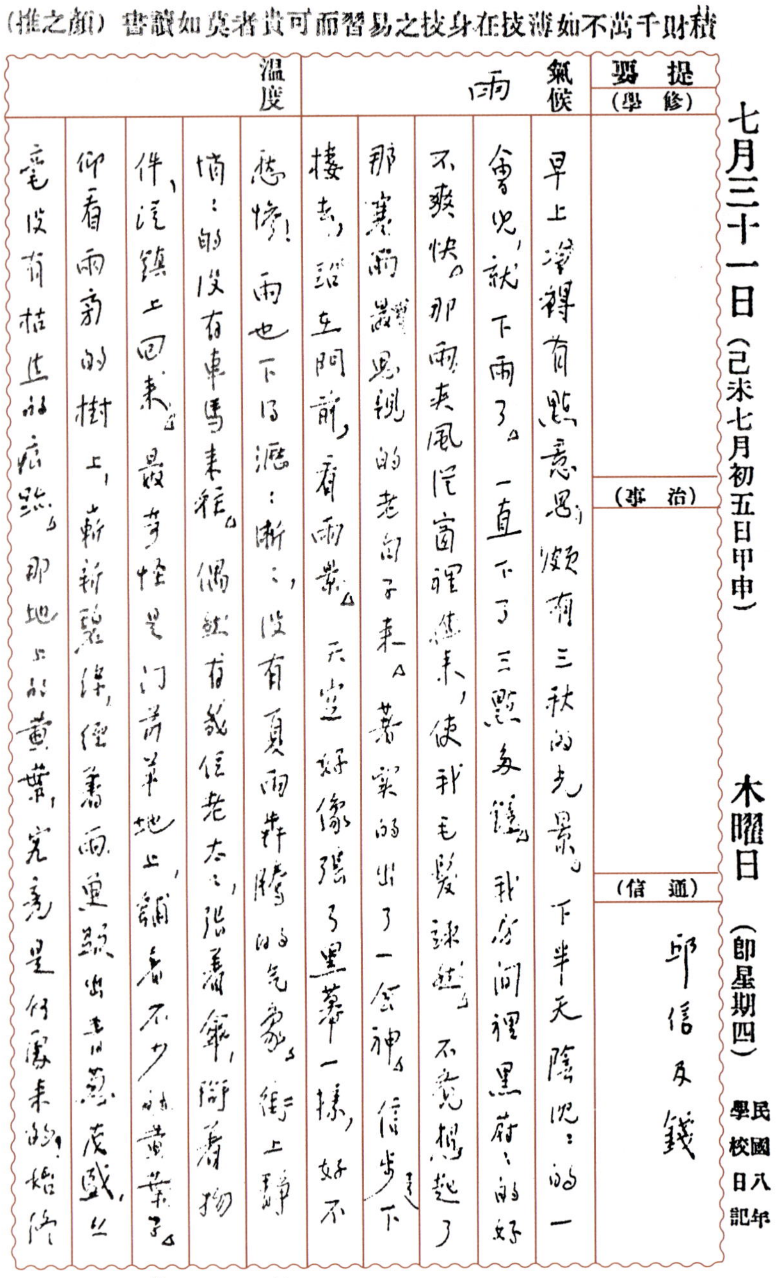

七月三十一日（己未七月初五日甲申）星期四　雨

通信：邱信及钱。

早上冷得有点意思，颇有三秋的光景。下半天阴沈沈的，一会儿，就下雨了。一直下了三点多钟。我房间里黑蔚蔚的好不爽快。那雨夹风从窗里进来，使我毛发竦然。不竟想起了那『寒雨里最思亲』的老句子来，著实的出了一会神。信步走下楼去，站在门前，看雨景。天空好像张了黑幕一样，好不愁惨！雨也下得沥沥淅淅，没有夏雨奔腾的气象。街上静悄悄的没有车马来往。偶然有几位老太太，张着伞，拿着物件，从镇上回来。最奇怪是门前草地上，铺着不少的黄叶子。仰看两旁的树上，崭新碧绿，经着雨更显出青葱茂盛，丝毫没有枯焦的痕迹，那地上的黄叶，究竟是何处来的？始终

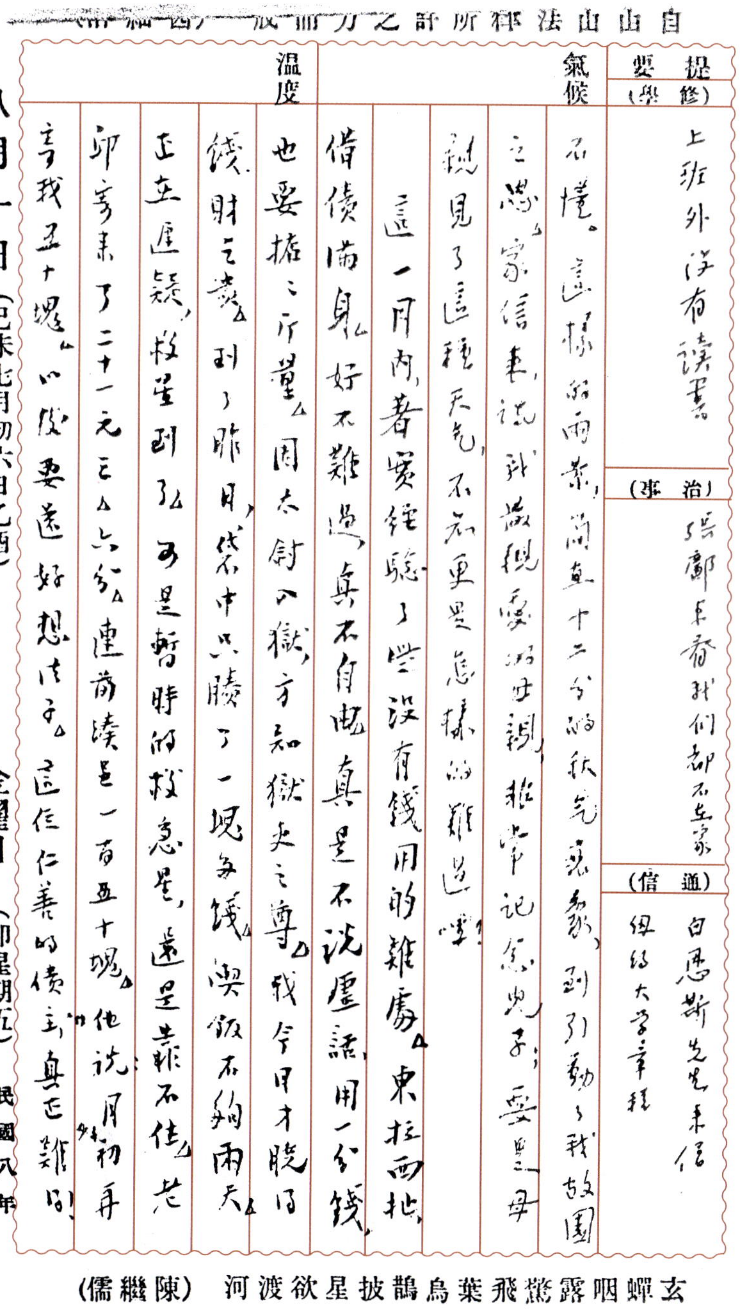
自由由法律所許之方面放——(西諺)

提要(修學)：上班外沒有讀書
治事：張邴來看我們都不在家
通信：白恩斯先生來信 紐約大學章程
氣候
溫度

不懂。這樣的雨景，簡直十二分的秋氣衰象，到引動了我故園之思。家信來說我最親愛的母親，非常記念兒子；要是母親見了這種天氣，不知更是怎樣的難過哩！

這一月內，著實經驗了些沒有錢用的難處。東拉西扯，借債滿身，好不難過，真不自由，真是不說虛話，用一分錢，也要掂掂斤量。固太尉入獄，方知獄吏之尊。我今日才曉得錢財之貴。到了昨日，袋中只賸了一塊多錢，吃飯不夠兩天。正在遲疑，救星到了。可是暫時的救急星，還是靠不住。老邱寄來了二十一元三角六分。連前湊足一百五十塊。他說月初再寄我三十塊，以後要還好想法子。這位仁善的債主，真正難得！

八月一日(己未七月初六日乙酉)
金曜日(即星期五)
民國八年學校日記

玄蟬咽露驚飛葉 烏鵲披星欲渡河 (陳繼儒)

八月一日(己未七月初六日乙酉)星期六

提要：上班外没有读书。

治事：张邴来看我们，都不在家。

通信：白恩斯先生来信。纽约大学章程。

不懂。这样的雨景，简直十二分的秋气衰象，到引动了我故园之思。家信来说我最亲爱的母亲，非常记念儿子；要是母亲见了这种天气，不知更是怎样的难过矣？

这一月内，著实经验了些没有钱用的难处。东拉西扯，借债满身，好不难过，真不自由。真是不说虚话，用一分钱，也要惦惦斤量。固太尉入狱，方知狱吏之尊。我今日才晓得钱财之贵。到了昨日，袋中剩了一块多钱，吃饭不够两天。正在迟疑，救星到了。可是暂时的救急星，还是靠不住。老邱寄来了二十一元三角六分。连前凑足一百五十块。他说月初再寄我三十块，以后要还好想法子。这位仁善的债主，真正的难得。

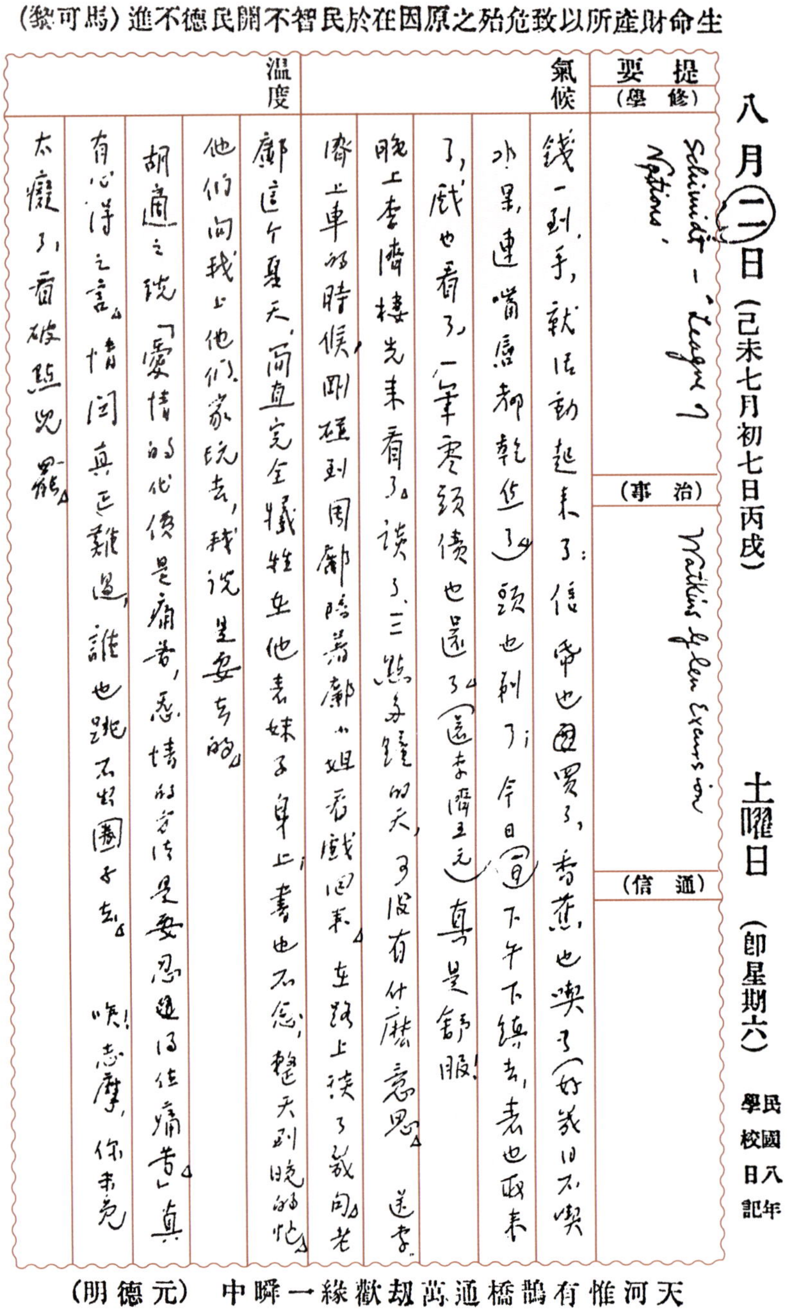
生命財產所以致危殆之原因在於民智不開民德不進（馬可黎）

八月二日（己未七月初七日丙戌）土曜日（卽星期六）

民國八年學校日記

提要（修學）：Schimidt — "League of Nations."

治事：Watkins Glen Excursion

通信

氣候

溫度

錢一到手，就活動起來了：信紙也買了，香蕉也喫了（好幾日不喫水果，連嘴唇都乾了），頭也剃了；今日（一日）下午下鎮去，表也取來了，戲也看了，一筆零頭債也還了（還李濟三元）真是舒服！

晚上李濟、樓光來看了。談了三點多鐘的天，可沒有什麼意思。送李濟上車的時候，剛碰到周鄺陪著鄺小姐看戲回來。在路上談了幾句。老鄺這個夏天，簡直完全犧牲在他表妹子身上，書也不念，整天到晚的忙。他們問我上他們家玩去，我說是要去的。

胡適之說「愛情的代價是痛苦，愛情的方法是要忍得住痛苦」真有心得之言。情関真正難過，誰也跳不出圈子去。

唉！志摩，你未免太癡了，看破點兒罷。

天河惟有鵲橋通萬劫歡緣一瞬中（元德明）

八月二日（己未七月初七日丙戌）星期六

提要（修学）：Schimidt—〖League Of Nations〗

〔斯切米德——国际联盟〕

治事：Watkins Glen Excursion〔华塔根游览〕

钱一到手，就活动起来了：信纸也买了，香蕉也吃了（好几日不吃水果，连嘴唇都干焦了）。头也剃了；今日（一日）下午下镇去，表也取来了，戏也看了，一笔零头债也还了。（还李济三元）真是舒服！

晚上李济、楼光来看了。谈了三点多钟的天，可没有什么意思。送李济上车的时候，刚碰到周邝陪著邝小姐看戏回来。在路上谈了几句。老邝这个夏天，简直完全牺牲在他表妹子身上，书也不念，整天到晚的忙。他们问我上他们家玩去，我说是要去的。

胡适之说：『爱情的代价是痛苦的，爱情的方法是要忍得住痛苦。』真有心得之言。情关真正难过，谁也跳不出圈子去。唉！志摩，你未免太痴了，看破点儿罢。

欲成其大當謹其微（明仁孝文皇后）

提要（修學）	氣候	溫度
（治事）		
（通信）		

八月三日（己未七月初八日丁亥）日曜日（即星期日）

民國八年學校日記

（三日）Watkins Glen. 九時動身。一車子載滿了七位：劉、鮑、樓、張、李、元哥及我。走了一刻鐘，到Better Milk Falls。大家下來。順着瀑流往山上走。這瀑並不大，可是來源甚高，一折一折的鋪流下來。到了稍為平坦的地點，就儲成了碧清潭水，小有風趣。我們奮勇前進，一直到了危崖峻壁。但是水源未窮。一看那石壁，到是巉巉節節的可以攀援而登。於是元哥領隊，大家爬了上去，只有一位劉督軍，是体肥怯步；他亦不顧意冒險，沒有上去。上面豁然開拓，三面絕壁，護住了一泓純碧。那細流珠瀑從青苔上勻勻的下來，就如張了青紗的簾子一般，好不有趣。但是怎樣爬下去，都是一樁難題。鮑張元哥我都下來了。

廉外星辰逐斗移紫河聲轉下雲西（元稹）

八月三日（己未七月初八日丁亥）星期日

Watkins Glen〔华塔根〕 九时动身。一车子载满了七位：刘、鲍、楼、张、李、元哥及我，走了一刻钟，到 Better Milk Falls〔贝塔密尔克瀑布〕大家下来。顺着瀑流往山上走。这瀑并不大，可是来源甚高，一折一折的铺流下来。到了稍为平坦的地点，就储成了碧清潭水，小有风趣。我们奋勇前进，一直到了危崖峻壁。但是水源未穷。一看那石壁，到是巉巉节节的可以攀援而登。於是元哥领队，大家爬了上去，只有一位刘督军，是体肥怯步；他亦不愿意冒险，没有上去。上面豁然开拓，三面绝壁，护住了一泓纯碧。那细流珠瀑从青苔上匀匀的下来，就如张了青纱的帘子一般，好不有趣。

但是怎样爬下去，却是一桩难题。鲍、张、元哥、我都下来了。

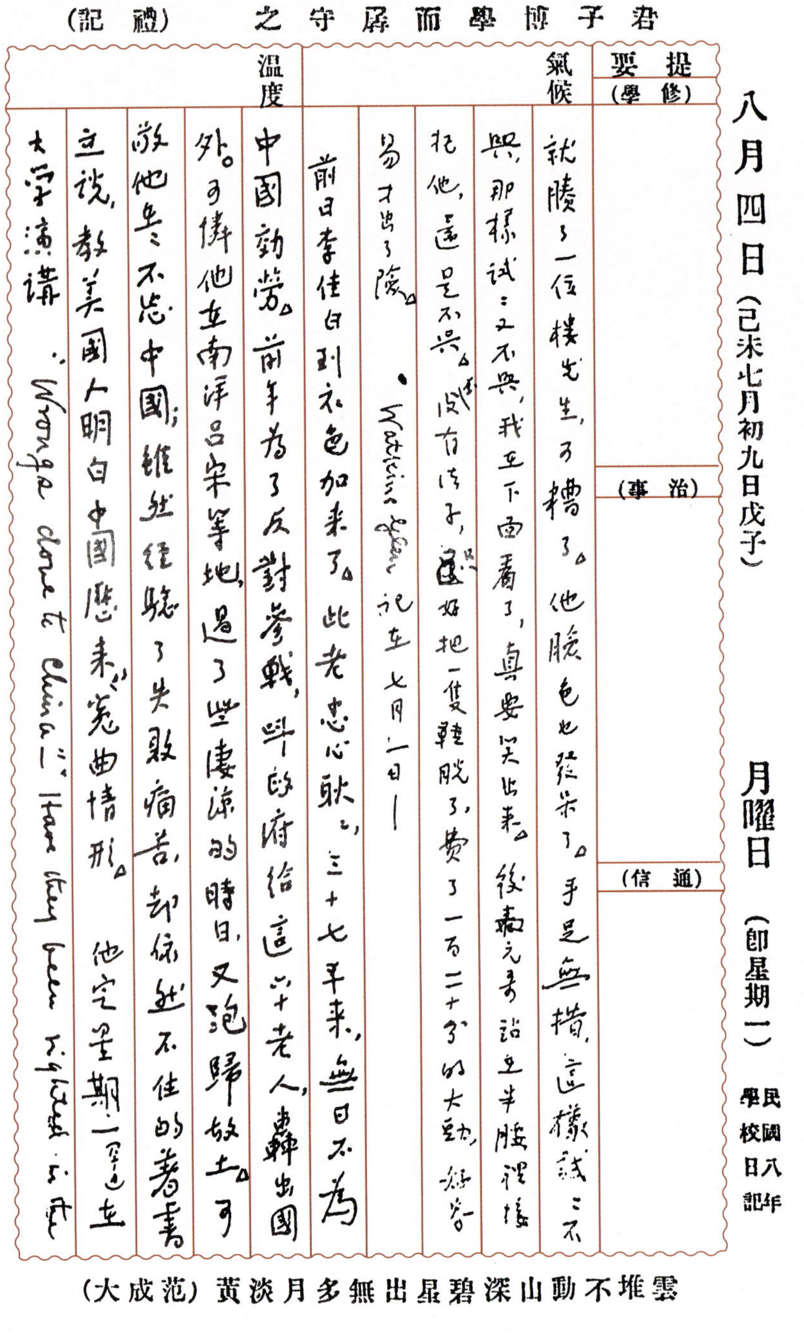
君子博學而孱守之（禮記）
提要（修學）
氣候
溫度
治事
通信
八月四日（己未七月初九日戊子）
月曜日（即星期一）
民國八年學校日記
就賸了一位樓先生，可糟了。他臉色也發呆了。手足無措，這樣試試不興，那樣試試不興，我在下面看了，真要笑出來。後來元哥站在半腰裡接托他，還是不興。沒有法子，只好把一隻鞋脫了，費了一百二十分的大勁，好容易才出了險。Watkins Glen 記在七月一日
前日李佳白到衣色加來了。此老忠心耿耿，三十七年來，無日不為中國效勞。前年為了反對參戰，叫政府給這六十老人，轟出國外。可憐他在南洋呂宋等地，過了些淒涼的時日，又跑歸故土。可敬他在不忘中國；雖然經驗了失敗痛苦，卻依然不住的著書立說，教美國人明白中國歷來冤曲情形。他定星期一（今日）在大學演講。"Wrongs dome to China" "Have they been righted in the peace conf."
雲堆不動山深碧星出無多月淡黃（范成大）

八月四日（己未七月初九日戊子）星期一

就剩下一位楼先生，可糟了。他脸色也发呆了。手足无措，这样试试不兴〔行〕，那样试试不兴〔行〕，我在下面看了，真要笑出来。后来元哥站在半腰里接托他，还是不兴〔行〕。乃没有法子，只好把一只鞋脱了，费了一百二十分的大劲，好容易才出了险。Watkins Glen〔华塔根峡谷〕（记在七月一日）。

前日李佳白到衣色加来了。此老忠心耿耿，三十七年来，无日不为中国效劳。前年为了反对参战，叫政府给这六十老人，轰出国外。可怜他在南洋吕宋等地，过了些凄凉的时日，又跑归故土。可敬他在不忘中国；虽然经验了失败痛苦，却依然不住的著书立说，教美国人明白中国历来的冤曲〔屈〕情形。他定星期一（今日）在大学演讲。『Wrongs dome to China』—『Have they been righted in the peace conf.』〔『对中国实在是不公平的』——『他们在和平会议上做得对吗』〕

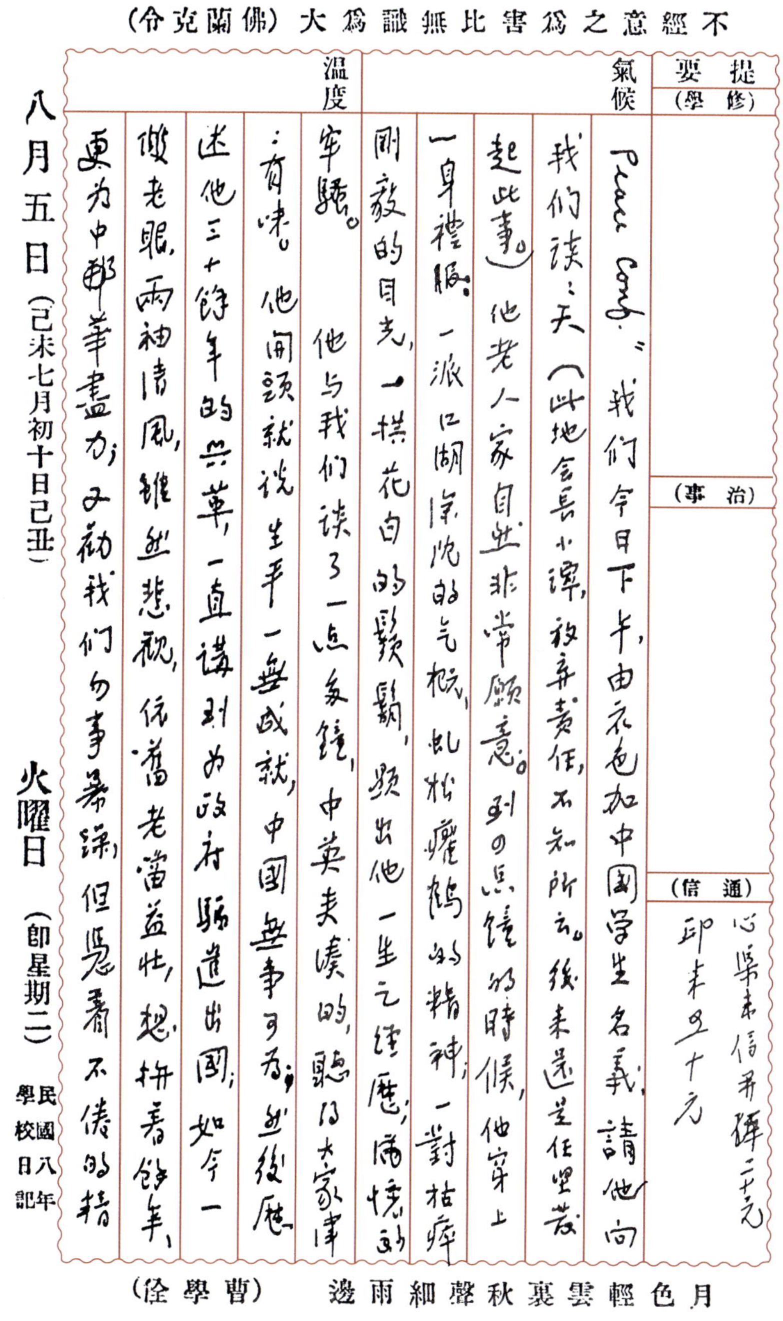
不經意之爲害比無識爲大（佛蘭克令）

八月五日（己未七月初十日己丑）火曜日（卽星期二）

民國八年學校日記

提要（修學）

（治事）

（通信）心渠来信并洋二十元　邱来五十元

氣候

溫度

"Peace Conf." 我们今日下午，由衣色加中国学生名義，請他向我们談談天（此地会長小譚，放弃責任，不知所云。後来还是任坚发起此事。）他老人家自然非常願意。到四点鐘的時候，他穿上一身禮服，一派江湖深沉的气概，虬松癯鶴的精神，一對枯瘁刚毅的目光，一拱花白的鬚鬍，顯出他一生之經歷；滿懷的牢騷。他与我们談了一点多鐘，中英夾湊的，聽得大家津津有味。他開頭就說生平一無成就，中國無事可為；然後歷述他三十餘年的興革，一直講到為政府驅遣出國；如今一雙老眼，兩袖清風，雖然悲觀，依舊老當益壯，想拼着餘年，更為中華盡力；又勸我们勿事暴躁，但憑着不倦的精

月色輕雲裏秋聲細雨邊（曹學佺）

八月五日（己未七月初十日己丑）星期二

通信：心渠来信并洋二十元，邱来五十元。

我们今日下午，由衣色加中国学生名义，请他向我们谈谈天（此地会长小谭，放弃责任，不知所云。后来还是任坚发起此事。）他老人家自然非常愿意。到四点钟的时候，他穿上一身礼服，一派江湖深沉的气概，虬松癯鹤的精神，一对枯瘁刚毅的目光，一拱花白的须胡，显出他一生之经历；满怀的牢骚。他与我们谈了一点多种，中英夹凑的，听得大家津津有味。他开头就说生平一无成就，中国无事可为，然后历述他三十馀年的兴革，一直讲到为政府驱遣出国；如今一双老眼，两袖清风，虽然悲观，依旧老当益壮，想拼着馀年，更为中华尽力；又劝我们勿事暴躁，但凭着不倦的精

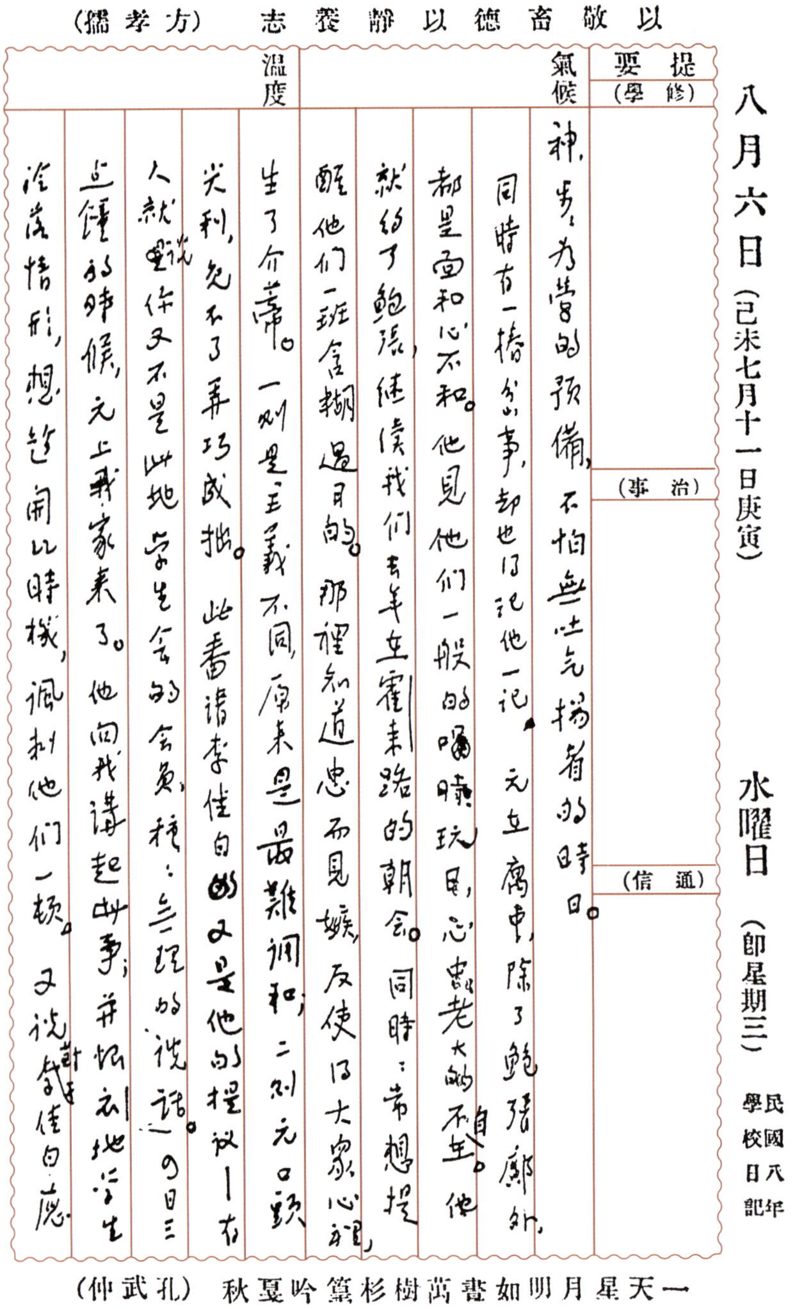
以敬畜德以靜養志（方孝孺）

提要（修學）
（治事）
（通信）
氣候
溫度

八月六日（己未七月十一日庚寅）
水曜日（卽星期三）
民國八年學校日記

神步步为营的预备，不怕无吐气扬眉的时日。同时有一桩岔事，却也得记他一记。元在寓中，除了鲍、张、邝外，都是面和心不和。他见他们一般的喝时玩日，心中老大的不自在。他就约了鲍张，继续我们去年在霍东路的朝会。同时时常想提醒他们一班含糊过日的。那里知道忠而见嫉，反使得大家心里生了芥蒂。一则是主义不同，原来是最难调和，二则元口头尖利，免不了弄巧成拙。此番请李佳白的又是他的提议——有人就说你又不是此地学生会的会员，种种无理的说话。四日三点钟的时候，元上我家来了。他向我讲起此事，并恨衣地学生冷落情形，想趁开口时机，讽刺他们一顿。又说对于李佳白应

一天星月明如晝萬樹杉篁吟夏秋（孔武仲）

八月六日（己未七月十一日庚寅）星期三

神步步为营的预备，不怕无吐气扬眉的时日。

同时有一桩岔事，却也得记他一记。元在寓中，除了鲍、张、邝外，都是面和心不和。他见他们一般的喝时玩日，心中老大不自在。他就约了鲍、张，继续我们去年在霍东路的朝会。同时时常想提醒他们一班含糊过日的。那里知道忠而见嫉，反使得大家心里生了芥蒂。一则是主义不同，原来是最难调和；二则元口头尖利，免不了弄巧成拙。此番请李佳白又是他的提议——有人就说你又不是此地学生会的会员，种种无理的说话。四日三点钟的时候，元上我家来了。他向我讲起此事，并恨衣地学生冷落情形，想趁开口时机，讽刺他们一顿。又说对于李佳白应

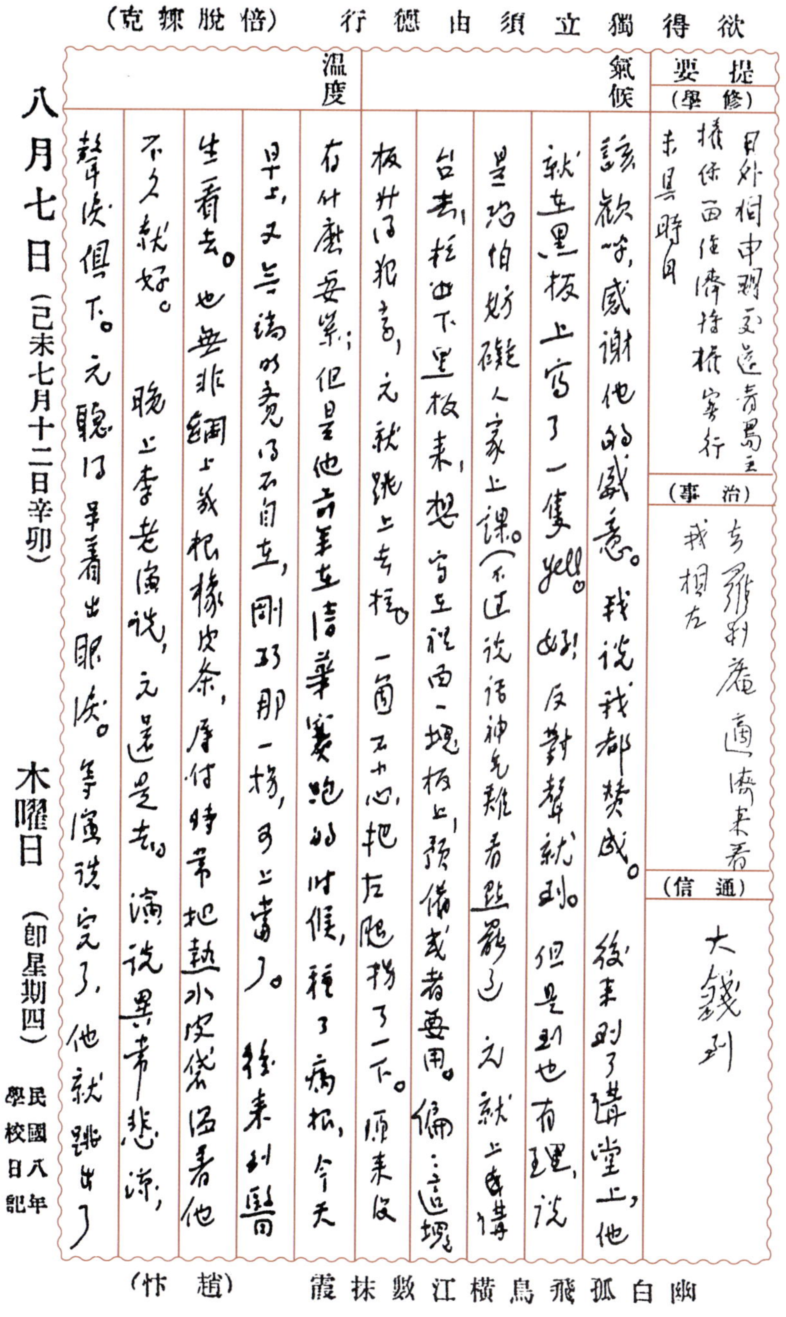

八月七日（己未七月十二日辛卯）星期四

提要：日外相申明交还青岛主权，保留经济特权，实行未具时日。

治事：去罗刹庵，适、济来看我相左。

通信：大钱到。

该欢呼，感谢他的盛意。我说我都赞成。后来到了讲堂上，他就在黑板上写了一只 yell。好！反对声就到。但是到也有理，说是恐怕妨碍人家上课。（不过说话神气难看点罢了。）元就上讲台去，拉下黑板来，想写在里面一块板上，预备或者要用。偏偏这块板升得很高，元就跳上去拉。一个不小心，把左腿拐了一下。原来没有什么要紧；但是他前年在清华赛跑的时候，种了病根，今天早上，又无端的觉得不自在，刚巧那一拐，可上当了。后来到医生看去。无非绷上几根橡皮条，嘱咐时常把热水皮袋温着他，不久就好。晚上李老演说，元还是去。演说异常悲凉，声泪俱下。元听得呆着出眼泪。等演说完了。他就跳出了

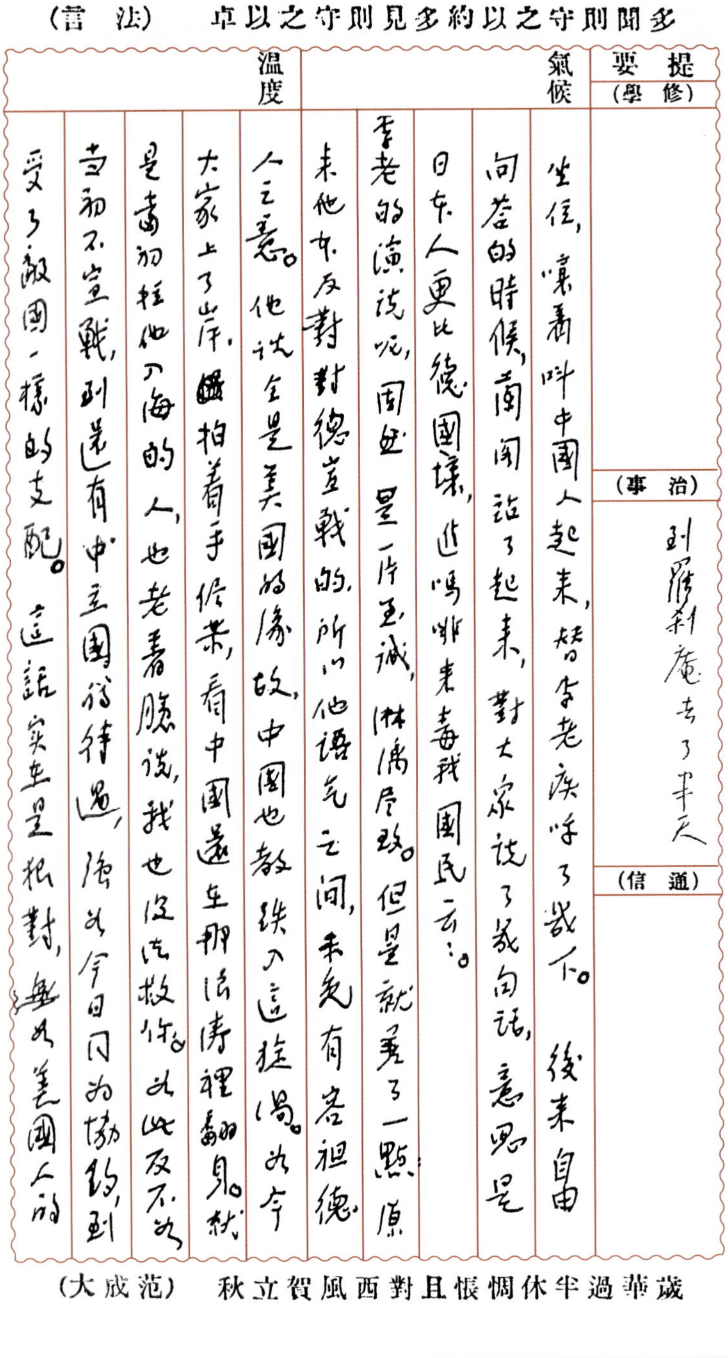

八月八日（己未七月十三日壬辰京城下午十时四十四分立秋）星期五

治事：到罗刹庵去了半天。

坐位，嚷着叫中国人起来，替李老疾呼了几下。后来自由问答的时候，兰阁站了起来，对大家说了几句话，意思是日本人更比德国坏，进吗啡来毒我国民云云。

老李的演说呢，固然是一片至诚，淋漓尽致。但是就差了一点，原来他本反对对德宣战的，所以他语气之间，未免有容袒德人之意。他说全是美国的缘故，中国也教跌入这旋涡。如今大家上了岸，拍着手尽乐，看中国还在那浪涛里翻身。就是当初拉他入海的人，也老着脸说，我也没法救你。如此反不如当初不宣战，到还有中立国的待遇，强如今日同为协约，到受了敌国一样的支配。这话实在是狠对，无如美国人的

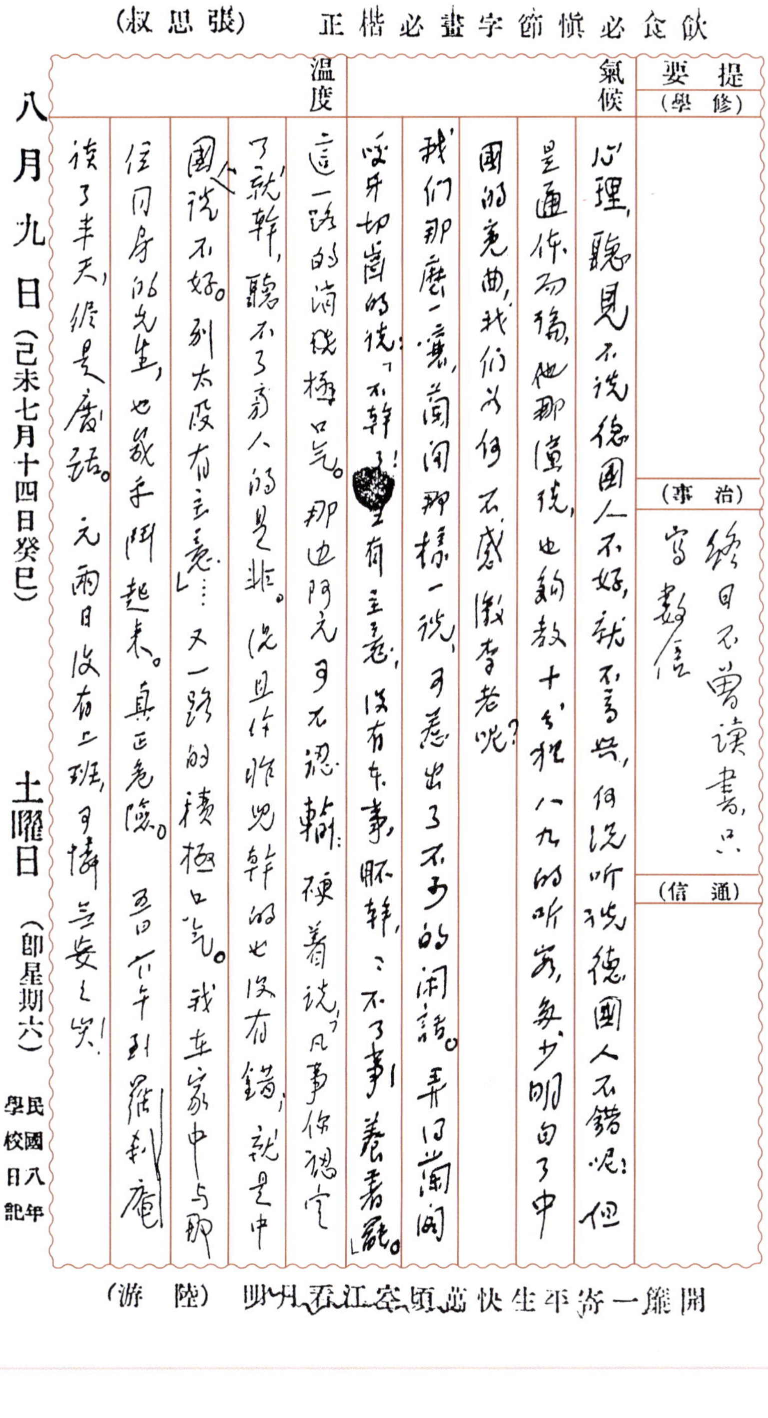
飲食必慎節字畫必楷正（張思叔）

提要（修學）

心理，聽見不說德國人不好，就不高興，何況聽說德國人不錯呢！但是通體而論，他那演說，也夠教十分裡八九的聽客，多少明白了中國的冤曲，我們為何不感激李老呢？

氣候 溫度

我們那麼一嚷，蘭閣那樣一說，可惹出了不少的閑話。弄得蘭閣咬牙切齒的說：「不幹了！空有主意，沒有本事，甭幹，幹不了事，養着罷。」這一路的消極口氣。那边阿元可不認輸，硬着說：「凡事你認定了就幹，聽不了旁人的是非。况且你昨兒幹的也沒有錯，就是中國人說不好。別太沒有主意……」又一路的積極口氣。我在家中與那位同房的先生，也幾乎鬥起來。真正危險。五日下午到羅刹庵談了半天，儘是廢話。元兩日沒有上班，可憐無妄之災！

治事：終日不曾讀書，只寫數信

通信

八月九日（己未七月十四日癸巳）土曜日（即星期六）

民國八年學校日記

開籠一放平生快萬頃蒼江看月明（陸游）

八月九日（己未七月十四日癸巳）星期一

治事：终日不曾读书，只写数信

心理，听见不说德国人不好，就不高兴，何况听说德国人不错呢？但是通体而论，他那演说，也够教十分里八九的听客，多少明白了中国的冤曲（屈），我们为何不感激李老呢？

我们那么一嚷，兰阁那样一说，可惹出了不少的闲话。弄得兰阁咬牙切齿的说：『不干了！空有主意，没有本事，甭干，干不了事，养着罢』这一路的消极口气。那边阿元可不认输，硬着说：『凡事你认定了就干，听不了旁人的是非。况且你昨儿干的也没有错；就是中国人说不好。别太没有主意』……又一路的积极口气。我在家中与那位同房的先生，也几乎斗起来。真正危险。五日下午到罗刹庵谈了半天，尽是废话。元两日没有上班，可怜无妄之灾！

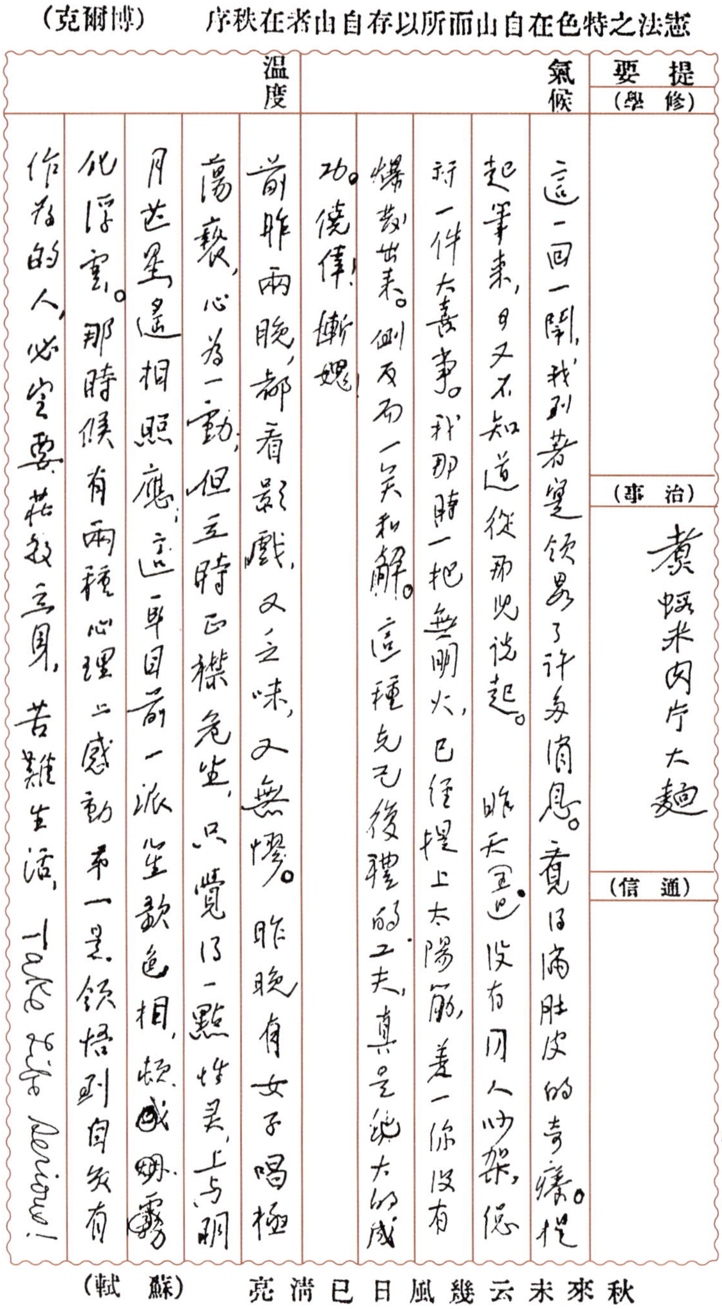
憲法之特色在自由而所以存自由者在秩序（克爾博）

提要（修學）	氣候	溫度

八月十日（己未七月十五日甲午）日曜日（即星期日）

民國八年學校日記

（治事）煮蝦米肉片大麵

（通信）

這一回一鬧，我到著實領略了許多消息。覺得滿肚皮的奇癢。提起筆來，可又不知道從那兒說起。昨天（五日）沒有同人吵架，總算一件大喜事。我那時一把無明火，已經提上太陽筋，差一綫沒有爆發出來。倒反而一笑和解。這種克己復禮的工夫，真是絕大的成功。僥倖！慚愧！前昨兩晚，都看影戲，又乏味，又無憀。昨晚有女子唱極蕩褻，心為一動，但立時正襟危坐，只覺得一點性靈上與明月甚星遥相照應，這耳目前一派笙歌色相，頓化浮雲。那時候有兩種心理上感動：第一是領悟到自負有作為的人，必定要莊敬立身，苦難生活，Take Life Serious！

秋來未云幾風日已清亮（蘇軾）

八月十日（己未七月十五日甲午）星期日

治事：煮虾米肉片大面。

这一回一闹，我到著实领略了许多消息。觉得满肚皮的奇痒。提起笔来，可又不知道从那儿说起。昨天（五日）没有同人吵架，总算一件大喜事。我那时一把无明火，已经提上太阳筋，差一线没有爆发出来。倒反而一笑和解。这种克己复礼的工夫，真是绝大的成功。侥幸！惭愧！

前昨两晚，都看影戏，又乏味，又无憀。昨晚有女子唱极荡亵，心为一动，但立时正襟危坐，只觉得一点性灵上与明月甚星遥相照应，这耳目前一派笙歌色相，顿化浮云。那时侯有两种心理上感动：第一是领悟到自负有作为的人，必定是庄敦立身，苦难生活，Take Life Serious〔认真对待生活〕！

學問至精進時常覺得自視歉然便是功效　（孫兆彭）

提要（修學）

（治事）

（通信）

氣候

溫度

決計不可隨衆逐流，貶損威信；第二是想到心地光明，決計不可為外誘所籠罩，蓋瀆神明。（譬如偶而到遊戲場中，只把遊戲看同過眼烟雲；如其全副精神（言臨時）皆為攝去，是一種意志不强的表示，切戒切戒！）

顏色日粗暗，白髮已難更仆，每一攬鏡，未嘗不悲。然壯士報國忘身，正當面目黧黑，手足胼胝，豈效女佳人愛惜容貌哉。至於髮白有關氣血，黃門秋興，意固有然；但予純為遺傳關係，決非衰耗之徵。壯哉勇士，又奚悲。

昨與劉張朱等，大燒蝦米麵；蝦米從芝加哥來，麵自波士頓，其餘雜料自紐約。煑得甚為適口。夜間在Cosm.遊戲，亦頗高興。

八月十一日（己未七月十六日乙未）　月曜日（即星期一）　民國八年學校日記

鵲鷺山月棲還起螢避溪風墮又飛　（陸游）

八月十一日（己未七月十六日乙未）星期一

决计不可随众逐流，贬损威信；第二是想到心地光明，决计不可为外诱所笼罩，盖渎神明。（譬如偶而到游戏场中，只把游戏看同过眼烟云；如其全副精神（言临时）皆为摄去，是一种意志不强的表示，切戒切戒！）

颜色日粗暗，白发已难更仆，每一揽镜，未尝不悲。然壮士报国忘身，正当面目黧黑。手足胼胝，岂效女佳人爱惜容貌哉。至于发白有关气血，黄门秋兴，意固有然，但予纯为遗传关系，决非衰耗之徵。壮哉勇士，又奚悲。

昨与刘、张、朱等，大烧虾米面，虾米以芝加哥来，面自波士顿，其余杂料自纽约。煮得甚为适口，夜间在Cosm游戏，亦颇高兴。

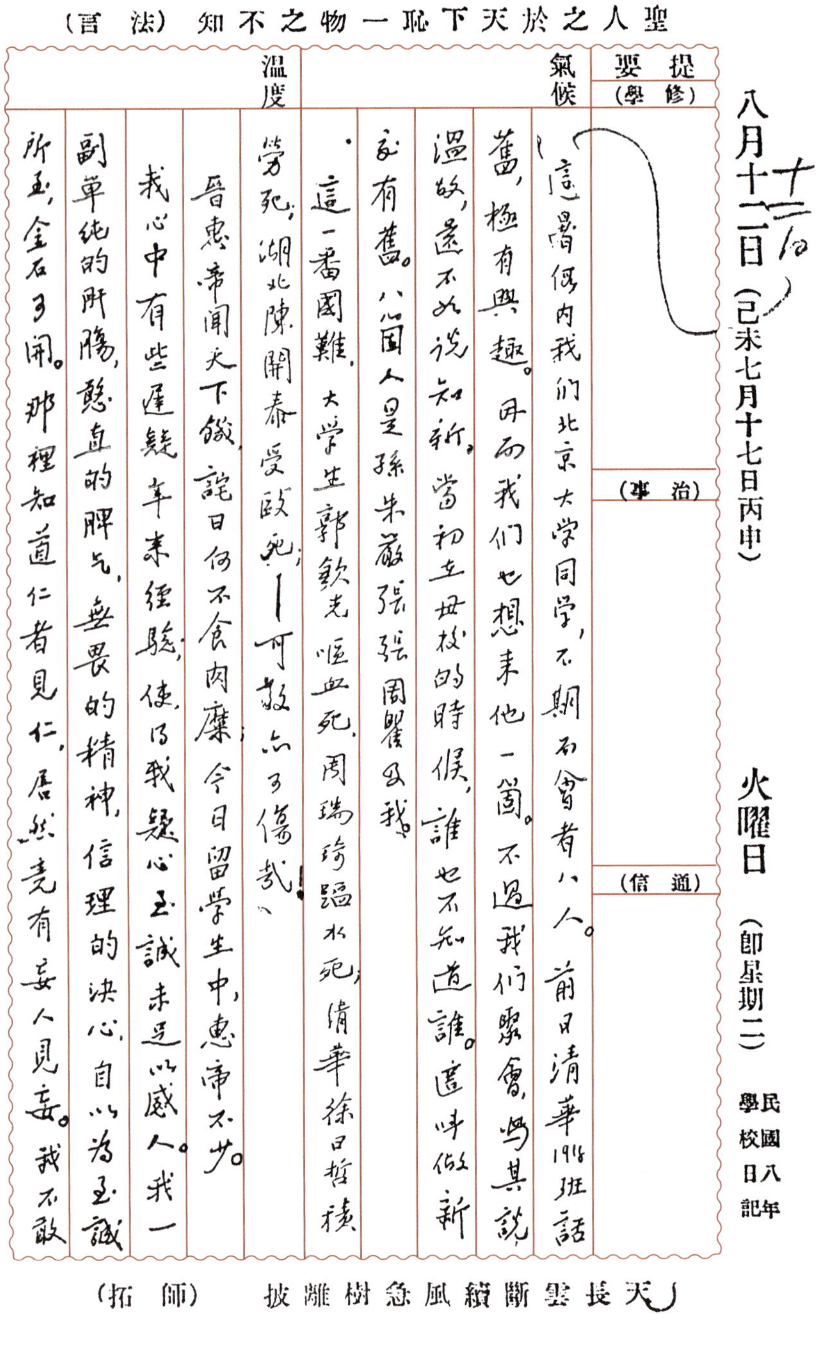

八月十二日（己未七月十七日丙申）星期二

这暑假内我们北京大学同学，不期而会者八人。前日清华1918班话旧，极有兴趣。因而我们也想来他一个。不过我们聚会，与其说温故，还不如说知新。当初在母校的时候，谁也不知道谁。这叫做新交有旧。八个人是孙、朱、严、张、张、周、瞿及我。

这一番国难，大学生郭钦光呕血死，周瑞琦蹈水死，清华徐日哲积劳死，湖北陈开泰受殴死——可敬亦可伤哉！

晋惠帝闻天下饥，诧曰何不食肉糜；今日留学生中，惠帝不少。

我心中有些迟疑，年来经验，使得我疑心至诚未足以感人。我一副单纯的肝肠，憨直的脾气，无畏的精神，信理的决心，自以为至诚所至，金石可开。那里知道仁者见仁，居然竟有妄人见妄。我不敢

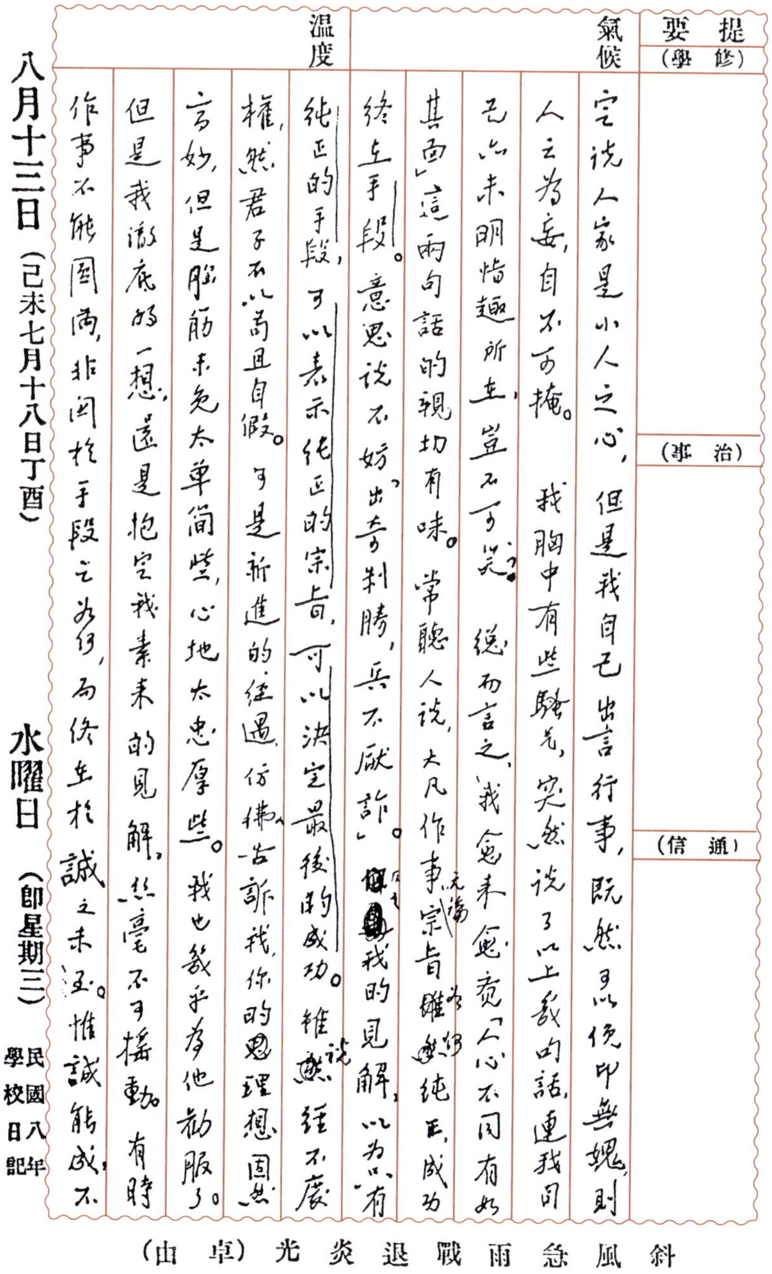

八月十三日（己未七月十八日丁酉）星期三

定说人家是小人之心，但是我自己出言行事，既然可以俯仰无愧，则人之为妄，自不可掩。

我胸中有些骚气，突然说了以上几句话，连我自己亦未明情趣所在，岂不可笑？总而言之，我愈来愈觉『人心不同有如其面』这两句话的亲切有味。常听人说，大凡作事，无论宗旨如何纯正，成功终在手段。意思说不妨『出奇制胜，兵不厌诈。』反之我的见解，以为只有纯正的手段，可以表示纯正的宗旨，可以决定最后的成功。虽说经不废权，然君子不以苟且自假。可是新进的经遇，仿佛告诉我，你的理想固然高妙，但是脑筋未免太简单些，心地太忠厚些。我也几乎为他劝服了。但是我彻底的一想，还是抱定我素来的见解，丝毫不可摇动。有时作事不能圆满，非关于手段之如何，而终在于诚之未至。惟诚能成，不

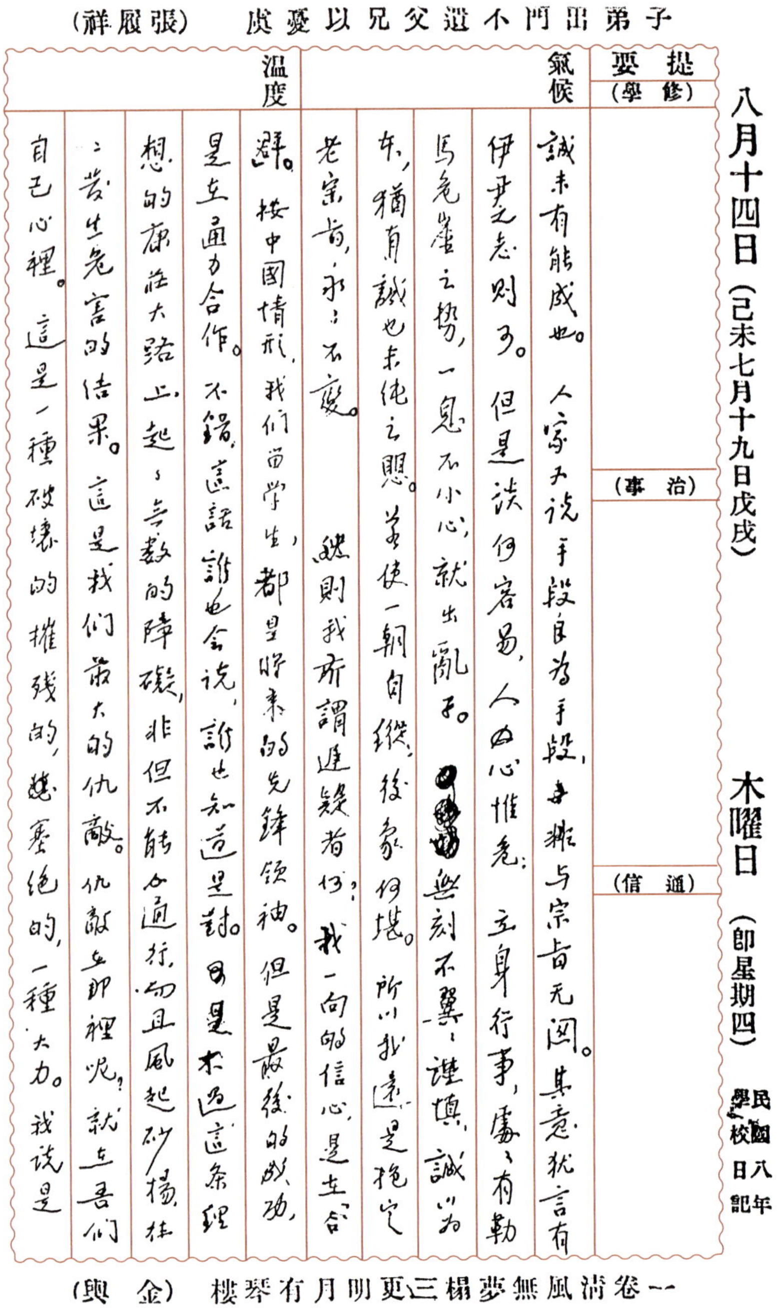
子弟出門不遺父兄以憂戾（張履祥）

八月十四日（己未七月十九日戊戌）　木曜日（即星期四）　民國八年學校日記

提要（修學）　氣候　溫度　治事　通信

誠未有能成也。人家又說手段自為手段，非與宗旨無關。其意猶言有伊尹之志則可。但是談何容易，人心惟危；立身行事，處處有勒馬危崖之勢，一息不小心，就出亂子。無刻不翼翼謹慎，誠以為本，猶有誠也未純之懼。若使一朝自縱，後象何堪。所以我還是抱定老宗旨，永永不變。然則我所謂遲疑者何？我一向的信心，是在合群。按中國情形，我們留學生，都是將來的先鋒領袖。但是最後的成功，是在通力合作。不錯，這話誰也會說，誰也知道是對。可是不過這條理想的康莊大路上，起了無數的障礙，非但不能通行，而且風起砂揚，往往發生危害的結果。這是我們最大的仇敵。仇敵在那裡呢？就在吾們自己心裡。這是一種破壞的摧殘的，塞絕的，一種大力。我說是

一卷清風無夢榻三更明月有琴樓（金 與）

八月十四日（己未七月十九日戊戌）星期四

诚未有能成也。人家又说手段自为手段，非与宗旨无关。其意犹言有伊尹之志则可。但是谈何容易，人心惟危，立身行事，处处有勒马危崖之势，一息不小心，就出乱子。无刻不翼翼谨慎，诚以为本，犹有诚也未纯之惧，若使一朝自纵，后象何堪。所以我还是抱定老宗旨，永远不变。

然则我所谓迟疑者何？我一向信的心，是在『合群』。按中国情形，我们留学生，都是将来的先锋领袖。但是最后的成功，是在通力合作。不错，这话谁也会说，谁也知道是对，不过这条理想的康庄大路上，起了无数的障碍，非但不能通行，而且风起砂扬，往往发生危害的结果。这是我们最大的仇敌。仇敌在那里呢？就在吾们自己心里。这是一种破坏的，摧残的，塞绝的，一种大力。我说是

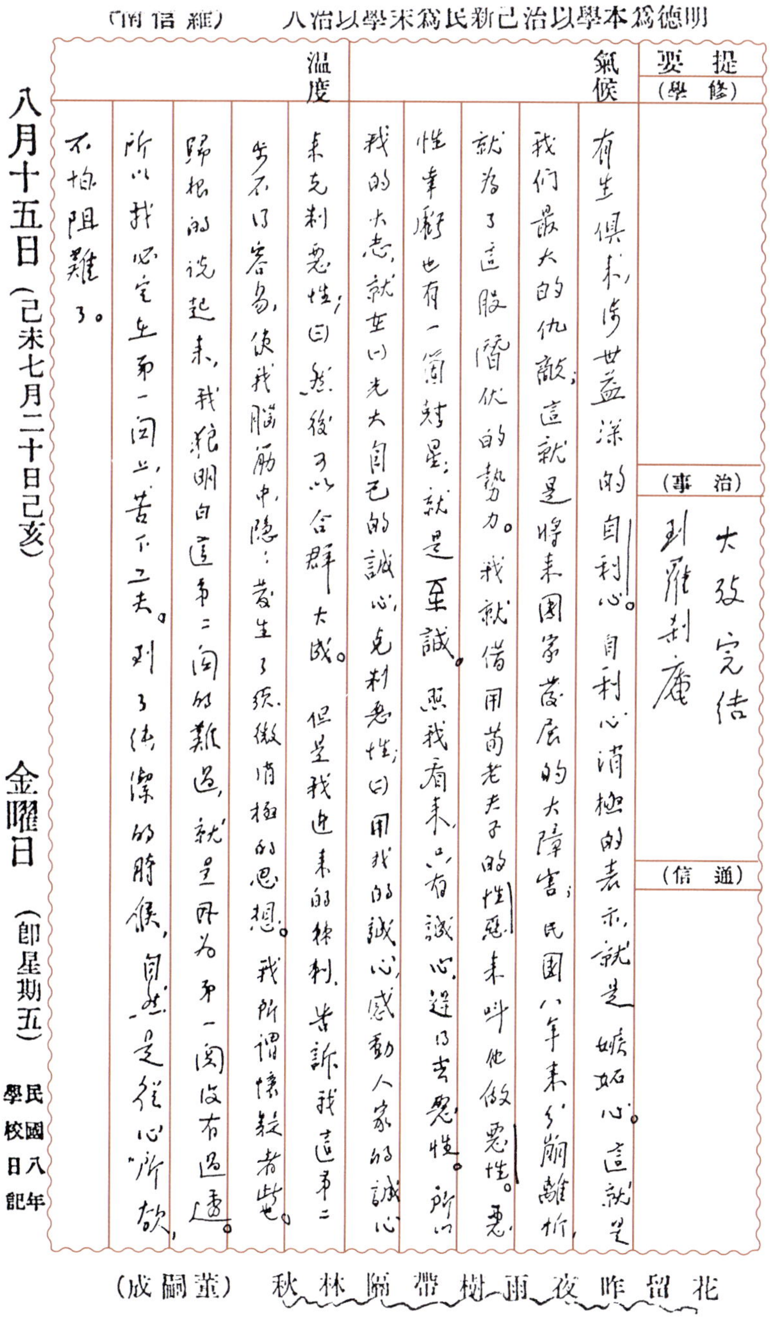

八月十五日（己未七月二十日己亥）星期五

治事：大考完结，到罗刹庵。

有生俱来，涉世益深的自利心。自利心消极的表示，就是嫉妒心。这就是我们最大的仇敌，这就是将来国家发展的大障害，民国八年来分崩离析，就为了这股潜伏的势力。我就借用荀老夫子的『性恶』来叫他做『恶性』。恶性幸亏也有一个克星，就是至诚。照我看来，只有诚心，赶得去恶性。所以我的大志，就在（一）光大自己的诚心，克制恶性；（二）用我的诚心，感动人家的诚心来克制恶性；（三）然后可以合群大成。但是我近来的棘刺，告诉我这第二步不得容易，使我脑筋中隐隐发生了须微消极的思想。我所谓怀疑者此也。归根的说起来，我很明白这第二关的难过，就是因为第一关没有过透。所以我必定在第一关上苦下功夫。到了纯洁的时候，自然是从心所欲，不怕阻难了。

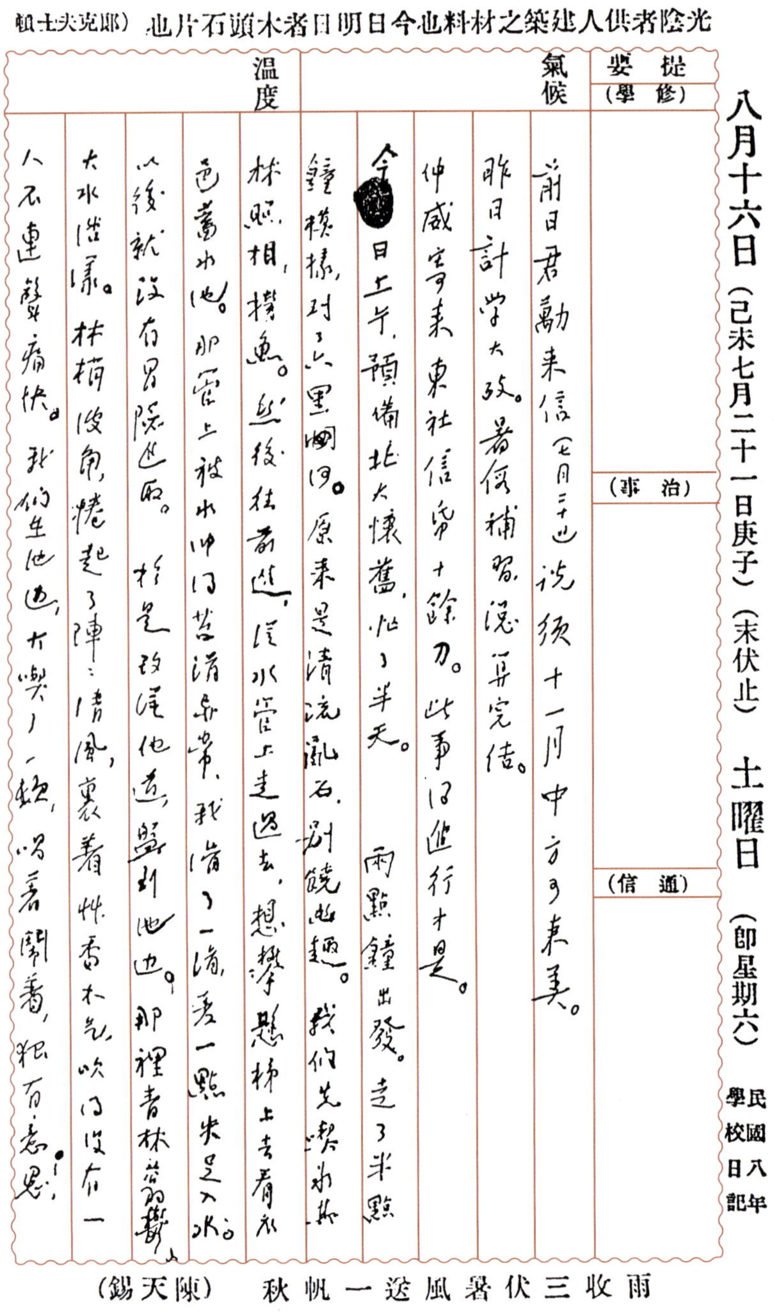
光陰者供人建築之材料也今日明日者木頭石片也（耶克夫士頓）

八月十六日（己未七月二十一日庚子）（末伏止）土曜日（即星期六）

民國八年學校日記

提要（修學）　氣候　溫度　（治事）　（通信）

前日君勵来信（七月二十日）說須十一月中方可来美。

昨日計学大考。暑假補習，總算完結。

仲威寄来東社信紙十餘刀。此事得進行才是。

今日上午，預備北大懷舊，忙了半天。兩點鐘出發。走了半點鐘模樣，到了六里河。原来是清流亂石，別饒幽趣。我們先吃冰淇淋，照相，撈魚。然後往前進，從水管上走過去，想攀懸梯上去看衣邑蓄水池。那管上被水冲得苔滑异常，我滑了一滑，差一點失足入水。以後就沒有冒險進取。於是改從他道，盤到池邊。那裡青林蓊鬱，大水浩漾。林梢波涌，捲起了陣陣清風，裹着草香木氣，吹得沒有一人不連聲痛快。我們在池邊，大吃了一頓，喝着鬧着，很有意思！

雨收三伏暑風送一帆秋（陳天錫）

八月十六日（己未七月二十一日庚子）星期六

前日君劢来信（七月二十日）说须十一月中方可来美。

昨日计学大考。暑假补习，总算完结。

仲威寄来东社信纸十余刀。此事得进行才是。

今日上午预备北大怀旧，忙了半天。两点钟出发。走了半点钟模样，到了六里河。原来是清流乱石，别饶幽趣。我们先吃冰淇淋、照相、捞鱼。然后往前进，从水管上走过去，想攀悬梯上去看衣邑蓄水池。那管上被水冲得苔滑异常，我滑了一滑，差一点失足入水。以后就没有冒险进取。于是改从他道，盘到池边。那里青林蓊郁，大水浩漾。林梢波涌，卷起了阵阵清风，裹着草香木气，吹得没有一人不连声痛快。我们在池边，大吃了一顿，喝着闹着很有意思！

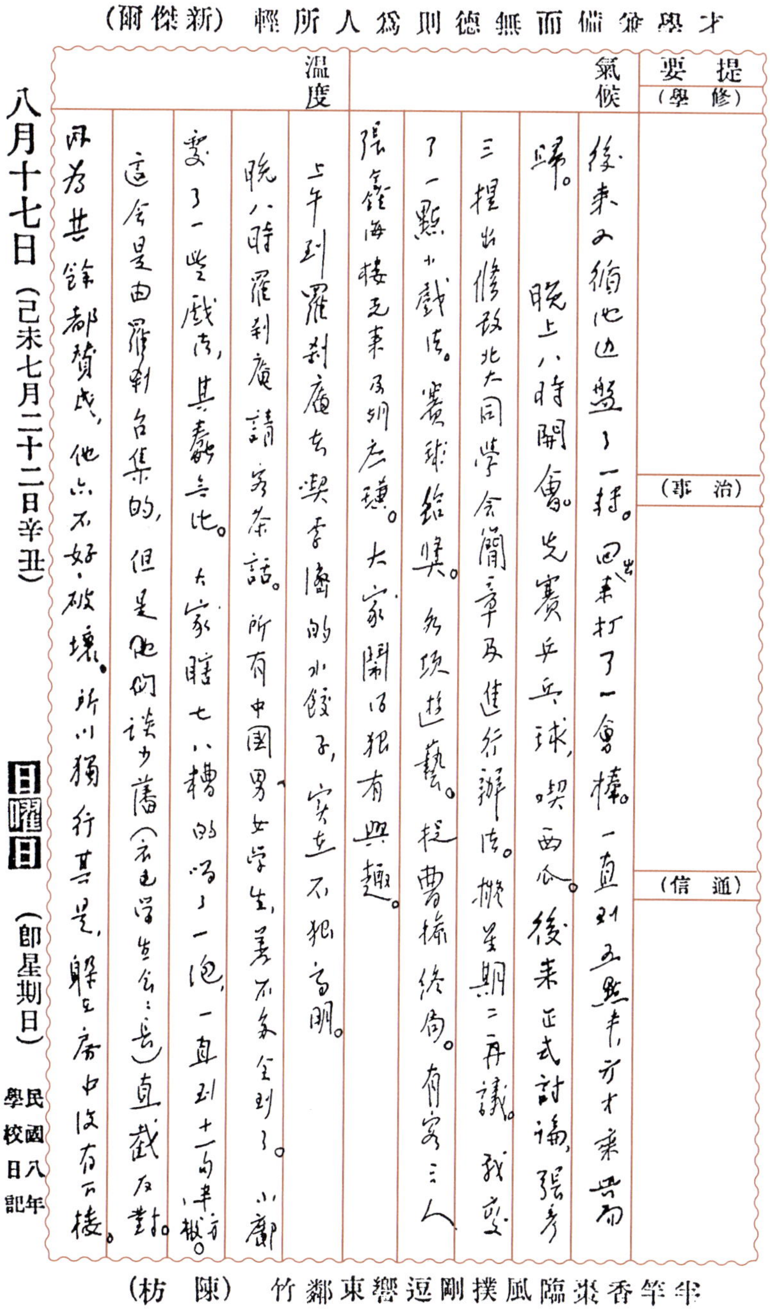
才學兼備而無德則為人所輕（新傑附）

八月十七日（己未七月二十二日辛丑）日曜日（即星期日）

提要（修學） 氣候 溫度

後來又循池邊盤了一轉。回出來打了一會棒。一直到五點半，方才乘興而歸。晚上八時開會。先賽乒乓球，喫西瓜。後來正式討論，張彥三提出修改北大同學會簡章及進行辦法。擬星期二再議。我變了一點小戲法。賽球給獎。各項遊藝。捉曹操終局。有客三人：張鑫海、樓光來及胡應璜。大家鬧得很有興趣。

上午到羅剎庵去喫李濟的水餃子，實在不很高明。

晚八時羅剎庵請客茶話。所有中國男女學生，差不多全到了。小鄺變了一些戲法，其蠢無比。大家瞎七八糟的唱了一泡，一直到十一點半方散。

這會是由羅剎召集的，但是談少藩（衣色學生會會長）直截反對，因為其餘都贊成，他亦不好破壞。所以獨行其是，躲在房中沒有下樓。

（治事） （通信）

民國八年學校日記

半竿香菜臨風撲剛逗響東鄰竹（陳枋）

八月十七日（己未七月二十二日辛丑）星期日

后来又循池边盘了一转。回出来打了一会棒。一直到五点半，方才乘兴而归。晚上八时开会。先赛乒乓球，吃西瓜。后来正式讨论，张彦三提出修改北大同学会简章及进行办法。拟星期二再议。我变了一点小戏法。赛球给奖。各项游艺。捉曹操终局。有客三人：张鑫海、楼光来及胡应璜。大家闹得很有兴趣。

上午到罗刹庵去吃李济的水饺子，实在不很高明。

晚八时罗刹庵请客茶话。所有中国男女学生，差不多全到了。小邝变了一些戏法，其蠢无比。大家瞎七八糟的唱了一泡，一直到十一点半方散。

这会是由罗刹召集的，但是谈少藩（衣色学生会会长）直截反对，因为其余都赞成，他亦不好破坏。所以独行其是，躲在房中没有下楼。

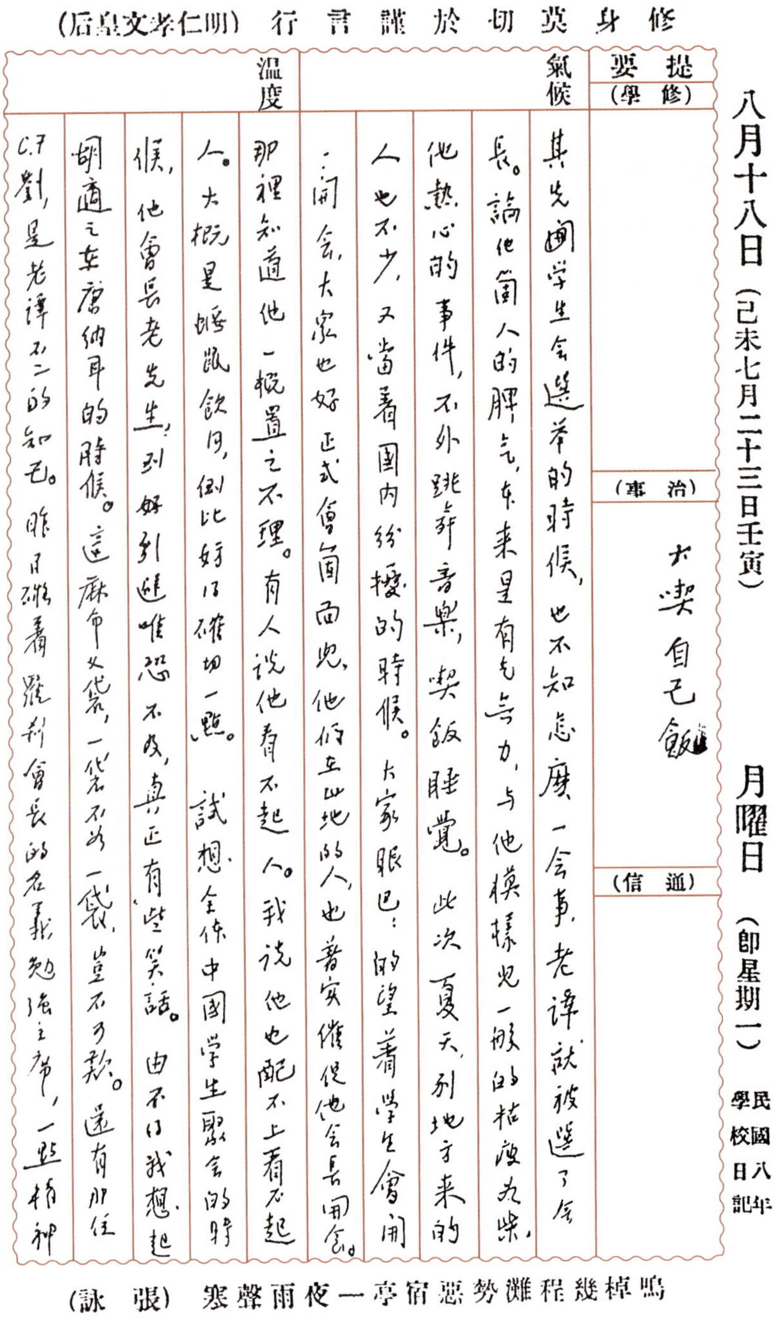
修身莫切於謹言行（明仁孝文皇后）

八月十八日（己未七月二十三日壬寅）月曜日（卽星期一）

民國八年學校日記

提要（修學）

氣候

溫度

（治事）大喫自己飯

（通信）

其先閙学生会選举的時候，也不知怎麽一会事，老譚就被選了会長。論他個人的脾气，本来是有气無力，与他模樣兒一般的枯瘦如柴。他熱心的事件，不外跳舞音樂，喫飯睡覺。此次夏天，別地方来的人也不少，又當着國内紛擾的時候。大家眼巴巴的望着学生會開一開会，大家也好正式會個面兒。他們在此地的人，也着實催促他会長開會。那裡知道他一概置之不理。有人說他看不起人。我說他也配不上看不起人。大概是鼹鼠飲河，倒比妨得確切一點。試想全体中國学生聚会的時候，他會長老先生，到好引避唯恐不及，真正有些笑話。由不得我想起胡適之在康納耳的時候。這麻布又袋，一袋不如一袋，豈不可歎。還有那位C.F.劉，是老譚不二的知己。昨日礙着羅剎會長的名義勉强主席，一點精神

鳴櫓幾程灘勢惡宿亭一夜雨聲寒（張詠）

八月十八日（己未七月二十三日壬寅）星期一

治事：大吃自己饭

其先（其先：海宁方语，起先、开头的意思。）学生会选举的时候，也不知怎么一会事，老谭就被选了会长。论他个人的脾气，本来是有气无力，与他模样儿一般的枯瘦如柴。他热心的事件，不外跳舞音乐，吃饭睡觉。此次夏天别地方来的人也不少，又当着国内纷扰的时候。大家眼巴巴的望着学生会开一开会，大众也好正式会个面儿。他们在此地的人，也着实催促他会长开会。那里知道他一概置之不理。有人说他看不起人。我说他也配不上看不起人。大概是鼹鼠饮河，倒比妨〔方〕得确切一点。

试想全体中国学生聚会的时候，他会长老先生，到引避唯恐不及，真正有些笑话。由不得我想起胡适之在康纳耳的时候。这麻布又袋，一袋不如一袋，岂不可叹。还有那位 CF 刘，是老谭不二的知己。昨日碍着罗刹会长的名义勉强主席，一点精神

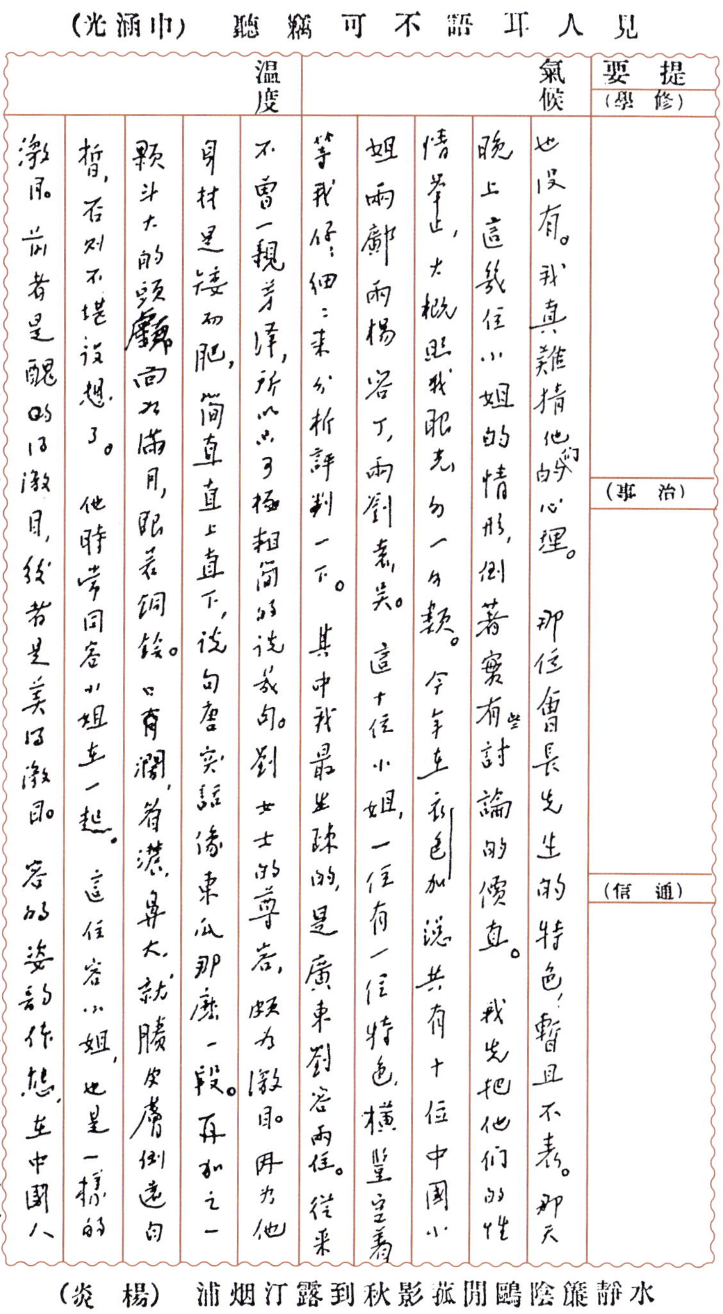
見人耳語不可竊聽（巾涵光）

提要（修學）　氣候　溫度

八月十九日（己未七月二十四日癸卯）火曜日（即星期二）

也没有。我真難猜他們的心理。那位會長先生的特色，暫且不表。那天晚上這幾位小姐的情形，倒著實有些討論的價直。我先把他們的性情舉止，大概照我眼光分一分類。今年在衣色加總共有十位中國小姐：兩鄺、兩楊、容、丁、兩劉、袁、吳。這十位小姐，一位有一位特色，橫豎空着，等我仔細細來分析評判一下。其中我最生疏的，是廣東劉、容兩位。從来不曾一親芳澤，所以只可極粗簡的說幾句。劉女士的尊容，頗為激目。因為他身材是矮而肥，簡直直上直下，說句唐突話，像東瓜那麼一段。再加之一顆斗大的頭顱，面如滿月，眼若銅鈴。口闊，眉濃，鼻大，就賸皮膚倒還白皙，否則不堪設想了。他時常同容小姐在一起。這位容小姐，也是一樣的激目，前者是醜的激目，後者是美的激目。容的姿韵體態，在中國人

（治事）　（通信）

民國八年學校日記

水靜簾陰鷗閒燕影秋到露汀烟浦（楊炎）

八月十九日（己未七月二十四日癸卯）星期一

也没有。我真难猜他们的心理。

那位会长先生的特色，暂且不表。那天晚上这几位小姐的情形，倒著实有些讨论的价直〔值〕。我先把他们的性情举止，大概照我眼光分一分类。今年在衣色加总共有十位中国小姐：两邝，两杨，容，丁，两刘，袁，吴。这十位小姐，一位有一位特色，横竖空着，等我仔仔细细来分析评判一下。其中我最生疏的，是广东刘、容两位。从来不曾一亲芳泽，所以只可极粗简的说几句。刘女士尊容，颇为激目。因为他身材是矮而肥，简直直上直下，说句唐突话，像冬瓜那么一段。再加之一颗斗大的头颅。面如满月，眼若铜铃。口阔，眉浓，鼻大，就剩皮肤倒还白皙，否则不堪设想了。他时常同容小姐在一起。这位容小姐，也是一样的激目，前者是丑得激目，后者是美得激目。容的姿韵体态，在中国人

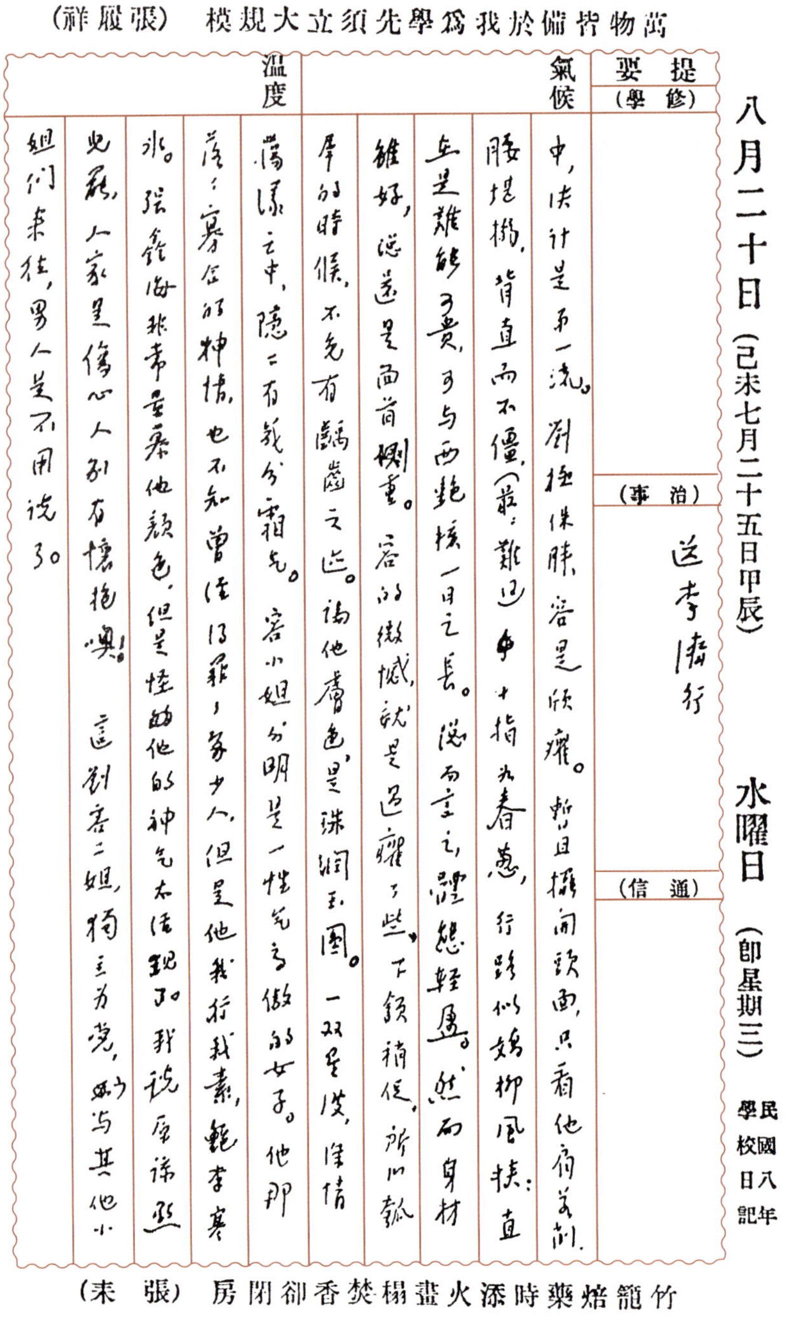
萬物皆備於我為學先須立大規模（張履祥）

八月二十日（己未七月二十五日甲辰）水曜日（即星期三）

民國八年學校日記

提要（修學）

氣候

溫度

治事：送李濟行

通信

中，决计是第一流。刘极侏胖，容是颀癯。暂且摆开头面，只看他肩若削，腰堪搦，背直而不僵（最最难得），十指如春葱，行路似娇柳风挟，直在是难能可贵，可与西艳核一日之长。容的微撼，就是过癯了些，下颔稍促，所以瓠犀的时候，不免有龋齿之迹。论他肤色是珠润玉圆。一双星波，深情荡漾之中，隐隐有几分霜气。容小姐分明是一性气高傲的女子。他那落落寡合的神情，也不知曾经得罪了多少人，但是他我行我素，艳李寒冰。张鑫海非常景慕他颜色，但是怪他的神气太活现了。我说原谅些罢，人家是伤心人别有怀抱噢！这刘、容二姐，独立为党，少与其他小姐们来往，男人是不用说了。

竹籠焙藥時添火畫榻焚香卻閉房（張耒）

八月二十日（己未七月二十五日甲辰）星期三

治事：送李济行

中，决计是第一流。刘极侏胖，容是颀癯。暂且摆开头面，只看他肩若削，腰堪搦，背直而不僵（最最难得），十指如春葱，行路似娇柳风挟，直〔实〕在是难能可贵，可与西艳核一日之长。总而言之，体态轻盈，然而身体虽好，总还是面首侧重。容的微撼就是过癯了些，下颔稍促，所以瓠犀的时候，不免有龋齿之迹。论他肤色是珠润玉圆，一双星波，深情荡漾之中，隐隐有几分霜气。容小姐分明是一性气高傲的女子。她那落落寡合的神情，也不知曾经得罪了多少人，但是他我行我素，艳李寒冰。张鑫海非常景慕他颜色，但是怪他的神色太活现了。我说原谅点儿罢，人家是伤心人别有怀抱噢！这刘、容二姐，独立为党，少与其他小姐们来往，男人是不用说了。

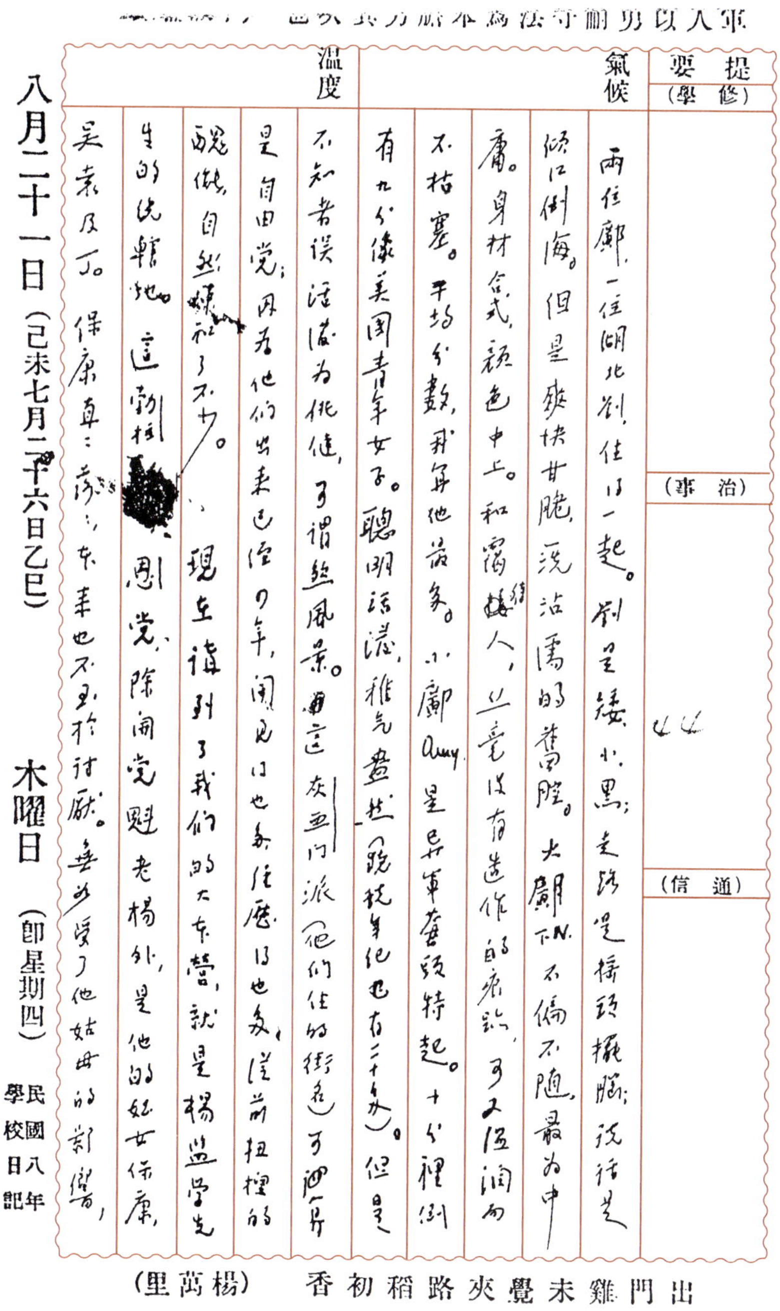

八月二十一日（己未七月二十六日乙巳）星期四

两位邝，一位湖北刘，住得一起。刘是矮、小、黑，走路是摇头摆脑；说话是倾江倒海。但是爽快甘脆，一洗沾濡的旧腔。大邝 T N 不偏不随，最为中庸，身材合式，颜色中上。和蔼待人，丝毫没有造作的痕迹，可又温润而不枯塞，平均分数，我算他最多，小邝 Amy 是异军苍头特起。十分里倒有九分像美国青年女子。聪明活泼，稚气盎然（听说年纪已有二十多）。但是不知者误活泼为佻健，可谓煞风景。这灰亚门派（他们住的街名）可算是自由党，因为他们出来已经四年，闻见得也多，经历得也多，从前扭捏的丑态，自然冲和了不少。

现在讲到了我们的大本营，就是杨监学先生的统辖地。这勃拉恩党，除开党魁老杨外，是他的侄女保康，吴、袁及丁。保康直直落落，本来也不至于讨厌。无如受了他姑母的影响，

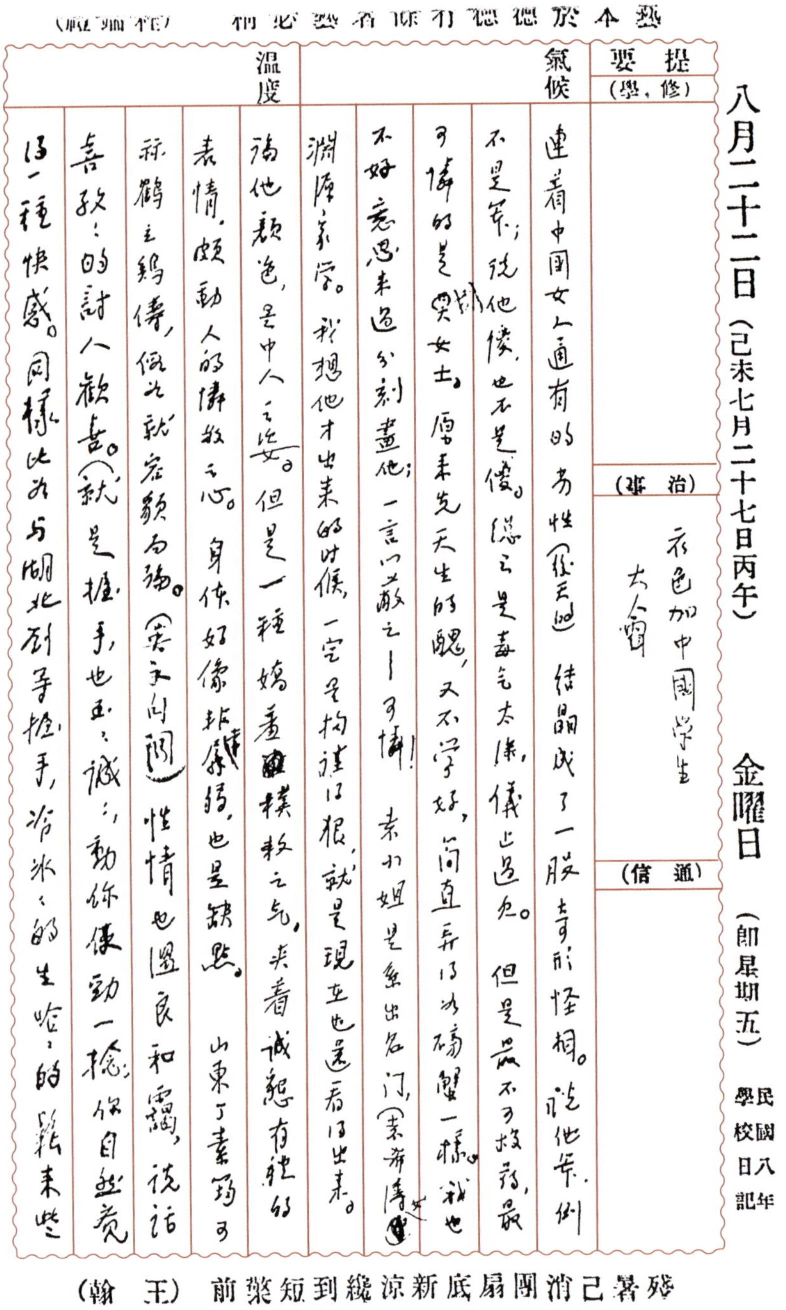

八月二十二日（己未七月二十七日丙午）星期五

治事：衣色加中国学生大会。

连着中国女人通有的劣性（后天的），结晶成了一股奇形怪相。说他笨，倒不是笨；说他傻，也不是傻。总之是毒气太深，仪止过欠。但是最不可救药，最可怜的是胡女士。原来先天生的丑，又不学好，简直弄得如螃蟹一样，我也不好意思来过分刻画他，一言以蔽之——可怜！袁小姐是系出名门（袁希涛女），渊源家学，我想他才出来的时候，一定是拘谨得狠，就是现在也还看得出来。论他颜色，是中人之姿。但是一种娇羞朴敕之气，夹着诚恳有礼的表情，颇动人的怜敬之心。身体好像非常孱弱，也是缺点。

山东丁素筠可算鹤立鸡俦，假如就容貌而论。（英文句调）性情也温良和霭，说话喜孜孜的讨人欢喜（就是握手，也至至诚诚，动你使劲一捻，你自然觉得一种快感。同样比如与湖北刘等握手，冷冰冰的生哈哈的松来些

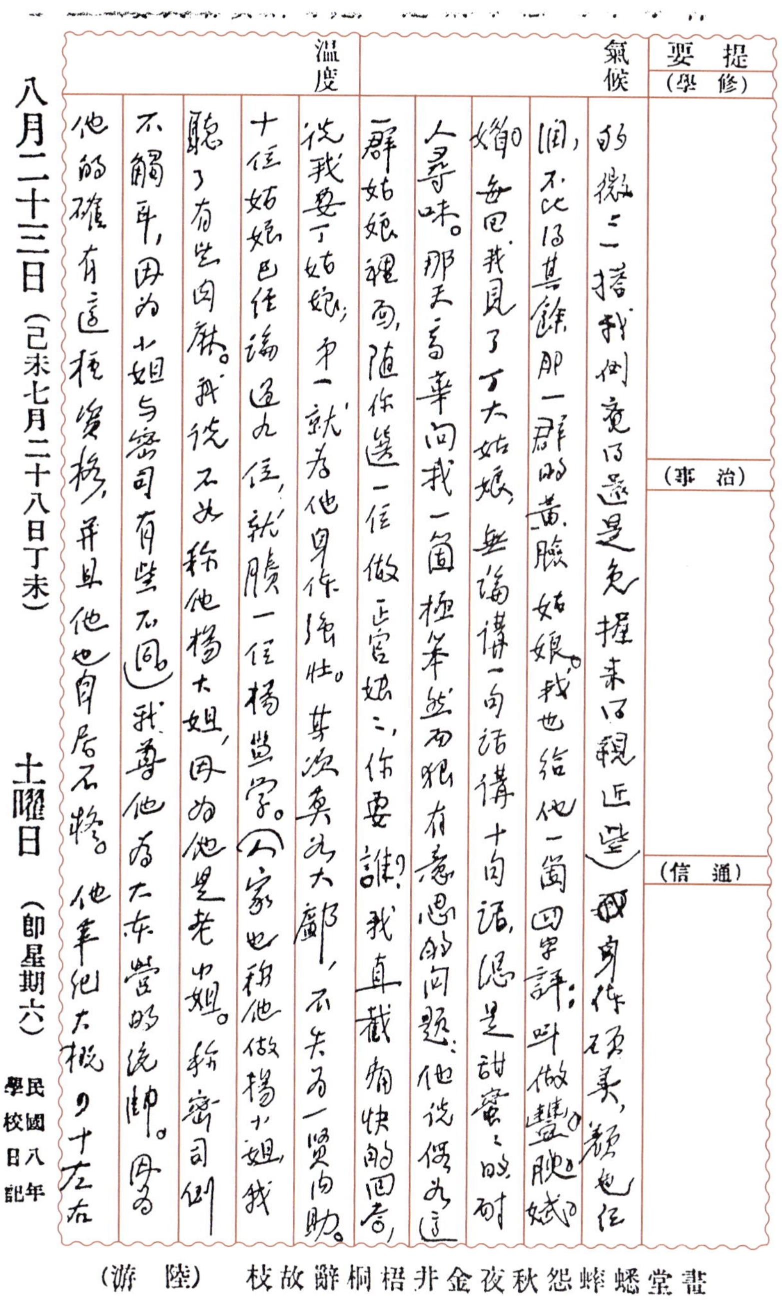

八月二十三日（己未七月二十八日丁未）星期六

的微微一搭，我倒觉得还是免握来得亲近些。）身体硕美，颜色红润，不比得其余那一群的黄脸姑娘，我也给他一个四字评：叫做丰、腴、妩、媚。每回我见了丁大姑娘，无论讲一句话，讲十句话，总是甜蜜蜜的，耐人寻味。那天高华问我一个极笨然而很有意思的问题：他说假如这一群姑娘里面，随你选一位做正宫娘娘，你要谁？我直截痛快的回答，说我要丁姑娘，第一就为他身体强壮。其次莫如大邝，不失为一贤内助。十位姑娘已经论过九位，就剩杨监学。（人家也称他杨小姐，我听了有些肉麻。我说不如称他杨大姐，因为他是老小姐。称密司倒不触耳，因为小姐与密司有些不同。）我尊他为大本营统帅。因为他的确有这种资格，并且他也自居不疑。他年纪大概四十左右

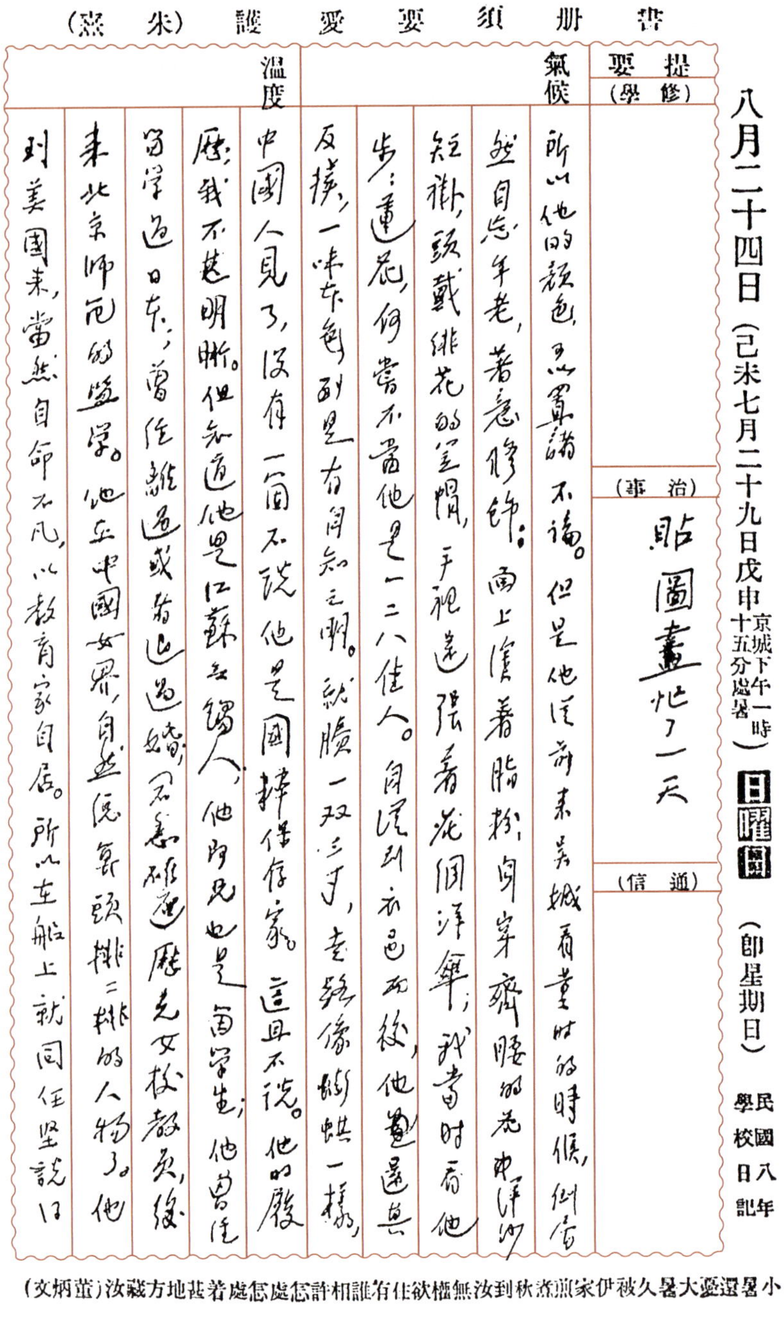

八月二十四日（己未七月二十九日戊申京城下午一时十五分处暑）

星期日

治事：贴图画，忙了一天。

所以他的颜色，可以置诸不论。但是他从前来吴城看董时的时候，倒居然自忘年老，著意修饰：面上涂着脂粉，身穿齐腰的花洋纱短褂，头戴绯花的笠帽，手里还张着花绸洋伞，我当时看他步步莲花，何尝不当他是一二八佳人。自从到衣邑而后，他还真反〔返〕朴，一味本色，到是有自知之明，就剩一双三寸，走路像螃蜞一样。中国人见了，没有一个不说他是国粹保存家。这且不说。他的履历，我不甚明晰。但知道他是江苏无锡人，他阿兄也是留学生；他曾经留学过日本，曾经离过或者退过婚（不悉确否）历先女校教员，后来北京师范的监学。他在中国女界，自然总算头排二排的人物了。他到美国来，自然自命不凡，以教育家自居。所以在船上就同任坚说得

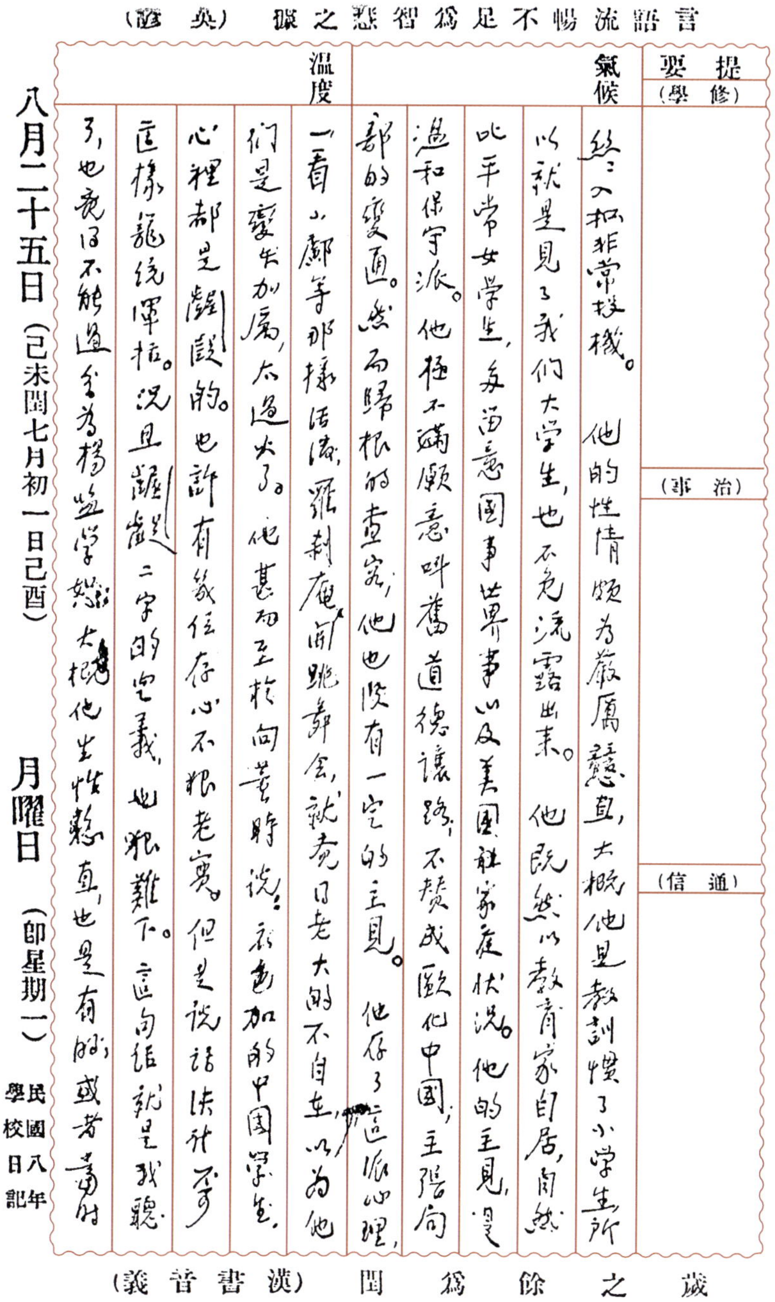

八月二十五日（己未七月初一日己酉）星期一

丝丝入扣，非常投机。

他的性情颇为严厉戆直，大概他是教训惯了小学生，所以就是见了我们大学生，也不免流露出来。他既然以教育家自居，自然比平常女学生，多留意国事世界事以及美国家庭状况。他的主见，是温和保守派。他极不愿意叫旧道德让路，不赞成欧化中国，主张局部的变通。然而归根的查究，他也没有一定的主见。他存了这派心理，一看小邝等那样活泼，罗刹庵开跳舞会，就觉得老大的不自在，以为他们是变本加厉，太过火了。他甚而至于向董时说：衣色加的中国学生，心里都是龌龊的。也许有几位存心不很老实。但是说话决计不可这样笼统浑括。况且『龌龊』二字的定义，也狠难下。这句话就是我听了，也觉得不能过分为杨监学恕；大概他生性戆直，也是有的；或者当时

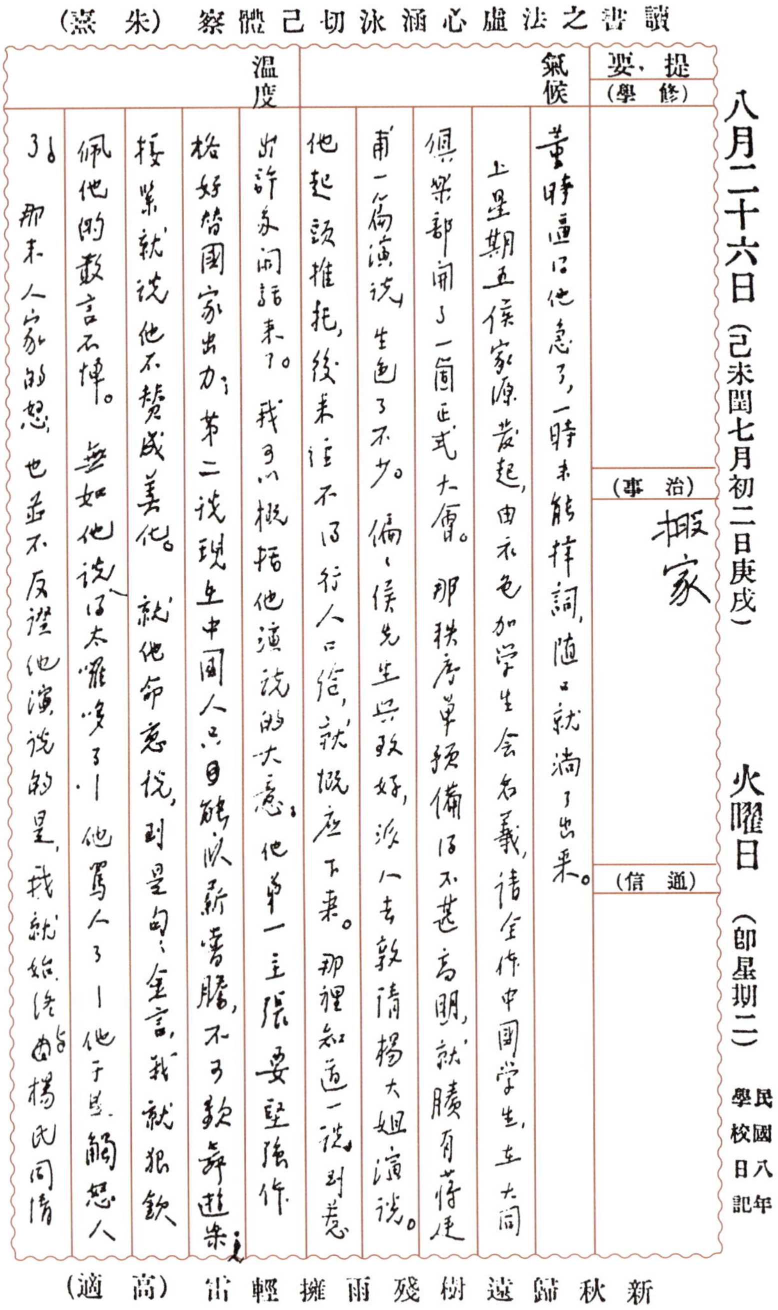

八月二十六日（己未闰七月初二庚戌）星期二

治事：搬家。

董时逼得他急了，一时未能择词，随口就淌了出来。

上星期五侯家源发起，由衣色加学生会名义，请全体中国学生，在大同俱乐部开了一个正式大会。那秩序单预备得不甚高明，就剩有蒋廷甫〔黻〕一篇演说，生色了不少。偏偏侯先生兴致好，派人去敦请杨大姐演说，他起头推托，后来经不得行人口给，就慨应下来。那里知道一说，到惹出许多闲话来了。我可以概括他演说的大意：他第一主张要坚强体格好替国家出力；第二说现在中国人只能卧薪尝胆，不可歌舞游乐；接紧就说他不赞成美化。就他命意说，到是句金言，我就很钦佩他的敢言不惮。无如他说得太啰哆〔嗦〕了——他骂人了——他于是触怒人了！那末人家的怒，也并不反证他演说的是，我就始终与杨氏同情

世界大學校也 困苦良師友也（腓伊果拉）

提要（修學）	氣候	溫度
（洽事）		
（通信）		

八月二十七日（己未閏七月初三日辛亥）水曜日（即星期三）

民國八年學校日記

籬槿花無色 階桐葉有聲（盧綸）

八月二十七日（己未闰七月初三辛亥）星期三

之一人。我第二天早上到元那里去。我知道他自从上回碰了一个顶〔钉〕子，就与他要好的监学，无形的生了意见，前天晚上的演说也隐隐的讽着他，他如何不想法出气呢？果然我一提他的演说，元就没头没脑的骂了一顿；非但骂他，而且连我也骂进了。我想好了，你骂罢，你出气罢，横竖是为云为雨，不干旁人的事，我原来参透了你的心理的。旁人的批评，可就不一致了。大概多数是怪他太冒昧了：意思是不情愿受他的教训。也有一部分人，随便听过，顺口说一句好，难得。还有一部分被他直接骂进的人，当场不能还骂，背后自然有了许多不逞之辞。人家问我你呢？我回答说我同情他的。他骂得有理。况且明知没有什么好结果好影响，他还是敢言不惧，的确是一位大本营里统辖管下的监学先生杨大姐！

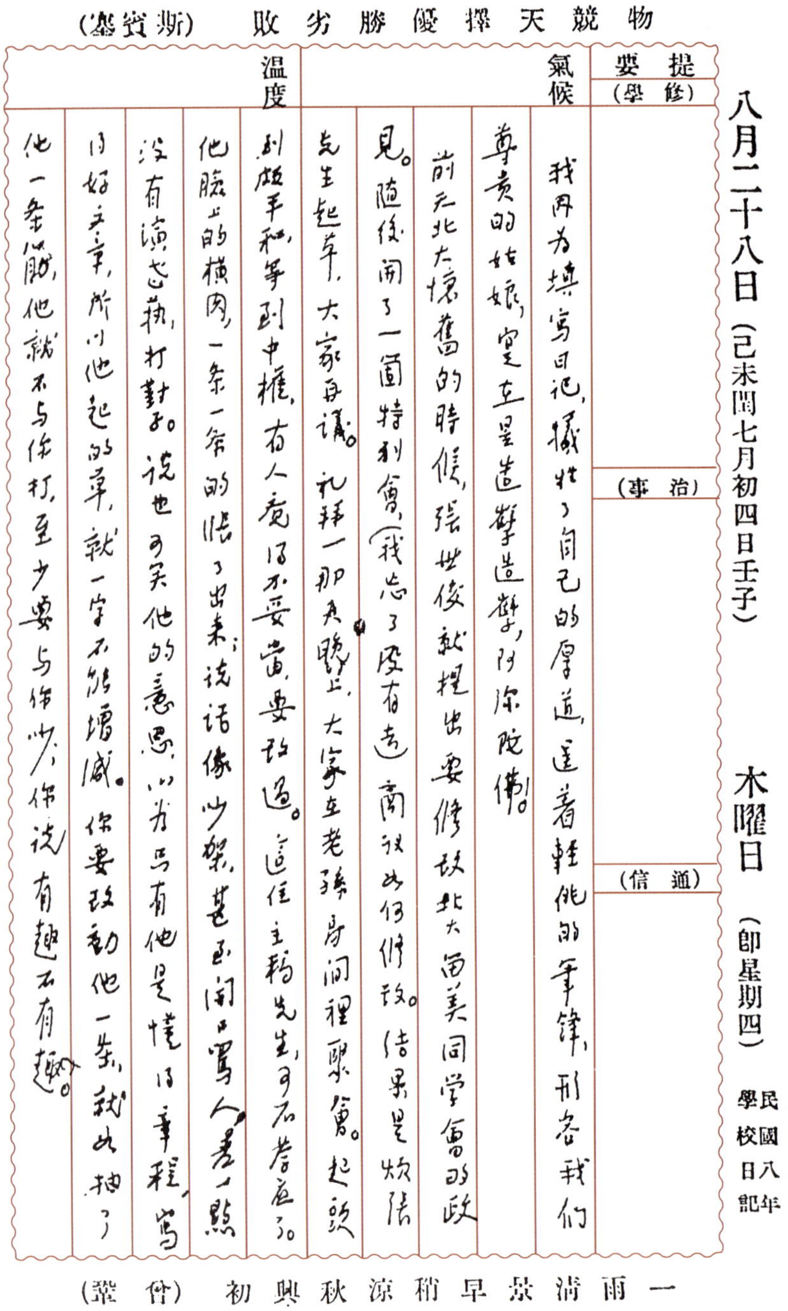
物競天擇優勝劣敗（斯賓塞）

八月二十八日（己未閏七月初四日壬子）木曜日（卽星期四）

民國八年學校日記

提要（修學）

（治事）

（通信）

氣候

温度

我因为填写日记，牺牲了自己的厚道，逞着轻佻的笔锋，形容我们尊贵的姑娘，实在是造孽造孽，阿弥陀佛！

前天北大怀旧的时候，张世俊就提出要修改北大留美同学会的政见。随后开了一个特别会（我忘了没有去），商议如何修改。结果是烦张先生起草，大家再议。礼拜一那天晚上，大家在老孙房间里聚会。起头到颇平和，等到中权，有人觉得不妥当，要改过。这位主稿先生，可不答应了。他脸上的横肉，一条一条的涨了出来；说话像吵架，甚至开口骂人，差一点没有演武艺，打对子。说也可笑，他的意思，以为只有他是懂得章程，写得好文章，所以他起的草，就一字不能增减。你要改动他一条，就如抽了他一条筋，他就不与你打，至少要与你吵，你说有趣不有趣。

一雨清景早稍涼秋與初（竹　叢）

八月二十八日（己未闰七月初四日壬子）星期四

我因为填写日记，牺牲了自己的厚道，逞着轻佻的笔锋，形容我们尊贵的姑娘，实在是造孽造孽，阿弥陀佛！

前天北大怀旧的时候，张世俊就提出要修改北大留学同学会的政见。随后开了一个特别会（我忘了没有去），商议如何修改。结果是烦张先生起草，大家再议。礼拜一那天晚上，大家在老孙房间里聚会。起头到颇平和，等到中权，有人觉得不妥当，要改过。这位主稿先生，可不答应了。他脸上的横肉，一条一条的涨了出来；说话像吵架，甚至开口骂人，差一点没有演武艺，打对子。说也可笑，他的意思，以为只有他是懂得章程，写得好文章，所以他起的草，就一字不能增减。你要改动他一条，就如抽了他一条筋，他就不与你打，至少要与你吵，你说有趣不有趣。

讀書為明理也明理為做人也（彭兆璟）

八月二十九日（己未閏七月初五日癸丑）金曜日（即星期五）

民國八年學校日記

氣候　溫度　提要（修學）　（治事）　（通信）

山雨纔成潤高雲淡不流（劉做）

八月二十九日（己未闰七月初五日癸丑）星期五

前两天天气狠凉，而且金风晦日，落叶披庭，我方寸之中就发生了秋思之外加乡思，意兴无憀以极。元说我瘦了，但是他从来不可怜我的。

前天褚凤章寄了我一本国防会的《乾报》，刚刚出版。其中稿件，还是两年前的。总编辑是薛桂轮，到有好几篇中学堂的文课。实在是不出色。现在编辑部的部长，举了吴宓。馀外举了七九六十三位的编辑先生。我也承他们不弃，给竽次进了。我回信去说了这是商蚷驰河，办不了的。不敢负名，但尽义务。

记些元的情况：他去罗刹庵的理由，说是里面太嘈杂了，不好用功，所以毅然决然的李济一走，他也走。这是狠好。但是他出来以后十馀日内，他行事可与他宣言太相迳庭。连日他应酬姑娘们，其忙异常。

無友不如己者（論語）

八月三十日（己未閏七月初六日甲寅）土曜日（即星期六）

民國八年學校日記

提要（修學）

氣候

温度

（治事）

（通信）

拜會談天，喫飯，打球，做禮拜，看電影——忙得個不亦樂乎。我到又要來分析分析，研究研究。從前女士們陸續到衣，大家爭獻殷勤。任堅插身不上，爽性自抬身價，保存他評判家的態度。他一周前對我說，現在好極了，完全鎮定：姑娘們來的時候，人家趨附不皇，我是不加理采。再加之姑娘們也沒有十分出色的，我更犯不着費工夫，費精神。他說照這樣的不動心，他素來終老孤男的志願，也許可以酬達罷！我當時點頭微笑，說難得難得。又過了幾時，我又去看他。他說話又換樣兒了。他說近來狠好，自己讀讀書，狠有心得，姑娘們來，我就下去伴他們談談，也狠好狠好……。我又點頭微笑，說狠好狠好。自從搬出羅剎以後，他常日與T.N.等盤桓。我一會見了他，他說話又換了樣兒了。他說兆祁走的時候，再三屬付要我看看T.N.免得他過於寂寞。我想

烟花樓閣西風裏錦繡湖山落照中（趙孟頫）

八月三十日（己未闰七月初六日甲寅）星期六

拜会谈天，吃饭，打球，做礼拜，看电影——忙得个不亦乐乎。我到又要来分析分析，研究研究。从前女士们陆续到衣，大家争献殷勤。任坚插身不上，爽性自抬身价，保存他评判家的态度。他一周前对我说，现在好极了，完全镇定：姑娘们来的时候，人家趋附不皇，我是不加理采〔睬〕。再如之姑娘们也没有十分出色的，我更犯不着费工夫，费精神。他说照这样的不动心，他素来终老孤男的志愿，也许可以酬达罢！我当时点头微笑，说难得难得。又过了几时，我又去看他。他说话可换样儿了，他说近来狠好，自己读读书，狠有心得，姑娘们来，我就下去伴他们谈谈，也狠好狠好……我又点头微笑，说狠好狠好。自从搬出罗刹以后，他常日与T. N. 等盘桓。我一会见了他，他说又换了样儿了。他说：兆祁走的时候，再三属付〔嘱咐〕要我看看T. N.，免得他过于寂寞。我想

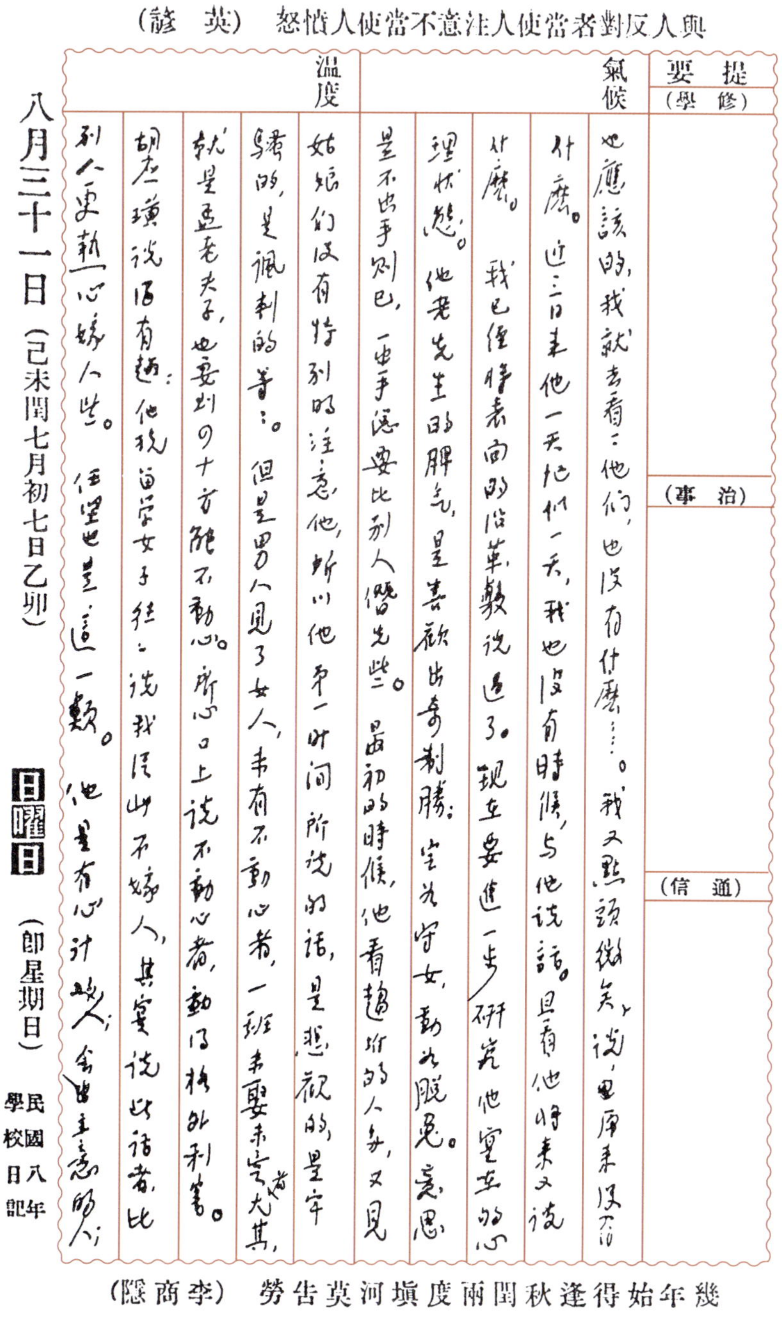
與人反對者當使人注意不當使人憤怒（英諺）

提要（修學）
氣候
溫度
（治事）
（通信）

八月三十一日（己未閏七月初七日乙卯）日曜日（即星期日）

也應該的，我就去看看他們，也沒有什麼……。我又點頭微笑，說：原來沒有什麼。近三日來他一天忙似一天，我也沒有時候與他說話。且看他將來又說什麼。我已經將表面的沿革敷說過了。現在要進一步研究他實在的心理狀態。他老先生的脾氣，是喜歡出奇制勝，定如守女，動如脫兔。意思是不出手則已，一出手總要比別人僭先些。最初的時候，他看趨附的人多，又見姑娘們沒有特別的注意他，所以他第一時間所說的話，是悲觀的，是牢騷的，是諷刺的等等。但是男人見了女人，未有不動心者，一班未娶未定者尤其，就是孟老夫子，也要到四十方能不動心。所以口上說不動心者，動得格外利害。胡應璜說得有趣：他說留學女子往往說我從此不嫁人，其實說此話者，比別人更熱心嫁人些。任堅也是這一類。他是有心計的人，會出主意的人，

民國八年學校日記

幾年始得逢秋閏兩度填河莫告勞（李商隱）

八月三十一日（己未闰七月初七日乙卯）星期日

也应该的，我就去看看他们，也没有什么……。我又点头微笑，说：原来没有什么。近三日来他一天忙似一天，我也没有时候，与他说话。且看他将来又说什么。我已经将表面的沿革，敷说过了。现在要进一步研究他实在的心理状态，他老先生的脾气，是喜欢出奇制胜，定如守女，动如脱兔。意思是不出手则已，一出手总要比别人僭先些。最初的时候，他看趋附的人多，又见姑娘们没有特别的注意他，所以他第一时间所说的话，是悲观的，是牢骚的，是讽刺的等等。但是男人见了女人，未有不动心者，一班未娶未定者尤其，就是孟老夫子，也要到四十方能不动心。所以口上说不动心者，动得格外利害。胡应璜说得有趣，他说留学女子往往说我从此不嫁人，其实说此话者，比别人更热心嫁人些。任坚也是这一类。他是有心计的人，会出主意的人，

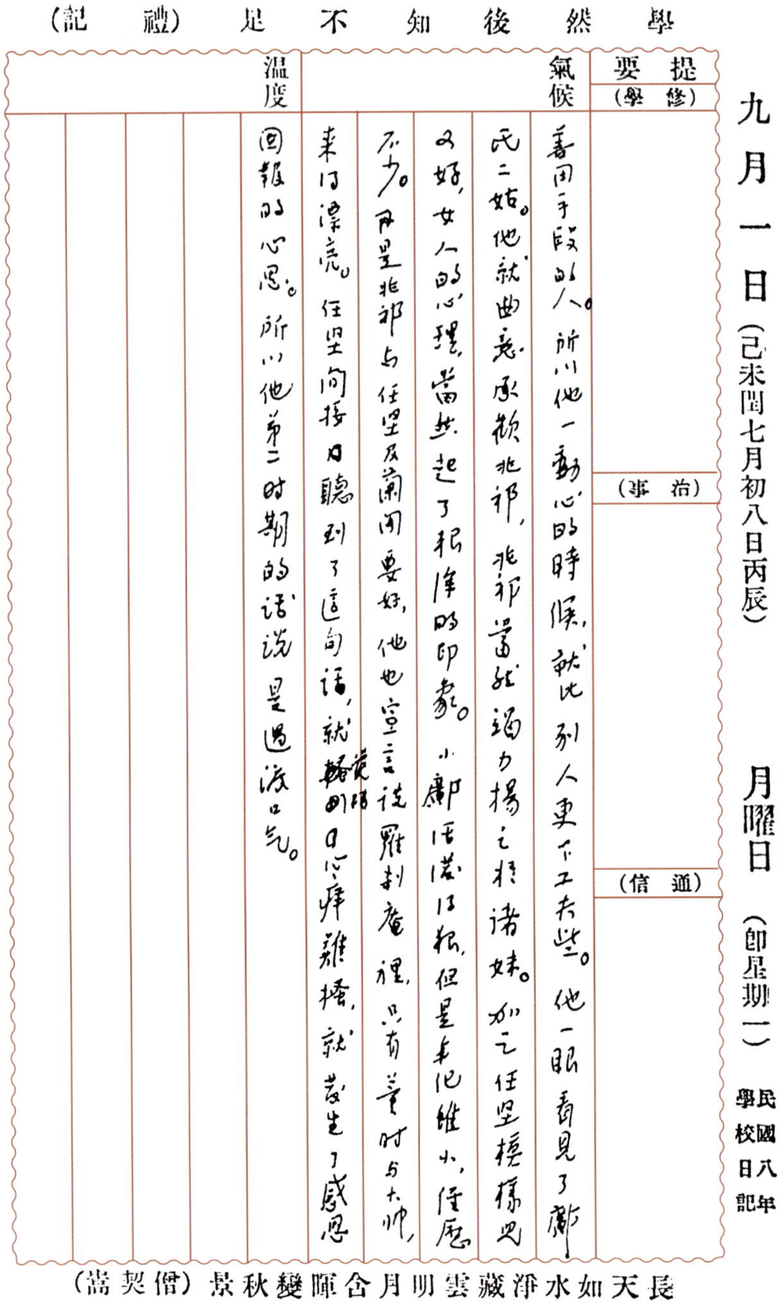
學然後知不足（禮記）

九月一日（己未閏七月初八日丙辰）
月曜日（即星期一）
民國八年學校日記

提要（修學）
氣候
溫度
（治事）
（通信）

善用手段的人。所以他一动心的時候，就比別人更下工夫些。他一眼看見了鄺氏二姑。他就曲意承歡兆祁，兆祁當然竭力揚之於諸妹。加之任坚模樣兒又好，女人的心理，當然起了很深的印象。小鄺活潑的狠，但是年紀雖小，經历不少。又是兆祁与任坚及蘭閣要好，他也宣言說羅刹庵裡，只有董时与大帅，来得漂亮。任坚間接聽到了這句話，就覺得心痒難搔，就發生了感恩回報的心思。所以他第二时期的話，是過渡口氣。

長天如水淨藏雲明月合陣變秋景（僧契嵩）

九月一日（己未闰七月初八日丙辰）星期一

善用手段的人。所以他一动心的时候，就比别人更下功夫些。他一眼看见了邝氏二姑。他就曲意承欢兆祁，兆祁当然竭力扬之于诸妹。加之任坚模样儿又好，女人的心理，当然起了很深的印象。小邝活泼的狠，但是年纪虽小，经历不少。又是兆祁与任坚及兰阁要好，他也宣言说罗刹庵里，只有董时与大帅，来得漂亮。任坚间接听到了这句话，就觉得心痒难搔，就发生了感恩回报的心思。所以他第二时期的话，是过渡口气。

天下興亡匹夫有貴焉（顧炎武）

九月二日（己未閏七月初九日丁巳）

火曜日（即星期二）

民國八年
學校日記

提要（修學）	氣候	溫度
（治事）		
（通信）		

人間秋光七月九萬里新涼到槐柳（聚類文事）

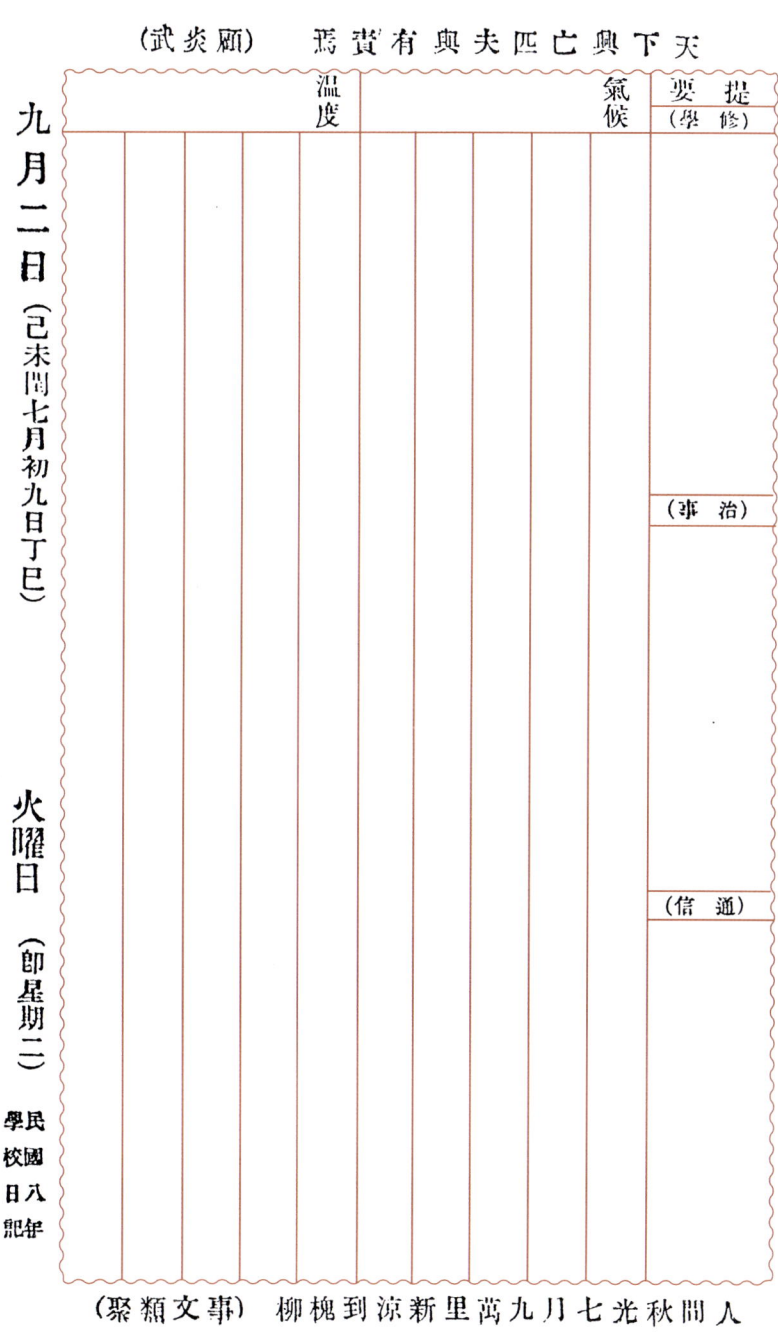

不能二字非我法人所常用也（拿破崙第一）

九月五日（己未閏七月十二日庚申）金曜日（即星期五）

民國八年學校日記

提要（修學）	
（治事）	
（通信）	
氣候	
溫度	熱，未好

蓮塘一盤過葦岸數蛩鳴（張耒）

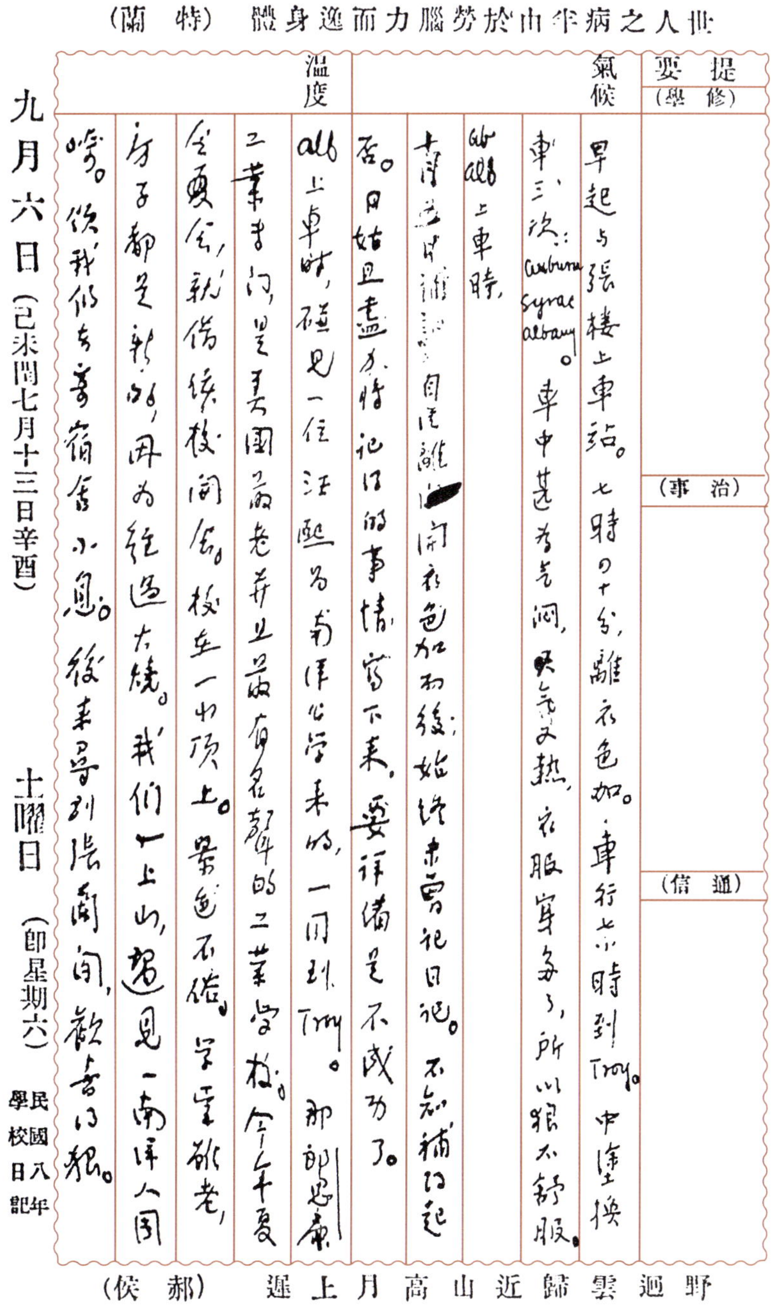
世人之病半由於勞腦力而遠身體（特蘭）

提要（修學）　氣候　溫度

九月六日（己未閏七月十三日辛酉）　土曜日（卽星期六）

早起与張樓上車站。七時四十分離衣色加。車行七小時到Troy。中途換車三次：Auburn Syrac albany。車中甚為气悶，天气又熱，衣服穿多了，所以狠不舒服。Alb Alb上車時，

十月五日（補記）　自從離開衣色加而後，始終未曾記日記。不知補得起否。日姑且盡力將記得的事情寫下來。要詳備是不成功了。

alb上車時，碰見一位汪熙昌南洋公學來的，一同到Troy。那郎思廉工業專門，是美國最老並且最有名聲的工業學校。今年夏令會，就借該校開會。校在一山頂上。景色不俗。学堂雖老，房子都是新的，因為經過大燒。我們一上山，遇見一南洋人周崎。領我們去寄宿舍小息。後來尋到張蘭閣，歡喜得狠。

（治事）

（通信）

民國八年學校日記

野迴雲歸近山高月上遲（郝侯）

九月六日（己未闰七月十三日辛酉）星期六

早起与张楼上车站。七时四十分离衣色加。车行七小时到 Troy〔特洛依〕，中垄〔途〕换车三次 Auburn〔奥本〕Syrac〔西雷克〕Albany〔阿尔本尼〕车中甚为气闷，天气又热，衣服穿多了，所以狠不舒服。Ab Alb 上车时。

十月五日（补记）　自从离开衣色加而后，始终未曾记日记。不知补得起否。姑且尽力将记得的事情写下来，要详备是不成功了。

Alb 上车时，碰见一位汪熙昌南洋公学来的，一同到 Troy〔特洛依〕。那郎思廉工业专门，是美国最老并且最有名声的工业学校。今年夏令会，就借该校开会。校在一山顶上。景色不俗。学堂虽老，房子都是新的，因为经过火烧。我们一上山，遇见一南洋人周崎。领我们去寄宿舍小息。后来寻到张兰阁，欢喜得很。

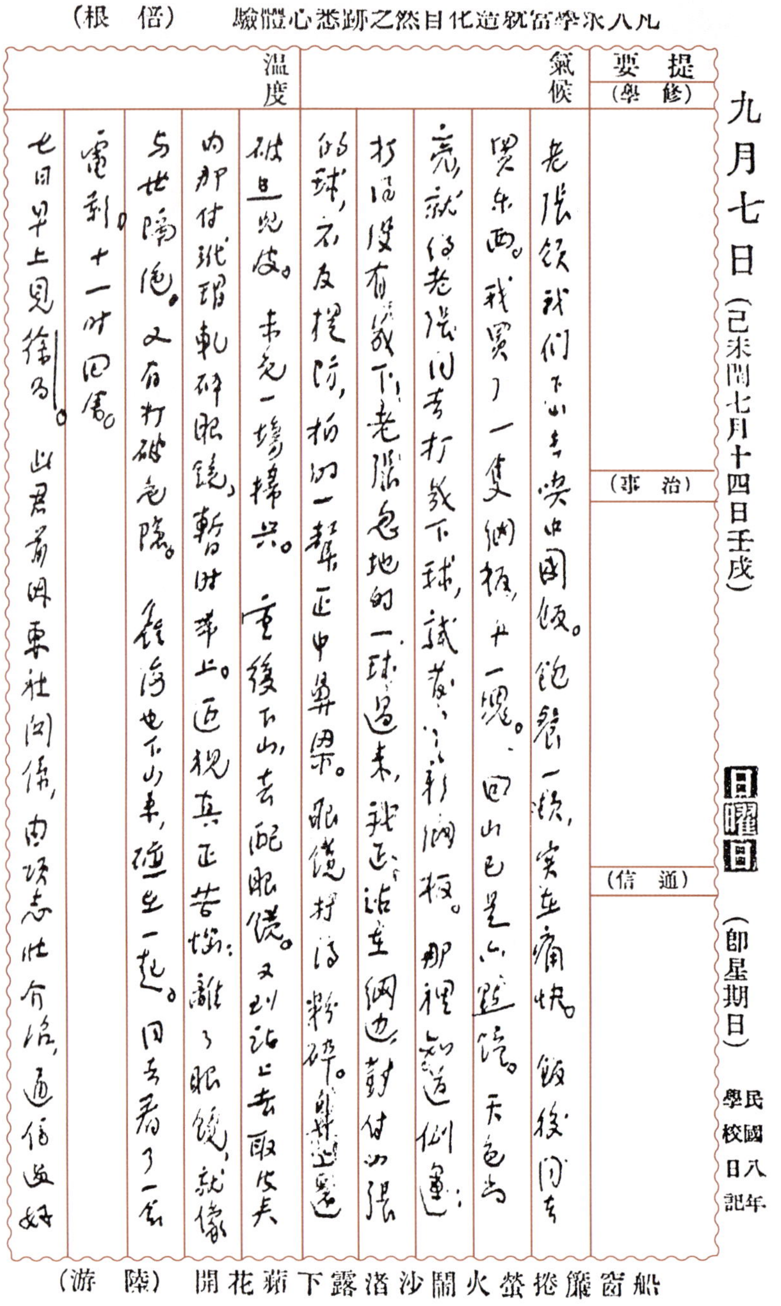

九月七日（己未闰七月十四日壬戌）星期日

老张领我们下山去吃中国饭。饱餐一顿，实在痛快。饭后同去买东西。我买了一只网板，十一块。回山已是六点钟。天色尚亮，就约老张同去打几下球，试发试发新网板。那里知道倒运，打得没有几下，老张忽地一球过来，我正站在网边，对付老张的球，不及提防，拍的一声，正中鼻梁。眼镜打得粉碎。鼻上还破点儿皮。未免一场扫兴。重复下山，去配眼镜。又到站上去取皮夹内那副玳瑁轧碎眼镜，暂时带上。近视真苦恼：离了眼镜，就像与世隔绝，又有打破危险。鑫海也下山来，碰在一起。同去看了一会电影。十一时回舍。

七日早上见徐昌。此君前因东社关系，由项志壮介绍，通信过好

酒之溺人甚於海（撒伊拉士）

九月八日（己未閏七月十五日癸亥） **月曜日**（即星期一）

提要（修學）	氣候	溫度
（治事） （通信）	幾轉，今日方才見面。徐君極誠懇，敦直，彼此相見甚快。徐來已幾日，脚有毛病，不能行走。随後到醫院去住了幾日。我因為太忙，一直沒有去望他，甚為抱歉。以後他回來了，我因為光有不舒服的心事，所以又沒有同他仔細的談天。會畢後他也來紐約一次，又沒有見他。并且還不曾通信，似乎覺得很對不起他。礼拜日一日無事可說。	八日起正式開會，到的人約有百外。以有八日，鋪排得層層密密，幾乎連休息的工夫都沒有。如今補記，要如段詳述，恐怕太費工夫，并且記憶力也有点靠不住。所以我想還是剳要的說幾句罷。我未來的時候，道宏寫信給我，要我審慎觀察，不要輕舉妄動，像從前在北場的情形；姚傳法也有信來，表明同樣的意思。我想他的

月方行到閏霜始近來濃（陸龜蒙）

民國八年學校日記

九月八日（己未闰七月十五日癸亥）星期一

几转，今日方才见面。徐君极诚恳，敦直，彼此相见甚快。徐来已几日，脚有毛病，不能行走。随后到医院去住了几日。我因为太忙，一直没有去望他，甚为抱歉。以后他回来了，我因为光有不舒服的心事，所以又没有同他仔细的谈天。会毕后他也来纽约一次，又没有见他。并且还不曾通信，似乎觉得很对不起他，礼拜日一日无事可说。

八日起正式开会，到的人约有百外。以有〔后〕八日，铺排得层层密密，几乎连休息的工夫都没有。如今补记，要如段详述，恐怕太费工夫，并且记忆力也有点靠不住。所以我想还是剳要的说几句罢。

我未来的时候，道宏写信给我，要我审慎观察，不要轻举妄动，像从前在北场的情形；姚传法也有信来，表明同样的意思。我想他们

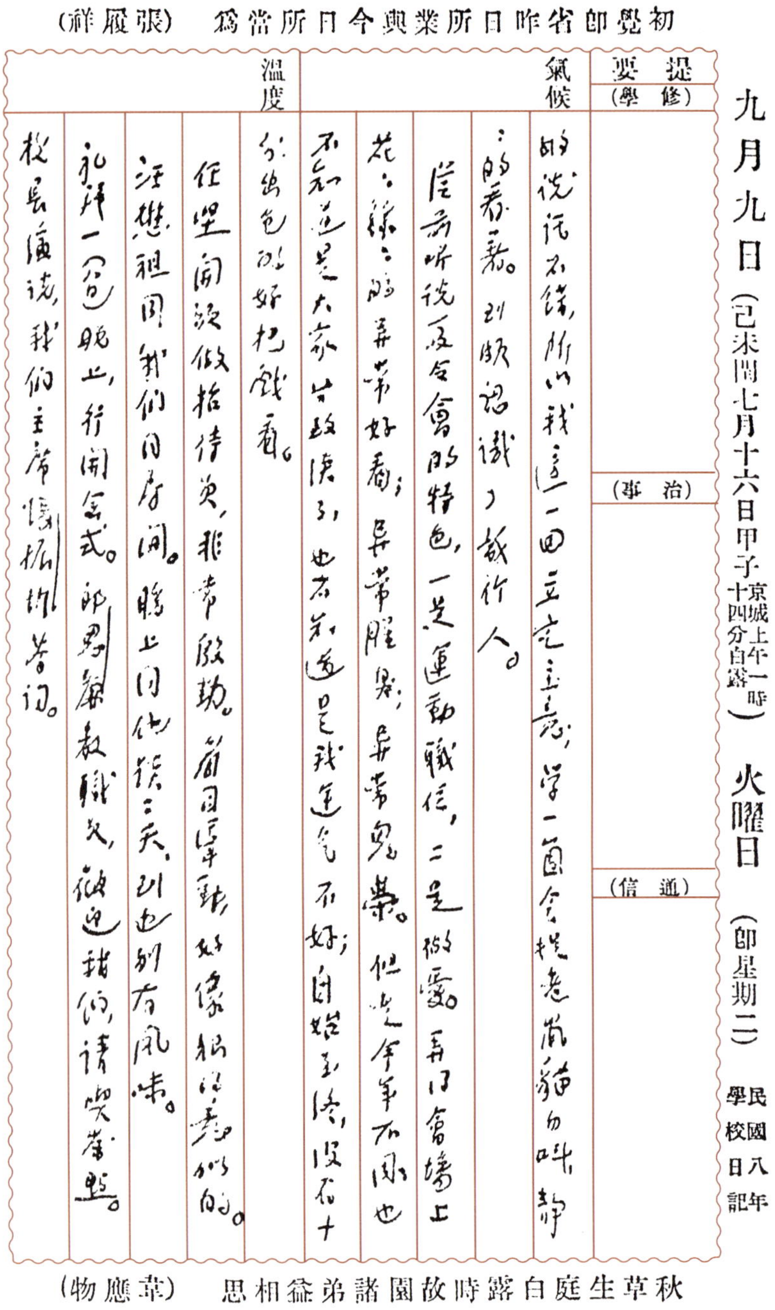

九月九日（己未闰七月十六日甲子京城上午一时十四分白露）星期六

的说话不错，所以我这一回立定主意，学一个会捉老鼠猫勿叫，静静的看着。到颇认识了几个人。

从前听说夏令会的特色，一是运动职位，二是做爱。弄得会场上花花绿绿的异常好看；异常腥臭；异常鬼祟。但是今年不同，也不知道是大家兴致淡了，也不知道是我运气不好；自始至终，没有十分出色的好把戏看。

任坚开头做招待员，非常殷勤。眉目颦动，好像狠得意似的。

汪懋祖同我们同房间。晚上同他谈天，到也别有风味。

礼拜一（八日）晚上，行开会式。郎思廉教职员，欢迎我们，请吃茶点。

校长演说，我们主席张振彬答词。

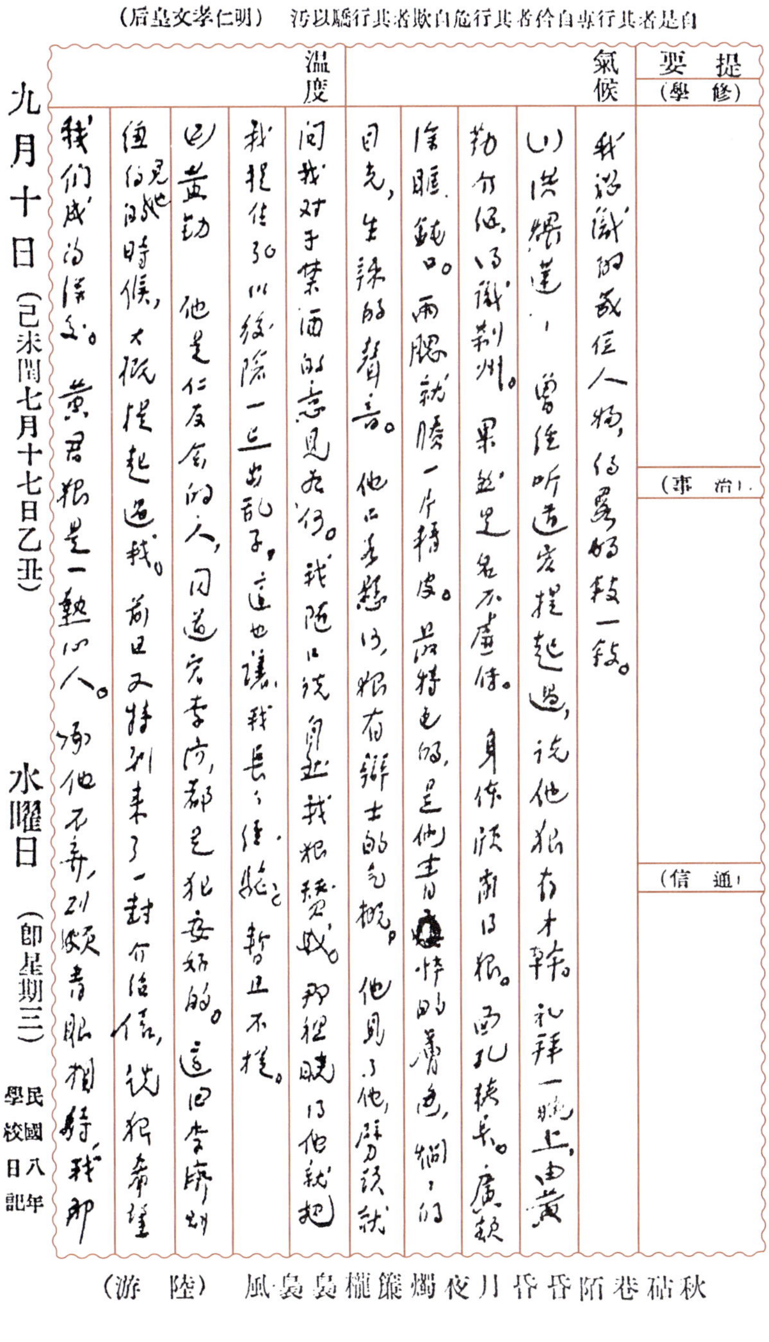

九月十日（己未闰七月十七日乙丑）星期三

我认识的几位人物，约略的叙一叙。

（1）洪煨莲　曾经听道宏提起过，说他狠有才干。礼拜一晚上，由黄勤介绍，得识荆州。果然是名不虚传。身体颀削得狠，面孔狭长。广额涂眶钝口。两腮就剩一片精皮。最特色的，是他青悴的肤色，炯炯的目光，生辣的声音。他口若悬河，狠有辩士的气概。他见了他〔我〕，劈头就问我对于禁酒的意见如何。我随口说自然我狠赞成。那里晓得他就把我捉住了。以后险一点出乱子。这也让我长长经验。暂且不提。

（2）黄勤　他是仁友会的人，同道宏李济都是狠要好的。这回李济到纽约见他的时候，大概提起过我。前日又特别来了一封介绍信，说狠希望我们成为深交。黄君狠是一热心人。承他不弃，到颇青眼相待，我那

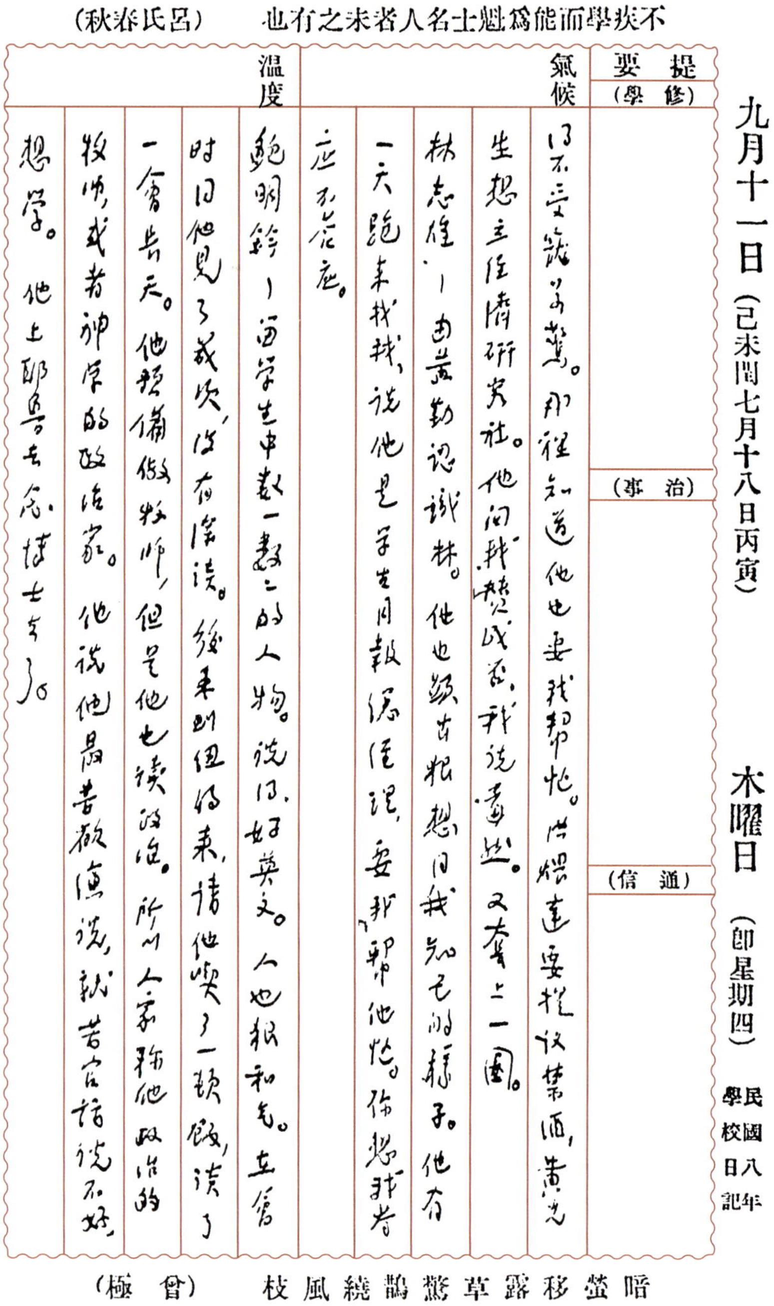

不疾學而能爲魁士名人者未之有也（呂氏春秋）

九月十一日（己未閏七月十八日丙寅）木曜日（即星期四）

民國八年學校日記

提要（修學）　（治事）　（通信）

氣候　溫度

得不受宠若惊。那里知道他也要我帮忙。洪煨莲要提议禁酒，黄先生想立经济研究社。他问我赞成否，我说当然。又套上一圈。

林志煌——由黄勤认识林。他也显出狠想同我知己的样子。他有一天跑来找我，说他是学生月报总经理，要我帮他忙。你想我答应不答应。

鲍明铃——留学生中数一数二的人物。说得好英文。人也狠和气。在会时同他见了几次，没有深谈。后来到纽约来，请他吃了一顿饭，谈了一会长天。他预备做牧师，但是他也读政治。所以人家称他政治的牧师，或者神学的政治家。他说他最喜欢演说，就苦官话说不好，想学。他上耶鲁去念博士去了。

暗螢移露草　驚鵲繞風枝（晉　極）

九月十一日（己未闰七月十八日丙寅）星期四

得不受宠若惊。那里知道他也要我帮忙。洪煨莲要提议禁酒，黄先生想立经济研究社。他问我赞成否，我说当然。又套上一圈。

林志煌——由黄勤认识林。他也显出狠想同我知己的样子。他有一天跑来找我，说他是学生月报总经理，要我帮他忙。你想我答应不答应。

鲍明铃——留学生中数一数二的人物。说得好英文。人也狠和气。在会时同他见了几次，没有深谈。后来到纽约来，请他吃了一顿饭，谈了一会长天。他预备做牧师，但是他也读政治。所以人家称他政治的牧师，或者神学的政治家。他说他最喜欢演说，就苦官话说不好，想学。他上耶鲁去念博士去了。

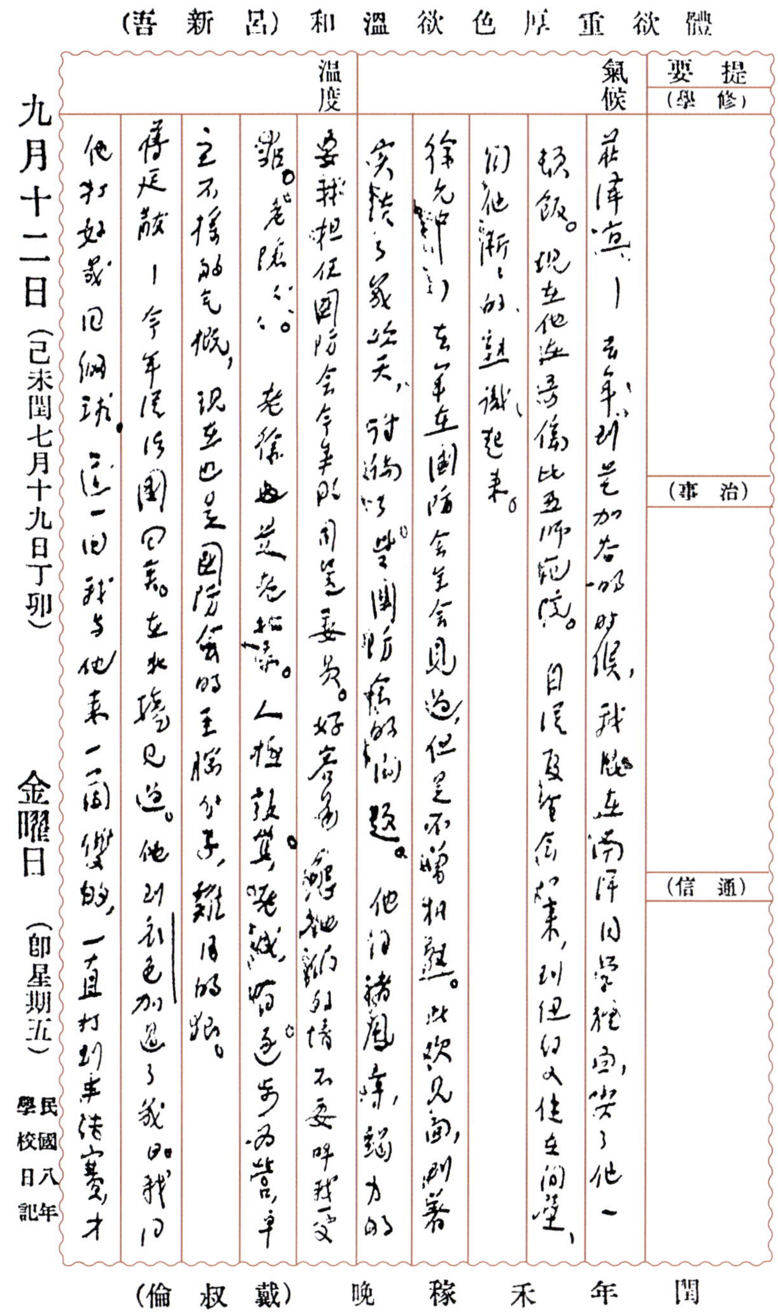

九月十二日（己未闰七月十九日丁卯）星期五

庄泽宜——去年到芝加谷的时候，我混在南洋同学里面，吃了他一顿饭。现在他在哥伦比亚师范院。自从夏令会以来，到纽约又住在间壁，同他渐渐的熟识起来。

徐允中——去年在国防会全会见过，但是不曾相熟。此次见面，到著实谈了几次天，讨论了些国防会的问题。他同褚风章竭力的要我担任国防会今年的司选委员。好容易恳他们的情，不要叫我受罪。危险危险。老徐也是老北京。人极敦笃老成，有逐步为营，卓立不摇的气概，现在也是国防会的主脑分子。难得的很。

蒋廷黻——今年从法国回美。在北场见过。他到衣色加过了几日。我同他打好几回网球。这一回我与他来一个双的，一直打到半结〔决〕赛，才

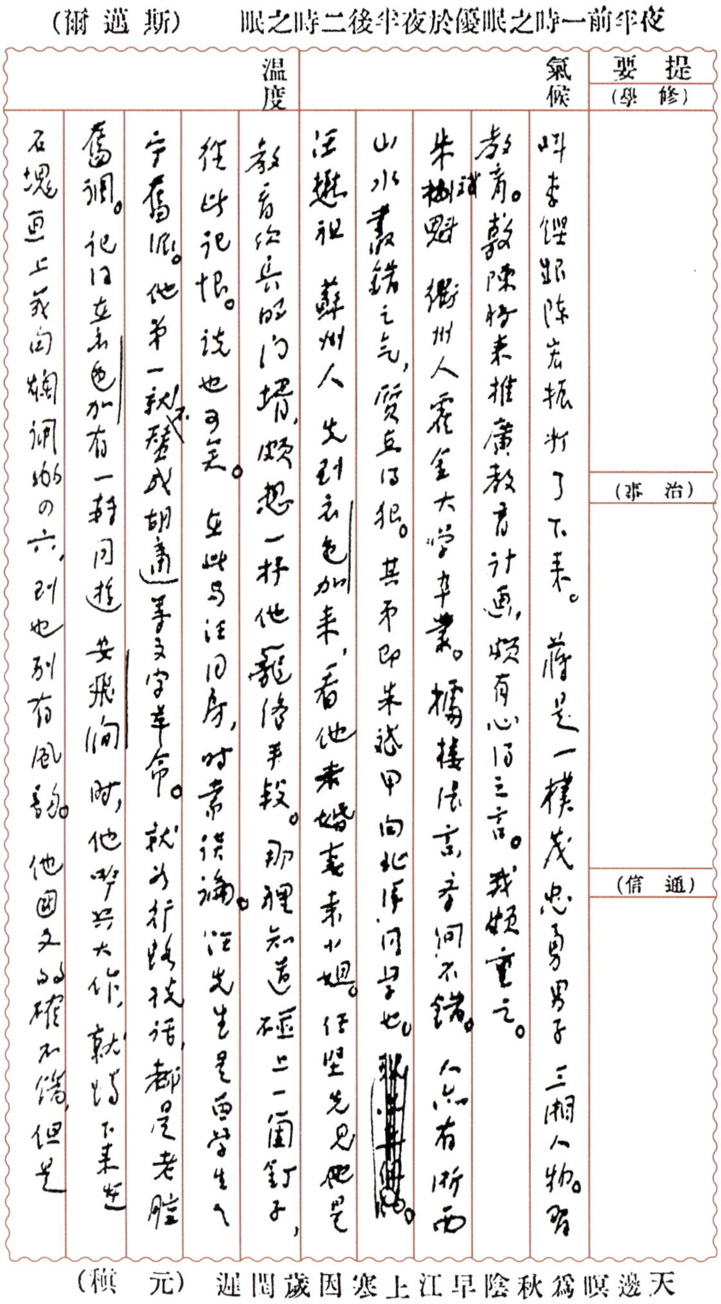

夜半前一時之眠優於夜半後二時之眠　（斯　邁　爾）

九月十三日（己未閏七月二十日戊辰）　土曜日（即星期六）　民國八年學校日記

提要（修學）　（治事）　（通信）　氣候　温度

叫李铿跟陈宏振打了下来。蒋是一朴茂忠勇男子，三湘人物。习教育。敷陈将来推广教育计画，颇有心得之言。我颇重之。朱斌魁　衢州人，霍金大学卒业。据楼张言，学问不错。人亦有浙西山水丛错之气，质直的狠。其弟即朱斌甲，向北洋同学也。汪懋祖　苏州人，先到衣色加来，看他未婚妻袁小姐。任坚先见他是教育次长的门婿，颇想一抒他笼络手段。那里知道碰上一个钉子，从此记恨。说也可笑。在此与汪同房，时常谈论。汪先生是留学生之守旧派。他第一就不赞成胡适等文字革命。就如行路说话，都是老腔旧调。记得在衣色加有一转同游安飞涧时，他吟兴大作，就蹲下来在石块画上几句烂调的四六，到也别有风韵。他国文的确不错，但是

天邊暝為秋陰早江上寒因歲閏遲　（元　稹）

九月十三日（己未闰七月二十日戊辰）星期六

叫李铿跟陈宏振打了下来。蒋是一朴茂忠勇男子，三湘人物。习教育。敷陈将来推广教育计画，颇有心得之言。我颇重之。

朱斌魁　衢州人，霍金大学卒业。据楼张言，学问不错。人亦有浙西山水丛错之气，质直的狠。其弟即朱斌甲，向北洋同学也。

汪懋祖　苏州人，先到衣色加来，看他未婚妻袁小姐。任坚先见他是教育次长的门婿，颇想一抒他笼络手段。那里知道碰上一个钉子，从此记恨。说也可笑。在此与汪同房，时常谈论。汪先生是留学之守旧派。他第一就不赞成胡适等文字革命。就如行路说话，都是老腔旧调。记得在衣色加有一转同游安飞涧时，他吟兴大作，就蹲下来在石块画上几句烂调的四六，到也别有风韵。他国文的确不错，但是

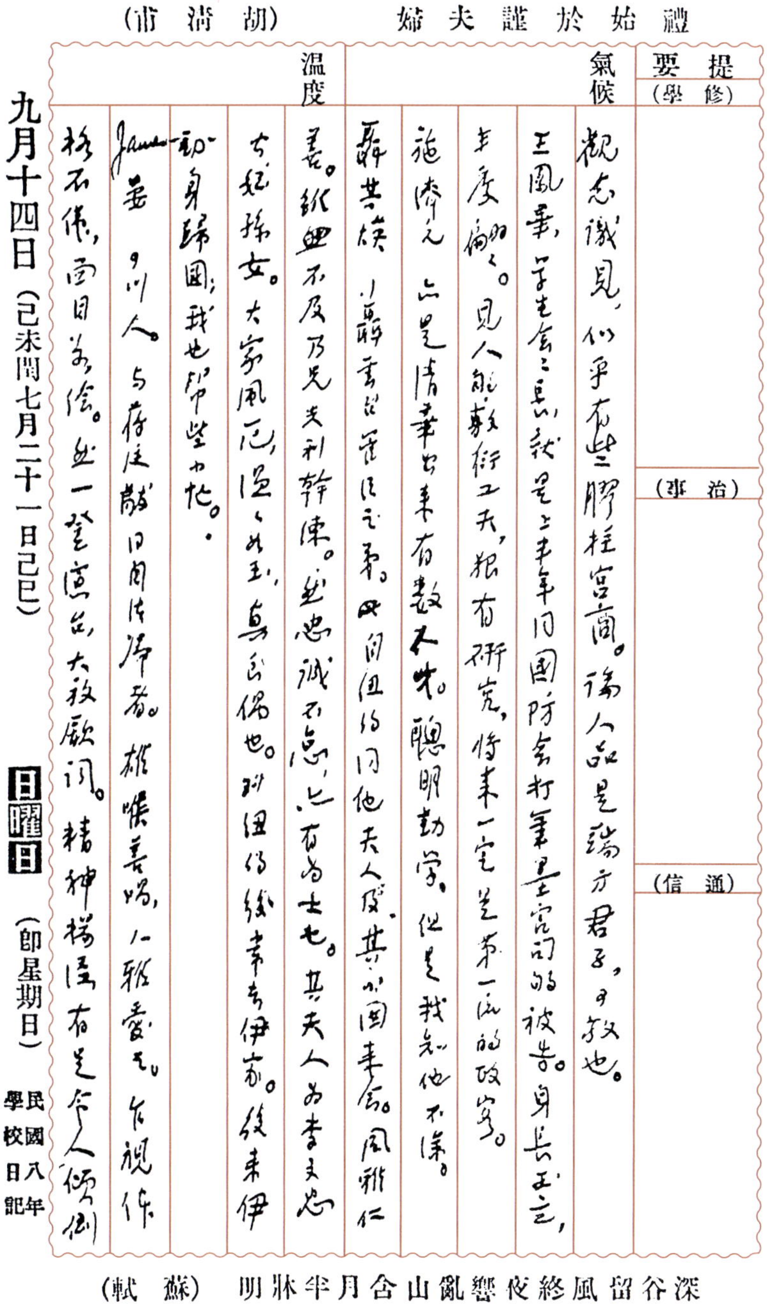
禮始於謹夫婦（胡清甫）

提要（修學）

（治事）

（通信）

氣候

溫度

觀念識見，似乎有些膠柱宮商。論人品是端方君子，可敬也。

王鳳華，學生會會長，就是上半年同國防會打筆墨官司的被告。身長玉立，風度翩翩。見人能敷衍工夫，狠有研究，將來一定是第一流的政客。

施濟元　亦是清華出來有數人才。聰明勤學，但是我知他不深。

聶其煐　小聶雲台管臣之弟。自紐約同他夫人及其小囡來會。風雅仁善。雖不及乃兄尖利幹練，然忠誠不怠，亦有為士也。其夫人為李文忠公侄孫女。大家風范，溫溫如玉，真良偶也。到紐約後常去伊家。後來伊動身歸國，我也幫些小忙。

James 晏　四川人。與蔣廷黻同自法歸者。雄喉善唱，人雅愛之。乍視體格不偉，面目若繪。然一登演台，大放厥詞。精神橫溢，有足令人傾倒

九月十四日（己未閏七月二十一日己巳）日曜日（卽星期日）

民國八年學校日記

深谷留風終夜響亂山含月半牀明（蘇軾）

九月十四日（己未闰七月二十一日己巳）星期日

观念识见，似乎有些胶柱宫商。论人品是端方君子，可敬也。

王凤华　学生会会长，就是上半年同国防会打笔墨官司的被告。身长玉立，风度翩翩。见人的敷衍工夫，狠有研究，将来一定是第一流的政客。

施济元　亦是清华出来有数人才。聪明勤学。但是我知他不深。

聂其煐——聂云台管臣之弟。自纽约同他夫人及其小囡来会。风雅仁善。虽不及乃兄尖利干练，然忠诚不怠，亦有为士也。其夫人为李文忠公侄孙女。大家风范，温温如玉，真良偶也。到纽约后常去伊家。后来伊动身归国，我也帮些小忙。

James晏　四川人。与蒋廷黻同自法归者。雄喉善唱，人雅爱之。乍视体格不伟，面目若绘。然一登演台，大放厥词。精神横溢，有足令人倾倒

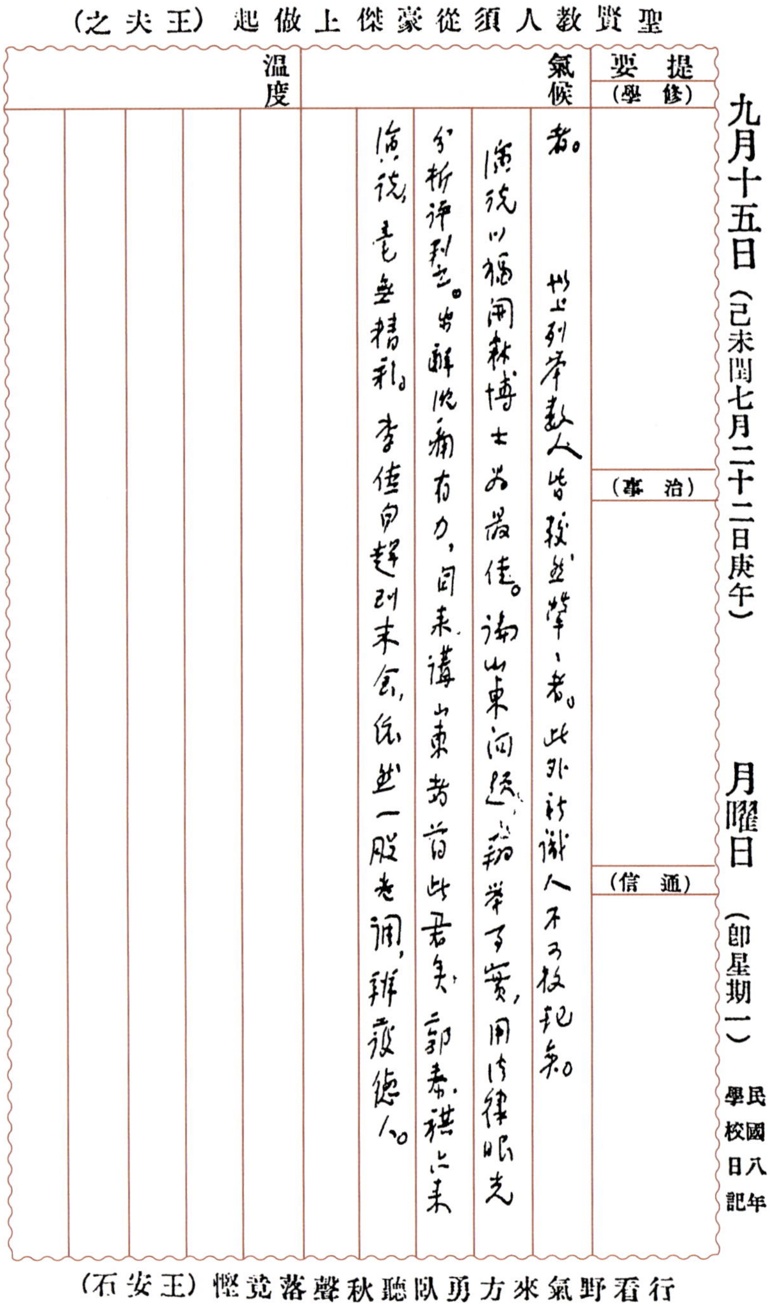

九月十五日（己未闰七月二十二日庚午）星期一

者。

以上列举数人皆较然荦荦者。此外新识人不可数记矣。

演说以福开森博士为最佳。论山东问题，翔举事实，用法律眼光分析评判之。出辞沉痛有力，自来讲山东者首此之君矣。郭泰祺亦来演说，毫无精彩。李佳白赶到末会，依然一股老调，辩护德人。

急遽結婚則生後悔（柯孤尼布）墨西哥共和紀元日

九月十六日（己未閏七月二十三日辛未）

火曜日（即星期二）

民國八年學校日記

提要（修學）

（治事）

（通信）

氣候

溫度

梧桐之葉十三（宋人閏月表）

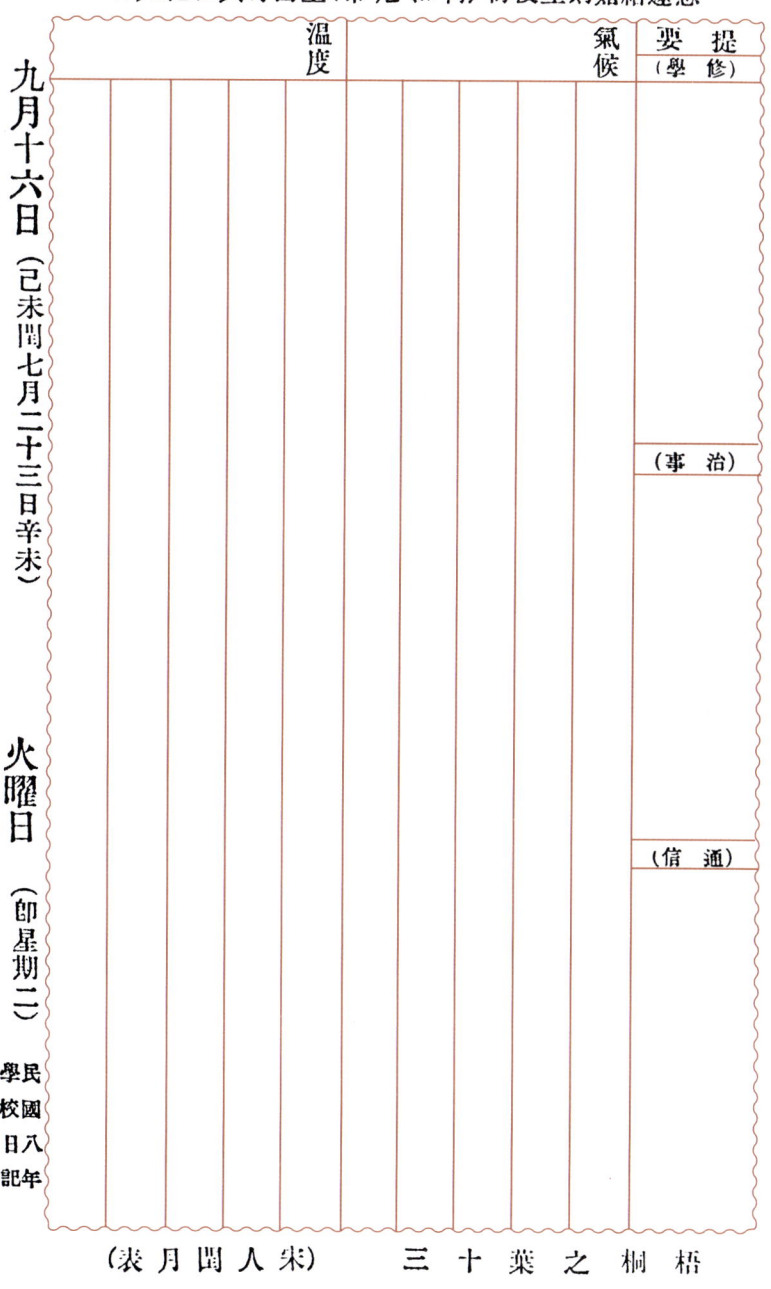

雖欲詩書不可不知稼穡之事（張履祥）

十月二十一日（己未八月二十八日丙午）火曜日（即星期二）

民國八年學校日記

提要（修學）	氣候	溫度

（治事）

（通信）

殘星幾點雁橫塞長笛一聲人倚樓（趙承祜）

君子進德修業孳孳不息務實勝也（周敦頤）

民國八年學校日記

十月二十二日（己未八月二十九日丁未）水曜日（即星期三）

提要（修學）	氣候	溫度
	某日郝延凌为言上海罢学罢市事。颇有心理研究的兴趣。予挽其笔述之以饷留学界。	
（治事）		
（通信）		

蓻芋圃可掘禾黍田始稷（[illegible]）

十月二十二日（己未八月二十九日丁未）星期三

某日郝延凌为言上海罢学罢市事。颇有心理研究的兴趣。予挽其笔述之以饷留学界。

匪禮而動邪辟形焉（明仁孝文皇后）

十月二十五日（己未九月初二日庚戌）
土曜日（即星期六）

民國八年學校日記

提要	氣候	温度
（修學）		
（治事）		
（通信）		

魚市人家滿斜日菊花天氣近新霜（陸游）

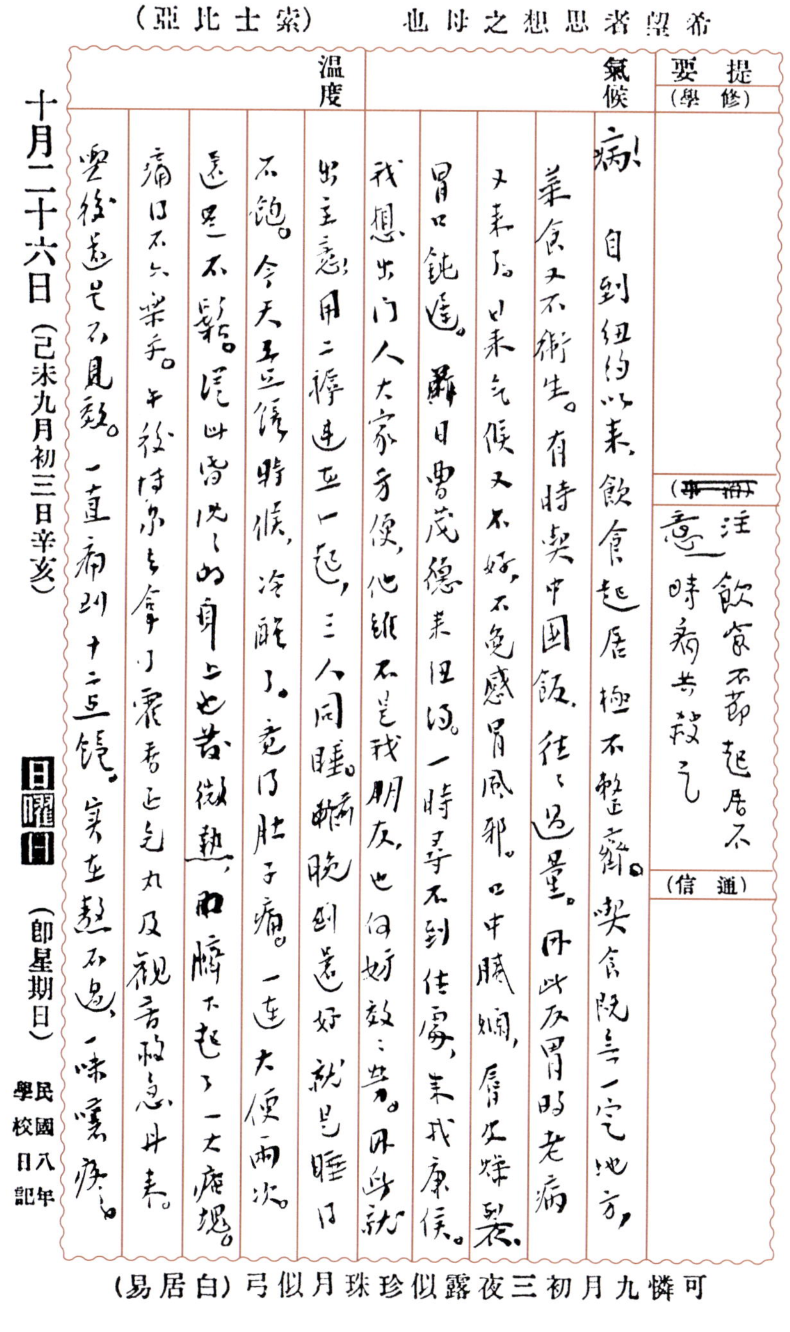

十月二十六日（己未九月初三日辛亥）星期日

注意：饮食不节，起居不时，病共杀之。

病！

自到纽约以来，饮食起居，极不整齐。吃食既无一定地方，菜食又不卫生。有时吃中国饭，往往过量。因此反胃的老病又来了。日来气候又不好，不免感冒风邪。口中腻烂，唇皮燥裂，胃口钝迟。前日曹茂德来纽约。一时寻不到住处，来找康侯。我想出门人大家方便，他虽不是我朋友，也何妨效效劳。因此就出主意，用二褥连在一起，三人同睡。前晚到还好，就是睡得不饱。今天三点钟时候，冷醒了，觉得肚子痛。一连大便两次。还是不松。从此昏沉沉的身上也发微热，脐下起一大痞块。痛得不亦乐乎。午后博泉去拿了霍香正气丸及观音救急丹来。吃后还是不见效。一直痛到十二点钟，实在熬不过，一味嚷疼。

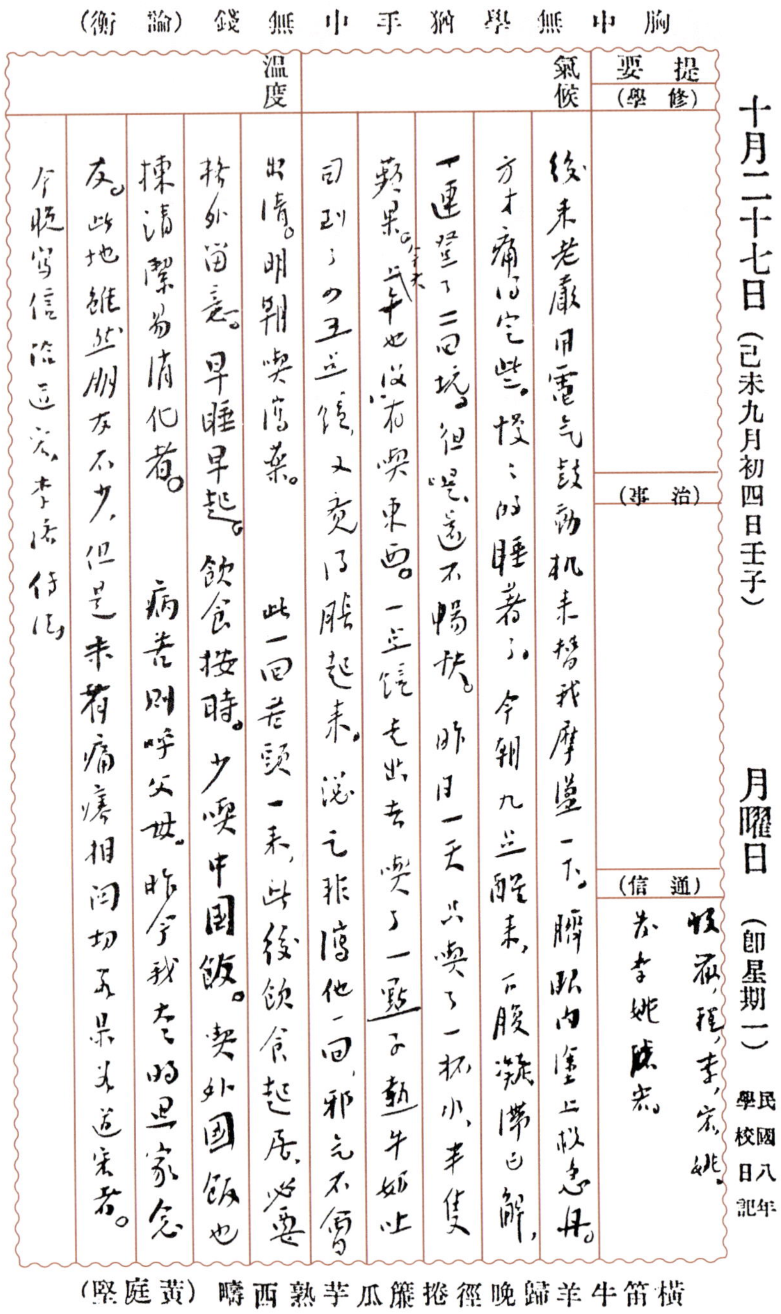

胸中無學猶手中無錢（論衡）

十月二十七日（己未九月初四日壬子） 月曜日（即星期一） 民國八年學校日記

提要（修學）

（治事）

（通信） 收嚴，程，李，宏，姚。发李姚陳宏。

氣候

溫度

後來老嚴用電气鼓動机來替我摩盪一下，臍眼內塗上救急丹，方才痛得定些，慢慢的睡著了。今朝九点醒來，下腹凝滯已解，一連登了二回坑，但是還不暢快。昨日一天只吃了一杯水，半只苹果，今天上午也沒有吃東西。一点鐘走出去吃了一点子熱牛奶吐司，到了四五点鐘，又覺得脹起來。總之非瀉他一回，邪气不會出清，明朝吃瀉藥。此一回苦頭一來，此後飲食起居，必要格外留意。早睡早起，飲食按時。少吃中國飯。吃外國飯也揀清潔易消化者。病苦則呼父母。昨今我大大的思家念友。此地雖然朋友不少，但是未有痛痒相關切若果如道宏者。今晚寫信給道宏、李濟傳閱

橫笛牛羊歸晚徑 捲簾瓜芋熟西疇（黃庭堅）

十月二十七日（己未九月初四日壬子）星期一

通信：收信严、程、李、宏、姚。发李、姚、宏。

后来老严用电气鼓动机来替我摩荡一下，脐眼内涂上救急丹，方才痛得定些，慢慢的睡著了。

今朝九点醒来，下腹凝滞已解，一连登了二回坑。但是还不畅快。昨日一天，只吃了一杯水，半只苹果。今天上午也没吃东西。一点钟走出去，吃了一点子热牛奶吐司，到了四五点钟，又觉得胀起来，总之非泻他一回，邪气不会出清，明朝吃泻药。

此一回苦头一来，此后饮食起居，必要格外留意。早睡早起。饮食按时。少吃中国饭。吃外国饭也拣清洁易消化者。病苦则呼父母。昨今我大大的思家念友。此地虽然朋友不少，但是未有痛痒相关切若果如道宏者。今晚写信给道宏、李济传阅

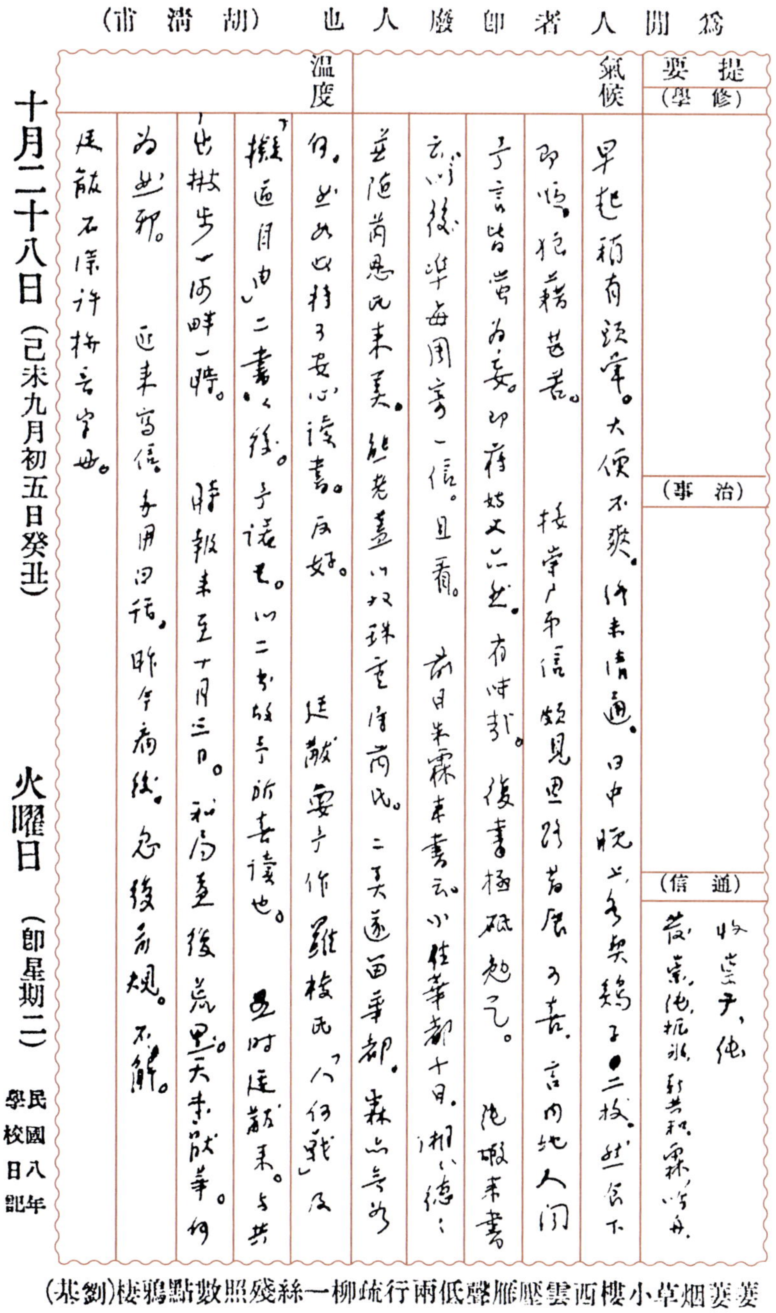
爲開人者即廢人也（胡清甫）

十月二十八日（己未九月初五日癸丑） 火曜日（即星期二）

民國八年學校日記

提要（修學）（治事）（通信） 氣候 温度

早起稍有頭暈。大便不爽，終未清通。日中晚上各吃鷄子二枚，然食下即嘔，狼藉甚苦。接崇庆弟信，頗見思路發展，可喜。言內地人聞予言皆嗤爲妄，即蒋姑父亦然，有味哉。復書極砥勉之。純虾來書云，以後準每周寄一信。且看。前日朱霖來書云，小住華都十日，湘湘德并随芮思氏來美。熊老盖以双珠重屬芮氏。二美遂留華都。霖亦無如何。然如此將可安心讀書。反好。廷黻要予作羅棱氏「人何戰」及「擬道自由」二書以後。予諾之。以二書故予所喜讀也。五時廷黻來。與共出散步一河畔一時。時報來至十月三日。和局益復荒黑，天未厭華。近來寫信，多用白話，昨余病後，忽復前規。不解。何爲然邪。廷黻不深許拼音字母。

收崇，于，纯。發崇，纯，振冰，龚和，霖，吟舟。

淒淒烟草小樓西雲壓雁聲低兩行疏柳一絲殘照數點鴉棲（劉基）

十月二十八日（己未九月初五日癸丑）星期二

通信：收，崇、于、纯。发，崇、纯、振冰、龚和、霖、吟舟

早起稍有头晕。大便不爽，终未清通。日中晚上各吃鸡子二枚，然食下即呕，狼藉甚苦。

接崇庆弟信，颇见思路发展，可喜，言内地人闻予言皆嗤为妄。即蒋姑父亦然，有味哉。复书极砥勉之。纯虾来书云，以后准每周寄一信，且看。

前日朱霖来书云。小住华都十日，湘湘德并随芮思氏来美。熊老盖以双珠重属芮氏。二美遂留华都。霖亦无如何。然如此将可安心读书。反好。

廷黻要予作罗棱氏《人何战》及《拟道自由》二书以后，予诺之。以二书故予所喜读也。五时廷黻来。与共出散步一河畔一时。《时报》来至十月三日。和局益复荒黑，天未厌华。

近来写信，多用白话，昨余病后，忽复前规。不解。何为然邪。廷黻不深许拼音字母。

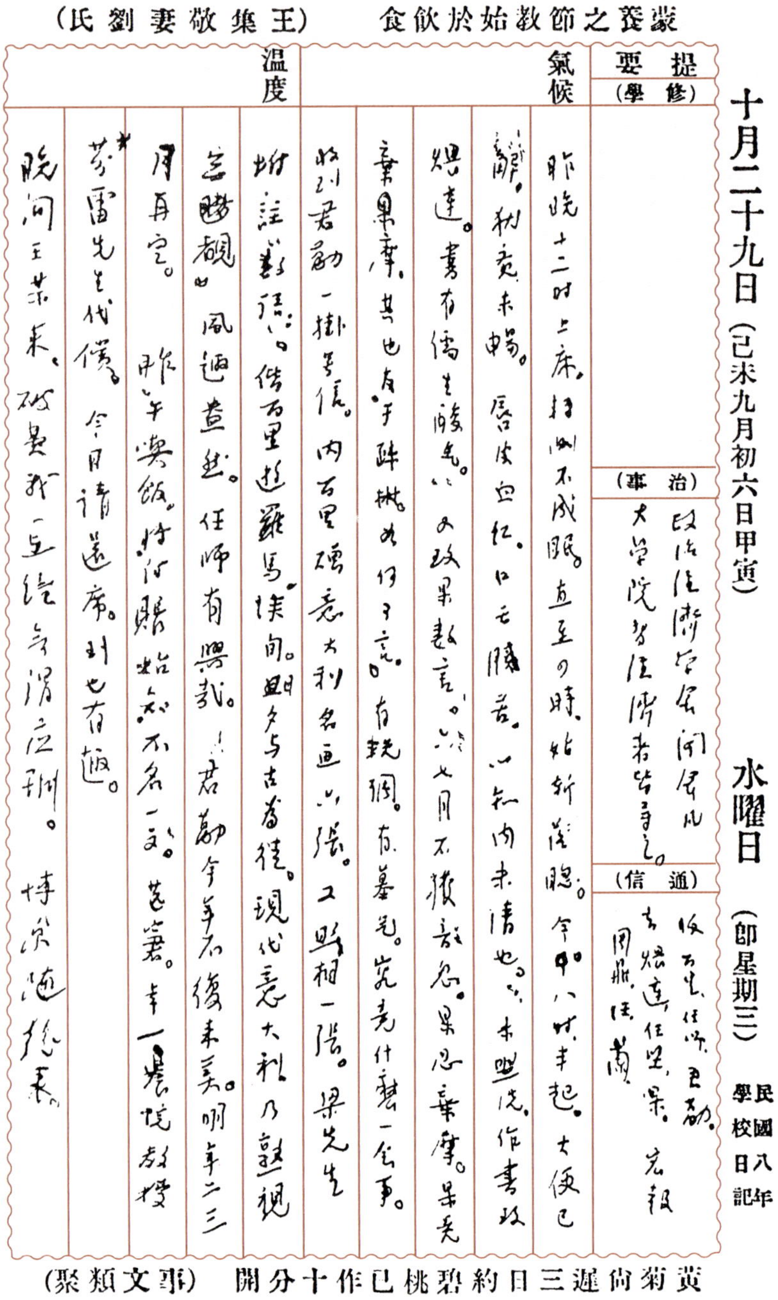

十月二十九日（己未九月初六日甲寅）星期三

治事：政治经济学会开会，凡大学院习经济者皆属之。

通信：收，百里、任师、君劢。去，煨莲、任坚、杲。宏报、周鼎、任、兰

昨晚十二时上床。转侧不成眠。直到四时，始渐渐落眬，今日八时半起，大便已解。犹觉未畅。唇皮血红，口舌腻苦，以知内未清也。未盥洗。作书致煨莲。书有儒生酸气。又致杲数言。六七月不获音息。杲忍弃摩，杲竟弃摩。其他友于疏散。如何可言。有挽调。有墓气。究竟什么一会事。收到君劢一挂号信。内百里赠意大利名画六张。又照相一张。梁先生附注数语：『偕百里游罗马泱句。日夕与古为徒。现代意大利，乃熟视无睹』，风趣益然。任师有兴哉。君劢今年不复来美。明年二三月再定。昨午吃饭，将付账始知不名一文。甚窘。幸一农院教授芬雷先生代偿。今日请还席。到也有趣。

晚间王某来。破费我一点钟无谓应酬。博泉随后来。

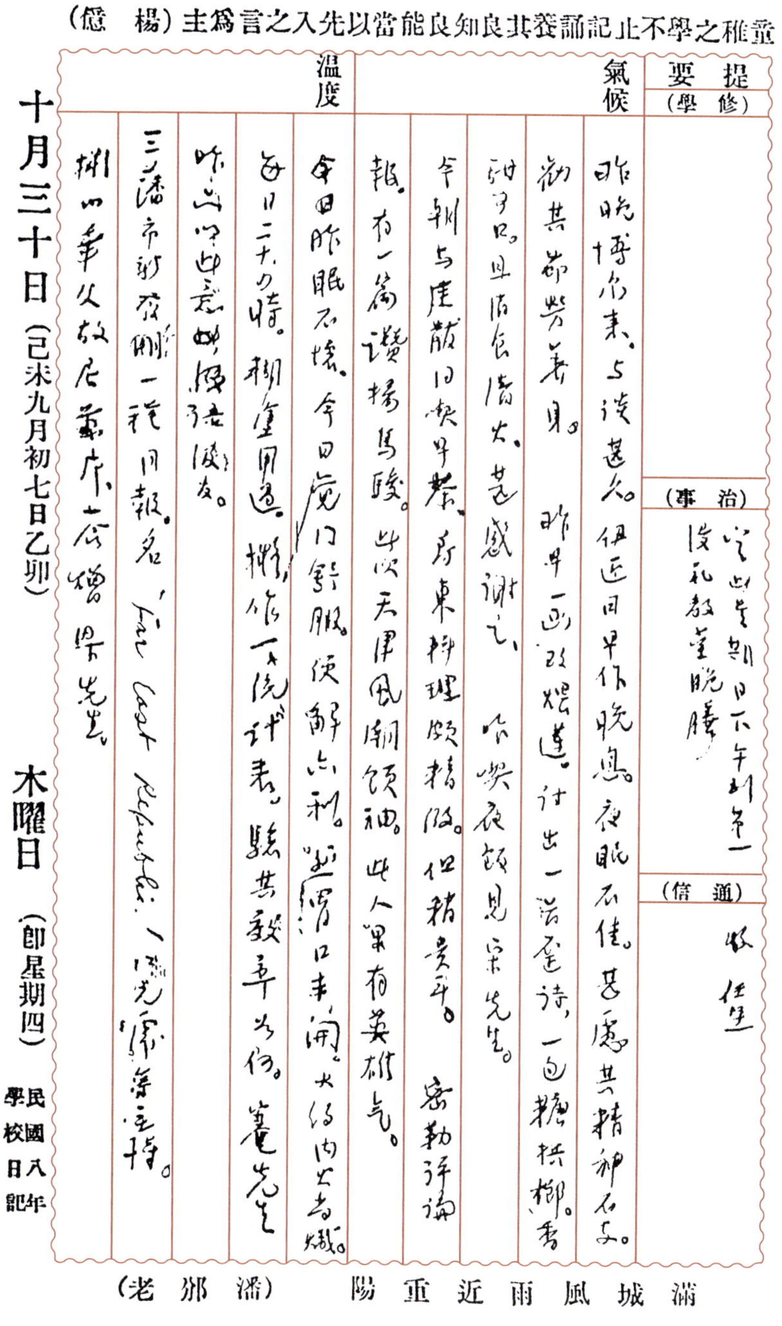

十月三十日（己未九月初七日乙卯）星期四

治事：定此星期日下午到第一浸礼教堂晚膳

通信：收，任坚。

昨晚博泉来，与谈甚久。伊近日早作晚息。夜眠不佳。甚虑其精神不支。劝其节劳养身。昨早一函致煨莲，讨出一首歪诗，一包糖槟榔，香甜可口。且消食清火，甚感谢之。昨吃夜饭见宋先生。

今朝与廷黻同吃早茶，房东料理颇精致。但稍贵耳。《密勒评论报》有一篇赞扬马骏。此次天津风潮领袖。此人果有英雄气。

昨眠不坏。今日觉得舒服。便解亦利，然胃口未开。大约内火尚炽。每日二十四时。糊涂用过。拟作一统计表，验其效率如何。蹇先生昨亦以此意及语汲友。

三藩市新发明一种月报名 *Fast East Public*〔远东共和国〕汪光虎等主持。拟以华父故居景片，答赠梁先生。

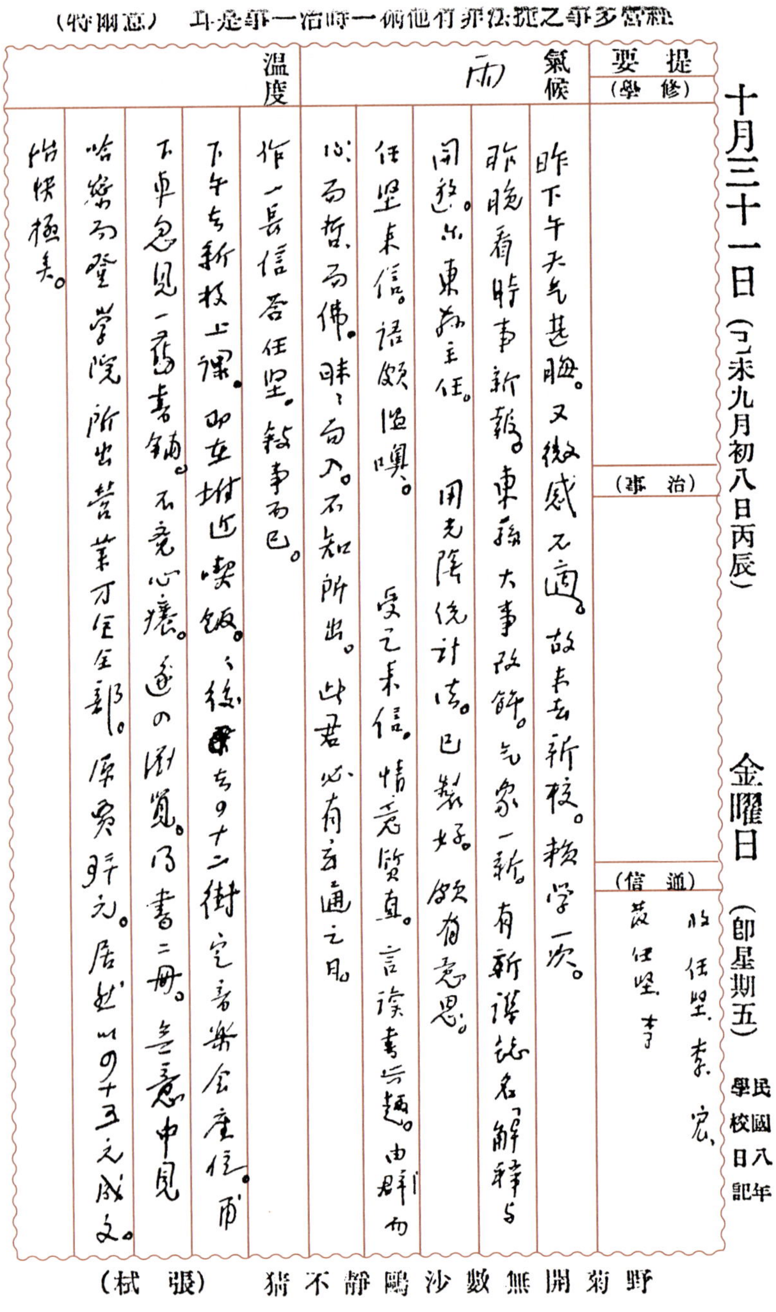

十月三十一日（己未九月初八日丙辰）星期五　雨

昨下午天气甚晦。又微感不适。故未去新校。赖学一次。

昨晚看《时事新报》。东荪大事改饰。气象一新。新杂志名《解释与开放》，亦东荪主任。

用光阴统计法，已制好。颇有意思。

任坚来信，语颇温噢。

受之来信，情意质直。言读书兴趣，由群而心，而哲，而佛。味味而入，不知所出。

此君必有玄通之日。

作一长信答任坚，叙事而已。

下午去新校上课，即在附近吃饭。之后去四十二街定音乐会座位。甫下车忽见一旧书铺。不竟心痒，遂入浏览，得书二册。无意中见哈密而登学院所出《营业万全》全部，原贾百二十元，居然以四十五元成交。怡快极矣。

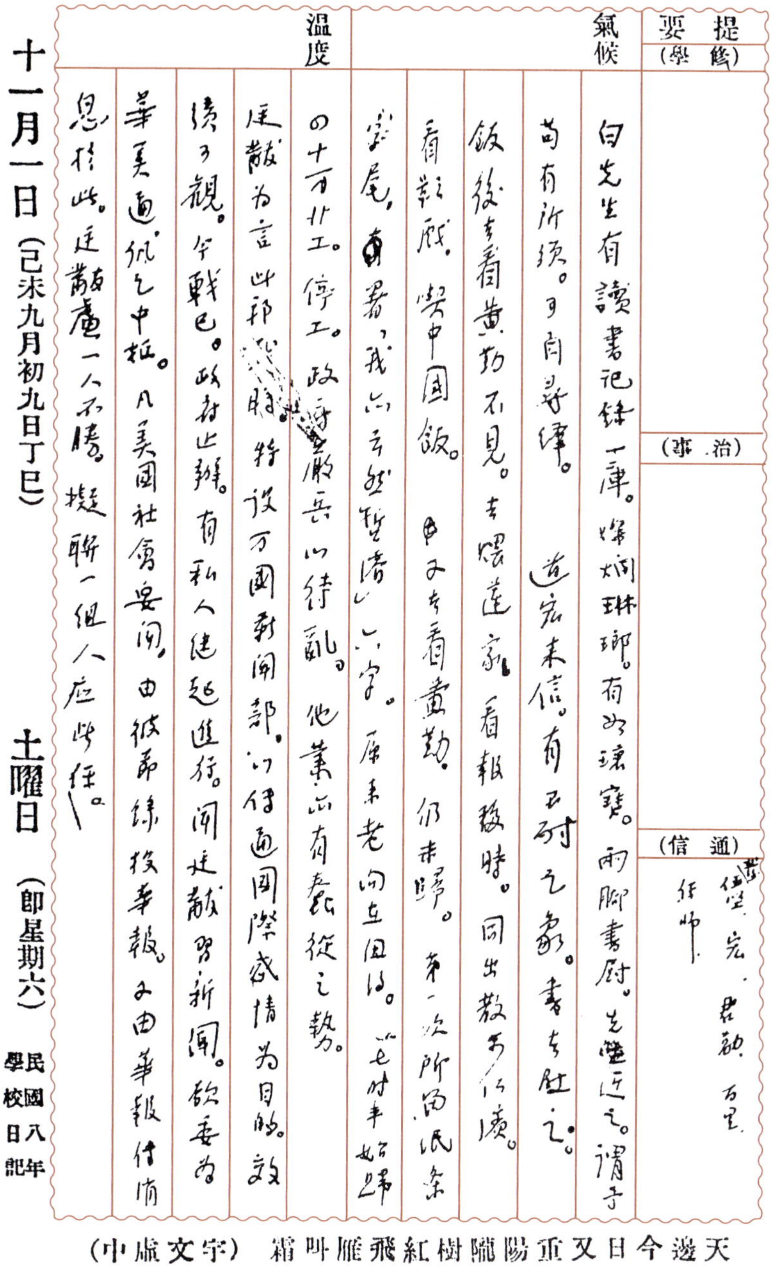

十一月一日（己未九月初九日丁巳）

土曜日（即星期六）

民國八年學校日記

提要（學修）

（事治）

（信通）

氣候

溫度

白先生有讀書記錄一庫。燦爛琳瑯。有如懷寶。兩腳書廚。先生近之。謂予苟有所須。可自尋繹。

道宏來信。有不耐之象。書去慰之。飯後去看黃勤不見。去煨蓮家。看報移時。同出散步江濱。看影戲。吃中國飯。又去看黃勤。仍未歸。第一次所留紙條字尾。署我亦云然哲濬六字。原來老向在紐約。七時半始歸。四十萬礦工停工。政府嚴兵以待亂。他業亦有蠢從之勢。

廷黻為言此邦戰時。特設萬國新聞部。以傳通國際感情為目的。效績可觀。今戰已。政府止辦。有私人繼起進行。聞廷黻習新聞。欲委為華美通訊之中樞。凡美國社會要聞。由彼節錄投華報。又由華報傳消息於此。廷黻慮一人不勝。擬聯一組人應此任。

天邊今日又重陽隨樹紅飛雁叫霜（宇文虛中）

十一月一日（己未九月初九日丁巳）星期六

白先生有读书记录一库，灿烂琳琅，有如怀宝。两脚书橱，先生近之，谓予苟有所须，可自寻绎。

道宏来信，有不耐之象。书去慰之。饭后去看黄勤不见。去煨莲家，看报移时。同出散步江滨。看影戏，吃中国饭。又去看黄勤，仍未归。第一次所留纸条字尾，署『我亦云然哲濬〔睿〕』六字。原来老向在纽约。七时半始归。四十万矿工停工，政府严兵以待乱。他业亦有蠢从之势。

廷黻为言此邦战时，特设万国新闻部。以传通国际感情为目的。效绩可观。今战已。政府止办，有私人继起进行。闻廷黻习新闻，欲委为华美通讯之中枢。凡美国社会要闻，由彼节录投华报。又由华报传消息于此。廷黻虑一人不胜，拟联一组人应此任。

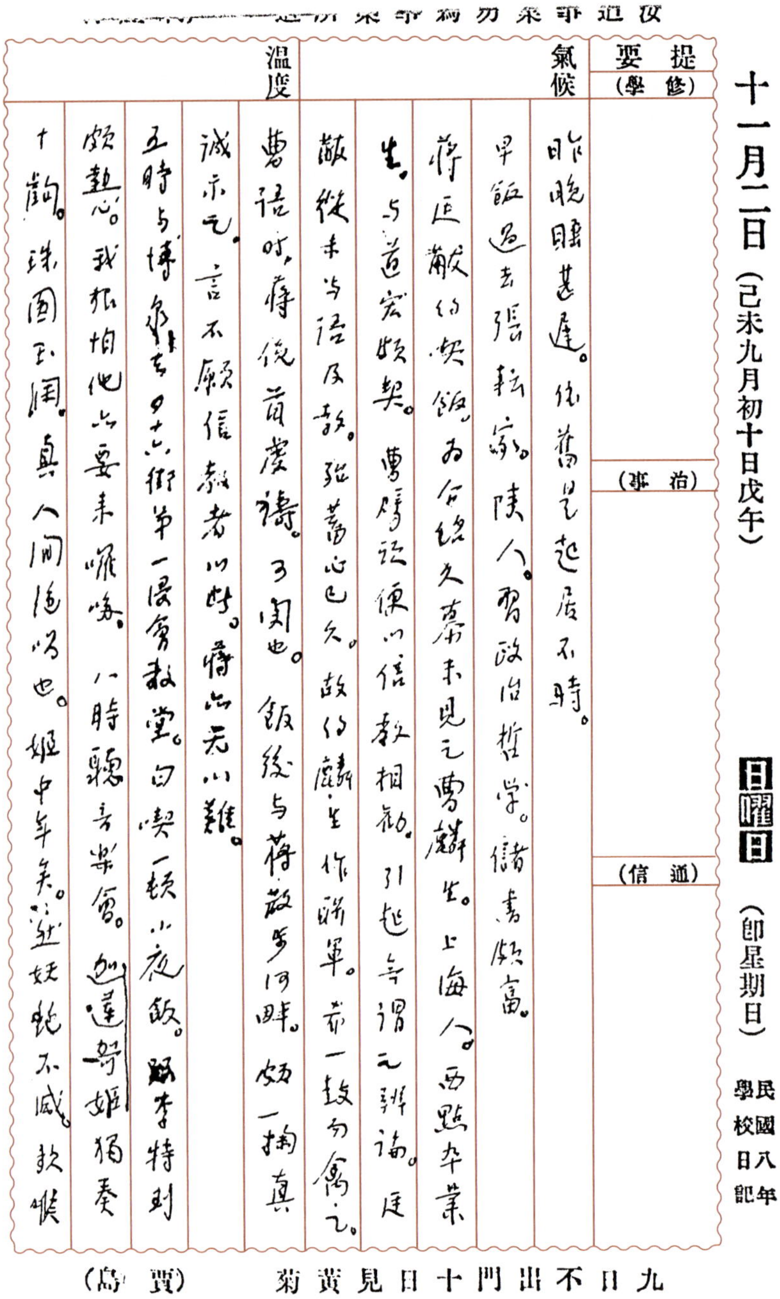

十一月二日（己未九月初十日戊午）星期日

昨晚睡甚迟。依旧是起居不时。

早饭过去张耘家。陕人。习政治，哲学。储书颇富。

蒋廷黻约吃饭，为介绍久慕未见之曹麟生。上海人。西点卒业生，与道宏颇契。曹劈头便以信教相劝。引起无谓之辩论。廷黻从未与语及教，殆蓄心已久。故约麟生作联军，希一鼓而禽〔擒〕之。曹语时，蒋俯首虔祷，可闵也。饭后与蒋散步河畔，颇一掬真诚示之。言不愿信教者以此。蒋亦无以难。

五时与博泉去四十六街第一浸会教堂，白吃一顿小夜饭。李特到，颇热心。我狠怕他亦要来啰唆。八时听音乐会。迦莲罚姬独奏十出，珠圆玉润，真人间绝唱也。姬中年矣，然妖艳不减，歌喉

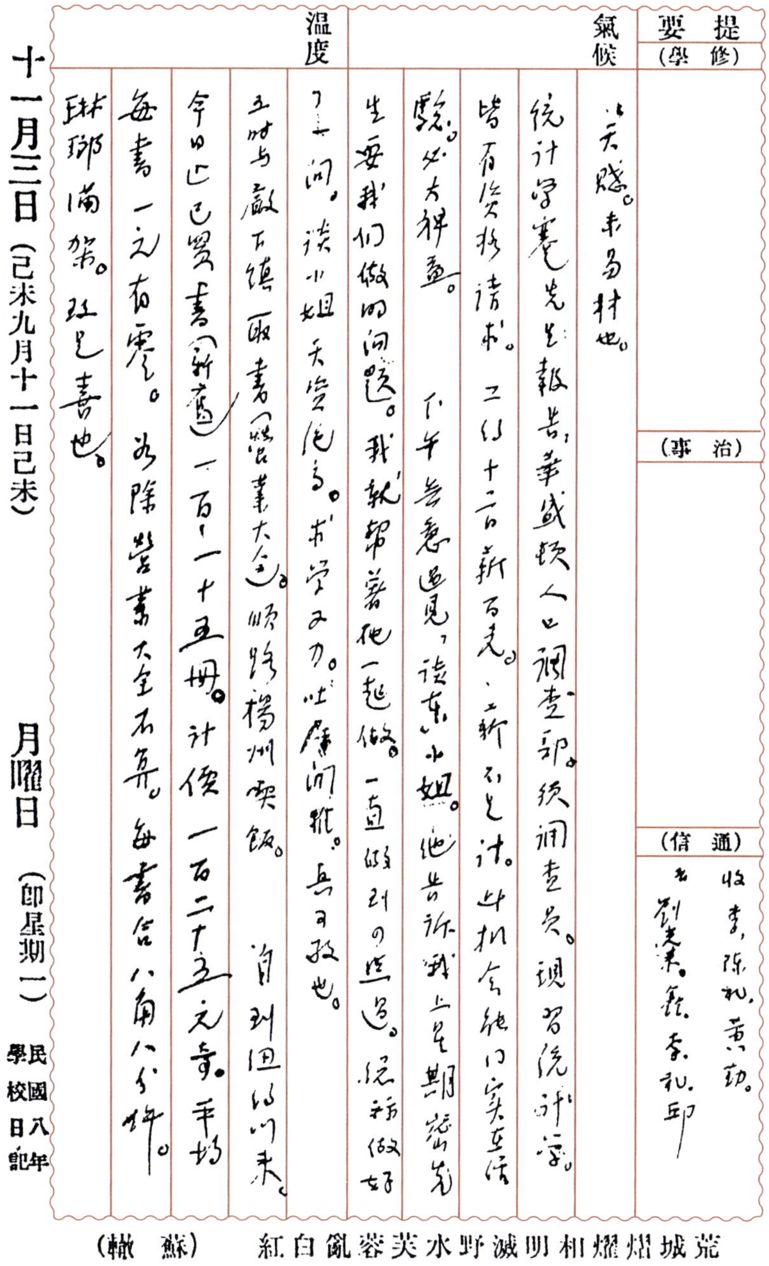

十一月三日（己未九月十一日己未）星期一

通信：收，李、陈、礼、黄勤。去，刘光来、鑫、李、礼、邱。

天赋，未易材也。

统计学蹇先生报告，华盛顿人口调查部须调查员。现习统计学，皆有资格请求。工约十二日新百元。薪不足计，此机会能得实在经验，必大裨益。下午无意遇见『谈本』小姐，他告诉我上星期密先生要我们做的问题。我就帮著他一起做，一直做到四点过，总算做好了一问。谈小姐天资绝高，求学又力。吐属闲雅，真可敬也。

五时与严下镇取书（《营业大全》）。顺路扬州吃饭。自到纽约以来，今日止已买书(新旧)一百一十五册，计价一百二十元奇。平均每书一元有零。如除《营业大全》不算，每书合八角八分许。琳琅满架，致足喜也。

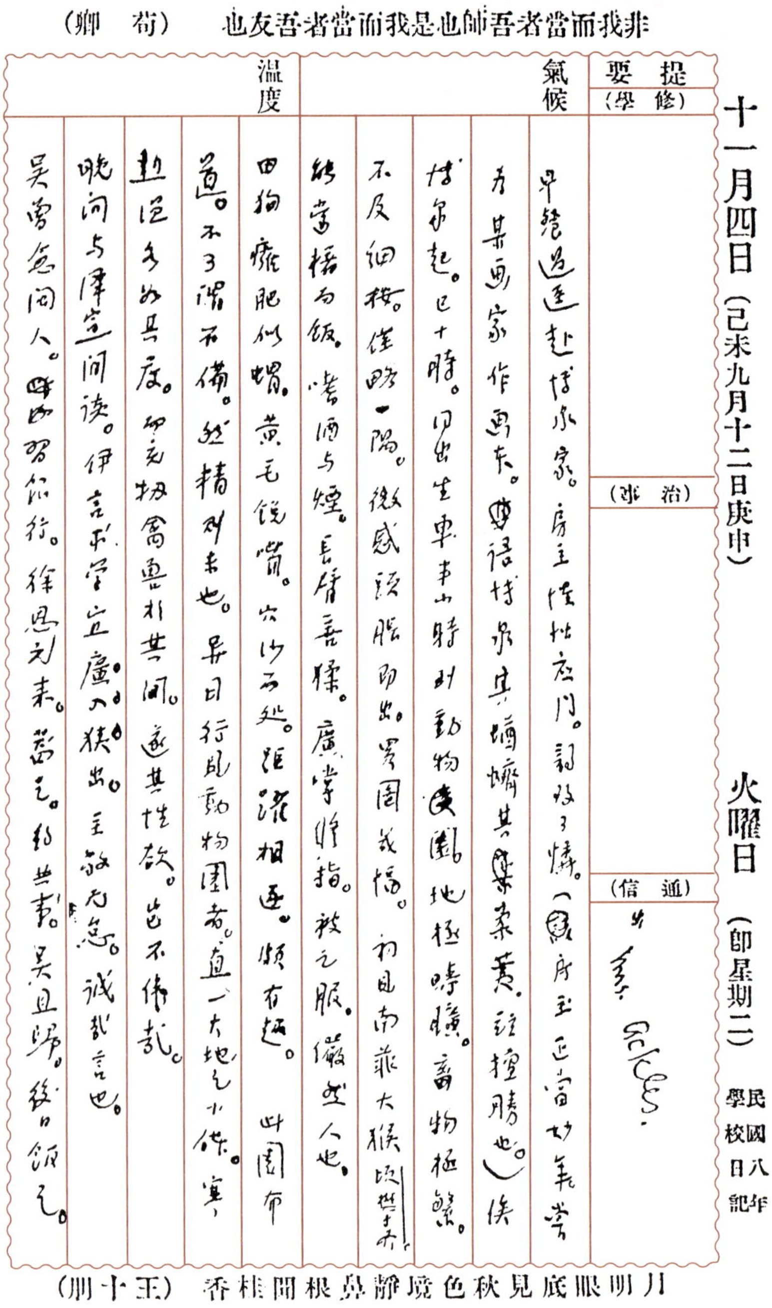
非我而當者吾師也是我而當者吾友也（荀卿）
十一月四日（己未九月十二日庚申）火曜日（即星期二）
民國八年學校日記
提要（修學）
氣候
温度
（治事）
（通信）
月明眼底見秋色境靜鼻根聞桂香（王十朋）

十一月四日（己未九月十二日庚申）星期二

通信：Mrs Ackles（恩克尔斯女士）

早餐过逐赴博泉家。房主惺忪应门。韵致可怜。（房主正当妙年。尝为某画家作画本。语博泉其蝤蛴其柔荑。并擅胜也）。俟侯博泉起，已十时。同出坐车半小时到动物园。地极畴旷，畜物极繁，不及细按。仅略一隅。微感头胀即出。买图几幅。初见南菲大猴顷攀齐。能当箸而饭，嗜酒与烟。长臂善猱。广掌修指，被之服，俨然人也。田狗痴（臃）肥似蜩，黄毛锐嘴。穴沙而处。距跃相逐，颇有趣。此园布道。不可谓不备，然精则未也。异日行见动物园者。直一大地之小体。寒热温各如其度。而充牣禽兽于其间，遂其性欲，岂不伟哉。

晚间与泽宣闲谈。伊言术学宜广入狭出，主敬无怠。诚哉言也。

吴曾愈，闽人。习银行。徐恩元来，器之，约共事。吴且归，后日饭之。

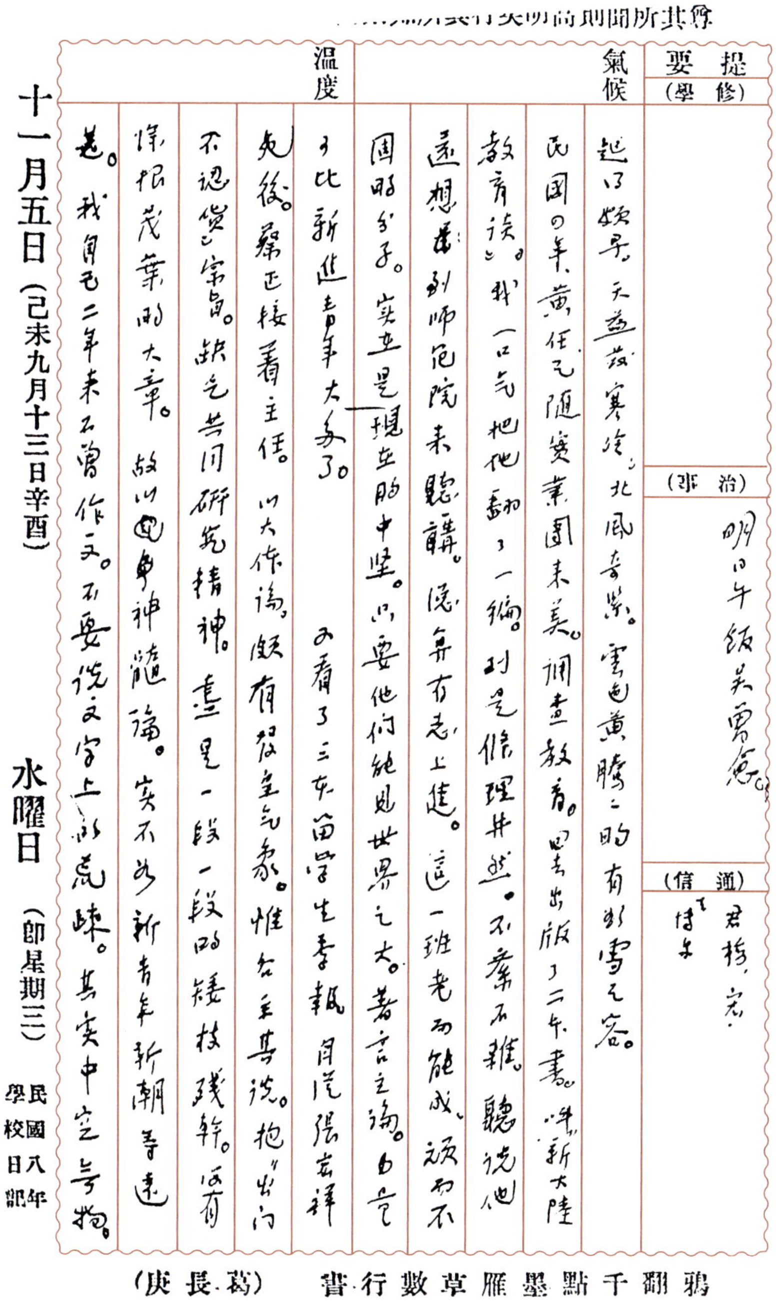

十一月五日（己未九月十三日辛酉）星期三

治事：明日午饭吴曾愈。

通信：君权，宏。去，博泉

起得颇早，天益发寒冷，北风奇紧。云色黄腾腾的有欲雪之容。

民国四年，黄任之随实业团来美，调查教育，回去出版了两本书，叫《新大陆教育谈》。我一口气把他翻了一遍，倒是条理井然，不紊不杂。听说他还想到师范院来听讲，总算有志上进。这一班老而能成，顽而不固的分子，实在是现在的中坚。只要他们能见世界之大，著言立论。力量可比新进青年大多了。

又看了三本留学生季报。自从张宏祥死后，蔡正接着主任。以大体论，颇的发皇气象。惟各主其说，抱『出门不认货』宗旨，缺乏共同研究精神。尽是一段一段的矮枝残干，没有深根茂叶的大章。故以神髓论，实不如《新青年》，《新潮》等远甚。我自己两年来不曾作文，不要说文字上的荒疏，其实中空无物。

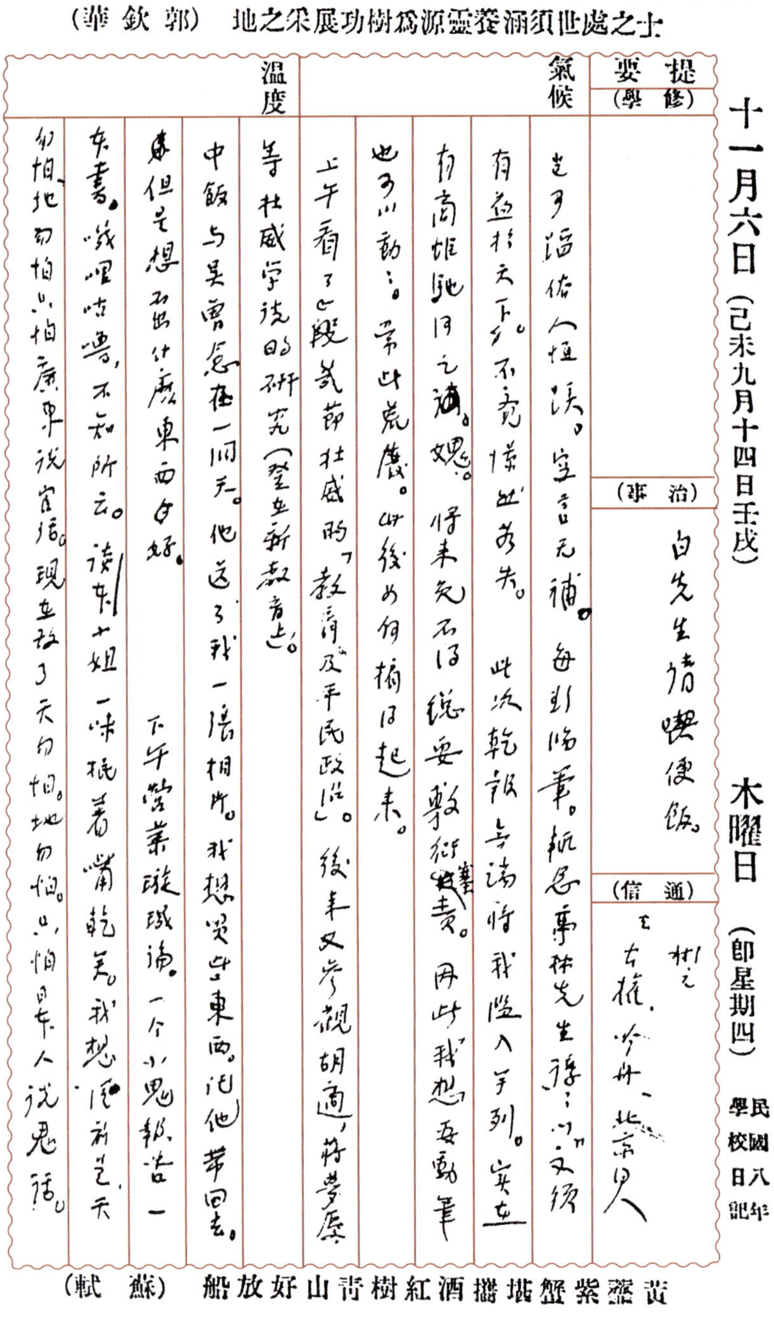

十一月六日（己未九月十四日壬戌）星期四

治事：白先生请吃便饭。

通信：彬之。去，公权、吟舟、北京日人。

岂可蹈俗人恒蹊，空言无补。每到临笔，辄念亭林先生谆谆以『文须有益于天下』。不觉憬然若失。此次《乾报》无端将我滥入竽列，实在有商距驰河之愧。将来免不得总要敷衍塞责。因此我想要动笔也可以动动。常此荒废，此后如何掮得起来。

上午看了几节杜威的《教育及平民政治》。后来又参观胡适、蒋梦麟等杜威学说的研究（登在《新教育》上）。

中饭后与吴曾愈在一洞天，他送了我一张相片。我想买些东西，托他带回去，但想不出什么东西好。

下午营业漩玑论。一个小鬼报告一本书，叽哩咕噜，不知所云。谈本小姐一味抿着嘴干笑。我想从前是天勿怕，地勿怕，只怕广东说官话。现在改了天勿怕，地勿怕，只怕日本人说鬼话。

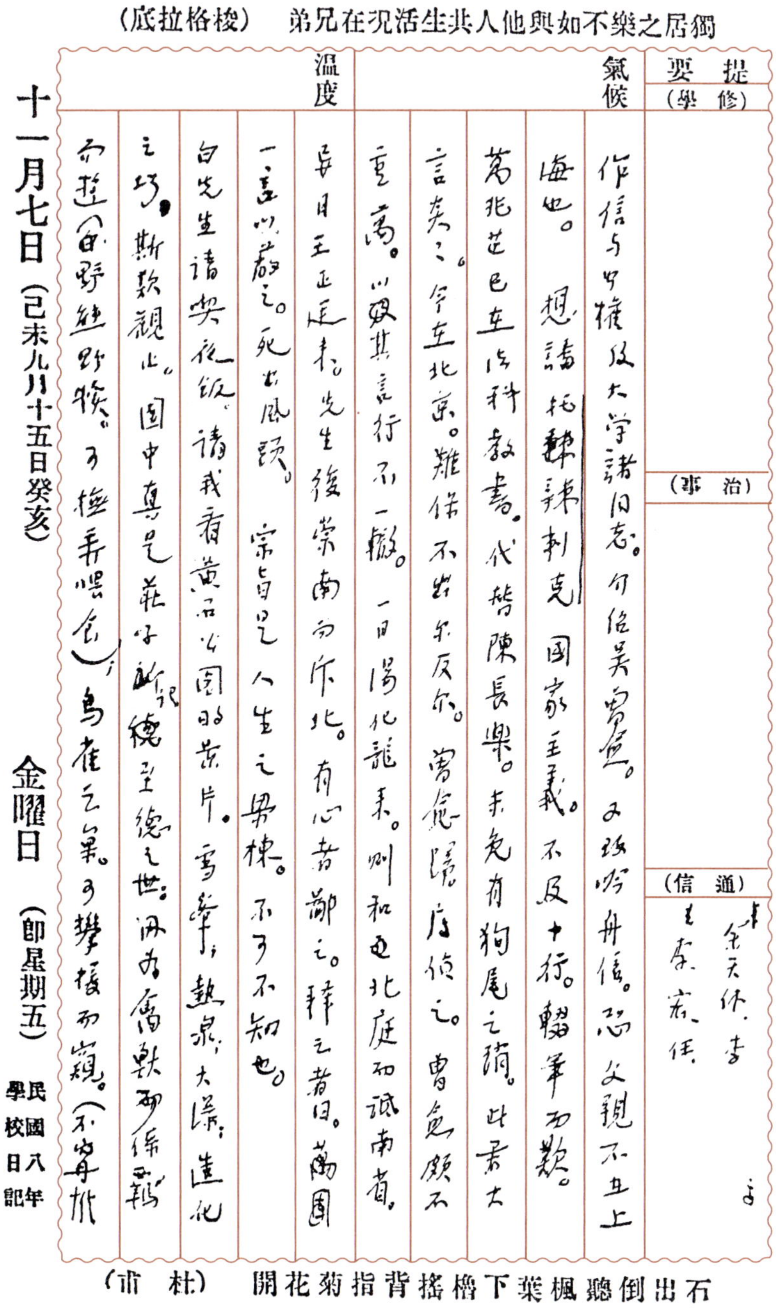

十一月七日（己未九月十五日癸亥）星期五

通信：来，余天休、李。去，李、宏、任。

作信与公权及大学诸同志。介绍吴曾愈。又致吟舟信。恐父亲不在上海也。

想论托辣刺克国家主义，不及十行。辍笔而叹。

葛兆芷已在法科教书。代替陈长乐。未免有狗尾之诮。此君大言炎炎。今在北京，难保不出尔反尔。曾愈归，属侦之。曾愈颇不重万，以其言行不一辙。一日汤化龙来，则和北庭而诋南省。异日王正廷来，先生复崇南而斥北。有心者鄙之。释之者曰，一言以蔽之，死出风头。宗旨是人生之梁栋，不可不知也。

白先生请吃夜饭，请我看黄石公园的景片。雪峰、热泉、大瀑，造化之巧，斯叹观止。园中真是庄子所谓至德之世：因为禽兽系羁而游（野熊野犊，可抚弄喂食），鸟雀之巢，可攀援而窥（不宁惟

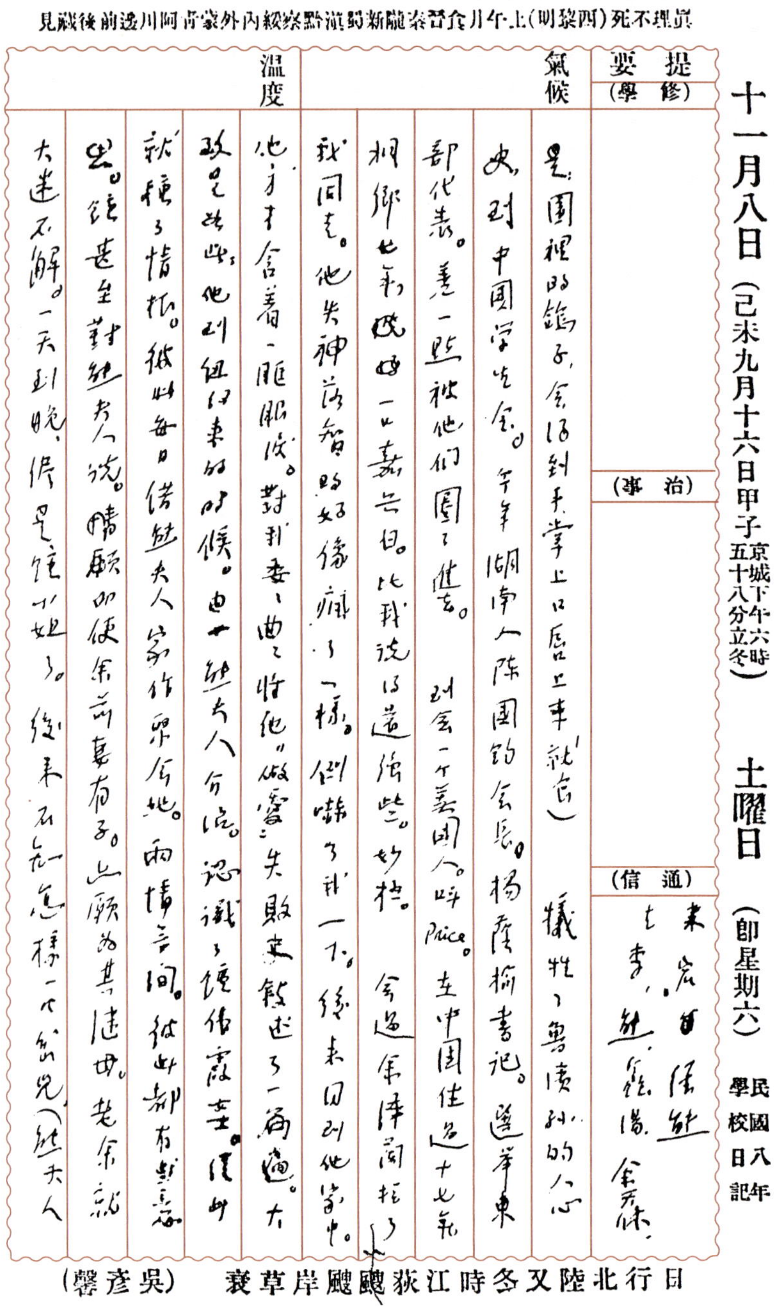
眞理不死（四黎明）上午月食晉秦隴新蜀滇黔察綏內外蒙青阿川邊前後藏見

十一月八日（己未九月十六日甲子京城下午六時五十八分立冬） 土曜日（即星期六）

民國八年學校日記

提要（修學） 氣候 溫度

（治事）

（通信）

是園裡的鴿子，會得到手掌上口唇上來就食）。犧牲了魯濱孫的人心史，到中國學生會。今年湖南人陳國鈞會長。楊蔭榆書記。選舉東部代表，差一點被他們圈了進去。到會一個美國人，叫Price。去中國住過十七年。桐鄉七年。一口嘉興白，比我說得還強些。妙極。會遇余澤蘭拉了我同走。他失神落智的好像瘋了一樣，倒嚇了我一下。後來同到他家中，他方才含着一眶眼淚，對我委委曲曲將他"做愛"失敗史敘述了一遍。大致是如此，他到紐約來的時候，由一熊夫人介紹，認識了鍾偉霞女士。從此就種了情根，彼此每日借熊夫人家作聚會地。兩情無間，彼此都有些意思。鍾甚至對熊夫人說，即使余前妻有子，亦願為其繼母。老余就大迷不解。一天到晚，僅是鍾小姐了。後來不知怎樣一個岔兒，（熊夫人

日行北陸又冬時，江荻飄颸岸草衰（吳彥磬）

十一月八日（己未九月十六日甲子京城下午六时五十八立冬）星期六

是，园里的鸽子，会得到手掌上口唇上来就食）。

牺牲了鲁滨孙的人心史，到中国学生会。今年湖南人陈国钧会长。杨荫榆书记。选举东部代表，差一点被他们圈了进去。

到会一个美国人，叫 Price〔普赖斯〕。去中国住过十七年。桐乡七年。一口嘉兴白，比我说得还强些。妙极。

会遇余泽兰拉了我同走。他失神落智的好像疯了一样，倒吓了我一下。后来同到他家中，他方才含着一眶眼泪，对我委委曲曲〔屈屈〕将他『做爱』失败史叙述了一遍。大致是如此，他到纽约来的时候，由一熊夫人介绍，认识了钟伟霞女士。从此就种了情根，彼此每日借熊夫人家作聚会地。两情无间，彼此都有些意思。钟甚至对熊夫人说，即使余前妻有子，亦愿为其继母。老余就大迷不解。一天到晚，仅是钟小姐了。后来不知怎么一个岔儿，（熊夫人

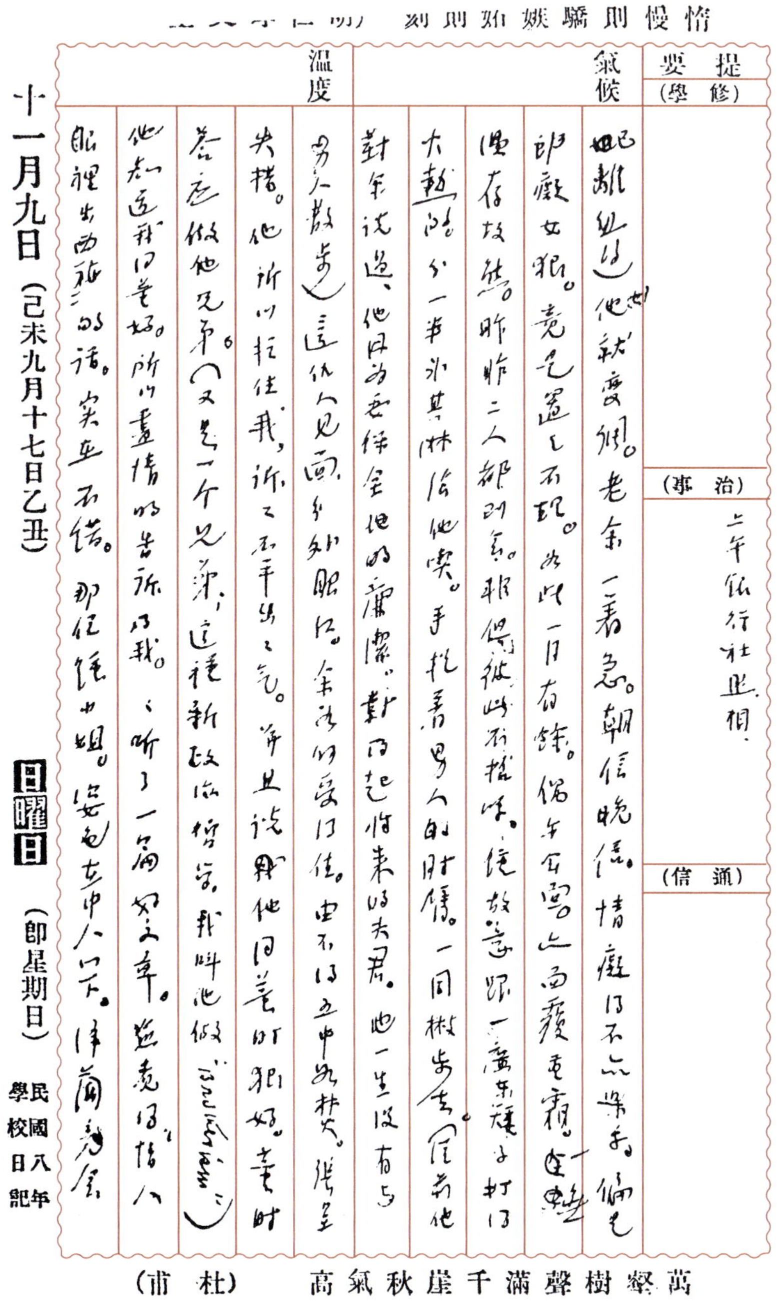

十一月九日（己未九月十七日乙丑）星期日

已离纽约）他就变调。老余一着急，朝信晚信，情痴得不亦乐乎。偏是郎痴女狠，竟是置之不理。如此一月有余。偶尔会面，亦面覆重霜，一无温存故态。昨日两人都到会，非但彼此不招呼，钟故意跟一广东矮子打得火热的。分一半冰淇淋给他吃，手提着男人的肘臂，一同散步去（从前他对余说过，他因为要保全他的廉洁，对得起将来的夫君，他一生没有与男人散步）。这仇人见面，分外眼红。余如何受得住，由不得五中如焚，张皇失措。他所以拉住我，诉诉不平出出气。并且说他同董时狠好，董时答应做他兄弟（又是一个兄弟，这种新政治哲学，我叫他做『Brotherism』〔兄弟主义〕）他知道我同董好，所以尽情的告诉了我。我听了一篇好文章，愈觉得『情人眼里出西施』的话，实在不错。那位钟小姐，姿色在中人以下，泽兰竟会

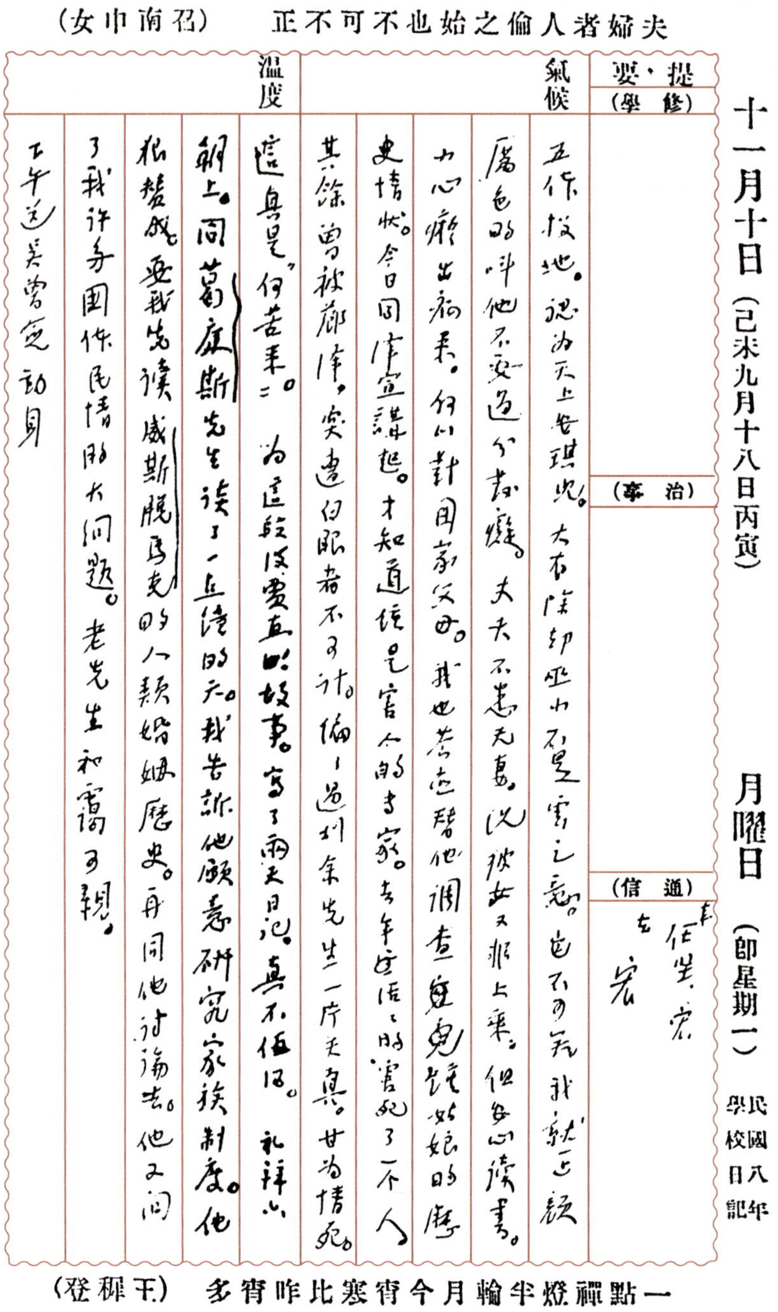

十一月十日（己未九月十八日丙寅）星期一

通信：来宏、经熊。去李、熊、鑫、汤、余天休。

五体投地，认为天上安琪儿。大有除却巫山不是云之意。岂不可笑。我就正颜厉色的叫他不要过分发痴，丈夫不患无妻，况彼女又非上乘。但安心读书，小心痴出病来，何以对国家父母。我也答应替他调查钟姑娘的历史情状。今日同泽宣讲起，才知道钟是害人的专家。去年活活的害死了一个人。其余曾被芗泽，突遭白眼者不可计。偏偏遇到余先生一片天真，甘为情死，这真是『何苦来』，为这段没贾直〔价值〕的故事，写了两天日记，真不值得。礼拜六朝上，同葛庭斯先生谈了一点钟的天。我告诉他愿意研究家族制度。他狠赞成，要我先读威斯脱马克的《人类婚姻历史》。再同他讨论去。他又问了我许多国体民情的大问题。老先生和蔼可亲。

下午送吴曾愈动身。

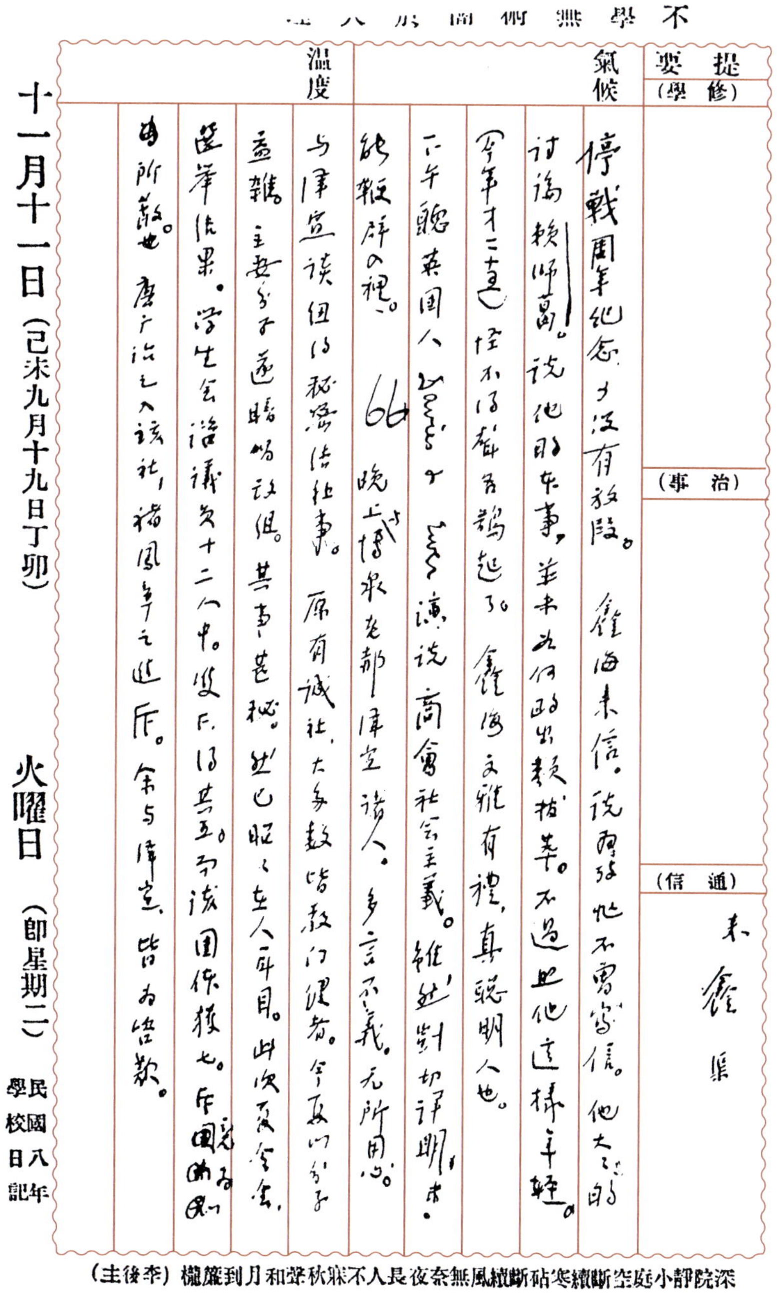

十一月十一日（己未九月十九日丁卯）星期二

通信：来鑫、渠。

停战周年纪念可没有放假。鑫海来信，说为考忙不曾写信。他大大的讨论赖师葛。说他的本事，并未如何的出类拔萃。不过照他这样年轻（今年才二十五），怪不得声名鹊起了。鑫海文雅有礼，真聪明人也。

下午听英国人 Davis Y Eves〔戴维斯·Y·伊夫斯〕演说商会社会主义。虽然剀切详明，未能鞭辟入里。

晚上与博泉、老郝、泽宣诸人，多言不义，无所用心。与泽宣谈纽约的秘密结社事，原有诚社，大多数皆教门健者。今夏以分子益杂，主要分子遂暗唱改组，其事甚秘。然已昭昭在人耳目。此次夏令会，选举结果，学生会谘议员十二人中，双F得其五。而该团体得七，斥竟为所蔽也。唐广治之入该社，褚风章之进斥，余与泽宣，皆为咨叹。

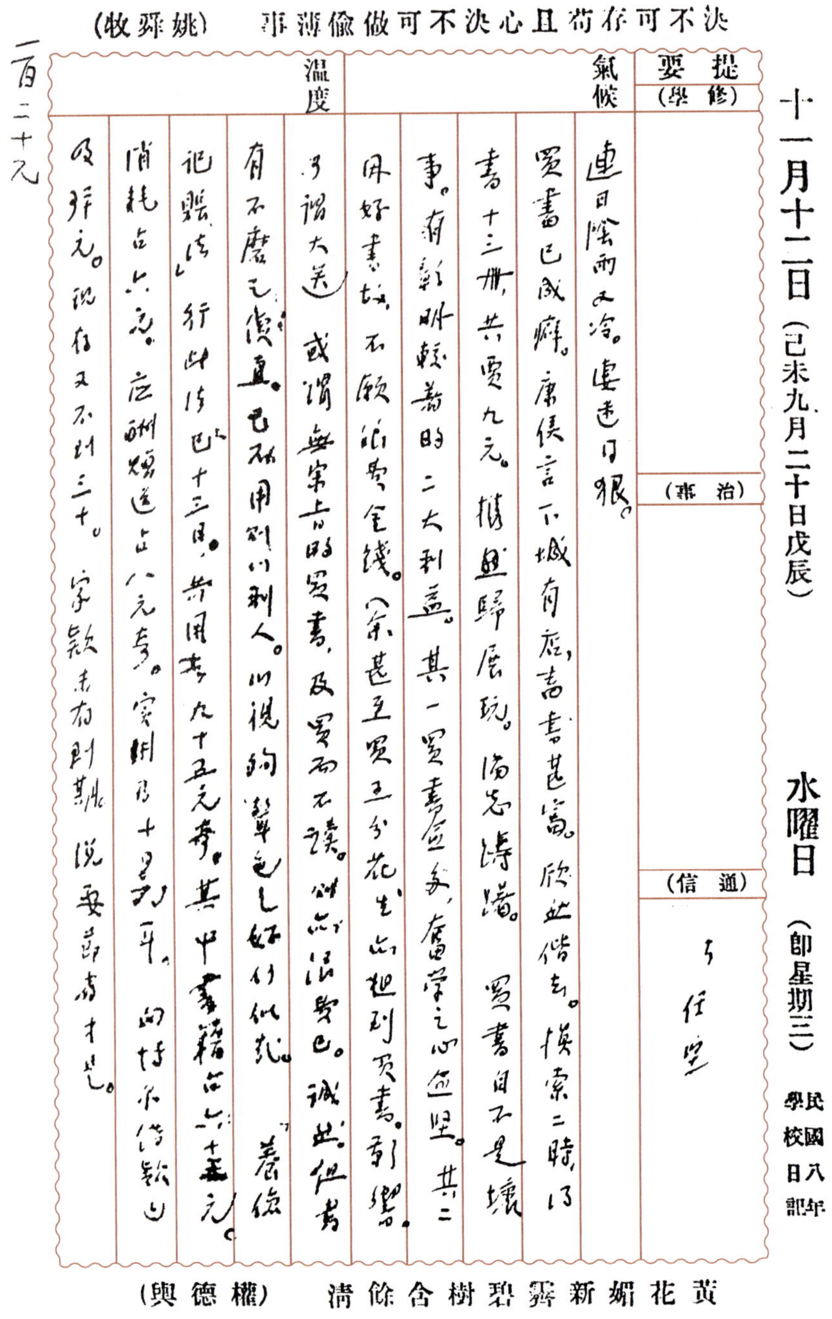

十一月十二日（己未九月二十日戊辰）星期三

连日阴雨又冷，凄迷得狠。

买书已成癖。康侯言下城有店，蓄书甚富。欣然偕去，摸索二时，得书十三册，共费九元，携归展玩。满志踌躇。买书自不是坏事，有彰明较著的二大利益。其一买书愈多，奋学之心愈坚。其二因好书故，不愿浪费金钱。（余甚至买五分花生，亦想到买书，影响可谓大矣）或谓无宗旨的买书，及买而不读。则亦浪费矣。诚然，但书有不磨之价直，已不用则以利人。以视够声色之好何似哉。

『养俭记账法』，行此法已十三日。共用去九十五元奇。其中书籍占六十五元，消耗占六元，应酬赠送占八元奇。实用乃十四元耳。向博泉借款已及一百二十元，现存又不到三十，家款未有到期，说要节省才是。

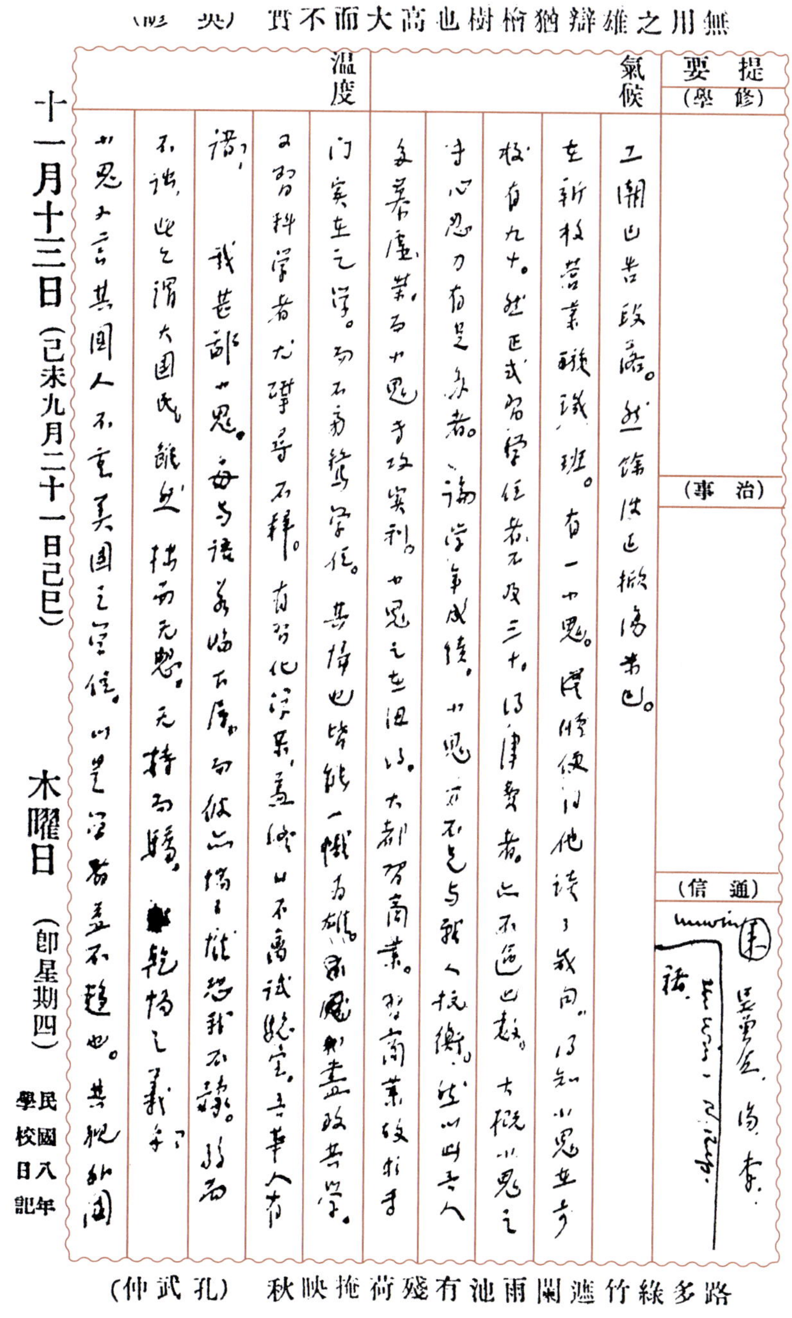

十一月十三日（己未九月二十一日己巳）星期四

通信：来，吴曾愈、汤、李、Unwin［昂温］去，褚、Unwin、N·Rep

工潮已告段落。然余波正掀涌未已。

在新校营业璇玑班，有一小鬼，顺便同他谈了几句，得知小鬼在哥校有九十（人），然正式习学位者不及三十。得津费者，亦不逾此数。大概小鬼之专心忍力有足多者，论学年成绩，小鬼乃不足与我人抗衡，然以此吾人多慕虚荣，而小鬼专攻实利。小鬼之在纽约，大都习商业。习商业故求专门实在之学，而不旁骛学位。其归也皆能一帜为雄。尽致其学。又习科学者尤研寻不释。有习化学某，盖终日不离试验室。吾华人有诸？

我甚鄙小鬼，每与语若临下属。而彼亦惴惴惟恐我不豫。弱而不诎，此之谓大国民。虽然拙而无恐，无持而骄。乾惕主义乎？

小鬼又言其国人不重美国之学位，以是学者益不趋也。其视外国

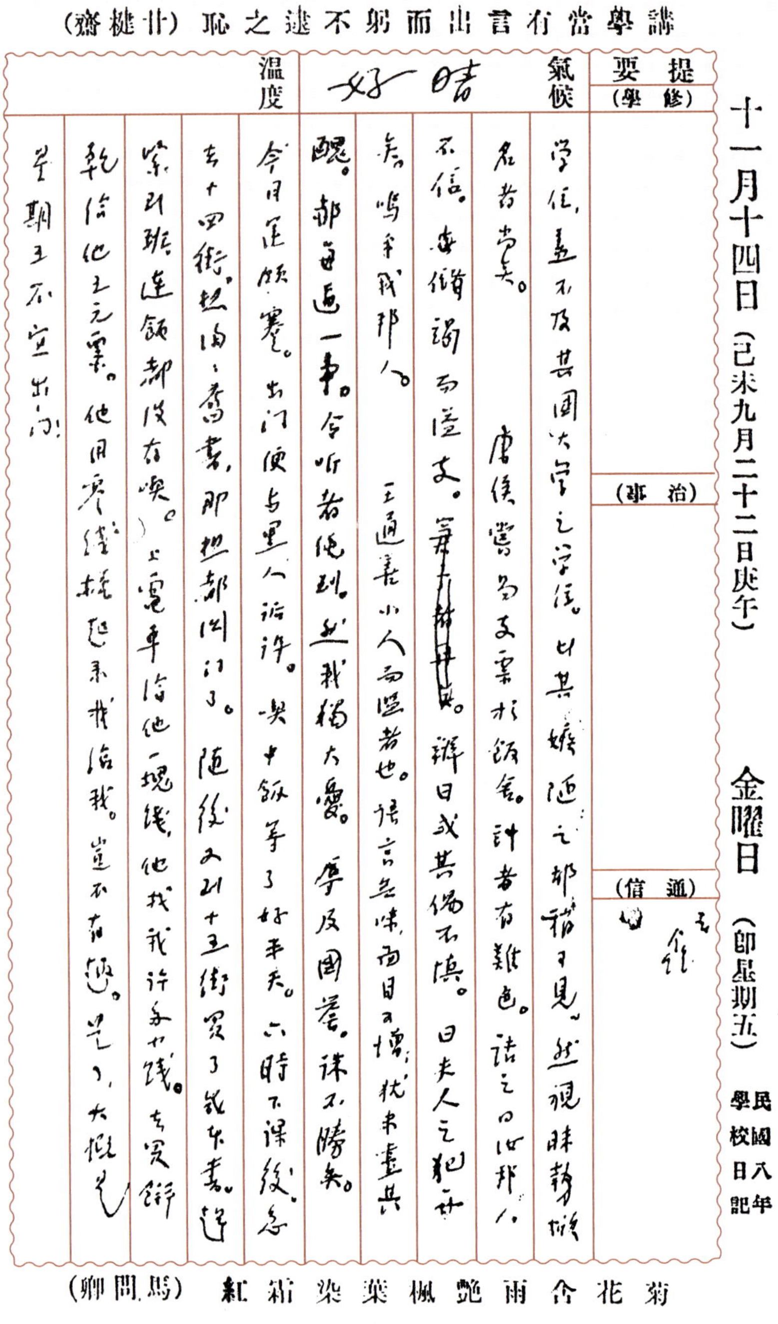

十一月十四日（己未九月二十二日庚午）星期五　　晴好

通信：去鑫。

学位，盖不及其国大学之学位。此其嫉陋之却稍可见。然视昧势掀名者尚矣。

唐侯尝易支票于饭舍。计者有难色，诘之曰汝邦人不信，储竭而溢支。辨曰或其偶不慎。曰夫人之犯□矣。呜乎我邦人。王通善小人而滥者也。语言无味，面目可憎，犹未尽其丑。郝每道一事，令听者绝倒。然我独大忧，辱及国誉，诛不胜矣。

今日运颇蹇，出门便与黑人垢谇。吃中饭等了好半天。六时下课后，急去十四街，想淘淘旧书，那想都关门了。随后又到十五街买了几本书。赶紧到班，连饭都没有吃。上电车给他一块钱，他找我许多小钱，去买饼干给他三元票，他用零钱搭起来找给我，岂不有趣。是了，大概是星期五不宜出门。

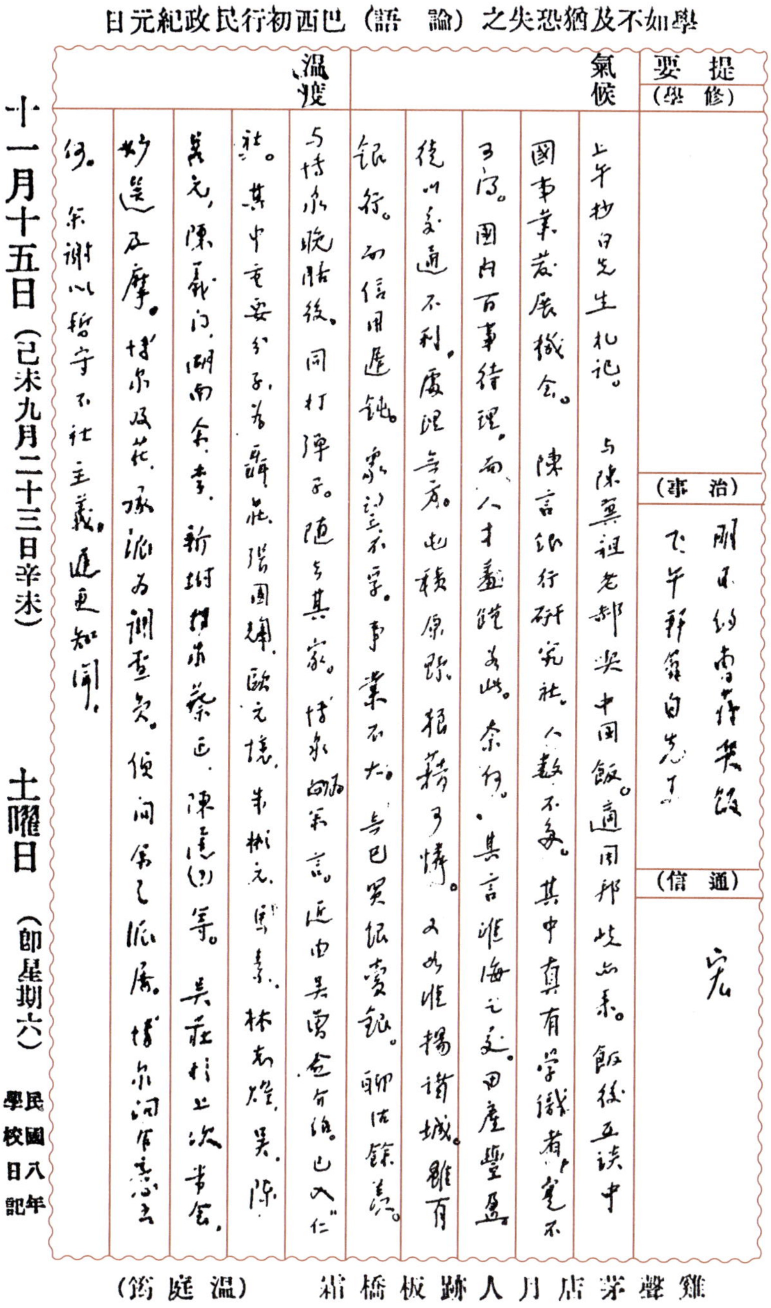
學如不及猶恐失之（論語） 巴西初行民政紀元日

十一月十五日（己未九月二十三日辛未） 土曜日（即星期六） 民國八年學校日記

提要（修學）

治事：明日约曹蒋吃饭 下午拜会白先生

通信：宏

氣候 溫度

上午抄白先生札记。与陈翼祖、老郝吃中国饭。适周邦岐亦来。饭后互谈中国事业发展机会。陈言银行研究社，人数不多。其中真有学识者，实不可得。国内百事待理，而人才羞馑若此，奈何。其言淮海之交，田产丰盈，徒以交通不利，处理无方，屯积原野，狼藉可怜。又如淮扬诸城，虽有银行，而信用迟钝，众望不孚，事业不大。无已买银卖银。聊沽馀羡。与博泉晚膳后，同打弹子。随去其家。博泉为余言，近由吴曾愈介绍，已入仁社。其中重要分子，为聂、庄、张国辉、欧元怀、朱彬元、马素、林志煌、吴、陈、善元、陈义门、湖南余、李、新附博泉、蔡正、陈达(?)等。吴、庄于上次常会，扩选及摩。博泉及庄妙选及摩。博泉问余之派属。博泉问余意云何，余谢以暂守不社主义，迟更知闻。

雞聲茅店月 人跡板橋霜（溫庭筠）

十一月十五日（己未九月二十三日辛未）星期六

治事：明日约曹、蒋吃饭。下午拜会白先生。

信通：宏

上午抄白先生札记。与陈翼祖、老郝吃中国饭。适周邦岐亦来。饭后互谈中国事业发展机会。陈言银行研究社，人数不多，其中真有学识者，实不可得。国内百事待理，而人才羞馑若此，奈何。其言淮海之交，田产丰盈，徒以交通不利，处理无方，屯积原野，狼藉可怜。又如淮扬诸城，虽有银行，而信用迟钝，众望不孚，事业不大。无已买银卖银。聊沽馀羡。

与博泉晚膳后，同打弹子，随去其家。博泉为余言，近由吴曾愈介绍，已入『仁社』。其中重要分子，为聂、庄、张国辉、欧元怀、朱彬元、马素、林志煌、吴、陈、善元、陈义门、湖南余、李、新附博泉、蔡正、陈达（？）等。吴、庄于上次常会，扩选及摩。博泉及庄，承派为调查员。便问余之派属。博泉问余意云何，余谢以暂守不社主义，迟更知闻。

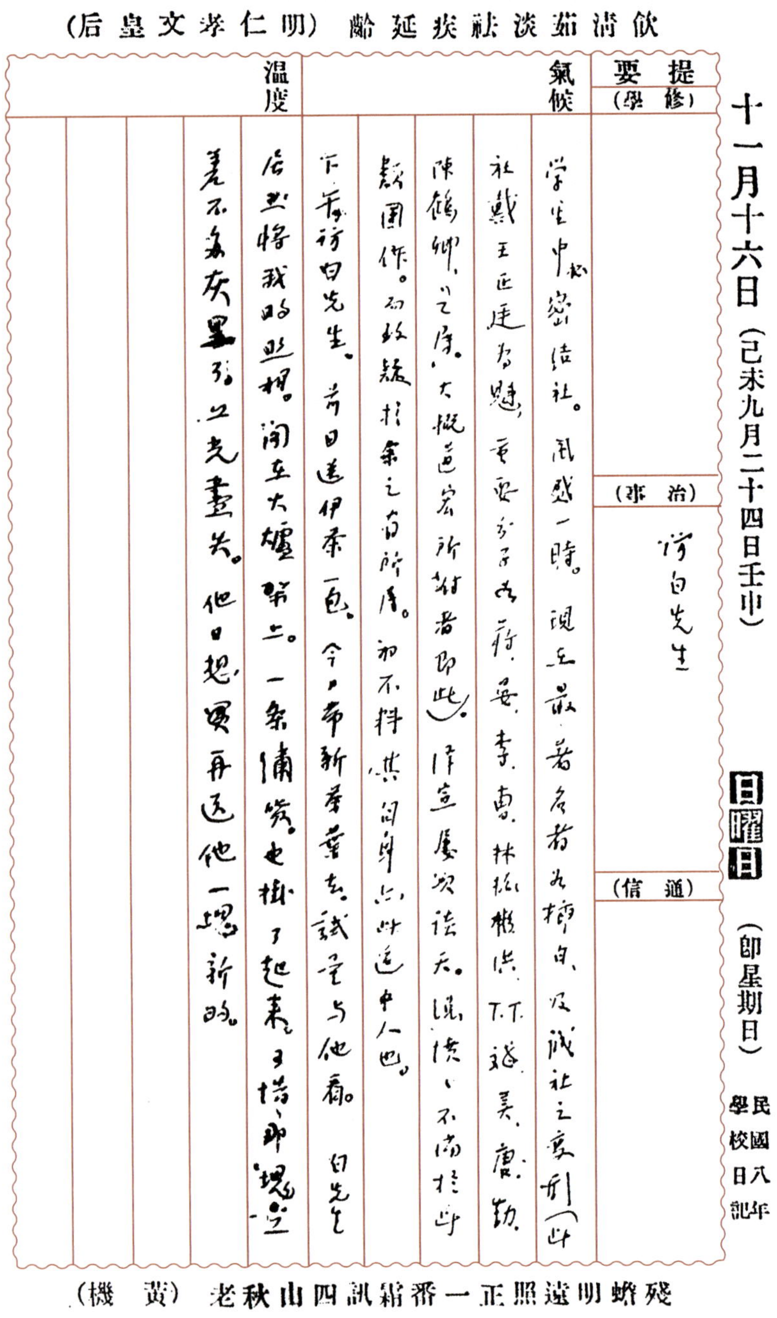

十一月十六日（己未九月二十四日壬申）星期日

治事：访白先生。

学生中秘密结社，风盛一时。现在最著名者如『插白』及『诚社』之变形（此社戴王正廷为魁，重要分子如蒋、晏、李、曹、林振彬、洪、T T、斌、美、唐、勃、陈鹤卿之属，大概道宏所附者即此）。泽宣屡次谈天，总愤愤不满于此类团体，而致疑于余之有所属。初不料自身亦此道中人也。

下午访白先生，前日送伊茶一包。今日带新茶叶去，试量与他看。白先生居然将我的照相，阁在火炉架上。一条绣货也挂了起来。可惜那块丝差不多灰黑了。丝光尽失，他日想再送他一块新的。

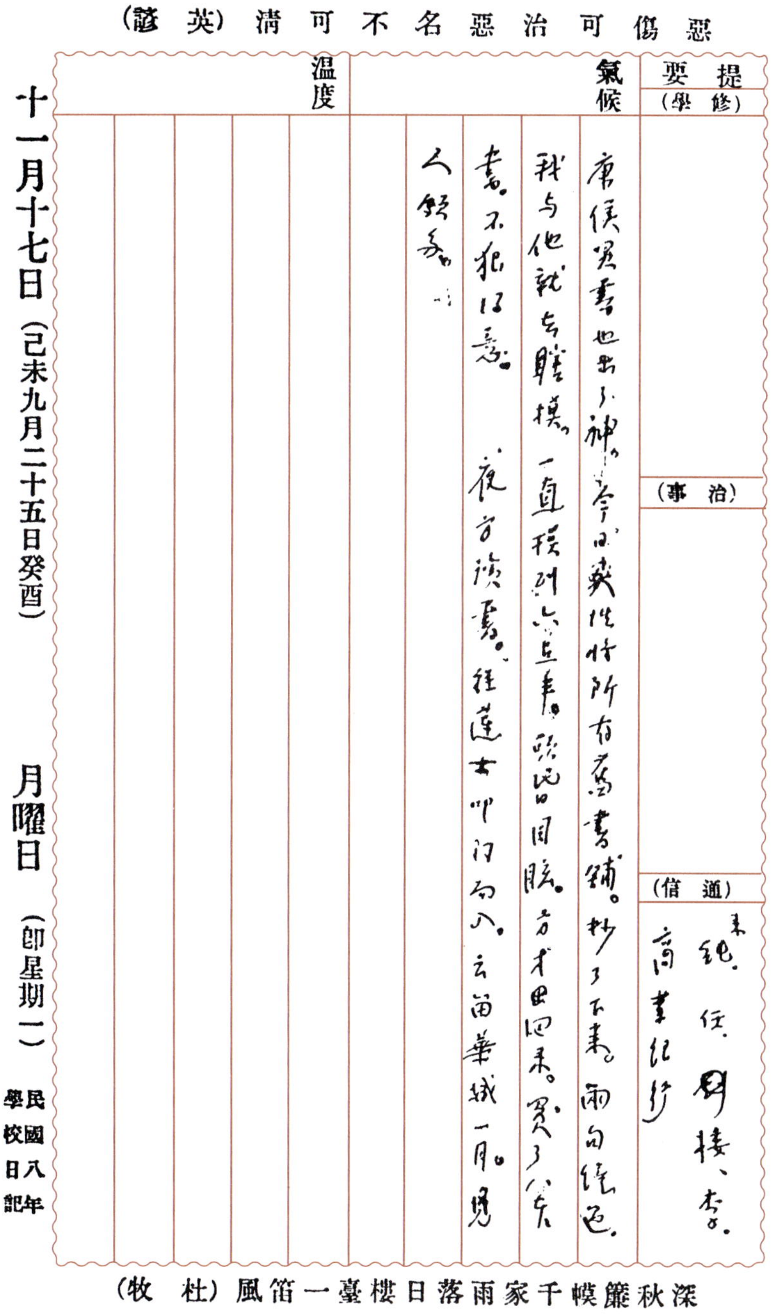
恶伪可治恶名不可清（英谚）

十一月十七日（己未九月二十五日癸酉）月曜日（即星期一）

民国八年学校日记

提要（修学）

（治事）

（通信）来纯、任、周、楼、李。商业银行

气候　温度

康侯买书也出了神。今日爽性将所有旧书铺抄了下来。两点钟过，我与他就去瞎摸，一直摸到六点半，头昏目眩。方才回来。买了八本书，不很得意。夜方读书。经莲士叩门而入，云留华城一月，见人颇多。

深秋笼幌千家雨落日楼台一笛风（杜牧）

十一月十七日（己未九月二十五日癸酉）星期一

通信：来，纯、任、楼、李、商业银行。

康侯买书也出了神。今日爽性将所有旧书铺抄了下来。两点钟过，我与他就去瞎摸，一直摸到六点半，头昏目眩，方才回来。买了八本书，不狠得意。夜方读书，经莲士叩门而入，云留华城一月，见人颇多。

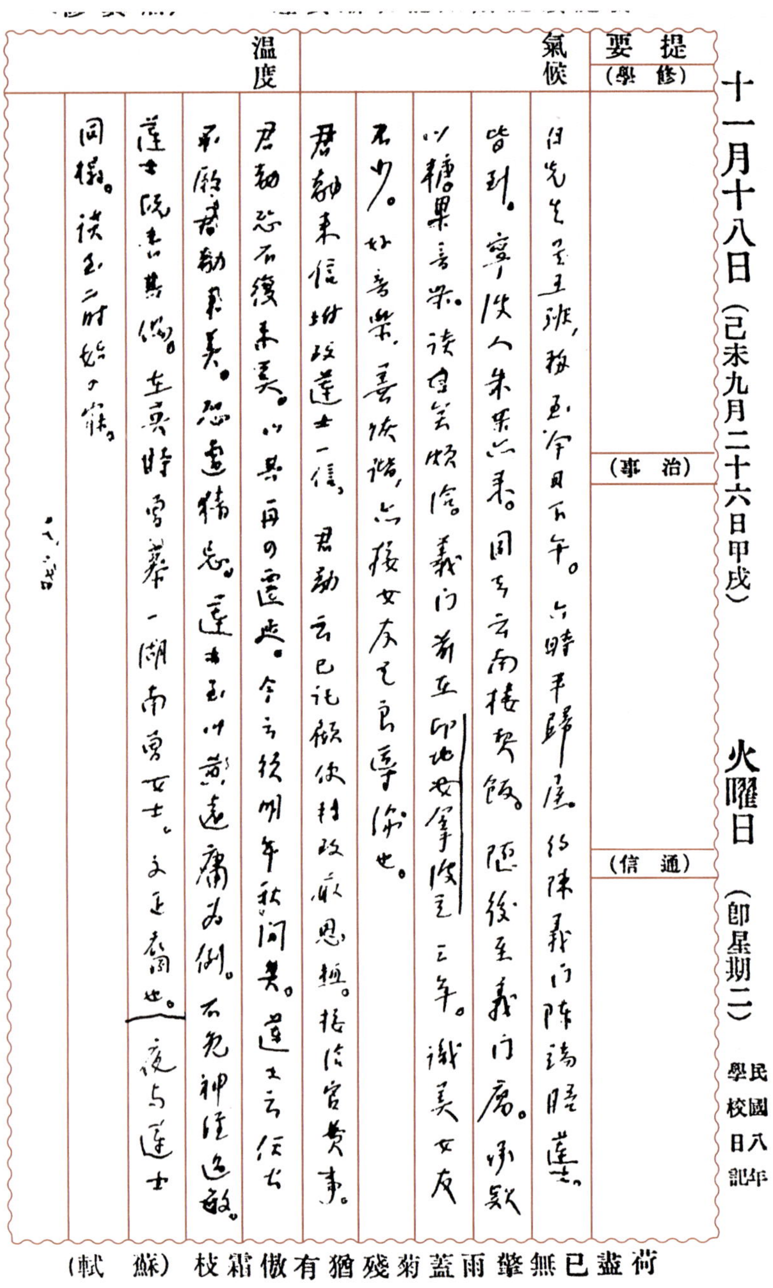
十一月十八日（己未九月二十六日甲戌） 火曜日 （即星期二） 民國八年學校日記

提要（修學）

（治事）

（通信）

氣候

温度

白先生至五班，移至今日下午。六時半歸屋，約陳義門陳端晤蓮士。皆到。寧波人朱某亦來。同去雲南樓吃飯。隨後至義門寓。承款以糖果音樂。談笑頗洽。義門前在印地安拿波立三年。識美女友不少，好音樂，善詼諧，亦接女友之良導線也。君勵來信附致蓮士一信。君勵云已託顧使轉致嚴思極，接洽官費事。君勵恐不復來美。以其再四遷延。今云須明年秋間矣。蓮士云任公不願君勵來美。恐遭猜忌。蓮士至川黃遠庸為例。不免神經過敏。蓮士既未以其偶，在英時曾慕一湖南曾女士。文正裔也。夜與蓮士同榻。談至二時始入寐。

荷盡已無擎雨蓋　菊殘猶有傲霜枝　（蘇　軾）

十一月十八日（己未九月二十六日甲戌）星期二

白先生星五班，移至今日下午。六时半归屋，约陈义门、陈端晤莲士。皆到。宁波人朱某亦来，同去云南楼吃饭。随后至义门寓，承款以糖果音乐。谈笑颇洽。义门前在印地安拿波立三年，识美女友不少，好音乐，善诙谐，亦接女友之良导线也。

君励来信附致莲士一信。君励云已托顾使转致严思极，接洽官费事。君励恐不复来美。以其再四迁延。今云须明年秋间矣。莲士云任公不愿君励来美。恐遭猜忌。莲士至川黄远庸为例，不免神经过敏。莲士既未以其偶，在英时曾慕一湖南曾女士，文正裔也。夜与莲士同榻，谈至二时始入寐。

十一月十九日（己未九月二十七日乙亥）星期三

治事：送客。

通信：去方、马、家、纯。来Ackales〔恩格尔斯〕、方、马

吃早饭，莲士自端咖啡不慎，烫其手，蹑踢不安者数时。此亦一纪念。

作一长信致父亲。托莲士带去。绮色佳，爱格尔夫人来信。附来佛新凯即国庆贺片。

四时与郝远程行。直至八时半始归。连日又复起居不时，饮食不节。唇焦口渴。颇不舒畅。

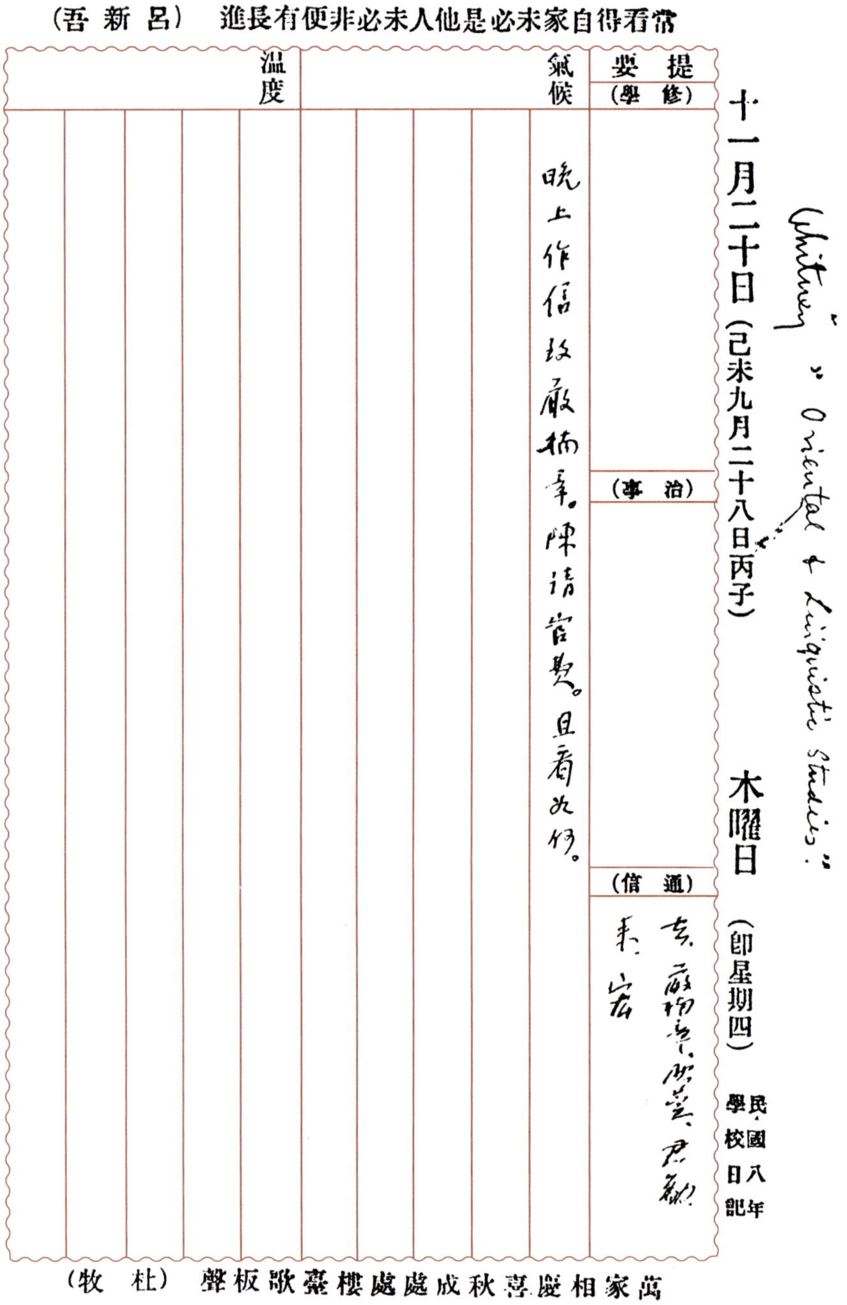

十一月二十日（己未九月二十八日丙子）星期四

治事：Whitney『Oriental & Linguistic Studies』〔惠特尼：东方人与语言学研究〕

通信：去，严楠章、西萱、君励。来，宏。

晚上作信致严楠章。陈请官费。且看如何。

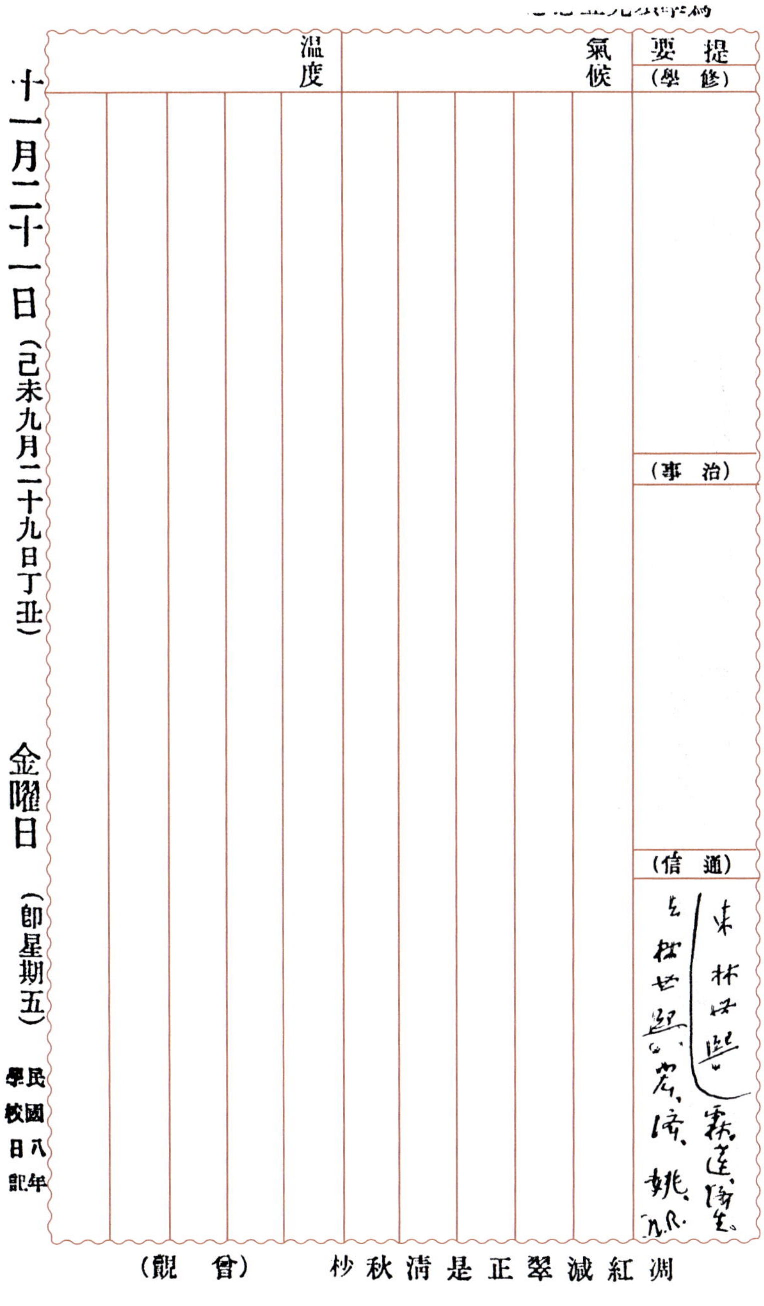
十一月二十一日（己未九月二十九日丁丑）

金曜日（即星期五）

民國八年學校日記

提要（修學）

氣候

溫度

（治事）

（通信）

来 林世熙

去 林世熙、宏、济、姚、N.R. 莲、澍生

淵紅減翠正是清秋杪 （曾覩）

十一月二十一日（己未九月二十九日丁丑）星期五

通信：来，林世熙。去，林世熙、宏、济、姚、N·R、莲、澍生。

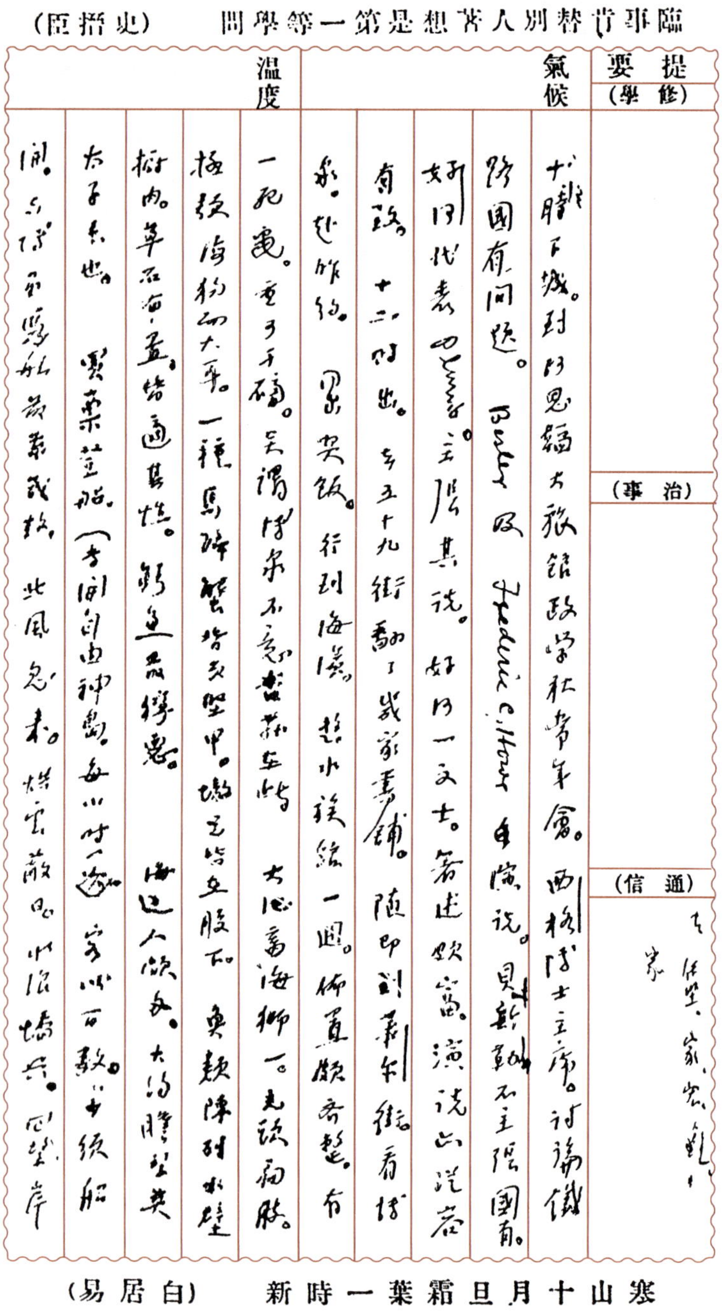

十一月二十二日（己未十月初一戊寅）星期六

通信：去，任坚、家、宏、鑫。

十时下城。到阿思韬大旅馆政学社常年会。西格博士主席。讨论铁路国有问题。Besler〔贝斯勒〕及Frederic C·Howe〔弗雷得里克 C 豪〕演说。贝斯勒不主张国有。好河代表Plural，主张其说。好河一文士，著述颇富。演说亦从容有致，十二时出。去五十九街翻了几家书铺。随即到华尔街，看博泉，赴昨约。

同出吃饭，行到海滨，游水族馆一周。布置颇齐整。有一死龟，重可千磅。吴谓博泉不意杏荪在此。大池畜海狮一，光头扁肢，极类海狗而大耳。一种马蹄蟹背负坚甲，鳌足皆在腹下。鱼类陈列水壁橱内。草石布置，皆适其性。鳄鱼最狞恶。

海边人颇多。大约瞻望英太子来也。

买票登船（专开自由神岛，每小时一次），客以百数。少顷船开，与博泉凭舷最〔瞻〕景几数，北风忽来，烘云蔽日，水浪蟠兴，回望岸

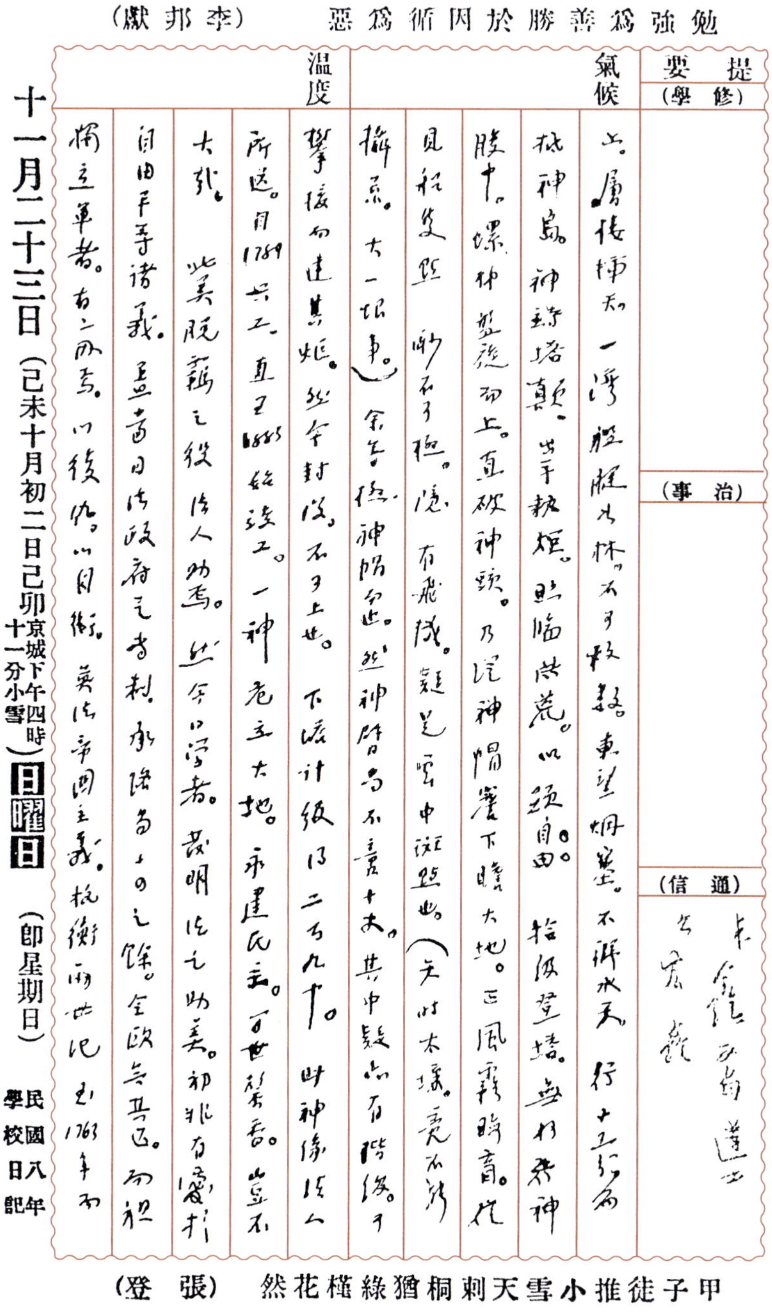
勉强为善胜於因循为恶（李邦献）
提要（修学）　（治事）　（通信）
气候　温度
十一月二十三日（己未十月初二日己卯京城下午四时十一分小雪）日曜日（即星期日）
民国八年学校日记
甲子徒推小雪天刺桐犹绿槿花然（张登）

十一月二十三日（己未十月初二日己卯京城下午四时十一分小雪）星期日

通信：来鑫、文岛、莲士。去宏、鑫

上，层楼插天。一湾舰艇如林，不可枚数。东望烟塞，不辨水天。行十五分而抵神岛。神峙塔颠，出手执炬，照临洪荒，以显自由。拾级登塔，无异行神腹中。螺梯盘旋而上，直破神头。乃从神帽檐下瞻大地，正风雾晦盲。仅见船只点点，渺不可极。隐隐有飞机，疑是云中斑点也（天时太坏，竟不能摄景，大一恨事）。余等极神帽而止，然神臂尚不啻十丈。其中疑亦有阶级，可攀援而达其炬。然今封没，不可上也。下塔计级得二百九十。此神像法人所送。自一七八九兴工，直至一八八三始竣工。一神危立大地，永建民主。万世馨香。岂不大哉。北美脱羁之役，法人助焉。然今日学者，发明法之助美。初非有爱于自由平等诸义。盖当日法政府之专制，承路易十四之余，全欧无其匹，而祖独立军者，有二因焉。以复仇，以自卫。英法帝国主义抗衡两世纪，至一七六三年而

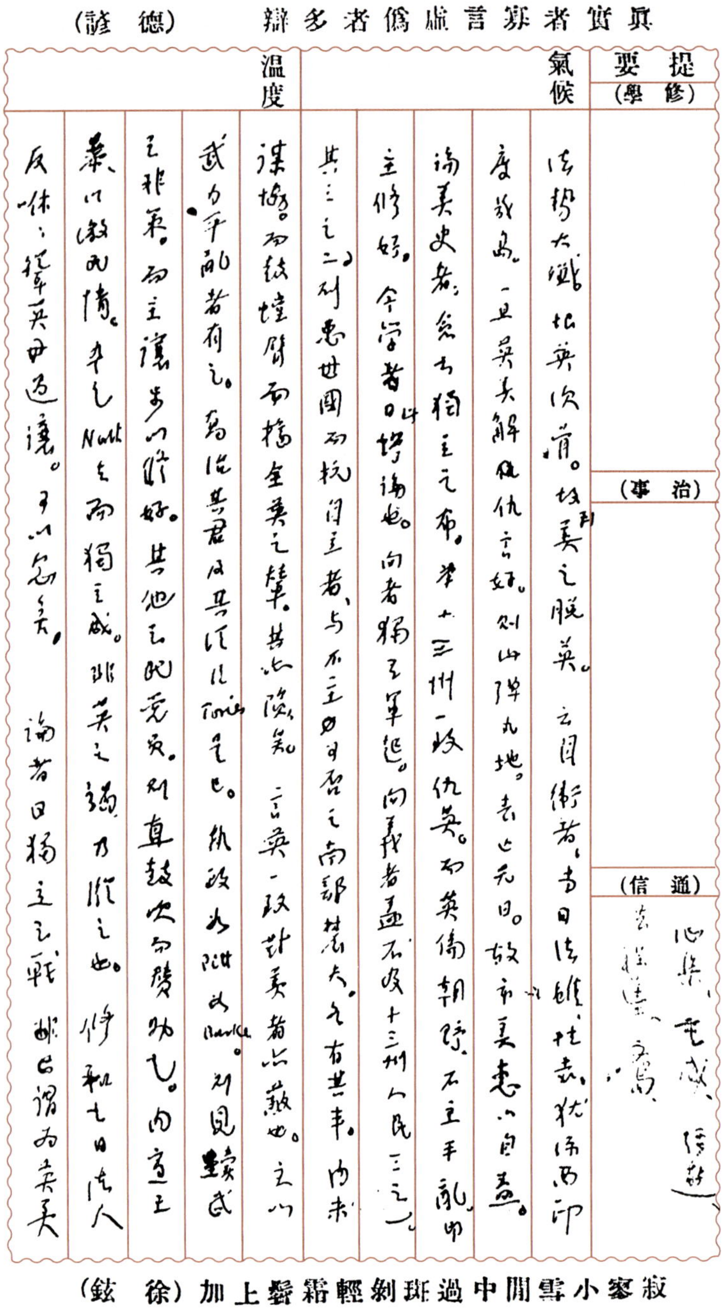

十一月二十四日（己未十月初三日庚辰）星期一

通信：心渠、重威、经熊。去，程莲士、文岛

法势大歼，恨英次骨，故判美之脱英。云自卫者，当日法虽险丧，犹系西印度几岛。一旦英美解仇言好，则此弹丸地，丧亡无日。故市美惠以自益。论美史者，愈云独立之布，举十三州一致仇英。而英伦朝野，不主平乱，即主修好，今学者曰此谬论也。向者独立军起，向义者盖不及十三州人民三之一。其三之二，则惠母国而抗自主者，与不主可否之南部农夫。各有其半。内未谋协。而鼓螳臂而档全英之辇，其亦险矣。言英一致对美首亦蔽也。主以武力平乱者有之。奋治其君及其从臣 Tomie 是也。执政如 Pitt 如 Baerke 则见黩武之非策。主以而主让步以修好。其他之民党员。则直鼓吹而赞助之。内宣王暴，以激民情。卒之 Nath 去而独立成，非英之竭，乃纵之也。修和之日，法人反咻咻耸英毋过让，可以念矣。论者曰独立之战，谓为英美

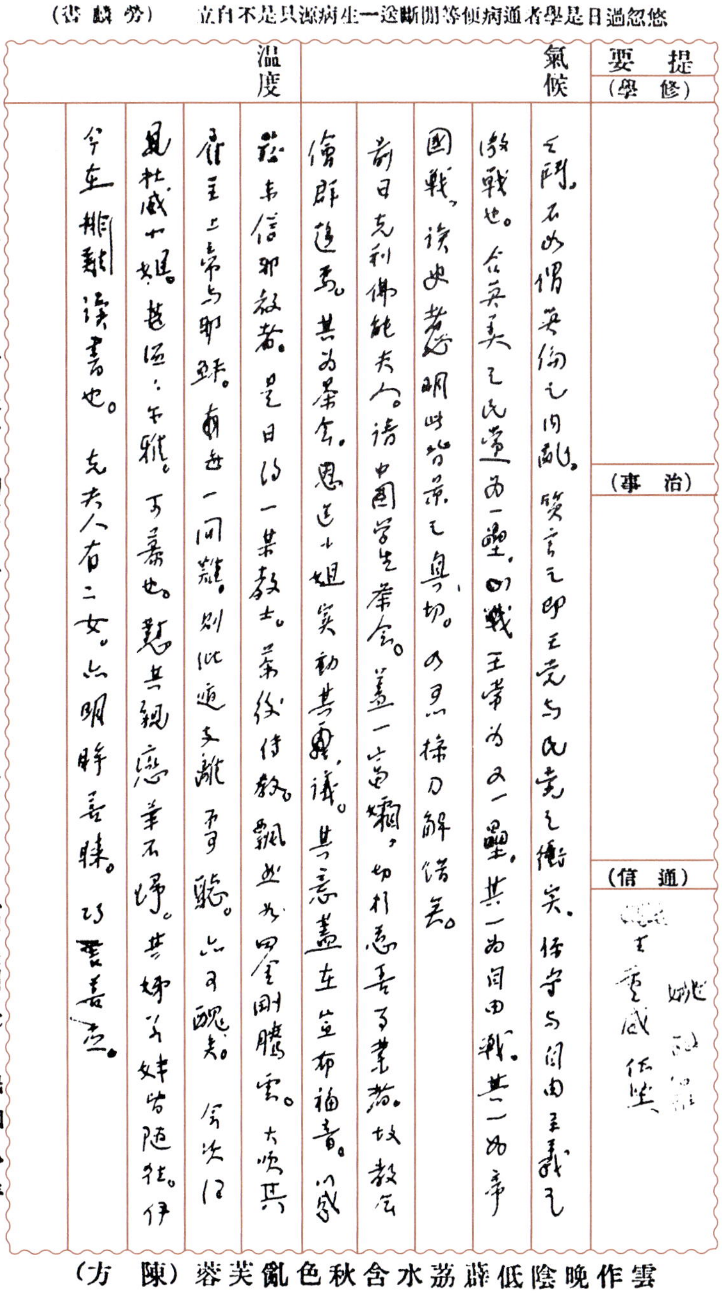
悠忽過日是學者通病便等閒斷送一生病源只是不自立　（勞麟書）

十一月二十五日（己未十月初四日辛巳）　火曜日（卽星期二）　民國八年學校日記

提要（修學）

（治事）

（通信）　姚　政學社　重威　任堅

氣候　溫度

之鬥，不如謂英倫之內亂。質言之卽王黨與民黨之衝突，保守與自由主義之激戰也。合英美之民黨爲一壘，王黨爲又一壘。其一爲自由戰。其一爲帝國戰。讀史者必明此背景之奧切。乃可以操刀解錯矣。

前日克利佛能夫人，請中國學生茶會。恩慈小姐實動其議。蓋一富孀，切于慈善事業者，故教會儈群趨焉其爲茶會。其意蓋在宣布福音，以感發未信耶教者。是日約一某教士，茶後傳教。飄然如四金剛騰雲。大吹其僱主上帝與耶穌。每一問難，則牝遁支離不可聽，亦可醜矣。會次得見杜威小姐，甚溫溫爾雅，可慕也。懟其親戀華不歸，其姊若妹皆隨往。伊今在排難讀書也。克夫人有二女。亦明眸善睞，巧言善應。

雲作晚陰低薜荔水含秋色亂芙蓉　（陳　方）

十一月二十五日（己未十月初四日辛卯）星期二

通信：来，姚、政学社。去，重威、任坚

之斗，不如谓英伦之内乱。质言之即王党与民党之冲突，保守与自由主义之激战也。合英美之民党为一垒，王党为又一垒。其一为自由战。其一为帝国战。读史者必明此背景之奥切。乃可以操刀解错矣。

前日克利佛能夫人，请中国学生茶会。盖一富孀，切于慈善事业者，故教会侩群趋焉其为茶会。恩慈小姐实动其议。其意盖在宣布福音，以感发未信耶教者。是日约一某教士，茶后传教。飘然如四金刚腾云。大吹其雇主上帝与耶稣。每一问难，则牝遁支离不可听，亦可丑矣。会次得见杜威小姐，甚温温尔雅，可慕也。怼其亲恋华不归，其姊若妹皆随往。伊今在排难读书也。克夫人有二女。亦明眸善睐，巧言善应。

辭勝於理終必受詘（孔叢子）

十一月二十六日（己未十月初五日壬午）水曜日（卽星期三）

民國八年學校日記

提要（修學）

氣候

溫度

治事

通信

雨中秋事芙蓉盡霜後時新橘柚來（文徵明）

十一月二十六日（己未十月初五日壬午）星期三

通信：杲、姚

下课后去银行取钱。随去博泉处。约今晚去耶鲁。

六时半博泉来。同去车站，乘七时车，行二时而到纽海芬。时寒雨凄急，博泉至发战。坐街车至心斋住处。三问始得。心斋初不意予往，又见博泉，大喜。然其居甚褊。不容夕，看鲍明钤已睡，促之起。云时过晏，无可设法。觅老向，又不在家。计投旅馆过费，不如三人席地为床，议洽。竟睡地板一宵。虽少局促，予亦无所苦。天明博泉嚷背坏手僵。心斋言夏间初到密尔福，迷失森林中（潘省大森〔林〕，行人往往迷失）仓惶无所出。骤见一女子。息车候侧，霭然劳客。告已故，挈与俱乘，驱行二时，女亦迷。大窘。又唐突一时许。始见人得路，是行也。遗其笔，碎其服，其后乃弗敢独行。

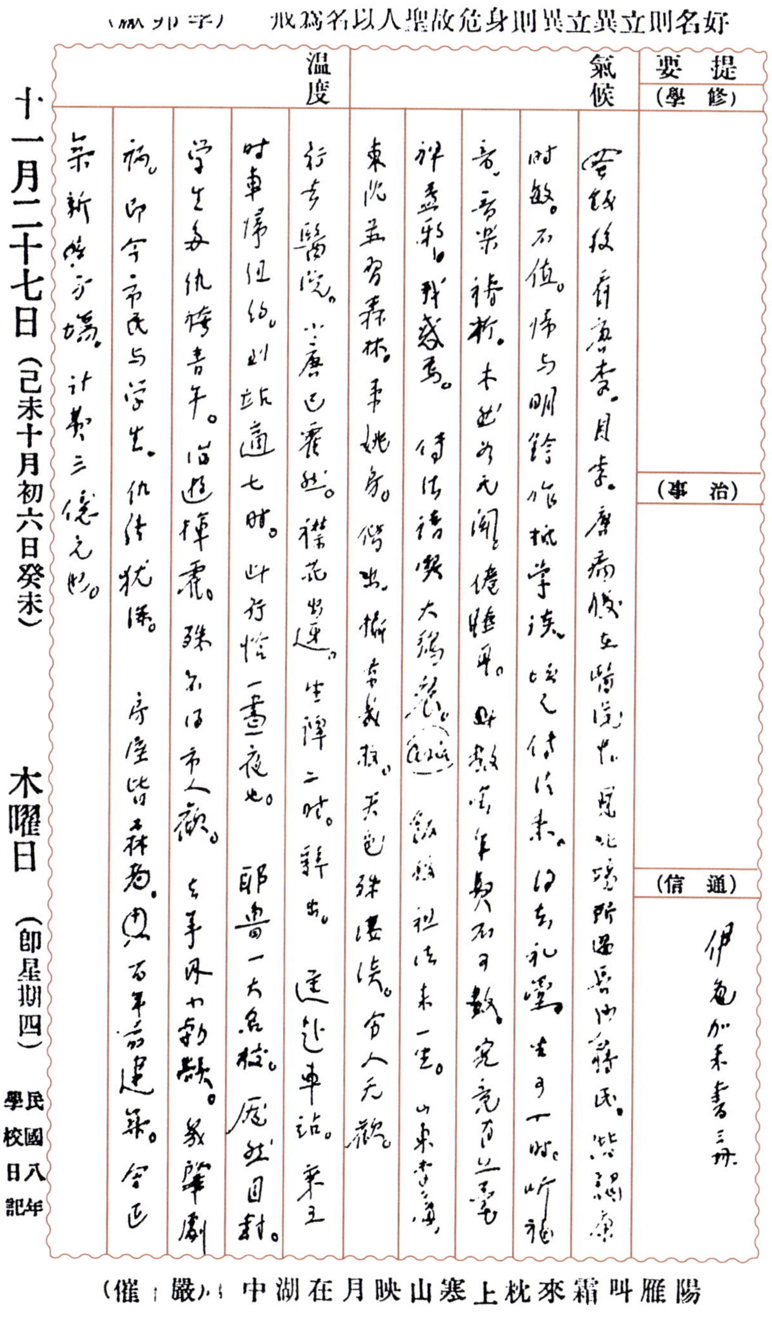

十一月二十七日（己未十月初六日癸未）星期四

通信：伊色加来书三册。

买饭后，看唐、李，见李。唐病后在医院中，见北场所遇长沙蒋氏。偕谒康时敏。不值，归与明钤作抵掌谈。顷之传话来，约去礼堂。坐可一时，听福音，音乐，祈祷。木然如无闻。倦睡耳。教会年费不可数。究竟有丝毫裨益邪，我惑焉。传德请吃大鸡餐（Asia）。饭后祖法来一坐。山东李、广东沈并习森林，来姚房，偕出。摄景几枚。天色殊凄淡。令人无欢。

行去医院。小唐已霍然。襟花出迓。坐谭二时，辞出。迳赴车站，乘五时车归纽约，到站适七时。此行恰一昼夜也。耶鲁一大名校，庞然自封。学生多纨绔青年。冶游挥霍，殊不得市人欢。去年因小勃额。几肇剧祸。即今市民与学生，仇结犹深。房屋皆森老。百年前建筑。今正筑新方场，计费三亿元也。

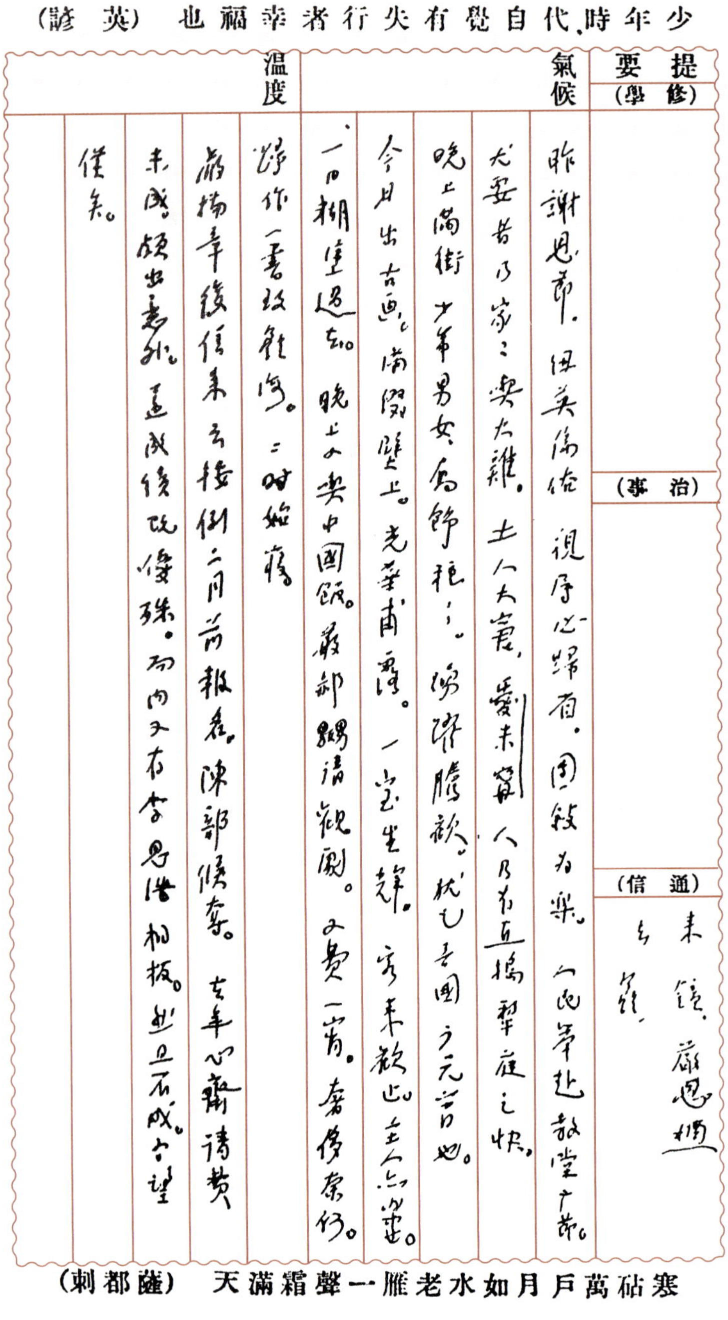

十一月二十八日（己未十月初七日甲申）星期五

通信：来、钟、严思樵。去鑫。

昨谢恩节，纽英旧俗，亲属必归省。团叙为乐。人民举赴教堂庆节。尤要者乃家家吃火鸡。土人大窘，爱米宁人乃有直捣犁庭之快。

晚上满街少年男女，奋饰种种，踊跃腾欢。犹是吾国庆元宵也。

今日出古画，满缀壁上。光华甫露，一室生辉。客来欢止，主人亦乐也。

一日糊涂过去。晚上又吃中国饭。严郝嬲请观剧，又费一宵。奢侈奈何。归作一书致鑫海，二时始寝。

严楠章复信来，云按例二月前报名，陈部侯夺。去年心斋请费未成，颇出意外。盖成绩即优殊，而内又有李思浩相板，然且不成。勿望仆矣。

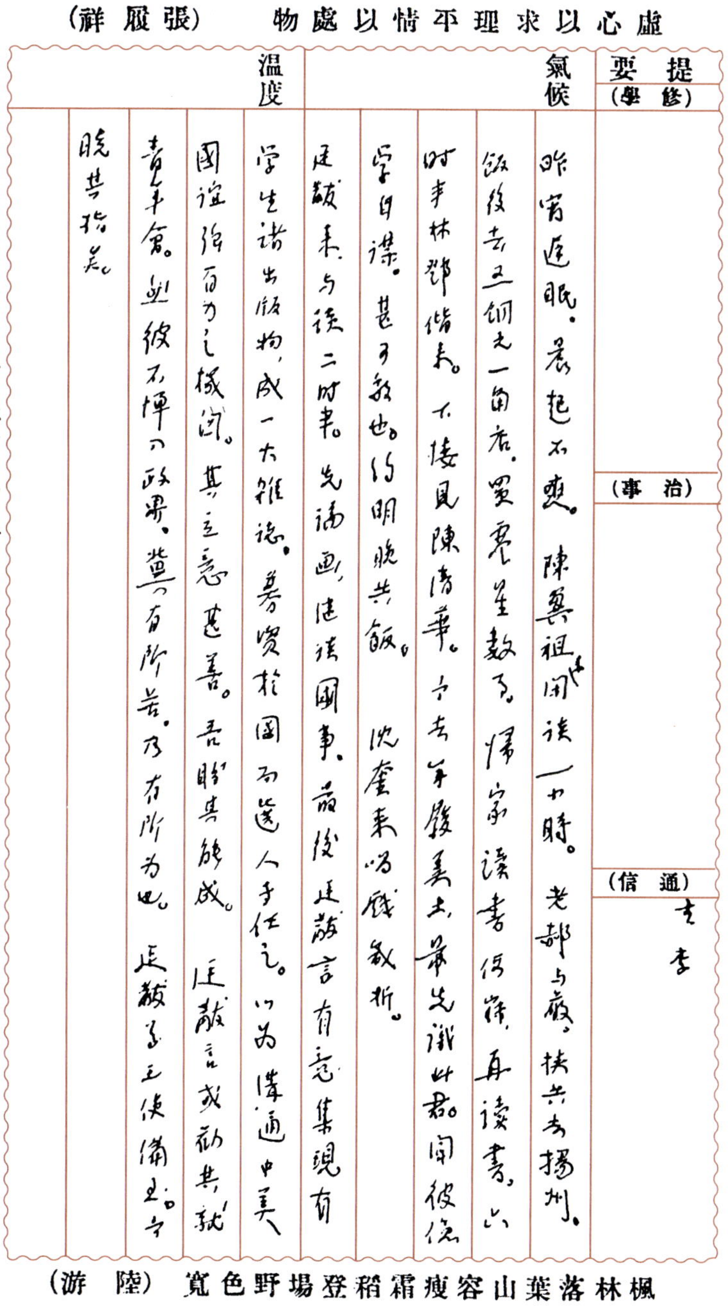

十一月二十九日（己未十月初八日乙酉）星期六

通信：去，李。

昨宵迟眠，晨起不爽。陈翼祖来闲谈一小时。老郝与严。挟共去扬州。饭后去『五铜元一角』店。买零星数事。归家读书，假寐。再读书。六时半林、邓偕来。下楼见陈清华。予去年履美土，最先识此君。闻彼俭学自谋，甚可敬也，约明晚共饭。沈奎来唱戏几折。

廷黻来，与谈二时半，先论画，继谈国事，最后廷黻言有意集现有学生诸出版物，成一大杂志。募资于国而选人专任之。以为沟通中美国谊强有力之机关。其立意甚善。吾盼其能成。廷黻言或劝其就青年会。然彼不惮入政界。冀有所苦，乃有所为也。廷黻遵王使备至，吾晓其指矣。

千古聖賢豪傑無不從拂逆境中來（彭兆孫）

十一月三十日（己未十月初九日丙戌）

日曜日（即星期日）

民國八年學校日記

76

提要（修學）	氣候	温度
（治事）		
（通信）		

破柑霜落爪嘗稻雪翻匙（杜甫）

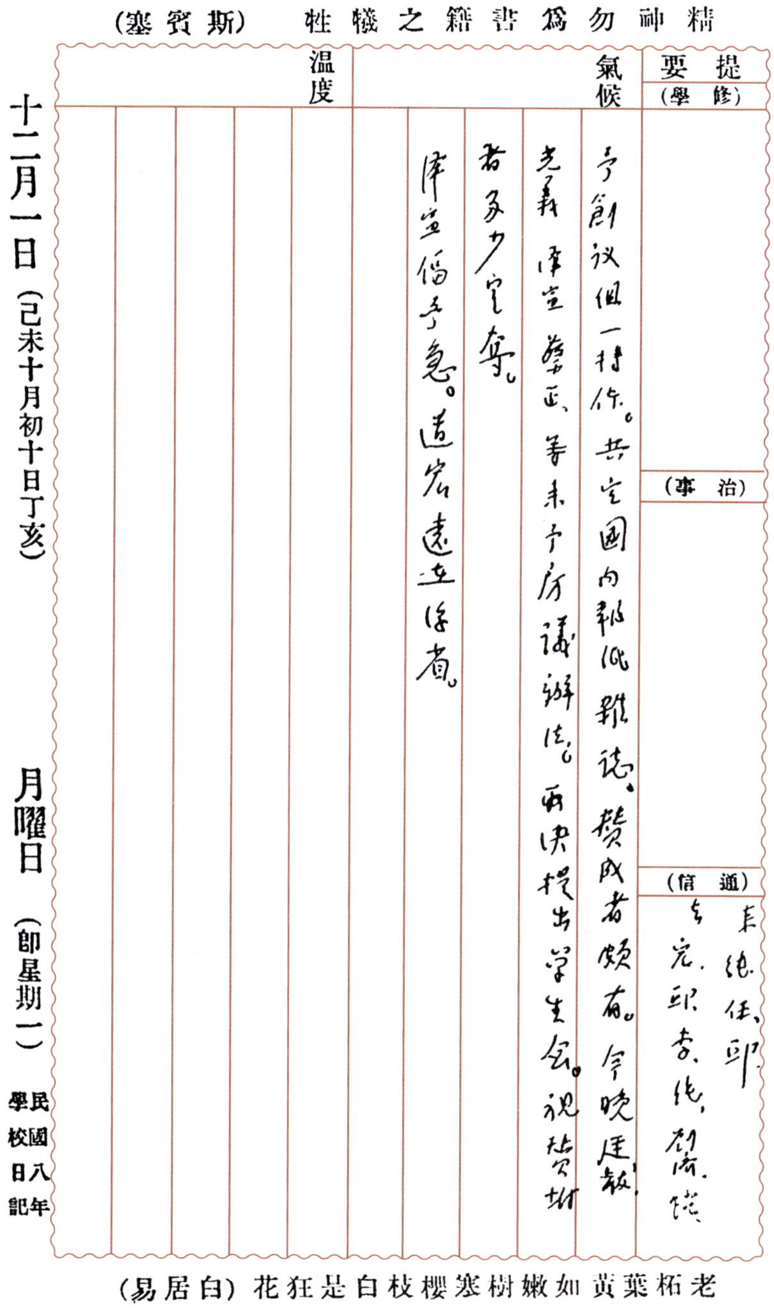

十二月一日（己未十月初十日丁亥）星期一

通信：来，纯、任、邱。去，宏、邱、李、纯、刘济、钟

予创议组一团体。共定国内报纸杂志。赞成者颇有。今晚廷黻、光义、泽宣、蔡正等来予房议办法。决提出学生会，视赞附者多少定夺。

泽宣逼予急。道宏远在浮省。

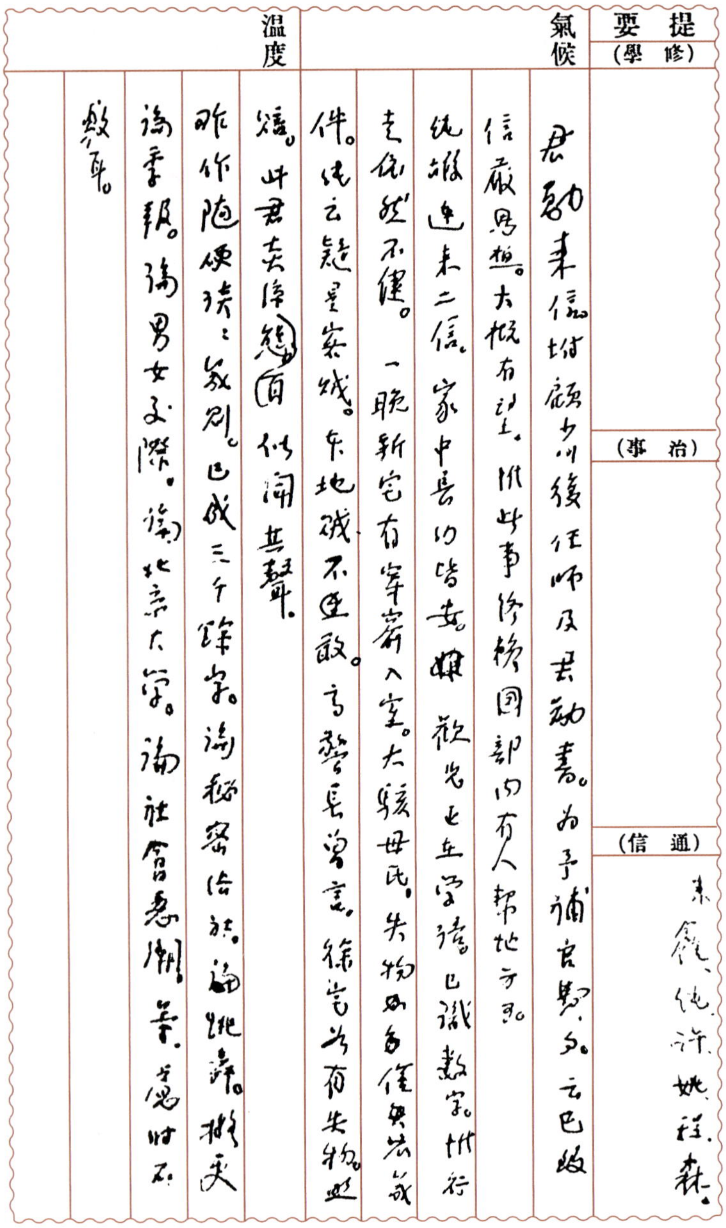
兵家勝敗在最後之十五分鐘（拿破崙第一）

十二月二日（己未十月十一日戊子）
火曜日（即星期二）
民國八年學校日記

提要（修學）（治事）（通信）來、鑫、純、許、姚、程、森。

氣候
温度

君勵來信，附顧少川復任師及君勵書。為予補官費事。云已致信嚴思□，大概有望。惟此事終賴部內有人幫忙方可。純蝦連來二信。家中長幼皆安。歡兒正在學語。已識數字。惟行走依然不健。一晚所宅有穿窬入室。大駭母氏。失物僅衣幾件。純云疑是客賊，本地賊不敢。高警長曾言，徐宅如有失物，照賠。此君炎涼百態。似聞其聲。昨作隨便談幾則，已成三千餘字。論秘密結社、論跳舞。擬更論季報、論男女交際、論北京大學、論社會惡潮等。慮時不敷耳。

四時不變江頭草十月先開嶺上梅（梁日光）

十二月二日（己未十月十一日戊子）星期二

通信：来、鑫、纯、许、姚、程、森

君励来信，附顾少川复任师及君励书。为予补官费事。云已致信严思□，大概有望。惟此事终赖部内有人帮忙方可。

纯蝦连来二信。家中长幼皆安。欢儿正在学语。已识数字。惟行走依然不健。一晚所宅有穿窬入室。大骇母氏。失物仅衣几件。纯云疑是客贼，本地贼不敢。高警长曾言，徐宅如有失物，照赔。此君炎凉百态。似闻其声。

昨作随便谈几则，已成三千余字。论秘密结社、论跳舞。拟更论季报、论男女交际、论北京大学、论社会恶潮等。虑时不敷耳。

忘勝敬欲勝義則其心死其學僞（舒國裳）

十二月三日（己未十月十二日己丑）水曜日（即星期三）

民國八年學校日記

提要（修學）	氣候	溫度

（治事）看王鳳華、張躍翔、朱斌魁

（通信）來，宏。去，森

記账三十三日。共用去一百七十元。其中書籍费占七十。百元中五十七元（加住费二十元合七十七元）。為維持生活所必要。其中四十三則為酬應费、消耗费、餽送费等。

晚上吃飯回來，乘便到朱斌魁那裡坐了一會子。隨便談談。

汀洲雁下移殘水墟里八行破夕烟（陸游）

十二月三日（己未十月十二日己丑）星期三

治事：看王凤华、张跃翔、朱斌魁。

通信：来，宏。去，森

记账三十三日。共用去一百七十元。其中书籍费占七十。百元中五十七元（加住费二十元合七十七元）。为维持生活所必要，其中四十三则为酬应费，消耗费、馈送费等。

晚上吃饭回来，乘便到朱斌魁那里坐了一会子。随便谈谈。

學易而好難 行易而力難（王夫之）

十二月四日（己未十月十三日庚寅） 木曜日（即星期四）

民國八年學校日記

提要（修學）

晚赴中華教育研究会。楊"大姐"主席。討論中國女學。大楊勉強来上一口無錫英文。竭蹶万分。但是總算過得去。我們的男女教育家，都大大的发表議論。我听上一点鐘。興辭而出。

治事

通信 李，李，董

氣候

溫度

千年老榦盤根古 十丈寒潭照膽青（元好問）

十二月四日（己未十月十三日庚寅）星期四

通信：来，李。李，董

晚赴中华教育研究会。杨『大姐』主席。讨论中国女学。大杨勉强来上一口无锡英文。竭蹶万分，但是总算过得去。我们的男女教育家，都大大的发表议论。我听上一点钟，兴辞而出。

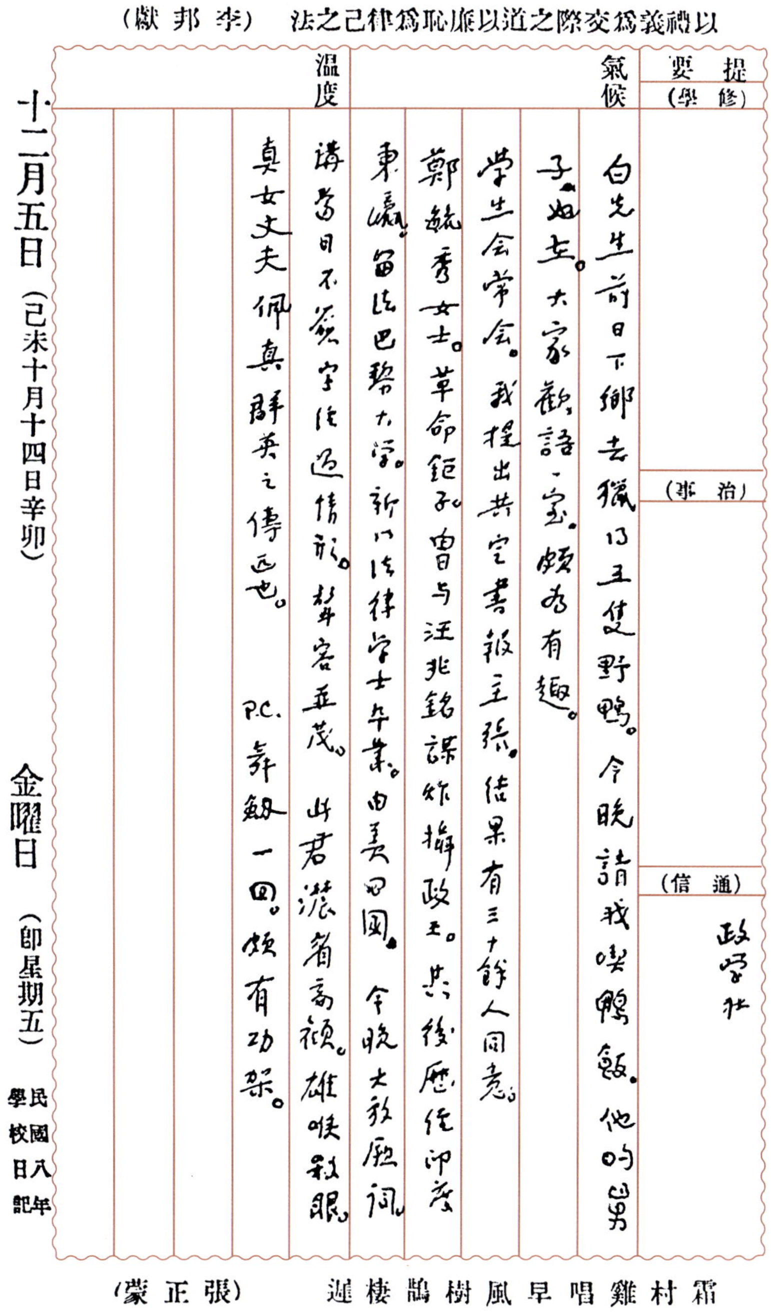
以禮義為交際之道以廉恥為律己之法（李邦獻）

提要（修學）

氣候

溫度

十二月五日（己未十月十四日辛卯）

金曜日（即星期五）

民國八年學校日記

白先生前日下鄉去獵得五隻野鴨。今晚請我喫鴨飯。他的舅子也在。大家歡語一室。頗為有趣。學生会常会。我提出共定書報主張。結果有三十餘人同意。鄭毓秀女士。革命鉅子。曾與汪兆銘謀炸攝政王。其後歷經印度東瀛。留法巴黎大學。新以法律學士卒業。由美回國。今晚大放厥詞。講當日不簽字經過情形。聲容並茂。此君濃眉高顴。雄喉殺眼。真女丈夫佩真群英之儔匹也。

P.C. 舞劍一回。頗有功架。

（治事）

（通信）政學社

霜村雞唱早 風樹鵲棲遲（張正蒙）

十二月五日（己未十月十四日辛卯）星期五

通信：政学社。

白先生前日下乡去猎得五只野鸭。今晚请我吃鸭饭，他的舅子也在。大家欢语一室，颇为有趣。

学生会常会，我提出共定书报主张，结果有三十余人同意。

郑毓秀女士，革命巨子。曾与汪兆铭谋炸摄政王。其后历经印度、东瀛，留法巴黎大学。新以法律学士卒业。由美回国。今晚大放厥词。讲当日不签字经过情形，声容并茂。此君浓眉高颧，雄喉杀眼，真女丈夫佩真群英之俦匹也。

P.C. 舞剑一回，颇有功架。

民國八年學校日記

十二月六日（己未十月十五日壬辰）

土曜日（即星期六）

學無別法只是知一字行得一字知一句行得一句（薛瑄）

提要（修學）

（治事）

（通信）

氣候

溫度

小陽春動嚴風冽寒桃爛漫如錦綉（事文類聚）

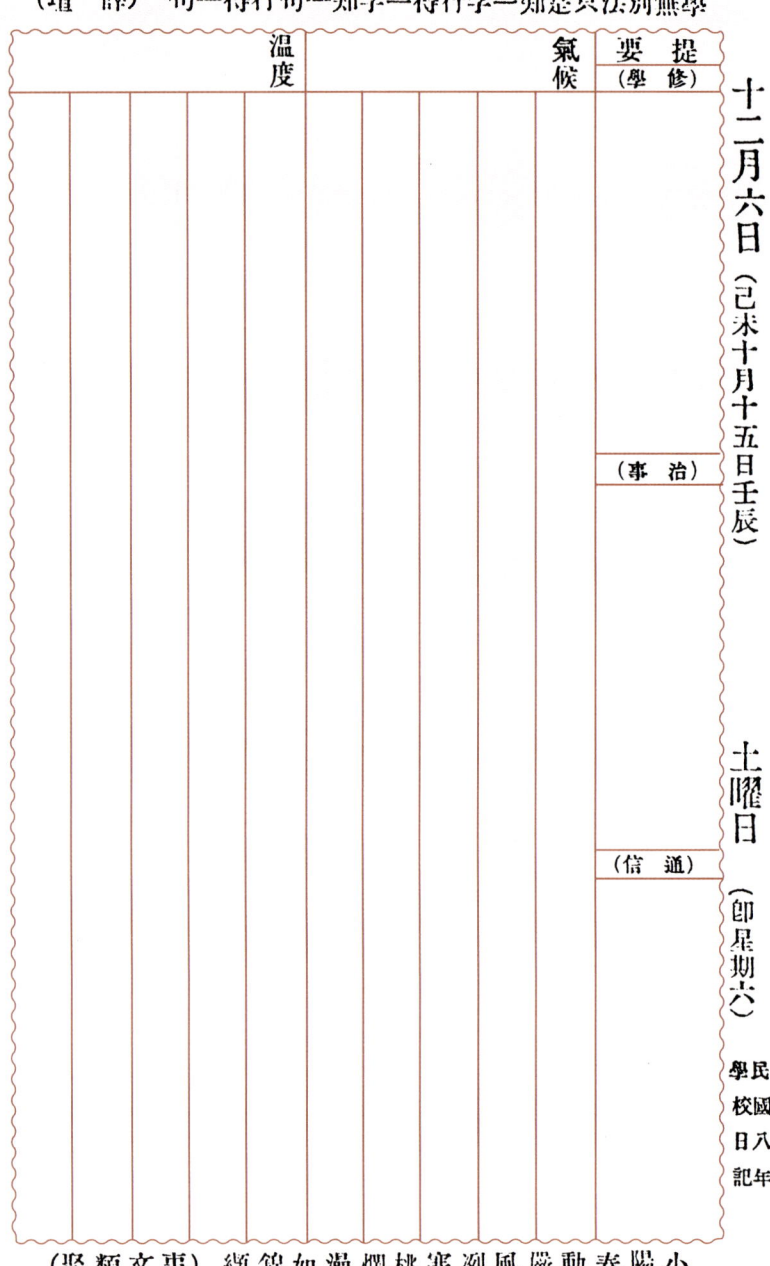

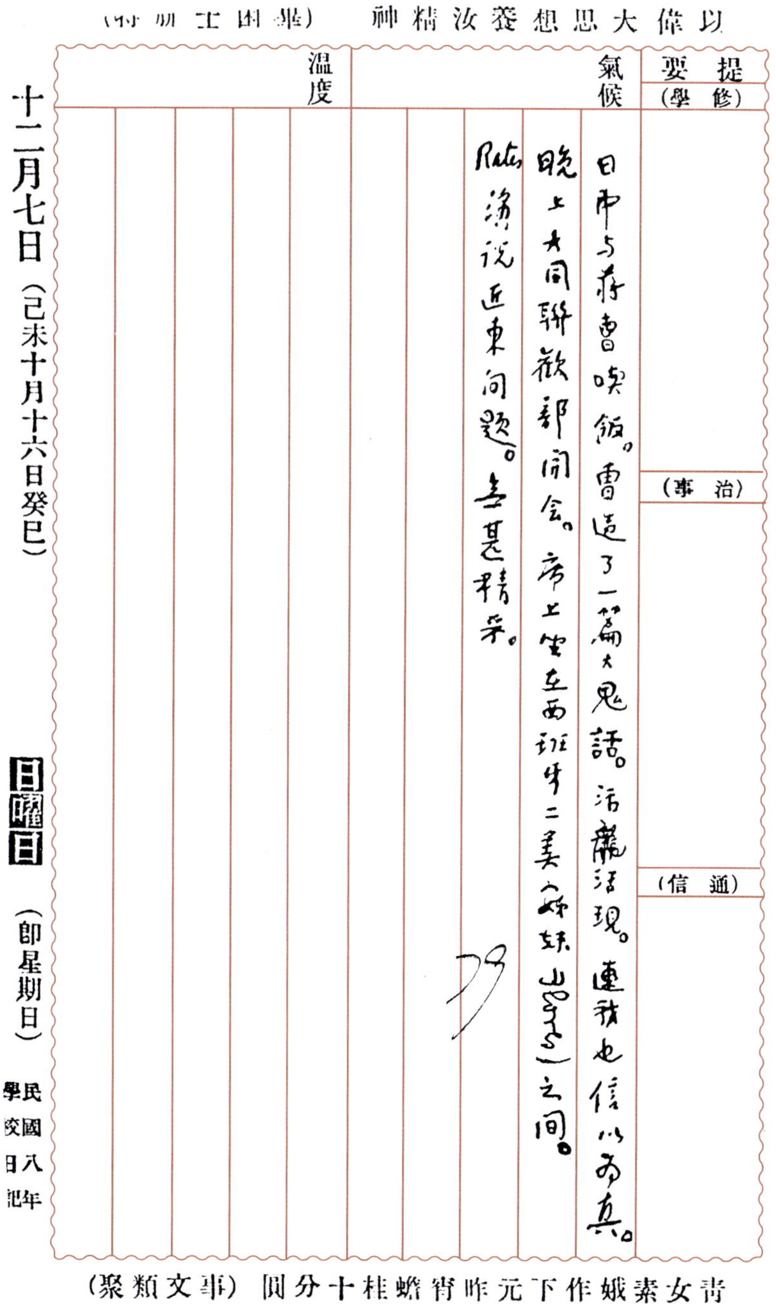

十二月七日（己未十月十六日癸巳）星期日

日中与蒋曹吃饭。曹造了一篇大鬼话，活龙活现。连我也信以为真。

晚上大同联欢部开会。席上坐在西班牙二美（姊妹Flora〔佛洛拉〕）之间。

Raten〔莱迪斯〕演说近东问题。无甚精采。

獨知烱於衆知盡氣淸於夜氣（王夫之）

十二月八日（己未十月十七日甲午 京城下午五時十七分大雪）

月曜日（卽星期一）

民國八年學校日記

提要（修學）

氣候

溫度

（治事）

（通信）

董實蘭

新晴思訪客愁絕滿城泥（陸游）

浮躁之氣足以敗事（胡氏弟子箴言）

十二月九日（己未十月十八日乙未）

火曜日（即星期二）

民國八年學校日記

提要（修學）

氣候

溫度

（治事）

（通信）

何

泛舟菰脆鱸肥地把酒橙黃橘綠天（陸 游）

十二月十日（己未十月十九日丙申）星期三

通信：来，父亲、道宏。去，父亲、宏、鑫。

彼临我甚急。余阅麦书。切切言大事情卯重复。属勿□昧。

志士不飲盜泉之水廉者不受嗟來之食（樂羊子妻）

十二月十日（己未十月十九日丙申）水曜日（即星期三）

民國八年學校日記

提要
（修學）

（治事）

（通信）
父親、道宏(2)
父、宏、鑫

氣候

溫度

彼臨我甚急。余閱麥書。切切言大事情卯重復。屬勿□昧。

天涯懷友月千里燈下讀書雞一鳴（陸游）

著意讀書處心觀理（李光地）

提要（修學）	氣候	溫度
（治事）		
（通信）		

十二月十一日（己未十月二十日丁酉）

木曜日（即星期四）

民國八年學校日記

雨荒園菊枝枝瘦霜染江楓葉葉丹（陸游）

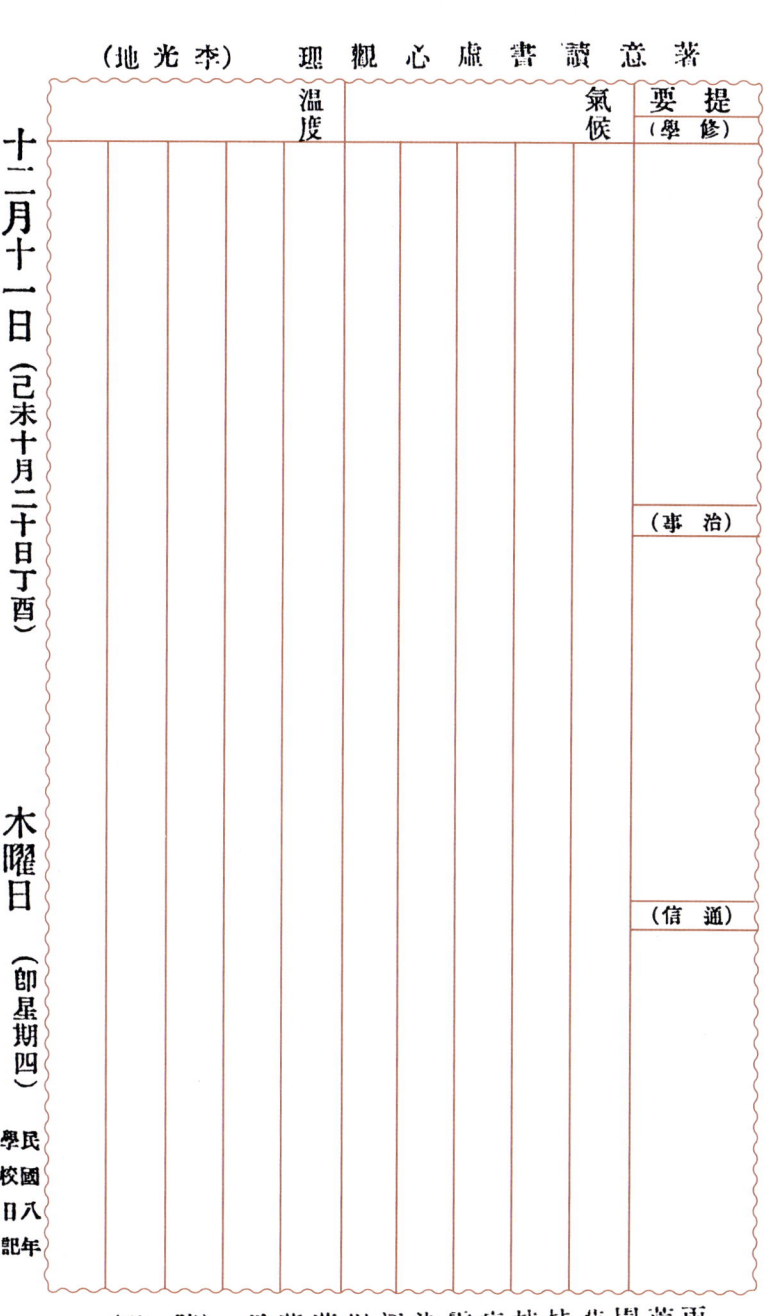

不勤學則無以為智不勤教則無以為仁 （太平御覽）

提要（修學）	氣候	溫度
（治事）		
（通信）		

十二月十二日（己未十月二十一日戊戌） 金曜日 （即星期五）

民國八年學校日記

晚间芮恩氏演说。极苍老圆浑之胜。何杰才主席。尚能对付。无意遇程鹏扬、秦慧珈。骤见几不认识。伊等新到。拟进北校。

黄菊已殘秋後朵枇杷又放隔年花 （周紫芝）

十二月十二日（己未十月二十一日戊戌）星期四

晚间芮恩氏演说，极苍老圆浑之胜。何杰才主席。尚能对付。无意遇程鹏扬、秦慧珈。骤见几不认识。伊等新到。拟进北校。

勤勉造光陰光陰爲貴……

十二月十三日（己未十月二十二日己亥） 土曜日（即星期六）

民國八年學校日記

提要（修學）

氣候

溫度

（治事）

（通信）

早起送老郝去吴城。晚约黄凤华吃饭。纵谈颇洽。黄称暂拟不入政界。先事教书。予韪之。并警以北京腐败情形。饭后偕黄去寓助叠行李。老李邱等连去吴城颇殷。然冒大冷，行路辛苦。费时耗财所得仅与故两聚首。殊觉不值得也。因此游心一淡。

山雨霏微鴨頭水溪雲細薄魚鱗天（陸　游）

十二月十三日（己未十月二十二日己亥）星期六

早起送老郝去吴城。晚约黄凤华吃饭。纵谈颇洽。黄称暂拟不入政界。先事教书，予韪之。并警以北京腐败情形。饭后偕黄去寓。助叠行李。老李、邱等连去吴城颇殷。然冒大冷，行路辛苦。费时耗财。所得仅与故两聚首。殊觉不值得也。因此游心一淡。

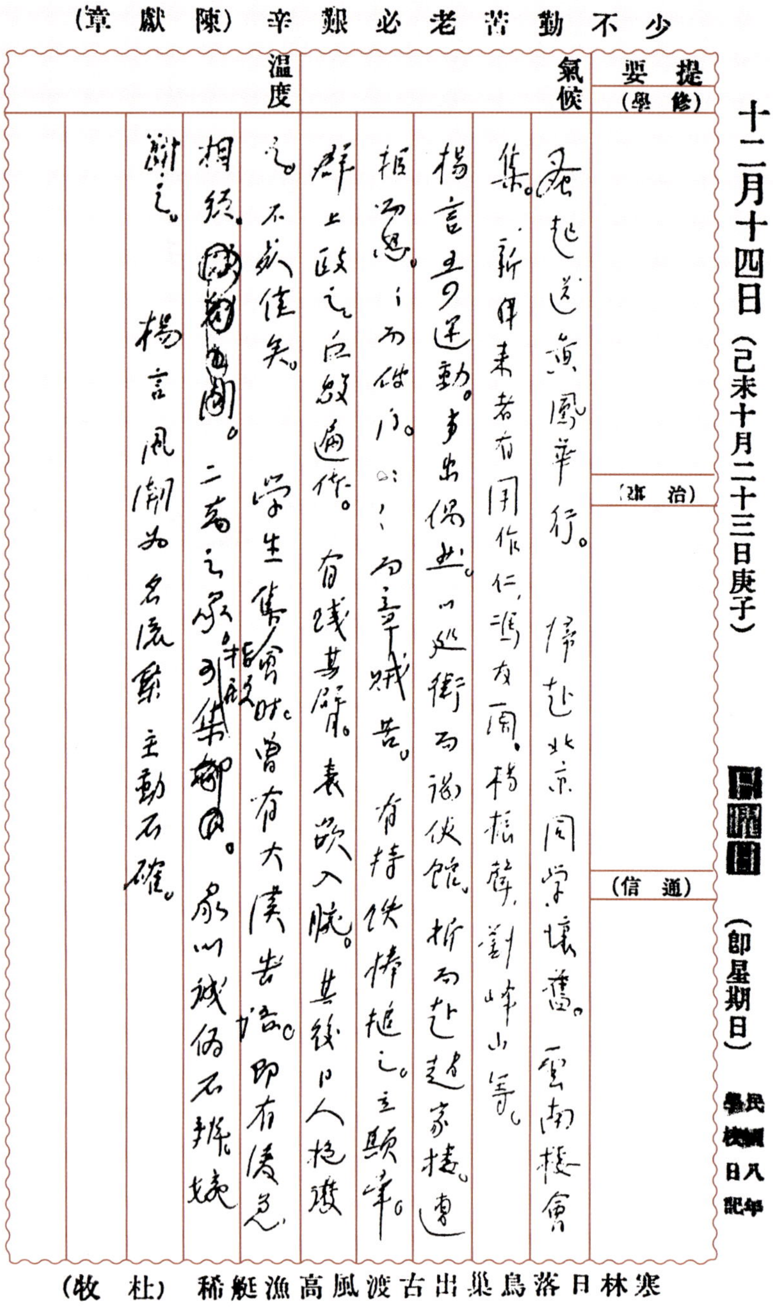
少不勤苦老必艱辛（陳獻章）

提要（修學）　氣候　温度　治事　通信

十二月十四日（己未十月二十三日庚子）星期日（即星期日）

民國八年日記

蚤起送黄鳳華行。歸赴北京同學懷舊。雲南樓會集。新來者有周作仁、馮友蘭、楊振聲、劉峰山等。楊言五四運動，事出偶然。以巡街而謁使館，折而赴趙家樓，遭拒而怒，怒而破門。破門而章賊苦，有持鐵棒槌之，立顛暈。群上歐之，血殷遍體。有踐其臂，表嵌入腕。其後日人抱護之，不死僅矣。學生集會時，曾有大漢告語，即有緩急相須，二萬之衆，指顧可集。衆以誠偽不辨，婉謝之。楊言風潮為名流主動不確。

寒林日落鳥巢出古渡風高漁艇稀（杜牧）

十二月十四日（己未十月二十三日庚子）星期日

蚤起送黄凤华行。归赴北京同学怀旧。云南楼会集。新来者有周作仁、冯友兰、杨振声、刘峰山等。

杨言五四运动，事出偶然。以巡街而谒使馆，折而赴赵家楼，遭拒而怒，怒而破门。破门而章贼苦，有持铁棒槌之，立颠晕。群上欧之，血殷遍体。有践其臂，表嵌入腕。其后日人抱护之，不死仅矣。学生集会时，曾有大汉告语，即有缓急相须，二万之众，指顾可集。众以诚伪不辨，婉谢之。杨言风潮为名流主动不确。

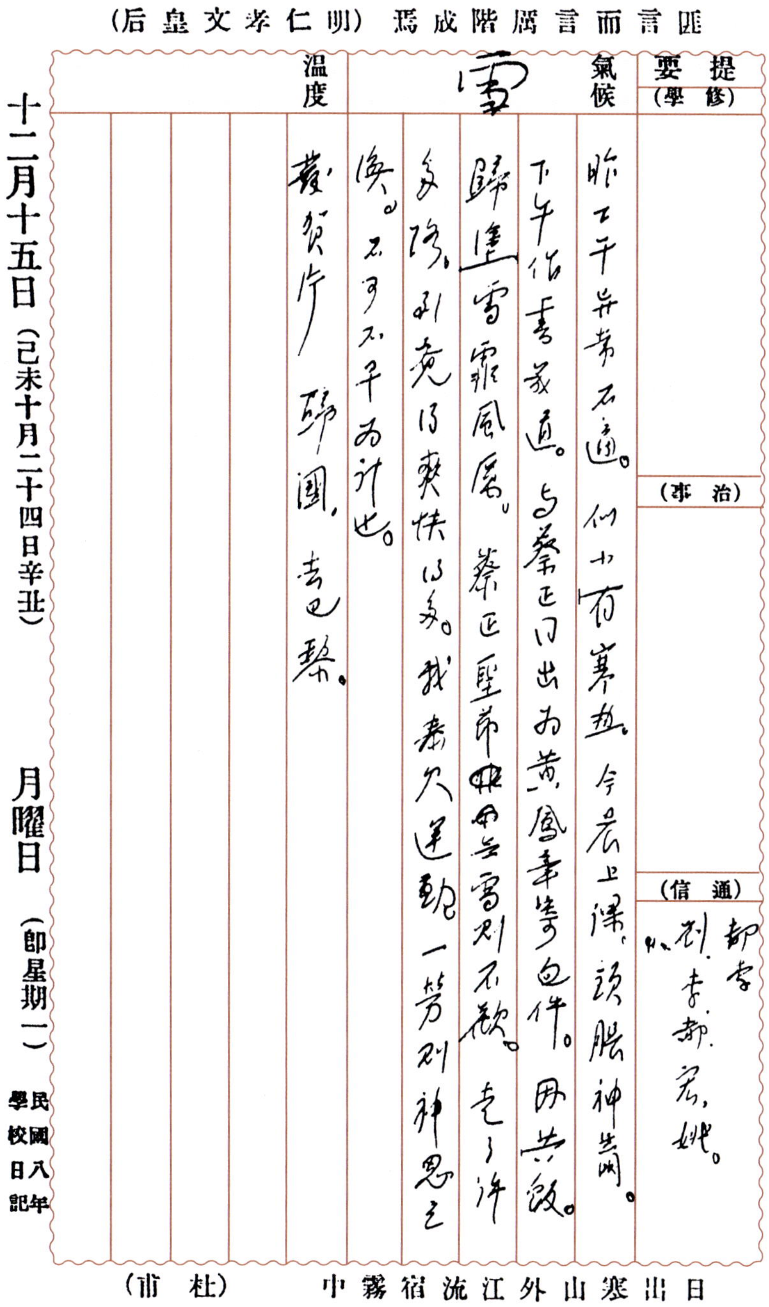
匪言而言厲階成焉（明仁孝文皇后）

十二月十五日（己未十月二十四日辛丑）月曜日（即星期一）

民國八年學校日記

氣候：雪

溫度

提要（修學）

（治事）

（通信）郝李 刘、李、郝、宏、姚。

昨下午異常不適。似小有寒熱。今晨上課。頭脹神倦。下午作書幾通。與蔡正同出為黃鳳華寄包件。因共飯。歸途雪霏風厲。蔡正聖節無雪則不歡。走了許多路。到覺得爽快得多。我泰欠運動。一勞則神思立渙。不可不早為計也。

發賀片歸國，去巴黎。

日出寒山外江流宿霧中（杜甫）

十二月十五日（己未十月二十四日辛丑）星期一　雪

通信：郝、李。刘、李、郝、宏、姚。

昨下午异常不适。似小有寒热。今晨上课。头胀神[倦]。下午作书几通。与蔡正同出为黄凤华寄包件。因共饭。归途雪霏风厉。蔡正圣节无雪则不欢，走了许多路。到觉得爽快得多，我泰欠运动。一劳则神思立涣，不可不早为计也。

发贺片归国，去巴黎。

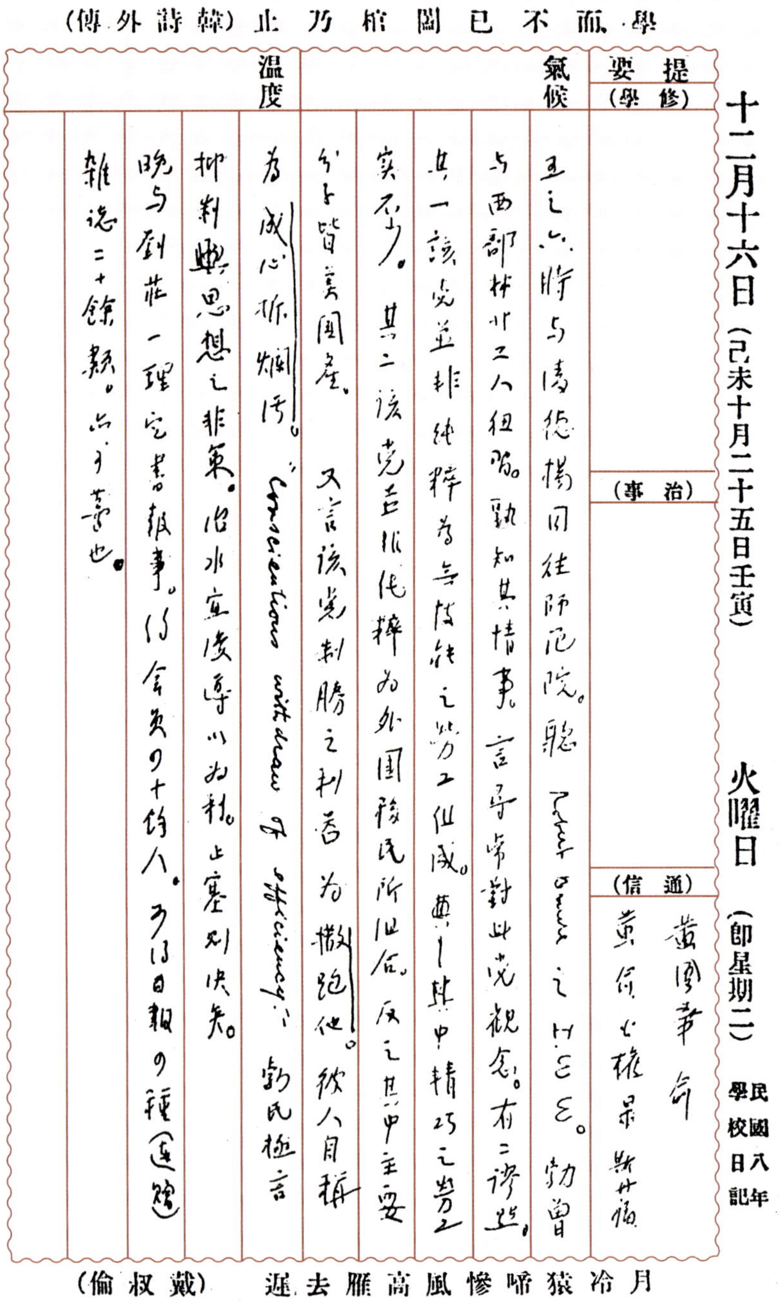

十二月十六日（己未十月二十五日壬寅）星期二

通信：黄凤华、俞。黄、俞、公权、杲、斯丹福

五至六时与潘德杨同往师范院。听 Robert Bruede〔罗柏特　布鲁德〕之 I. W W。勃曾与西部林业工人狃习。孰知其情事，言寻常对此党观念，有二谬点。其一该党并非纯粹为无技能之劳工组成，其中精巧劳工实不少。其二该党并非纯粹为外国移民所组合。反之其中主要分子皆美国产。又言该党制胜之利器，为撤跑他。彼人自称为成心拆烂污。『Conscientious withdraw or efficiency』〔蓄意退却或实力〕勃氏极言抑制思想之非策。治水宜浚导以为利。止塞则决矣。

晚与刘庄一理定书报事。约会员四十余人。可得日报四种（连赠），杂志二十余类，亦可喜也。

一生之計惟在於勤（梁國夫人宋若昭）

十二月十七日（己未十月二十六日癸卯）水曜日（卽星期三）

民國八年學校日記

提要（修學）

氣候：昨晚雪積。今晨遍宇皆白。衰陽復照。閃鑠作光。气温驟降，乃至零下十六度。向午最暖時猶零下四度。昨日已然。今乃覺其真冷。皮衣裹体，猶有戰縮之容。想國內無告貧民。遭遇寒苦。精神為之一奮。飯後頭疼。眠二時。猶未霍然。近来時復不豫。大因為起居不時。然之抵抗力亦明。友人相問，無不勸往健身房練習，不可忽也。

温度：朝 －16

（治事）

（通信）任坚 姚

寒魚依密藻宿鷺起圓沙（杜甫）

十二月十七日（己未十月二十六日癸卯）星期三

通信：任坚、姚。姚

昨晚雪积，今晨遍宇皆白。衰阳复照。闪烁作光。气温骤降，乃至零下十六度。向午最暖时犹零下四度。昨日已然。今乃觉其真冷。皮衣裹体，犹有战缩之容。一想国内无告贫民，遭遇寒苦，精神为之一奋。饭后头疼，眠二时犹未霍然。近来时复不豫，大因为起居不时，然之抵抗力亦明。友人相问，无不劝往健身房练习，不可忽也。

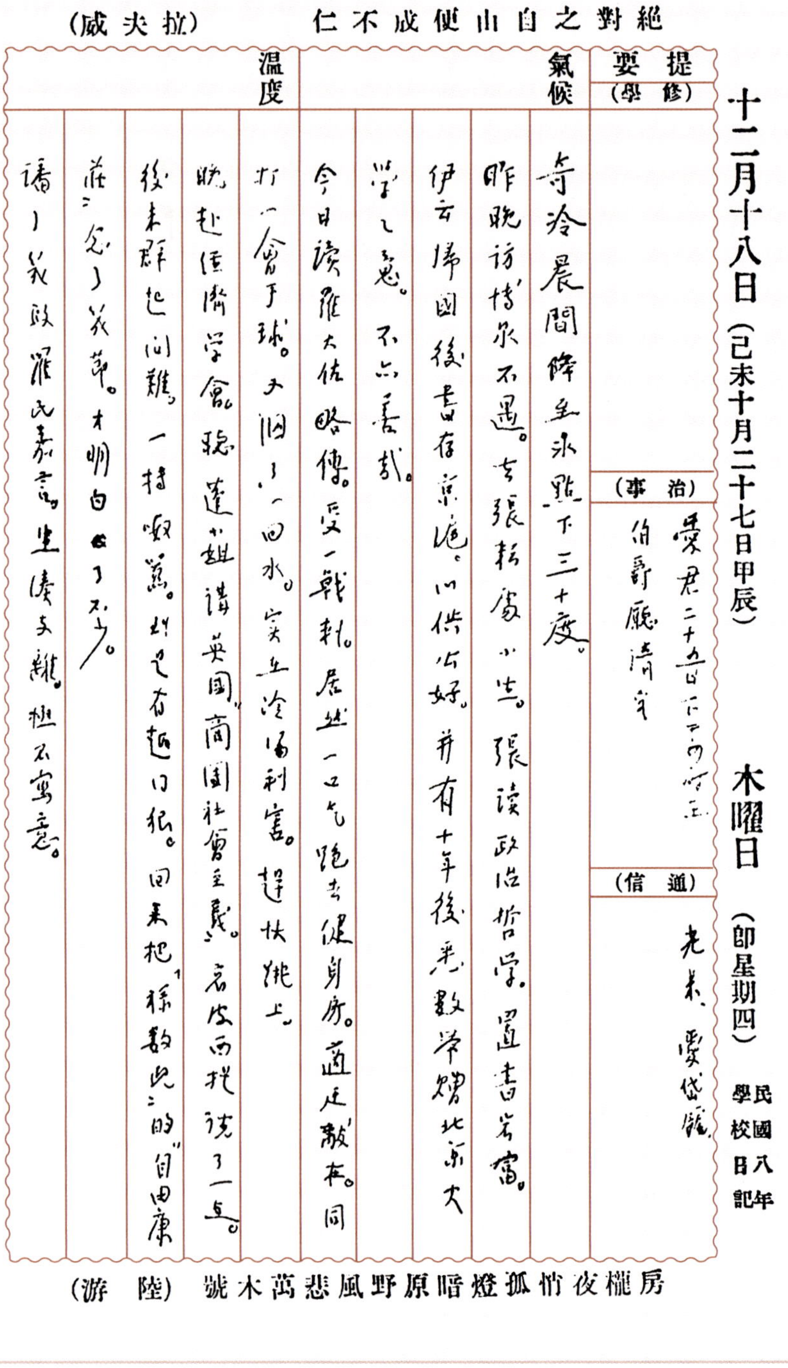
絕對之自由便成不仁　（拉夫威）

十二月十八日（己未十月二十七日甲辰）木曜日（即星期四）

民國八年學校日記

提要（修學）

氣候：奇冷晨間降至冰點下三十度。

溫度：

治事：愛君二十五日下午四時在伯爵廳請客。

通信：光來、愛岱、鍾

昨晚訪博泉不遇。去張耘處小坐。張讀政治哲學。置書宏富。伊云歸國後書存京滬，以供公好。并有十年後悉數舉贈北京大學之意。不亦善哉。今日讀羅大佐略傳。受一戟刺。居然一口氣跑去健身房。適廷黻在。同打一會子球。又泅了一回水。實在冷得利害。趕快跳上。晚赴經濟學會聽蓬小姐講英國"商團社會主義"。哀皮西提說了一點，後來群起問難，一轉奴囂。到是有趣得很。回來把"祿數兒"的"自由康莊"念了幾節。才明白了不少。翻了幾段羅氏嘉言。生湊支離。極不寫意。

房櫳夜悄孤燈暗原野風悲萬木號　（陸游）

十二月十八日（己未十月二十七日甲辰）星期四

治事：爱君二十五日下午四时在伯爵厅请客。

通信：光来、爱岱、钟

奇冷，晨间降至冰点下三十度。

昨晚访博泉不遇。去张耘处小坐。张读政治哲学，置书宏富。伊云归国后书存京沪，以供公好。并有十年后悉数举赠北京大学之意。不亦善哉。

今日读罗大佐略传，受一戟刺。居然一口气跑去健身房。适廷黻在。同打一会球。又泅了一回水。实在冷得利害，赶快跳上。

晚赴经济学会，听蓬小姐讲英国『商团社会主义』。哀皮西提说了一点，后来群起问难，一转奴嚣，到是有趣得狠。回来把『禄数儿』的『自由康庄』念了几节，才明白了不少。翻了几段罗氏嘉言。生凑支离。极不写意。

读书则此心常在（摘敷）

民國八年學校日記

十二月十九日（己未十月二十八日乙巳）金曜日（即星期五）

提要（修學）

氣候　　溫度

宏来言聲色俱厲

（治事）

（通信）

宏　任堅　郝
宏　堅

木落禽巢在籬疎獸路成（李白）

十二月十九日（己未十月二十八日乙巳）星期五

通信：宏、任坚、郝。宏、任坚

宏来，言声色俱厉。

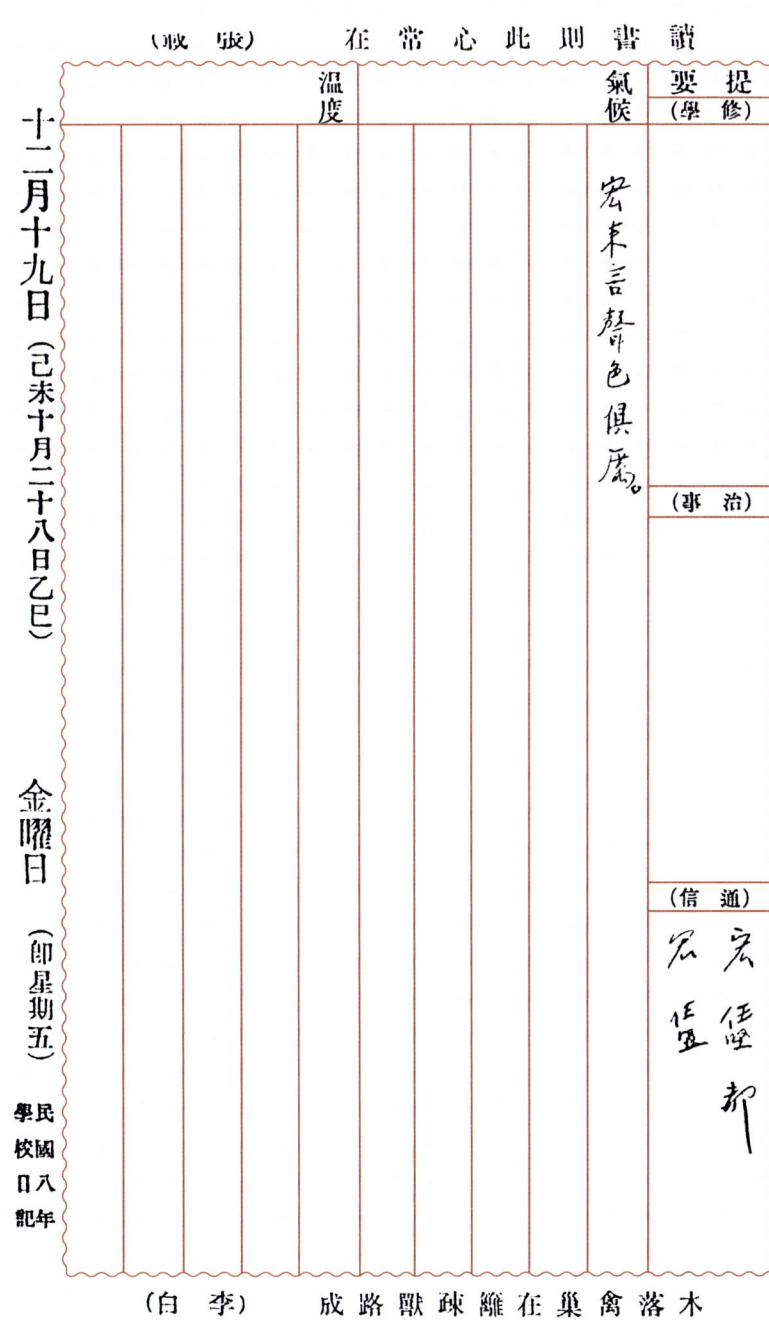

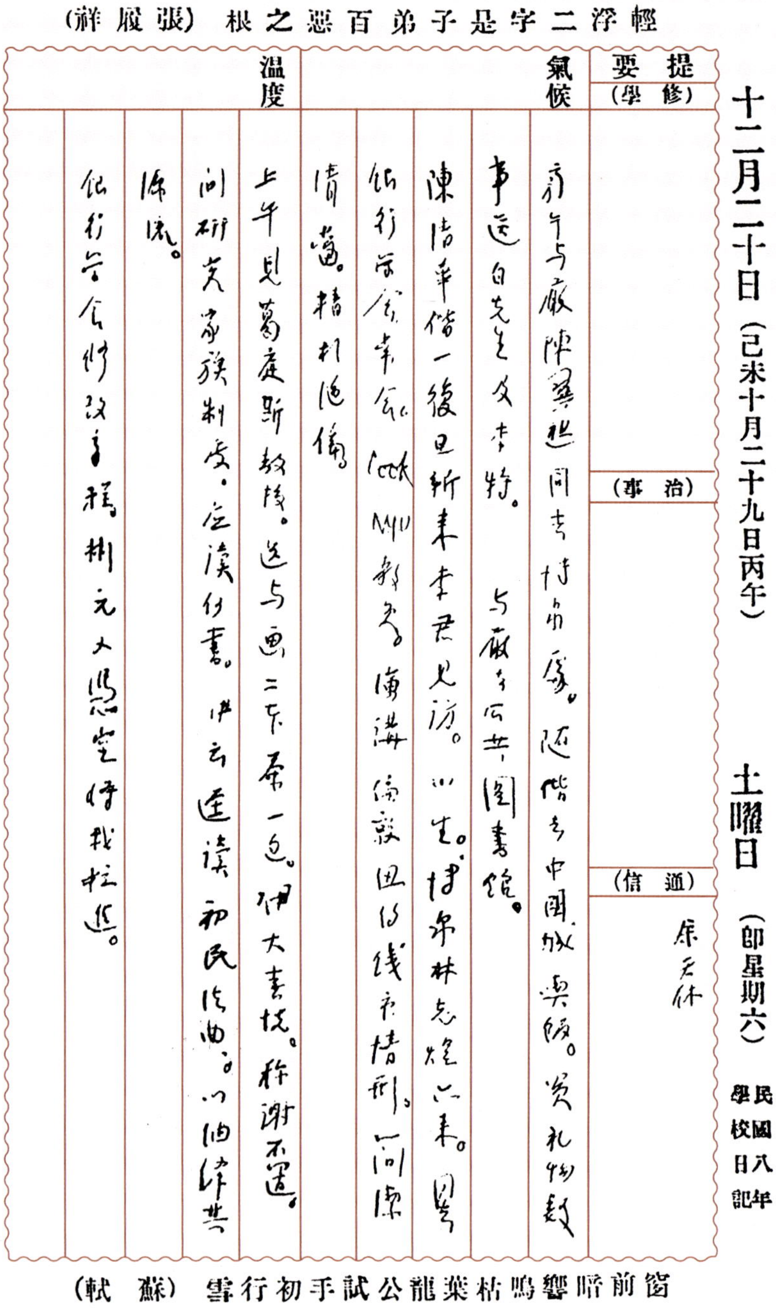

十二月二十日（己未十月二十九日丙午）星期六

通信：余天休

旁午与严、陈（翼祖）同去博泉处。随偕去中国城吃饭。买礼物数事送白先生及李特。与严去公共图书馆。

陈洁华偕一复旦新来李君见访。小坐。博泉，林志煌亦来。同去银行学会常会。Cook N Y U 教员。演讲伦敦纽约钱市情形。简洁清当，精彩绝伦。

上午见葛庭斯教授。送与画二本茶一包。伊大喜悦。称谢不置。问研究家庭制度，应读何书。伊云迳读初民法典。以细绎其源流。

银行学会修改章程。彬元又凭空将我拉进。

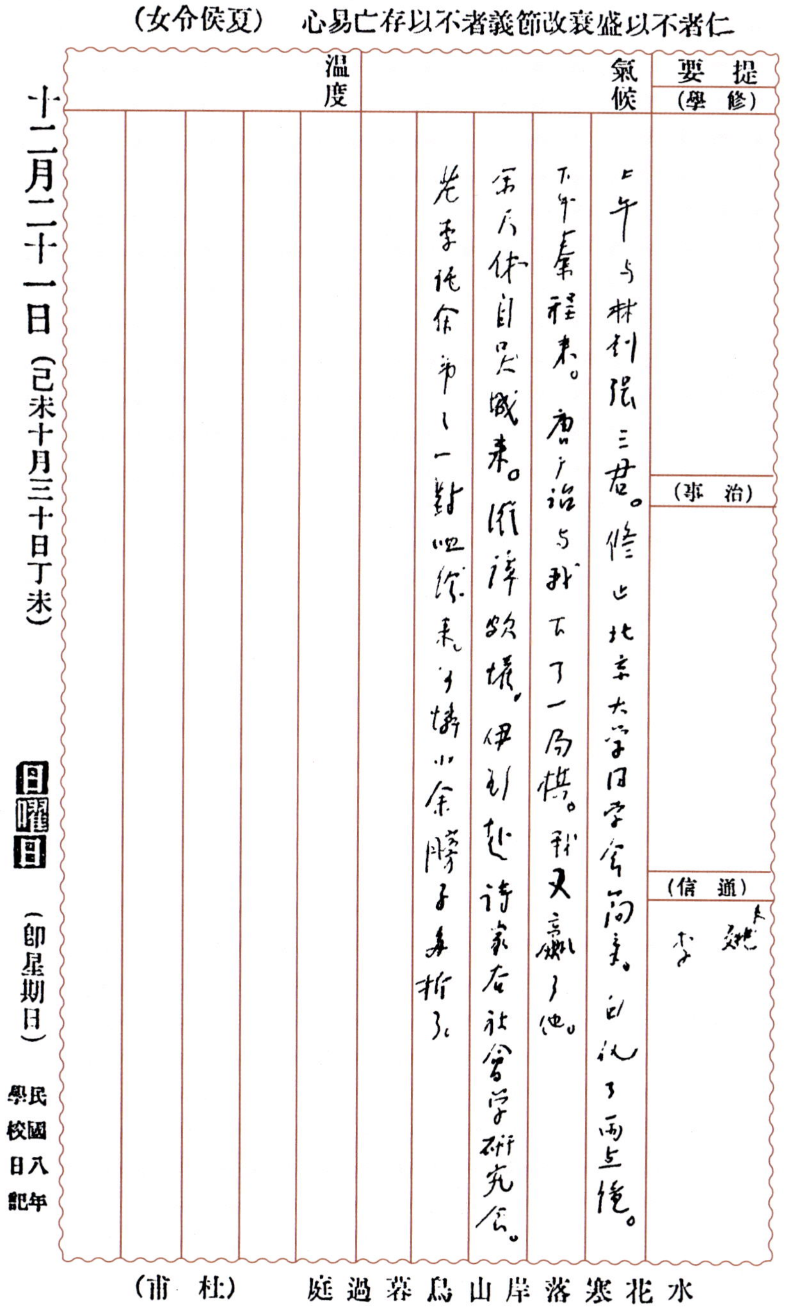
仁者不以盛衰改節義者不以存亡易心（夏侯令女）

十二月二十一日（己未十月三十日丁未）日曜日（卽星期日）

民國八年學校日記

提要（修學）

（治事）

（通信）姚 李

氣候

溫度

上午与林刘张三君。修止北京大学同学会简章。白化了两点钟。

下午秦程来。唐庆治与我下了一局棋。我又赢了他。

余天休自吴城来。纵谭颇欢。伊欲赴诗家谷社会学研究会。

老李托余带了一对哑铃来。可怜小余膀子多折了。

水花寒落岸山鳥暮過庭（杜甫）

十二月二十一日（己未十月三十日丁未）星期日

通信：姚。李。

上午与林、刘、张三君，修止〔正〕北京大学同学会简章。白化了两点钟。

下午秦程来。唐庆治与我下了一局棋，我又赢了他。

余天休自吴城来。纵谭颇欢。伊欲赴诗家谷社会学研究会。老李托余带了一对哑铃来。可怜小余膀子多折了。

爭論烈則眞理失 (法諺)

十二月二十二日(己未十一月初一日戊申)

月曜日(卽星期一)

民國八年學校日記

提要(修學)

氣候

溫度

(治事)

(通信)

嚴思、桓椿。

徐崇、宏。

霜柑離角寒初熟野碓雲邊夜自舂 (陸游)

簡要之議論如黃金亢長之議論如泥土（格言）

提要（修學）	氣候	溫度
（治事）		
（通信）		

天時人事日相催冬至陽生春又來（杜）

后记

对我来说，能编辑出版《徐志摩翰墨辑珍——府中日记·留美日记》应该是个意外。虽然这几年因为致力于徐志摩旧居基本陈列的调整工作，了解和熟悉了一点徐志摩的创作及生平旧事，但如果没有我的老师、海宁地方文史专家虞坤林先生的全力支持，我独力完成这部书，根本是没有这样的可能的。还要感谢徐家远在美国的后人，特别是徐志摩的大孙女徐棋女士，给了我一部分祖母张幼仪家庭相册中的照片，此次出版为第一次面世，极其珍贵。同时，感谢在此次整理过程中，给予我帮助的姚静夫先生和林妮女士。

《府中日记》是徐志摩于一九一一年考入杭州府中（后更名为浙江省立第一中学校）读书期间写的，记录他从一九一一年一月三十日至十月十一日，约九个月的学习和生活情况。中学卒业后，徐志摩先考入北京大学预科，后入上海浸信会学院就读，又考入天津北洋大学（法科后并入北京大学），一九一九年转入美国克拉克大学留学。留学期间，徐志摩写下《留美日记》，自一九一九年一月二十六日至十二月二十二日，详细记录了自己这一年的留学生涯，内容丰富翔实。这两本日记得以存世，其间也有一段曲折的经历。徐志摩一九三一年十一月十九日因飞机失事罹难后，这两本日记一直保存在故乡海宁干河街的新宅内，这座新宅就是现今对外开放的徐志摩旧居，为浙江省省级重点文物保护单位。一九三七年日军侵华时，这座建筑成了日军在硖石（海宁）的指挥所，日军的特派记者冈崎在徐宅内发现了这两本徐志摩的日记。他知道这两本日记的价值，拿走并带回了日本。后来，冈崎把日记送给他的朋友、日本中国研究会的松枝茂夫；一九六〇年，松枝茂夫又转交给中国教育史专家斋藤秋男教授。中日建交后，斋藤教授以日本社会科学家友好访华团副团长身份访问中国时，主动将这两本日记送还给中国人民对外友好协会（以下简称对外友协）。对外友协又将日记交给国家文物管理局外事处，外事处再将它们物归原主，交给了远在美国的徐志摩的儿子徐积锴。徐积锴晚年又将日记复印件寄给徐志摩的表妹夫、上海同济大学教授陈从周。陈从周教授自徐志摩去世后一直致力于徐志摩生平经历的研究和整理，后出版了《徐志摩年谱》，但生前未能将这两册日记整理出版。二〇〇一年，正寻访徐志摩史料的虞坤林老师从陈从周之女陈胜吾女士手中得到了这两本日记手迹的复印件，并经过一年多时间的辛苦整理，才使其得以面世。而这两本日记失而复得的经历，更让我们感受到它的可贵之处。

此次出版《徐志摩翰墨辑珍——府中日记·留美日记》，是单独将这两本日记的手迹与释文以两相对照的形式出版，应属首次。这样的尝试，既可让读者观览徐志摩手迹的原貌，欣赏徐志摩软、硬两种书法的形态，又可对照阅读日记内容，以便有兴趣的读者了解徐志摩亲笔记录的，此一时期的学习生活、兴趣爱好、人际交往以及诗文写作等方面的情况；而对于徐志摩研究者，自然又增添了一条寻绎徐志摩青少年时代人生踪迹的路径。

二〇一四年新春吉日

潘倩